허생의 섬, 연암의 아나키즘

강명관의 파격적인 허생 강독

허생의 섬, 연암의 아나키즘

강명관 지음

Humanist

이 책에서 나는 연암(燕巖) 박지원(朴趾源)의 《열하일기(熱河日記)》에 실려 있는 〈옥갑야화(玉匣夜話)〉를 읽는다. 〈옥갑야화〉는 일곱 편의 이야기와 두 편의 후지(後識)로 이루어져 있다. 일곱 편의 이야기에서 가장 긴 것은 일곱 번째 이야기, 곧 우리가 〈허생전〉[1] 혹은 〈허생〉으로 알고 있는 작품이다. 그 앞에는 아주 짧은 여섯 편의 이야기가 놓여 있다. 〈허생〉 다음에 연암이 쓴 〈후지〉 1과 〈후지〉 2가 있고, 이어 박제가(朴齊家)가 쓴 〈허생〉에 대한 짧은 비평인 〈차수평어(次修評語)〉가 있다. 이 모든 글, 곧 일곱 편의 이야기와 두 편의 〈후지〉, 〈차수평어〉까지 빠짐없이 읽고 거기에 비평을 가하는 것이 내가 이 책에서 하려는 일이다. 가장 중요한 부분은 물론 〈허생〉이지만, 〈허생〉은 나머지 글과의 관계 속에서 의미를 갖는다. 곧 〈옥갑야화〉 전체를 엄밀히 읽는 과정에서 〈허생〉의 메시지가 더욱 정확하게 해독될 수 있을 것이다.

〈허생〉은 알다시피 널리 알려진 작품이다. 과거 오랫동안 국정 고등학교 국어 교과서에 수록되었고, 지금도 그 전문이 실린 교과서가 있다.[2] 〈허생〉은 이광수나 채만식 같은 20세기 한국문학사의 대표 작가에 의해 장편소설 《허생전》으로 다시 창작되었고, 〈허생의 처〉(이남희), 〈허생전을 배우는 시간〉(최시한) 등의 단편소설로도 거듭 쓰였다. 그뿐만 아니라 〈허생〉은 종종 연극으로 무대에 오르기도 한다. 〈허생〉은 유아와 청소년을 독자로 한 수많은 판본으로도 간행되어 있다. 〈허생〉처럼 20세기 이후 현재까지 읽히며 영향력을 행사하고 있는 조선시대 문학작품은 찾아보기 어려울 것이다.

〈허생〉에 대한 연구물 역시 풍부하게 축적되어 있다. 기존의 연구물을 남김없이 읽고 연구사를 정리하는 것은 이제 불가능에 가까운 일이라고 고백하지 않을 수 없다. 다만 수많은 논고의 해석은 일정한 범위를 벗어나지 않을 것이다. 말하자면 그것은 '실학' 혹은 '실학자' 박지원을 중심으로 하여 그 주변에 화이론(華夷論)과 북벌론(北伐論) 비판, 북학(北學), 농업이 아닌 상업과 무역에 대한 지지, 벌열권력에 대한 비판 등의 해석을 배치하는 것이다.

이른바 '실학'을 중심으로 방사형으로 배치된 여러 해석은 '자본주의적 근대'로 수렴될 것이다. 이 작품의 한계에 대한 지적 역시 박지원과 허생의 의식과 실천이 사족체제를 더 철저하게 비판하지 못했다는 것, 달리 말해 자본주의적 근대로 향하는 의식과 실현이 명료하지 않거나 부족했음을 지적하는 것이라고 말할 수 있다. 하지만 이러한 해석과 비판은 '자본주의적 근대'를 역사적 필연으로, 나아가 지금-이곳의 우리 삶을 규정하는 당연한 전제로 수용하고 있는 것이다. 역으로 말해 해석의 지평이 자본주의적 근대로 전제되어 있기에 〈허생〉에 대한 기존의 해석이 가능한 것일 터이다.

나의 생각은 다르다. 〈허생〉에서 어떤 논리를 동원하더라도 자본주의적 근대를 읽어낼 수 없다는 것이다. 달리 말해 이 작품은 '내재적 근대'를 포함하고 있는 것이 아니다. 근대를 서구적 근대가 아니라 '중층적 근대'로 파악한다 해도 마찬가지다. 〈허생〉은 무소유와 공유, 국가 없는 사회에 대한 상상력의 문학적 표현물이다. 굳이 근대 이후의 용어를 빌리자면 그것은 아나키즘이 실현된 사회다. 나는 이것을 '연암의 아나키즘'으로 부른다. 물론 과거에 이 점을 지적한 논고가 없는 것은 아니었다. 〈허생〉의 사상적 근거로 노자(老子)의 《도덕경(道德經)》이 지적되기도 하였다. 물론 그렇다. 《도덕경》이야말로 동양적 아나키즘의 사상적 원류였으니 연암의 아나키즘은 《도덕경》의 영향이 없을 수 없을 것이다. 하지만 《도덕경》에 국한한다면 이 작품을 낳은 현실적 배경, 곧 연암 당시의 사회경제적 배경과 연암의 창의성을 고려하지 않는 것이 될 터이다. 특히 사족체제의 억압과 착취를 벗어난 해방의 공간을 염원한 민중의 원망(願望)과 다양한 모색, 운동을 송두리째 무시하는 것이 되고 말 것이다.

한 개인의 생각은 부정합적 상태로 존재한다. 한 인간의 사고가 정합적 형태로 완성되어 제출되는 경우는 거의 없을 것이다. 외견상 정합적 형태를 띤다 하더라도 내부를 엄밀히 관찰하면 언제나 임시적이고 유동적이다. 완벽하게 정합적인 고정된 사유는 존재할 수 없다. 방대하고 복잡한 사유의 결과물을 남긴 문인이나 사상가라면 더더욱 그렇다. 그 사유는 언제나 생성되는 과정에 있을 뿐이다. 완정하게 보이는 사고의 내부 역시 생성의 변화를 경험하고 있을 것이다. 나는 생성 중인 연암의 복잡한 사유 속에서 내가 각별히 주목하는 어떤 사유를 읽어내고자 할 뿐이다. 내가 읽어낸 그 사유가 연암 전체의 사유라고 말하고 싶지 않다. 특별히 연암의 어떤 사유에 집중하고 그것에 의미를 부여할 뿐이다. 단 하나의 작품 〈옥갑야화〉에 집중하는 이유도 여기에 있다.

연암은 20세기 이후 한국 사회에서 그 어떤 비판도 없이 존중받아온 문인이자 사상가지만, 그의 사유 일체가 지금-이곳의 우리 문제에 유의미한 것은 아니다. 어떤 위대한 문인, 사상가라고 할지라도 그의 모든 사상이 지금-이곳의 우리에게 유의미한 것이 될 수 없다. 우리는 다만 그들의 사상에서 지금-여기 우리에게 필요한, 유의미한 것만 해석하여 취할 뿐이다. 나는 연암의 글에서 〈허생〉이 지금-여기에 유의미한 것이라고 생각하는 것이다.

공부를 시작하면서 언젠가 연암에 대한 공부를 해야겠다고 생각했다. 하지만 연암에 대한 한편 근엄하고 한편 화사한 저술들이 강물처럼 넘쳐나는 상황에서 나의 어쭙잖은 생각을 덧붙이기 어려웠다. 오랜 시간을 지나 이제야 겨우 이 작은 책 한 권을 세상에 내놓을 용기를 갖는다. 무엇보다 스스로에게 한 약속을 지키게 되어 다행이다. 이 책의 서술 방식에 대해 간단히 언급해둔다. 나는 〈옥갑야화〉와 〈허생〉을 한 줄한 줄 읽으면서 이해를 돕는 자료를 붙이고 나의 생각을 말할 것이다. 곧 이 책은 〈옥갑야화〉와 〈허생〉 전체에 대한 해설인 셈이다. 서론, 본론, 결론을 갖추어 쓰는 체계적인 논문도 저작도 아니다. 그러면 어떤가? 대학과 학계에서 강요하는 체계를 갖추어 쓰라는 글, 이를테면 논문이란 글쓰기는 지겹기 짝이 없다. 나는 내가 쓰고 싶은 글을 쓸 뿐이다. 글쓰기의 자유를 누리고 싶을 뿐이다. 그게 뭐 어떤가?

2년에 걸쳐 원고를 썼다. 초고를 완성한 뒤 그것으로 2017년 1학기에 대학원 수업을 진행하였다. 학생들에게 원고를 따라 문제를 낸 뒤 과제를 작성해오게 하고 그것으로 토론을 진행하였다. 참여한 대학원생은 엄형섭·이민경·강창규·전송희·전민경·이강석·김민지·노현정 등 모두 여덟 명이다. 학생들과 수업을 하면서 내가 미처 챙겨보지 못한 논문과 자료를 일부 보충할 수 있었다. 이 책의 완성에 대학원생들의 도움이 있었기에 이렇게 밝힌다. 또 한문학과의 동료인 김남이 교수와 권정원 박사는 초고를 읽고 중요한 조언을 해주었다. 이 자리를 빌려 고맙다는 말을 전한다.

2017년 12월

책주산실에서 강명관 쓰다

차례

〈허생〉은 무엇을 이야기하는가

〈옥갑야화〉의 〈허생〉 앞부분에는 여섯 편의 짧은 이야기가 실려 있다. 그중 역관 이추(李樞)가 여느 역관과 달리 돈벌이를 외면하고 공무에 헌신했다는 두 번째 이야기는 한문 원전으로 37자에 불과한 아주 짧은 이야기다. 나머지 이야기도 긴 편은 아니다. 다만 이 여섯 편의 이야기는 공통되는 메시지가 있고, 또 맨 마지막의 〈허생〉과도 긴밀한 관계에 있다. 여섯 편은 〈허생〉을 이끌어내기 위한 전제인 것이다.

가장 중요한 〈허생〉은 연암 박지원 당대에 이미 민간에 널리 퍼져 있던 '허생고사(許生故事)'에서 취재한 것이다. 익히 알려진 바와 같이《청구야담(靑邱野談)》,《동야휘집(東野彙輯)》 등의 문헌설화집에서 허다한 허생의 존재를 확인할 수 있다.[1] 이 방대한 문헌설화집들이 편집된 것은 19세기 초지만, 이야기의 대부분은 18세기 조선 사람들에게 널리 유통되던 것이니, 1780년 중국에 갔다 와서 이내《열하일기》를 쓴 연암 역시 '허생고사'를 익히 들었을 것이다. 또 연암 자신이 윤영(尹映)이란 노인에게서 '허생고사'를 듣고 〈허생〉을 썼다 했으니, 실로 당시 유통되던 다양한 '허생고사'를 듣고 나름 가공하여 다시 〈허생〉으로 창작한 것이 분명하다. 곧 〈허생〉은 당시 조선 사람들에게 널리 알려진 서사물에 바탕을 둔 것이면서도 동시에 연암의 개성적 창조력이 적극 발휘된 작품이다.

〈옥갑야화〉 또는 〈허생〉은 과거(국정 국어교과서)는 물론 지금도 일부 고등학교 검인정 국어 교과서에 실려 있다. 또한 박지원과 《열하일기》가 워낙 유명한 까닭에 〈허생〉은 대한민국 국민이면 모두 알고 있다. 여러 해석이 있지만 대체로 시대착오적인 북벌론과 화이론을 비판하는 작품이라는 해석을 크게 벗어나지 않는다. 북벌론에 대한 비판은 자연스럽게 그 대척적 담론인 '북학'으로 이어진다. 또 〈허생〉에서 허생의 상업과 무역은 연암 그룹의 일원인 박제가가 《북학의(北學議)》에서 상업과 무역에 대해 주장한 내용과 연결되어 조선 후기 사회의 자본주의적 근대로의 이행을 암암리에 지지하는 증거로 이해되기도 하였다. 요약하자면 〈옥갑야화〉와 〈허생〉은 전근대를 넘어 '내재적 근대'를 향하는 작품으로 해석되어왔던 것이다. 한편 동아시아론과 관련하여 이 작품에서 중국과 조선의 국제적 연대 가능성을 읽어내는 시각도 있다.²

이상에서 언급한 바와 같이 이제까지 〈허생〉은 북벌론과 화이론을 비판하고, 상업과 무역에 냉담하거나 그것의 가치를 부정하는 사족체제의 경제관을 비판하는 것으로 해석되어왔다. 하지만 과연 허생이 도고(都賈)를 통해 돈을 번 것과 나가사키(長崎)와 무역을 한 것을 곧장 사족 역시 상업에 종사해야 마땅하다는 주장으로, 또 국제무역을 해야 한다는 주장으로 해석할 수 있을 것인가. 허생이 과일과 말총을 독점하여 벌어들인 돈은 다시는 상업자본으로 투자되지 않았다. 그 돈은 사족체제를 이탈한 농민들, 곧 군도(群盜)를 무인도로 데리고 들어가 농민으로 정착시키기 위한 자금으로 사용되었을 뿐이다. 허생이 나가사키로 곡

허생의 섬, 연암의 아나키즘

식을 실어 날랐던 것은 이윤을 노린 무역이 아니라 나가사키의 기민(飢民)을 진휼하고자 하는 행위였을 뿐이다. 그 진휼의 대가로 1백만 냥을 얻었지만, 그 은은 다시 무역에 투자되지 않았다. 50만 냥은 바다에 쓸어 넣고, 40만 냥은 조선의 빈민을 구제하는 자금으로 사용했다. 나머지 10만 냥은 변 부자에게 갚았다. 따라서 쌀을 실어 날라 나가사키의 기민을 구제한 것에서 국제무역의 당위성을 주장했다는 판단을 이끌어낼 수는 없을 것이다. 이렇게 생각한다면 〈허생〉에서 실학과 북학, 상업·무역에 대한 지지를 끌어낸 재래의 해석은 오류에 가까울 것이다.

한편 이 작품의 한계를 지적하는 시각도 없지 않았다. 조동일 선생은 《한국문학통사》에서 '남산골 샌님인 허생은 이런 시대에 글 읽는 선비가 무엇을 해야 할 것인가 하는 문제를 제기한 인물'이라면서 최종적으로 다음과 같이 평가했다.

> 허생은 박지원이 생각한 실학 하는 선비다. 그런데 이룬 것이 없다. 허생
> 이야기는 구전설화로 전하고, 여러 야담집에 수록되어 있는 것을 박지원이
> 자기 나름대로 작품화했는데, 세상을 구할 방책을 거기서 내놓을 수 없었으
> 며, 문제가 심각함을 확인하는 데 그쳤다.[3]

실학 하는 선비 허생은 '이룬 것이 없'고 '세상을 구할 방책을 내놓을 수 없었으며, 문제가 심각함을 확인하는 데 그쳤다'고 한다. 이 견해를 따르면 〈허생〉은 실패한 작품이거나 부족한 작품이다.

이처럼 〈허생〉의 작품적 성과를 일정하게 인정하되 최종적으로는 실패로 보는 평가는 여러 논문에서 찾을 수 있다. 예컨대 배병삼 교수는 〈박지원과 유토피아〉에서 〈허생전〉은 "유교사상, 가령 덕치, 도덕적 리

더십을 바탕으로 하면서, 그 표현상에 노자, 장자적 기법을 차용한 작품으로 볼 수 있"으며, 궁극적으로 노자적 이상향이 아니라 유교적 강대국가를 꿈꾼 것이라고 평가했다. 그 국가는 '인재와 재화가 소통되는 열린 국가'이고, '유교문명을 바탕으로 한 군신(君臣) 관계가 관철되는 계급사회'이며, '넓은 영토와 비옥한 토지를 바탕으로 한 농업국가이자, 이를 거래하여 부를 축적하는 무역국가'라고 말한다. 의도적으로 고립시킨 작은 섬에서 유토피아를 건설하고자 한 허생의 의도를 떠올린다면 '유교적 강대국가', '무역국가'를 꿈꾼 것이라는 해석은 받아들이기 어렵다. 어쨌든 배병삼 교수는 〈허생전〉이 현실적이면서도 이상적이고, 노장적(老莊的) 아취를 갖고 있으되 유교적 가치관을 벗어나지 못한, 세계관의 분열로 인해 유토피아의 건설에 실패하고 만다고 평가한다. 세계관의 분열로 인한 실패작이란 말이다.[4]

북한 학계의 해석 또한 주목할 필요가 있다.[5] 북한 학계는 1959년의 《조선문학통사》,[6] 1977년 《조선문학사》,[7] 1982년 《조선문학사》[8]에서 각각 이 작품에 대해 비평했다. 《조선문학통사》에서는 〈허생전〉이 낡은 봉건사회를 대표하는 자들의 형상과 그들을 비판하여 새 길을 개척하는 새로운 선진적 지식분자와의 대비에서 당시 사회의 대립·투쟁하는 여러 세력의 동향을 진실하게 사실주의적으로 묘사하였다고 하여 '계급투쟁적인 관점'을 보여준다. 《조선문학통사》는 이런 관점에서 〈허생전〉이 우리 문학사상 처음으로 명확히 농민 해방의 이념과 애국주의 사상의 통일을 구현하고 있으며, 주인공 허생은 새 사회에 대한 열렬한 지향을 가지고 그것을 설계하고 새로운 사회의 실현을 위해 노력하는 투사의 형상이라고 이해하고 있다. 허생의 상업활동은 실학파의 경제 실용사상을 보여주는 것이며, 그것을 설계하고 새로운 사회를 건설하는 대목은 계급이나 문벌이 근절된 평등한 사회의 모습을 보여준다는 것이다. 북한 학계 역시 허생의 상업활동과 실학파의 경제실용사상을 연결시키고자 했던 것이다. 기본적으로 남한 학계와 다르지 않았던 것이다.

이러한 평가는 1977년에 출간된 《조선문학사》에 와서 사뭇 달라진다. 작품의 진보적 의의와 함께 그 한계점 또한 강도 높게 지적되고 있는 것이다. 그 한계란 '농민 봉기군'인 군도의 처지에 동정을 표시하면서도 그들의 투쟁을 지지하거나 그들의 근본 요구를 대변하지 못하였다는 것이다. 곧 〈허생전〉은 작가가 농민 봉기로 인한 소요에서 봉건국가의 안녕을 도모하려는 '양반계급적' 입장에서 농민 봉기군을 투쟁 무대로가 아니라 그 사회와 절연된 무인도와 같은 공상 세계로 이끌고 말았다는 것이다. 1982년에 출간된 《조선문학사》 역시 〈허생전〉의 제한성을 좀 더 체계적으로 정리해 설명하고 있다. 연암은 변산반도에 모여든 유랑민을 봉건왕조의 통치배가 사용하는 용어인 '도적 떼'라 부르고, 고통스러운 처지에서 벗어나기 위해서 일어선 '폭동적 기분을 가진 농민 봉기군'을 현실에서 떼어내 무인도로 데려간 데에는 농민의 반봉건 투쟁에 대한 양반계급의 입장이 반영되어 있고, 가난한 인민을 이용후생의 견지에서만 바로잡으려는 실학파의 견해가 깔려 있다고 지적하였다.

요컨대 북한 학계 역시 허생의 상업활동이 '실학파'의 경제실용사상을 보여주는 것이라는 말에서 보듯 상업과 실학 등을 키워드로 삼아 남한 학계와 해석이 근본적으로 다르지 않다. 물론 북한 학계는 농민 봉기군을 투쟁의 무대가 아닌 무인도로 데려간 것을 극히 부정적으로 평가하여 〈허생〉의 한계를 명백히 지적한다. 북한 학계는 계급적 관점에서 연암이 농민 봉기의 역할을 축소했다고 판단했고, 그것이 작품의 한계라고 지적했다.

　남한이든 북한이든 〈허생〉은 '실학'과 '상업'이라는 두 가지 전제 아래에서 해독되고 있다. 곧 엄격한 명분론인 성리학에서 연장된 북벌론과 화이론을 비판했고, 사족체제가 상업을 천시하는 데 반해 상업, 나아가 무역을 옹호했다는 것, 또 토지를 박탈당한 농민의 처지에 공감했다는 것이다. 하지만 그 궁극적 해결책으로 제시된 무인도에서의 새로운 사회 설계에 대한 평가는 예외 없이 부정적이다. 실학의 개념과 유파를 정리해 뒷날 실학 연구에 큰 영향력을 행사한 이우성(李佑成) 선생은 무인도에서 허생이 문자와 의복을 새로 제정하려고 했던 것을 '모든 전통적 권위에서 멀리 떨어져 자기류의 신생활 문화를 건설하려는 의욕의 표현'으로 보고 일정하게 평가했지만, 그것은 궁극적으로 '어디까지나 꿈이요, 현실을 도피하려는 것이요, 결과적으로 권위에 대한 저항이 매우 소극적 태도에 그치는 것'[9]으로 평가절하했다. 곧 연암의 가장 내밀한 사유의 결과인 무인도에서의 새로운 사회 설계는 이루어질 수 없는 '공상'으로 인식되고 있는 것이다. 무인도에서의 사회 설계라는 연암의 문제 설정은 정말 공상적인 것이며, 그로 인해 평가절하되어야 마땅한 것인가.

　거듭 언급하거니와 〈허생〉에서 상업과 무역을 이끌어낸 것은 근대적 시각의 독법에 따른 것이었다. 이 독법은 서구 역사에서 추상한 고대-중세-근대의 역사 발전 단계를 보편으로 수용한다. 그리고 이 발전 단계로 조선의 역사를 재단해왔던 것이다. 하지만 조선은 1876년 개항 이전에는 서구와 접촉하지 않았다. 서구와 조선은 격리된 상태로 존재

허생의 섬, 연암의 아나키즘

했으니, 서양을 경험할 수 없었다. 서구와 조선은 각각 스스로의 역사적 변화를 경험했을 뿐이다. 물론 원(元) 제국의 출현으로 서구와 한반도가 간접적으로 접촉했을 수 있다. 하지만 어디까지나 간접적인 것이고, 또 현재 확인하기도 거의 불가능하다. 조선 후기 극소수의 한역(漢譯) 텍스트를 통해 서양의 존재가 알려졌지만, 조선은 서구와 물리적인 형태로 전면적으로 접촉한 적은 없었다. 아주 드물게 서구의 선박이 한반도의 해안에서 관측되거나 표박(漂迫)한 선박을 발견한 적은 있었지만, 그것이 사족체제에 충격을 주어 변화를 초래할 정도는 아니었던 것이다. 서구와 조선은 서로 격리된 상태로 존재했으니, 조선 후기 사족체제에서 일어난 변화에서 '서구의 근대'를 읽어내고자 하는 것은 문제 설정의 원천적 오류다. 조선 역사에서 서구의 근대를 읽어내고자 하는 것은 서구사가 준거가 된다는 것이며, 그것은 늘 불완전한 서구로서의 조선 역사를 구성할 것이다.

이제 〈옥갑야화〉와 〈허생〉은 동시대의 맥락에서 좀 더 충실하게 읽을 필요가 있다. 실학파나 북학파란 어휘를 일단 지우고, 조선 후기를 근대로 이행하는 시기로 보는 시각, 나아가 조선 후기에 발생한 상업의 발달과 화폐의 사용에서 자본주의적인 '맹아'를 찾으려는 노력도 포기해야 할 것이다. 요는 연암이 접했을 것으로 생각되는, 작품이 생산되고 유통되던 시기의 여러 사회적·경제적 현상을 탐색하면서 작품을 읽는 것이다. 곧 동시대적 콘텍스트 위에서 작품을 해석하되, 그것이 지금-이곳의 문제와 어떻게 접속하는가를 성찰하는 것이다.

〈허생〉에 대한 재래의 해석이 내장하고 있는 욕망은 근대의 완성, 달리 말하자면 국가-자본의 권력이 온전하게 관철되는 사회의 구성이다. '서구의 근대'로 해독된 조선 후기사에서 조선은 언제나 국가-자본이 결핍된 상태로 존재한다. 하지만 지금의 대한민국에서 국가-자본은 지나치게 충족되고 있다. 지금-이곳은 국가-자본 권력의 결핍이 아닌 충족으로, 미완성이 아닌 완성으로 인해 사회가 붕괴되고 인간의 삶이 파괴된다. 허생의 섬을 닿을 수 없는 몽상으로 해석하여 한계로 단정할 것이 아니라, 거기서 새로운 가능성을 읽어낼 필요가 있을 것이다.

허생의 섬, 연암의 아나키즘

1장

연암의 연행과 《열하일기》
그리고 〈옥갑야화〉

〈허생〉은 〈옥갑야화〉의 일부분이고, 〈옥갑야화〉는 《열하일기》의 일부분이다. 《열하일기》는 이른바 연행록(燕行錄)이다. 조선 후기 북경-연경(燕京)에 다녀오는 사람들 중 일부는 자신의 여행 체험을 기록으로 남겼다. 연경에 다녀온 사람의 기행문이 곧 연행록이다. 조선 사신단은 보통 10월 말에 서울을 출발해 한 달이면 압록강가 의주(義州)에 도착했고, 강을 건너 다시 한 달을 지나 북경에 닿았다. 사신단의 도착 날짜는 어림하여 12월 29일쯤이었다. 하루, 이틀 예행연습을 거쳐 1월 1일 황제를 알현하는 의식에 참여한 뒤 1~2월 동안 북경에서 체류하다가 3월 1일쯤 출발해 역시 두 달 걸려 서울로 돌아왔다. 모두 6개월 정도가 걸리는 여행이었다.

이 반년을 소요하는 북경행이 조선 사람들의 유일한 해외 체험이었다. 통신사(通信使)로 일본에 갈 수도 있었지만, 그것은 일본 막부(幕府) 쇼군(將軍)의 습직(襲職)을 위시한 아주 드문 외교적 의례가 있을 때 부정기적으로 파견되었을 뿐이다. 그 횟수 역시 임진왜란 이후 조선조 말까지 12회에 불과했다. 이에 반해 청(淸)이 중국 대륙을 차지한 그다음

해인 1645년부터 강화도조약을 맺은 1876년까지 232년 동안 조선은 모두 605회에 걸쳐 사신단을 북경으로 보냈다.[1] 조선 후기 사족체제는 중국과 일본 외에 공식적이거나 비공식적이거나 다른 국가를 직접 체험한 적이 없었다. 따라서 상대적으로 빈번하게 왕환한 중국의 북경이야말로 조선이 세계를 엿볼 수 있는 유일한 창이었던 것이다.

이 유일한 창을 통해 바깥세상을 내다볼 수 있는 사람의 범위는 극히 제한적이었다. 연암 박지원이 살았던 조선 후기에는 오직 경화세족(京華世族)만이 북경에 갈 수 있었다. 연암은 조선 후기 명문가 중의 명문가 출신이다. 반남 박씨(潘南朴氏)는 선조(宣祖) 이래 저 복잡하기 짝이 없었던, 또 일일이 헤아릴 수 없을 정도로 많았던 정변(政變) 속에서 살아남아, 19세기 말 조선이 종언을 고할 때까지 조선 최상층부의 명문으로 인정받던 가문이다. 이런 대단한 가문의 자제가 북경에 간 것은 전혀 이상한 일이 아니다. 하지만 연암이 북경에 간 데는 좀 특별한 이유가 있었다. 그의 북경행은 가장 가까운 벗 담헌(湛軒) 홍대용(洪大容, 1731~1783)으로 인한 것이었다.

연암은 1737년에 태어나서 1805년에 사망했으니, 담헌보다 여섯 살 아래다. 담헌은 알다시피 1765년 12월 2일 북경에 도착하여 1766년 1~2월 북경에 머물다가 3월 1일 북경을 떠나 서울로 향했다. 담헌의 북경 체류는 조선 후기 수많은 인사의 그것과 확연히 구분되는 그 무엇이 있었다. 그는 북경에서 체류하는 동안 엄성(嚴誠)·반정균(潘庭筠)·육비(陸飛) 등 세 명의 항주(杭州) 출신 한인(漢人) 지식인들과 일곱 차례 만나 대화를 나누었고, 급기야 국경을 초월한 우정을 맺고 돌아왔던 것이다. 돌아온 이후에도 이들과 편지를 주고받았다. 담헌 이전에도 조선 사신단은 중국에 무수히 파견되었지만, 사신단의 수행원이 중국 지식인과 진심을 털어놓고 형과 아우의 관계를 맺은 것은 초유의 일이었다.

담헌이 북경에서 중국인 친구들을 사귄 일은 서울의 경화세족 사회에 큰 충격을 주었다. 정조가 신임하던 신하인 김종수(金鍾秀)의 형 김종후(金鍾厚)는 원래 김원행(金元行)을 스승으로 모신, 담헌과 동문수학한 사이였지만, 담헌이 오랑캐의 조정에서 벼슬하려는 '오랑캐와 다름없는' 중국인과 친구가 되었다고 비난했다. 담헌은 김종후와 두 차례에 걸쳐 논쟁을 벌였다. 담헌은 화이론에 사로잡힌 김종후를 뒷날 〈의산문답(醫山問答)〉에 '허자(虛子)'로 등장시켜 질책하고 비판한다. 《열하일기》〈호질(虎叱)〉의 북곽 선생(北郭先生) 역시 김종후를 모델로 한 것일 가능성이 높다.

김종후와는 달리 담헌이 북경에서 친구를 사귄 것에 열광하는 사람들도 있었다. 연암 주변의 젊은이들, 이덕무(李德懋)와 박제가와 유득공(柳得恭) 등이 그들이었다. 담헌이 중국에 다녀온 1766년까지 담헌을 몰랐던 이들은, 담헌이 엄성·반정균·육비와 나눈 필담을 통해 알게 되고, 또 담헌의 중국인 벗들을 동경하여 따로 편지를 보내기도 하였다. 1776년 유득공의 숙부인 유금(柳琴)이 북경에 가서 담헌이 열었던, 국경을 초월한 우정의 길을 확장했고, 이어 유득공이 북경은 아니지만 중국의 대도회지인 심양(瀋陽) 땅을 밟았다. 그리고 2년 뒤(1778) 박제가와 이덕무가 북경에 도착했다. 가까운 벗들이 북경과 심양을 다녀온 뒤라 연암은 심한 소외감을 느꼈다. 그 소외감이 1780년 연암을 북경으로 떠나보냈다. 연암은 같은 해 8월 1일 마침내 북경에 도착했다. 담헌이 북경에서 돌아오고 14년 뒤다.

연암이 북경에 도착했을 때 건륭제(乾隆帝)는 열하(熱河), 곧 지금의 청더시(承德市)에 있는 별궁인 피서산장(避暑山莊)에 머무르고 있었다.

조선 사신단은 8월 5일 북경을 떠나 열하로 향했고, 닷새를 여행한 끝에 9일 열하에 도착했다. 15일 다시 북경으로 떠날 때까지 이레 동안 열하에서 머물렀다. 연암은 열하에서 〈태학유관록(太學留館錄)〉, 〈경개록(傾蓋錄)〉, 〈심세편(審勢編)〉, 〈망양록(亡羊錄)〉, 〈곡정필담(鵠亭筆談)〉, 〈피서록(避暑錄)〉, 〈동란섭필(銅蘭涉筆)〉 등 《열하일기》의 중추를 이루는 글을 썼다. 연암이 열하에서 머무른 숙소는 태학(太學)이었다. 태학의 명륜당 앞에는 일수재(日修齋)와 시습재(時習齋) 등이 있었고, 그 오른쪽에는 진덕재(進德齋)와 수업재(修業齋) 등이 있었다. 명륜당 뒤에는 큰 벽돌을 깐 대청이 있었고, 왼쪽과 오른쪽에 작은 방들이 있었다. 오른쪽 방은 정사(正使)가, 왼쪽 방은 부사(副使)가 숙소로 삼았다. 비장(裨將)과 역관은 방 하나에 같이 묵었고, 두 주방(廚房) 사람들은 진덕재에 나누어 들었다. 비장과 역관, 주방 사람들의 숙소를 군이 밝히는 이유는 《열하일기》의 어떤 이본에는 허생 이야기가 〈옥갑야화〉가 아닌 〈진덕재야화(進德齋夜話)〉란 이름으로 실려 있기 때문이다. 〈진덕재야화〉에 의하면, 연암은 "여러 비장, 역관과 진덕재에서 밤에 이야기를 하였다(與諸裨譯夜話進德齋)."고 하였다.[2] 하지만 비장과 역관은 진덕재가 아닌 다른 재실을 숙소로 삼았기에 이들이 진덕재에 들어가 밤에 이야기를 할 이유가 없는 셈이다.

연암은 북경으로 돌아오는 도중 '옥갑(玉匣)'이란 곳에 이르러 하루를 묵는다. 여기서 그는 여러 비장과 침상을 나란히 하고 밤에 이야기를 나눈다(行還至玉匣, 與諸裨連牀夜話). 비장은 한 사신단에 서너 명 정도인데, 삼사(三使), 곧 정사·부사·서장관(書狀官)을 수행하는 자제비장(子弟裨將)을 말한다. 북경에서 열하로 갈 때 정사 박명원(朴明源)은 주부(主簿) 주명신(周命新)을, 부사 정원시(鄭元始)는 진사(進士) 정창후(鄭昌後)와

　　　　　　　　　　　　허생의 섬, 연암의 아나키즘

낭청(郎廳) 이서귀(李瑞龜)를, 서장관 조정진(趙鼎鎭)은 조시학(趙時學)을 비장으로 데리고 갔다. 연암은 자제군관으로 따라간 것이 아니고 자비로 오로지 구경을 하기 위해 따라간 사람이다. 이런 사람을 반당(伴當)이라고 부른다.[3] 자제군관은 모두 삼사의 자제나 조카 들이다. 연암 역시 박명원과 재종(再從) 관계이기에 반당으로 따라갈 수 있었다. 연암이 이들 비장과 한곳에서 침상을 나란히 하고 밤에 이야기를 나눈 것은 매우 자연스러운 일이다.

다만 연암이 하루를 묵었다는 옥갑이 어딘지는 미상이다. 연암이 북경으로 돌아오기 위해 열하를 떠난 것은 8월 15일이고 북경에 도착한 것은 20일이다. 그는 돌아오는 닷새 동안의 일정을 〈환연도중록(還燕道中錄)〉으로 정리했는데, 8월 15일 정오를 넘겨 열하를 출발해 난하(灤河)를 건너고 하둔(河屯)에서 숙박했다. 16일에는 해 뜰 무렵 출발해서 마권자(馬圈子)에서 하루를 잤고, 다음 날(17일)은 새벽에 출발해 청석령(青石嶺)을 지나 만리장성을 본 다음 고북구(古北口) 관내의 점방에서 점심을 먹었다. 이날은 80리를 갔다고 하였을 뿐 어디서 묵었는지 밝히지 않았다. 18일은 먼동이 틀 무렵 출발하여 차화장(車花莊)과 사자교(獅子橋), 목가곡(穆家谷)에서 점심을 먹고 다시 떠나 석자령(石子嶺)과 밀운(密雲)에 도착했다. 이어 백하(白河)를 건너 회유현(懷柔縣) 부마장(駙馬莊) 아래 점방에서 숙박했다. 19일에는 회유현을 출발해서 남석교(南石橋)에서 점심을 먹고 임구(林溝)를 지나서 청하(清河)에서 숙박하였다. 마지막 날인 20일은 해 뜰 무렵 출발해서 20리를 가 덕승문(德勝門)에 이르렀다. 북경에 도착한 것이다.

15일부터 20일 북경에 도착할 때까지 닷새를 숙소를 정해 숙박했는데, 유일하게 17일만은 숙박지를 밝히지 않았다. 앞서 인용한 〈옥갑야화〉의 첫 부분 '行還至玉匣, 與諸裨連牀夜語'는 분명 '사행이 돌아오는 길에 옥갑에 이르러 여러 비장과 침상을 나란히 하고 밤에 이야기를 하였다'로 읽힌다. 이 자료에 의하면 연암은 '옥갑'에서 머문 날 밤 비장들과 이야기를 나누고, 그것을 글로 옮긴 것이 된다. 하지만 현재 옥갑의 위치는 어떤 문헌으로도 확인할 수 없다. 이상한 일이 아닌가. 어떤 필사본에는 열하 태학의 진덕재에서 밤에 나눈 이야기를 옮긴 것이라 했고, 많은 사본에서는 옥갑에서 나눈 이야기라고 했다. 그런데 옥갑은 확인도 되지 않는 지명이다. 이런 착오와 불명료함은 어딘가 〈허생〉을 위시한 이야기의 출처를 숨기기 위한 의도적인 책략의 산물일 것이라는 추측까지 하게 만든다. 이 점에 대해서는 뒤에 다시 언급하겠다.

'옥갑'이란 확인되지 않는 어떤 곳에서 연암이 비장들과 나눈 이야기가 어떤 이유로 20세기 내내 문학사가들의 주목을 받았고 지금까지도 해석이 이렇게 분분한 것인가. 연암은 자신의 이야기를 왜 더욱 명료하게 하지 않았던 것인가. 연암이 1780년 북경에 갔을 때 그의 나이 44세였다. 앞서 연암을 북경으로 보낸 계기가 된 담헌은 당시 50세였다. 담헌은 1783년에 사망하니, 1780년은 사실상 그의 만년이다.

알려져 있다시피 담헌은 만년에 사상적 전회(轉回)를 경험한다. 1765년 북경에 갔을 무렵 담헌은 청을 비정통왕조로 여기는 엄격한 화이론자(華夷論者)였고 소중화주의자(小中華主義者)였다. 당연히 그는 근본주의적 정주학자(程朱學者)였다. 귀국 후 김종후와 두 차례에 걸쳐 논쟁을 벌였을 때도 그의 생각은 변하지 않았다. 그는 적어도 1778년 어림에 사상적 변화를 겪었던 것으로 보인다. 담헌은 북경의 중국인 친구들과 10년 정도 소식이 끊어졌는데, 1778년 이덕무와 박제가가 북경에 갔다

　　　　　　　　허생의 섬, 연암의 아나키즘

가 돌아오는 길에 손유의를 찾아가 엄성의 친구 주문조(朱文藻)와 형 엄과(嚴果)가 보낸 편지를 가지고 왔던 것이다. 1779년 담헌은 엄과에게 답장을 쓰는데, 이 답장에서 엄과의 불교 신봉을 문제 삼고 있으면서도 과거 불교와 양명학을 이단으로 파악하고 그것에서 벗어날 것을 주문했던 것과는 달리, 각자 자기가 좋아하는 바를 따라서 마음을 맑게 하고 세상을 구제하는 목적을 수행한다면 유교나 불교를 가릴 것 없이 현군자(賢君子)가 될 것이라고 말한다. 물론 그렇다고 해서 유학의 진리성을 포기하는 것은 아니지만, 과거 이단의 공박(攻駁)에 몰두했던 경직된 태도에서 벗어나고 있다. 이 문제에 대해서는 따로 말할 기회가 있을 것이다. 어쨌든 그는 만년에 스스로 정주학(程朱學)만 진리로 굳게 믿었던 초기의 근본주의적 태도를 상당 부분 수정했던 것이다.

담헌의 사상적 변화를 확인할 수 있는 텍스트는 당연히 〈의산문답〉이다. 이 자연학을 중심으로 하는 저술의 말미에서 그는 화이론을 부정하고 자신이 1766년 북경에서 그토록 고집한 조선 복색(服色)의 정통성을 부정한다. 〈의산문답〉은 필사본으로 담헌의 후손가에 간직되어 있다가 1939년 《담헌서》를 연활자로 간행할 때 비로소 공개되었다. 이 중요한 자연학 저술은 그의 생전에 지식인들 사이에서 읽히지는 않았을 것이다. 다만 담헌의 친구이자 내재종형인 김이안(金履安, 스승 김원행의 아들)의 〈화이변(華夷辨)〉[4]에서 화이론을 부정하는 담헌을 맹렬히 비판하고 있는 것을 볼 때 그는 적어도 연암이 북경에 갈 무렵 이미 사상적 전회를 겪었던 것이다.

연암과 담헌이 만났다는 증거는 담헌이 북경에서 돌아온 이후의 것만 남아 있고, 또 박제가·이덕무·유득공 등 이른바 연암 그룹과의 만남 역시 1770년 이후로 추정된다. 이후 담헌과 연암 그룹과의 담토(談

討)도 그 이후의 것이고, 그 담토 속에서 지원설(地圓說)과 지전설(地轉說)의 수용, 화이론 비판, 조선 복색에 대한 재인식이 이루어졌던 것으로 보인다. 다만 이런 사상적 전회는 김이안의 담헌 비판에서 보듯, 또 《열하일기》 탈고 뒤 연암에게 쏟아진 '호로지고(胡虜之藁)'란 비난을 생각한다면 매우 위험한 것이었다. 만약 연암이 정치권력을 지향하는 사람이었다면 그의 작품은 정적들에게 탄압의 좋은 빌미를 제공했을 것이다.《열하일기》의 몇몇 작품에서 그가 문학적 책략과 장치를 교묘하게 구사한 것도 이 때문일 것이다. 이것은 담헌의 연행기인 한문본《연기(燕記)》, 국문본《을병연행록(乙丙燕行錄)》이 자신의 체험과 생각을 직서(直書)한 것과는 매우 다르다.

연암은 그가 쓴 것이 분명한데도 어떤 식당에 걸려 있던 글이라고 주장하는가 하면, 여행의 시간대별로 글을 써나가다가 특별한 감흥과 생각이 있을 경우 따로 독립된 글을 써서 붙이기도 하였다. 〈옥갑야화〉에 실린 이야기 역시 그날 밤 연암이 모두 들었던 것이라고 말할 수도 없다. 여행에서 돌아와《열하일기》를 쓸 때 허생 이야기를 여러 가지 복잡한 문학적 장치를 동원해 아주 정제된 형태로 가공했을 것이다. 예컨대 그는 드러내놓고 하기에 껄끄러운 이야기를 여러 가지 방식으로 슬쩍 끼워 넣는다. 근엄한 도학자 북곽 선생과 수절하는 과부 동리자(東里子)의 통간(通奸)을 다룬 〈호질〉 역시 당시의 맥락에서 김종후 유형의 인간을 겨냥해 비판한 것으로 보이는데, 드러내놓고 말할 수가 없어서 중국 어느 곳의 식당에 걸린 글이라고 둘러대었던 것이다. 그런가 하면, 후술하겠지만 〈관내정사(關內程史)〉에서는 송시열의 북벌론을 비꼬기 위해 에둘러 어린아이의 입을 빌리기도 한다.

〈옥갑야화〉 전체와 그 속에 포함된 〈허생〉 역시 다르지 않을 것이다.

허생의 섬, 연암의 아나키즘

뒤에 상론하겠지만 그는 허생 이야기를 20세 때 봉원사(奉元寺)에서 윤영이란 사람에게서 들었다고 말하고는, 18년이 지난 뒤 윤영을 다시 만났더니 윤영은 자신이 윤영임을 강하게 부인하고 신색(辛嗇)이라고 말했다고 한다. 그런가 하면 광주(廣州) 신일사(神一寺)의 이 생원이란 노인을 윤영으로 추정하면서도 찾아가 보지는 못했다고 말한다. 이렇게 '허생고사'의 출처를 모호하게 계속 바꾸면서 연암은 윤영을 폐족(廢族)이거나 좌도(左道)·이단(異端)으로서 사람을 피해 자취를 감추려는 부류로 말하고 있다. 그는 〈허생〉을 다른 사람의 이야기를 옮긴 것이라고 하면서 계속 그 이야기를 제공한 사람을 은폐하고 있는 것이다.

왜 이런 책략을 구사하는 것인가. 〈허생〉은 완전히 새로운 공간, 곧 사문(沙門)과 나가사키 사이에 있는 무인도에서 기성의 사족체제를 완전히 지워버린 새로운 사회를 구상한다. 그 사회는 사족의 이데올로기와 화폐, 지배자(왕과 사족)가 폐기되거나 부재하는 사회다. 한편 〈허생〉은 허생과 이완(李浣, 1602~1674)의 대화를 통해 기존 사족체제의 개혁 가능성을 철저히 부정한다. 이것은 과격하면서도 불온한 사상이다. 연암은 젊은 시절 '선비란 이름에 가탁하여 몰래 세력과 이익을 꾀하는 자'를 비판하기 위해 〈역학대도전(易學大盜傳)〉을 지었고, 그가 죽자 폐기한 적이 있었다.[5] 《연암집》의 여느 산문 작품이나 아들 박종채(朴宗采)의 《과정록(過庭錄)》에 실린 연암의 발언들은 18세기 조선 사족사회에서 통용될 수 있는 것이지만, 《열하일기》에서 배치한 일부 작품들은 쉽게 용납할 수 없는 내용을 담고 있는 것이다. 《연암집》과 《과정록》에서 송시열은 존경하는 인물이고 북벌론은 정당한 담론이지만, 《열하일기》에서는 비판과 조롱의 대상이 되기도 한다. 연암이 전해 들은 이야기에 불과한 〈허생〉에 대해 그 이야기의 원래 화자를 계속 은폐하려 했던 것은 바로 〈허생〉에 그의 가장 내밀한 생각을 담고 싶었기 때문이다. 이 점에 유의하여 이제부터 〈옥갑야화〉를 구성하는 이야기를 하나씩 읽어 보자.

허생의 섬, 연암의 아나키즘

2장

〈옥갑야화〉 서두의 6화
— 화폐에 선행하는 가치들

첫 번째 이야기, 보상을 바라지 않는 도움

*****

옥갑에 돌아와서 여러 비장과 침상을 나란히 하고 밤에 이야기를 하였다.

연경은 예전에는 풍속이 순박하여 역관들이 만금이라도 서로 어렵잖게 빌려주곤 하였다. 하지만 이제는 저들도 사기로 능사를 삼으니, 그 잘못은 모두 우리나라 사람에게서 비롯된 것이다.

30년 전 한 역관이 빈손으로 연경에 들어가 귀국할 즈음에 자신의 주고(主顧)를 마주 대하고 흐느끼는 것이었다. 괴이하게 여긴 주고가 연유를 묻자 역관의 대답인즉 이러했다.

"강을 건널 때 남의 은(銀)을 몰래 가지고 오다가 발각되어 제 몫까지 관(官)에 몰수되었습니다. 이제 빈손으로 돌아가게 되었으니 앞으로 살아갈 도리도 없게 되었지요. 차라리 돌아가지 않는 것이 낫겠지요."

역관은 칼을 뽑아 자살하려 하였다. 주고는 깜짝 놀라 그를 껴안고 칼을 빼앗으며 물었다.

"몰수된 은이 얼마나 되오?"

"3천 냥입니다."

주고가 위로하며 말했다.

"사내대장부라면 제 몸이 없어질 것이 걱정이지, 은이 없는 것이 무어 걱정이겠소? 이제 여기서 죽어 돌아가지 않는다면 처자식은 어떻게 하려 오? 내가 그대에게 만 금을 꾸어주리다. 5년 동안 이식을 불리면 만 금을 다시 얻게 될 터이니, 그때 내게 본전만 갚아주오."

역관은 1만 금을 얻자 물화를 많이 사서 귀국했다. 당시 사정을 알지 못하는 이들은 너나없이 역관의 재주를 신통하게 여겼다.

5년 뒤 역관은 마침내 큰 부자가 되었다. 이에 그는 사역원의 역관 명부 에서 자신의 이름을 없애버리고 다시는 연경에 들어가지 않았다. 한참 뒤 자기와 친하게 지내는 사람이 연경에 가게 되자 그에게 은밀히 부탁했다.

"연경 저자에서 아무 주고를 만나면 필히 나의 안부를 물을 터이니, 꼭 우리 집안 식구가 역질로 몰사했다고 말해주게."

친구가 허황된 말을 할 수 없노라고 난색을 표하자, 역관은 "다만 그렇 게만 하고 돌아오면 내가 백 금을 주겠네." 하였다.

친구가 연경에 들어가 과연 아무 주고를 만났더니, 역관의 안부를 묻는 것이었다. 부탁받은 대로 대답했더니, 주고가 낯을 가리고 통곡을 하는 데, 눈물이 비처럼 쏟아졌다.

"하늘도 무심하시지! 하늘도 무심하시지! 어찌하여 착한 사람의 집에 이런 참혹한 화를 내리시나요?"

주고는 1백 금을 내어주며 "그 사람은 처자와 함께 죽어 주관할 사람도 없을 터이니, 그대가 귀국하면 나를 대신해 50금으로는 제수를 마련해 제 사를 지내주고, 50금으로는 재(齋)를 올려 명복을 빌어주오."

역관의 친구는 너무나도 놀랐지만 이미 거짓말을 내뱉은 뒤라 하는 수 없이 1백 금을 받아 귀국하였다. 그런데 그 역관의 집은 역질에 걸려 몰사하고 남은 사람이라고는 없었다. 그 사람은 깜짝 놀라고 또 두려운 마음이 왈칵 들었다. 1백 금 전부로 그 주고를 위해 재를 올리고 종신토록 다시는 연경에 가지 않고 "내 무슨 면목으로 다시 그 주고를 본단 말이야." 하였다.

行還至玉匣, 與諸裨連牀夜語. 燕京舊時風俗淳厚, 譯輩雖萬金能相假貸, 今則彼以欺詐爲能事, 而其曲未嘗不先自我人始也.

三十年前, 有一譯空手入燕. 將還, 對其主顧而泣. 主顧怪而問之, 對曰: "渡江時, 潛挾他人銀, 事發, 倂已包沒于官. 今空手還, 無以爲生. 不如無還!" 拔刀欲自殺. 主顧驚急抱持, 奪刀問曰: "所沒銀幾何?" 曰: "三千兩."

主顧慰曰: "大丈夫獨患無身, 何患無銀? 今死不還, 將如妻子何? 吾貸君萬金, 五年貨殖, 可復得萬金, 以本銀償我." 譯旣得萬金, 遂大貿而還. 當時未有識之者, 莫不神其才.

五年中遂致鉅富, 乃自削籍譯院, 不復入燕. 久之, 密囑其所親之入燕者曰: "燕市若遇某主顧, 當問安否, 須道闔家遘癘死." 所親以說謊頗難之, 譯曰: "第如此而還, 當奉君百金."

旣入燕, 果遇某主顧, 問譯安否, 俱對如所受囑. 主顧掩面大慟, 泣如雨下曰: "天乎! 天乎! 何降禍善人之家, 若是之慘耶?" 遂以百金托之, 曰: "彼妻子俱亡無主者, 幸君還國, 爲我以五十金具幣設奠, 以五十金追齋薦福."

所親者殊錯愕然, 業已謬言, 遂受百金而還. 其譯家已遘癘沒死, 無遺者. 其人大驚且懼, 悉以百金爲主顧薦齋, 終身不復爲燕行, 曰: "吾無面目復見主顧!"

첫 번째 이야기는 어떤 역관의 이야기다. 역관은 남의 은을 빌려서 북경에 들어갔다가 단속에 걸려 몰수당하고 죽으려 하다가 단골인 중국인 상인이 호의로 빌려준 은 1만 냥으로 5년 만에 큰 부자가 된다. 하지만 그는 빌린 은을 갚지 않으려고 자신이 전염병으로 죽었다고 전해달라고 동료 역관에게 부탁한다. 거짓말을 전해 들은 중국 상인은 그 말을 그대로 믿고 적지 않은 돈을 건네며 제사를 지내주라고 부탁한다. 그런데 뜻밖에도 그 역관과 그 가족은 정말 전염병에 걸려 몰사한다.

역관과 중국 상인의 관계가 빚어내는 이야기를 연암 박지원은 심상한 흥밋거리로 제시한 것인가. 연암처럼 치밀한 의도로 글을 쓰는 작가가 〈옥갑야화〉의 서두를 우연히 들은 심상한 이야기로 시작했을 것 같지는 않다. 제1화는 이어지는 다섯 화, 나아가 〈허생〉 전체의 주제와도 당연히 깊이 관련되어 있다. 이어지는 다섯 화 역시 모두 역관과 상인 혹은 상업과 관련된 이야기며, 핵심 제재(題材)는 은 혹은 화폐다. 그렇다면 제1화에서 연암은 무엇을 말하고자 했던 것인가. 역관이 화폐를 추구하는 인간이라면, 중국 상인은 실제로는 속았는데도 인간에 대한 신뢰를 끝까지 버리지 않는다. 곧 그는 신의를 추구하는 인물이다. 요컨대 역관과 중국 상인의 관계는 화폐와 윤리의 대립으로 추상화할 수 있다. 연암은 제1화를 통해 화폐와 윤리의 관계에서 발생하는 문제를 제기하고자 한 것으로 보인다. 나아가 나머지 다섯 화와 이어지는 〈허생〉도 화폐와 윤리를 중요한 문제로 제기하고 있는 것으로 보인다.

재화의 획득, 축적에 대한 욕망과 그것을 실현하기 위해 윤리를 폐기하는 행위는 초역사적으로 존재하므로 역관의 행위에서 역사적 의미를 포착할 수 없을지도 모른다. 하지만 역관이 추구한 것이 '은'이라는 사실 자체는 검토해볼 만한 가치가 있다. 연암의 시기에 은은 상평통보와 함께 화폐로 사용되고 있었다. 연암은 우의정 김이소(金履素)에게 올리는 편지[1]에서 당시 화폐정책의 문제를 지적하면서 민간의 은을 호조(戶曹)

에서 다섯 냥, 열 냥의 은괴로 만들고 거기에 인을 찍어 10분의 1의 세를 거둔 뒤 원주인에게 돌려주자고 제안한다. 곧 당시 고액 화폐로 사용되고 있는 은을 국가가 법화(法貨)로 공인하자는 것이다.

연암의 주장은 이미 은이 고액 화폐로 사용되고 있었던 사실을 전제한다. 말하자면 은은 가치가 농축된 화폐인 것이다. 이해를 위해 성종조의 문인인 조신(曺伸)의 말을 참고해보자.

옛날에는 그 나라의 부(富)를 물으면 말의 수효로 대답하였고, 중국 사람은 동전(銅錢)이나 금은으로써 빈부를 비교하였지마는, 우리 동방에서는 금은이 나지 않으므로 우리 조정에서는 전법(錢法)을 시행하지 않고 다만 무명으로 화폐를 삼았다. 무명 35자가 한 필이고, 50필이 한 동(同)인데, 쌓아둔 것이 많아야 1천 동에 불과하였다. 근대의 재상 윤파평(尹坡平), 상인 심금손(沈金孫)이 무명을 무려 1천여 동이나 쌓아두었다가 갑자·병인 연간에 함께 뜻밖의 화를 입었다.[2]

조신은 중국에서는 동전이나 금은의 많고 적음으로 빈부를 재지만, 조선의 경우 금은이 생산되지 않고 동전도 사용하지 않기에 오직 무명을 재화로 삼는다는 것이다. 건국 초기에 국가가 발행한 지폐-저화와 금속화폐-조선통보는 성종 대에 와서 사실상 유통되지 않았고, 면포가 포화(布貨), 곧 화폐의 역할을 맡았던 것이니, 면포는 교환의 도구이자 재산 축적의 도구이기도 하였다. 조신은 면포 35자를 1필, 50필은 1동이라 하는데, 조선에서 면포를 많이 축적한 사람이라 해봐야 1천 동을 넘지 않는다고 하였다. 1천 동은 면포 5만 필이다. 비교할 방법이 좀 막연하기는 하지만, 면포 5만 필이 엄청난 재산으로 보이지는 않는다. 또 조신의 기억에 의하면 면포 1천 동 남짓을 소유한 거부는 윤파평(성종 때 영의정을 지낸 윤필상)과 상인 심금손 두 사람이라고 한다. 그러니까 조선 전기 최고의 부자라고 해봐야 두 명 정도고, 그 재산이라고 해봐야 면포 1천 동이다. 면포는 오래 쌓아둘 수 없는 물건이고, 무한한 축적도 불가능하다. 실물화폐는 부의 집중을 방해하므로 부의 축적에도 자연스러운 제한이 있었을 것이다.

실물화폐인 면포 외의 재산으로 토지와 노비가 있었지만, 그것은 화폐 특유의 유동성이 떨어지고, 또 그 관리에 상당한 비용을 지불해야만 하였다. 화폐로서의 은은 가치가 농축되어 있을 뿐만 아니라 축장성(蓄藏性)과 유동성이 다른 재산에 비해 크다. 아울러 후술하겠지만 은은 중국과 일본에서 모두 통용할 수 있는 국제적 통화이기도 하였다. 따라서 재화를 추구하는 것이 인간의 초역사적·보편적 욕망이자 행위이되, 은이란 농축된 화폐를 추구하는 욕망과 행위는 '은의 화폐로서의 사용'이란 특수한 역사적 맥락 위에 놓이기 때문에 이 맥락을 일단 검토해볼 필요가 있을 것이다. 곧 조선 사회에서의 은의 문제를 검토해야 한다는 것이다. 〈옥갑야화〉 제1화의 분석을 위해 너무 우회하는 것이 아니냐고 생각할지 모르지만, 이 책 전체의 주제와 관련하여 불가피한 과정이므로 어쩔 수 없다.

조선 사족체제에서 은은 원래 화폐로 사용되지 않았다. 고려 때 은으로 제작한 고가의 화폐 은병(銀瓶)은 널리 사용되지 않았고 조선 초에 폐기되었다. 은이 화폐의 기능을 상실한 것은 조선이 명(明)에 대한 외교적 노력을 펼친 끝에 1429년(세종 11)에 금은 세공(歲貢)을 면제받으면서부터였다. 금은 세공의 면제를 주장한 강력한 근거는 조선에는 금은이 생산되지 않는다는 것이었다. 이로 인해 실제로는 적지 않은 금광과 은광이 존재했는데도 이후 개발될 수 없었고, 또 개발되지 않았다. 은을 화폐로 사용하는 일도 자연스럽게 중단되었다. 물론 중간에 가끔 은광이 개발되는 경우가 있기는 했지만, 그것은 특수한 이유가 있는 예외적인 사건이었을 뿐이다.

1538년 이후 일본 은의 유입

은광이 적극 개발되지 않는 한 은이 화폐로 사용될 수는 없었다. 하지만 국제 환경은 그와는 전혀 다르게 조성되기 시작하였다. 명의 경제는 15세기 후반 이미 은본위 경제(銀本位經濟)로 전환하였다. 국가가 발행한 불환지폐 대명보초(大明寶鈔)의 가치가 하락하여 화폐로서의 신용을 상실하자, 민간에서 금과 은을 화폐로 사용하기 시작하였다. 이에 1436년 관리의 녹봉을 은으로 지급하기 시작한 것이 계기가 되어 이후 전부(田賦)와 요역(徭役), 잡역(雜役)의 은납화(銀納化)가 차례로 이루어졌으며, 마침내 1570년에서 1580년 사이에 제정된 일조편법(一條鞭法)에 의해 명은 은본위제로 전환했던 것이다.[3] 15세기 이후 명의 경제는 은을 중심으로 돌아가고 있었다. 조선과 명의 관계란 원-고려와는 달리 1년에 몇 차례 북경에 파견되는 사신단이 유일한 것이었던 바, 당연히 여기에 은이 사용될 가능성이 있었다. 하지만 전술한 바와 같이 조선은 금은의 세공을 면제받기 위해 금광과 은광의 존재 자체를 은폐했고, 1428년(세종 10)에는 명에 파견되는 사신단의 경비로 은 대신 인삼을 사용하도록 하였다.

그런데도 명은 자연스럽게 사신단이 은을 휴대할 것을 요구하였다. 1503년 조선에서 연철(鉛鐵)에서 은을 분리하는 방법을 찾아낸 것[4]은 우연이라기보다는 은의 생산에 대한 압력이 높아졌던 사정을 반영하는 것일 터이다. 불과 5년 뒤인 1508년 단천군의 은이 북경에 가는 통사(通事) 곧 역관에게 팔린 사례에 대한 지적[5]과 이후 1533년까지 주로 단천의 은이 북경에서 사치품을 구입하기 위해 유출된 사실[6]은 명의 은본위제에 반응한 현상이라고 보아야 할 것이다. 하지만 국내 은광의 은은 16세기 은 문제의 본질이 아니었다. 단천은 조선시대 전체에 걸쳐 생산성이 대단히 높았던 은광이기는 하지만, 그곳의 은 생산량은 북경에서 이루어지는 무역의 극히 일부만 담당했을 뿐이다.

16세기 조선에서 사용된 은은 일본에서 유입된 것이었다. 16세기 초 이와미(石見)와 오모리(大森) 은광이 발견되고, 이어 하카다(薄多)의 무역업자가 두 정련공에게 조선과 중국의 회취법(灰吹法)이란 발달된 정련법을 배우게 한 뒤부터(1533년) 은광의 개발이 급속도로 진행되었다.[7] 조선 쪽 자료, 곧 어숙권(魚叔權)이 남긴 자료에 의하면, 중종(1506~1544) 말년 조선의 상인이 은장(銀匠)을 데리고 일본인의 배가 있는 곳으로 가서 연철에서 은을 분리해내는 기술을 전수했고, 이후 일본의 은이 왜관을 통해 들어오기 시작했다[8]고 한다. 흥미로운 것은 16세기 중남미의 은이 에스파냐에 의해 유럽으로, 중국으로 옮겨졌고, 일본의 은 역시 중국과 유럽으로 흘러 들어갔으니, 세계는 은에 의해 통합되고 있었던 것이다. 하지만 조선은 당시까지 화폐를 사용하지 않았고, 은을 통화로 여기지도 않았다. 전혀 준비가 되어 있지 않은 상황에서 조선은 뜻밖에도 임진왜란으로 인해 은 경제권으로 포섭되었다.

일본의 금은 광산은 16세기 중엽부터 급격하게 개발되어, 은의 경우 게이초(慶長)·겐나(元和) 연간(1596~1624)을 중심으로 전후 50년간 가장 많은 양이 산출되었다.[9] 일본은 16세기 중반 에스파냐가 개발한 남미 지역의 은 생산량에 버금가는 '은의 나라'로 등장한다. 1630년대 이

허생의 섬, 연암의 아나키즘

후 일본의 은은 세계 은 생산량의 3분의 1을 차지하게 된다. 일본산 은은 유럽까지 건너가 '황금의 섬' 일본을 찾으려는 충동에 박차를 가하는 원인이 되기도 했다. 중국의 생사(生絲, 白絲)와 일본산 은의 교환을 축으로 하는 교역도 이러한 지역 교역의 중핵으로 떠올랐다.[10]

일본 은은 왜관을 통해 조선으로 유입되었다.[11] 1538년(중종 33) 일본에서 다른 무역품 없이 오직 은만 가지고 왔고,[12] 이후 채단과 백사를 왜관에 팔고 은으로 결제를 받은 뒤 은을 다시 중국에 부치는 밀무역으로서의 중계무역이 나타난다.[13] 일본의 은은 빠른 속도로 서울의 시전(市廛)을 가득 채우고 또 북경 사신단에도 투입되었는데, 한 사람이 3천 냥 이상을 가져간다[14]고 하였으니, 은을 가져갈 수 있는 정관(正官)을 30명 내외라고 한다면, 전체 사신단이 가지고 가는 은의 총량은 9만 냥에 달했던 것으로 추정된다. 하지만 문제가 있었다. 명과의 무역에서 은이 사용된다는 것은 조선에 은광이 없다는 말이 거짓임을 입증하는 것이었다. 이로 인해 명의 은 세공 요구가 있을 것을 두려워한 나머지 조정은 북경에 들어가는 마필(馬匹)이 은을 휴대하는 것을 금했고, 조선에서 발각된 자는 전가사변(全家徙邊)에, 중국 현지에서 발각된 자는 사형에 처하는 등 극도로 엄격하게 금은법(禁銀法)을 적용하기 시작했다.[15]

이처럼 강력한 제재(制裁)로 국내에서 다시 은의 품귀 현상이 나타났다. 일본인들은 이에 중국의 영파부(寧波府)로 가기도 하고, 중국의 복건(福建)·절강(浙江) 상인들이 일본으로 가서 밀무역을 하였다.[16] 당연히 중국 쪽은 생사와 같은 상품이었고 일본 쪽은 은으로 결제하였다. 일본의 은은 중국으로 흘러들었고, 그 은은 중국이 은본위 경제로 전환하는 데 도움이 되었다. 하지만 조선의 경우 강력한 금은법이 적용되면서 은의 사용이 일시 증가하다가 다시 줄어들어 원래 상태로 돌아가고 말았다. 국내의 은광 역시 개발되지 않았다. 은광은 18세기 이후부터 조금 적극적으로 개발되기 시작했다. 이에 대해서는 후술한다. 이런 억압과 통제에도 은의 유출이 완전히 봉쇄된 것은 아니었다. 고위 관료와 지주, 부상대고(富商大賈)를 중심으로 사치품을 수입하기 위해 은은 계속 북경으로 유출되었다.

은을 둘러싼 16세기의 상황은 대개 이상에서 언급한 바와 같았다. 앞서 인용한 어숙권의 자료로 16세기의 상황을 거칠게 요약하자면, 1538년 이후 일본 은의 유입으로 인해 서울의 은값이 떨어지고 명에 파견되는 사신단은 이 은을 가지고 북경에서 사치품을 수입했고, 또 상인들은 의주로 가서 은을 팔기 시작했다고 하니, 일본 은은 조선의 경제에 상당한 영향력을 행사하기 시작했던 것이다. 물론 그렇다 해서 일본 은이 조선 경제 전반에 유의미한 변화를 가져왔다고는 볼 수 없을 것이다. 그것은 여전히 지역적으로는 서울을 중심으로 하여 고급 관료와 부상대고를 중심으로 영향력을 행사했을 것이다. 1538년 이후 일본 은의 유입은 조선의 경제에 유의미한 요소기는 했지만, 그것을 지나치게 평가할 수는 없을 것이다.

임진왜란과 명(明)의 은

국내 은광의 개발, 일본 은의 유입과 북경으로의 은 유출을 통해 볼 때 정부의 강력한 제재와 그 제재를 넘어 이윤을 추구하려는 역관과 상인의 충동이 16세기 내내 대립하고 있었다고 보는 것이 타당할 것이다. 이 상태에서 1592년 임진왜란이 일어났다. 일본 은의 유입이 중단된 것은 두말할 필요가 없었다. 하지만 명이 일본을 대신하여 거창한 양의 은을 공급하기 시작했다. 명은 전쟁 수행에 필요한 일체의 경비, 곧 명군의 군량과 군수물자 조달 비용, 그 밖의 소요 전비(戰費)를 모두 은으로 지불했던 바, 그 총액은 7백만~9백만 냥 혹은 780만 냥 정도로 추정된다.[17] 이 은은 군량과 군수물자를 구입하기 유리한 요동(遼東) 일대에서 사용되기도 했지만, 상당 부분은 당연히 전장(戰場)인 조선에서도 사용되었다. 조선은 전쟁으로 인해 16세기를 이어 은의 대량 유통을 경험하게 되었던 것이다.

한편 명은 자신들이 이미 과도한 비용을 지출했다는 이유로 조선에 은광 개발과 은의 지급을 요구했다. 여기에 극심한 재정 부족을 타개하기 위해 조정에서도 은광 개발의 필요성이 제기되었다. 하지만 그것이 실제 은광의 적극적인 개발로 이어지지는 않았다. 예컨대 1598년 2월 10일 호조판서 김수(金睟)는 당시 채굴 중이던 단천 외에 함경도 함흥(咸興)·정평(定平)·영흥(迎興)·갑산(甲山) 지방의 은광을 개발할 것을 건의했지만[18] 성사되지 않았다. 여러 이유가 있었지만, 은광의 개발, 은의 본격적 생산은 결과적으로 은 세공의 길을 열 것이기에 조정은 은광의 개발에 결코 적극적이지 않았던 것이다.[19]

그런데도 은이 대량 유입된 것, 은이 화폐로 사용되기 시작한 것은 부동의 사실이었다. 은은 역시 제한된 범위 내에서겠지만, 조선의 경제에 심각한 영향력을 행사하기 시작했다. 임진왜란을 경험한 신흠(申欽, 1566~1628)의 증언을 참고하자. 신흠에 의하면, 명은 참전 이후 조선에 은을 증여했고, 군량과 상(賞) 등을 모두 은으로 지불하기 시작했다. 이후 개인의 축재, 호조의 경비, 중국에 파견되는 사신단의 비용, 중국 사신의 접대, 탐관오리의 뇌물, 매관매직 등에 예외 없이 은이 사용되기 시작했고, 이로 인해 은의 값이 급등하기 시작했다. 은은 화폐로 통용되기 시작했고, 엄격하게 시행되던 금은법은 유명무실한 존재가 되었다.[20]

전쟁은 7년을 끌고 끝났지만, 조선은 금은령(禁銀令)의 시대로 돌아갈 수 없었다. 이제는 명의 은이 조선으로 유입되는 것이 아니라 도리어 명으로 유출되기 시작했다. 16세기 이래 명의 정치는 극도로 문란했으며, 정치권력을 장악한 환관과 고위 관료는 은의 축장(蓄藏)에 광분하였다. 1602년(선조 35)부터 1625년(인조 3)까지 명은 조선에 일곱 차례에 걸쳐 11명의 사신을 파견했는데, 이들은 각각 수만 냥 이상의 은을 약탈해갔다. 이 가운데 숫자가 밝혀진 경우도 있는데, 1608년의 유용(劉用)은 6만 냥 이상, 1621년의 유홍운(劉鴻運)과 양도인(楊道寅)은 8만 냥, 1625년의 왕민정(王敏政)과 호양보(胡良輔)는 13만 냥을 약탈했다.[21] 명의 사신이 약탈한 막대한 양의 은은 관료, 역관 부민(富民) 들이 보유하고 있는 것을 고가에 매입하거나 속전(贖錢), 면천(免賤)과 서얼허통(庶孼許通), 공명첩(空名帖) 판매 등 비루한 수단을 써서 거두어들인 것이었다. 아울러 백성에게서 미포(米布)를 대거 수탈하여 은을 구입하는 비용으로 삼았다.[22] 이렇게 구입한 은의 상당 부분은 임진왜란 때 명이 전비로 제공한 은이었을 것이다.

17세기 중반 이후 일본 은의 유입

병자호란 10년 뒤 명이 망하고 대륙에 청 체제가 들어선 이후에도 조선은 새로운 지배자가 요구할 은에 대해 우려의 끈을 놓을 수 없었다. 하지만 청은 은의 공납을 요구하지 않았다. 또 청의 사신은 명의 사신처럼 공공연히 은을 갈취하지도 않았다. 하지만 청 역시 은본위제였다. 이로 인해 청과의 관계에서도 은은 여전히 필요했다. 청의 사신이 조선에 오거나 조선의 사신단이 북경에 갈 때 많은 은이 필요했던 것이다. 하지만 수요를 충족시킬 정도의 은광은 개발되지 않았다.

은은 뜻밖의 경로로 들어왔다. 조선은 1607년 일본과 국교를 재개하고 부산 두모포(豆毛浦)에 왜관을 설치했다. 이어 1609년에는 대마도주(對馬島主)와 기유약조(己酉約條)를 체결했다. 이후 왜관을 통한 상호무역의 길이 다시 열리면서 일본에서 은이 다시 들어오기 시작했다.[23] 1610년 비변사에서는 왜관에서 망룡단(蟒龍緞)을 제외한 각색 비단에 대해서 판매를 제한하지 말 것과 상거래에서 얻은 은에 과세할 것을 조정에 건의하고 있다.[24] 이 자료를 보면 중국의 비단이 주요 수출품이었음을 알 수 있다. 다만 무역의 실상을 정확하게 밝히기는 어렵다.

1618년 호조에서 1609년 명의 사신 유용이 왔을 때 왜관에서 빌려 쓴 은을 왜관 쪽에서 받지 않겠다 하여 남은 것이 있는데, 현재 국고에 은이 없으니 그것을 쓰는 것의 가부에 대해 왕에게 묻고 있다.[25] 조선은 왜관무역이 시작되자마자 명 사신에게 줄 은을 왜관에서 빌렸고, 왜관 쪽에서는 그것을 갚을 필요가 없다고 한 것이니, 이 시기 왜관 은의 영향력을 짐작할 수 있을 것이다. 5년 뒤인 1623년(인조 1)에 왜관을 통해 7만여 냥의 은화를 증식한 동래의 잠상(潛商) 임소(林素)가 효시된 일이 있었으니, 17세기 초기에 왜관에서 일본 은이 다량 들어오고 있었음을 짐작할 수 있다.[26] 사실 왜관에는 중국의 물건이 낭자하게 팔리고 있었다.[27] 1626년(인조 4) 왜관에서 세금을 착실히 받는다면 1년에 은 몇천 냥은 힘들이지 않고 얻을 수 있다는 호조의 발언[28]을 통해 왜관에서의 무역량이 점차 늘어가고 있었음을 알 수 있다.

왜관에서의 무역은 기유약조에서 정한 대로 관원의 입회 아래 해야 했으나, 1637년 이후 상인들이 임의로 무역을 하면서 이 규정이 지켜지지 않았고, 1652년에 이를 금지시키려 하자 왜인들이 폭력으로 반발하기도 하였다.[29] 1647년 왜관의 잠상 세 명을 효시했다[30]는 것은 모두 왜관무역의 규모가 팽창하고 있었다는 것을 방증한다. 후술하겠지만 왜관에서 이루어지는 사무역(私貿易, 밀무역이 아닌 공식적으로 인정하는 무역)에서 10퍼센트의 세금을 떼어 그 가운데 3분의 2는 동래부에서 비용으로 사용하고 3분의 1을 호조에 납부했는데, 이것을 호조 세입은(歲入銀) 상세은(商稅銀)이라 한다. 그런데 1651년 호조 세입은은 3만 9,093냥이었다. 앞서 1618년 호조에서 은이 바닥났다고 보고하고, 결국 왜관의 은 6천 냥을 가져다 썼다. 그것은 1617년 오윤겸(吳允謙)이 회답겸쇄환사(回答兼刷還使)의 정사로서 일본에 파견되었다가 귀국할 때 관백(關白)이 선물로 증정한 것이었다.[31] 이 시기 정부의 은 보유량은 6천 냥이 되지 않았던 것인데, 1651년에는 1년의 호조 세입은이 약 4만 냥이었으니, 30년 사이에 일본에서 은이 대량 수입되고 있었던 사정을 짐작할 수 있을 것이다.

17세기 중반을 통과하면서 왜관무역으로 조선의 은 부족 문제가 상당히 완화되었던 것이 분명하다. 다만 1651년(효종 2) 중국 동전을 수입해 사용하는 쪽이 동전 주조보다 비용이 절감된다는 판단 아래 중국 동전 1만 7천 문(文)을 은 1천6백 냥으로 수입하고자 했는데, 이때 호조에서 은 보유량이 바닥나서 겨우 8백 냥만 보낼 수 있다고 한 것을 상기한다면, 은 부족이 충분히 해결되었다고는 볼 수 없을 것이다. 하지만 사정은 가파른 속도로 변화하고 있었다. 불과 4년 뒤인 1655년(효종 6) 12월 조정은 동전 유통에 관한 법을 다시 시행하면서 동전의 가치를 은으로 고정시켰다(동전 6백 문은 은 한 냥).[32] 동전의 유통은 결과적으로 실패로 돌아가지만, 은으로 동전의 값을 고정시키려던 발상은 이미 은이 어느 정도 축적되어 있음을 전제하는 것이다.

이 시기의 은 보유량을 정확히 측정할 수는 없지만, 대충 짐작해볼 수는 있다. 1656년 3월 15일 수찬 홍위(洪葳)는 장문의 상소에서 훈련도감·병조·상평창 등이 창고에 넘치도록 축적하고 있는 은을 백성의 구제에 사용할 것을 요청한다. 그는 일례로 사복시가 축적하고 있는 은의 양이 5만 냥에 달한다고 지적했다.[33] 4년 뒤인 1660년 9월 송시열은 각 아문이 비축한 은과 포로 재해를 입은 백성을 구제할 것을 요청하고 있고,[34] 같은 해 11월에는 비변사가 각 아문과 군영이 비축한 은과 미포를 진휼 자금으로 사용할 것을 요청한다.[35] 그런가 하면 1659년과 1660년에는 단천 은광의 밀린 세공 4천 냥을 감면해주었다.[36] 이것은 모두 정부가 저축한 은이 계속 늘고 있다는 것을 의미한다. 1660년이면 은은 매우 풍족해졌을 것이다. 같은 해 8월 대사간 이정영(李正英) 등은 각 아문에서 계속 은을 구입해 축적하므로 시중의 은이 부족하고 국가기관으로 흘러 들어간 은을 '수은(囚銀)'이라고 부른다면서, 공가(貢價)와 군병(軍兵)·서례(胥隷)의 요포(料布) 절반은 은으로 지급하여 은을 시중에 유통시킬 것을 요청하고 있다. 이 시기 조선의 유일한 은광인 단천 은광의 1년 세공은 1천 냥이었으니, 각 아문이 거두어두려던 은은 국내의 광은이 아니라 왜관무역을 통해서 유입된 일본 은이었던 것이다.

1650년 이래 10년 사이에 일본 은이 대량 유입된 것이 분명한데, 이것은 알려져 있듯 북경과 왜관을 잇는 중계무역이 활황을 이루기 시작했기 때문이다. 북경-왜관-일본의 중계무역이 이 시기에 시작된 것은 물론 아니고 1610년부터 이미 시작된 것이지만, 1650년을 어림으로 중요한 변화가 일어났다. 즉 중계무역에서 백사(白絲)가 차지하는 비중이 급격히 높아졌던 것이다. 백사 무역은 1629년에 이미 1천8백 근이라는 상당히 많은 양이 왜관에서 선적되고 있는 것으로 보아[37] 1609년 기유약조 직후부터 일본으로 수출되었을 것이고, 이내 중계무역의 주력 상품이 되었던 것으로 보인다. 1670년(현종 11) 민정중(閔鼎重)은 현종에게 이렇게 말한다.

> 왜국은 사치가 아주 심합니다. 남경(南京)에서 무역해온 백사는 모두 왜국으로 들어갑니다. 비단을 짤 뿐만 아니라 배의 닻줄 같은 것도 모두 백사를 쓰고 있습니다. 비록 수만 근이라 하더라도 모두 팔 수 있습니다. 필시 쓰이는 곳이 무궁할 것입니다.[38]

백사 무역의 이윤은 매우 높았다. 북경에서 백사 1백 근을 60금에 사와서 왜관에 160금에 팔았다.[39] 곧 2.66배에 팔았던 것이니, 이윤율이 엄청나게 높았던 것이다.

백사가 높은 이윤율을 보이는 무역상품으로 등장한 것은 임진왜란 이후 간에이(寬永) 연간(1624~1643)에 완성되어 미국의 제독 매슈 페리(Matthew C. Perry, 1794~1858) 내항기까지 시행된 도쿠가와 막부의 쇄국정책과 관련이 있는 바, 쇄국은 크리스트교 금지와 막부의 무역 독점을 그 내용으로 삼고 있었다.[40] 막부는 애초 재력을 강화하기 위해 해외무역을 적극 장려하였다. 막부에게서 주인(朱印), 곧 도항면허장을 받은 주인선(朱印船)은 동남아시아 국가와 적극적으로 무역을 시작하였다.[41] 주인은 1604년부터 일본 선박의 해외 도항(渡航)이 전면 금지되는 1635년까지 355척 이상의 배에 주어졌다. 일본은 명과의 국교 회복에는 실패했지만, 명의 무역선(사실은 밀무역이다)은 일본에 오고 있었다.

주인선의 무역은 활발했지만, 막부의 허가를 얻어야 한다는 것은 막부가 무역을 통제하기 시작했다는 신호다. 주인선과 명의 무역선 그리고 네덜란드·영국·에스파냐의 무역선이 가지고 오는 수입품 중 주된

품목은 중국산 생사와 견직물이었고, 금·납·약재·향료 등이 그다음이었으며, 시계·유리기구·모직물 등의 서양 공업제품도 사치품으로 조금 들어왔다. 일본의 최대 수출품은 은이었다.[42] 후술하겠지만 막부의 무역 통제는 바로 은의 유출을 통제하는 것이었다.

무역선은 선교사도 실어왔다. 크리스트교 신자가 급속히 늘자 막부는 1612년 슨푸(駿府)·에도(江戶)·교토(京都)·나가사키 등의 직할도시에 크리스트교 금지령을 내렸고, 1637년 10월 시마바라(島原)와 아사쿠사(淺草)의 크리스트교 농민을 중심으로 한 대규모의 잇키(一揆)를 진압한 뒤 1640년에 와서 크리스트교의 금지를 완성한다.[43] 이와 함께 무역의 통제도 한층 더 강화되었다. 에스파냐·포르투갈 선박과 중일(中日) 상인, 사이고쿠 다이묘(西國大名)가 담당하던 동아시아 무역을 막부가 직접 관리하고 감독하는 것이었다.[44] 후술할 막부의 무역에 대한 일련의 통제책은 17세기 초부터 일본이 직면한 은 생산의 감소와 생사와 은의 교환에서 오는 은의 급격한 유출이란 문제에서 출발하였다.[45] 크리스트교의 금지와 아울러 은 유출을 막으려는 막부의 의도는 쇄국정책 속에 일관되게 관철되고 있었다.

막부는 1616년 중국선[46]을 제외한 외국선은 히라도(平戶)와 나가사키에만 입항을 허락했다.[47] 이어 막부는 1623년 일본선의 필리핀 도항과 필리핀에서 오는 에스파냐선의 내항을 금지했고, 1633년 다시 쇼군의 명령서를 받은 봉서선(奉書船)을 제외한 모든 일본선의 외국 도항을 금지했다. 1635년에는 모든 일본선과 일본인의 외국 도항을 엄금함과 동시에 해외 일본인의 귀국도 허락하지 않았다. 일본의 쇄국이 완성되었던 것이다. 이와 동시에 포르투갈인은 히라도에서 나가사키 항구 내의 인공 소도(小島)인 데지마(出島)로 옮겨져 여기에서만 거주하게 되었다.[48] 1639년에는 포르투갈인의 내항이 금지되었고, 서양인 중에는 네덜란드인만 무역을 계속하게 되었다. 1641년 네덜란드인들은 히라도와 나가사키의 포르투갈인 거주지로 옮겼다. 대일무역을 독점한 네덜란드선과 중국선의 무역 액수는 이후 몇 해 동안 비약적으로 늘지만, 이윽고 막부에 의해 그 내항선의 수와 무역 액수도 제한받게 되었다.[49] 이모든 조처는 은의 유출을 막고 무역을 통제하려는 막부의 의도에서 비롯된 것이었다.

1646년 대륙에 청 체제가 성립한 뒤 중국-일본의 무역에 유의미한 변화가 일어났다. 당시 정성공(鄭成功)은 금문(金門)·하문(廈門)·대만을 근거지로 삼아 저항을 계속했다. 정성공에 의해 대만 건너편의 천주(泉州)·장주(障州)·조주(潮州)·복주(福州) 등 광동성과 복건성 일대가 유린당하자 청은 1656년 해금령(海禁令)을 내리고, 1661년 다시 복건성을 중심으로 한 다섯 개 성(省)의 주민을 내지로 옮겨 정성공 세력과 분리시키는 천계령(遷界令)을 내린다. 이로 인해 중국 연안의 상선이 해외로 진출하는 길이 봉쇄되었다. 물론 1656년부터 1684년에 이르는 29년간의 해금이 중국과 일본의 무역을 완전히 봉쇄한 것은 아니었다. 청의 선박이 훨씬 줄어들기는 했지만 이따금 나가사키에 내항했고, 대륙의 선박을 대신해서 대만의 선박이 나가사키 무역을 독점했던 것이다.[50] 다만 일본의 입장에서 중국 대륙과의 교역 단절은 나가사키와 함께 막부가 공인하는 유일한 무역 공간인 왜관무역에 더욱 주목하게 했을 것이다. 요컨대 일본의 쇄국정책으로 막부가 재래의 다양한 무역선을 정리함으로써 나가사키로 제한된 네덜란드·중국과의 무역이 청의 해금정책으로 인해 더욱 좁아지자 왜관이 생사 구입의 안정적 대안으로 떠올랐을 것이다. 17세기 중반부터 조선의 은 보유량이 늘어난 것은 다름

허생의 섬, 연암의 아나키즘

아닌 이러한 국제관계에 기인한 것일 터이다.

17세기 중반 이후 왜관무역을 통한 일본 은 유입량의 증가는 몇몇 자료로 확인할 수 있다. 호조는 1680년 이후 왜관에 수출한 생사와 인삼 중 생사에 대해 은으로 세금을 걷었던 바, 1684년부터 1710년까지의 통계[51]를 분석하면, 18세기 후반 호조가 수세원으로 잡은 왜은은 대략 18만 냥이라고 한다.[52] 물론 18만 냥이란 당시 일본에서 여러 번 개주(改鑄)했던 경장은(慶長銀)·원록은(元祿銀)·보자은(寶字銀) 등의 함량 차이를 일단 배제한 것이다. 그럼에도 18세기 말경에 와서 일본에서 생사의 대금으로 은의 유입량이 확연히 증가하고 있었던 것은 두말할 필요가 없다. 다만 왜관을 통한 일본 은은 18만 냥을 훨씬 웃도는 수준으로 유입되었을 것이다. 대체로 17세기 말까지는 밀무역을 제외한 사무역에서만 연평균 22만여 냥의 은이 수입되었을 것이라고 추정한다.[53] 아울러 1758년의 자료에 의하면, 옹정(雍正) 연간(1722~1735) 청이 나가사키와 직교역을 하기 전에는 왜관에서 연간 30~40만 냥의 은이 들어왔다고 한다.[54] 여기에 밀수입분을 합치면 아무리 적게 잡아도 50~60만 냥 내지 70~80만 냥 이상이 수입되었을 것이라고 추정하기도 한다.[55] 수치를 정확하게 파악하는 것은 어렵겠지만, 17세기 중반 이후 18세기 초까지 백사의 중계무역으로 왜관을 통해 전에 경험하지 못한 대량의 은이 조선으로 유입되었던 것은 두말할 필요가 없다. 또 그것은 당연히 조선의 경제에 상당한 영향력을 행사했다.

역관무역

은에 대한 서술이 사뭇 길었다. 이제 원래 다루고자 했던 주제로 돌아가 보자. 전술한 〈옥갑야화〉 제1화의 중국 상인을 배신한 조선 역관

이야기와 당연히 관련이 있다. 곧 조선 역관이 무역자금으로 가지고 갔던 은은 이제까지 길게 언급한 은의 역사를 배경으로 갖는 것이다. 이제 역관과 은의 관계에 대해 좀 더 자세히 언급할 필요가 있겠다. 전술한 바와 같이 일본이 공무역(公貿易)의 상품으로 은을 가져온 1538년에서 1592년 임진왜란까지 약 반세기 남짓 은은 명-조선 간의 무역자금으로 사용되었다. 미증유의 파괴적 전쟁인 임진왜란을 겪고 이어 1636년(병자호란) 청에 패배한 조선은 당연히 중국 대륙과의 무역이 일관되게 원활했던 것은 아니다. 다시 정식 사신단을 파견하기 시작한 것은 청이 대륙의 주인이 된 1645년부터였다. 다만 청에는 명대와는 달리 정기 사신으로 동지사·정조사·성절사·연공사를 통합한 삼절연공사(三節年貢使)와 시헌력을 받아오기 위해 파견하는 약식의 사신단인 황력재자행(皇曆齎咨行)을 각각 연 1회씩 파견하였다. 물론 이외에도 부정기적 임시 사행도 있었다.[56]

북경에 파견되는 사신단의 규모는 2백~3백 명으로, 약 30명 남짓의 정관과 나머지 보조역의 원역(員役)으로 구성되어 있었다. 정관은 정식 사신으로서 정사·부사·서장관 등 삼사 세 명과 역관으로 구성되었다. 역관은 당상역관(堂上譯官)·상통사(上通事)·질문종사관(質問從事官)·압물종사관(押物從事官)·압폐종사관(押幣從事官)·압미종사관(押米從事官)·청학신체아(淸學新遞兒)·우어별차(偶語別差) 등으로 구성되어 있었고, 그 수는 가장 적을 경우 13명이었다.[57] 이들 역관은 중국에 드나들 기회를 이용하여 무역에 종사하였다. 17세기 중반 이후 이들이 무역에 동원한 자본의 규모가 상당히 컸기에 특별히 역관자본으로 부르기도 한다. 역관자본의 형태는 팔포(八包), 별포(別包), 공용은차대(公用銀借代) 세 가지로 나뉜다.

팔포는 1429년(세종 11) 명의 금은 세공이 면제된 이후 사신단의 여비와 물품 구입용 자금으로 인삼 열 근을 휴대하는 것을 허락한 데서 비롯되었다. 그 후 1628(인조 6) 1인당 80근 여덟 꾸러미(包)의 휴대를 허락하였으니, 이것이 이른바 '팔포'다. 다시 1682년(숙종 8) 인삼의 품귀로 인해 인삼 한 근을 은 25냥으로 환산해 정관 1인당 2천 냥을 가지고 가게 하되, 당상관에게는 1천 냥을 더 지급하였다(비록 인삼 꾸러미가 아닌 은이었지만 관습상 이것도 팔포라고 불렀다). 16세기 은의 유출을 봉쇄하는 엄혹한 처벌 조항을 《대전후속록(大典後續錄)》에 싣기까지 한 조선 정부가 은의 휴대를 허락한 것은 인삼의 부족 때문이기도 했지만, 전술한 바와 같이 17세기 후반 왜관에서 일본 은이 대량 유입되었기 때문이다. 팔포를 은으로만 채운 이 규정은, 일본에서 은 유입이 단절되고 국내 은 생산이 위축되자 1752년(영조 28)에 피물(皮物)과 잡물(雜物)을 은과 함께 가져가도록 강제할 때까지 유지되었다.

별포는 관아무역(官衙貿易)을 대행하는 자본을 말한다. 상의원과 내의원, 호조, 오군문(五軍門)에서 왕실의 비단을 비롯한 사치품과 약재 그리고 군대에서 필요한 견직물과 금속류를 수입하였던바, 이것은 팔포의 정액 이외의 것이었기 때문에 '별포'라 한 것이다. 역관들은 일종의 대리무역을 담당했던 것인데, 이것도 이익이 남았고, 때로는 이 별포의 권한을 사들여 무역자본으로 삼았다. 공용은차대는 사행에서 쓰이는 기밀비를 역관이 부담하는 대신 경외(京外) 각사의 관은(官銀)을 역관이 대출받아 무역의 자본으로 삼는 경우를 말한다.

역관들이 가지고 갈 수 있는 무역자금의 규모를 짐작하기 위해 1678년(숙종 4)의 예를 들어본다.[58] 이해의 사행에서 팔포를 가져갈 수 있었던 사람은 삼사 및 군관(軍官)이 총 열 명, 역관 체아(譯官遞兒)가 22명, 잡직 체아(雜職遞兒)가 세 명이다. 이 사행의 팔포 총계는 모두 7만 4천 냥이었는데, 삼사 및 군관의 것이 2만 2천 냥, 역관 체아의 것이 4만 6천 냥, 잡직 체아의 것이 6천 냥이었다. 역관 체아의 것이 전체의 62퍼센트에 달하며, 쌀로 환산하면 3만 666석 10두에 해당한다. 이 경우는 당상관에게 1천 냥을 증액한 1682년의 규정 개정이 적용되지 않았으니, 1682년 이후는 이보다 좀 더 늘어났을 가능성이 있다. 이 점을 고려한다면 대개 팔포의 정액은 6만~7만 냥 정도로 추정된다. 하지만 이것은 별포와 공용은차대를 포함하지 않은 것이다. 만약 이것들을 포함한다면 그 규모는 훨씬 더 클 것이다. 5년 뒤인 1683년(숙종 9)의 자료를 예로 들어보자. 당시 대사헌이던 조사석(趙師錫)은 동지사행의 원역(員役)과 상인들이 가지고 간 은이 많은 경우 20만 냥 이상 혹은 15만~16만 냥, 적어도 10만 냥 이하는 아니라고 말하고 있다.[59] 동지사행이 가지고 간 은의 총량은 팔포를 훨씬 초과하는 것이다. 물론 여기에는 상인의 것이 포함되어 있기는 하지만, 그 중심은 어디까지나 역관의 몫이었을 것이다.

　1645년 청 체제의 성립 이후 오직 역관만이 대중국 무역을 지배한 것은 아니었다. 사상(私商)도 당연히 포함되어 있었다. 하지만 역관은 무역의 주류였다. 역관은 북경 현지에서 이루어지는 회동관개시(會同館開市)를 독점한 것은 물론이고, 이외에도 책문에서 이루어지는 책문교역(柵門交易)-책문후시(柵門後市)에도 참여했다. 18세기가 되면 사상들이 책문후시에서 역관을 압도하여 대중국 무역을 장악하지만, 적어도 18세기 전반까지 역관은 팔포무역권과 관아무역 대행권, 관은 대출 등 유리한 조건을 바탕으로 대청무역의 핵심에 위치했던 것이다.[60] 후술하겠지만 숙종 연간에 갑자기 나타난 변승업(卞承業, 1623~1709)·장현(張炫, 1613~?)·김근행(金謹行, 1610~?) 등의 거부는 모두 역관 출신이었으니, 이 역시 이 시기 백사의 중계무역으로 들어온 은을 근거로 한 것이었다.

일본 은의 단절

왜관을 통해 들어온 일본 은은 17세기 후반에 증가하다가 1720년대를 통과하면서 줄어드는 경향을 보인다. 이것은 현상적으로 확인되는 사실이다. 1727년 11월 11일 호조판서 권이진(權以鎭)이 의주부에서 심양과 관서의 상인들에게 세금을 거둘 것을 제안하여 조정에서 가부를 두고 토론이 벌어진 적이 있는데, 이 토론을 통해 호조에서 보유하고 있는 은의 양과 당시 은의 유출 정도를 알 수 있다. 권이진은 1711년 호조의 은 보유량은 20여만 냥, 1724년은 11만 냥이었고, 1727년 현재는 5만 냥에 불과하다고 말한다. 아울러 국내에서 은을 생산하는 은점(銀店, 銀鑛)도 아주 적어 해마다 6백~7백 냥 정도가 들어올 뿐이라는 것이다.[61] 곧 국내의 은광에서 생산되는 은은 전체 은 보유량이나 사용량에서 별로 큰 의미를 지니지 못하고 있었던 것이다. 또 하나 이 자료에서 주목할 것은 급작스런 용도, 예컨대 청에서 칙사가 한두 번 나오게 된다면 호조의 은은 반드시 바닥을 보일 것이라는 발언이다.[62] 곧 은 부족에 대한 위기감이 조성되고 있었던 것이다.

이날 회의에 참여한 행부호군(行副護軍) 김시환(金始煥)은 자신이 1708년 동지사의 서장관으로 북경에 갔을 때는 일행이 가지고 간 은이 15만 냥에 이르렀는데 심관(瀋關)에서의 교역 때문에 북경의 시장에는 들어가지도 않았고, 1722년 진위겸진향사(陳慰兼進香使)의 부사로 갔을 때는 은이 10만 냥에 이르렀다고 하였다.[63] 대단한 양의 은이 사행을 통한 무역으로 청으로 유출되고 있었던 것인데, 영의정 이광좌(李光佐) 역시 종전의 황력재자관(皇曆齎咨官)이 15만 냥의 은을 가지고 북경에 갔는데,

의주부윤이 원래의 팔포 규정, 곧 지참할 수 있는 은의 한계를 엄격히 지키자 은의 유출이 줄어들었다고 말한다. 이광좌는 임인년(1722) 이후 1천 냥을 지급해도 조금도 문제가 없었으니, 서울과 지방을 막론하고 역관에게 은을 빌려주지 말고, 무역을 구실로 지나치게 지급하는 경우도 엄격히 제한하자고 주장했다.

은의 유출은 청 측에서 도리어 걱정할 정도였다. 한때 청-조선의 무역을 장악했던 호상(胡商) 정세태(鄭世泰)가 '조선처럼 지극히 작은 나라가 해마다 은 수십만 냥을 가지고 오는 것을 괴이하게 여길 정도'였던 것이다.[64] 이것은 1725년 조문명(趙文命, 1680~1732)이 사은사(謝恩使)의 서장관으로 연경에 들어갔을 때 들은 이야기로, 불과 2년 전의 일이었다. 요컨대 1720년대를 거치면서 은 보유량이 격감하고 있었던 것인데, 청과의 무역에서 너무 많은 은이 유출되었던 것이 그 원인이라고 할 수 있을 것이다. 하지만 위 자료들이 들고 있는 유출량은 특별히 이 시기에 와서 폭증한 것이 아니다. 이전에 이미 그 정도의 양은 청으로 유출되고 있었지만, 왜관을 통해 일본 은이 계속 유입되고 있었기에 유출 자체가 별 문제가 되지 않았던 것이다.

곧 은이 부족해진 것은 이미 알려져 있듯 왜관을 통해서 들어오는 은이 격감했기 때문이다. 참고로 17세기 중반에서 19세기 초기까지 세입 은의 양을 측정해보자. 1651년(효종 2) 3만 9,093냥, 1668년(현종 9) 3만 262냥, 1700년(숙종 26) 3만 9,519냥, 1707년(숙종 33) 1만 7,733냥, 1713년(숙종 39) 6만 6,780냥으로 1651년에서 1713년까지는 중간에 1만 7,733냥(1707년)으로 줄어든 적이 있지만, 6년 뒤 6만 6,780냥으로 상승한다. 하지만 1723년(경종 3) 3만 1,156냥으로 줄어든 뒤 1730년(영조 6) 2만 8,332냥, 1732년(영조 8) 1만 2,922냥, 1749년(영조 25) 1만 6,530냥으로 계속 줄어들기 시작한다. 연암이 북경에 갔던 1780년(정조 4)이면 716냥으로 1천 냥 이하로 떨어진다. 정조 연간이 되면 일본에서 들어오는 은의 양이 무의미한 수치로 떨어졌다고 보아도 무방할 것이다.

정확한 연도를 지적할 수는 없겠지만, 전술한 바와 같이 1720년대를 통과하면서 은 보유량이 격감함에 따라 호조에서는 심각한 우려를 표명했을 것이다. 1727년 호조판서 권이진의 발언은 은의 유입이 무의미한 수준으로 떨어진 것은 아니겠지만, 1720년대를 통과하면서 확연히 줄어드는 것을 감지했던 신호로 보아야 할 것이다. 1752년 동래은이 절종이 된 지 20년이 지났다는 자료는 1730년에 접어들면서 중계무역으로 인한 일본 은의 유입이 사라졌다는 것,[65] 곧 1730년대가 되면 왜관을 통해 일본이 생사와 비단을 거의 수입하지 않기 시작했다는 것을 의미한다. 여기에 더하여 1735년 북경무역에 사용되는 은 가운데 동래은이 10퍼센트밖에 되지 않는다는 지적은 1730년대에 와서 중계무역이 거의 소멸 단계에 도달했다는 것을 방증한다.

일본 은의 유입이 소멸한 이유에 대해 과거의 자료와 현대의 연구자들 공히 청이 나가사키에 1689년 상관(商館)을 개설하여 청과 일본의 직교역이 시작되었기 때문이라고 설명한다. 다만 사료에 따라 청과 나가사키와의 직교역이 시작된 연대는 일정하지 않다. 곧 옹정 연간, 1741년, 1747년 등으로 보고 있다.[66] 1735년 북경무역에 동래은이 10퍼센트도 되지 않았다는 것은 청-일본의 직교역이 이루어졌다는 것을 의미하니, 옹정 연간, 1741년, 1747년이라는 연도는 사실과도 부합하지 않는다.

청과 나가사키 사이에 직교역이 이루어지고 있었던 것은 1686년 전라도 금오도(金鰲島)에 표류한 중국 상인 아홉 명과 1679년 제주도에 표류한 중국인 상인 70명에게서 얻은 정보로 이미 파악되고 있었다. 1711년 일본에 파견된 임수간(任守幹, 1665~1721)이 현지의 일본인에게서 얻은 정보에 의하면, 당시 소주(蘇州)·항주를 왕래하는 일본 무역선은 1년에 80척이었고, 이보다 더 많은 경우도 있다고 하였다.[67] 곧 청과 나가사키와의 직교역이 옹정 연간이나 1741년, 1747년에 이루어진 것이 아니었던 것이다. 이런 정보가 널리 확산되거나 공유되지 못했기 때문에 이런 착오가 생긴 것이 아닌가 한다.

중계무역의 쇠퇴는 청과 일본의 직교역으로 인해 나타난 현상이 아니었다. 사실 1684년 전해령(展海令) 이후 왜관을 통해 유입되는 일본 은의 양은 감소하지 않았다. 1684년(숙종 10)에서 1710년(숙종 36)까지 매년 무역량을 기록하고 있는 〈대마도종가문서(對馬島宗家文書)〉에 의하면, 같은 기간 동안 정은 수출량을 파악할 수 있는데, 1684년부터 1697년까지 순도 80퍼센트인 경장은이 연간 2천 관 이상 조선으로 수출되었다. 후술하겠지만 1686년 막부가 정향령(貞享令)을 내려 나가사키와 쓰시마의 수출량을 정했던 바, 쓰시마의 경우 1,080관목(貫目)이었으니 (1700년 1천8백 관목으로 증액) 사실상 이 시기는 무역 한도액을 초과하고 있었던 것이다. 곧 청과 나가사키와의 직교역이 왜관무역을 통한 일본 은 유입량을 줄인 결정적인 요인일 수 없다는 것이다.[68]

일본 은이 유입되지 않았던 것은 기본적으로 일본 막부의 정책과 관련이 있었다. 앞에서 언급했듯 도쿠가와 막부가 17세기 초부터 크리스트교의 탄압과 함께 막을 연 쇄국정책은 기본적으로 생사와 은의 교환에서 오는 은의 급격한 유출을 막으려는 것이었다. 일본의 은은 17세기 초부터 생산이 감소했으니, 막부는 은 수출의 억제를 위해 1607년 회취은(灰吹銀, 純銀) 금수조처를 발령하고 새로 주조한 경장은(慶長銀, 80퍼센

허생의 섬, 연암의 아나키즘

트)을 대신 지불하기 시작했다.[69] 그런데도 1세기에 걸친 대외무역에서 은화의 대량 유출은 17세기 말에 이르러 심각한 통화 부족 사태를 초래하였다.[70]

이런 정책의 일관성으로 인해 막부는 1672년 은의 해외 유출을 막기 위한 시법(市法)을 실시했다. 수입품의 원가와 무역량을 억제하는 정책으로, 네덜란드선과 청선(淸船)이 나가사키 무역을 통해 가지고 가는 금은을 줄이기 위한 조치였다.[71] 1686년 막부는 정향령을 내려 해외무역을 나가사키 무역과 쓰시마 무역으로 제한하고 무역액을 정한다. 나가사키 무역은 중국의 경우 은 6천 관목, 네덜란드는 3천 관목이었고, 왜관무역은 1,080관목이었다. 청선의 무역액을 6천 관으로 한정하자 밀무역이 늘어났다. 이에 청상에 대한 관리를 강화하기 위해 청상을 일괄 수용하는 시설인 당인옥부(唐人屋敷)를 1689년에 완성한다.[72] 이것이 여러 사료에서 말하는 나가사키 상관이다. 곧 나가사키 상관은 청과의 무역 확대가 아니라 통제를 위해서 만든 것이었다. 이어 막부는 1695년 경장은 대신 은의 함량이 64퍼센트인 원록은을 발행한다. 이 역시 은의 부족으로 인한 것이었다.

막부는 계속해서 은의 유출을 막는 정책을 실시했다. 무역 총액제인 정향령의 한계를 보완하기 위해 1689년부터 나가사키에 입항하는 청선을 70척으로 제한했고, 1715년에는 아라이 하쿠세키(新井白石)와 오오카 다다스케(大岡忠相) 주도 아래 해박호시신례(海舶互市新例)를 발포하였다. 이것이 일본의 새로운 무역정책인 쇼토쿠 신령(正德新令)이다. 무역을 가능한 억제하고 자급 경제의 길을 모색하는 것이다. 막부 무역정책의 근간을 이루는 정책이었다. 이 정책의 핵심은 나가사키에 내항하는 청선 수의 감소, 구리 무역액의 격감, 신패제(信牌制) 실시에 있었다.[73]

이런 일련의 정책으로 인해 조선으로 유입되는 일본 은이 격감하였다. 이것은 일본의 백사 수입량으로도 측정할 수 있다. 1688~1711년 일본의 백사 수입은 나가사키를 대신하여 조선과의 무역을 중심으로 전개되었으니, 청과 나가사키 직교역이 이루어진 시기인데도 나가사키보다 동래 왜관을 통한 수입의 비중이 더 컸던 것이다. 이로 인해 왜관을 통한 쓰시마의 백사 수입은 1697년 이후 크게 증가하였다. 하지만 1708~1715년에는 전과는 비교가 되지 않을 정도로 백사 수입량이 감소했고, 1744~1747년과 1751~1755년에는 백사 수입이 전무하였다. 이처럼 백사 수입의 동향은 '나가사키의 시대'에서 '쓰시마의 시대'로 옮겨갔고, 그다음에는 '일본 국산의 시대'로 바뀌어갔다. 중국산 백사와 일본산 은을 중심으로 하는 조선의 중계무역 구조는 1740년대 이후 크게 변했던 것이다.[74]

또 다른 상황도 물론 작용했다. 일본은 이 시기에 와서 생사를 생산하고 있었다. 간토(關東)·오우(奧羽)·도카이(東海), 호쿠리쿠(北陸)의 산간지방에 양잠업이 발달하여 생사의 생산이 17세기 동안 두 배로 증가하고, 18세기가 되면서 거의 자급하게 되었던 것이다.[75] 쇼토쿠 신령 이후 나가사키 무역에서 청선 수와 은 무역액은 계속 감소하였다.[76] 이것은 한편으로는 청의 무역 경로가 바뀐 데도 원인이 있었다. 영국 동인도회사가 청에서 막대한 양의 생사를 수입하기 시작하여 1750년에는 청이 생사 수출을 금지할 정도였다. 이처럼 청의 생사 수출 경로가 변화하면서 동래 왜관으로 공급하는 생사의 양이 급감했던 것이다.[77] 이 때문에 조선은 중계무역이 여전히 가능했다 하더라도 18세기 초반이면 생사처럼 큰 이익을 가져다 줄 수출품이 있을 수 없었다.

허생의 섬, 연암의 아나키즘

탐욕의 상인, 역관

은의 격감이 여러 방향에서 문제를 일으켰음은 물론이다. 다만 여기서는 역관과 관련한 현상만 검토해보자. 중계무역의 쇠퇴로 인한 일본 은의 격감에 역관들은 어떻게 대응했던가? 일본에서 들어오는 은이 부족해지자 국내의 은광이 개발되기 시작했다. 국내 은광에서 채굴된 은, 곧 '광은(鑛銀)'이 무역자금으로 사용되기 시작했다.[78] 왜관을 통한 중계무역이 쇠퇴하자 역관은 북경무역에 집중했다. 그들은 광은으로 비단, 특히 무늬 있는 비단인 문단(紋緞)을 수입하는 데 집중한 것으로 보인다. 이내 광은의 유출이 심각한 문제로 인식되기 시작했다. 1727년이면 유용한 광은을 무용한 청의 사치품을 사오느라 소모하는 것은 큰 문제라는 인식이 있었고,[79] 8년 뒤인 1735년에는 북경으로 유출되는 은의 10퍼센트만 동래의 은, 곧 왜관을 통해서 들어온 일본의 은이고 나머지는 모두 광은이라는 지적이 있었다.[80] 이처럼 일본의 은이 줄어듦에 따라 광은의 유출이 증가했고, 이에 대한 우려가 계속되었다.[81] 급기야 1771년이면 광은으로 팔포를 채우는 것 자체가 아예 금지되었다.[82]

일본 은이 줄어들자 역관들은 1720년대까지 자신들과 함께 대청무역을 이끌던 사상과 갈등을 일으키기 시작했다. 곧 책문후시의 성행으로 역관의 팔포무역(八包貿易)이 상대적으로 손실을 보는 데다 왜관무역의 쇠퇴로 일본 은의 유입이 줄어들자 관에서 은을 대출하기가 어려워졌다. 이로 인해 역관들은 당시까지 자신들과 이익을 일정하게 공유하던 사상을 무역에서 배제하고자 하였고, 대청무역에서 은의 유출을 우려하던 정부는 역관의 요청을 수용하였다. 곧 사행(使行)을 이용한 사상들의 무역을 억제하는 정책이 선택되었다.[83] 1723년 청의 요청에 의해 운수청부업자인 난두(欄頭)의 혁파, 1725년 연복제(延卜制)를 이용한 사상의 책문무역(柵門貿易) 금지, 1728년 심양 팔포무역과 단련사(團練使)의 혁파 등 사상의 무역활동을 사실상 제한한 목적은 사상에 의한 은의 유출을 줄이고자 하는 것이었다. 하지만 사상의 몰락은 역관의 수입품을 판매하는 역할을 맡는 사상을 도리어 압박하는 것일 수 있었다. 복잡한 논의 끝에 1754년 다시 의주 상인들의 책문후시가 공인되었다. 문제는 원점으로 돌아갔던 것이다.[84]

왜관에서 이루어지는 중계무역의 중단은 역관무역을 위축시켰다. 그렇다고 역관의 무역이 소멸한 것은 아니었다. 북경에서 이루어지는 회동관후시는 그대로 남았다. 역관이 제도적으로 존재하는 한 역관무역 자체가 사라질 수는 없었다. 양반 관료가 사신으로서 해외를 체험하는 기회는 극히 희귀한 것이었고, 또 복수적 체험도 있을 수 없었다. 오직 역관만이 여러 번의 북경 체험을 통해 중국 관료들과 인맥을 쌓고 정보를 수집할 수 있었다. 역관이 경제적으로 몰락하여 역관직을 기피하는 현상이 나타나는 것은 사족체제의 입장에서도 결코 유리하지 않았다. 조선 정부로서는 청과의 복잡한 외교관계의 일선에서 뇌물을 사용하고 정보를 캐내는 등 궂은 실무를 처리하는, 유능한 역관의 존재가 절대적으로 필요하였다. 정부로서는 역관을 의도적으로 우대할 필요가 있었으니, 이들에게서 무역의 특권을 박탈할 수가 없었던 것이다. 이런 이유로 역관무역은 조선조가 종언을 고할 때까지 지속되었고, 중계무역의 전성기 때만큼은 아니라 해도 역관은 부유한 상인의 지위를 유지할 수 있었다.

이상에서 언급한 일본 은과 중계무역, 광은 유출, 역관의 치부 등을 배경으로 하여 〈옥갑야화〉 제1화의 의미를 음미해보자. 역관은 외교 일

허생의 섬, 연암의 아나키즘

선에서 통역을 수단으로 실무를 담당하기 때문에 국가의 경영에 반드시 필요한 존재였다. 하지만 사족체제는 '통역'을 천시라고 말할 수는 없겠지만 다분히 기능적인 것일 뿐이라고 인식하였다. 이런 이유로 역관은 일반 관료로서의 출세가 제한되어 있었다. 곧 역관은 한품서용제(限品敍用制)의 제한을 받았던 것이다. 국가 경영에 반드시 필요하지만 한편으로 차별이 가해졌다는 것은 유능한 역관의 확보에 결정적인 장애가 되었다. 무역은 우수한 역관을 유인하기 위한 보상적 장치이자 특권이기도 하였다. 역관의 입장에서도 국가 외교를 담당한다는 직업적 자부심이나 뒷날 관료로서 출세하기 위해 역관이 된 것은 아니었다. 하지만 그들이 역관 활동을 저버릴 수도 없었다. 이런 이유로 역관은 국가의 공공성을 담당하면서도 동시에 사익을 추구하는 상인이라는 이중적인 성격을 결합한 존재가 되었다.

1591년 주청사(奏請使)로, 1596년 진위사(進慰使)로, 1609년 성절사겸사은사(聖節使兼謝恩使)로 세 번이나 중국에 갔던 유몽인(柳夢寅, 1559~1623)은 역관에 대해 이렇게 평가했다.

나는 세 번 중국에 갔기에 역관들의 행태를 안다. 그들이 만릿길을 온갖 고생을 하면서 오가는 것은, 나랏일을 위한 것도 공명을 위한 것도 아니다. 그들이 바라는 바는 오직 중국과 물화를 유통하여 교역 이익을 늘리는 데 있을 뿐이니, 송곳 같은 작은 이익도 구리 솥이나 종처럼 무겁게 본다.[85]

역관은 나랏일도 자신의 명예도 관심사가 아니고, 오직 교역에서 얻는 이익만 추구하는 존재라는 것이다. 이런 평가는 당시의 사족이 공유하는 것이기도 하였다. 유몽인과 같은 시대를 살았던 신흠은 역관의 성격에 대해 '본디 시정의 장사꾼이 많고 이익만 알고 다른 것은 모르는' 자라고 말한 바 있다. 역관은 '영리하고 민첩하고 슬기로워 다른 사람의 뜻을 쉽게 알아차린다.'는 발언은 이익을 위해 인적 관계와 맥락, 의도를 쉽게 파악한다는 의미로 들린다. 곧 체면과 명분을 중시하는 사족과는 그 성격이 판이했던 것이다. 신흠의 말을 더 들어보자.

조종조(祖宗朝) 이래 기강이 당당하여 관직에 있는 사람들은 법도를 어기지 못했고, 방자하게 구는 역관들도 삼척의 법을 또한 준수할 줄 알아, 사신의 일에 복역하느라 숨도 제대로 쉴 수 없었다.[86]

이것은 임진왜란 전의 상황이다. 전술한 바와 같이 1538년 이후 일본에서 조선으로 유입된 은에서 역관들은 새로운 부의 통로를 발견한 것이었다. 하지만 《대전후속록》의 금제가 보여주듯, 역관과 은의 유출에 대한 조정의 통제 역시 강력했다. 신흠의 지적은 임진왜란 이전에는 역관에 대한 통제가 가능했다는 것을 의미한다. 하지만 임진왜란 이후 사정이 달라졌다. 신흠은 임진왜란 이후 공로로 1, 2품의 직질에 오른 역관이 수십 명에 이르는 등 역관의 존재가 크게 부각되어 사신을 무시하는 행위를 예사로 하고 귀국 후 사신을 비방하고 중상하는 경우가 허다했다고 증언한다. 임진왜란이라는 중국, 일본과의 접촉이 역관의 힘을 키우는 결정적인 계기로 작용했다는 것이다. 하지만 역관의 힘은 그들이 축적한 부에 있었다.

역관은 재물이 많아 비록 죄가 있다 해도 반드시 면하고, 그 가운데 세력이 있는 자는 입김을 불어 서리와 이슬을 만들 정도니, 요즘 사명(使命)을 받드

허생의 섬, 연암의 아나키즘

는 사람들의 형편이 딱하다 하겠다.

기유년(1609) 겨울 내가 주청사로 중국에 갔을 때 역관이 중국인과 형제보다도 더 친밀한 것을 보았다. 대국(大國)과 소국(小國)은 명을 받드는 데에 체통이 있고, 내번(內藩)과 외번(外藩)은 구역이 본디 다르다. 친하게 되면 버릇없이 굴게 되고, 버릇없이 굴면 깔보게 된다. 깔보게 되면 틈이 생기고, 틈이 생기면 실수하게 된다. 나는 이것에 대해 깊이 걱정하고 있다.

조정에서는 사신을 반드시 신중히 선택해야 하고, 역관을 대우하는 데에도 반드시 제한이 있어야 할 것이다. 샛길을 막아 그들이 사욕을 채우는 것을 막고, 상과 벼슬을 주는 것을 멈추어 그들이 자신의 본분을 편안히 지키게 해야 할 것이다. 그래야만 뒷날의 염려가 없을 것이다.

신흠은 임진왜란 이후 권력을 얻게 된 역관에 깊이 주목하고 있다. 그들의 힘은 그들의 부에 근거하고 있다는 것도 주의할 부분인데, 이것은 대체로 역관에 대한 사족들의 인식이었다.

부와 관련하여 역관이 인식된다는 것, 곧 부를 축적했거나 부를 최선의 가치로 여기는 역관이란 인식은 역관에 대한 비판을 함축하고 있지만, 전술한 바와 같이 그런 역관의 상(像)은 사족체제가 만든 것이었다. 역관은 중인이지만 의관(醫官)과 함께 사족 못지않은 문식(文識)을 갖추고 있었다. 그런데도 역관은 출세에 제한을 받고 있었다. 조선 사회의 최고 가치는 문과를 통해 관료가 되는 것이고, 그중에서도 청요직(淸要職) 또는 청현직(淸顯職)이라 불리는 명예와 권력이 집중된 소수의 관직으로 진출하는 데 있었다. 하지만 간단없는 권력투쟁-당쟁의 결과 17세기 중반 이후 대부분 지역의 사족은 배제되고, 서울·경기·충청도의 사족-경화세족만이 청요직으로 진출할 수 있었으니, 이런 상황에서 역관이 청요직으로 진출할 가능성은 아예 없었다. 물론 역관은 문과에 응시할 수 있었고, 합격한 사례도 발견된다. 하지만 합격했다고 해서 관직으로 진출하는 것은 쉽지 않았고, 청요직으로의 진출은 봉쇄되어 있었다. 문벌을 중시하는 사족사회의 성격상 역관은 영원히 역관일 뿐이었다.

이런 조건들이 역관이 무역에, 이익에 더욱 집착하는 근거가 되었다. 국가 간 무역이 보편화된 근대사회에서는 상식이 된 것이지만, 전근대 조선 사회에서는 매우 희귀한 경험이었다. 거슬러 올라가면 고려는 말기에 원의 부마국이었기 때문에 왕은 많은 시간을 북경에 머물렀고, 이로 인해 북경에는 고려인이 한때 2만 명 이상이 머무르기도 하였다.[87] 북경과 개성 사이에는 인마가 끊이지 않았다. 하지만 조선의 경우 사행을 제외하면 북경에 갈 기회란 없었다. 외국 체험 자체가 매우 드물었고, 또 토지의 경영 외에는 달리 부를 획득할 기회가 없는 사회에서 무역이야말로 대단히 새롭고 희귀한 경험이었던 것이다.

특히 17세기 후반 일본 은의 대량 유입은 전에 경험하지 못한 재산 축적의 기회를 제공했다. 전술한 바와 같이 재래의 부는 축장성이 떨어지는 포목 같은 것이거나 유동성이 낮은 토지였다. 이에 반해 은은 축장성과 유동성이 높고 일본과 중국 모두에 쓰일 수 있는 농축된 가치를 보유한 화폐였다. 이제 토지 혹은 포목 같은 실물 재산과는 그 성격이 본질적으로 다른 재산의 형태가 등장한 것이고, 또 그것을 벌어들이는 방법은 사족이 참여할 수 없는 무역이었다. 전술한 바와 같이 조선 최고의 부자라는 칭호를 얻은 변승업과 장현, 김근행 등은 모두 숙종 대에 활동한 역관이다. 이들의 부가 17세기 중반 이후 시작된 중국-일본을 잇는 중계무역과 그로 인해 일본에서 쏟아져 들어온 은에 근거하고 있음은 두말할 필요가 없을 것이다. 이처럼 거대한 부를 축적한 역관들이 17세기 후반 집중적으로 나타난 것은 무역을 통한 치부라는 새로운 삶의 모델을 제공했던 것으로 보인다.

화폐에 선행하는 가치—생명과 가족

이제 〈옥갑야화〉 제1화로 돌아가 보자. 중국 상인의 신의를 저버린 역관의 행위는 어떻게 가능한 것이었던가. 그것은 예외적이거나 돌발적 사건이 아니라, 역관의 어떤 속성을 예각화해서 반영한 것으로 보인다. 토지의 경영, 곧 지대를 받아들이는 것보다 또는 국내의 상업보다 대중국·대일본 무역이 더 큰 이윤을 획득할 유일한 기회였다. 무역을 통한 높은 이윤을 경험한 역관의 사고와 행동은 상인의 그것과 같았다. 예컨대 숙종 말기에서 영조 초기에 활동했던 김경문(金慶門)의 경우 1732년 엄청난 물화를 가지고 청에 들어가면서 자발적으로 세금을 처음 바친 일로 처벌을 받았다.[88] 1733년 청의 통관(通官)이 조선 사신에게 사상들이 주도하는 회령개시(會寧開市)를 없앨 수도 있다고 말했는데, 회령개시가 폐지되면 무역의 이익을 독점할 수 있기에 역관 쪽에서 청 측에 공작을 벌였기 때문이다.[89] 김경문은 아버지 김지남(金指南)과 함께 《통문관지(通文館志)》를 편찬한 당대 최고의 역관이었다. 하지만 그 역시 법을 어기고 이익을 추구한 것은 두말할 필요가 없었다.

역관이 국가에서 빌린 무역자금을 갚지 않는 경우도 허다했다. 1709년 사간원은 국가기관이 역관에게 은을 대출해주는 관행을 폐지할 것을 요청했다. 역관들은 호조와 병조, 사복시와 각 군문(軍門)의 은을 빌려 가서는 북경에서 돌아온 뒤 즉시 상환하지 않았다. 은 대신 다른 물건으로 갚기도 하고, 심한 경우 전토(田土)와 집으로 갚는다는 것이었다. 이것은 은을 빌려준 기관에게는 절대적으로 손해였다. 따라서 국가 기관에서 역관에게 은을 빌려주지 말 것과 빌려주더라도 은 이외 다른 것으로 갚지 못하게 할 것을 법으로 삼자고 요청했다.[90] 은이 바닥날 정도로 부족해진 1736년에는 우의정 송인명(宋寅明)의 건의로 오래된 공사채(公私債)를 견감해주었다. 공사채는 부상(富商)과 활역(猾譯), 곧 교활한 역관의 것이 많았다고 한다.[91] 1726년에는 역관이 은을 갚지 않자 채무자가 각각 채무의 10분의 1을 내어서 무역자본으로 삼아 그 이익으로 빚을 갚게 하는 상채청(償債廳)을 세우기도 하였으나[92] 의도한 성과를 거두지 못하고 1743년 혁파하였다.[93] 역관들은 '비단으로 벽을 바르고 술과 고기를 마시고 먹으면서도 나라에 진 빚을 한 푼도 갚지 않고, 청탁하는 기술이 교묘한 터라 오직 빚을 미루기만 일삼는다.'는 지적이 있을 정도로 사치스러운 생활을 하면서도 의도적으로 채무를 갚지 않았던 것이다.[94]

중국인 주고를 배신한 조선 역관은 이처럼 부를 추구하는 상인으로서의 역관의 생리를 극단적으로 반영한 것으로 보인다. 중국인 주고가 역관에게 1만 냥을 선뜻 빌려주고, 뒤에 역관이 죽었다는 소리를 전해 듣고 가엾게 여기며 다시 1백 냥을 주면서 제물을 사서 재를 올려주라고 한 행위, 역관이 자신이 죽었다고 전하라면서 주고를 배신한 행위 그리고 역관 일가가 전염병에 걸려 몰사했다는 이야기는 역관의 이런 성격과 관련하여 이해해야 할 것이다.

중국인 주고가 역관에게 1만 냥을 빌려준 것은 앞으로 이 역관과의 지속적인 거래에서 발생할 이익을 염두에 둔 행위로 볼 수 있다. 이제까지 오랜 거래에서 주고는 이익을 남겼고, 따라서 자신과 거래하는 역관이 죽는 것보다는 그를 도와주어서 계속 거래하는 것이 훨씬 이익이라고 생각했을 것이다. 주고의 행위는 장기적 안목에서 이익을 추구한 계산적 행위로 볼 수 있을 것이다. 그렇다고 해도 풀리지 않는 부분은 여전히 남는다. 주고의 입장에서는 역관의 처지가 딱하기는 하지만 1만 냥을 빌려줄 필요는 없다. 그것은 어디까지나 역관의 문제다. 다른 역관을 택해서 거래하면 그만인 것이다.

이자도 받지 않고 1만 냥을 빌려주는 것은 비합리적 경제행위다. 역관이 다시 북경에 돌아오지 않을 경우 돈을 돌려받지 못할 가능성은 언제나 있다. 따라서 주고가 역관에게 돈을 빌려준 것은 결코 이익을 위한 합리적 행위라고는 볼 수 없다. 그 행동은 오늘날 있을 수 없다. 곧 '무정한 돈 계산'이 원칙으로 확립되어 있는 자본주의사회에서 결코 합리적 행동이라고 할 수 없는 것이다. 따라서 주고의 행위 이면에는 이익 외에 다른 가치가 묻어 있다고 볼 수밖에 없다. 돈보다는 생명, 가족이란 가치가 선행한다는 것이다. 주고의 행위가 장기적인 차원에서 이익을 노린 것이 아니라 실제 생명과 가족이란 가치를 위한 진정성 있는 행위라는 것은, 역관이 죽었다는 말을 전해 듣고 선량한 사람이 불행을 당했다고 가엾게 여기며 1백 냥을 주고는 제물을 사서 재를 올려달라고 거듭 부탁한 데서도 확인된다.

역관의 행위는 주고의 행위와 대척되는 지점에 있다. 역관은 오직 이익만 추구하는 인간이다. 역관의 행위가 돌출적 예외라고는 생각되지 않는다. 이런 유형의 인간은 경제적 이익을 최선의 가치로 생각하는 역관 특유의 성격이 연장된 것이다. 후술하겠지만 17세기 후반 중계무역에서 얻은 은을 기반으로 법화인 상평통보가 유통되기 시작한 것 역시 17세기 중반까지 화폐를 통한 재산 축적의 경험이 없었던 조선 사회에 큰 변화를 불러일으켰다. 조선은 무역 혹은 상업 그리고 화폐 자체를 통해 다시 화폐를 축적하는 인간 부류를 탄생시켰던 것인데, 그런 새로운 변화의 맨 앞에 선 부류가 역관이었던 셈이다. 대다수의 사람이 여전히 자급적 농업에 종사하고 있을 때 그들만은 은과 화폐가 강처럼 흐르는 화폐 경제의 흐름 속에 있었다. 이런 사회적 변화 앞에서 연암은 중국 주고의 행위에 묻어 있던 금전적 이익으로 환원될 수 없는 가치, 생명과 가족 같은 것에 대해서 말하고 있는 것으로 보인다. 그것은 경제적 행위에 선행하여 암묵적으로 존재하는 것으로, 연암이 '순후한 풍속'이라 부른 것일 터이다. 연암은 상업을 부정한 것이 아니다. 교환으로서의 상업을 부정한 사람은 아무도 없다. 하지만 가족이나 생명의 가치, 신의를 저버리면서 부의 축적을 추구하는 것은 타기시되어야 할 것이었다.

　역관과 그의 가족이 전염병으로 죽었다는 이야기 역시 주목할 만하다. 그것이 사실인지 아닌지는 밝힐 수 없는 일이다. 여기서 중요한 것은 역관의 배신과 전염병을 연결시키는 태도다. 돈에 대한 탐욕으로 타인의 호의와 신의를 저버리는 행위에는 어떤 방식으로든지 처벌이 따라야 한다는 관념이 배후에 있는 것이다. 어떤 경우에도 이익의 추구가 인간의 윤리에 선행할 수 없다는 것이고, 이익 추구는 당연히 윤리의 통제 아래 있어야 한다는 것을 의미한다. 경제를 순수하게 경제의 논리로만 이해하는 것, 즉 수요와 공급, 생산과 소비로만 이해하는 것은 인간과 사회를 파괴하는 길이다. 연암의 생각을 파고 들어가면, 윤리가 제도화의 과정을 거쳐 경제를 통제할 필요가 있다는 것이 맨 밑바닥에 있는 것은 아닐까?

허생의 섬, 연암의 아나키즘

두 번째 이야기, 공공에 대한 헌신

***

이런 이야기도 있었다.

이 지사(李知事) 추(樞)는 근세의 이름난 역관이었다. 평소 입에 돈 이야기를 올리는 법이 없고, 40여 년을 연경에 드나들었지만 손에 은을 잡아본 적이 없었으니, 단정한 군자의 풍모가 있었다.

有言: 李知事樞, 近世名譯也. 平居, 口未嘗言錢, 出入燕京四十餘年, 手未嘗執銀, 有愷悌君子之風.

이추(李樞, 1675~1746)는 숙종·영조 때 활동한 역관이다. 이추는 금산(金山) 이씨고, 1693년(숙종 19)에 역과에 한어(漢語)로 합격했다. 이추의 집안은 그의 고조 이유(李愉) 대부터 역관으로 진출하여 조선 후기의 유력한 역관 가문이 된다. 이유는 1559년에 태어나 임진왜란 때 선조를 호종하고 전쟁 중 한어역관으로 크게 활약하였다. 대체로 16세기 중반 이후부터 역관 가계를 이룬 것으로 보인다.[95]

이추는 숙종 말기부터 청에 역관으로 파견되었고 1746년(영조 22) 사망하는 해까지 북경을 오가며 30년 이상을 수역(首譯)으로서 대청외교(對淸外交)의 최일선에 있었다. 조정에서 인조반정에 관한 사실이 《명사(明史)》에 잘못 기록된 것을 바로잡기 위해 13년 동안 사신을 파견했는데, 결국 1731년에 고치게 되었다. 이 일을 해결하는 데 가장 큰 공을 세운 사람이 이추였다. 그는 청의 내부 사정을 소상히 아는 당대 최고의 중국통이었고, 그런 까닭에 조정의 전폭적인 신임을 얻어 33번이나 중국에 파견되었다.

옹정제 때 예부상서까지 오른 김상명(金常明)은 스스로 조선 사람의 후손이라고 공언했는데, 그는 정묘호란 때 포로로 잡혀간 김계량(金季亮)의 손자였다. 이추와 역시 역관인 김시유(金是瑜)는 자신들이 김상명의 족당(族黨)이라며 김상명의 부조(父祖)의 사당에 참배까지 하면서 남의 이목을 속이고 뇌물을 쓰며 외교적 난제를 해결하였다. 이런 이유로 조선 사신단은 반드시 이추와 김시유를 대동했던 것이다.[96]

보통 사족이나 관료 들은 역관을 멸시하는 경우가 대부분이었지만, 이추의 경우는 확실히 평가가 달랐다. 《통문관지》는 "성품이 재물을 대수롭지 않게 여기고, 남에게 베풀어주는 것은 좋아하였으며, 남의 곤궁한 사정을 잘 해결해주었다. 자신의 자손을 위해 재산을 불리는 일을 하지 않았다."[97]라고 그의 생애를 요약하여 그가 돈을 벌기 위해 무역에 골몰하는 예사 역관과는 확실히 다른 길을 걸었음을 증언하고 있다. 사족 관료들도 이추를 높이 평가했다.

이추의 경우 거의 모든 사행에서 공로가 많은데, 이제 이미 늙어 죽을 날이 얼마 남지 않았습니다.[98] (1737년 서명균)

허생의 섬, 연암의 아나키즘

우리나라는 전적으로 이추만 의지하고 있는데, 이추가 이제 늙었다. 이번의 수본(手本)이 이처럼 모호하니 어쩌면 좋은가?[99] (1746년 영조)

근래 역관들은 한심한 수준이다. 이추와 같은 사람이 아무도 없다.[100] (1748년 영조)

대청외교에 있어서 이추의 빼어난 능력과 헌신을 모두 인정하는 바였던 것이다. 여기에 더해 이추는 청렴한 것으로도 알려졌다.

부연(赴燕)의 기회, 곧 역관이 북경에 파견될 기회가 항시 누구에게나 주어진 것은 아니었다. "역관이 평생 근고하여 바라는 바는 오직 부연하는 데 있다."[101]라고 할 정도로 북경에 가기를 열망하였다. 무역으로 큰 이익을 볼 수 있는 기회였기 때문임은 두말할 필요가 없을 것이다.

이추는 33번이나 북경에 갔고 또 수역(首譯)이었으니, 그가 만약 무역에 종사하여 치부하고자 했다면 엄청난 부를 축적할 수 있었을 것이다. 하지만 그는 무역으로 치부하는 것과는 거의 상관없는 삶을 살았다. 이추가 죽은 뒤 영조와 신하들 사이의 대화를 잠시 보자.

영조: 이추는 평소 청백(淸白)한 사람이라고 일컬어졌다. 해마다 북경에 갔는데도 단지 말채찍 하나만 가지고 가고 오고 했을 뿐이다.

이철보(李喆輔): 소신이 서장관으로 이추와 동행했는데, 이추는 과연 청백했습니다.

유엄(柳儼): 역관은 교린(交隣)에 매우 중요한 존재인데, 지금 역관은 털끝만 한 이익도 없기 때문에 역관이 되기를 원치 않습니다. 역학(譯學)이 이로 인해 망하고 있습니다. 예전에는 조동립(趙東立), 표헌지(表憲之) 같은 사람들이 훌륭한 역관이라고 일컬어졌습니다. 한수의(韓守義)가 만약 죽는다면 앞

으로 믿을 사람이 없으니 정말 고민입니다.[102]

영조는 이추가 오직 말채찍 하나만 들고 북경을 왕래한 청백한 사람
이었음을 말하고, 이철보는 자기의 경험으로 그것을 확인한다. 유엄이
말한 이익이 없기에 역관직으로 나아가기를 꺼리는 풍조와도 완전히
다른 사람이다.

이추는 최후의 북경행에서 늙은 데다 오랜 여행으로 인하여 몸이 상
해 온몸이 부어오르고 설사를 쏟다가 서울에 도착하자마자 죽는다.[103]
그는 최후의 순간까지 공적인 가치에 헌신하다가 죽었던 것이다. 앞서
중국인 주고를 속이고 치부한 역관의 이야기와 이추의 삶은 완전히 대
척적인 지점에 있다. 그는 자신의 경제적 이익이 아니라 공동체의 이
익, 공공의 이익을 추구하고 살았던 것이다. 그의 삶에서 경제는 우선
이 아니라 부차적인 것이었다. 이추에 대한 짧은 언급을 통해 연암은
화폐 또는 이윤을 의식적으로 저버리고, 곧 치부할 기회를 의도적으로
외면하고 공적 가치에 헌신하는 인간이 있다는 것, 또는 있어야만 한다
는 것을 우회적으로 주장한다.

허생의 섬, 연암의 아나키즘

세 번째 이야기, 부에 선행하는 윤리

***

홍순언 이야기를 꺼내는 이도 있었다.

당성군(唐城君) 홍순언(洪純彦)은 명(明) 만력(萬曆) 때의 명역관이다. 황성(皇城, 북경)에 들어가 기루(妓樓)에 놀러갔더니, 기녀는 미모에 따라 값이 달랐다. 그중에 천금(千金)을 달라는 여자도 있어 홍순언은 천금을 내고 천침(薦枕)을 요구했다. 여자는 나이 열여섯으로 미모가 빼어났다.

여자는 홍순언 앞에서 흐느꼈다.

"제가 높은 값을 요구한 것은 천하 남자들은 모두 인색하기에 선뜻 천금을 낼 사람이 없을 것이라 여겨, 잠시나마 욕을 면하기를 바랐기 때문입니다. 하루 이틀 지내며 본디 이 집 주인을 속이고 한편으로 천하에 의기 있는 분이 있어 저의 몸값을 대신 치르고 저를 기추(箕帚)를 받들 첩으로 삼아주기를 바라고 있었지요. 제가 기루에 들어온 지 닷새가 지나도록 천금을 가지고 찾아오는 사람이 아무도 없더니, 오늘에야 다행히도 천하의 의로운 분을 만날 수 있게 되었습니다. 하지만 공은 외국 분이시니, 법에 저를 데리고 귀국하실 수는 없지요. 이제 제 몸은 한 번 더럽혀지면 다시는 씻을 길이 없게 되었습니다."

홍순언은 그 여자가 딱하기 짝이 없었다. 어떻게 기루에 들어오게 되었느냐고 묻자, 여자는 이렇게 답했다.

"저는 남경(南京) 호부시랑(戶部侍郎) 아무개의 딸입니다. 집안이 적몰되고 장물을 추징당했습니다. 제 몸을 기루에 팔아 받은 돈으로 대신 갚아 아버지의 목숨을 건지고자 하옵니다."

홍순언은 깜짝 놀랐다.

"나는 정말 그런 사정이 있는 줄 몰랐소이다. 내가 돈을 대신 갚아 누이를 건져줄 터이니, 얼마면 되겠소?"

"2천 금입니다."

홍순언은 그 자리에서 그 돈을 치르고 여자와 헤어졌다. 여자는 홍순언을 수없이 '은부(恩父)'라 부르고 절을 하면서 떠났다. 그 뒤 홍순언은 그 일을 전혀 마음에 담아두지 않았다.

홍순언은 다시 중국에 들어갔다. 길가에 사람들이 늘어서서 자주 홍순언이 오는가 물어보는 것이었다. 홍순언은 이상한 생각이 들었다. 황성에 이르자 길 왼쪽에 장막을 크게 치고 사람들이 홍순언을 맞으며 "병부상서(兵部尙書) 석 노야(石老爺)께서 받들어 모시고자 합니다." 하였다.

석성의 저택에 이르자 석 상서가 맞이하며 홍순언에게 절을 하는 것이었다.

"은혜로운 어른이시로군요. 공의 따님이 아버지를 기다린 지 오래입니다."

손을 잡고 내실로 들어가자 성장을 한 부인이 마루 아래에서 절을 하는 것이었다. 홍순언이 황공하여 어쩔 줄을 몰라 하자, 석 상서는 웃으며 "장인께서는 오랫동안 딸을 잊고 계셨군요?"라고 하는 것이었다.

홍순언은 그제야 비로소 부인이 곧 기루에서 자신이 돈을 대신 갚아 건

허생의 섬, 연암의 아나키즘

져준 여인인 줄 알았다. 여자는 기루를 벗어나자 석성의 계실(繼室)이 되었다. 석성이 귀하게 되고도 부인은 여전히 손으로 직접 비단을 짰고 모두 '보은(報恩)'이란 글자를 수놓았다. 홍순언이 귀국할 때 보은단(報恩緞)과 그 밖의 비단과 금은을 선물로 꾸려 보냈는데, 이루 다 셀 수가 없을 정도였다. 임진왜란 때 석성은 병부를 맡고 있으면서 조선에 파병할 것을 힘써 주장하였으니, 본디 조선 사람을 의롭게 여겼기 때문이다.

有言: 唐城君洪純彦, 明萬曆時名譯也. 入皇城, 嘗遊娼館. 女隨色第, 價有千金者. 洪以千金求薦枕. 女方二八, 有殊色. 對君泣曰: "奴所以索高價者, 誠謂天下皆慳男, 無肯捐千金者, 祈以免斯須之辱. 一日再日, 本欲以愚館主, 一以望天下有義氣人, 贖奴作箕帚妾. 奴入娼館五日, 無敢以千金來者, 今日幸逢天下義氣人. 然公外國人, 法不當將奴還. 此身一染, 不可復浣."

洪殊憐之, 問其所以入娼館者. 對曰: "奴, 南京戶部侍郎某女也. 家被籍追贓, 自賣身娼館, 以贖父死." 洪大驚曰: "吾實不識如此. 今當贖妹, 償價幾何?" 女曰: "二千金." 洪立輸之, 與訣別. 女百拜稱恩父而去.

其後, 洪復絶不置意. 嘗又入中國, 沿道數訪洪純彦來否, 洪怪之. 及近皇城, 路左盛設供帳, 迎謂洪曰: "本兵石老爺奉邀." 及至石第, 石尙書迎拜曰: "恩丈也! 公女待翁久." 遂握手入內室. 夫人盛粧拜堂下, 洪惶恐不知所爲. 尙書笑曰: "丈人久忘乃女耶?" 洪始知夫人乃娼館所贖女也. 出娼館, 卽歸石星, 爲繼室. 比石貴, 夫人猶手自織錦, 皆刺報恩字. 及洪歸, 裝送報恩緞及他錦綺金銀, 不可勝數. 及壬辰倭寇, 石在本兵, 力主出兵者, 以石本義朝鮮人故也.

홍순언은 명사(明使)의 영접에 일곱 차례나 참여하고, 아홉 차례나 명에 출사하는 등 조(朝)·명(明) 외교의 제일선에 있던 인물이다.[104] 그는

1574년 성절사행(聖節使行)의 통사로 북경에 파견되었는데, 이 사행의 실제 임무는 종계변무(宗系辨誣)였다.[105] 1584년(선조 17) 종계변무를 위해 북경에 파견된 황정욱(黃廷彧)과 한응인(韓應寅)이 돌아와 임무를 완수한 공으로 상을 받을 때 상통사인 홍순언 역시 상을 받는다.[106] 종계변무는 《대명회전(大明會典)》에 태조 이성계가 고려의 권신(權臣)인 이인임(李仁任)의 아들이라고 기록되어 있는 것을 정정해줄 것을 요청하는 일을 말한다. 이때는 명 황제가 《대명회전》 가운데 고친 부분을 보내준 것이고, 1589년 그 내용이 인쇄된 《대명회전》을 받아와서 종계변무는 완성되었다.

홍순언이 종계변무에 큰 공을 세워 광국공신(光國功臣) 2등 당릉군(唐陵君)에 봉해진 것은 사실이다. 이어 그가 임진왜란 때 큰 공을 세운 것도 분명하다. 무엇보다 그는 일본이 퍼뜨린 유언비어를 해명하는 데도 큰 역할을 했다. 일본은 1591년 4월 겐소(玄蘇) 등을 조선으로 보내 가도입명(假道入明)을 요구했고, 조선은 성절사 김응남(金應南)을 명으로 보내 이 사실을 전하며 왜적이 명을 침공하려 한다고 예부(禮部)에 이자(移咨)하게 하였다. 그런데 일본은 유구(琉球)에 명을 침공하겠다는 것과 조선이 이미 굴복했고 300명의 조선인이 항복해왔는데 그들을 앞잡이로 삼을 것이라고 유언비어를 퍼뜨렸다. 유구는 이것을 명에 보고했다. 이 유언비어를 해결하는 데 있어 홍순언이 큰 공을 세웠던 것이다.

홍순언의 생존시와 가장 가까운 시기의 인물인 박동량(朴東亮, 1569~1635)의 《기재사초(寄齋史草)》를 보자. 박동량은 임진왜란을 직접 경험한 사람이다. 《기재사초》에는 홍순언과 석성(石星)이 동시에 등장한다. 석성은 조선에 호의적이다. 《기재사초》 하의 〈임진일록〉 3 임진년(1592) 8월에 실린, 사은사 신점(申點)이 북경에서 돌아와 올린 보고를 보자.

허생의 섬, 연암의 아나키즘

이때 조정에서는 "팔도가 왜적의 침략을 당해 모두 결딴이 났으니, 천조(天朝, 明)의 병력이 아니면 이 도적들을 평정할 방법이 없다. 그런데 요동에서 온 사람들은 모두 '출병할 시기에 대해서는 확실한 소식이 없다' 하며 지금까지 시간을 끌고 있다. 앉아서 멸망할 날을 기다리지 말고 급히 사신을 보내는 것이 낫겠다."고 판단했다.

때마침 사은사 신점이 북경에서 막 돌아와 이렇게 보고했다.

"요동 부안진(拊按鎭)에서 모두 군사를 보내어 구원해줄 것을 요청하자 구경대신(九卿大臣)이 회의를 열었습니다. 그런데 모두 말하기를, '조선은 멀리 번복(藩服)의 밖에 있는 나라인데 갑자기 왜적의 침략을 당해 나라를 잃고 달아나는 지경에 이르렀으니, 반드시 그 앙화를 스스로 당한 이유가 있을 것입니다. 그 나라의 상황에 대해서 다들 충분히 알지 못하고 있으니, 가볍게 군대를 움직여 머나먼 외방 오랑캐 지역에서 싸우게 만들 수는 없을 것입니다. 요동의 장령(將領)들에게 방어를 엄격히 하여 실수를 하지 않게 해야 할 것입니다.' 하였습니다. 다만 병부상서 석성만은 '조선은 평소 예의의 나라라고 일컬어지고 중화를 닮고자 하여 전후 2백 년 동안 공손하고 신중한 것이 다른 나라에 비할 바가 아니었습니다. 이런 까닭에 조종조(祖宗朝)에서 조선을 다른 외번(外藩)과는 비교가 되지 않을 정도로 예우해왔던 것입니다. 더욱이 이번에 왜적의 침략을 당한 곡절은 앞의 제주(題奏)에 이미 분명히 차서가 있어 결코 거짓으로 우리를 엿보고자 하는 계책이 아닙니다. 만약 조선이 방향을 틀어 왜(倭)로 들어간다면, 변경의 우환은 이루 다 말할 수가 없을 것입니다. 빨리 군대를 보내어 구할 것을 청해야 합니다.' 하였습니다. 다만 구원하지 말자는 건의가 있었기에 이 견해는 아직까지 결정되지 않고 있습니다. 석상서는 홍순언을 불러 '너희 나라의 일에 내가 홀로 힘을 다하고 있지만, 중론이 이와 같구나. 이때에 너희 나라 사신이 온다면 내가 마땅히 그를 위해 힘을 쓸 것이다. 황상 역시 너희 나라를 딱히 여기고 있으나 영하(寧夏)에서 지금 군대를 쓰고 있는 까닭에 힘을 나누기를 두려워하고 있다. 너희 나라는 어찌하여 지금까지 구원병을 청하지 않느냐?'라고 하였습니다."

이에 정곤수(鄭崑壽)와 심우승(沈友勝)을 파견해 화급히 달려가게 하였다.

신점의 보고에 의하면, 병부상서 석성은 조선의 삼사가 아닌 홍순언을 불러 조선에서 원병을 청하라 하였고, 자신이 파병에 힘을 써주겠다고 말했다고 한다.[107] 석성이 정식 사신이 아닌 역관 홍순언을 불러 파병을 요청하라고 제안한 것은, 홍순언이 중국어에 능통하고 중국의 관료들과 친밀한 사이였기 때문일 터이다. 홍순언은 1574년 사은사행을 따라 북경에 간 적이 있고, 1575년 명의 각로(閣老) 허국(許國)이 조선에 왔을 때 수행통사(隨行通事)로서 각로사인(閣老舍人) 유심(兪深)과 아주 친밀한 사이가 되는 등 북경 정계의 사정을 소상히 알고 있었으며, 또한 그들에게서 신뢰를 받고 있었던 것이다.[108]

어쨌든 명의 파병은 석성의 조력으로 인한 것이었던 바, 바로 이 지점에서 홍순언과 '보은단' 이야기가 접속한다. 홍순언과 보은단 이야기는 디테일을 약간씩 달리하는 버전이 약 40종의 문헌에 전한다.[109] 악부시(樂府詩)의 형태로 가공된 것이 있는가 하면,[110] 《이장백전(李長白傳)》이란 이름의 소설로 변형된 것도 있다.[111] 다양한 버전 중 몇 가지를 꺼내보자. 어떤 버전은 홍순언이 여성에게 돈을 준 것은 종계변무로 파견되기 훨씬 전의 일이라든가, 또 건넨 돈이 공금이기에 귀국 후 처벌을 받고 오랫동안 투옥되어 있었다고 한다. 연암은 여성의 아버지가 호부시랑이라고 했지만, 다른 버전에 의하면 여성의 아버지는 모두 절강 사람으로(혹은 사천泗川 사람으로) 북경에서 벼슬하다가 전염병으로 사망하고 고향에 돌아가 장례를 치를 돈이 없어 몸을 팔러 나왔다고도 한다. 여성이 '報恩' 두 글자를 수놓은 비단을 1584년 종계변무로 북경에 갔을 때 홍순언에게 주었다고 특정하는 문헌도 있다. 또 어떤 버전에 의하면 홍순언이 아니라 홍순언이 종계변무를 위해 북경에 갔을 때 그가 데리고 간 역관이 여성에게 3백 냥을 주었고, 그 여인이 뒷날 예부상서의 처가 되어 종계변무사를 도왔다고도 한다.[112]

석성의 계실이 된 여성이 종계변무사의 해결을 위해 이면에서 어떤 작용을 했는지는 모른다. 하지만 석성이 굳이 삼사가 아닌 홍순언을 불러 파병을 요청하라고 한 것을 떠올려보면, 이 이야기가 완전한 허구만은 아닐 것이다. 물론 여기서 그 사실 여부를 따지는 것은 무의미한 일이다. 다양한 버전을 낳으면서까지 홍순언과 보은단 이야기가 조선 후기에 널리 퍼져 나갔다는 사실 자체가 중요한 것이다.

먼저 여성이 아버지를 위기에서 구해내기 위해 자신의 처녀성을 상품으로 내놓는다는 사실에 주목해보자. 이 이야기는 어디서 많이 본 것 같지 않은가. 바로 심청(沈青)의 이야기다. 아버지의 눈을 뜨게 하기 위해 자신의 생명을 내놓는 심청의 행위와 석성의 계실이 된 여성의 행위는 본질적으로 동일한 것이다. 물론 여기서 오래전부터 장님이던 아버지의 개안(開眼)을 위해, 혹은 아버지(그것도 부정으로 죽게 된 아버지)의 생명을 살리기 위해 하필이면 아들이 아닌 딸이 처녀성을 팔아야 하는 것이 정당한 일인가 하는 문제를 제기할 수 있다. 하지만 이 문제는 여기서 다룰 것이 아니다. 어쨌든 심청과 여성에게 있어서 자신의 행위는 유가(儒家)의 절대적인 윤리도덕인 '효'의 실행이다. 더욱이 홍순언이 살았던 조선 사족체제는 '효로 다스리는 세상'을 표방하고 있었다. 홍순언이 2천 냥이란 거금을 쾌척하여 여성을 성적 오염에서 구해준 것은 윤리와 화폐의 관계에서 전자가 후자에 선행하는 가치임을 말해준다. 홍순언이 이역에서 우연히 만난 여성을 위해 대가 없는 2천 냥을 줄 이유는 전혀 없다. 그럼에도 홍순언이 그렇게 했던 것은 윤리가 다른 세속적 가치를 초월하는 보편적 가치라고 믿었기 때문이다.

홍순언 설화에서 맨 마지막 부분, 곧 석성이 자신의 아내를 구해준 조선 사람을 의롭게 여겼기에 임진왜란 때 출병을 도와주었다는 부분에도 주목해보자. 석성이 명군의 조선 출병을 주장·지지한 것은 사실이지만, 그가 자신의 아내로 인해 조선을 도왔다는 것은 진실 여부를 판단할 성질의 것이 아니다. 다만 홍순언의 이야기 끝에 이 이야기가 붙었다는 사실 그리고 두 사건을 연결하려는 발상의 존재가 중요한 것이다. 곧 물질적 이익과 윤리적 행위 중에서 후자를 선택하는 것이 옳다는 것 그리고 그것은 자신은 물론 그가 속한 공동체에 보상으로 돌아온다는 생각! 연암은 이것을 드러내고 싶었던 것이다.

허생의 섬, 연암의 아나키즘

네 번째 이야기, 재산을 나눠 은혜를 갚다

***

이런 이야기를 꺼낸 사람도 있었다.

조선의 상인들은 주고 정세태의 부(富)가 연경에서 으뜸이라는 것을 너무나 잘 알고 있었다. 하지만 정세태가 죽자 그 부는 흔적도 없이 사라지고 말았다.

정세태에게는 단지 손자 하나가 있을 뿐이었는데, 남자 중의 절색이라 어려서 희장(戲場)에 몸이 팔렸다. 정세태의 살아생전에 점원 일을 맡아보던 임가(林哥)는 이제 큰 부자가 되어 있었는데, 희장에서 어떤 미남자가 연극을 하는 것을 보고 마음속으로 좋아하게 되었다. 하지만 그가 정세태의 손자라는 것을 듣고는 서로 끌어안고 울다가 마침내 천금을 대신 갚아주고 그를 희장에서 빼내 같이 집으로 돌아왔다.

집안사람들에게 단단히 일렀다.

"잘 보거라. 이분은 나의 옛 주인이시다. 광대로 여겨 천시해서는 안 될 것이야."

정세태의 손자가 자라자 임가는 자신의 재산 반을 떼어주고 살림을 차리게 하였다. 정세태의 손자는 몸이 살지고 희며 아름다웠는데, 아무 하는 일 없이 종이연이나 날리며 황성을 돌아다니면서 논다고 하였다.

有言: 朝鮮商賈熟主顧鄭世泰之富, 甲于皇城. 及世泰死, 一敗塗地. 世泰只有一孫, 男中絶色, 幼賣塲戲. 世泰時夥計林哥, 今鉅富, 見塲戲中一美男子呈戲, 心慕之. 聞其爲鄭家兒郎, 相持泣, 遂以千金贖之, 與俱歸家. 戒家人曰: "善視之! 此, 吾家舊主人. 勿以戲子賤之." 及長, 中分其財而業之. 世泰孫身肥白美麗, 無所事, 惟飛紙鳶, 遊戲皇城中.

제4화는 정세태와 그의 손자 그리고 정세태의 점원이었던 임가(林哥)의 이야기다. 먼저 정세태에 대해 언급할 필요가 있겠다. 정세태의 생몰년은 정확히 알 수 없지만, 1712~1713년 북경을 여행한 김창업(金昌業, 1658~1721)의《노가재연행일기(老稼齋燕行日記)》에 자주 등장한다. 또 1746년 조선에서 문단(紋緞)의 수입을 금할 때까지 활동하고 있었으니, 대체로 조선 숙종 말경부터 영조 초기까지, 그러니까 담헌 홍대용이 북경에 체류했던 1766년에서 20년 전까지는 확실히 생존해 활동하고 있던 인물이다.

정세태는 역관들의 주고였다. 제1화에서 조선 역관에게 돈을 떼인 중국 상인 역시 연암은 '주고'로 부르고 있다. 단골 상인이란 뜻이다. 담헌은 이 주고에 대해《연기》의 〈포상(鋪商)〉에서 상세히 밝히고 있다. 담헌은 자신이 북경에 머무르고 있을 때(1766년)부터 수십 년 전 공·사의 매매, 곧 조선 정부와 역관의 개인적인 물품 구입은 오직 정씨(鄭氏)와 황씨가 도맡았다고 말한다. 이름이 밝혀져 있지 않은 황씨는 정씨만은 못하지만 부유한 상인이었고, 정씨의 후손이 몰락한 것과는 달리 조선과

허생의 섬, 연암의 아나키즘

계속 무역을 하고 있었다. 황씨의 사위는 몽고 출신 박명(博明)으로 글씨도 잘 쓰고 문장도 잘하여 과거에 합격해 한림편수관이 된 사람이다. 그는 《연행록》에 자주 등장하는데, 조선 사람들이 부탁하는 당액(堂額) 글씨는 모두 박명의 솜씨였다고 한다. 정세태나 황씨와 같은 사람이 조선 역관의 중국 쪽 파트너가 되는 '주고'였으나 정세태의 몰락 이후 홍대용이 입연한 1765~1766년경에는 50여 명의 새로운 주고가 등장했다고 한다.

조선 사신단에게 정세태의 막대한 부는 대단히 인상적이었던 것 같다. 1734년(영조 10년 갑인) 진주사(陳奏使)의 서장관으로 파견된 황재(黃梓)에 의하면, '연시(燕市)의 거상으로 한 해 운용하는 것이 수십만 금 이상'이었다고 한다.[113] 김창업과 같은 사신단의 정사였던 이의현(李宜顯)은 같은 내용의 정보를 전하고, 이어 옥하교(玉河橋) 남쪽에 있는 정세태의 집은 궁궐에 견줄 정도로 대단한 규모인데, 역관들이 크고 작은 매매를 위해 모두 그의 집으로 달려가기에 그의 집은 밤이나 낮이나 저자 같다고 전했다. 이의현의 말 중에 인상적인 것은 정세태가 '남방의 물화'를 유통하는데, 그것이 늦게 도착하는 바람에 역관들이 사행의 귀국을 늦추고 있다는 것이다. 곧 정세태가 무역의 전권을 장악하고 있다는 말이다.[114]

이의현이 말한 '남방의 물화'는 다름 아닌 비단이다. 앞서 언급한 바와 같이 조선이 중국에서 수입하는 상품 중 가장 비중이 큰 것은 무늬 있는 비단인 문단이었다. 정세태가 살아 있을 때에는 해마다 은 10만 냥어치 이상의 비단을 모두 그에게서 구입하였으니, 정세태는 당시 조선무역의 총액에 가까운 금액을 독점하고 있었던 셈이다. 조선과의 비단무역을 독점한 것이 그가 부호가 된 결정적인 계기였는데, 무역 자체는 그의 아버지 대에서 시작된 것이라고 한다. 이런 관계로 인해 조선 사신단은 비단 외에도 구하기 어려운 물건은 모두 정세태에게 말해서 구하곤 하였고[115] 그의 집에 방물을 유치해놓기도 하였다.[116] 예컨대 사은겸진주사(謝恩兼陳奏使)로 파견된 서평군(西平君) 이요(李撨) 등이 돌아와서, 가지고 갔던 방물을 청 측에서 받지 않으므로 가지고 돌아오지 않고 정세태의 집에 맡겼다가 뒤에 동지사의 방물로 이용하고자 한다고 하였다.[117] 정세태로서는 자기 부의 근거가 되는 조선 사신단에게 편리를 보아주지 않을 수 없었던 것이다.

청-일본의 중계무역이 끊기고 일본에서 들어오는 은이 줄어들어 은 부족에 시달리던 조선은 영조의 단호한 명령으로 1746년(영조 22)에 문단을 금지한다. 정세태는 조선인의 기호에 맞는 무늬 있는 비단을 특별히 소주와 항주에서 제작하고 있었는데, 그는 즉시 소주와 항주에 통보해 비단 직조를 중단시키고, 조선 사신에게 '당신네 국왕으로서는 진실로 성덕(聖德)의 일이지만 우리는 이제부터 살길이 없게 되었다.'라고 했다고 한다.[118] 이것이 정태세 가문이 쇠락한 중요한 요인이었다.[119] 하지만 정세태 집안이 조선과의 무역을 완전히 접었던 것은 아니다. 조선 궁중의 예무(例貿)[120]와 별부(別付)[121]는 여전히 정세태 집안에서 맡고 있었으니, 정세태 집안의 비단이 특별히 아름다웠기 때문이라고 한다.

정세태 가문의 몰락을 재촉한 것은 그의 망나니 아들이었다. 홍대용이 북경에 가기 3년 전 영조는 북경에서 돌아온 서장관 이의로(李宜老)에게 "청나라에 지금도 부상대고(富商大賈)가 있는가?"라고 묻는다. 이에 이의로는 "전에는 정세태가 있어 물화(物貨)를 주장할 수 있었지만, 망나니 같은 아들이 있어 가산이 결딴이 났습니다."라고 답한다.[122] 정세태의 아들이 가문의 부를 붕괴시키는 데 결정적인 역할을 했던 것이다. 1751년 사은겸동지사(謝恩兼冬至使)의 부사로 북경에 파견된 황재는 정세태의 아들 무진사(武進士)의 사치스럽기 짝이 없는 발인(發靷)에 대해 서술하고 있는데,[123] 이것으로 보아 적어도 1751년까지 정세태 가문이 경제적으로 몰락한 것은 아니었던 것으로 보인다. 하지만 이런 사치는 몰락을 초래하는 중요한 요인이었을 것이다. 홍대용은 1766년 북경에 체류할 때 정세태 집안에서 조선 역관에게서 받은 물품 구입대금 8천 냥을 채권자에게 모두 빼앗겼다고 말한 바 있는데, 이 발언은 1751년 이후 정세태 집안의 몰락을 입증하는 증거가 될 것이다. 연암이 북경에 간 것은 1780년이니, 담헌보다 14년 뒤다. 1766년에 정세태 집안의 사정이 그런 정도라면 1780년에는 더욱 몰락했을 것이다. 정세태의 손자가 어렸을 때 희장에 팔린 것은 담헌 때보다 더 몰락한 사정을 반영한 것일 터이다.

홍대용은 《연기》에 '희장'이란 항목을 특설하고 있는데, 이에 의하면 희장은 전문화된 연극 혹은 극단의 공연을 지칭한다. 정세태의 손자는 어린 나이에 극단에 팔린 것이다. 담헌이 증언하고 있듯, 당대 북경 정양문(正陽門) 밖에는 10여 개의 희장(戱場)이 있었고, 그 가운데 큰 것은 창립비가 8만~9만 냥에 이르렀다고 하니, 희장은 일종의 거창한 연예사업이었던 것이다. 정세태가 성업 중일 때 그의 밑에서 과계(夥計), 곧 점원으로 일한 임가는 어느 날 연극을 보러 갔다가 정세태의 손자가 공연하는 것을 보고 마음속으로 사모한다. 임가에 대해 홍대용은 서양에서 황석(黃錫)으로 제조한, 화려하기 짝이 없는 몇 길의 등대(燈臺)를 사용하고 있다고 인상 깊게 서술하고 있으니, 임가는 엄청난 부를 소유한 상인이었던 것이 분명하다.[124]

임가는 극장에서 본 정세태의 손자를 마음속으로 사모했다고 했는데, 이 부분의 원문은 '心慕之'다. 사모했다는 말에는 다분히 성적(性的)인 뉘앙스가 있다. '남자 중의 절색(男中絕色)', '몸이 살지고 희며 아름다웠다(身肥白美麗)'란 표현을 보면 정세태의 손자는 대단한 미남자였을 것이다. 임가는 성적 대상자로서 정세태 손자를 생각했을 것이다. 한 걸음 더 나가자면, 정세태의 손자는 남색(男色)을 판 것이 아닌가 한다. 임가는 그가 정세태의 손자라는 것을 알자 부여잡고 흐느낀 뒤에 엄청난 몸값을 주고 극장에서 빼낸 뒤 그를 데리고 집으로 돌아온다. 그리고 가족에게 말한다. "잘 보거라. 이분이 나의 옛 주인이시다. 광대로 여겨 천시해서는 안 될 것이야." 정세태의 손자가 자라자 임가는 자기 재산 반을 갈라 그에게 주고 살림을 차려준다.

어린아이였을 때 헤어진 과거 주인의 손자에게 자기 재산의 절반을 떼어주는 임가의 행동을 어떻게 이해해야 할 것인가. 임가는 원래 정세태가 사업을 할 때 점원으로 일했던 사람일 뿐이다. 정세태의 가문이 망한 것은 조선과의 무역 조건이 달라지고, 또 그의 아들이 망나니였기 때문이다. 임가로서는 그에 대해 책임을 질 필요가 없다. 또 임가는 정세태의 손자가 어려서 극장에 팔린 것도 몰랐으니, 정세태의 가문과 관계가 단절된 것도 오래된 일이었을 터이다. 그런데도 임가는 그의 몸값을 치르고서 극장에서 데려오고, 자라자 그에게 재산을 반분한다. 임가는 왜 그렇게 행동했을까? 임가는 정세태에게 장사를 배우고 독립한 뒤 상인으로 성공했을 것이다. 정세태와 임가 사이는 '무정한 돈 계산'만 있는 사이, 곧 일정한 임금을 매개로 한 경영주와 노동자의 냉정한 관계가 아니라 인간적 신뢰감으로 엮인 사이였을 것이다. 그런 임가이기에 정세태의 손자가 극장에서 몸을 파는 남창이 된 것을 외면할 수 없었을 것이다. 임가는 돈을 지불하고 정세태의 손자를 극장에서 빼내고 급기야 자기 재산의 반을 준다. 그것은 임가가 자신이 상인으로 성장해 부자가 된 것은 자신의 노력만이 아니라 정세태와의 관계가 결정적이라고 생각했기 때문이다. 그러기에 그 손자를 구하고, 자신의 재산을 반분할 수 있었던 것이다.

임가가 정세태의 손자를 구하는 이야기는 홍순언이 뒷날 석성의 아내가 된 젊은 여성을 구하는 이야기와 동일한 구조와 의미를 갖고 있다. 상인과 다름없던 역관 홍순언과 상인인 임가는 이익을 추구하는 존재지만, 그들의 행위는 이익, 달리 말해 화폐에 선행하는 가치가 존재한다는 것을 말하자고 한 것으로 보인다.

다섯 번째 이야기, 희미해지는 믿음

***

옛날에는 매매할 때 포장한 것을 풀어 검사하지 않고 연경에서 싸 보낸 그대로 가지고 와서 장부와 대조해보면 조금의 착오도 없었다. 언젠가 흰 털모자라고 싸 보낸 것을 귀국해 끌러보니 모두 흰 모자였다. 열어보지 않은 것을 후회했지만 소용이 없었다. 정축년(1757)년 두 번의 국상(國喪)에 도리어 갑절이나 이문을 남기기는 했지만, 또한 저들도 옛날 같지 않다는 조짐이었다. 근년에는 물화를 직접 꾸리고 주고에게 맡기지 않는다고 한다.

舊時買賣, 不開包檢驗, 直以燕裝還, 照帳無少差謬. 有誤以白氄帽裝送者, 及歸開視, 皆白帽也. 自悔未閱. 丁丑兩恤, 反獲倍直, 然亦彼中不古之徵也. 近歲則物貨自裝, 不任主顧裝送云.

북경의 조선 역관에서 파는 물건을 포장해서 보내면 장부와 일치했다. 언젠가 흰 털모자를 보낸다고 포장한 것을 서울에서 끌러보니 모두

허생의 섬, 연암의 아나키즘

흰 모자였다. 또 1757년 영조의 비 정성왕후(貞聖王后) 서씨가 2월에, 숙종의 계비 인원왕후(仁元王后) 김씨가 잇달아 사망하여 두 차례 국상이 있었기에 도리어 갑절로 돈을 벌었지만, 북경 상인들이 전처럼 성실하지 않다는 것이다. 연암이 북경에 갔을 때에는 역관들이 스스로 화물을 챙기고 전처럼 단골 상인에게 일임하지는 않는다는 것이다. 이 이야기를 끝에 배치한 것은 화폐보다 더 중요하던 신뢰의 가치가 사라지고 있다는 것을 암시한다.

이제까지 네 가지 이야기는 모두 돈보다 중요한 가치가 있다는 것을 말했다. 하지만 제5화는 그 존중받아 마땅한 가치, 말하자면 신의와 신용 등의 가치가 점차 희미해지고 있다는 것을 말한다. 곧 화폐를 추구하는 일이 지속되자 신의와 신용이 무너지는 것을 의미하는 것이다. 앞서 언급한 바와 같이 이것은 중국 상인에게 빌린 돈을 떼먹는 등의 조선 역관의 타락과 관계가 있을 것이다. 조선 역관의 타락에 중국 쪽도 동일한 방식으로 반응한 것이 아닌가 한다.

여섯 번째 이야기, 스스로 재산을 흩어버리다

* * *

변승업의 이야기도 나왔다.

변승업이 병이 들자 번 돈의 총계를 알고 싶어 회계 장부를 모아 계산해보니 은(銀) 50만 냥이었다. 그 아들이 청했다.

"거두어들이고 빌려주고 하는 것도 번거롭고, 오래되면 또 돈에 축이 날 것이니, 이번 기회에 모두 거두어들이시지요."

변승업은 불같이 화를 내었다.

"이 돈은 도성 안에 사는 만호(萬戶)의 목숨줄인데, 어찌 그걸 하루아침에 끊어버린단 말이냐."

변승업은 늘그막에 자손들에게 당부하였다.

"내가 섬긴 공경(公卿)이 여럿인데, 홀로 국론(國論)을 한 손에 쥐고 자신의 집안을 위해 계책을 세운 사람은 삼대(三代)를 가는 경우가 드물었다. 나라 안에서 재산을 불리는 이들은 우리 집안에 돈이 들고 나는 것을 보아서 이율의 높낮이를 정하니, 이 또한 국론인 셈이지. 돈을 흩어버리지 않는다면 장차 화가 닥칠 것이야."

허생의 섬, 연암의 아나키즘

변승업의 자손은 번성했지만 거개 가난한 것은 그가 늘그막에 재산을 많이 흩어버렸기 때문이다.

有言: 卞承業之病也, 欲閱視貨殖都數, 聚諸夥計帳簿, 合籌之, 共銀五十餘萬. 其子曰: "斂散煩, 久且耗." 請因而收之. 承業大恚曰: "此, 都城中萬戶命脉也. 奈何一朝絶之? 亟還之!" 承業旣老, 戒其子孫曰: "吾所事公卿多, 獨秉國論, 爲家計者, 鮮及三世矣. 國中之爲財者, 視吾家出入, 爲高下, 是亦國論也. 不散, 且及禍." 故其子孫蕃而擧貧窶者, 承業旣老, 多散之也.

전술한 바와 같이 역관 변승업은 조선 최고의 부호였다. 그와 같은 부를 이룩한 사람은 전에도 후에도 없었다. 변승업의 부친인 변응성(卞應星)은 1613년(광해군 5)에 증광시에 합격하여 역관 가문의 시작이 되었다. 변응성은 1615년에 북경에 파견되기도 하였다. 변응성 위로는 잡과(雜科)에 합격한 사람이 없다. 조부 변계영(卞繼永)은 절충장군으로 참봉을, 증조부 변희완(卞希完)도 참봉을 지냈다. 고조부 변옥동(卞玉東)은 품계나 벼슬이 미상이다. 변응성은 9남 1녀를 두었는데, 이 가운데 4남 이하 여섯 명의 아들이 인조 연간(1623~1649)에 역과에 합격하여 전형적인 역관 가문을 이룬다. 4남 승민(承敏)과 5남 승택(承澤)은 한학(漢學)으로, 6남 승준(承俊)과 7남 승준(承遵)은 몽학(蒙學)으로, 8남 승형(承亨)과 9남 승업은 왜학(倭學)으로 과거에 합격했던 것이다. 변응성과 변승업의 형제가 중국어와 몽고어, 일본어 역관으로 골고루 진출하고 있다는 것은 북경에 갈 기회를 더 많이 확보하고, 북경과 일본을 잇는 중계무역으로 수월하게 치부할 가능성이 높았다는 것을 의미한다.[125]

변승업은 1623년에 태어나 1645년에 역과에 합격했고 1709년에 사망했다. 변승업의 일생은 당시의 경제적 변동과 관련하여 매우 흥미로운 시기에 놓여 있다. 곧 변승업의 생애는 역관무역의 절정기에 해당한다. 변승업은 국왕인 영조가 '일국의 부자'[126]라고 할 정도로 조선 최고의 부자로 알려져 있었다. 당연히 그의 부는 역관으로서 청과 일본을 잇는 중계무역에서 왔을 터이다. 한편 그가 병이 들었을 때 자신이 빌려준 돈의 총액을 파악한 결과 은 50만 냥이나 되었다는 것은, 그가 중계무역뿐 아니라 은 50만 냥을 자본으로 하는 대부업을 통해서도 재산을 불리고 있었다는 것을 의미한다. 또 변승업의 대부자금 입출을 보고 대부업을 하는 사람들이 이자율을 결정한다는 대목은, 변승업이 사실상 이 시기 대부업의 기준이 되고 있었다는 것이다.

이 부분에서 변승업 시대 혹은 연암 시대에 대부업이 성행했음을 짐작할 수 있다. 재화를 빌려주고 이자를 받는 행위 또는 직업은 그 유래를 확정할 수 없을 정도로 오래된 것이다. 조선에 국한하더라도《경국대전》에 이미 고리대에 대한 강력한 처벌법이 있는 것으로 보아, 재산을 늘리기 위해 재물을 대부하고 높은 이자를 받는 일은 조선 전기에도 있었던 것이다. 다만 조선 후기의 대부업은 조선 전기의 대부업과는 그 성격을 확연히 달리한다. 이것은 상평통보의 유통과 관계가 있을 것이다. 변승업이 56세이던 1678년(숙종 4)에 유통되기 시작한 상평통보는, 뒤에 상론하겠지만 최석정(崔錫鼎)의 지적처럼 곧장 대부업의 발달로 이어졌으니, 변승업은 조선 최고의 부자가 될 수 있는 가장 적절한 시기에 태어나서 평생을 보냈던 것이다.

변승업이 병이 들어 죽음이 예상되자, 그의 아들은 빌려주고 받는 것이 번거롭고, 그 과정에서 회수하지 못하는 채권이 발생하는 등 원금이 줄어들 수도 있다는 이유로 일시에 채권을 모두 회수할 것을 요구한다.

허생의 섬, 연암의 아나키즘

아들의 요구는 합리적이다. 아버지의 죽음이란 사건을 통해 있을지도 모르는 자본의 망실을 예방하자는 것이다. 하지만 변승업의 생각은 다르다. 대부업은 선점한 화폐를 이용해 타인의 노동을 화폐의 형태로 흡취(吸取)한다. 이자를 화폐로 지불하는 경제는, 그 이자로 인해 결국 모든 화폐는 화폐의 선점자에게 집중되고, 화폐를 소유하지 못하는 다수를 낳는다. 화폐가 최종적 가치가 되어 있는 금융자본주의 사회에서 우리는 화폐를 독점한 극소수와 화폐를 소유하지 못한 빈곤한 대부분이란 양극화를 몸서리칠 정도로 격렬하게 체험하고 있는 중이다.

변승업은 자신이 대출한 돈은 서울 만호의 목숨줄이라고 말한다. 그가 '만호'라고 말한 데서 짐작할 수 있듯, 그의 돈은 고급 관료나 지주 등에게 대출되기도 했겠지만, 평범한 서민들에게도 흘러나갔을 것이다. 그에게 돈은 이자를 낳는 수단이지만, 동시에 그것은 그것을 빌려간 상인의 영업자금이기도 하고 일반 서민의 생활에 필요한 돈이기도 하다. 이 이중성에서 그는 후자에 더 주목한 것으로 보인다. 돈을 거두어들이면 갚지 못하는 사람들은 파산한다. 파산은 사람의 생명을 빼앗는 것이다. 그가 이자를 취하지 않은 것은 결코 아니고, 또 그것으로 재산을 축적하지 않은 것도 아니지만, 재산이 서민의 삶 또는 목숨보다 더한 가치를 지닐 수는 없다. 이것이 변승업의 경제관일 터이다.

이와 같은 해석을 좀 더 강화시켜주는 것이 변승업이 노년에 자손들에게 했다는 말이다. 변승업은 자신이 섬긴 많은 공경 중 '국론'을 장악하고 자신의 집안을 위한 계책을 꾸민 자는 3대를 지속하는 경우가 드물었다고 말한다. 먼저 변승업이 여러 공경을 섬겼다는 말에 주목해보자. 이 말을 통해 변승업이 고위 관료와 우호적인 관계를 유지했음을 짐작할 수 있다. 주지하다시피 변승업이 살았던 시기는 사족체제 내부의 권력투쟁이 절정에 달했던 때다. 1659년 기해예송(己亥禮訟)과 1674 년 갑인예송(甲寅禮訟)으로 서인과 남인이 극심하게 대립했고, 이어 청남(淸南)과 탁남(濁南)이 분열되었다. 1680년에는 경신대출척(庚申大黜陟)으로 탁남이 축출되고 서인이 집권했지만, 이후 서인은 다시 노론과 소론으로 분열되었다. 9년 뒤인 1689년 기사환국(己巳換局)으로 서인이 패배하고 송시열이 사사되었으며 남인이 다시 권력을 잡았다. 하지만 5 년 뒤인 1694년 갑술환국(甲戌換局)에는 남인이 축출되고 서인이 다시 집권했다.

기해예송부터 갑술환국까지 35년 동안 정국은 숨이 가쁠 정도로 급변했으며, 그 과정에서 당파의 수장들은 잇따라 실각했다. 변승업은 이런 정국의 변화에 따라 능란하게 여러 당파의 수장과 적절한 관계를 유지할 수밖에 없었을 것이고, 또 그 관계를 원활히 하는 것이 그의 부(富)였음은 두말할 필요가 없다. 예컨대 변승업은 아내 영천(永川) 이씨의 상에 왕의 장례에 사용하는 옻칠을 한 외관(外棺)을 썼다고 하여 고발되었지만, 수만 냥의 돈을 요로에 뿌려 처벌을 면했다.[127] 변승업의 뇌물을 받고 처벌을 면해준 사람들이 바로 그 '공경'들일 수밖에 없다. 그는 아주 가까운 거리에서 그 공경들을 관찰할 수 있었을 것이다.

변승업은 그 공경들 중 홀로 '국론'을 움켜잡고 자신의 집안을 위한 계책을 세운 사람들(獨秉國論, 爲家計者)을 관찰한 결과 그들이 3대를 이어가는 경우가 거의 없었다고 말한다. 국론은 '국가적으로 가장 중요한 어떤 사태에 대한 가장 힘 있는 의견'이라고 말할 수 있다. 국론을 홀로 움켜잡는다는 것은 어떤 개인의 의견이 아무도 부정할 수 없는 공인된 견해가 된다는 것이고, 국론을 홀로 움켜잡은 사람이란 반대파를 침묵시킬 수 있는 국가권력을 독점한 사람을 의미한다. 그는 왕을 제외한

허생의 섬, 연암의 아나키즘

최고의 권력자다. 자기 집안, 곧 사익(私益)을 위해 국가권력을 휘두르는 사람, 곧 국가권력을 사유화한 사람은 3대를 유지할 수 없었다! 사유화된 국가권력은 공공성을 붕괴시키고, 그 결과 공공성의 회복을 도모하고자 하는 명분에 의해 다시 타도되기 때문이다.

변승업이 '나라 안에서 재산을 불리는 이들'이 자기 집안의 돈이 들어오고 나가는 것을 보아서 이율의 높낮이를 정하고 있다는 말을 다시 음미해보자. 대개 돈놀이를 하는 자들은 변승업이 돈을 빌려주고 회수하는 것을 보고 화폐의 유통 현황을 파악하고 그에 따라 대출금의 이율을 정했던 것으로 생각된다. 이것은 변승업의 대부업이 사실상 국가 경제를 움직이는 막강한 권력이 되어 있었음을 의미한다. 변승업은 자신의 대부업 역시 그런 차원에서의 국론이라고 말한다. 그것은 국가권력처럼 공공성을 갖는다. 그것을 사가(私家)에서 독점하는 것은 확실히 문제가 있다. 그것은 특정한 권력자가 국가권력을 사유화하여 사적인 이익을 추구하는 것과 동일한 것이다. 국가권력을 사유화한 자들이 결국 패망했듯, 자신의 경제권력 역시 필연적으로 망할 것이다. 이 논리에 근거하여 변승업은 자신의 재산을 흩어버린다.

변승업은 자신의 경제권력이 갖는 공공성을 의식했고, 그 공공성이 개인의 지배 아래 있을 경우 초래될 위험에 대해서도 충분히 인지했다. 자신이 빌려준 돈이 '서울 안 만호의 명맥', 곧 생명줄이라는 표현, 거대한 금융재산의 축적이 결국 재앙을 가져올 것이라는 판단 아래 재산을 흩어버리는 행위는 화폐를 사적인 욕망을 실현하는 도구로 방치할 것이 아니라 공공성의 영역 안에 두어야 한다는 것을 의미한다. 이 지점에서 재산을 흩어버리는 변승업의 행위는 제1화에서 화폐의 축적을 위해 윤리를 폐기하는 역관과 대척적인 지점에 있다는 점을 상기해두자.

연암은 변승업의 자손이 번성했지만, 그들이 거개 가난한 것은 변승업이 재산을 흩어버렸기 때문이라고 말한다. 역으로 말하자면 그가 부를 자발적으로 흩어버렸기에 자손이 번창할 수 있었던 것이다. 연암은 무엇을 말하고 싶었던 것인가. 부는 축적되어야 하는 것이 아니라 흩어져야 한다는 것을 말하고 싶었던 것이 아닐까? 거대한 부는 권력이 된다. 그 권력은 인간의 삶을 지배하고 파괴한다. 스스로 부를 통제하고 그것의 부피를 줄임으로써 부에서 자유로워지는 것, 그것이야말로 연암이 말하고 싶었던 것이 아닐까?

이제 한 가지 문제가 남았다. 앞에서 언급한 것은 연암만의 생각인 것인가. 연암은 18세기 후반을 살았던 사람이다. 그의 생각은 돌출적인 것이 아니라 당시 널리 퍼져 있던 생각을 반영한 것으로 보인다. 이 점을 조금 더 언급하고 〈옥갑야화〉 서두의 여섯 화에 대한 서술을 끝맺도록 하자.

〈옥갑야화〉의 여섯 화와 〈허생〉은 연암과 비장들이 옥갑에서 나눈 이야기를 채록한 것이다. 특히 〈허생〉은 당시 다양한 버전으로 널리 유포되어 있던 '허생고사'를 채록해 가공한 것이다. 곧 이 이야기들의 배후에는 연관될 수 있는 더욱 풍부하고 다양한 이야기가 있었을 것으로 생각된다. 이 이야기들에서 화폐와 그것에 선행하는 가치들과의 관계를 다루고 있다. 《이조한문단편집(李朝漢文短篇集)》의 1부 '부(富)'에 실린 몇몇 작품을 검토해보자.

먼저 〈거여객점(巨余客店)〉[128]을 읽는다. 집안이 부유한 경주 사람 김기연은 무과에 합격한 뒤 서울로 올라가 벼슬을 얻기 위해 권세가의 청지기들과 어울려 음주, 도박으로 세월을 보냈다. 그러는 동안 재산은 바닥이 났고 어머니와 처자는 남의 집 행랑채에 세 들어 살게 되었다. 소식을 들은 김기연이 남은 돈을 헤어보니 70~80꿰미였다. 그것을 가지고 집으로 돌아오는 길에 거여의 객점에 들렀다가 거지 여인이 아이를 안고 웅크리고 있는 것을 보고 불쌍한 마음에 돈을 주었다. 누구인지를 묻는 여자에게 경주 김 선달이라고만 하고 떠났다. 여자는 그 객점에서 허드렛일을 하며 살게 되었고, 김기연이 준 돈으로 담배를 사는 것을 시작으로 장사를 해서 거금을 벌게 되었다. 뒷날 여자는 몰락해 남의 집에서 신을 삼아 겨우 살아가는 김기연을 어렵사리 찾아내 1만 꿰미를 갚는다. 〈거여객점〉의 경우 장사로 돈을 버는 사람은 여자다. 하지만 이야기의 초점은 타인의 고통에 공감한 김기연의 자발적 시여(施與)와 그것의 무상성(無償性)과 여성의 보은이다. 이 이야기는 결국 화폐와 이익, 치부 등의 '경제'에 선행하는 가치가 있다는 것을 의미한다. 역으로 화폐와 이익, 치부 등은 전면화될 수 없으며, 윤리일 수도, 도덕일 수도, 이타성일 수도 있는 가치들에 종속되어 있어야 함을 의미할 것이다.

이런 이야기들은 조선 후기에 널리 퍼져 있었던 것으로 보인다, 〈귀향(歸鄕)〉[129]의 주인공 최생은 서울에서 과거에 응시하다가 계속 낙방하자 충청도 청주의 향리로 내려가 농사를 짓는다. 2년 연속 풍년에 제위답까지 팔아가면서 곡식을 사 모았다. 이듬해 흉년이 들자 그는 고가에 곡식을 팔아 큰 이익을 남기자는 말을 물리치고 인근 5백여 농가의 1천 3백여 명을 불러 곡식을 거저 나누어주었다. 이듬해 5백여 호의 농민들은 최생에게 6만 석의 곡식을 갚아 은혜에 보답했다. 최생은 그 곡식을 경영하여 부호가 되었고, 농민들 역시 흉년이 들어도 최생으로 인해 안심하고 살 수 있었다. 최생이 흉년에 큰 이익을 남길 수 있었음에도 곡식을 무료로 나누어준 것은 결코 합리적 경영 행위가 아니다. 하지만 그는 사람의 목숨을 살리는 희사의 대가로 6만 석의 곡식을 얻어 부자가 된다. 이타적 행위의 결과로 부호가 된 것이다.

〈비부(婢夫)〉[130]의 주인공인 짚신장수 오가(吳哥)는 서울 재상집 사환비(使喚婢)의 눈에 띄어 남편이 된다. 오가는 아내가 모아놓은 10만 전 가운데 7만 전으로 적선을 하고 친구를 사귀며 사장(射場)에 드나들다가 무과에 합격했으나 재상집에는 알리지 않는다. 아내는 돈 1만 전을 더 내놓고 대추를 사오게 했으나 가는 곳마다 흉년으로 사람이 죽어가고 있어 모두 적선을 하여 빈손이 되었다. 다음에 1만 전을 더 내놓고 면화를 사게 했지만 역시 적선하여 빈손으로 돌아왔다. 마지막으로 1만 전을 주어 헌 옷을 사오게 했지만 역시 헐벗어 떠는 사람들을 도와주고 말았다. 아내의 저축 10만 전을 축낸 그는 면목이 없어 산속에 들어가 호랑이밥이 되고자 하였다. 밤에 산길을 가다가 불빛이 새어나오는 집을 보고 들어가 하루를 자게 해달라고 청했고, 허락을 얻은 그는 답례로 가지고 있던 헌옷가지를 주었다. 주인은 고마워하며 저녁을 대접했는데 반찬으로 내온 도라지가 사실은 산삼이었다. 오가는 산삼을 캐서 집으로 돌아왔고 재상에게 바쳐 벼슬을 얻을 수 있었다. 그는 뒷날 수사(水使)까지 올랐다. 오가가 부자가 되고 수사에까지 오른 것은 다름 아닌 이타적 행위, 곧 적선의 결과다.[131]

이런 대가 없는 시여, 이타적 행위 등은 조선 후기의 치부담(致富談)에서 흔히 발견된다. 물론 상기한 이야기들이 상업이나 부의 문제에 직접 닿아 있지 않다고 비판할 수도 있을 것이다. 하지만 다음 두 편의 이야기는 북경무역을 제재로 삼고 있는 것들이다. 먼저 〈북경 개자(丐者)〉[132]를 보자. 북경에 파견된 역관들은 호조의 은을 빌려 중국 상품을 수입하고 국내에서 팔아 원금에 2할의 이자를 붙여서 상환하는 방식으로 치부했다. 북경에서 생면부지의 거지가 조선의 역관들은 소국 사람이라고 무시하는 것을 듣고 한 역관이 호조에서 빌린 5천 냥을 빌려준다. 돈을 받아간 거지는 종적이 묘연했다. 조선 사신단이 귀환길에 올라 압록강 책문(柵門) 앞에 도착했을 즈음에 돈을 꾸어갔던 그 사내가 달려와 빌린 돈을 갚고 큰 이익을 나누어주었다. 역관이 철저하게 이윤을 위해 행동하는 인간형이었다면 그는 결코 거지에게 돈을 빌려주지 않았을 것이다. 조선인으로서의 자존심을 세우기 위해 그는 거지에게 돈을 빌려주었고, 거지는 역관에게 신의를 지켰던 것이다. 역관은 합리적인 경영을 통해서 돈을 번 것이 아니다. 의기와 신의가 역관에게 큰 이익을 가져다 준 것이다.

가장 압권인 이야기는 《동야휘집》에 실린 〈섭남국삼상각리(涉南國蔘商權利)〉[133]로, 상인이 중국 강남을 거쳐 베트남까지 진출하는 이야기다. 역관 변씨(卞氏)는 해마다 북경에서 무역으로 엄청난 재산을 모은 뒤 역관직을 포기하고 의주에서 장사를 한다. 그는 자신의 재산을 손해를 본 상인과 가난한 사람을 도와주는 데 모두 써버리고 다시 평안도의 영읍(營邑)에서 은 5만 냥을 빌려 북경으로 가서 큰 이익을 남긴다. 그런데 그는 강남의 오씨(吳氏) 상인이 사기로 재산을 잃은 것을 보고, 문서 없이 돈을 빌려주면서 갚으면 좋지만 갚지 않아도 무방하다고 말한다.

변씨는 그 뒤 북경의 아름다운 기녀에게 속아 자산의 대부분을 빼앗긴다. 남은 자금으로 다시 본전만큼 벌어 돌아오다가, 객지에서 부친상을 당하고 고향인 강남으로 반장(返葬)할 수도 없을 정도로 경제적으로 몰락한 오수재(吳秀才)를 만나 천금을 도와준다. 귀국길에 변씨는 여양역(閭陽驛)에서 마적을 만나 돈을 모두 털린다. 빈손이 되어 관은 5만 냥을 갚을 수 없게 되자 평소 그가 도와주었던 상인과 친지 들이 3만 냥 정도의 돈을 모아준다. 그 돈으로 빌린 돈을 다 갚을 수가 없었다.

순영(巡營)의 옥에 갇힌 변씨는 2만 냥을 다시 빌려 3년을 한정해 중국으로 가서 장사를 해서 돈을 갚을 것을 제안했고, 순사(巡使)의 허락을 받아낸다. 그는 2만 냥으로 인삼을 사서 북경에 갔다가 우연히 장사로 큰돈을 번 오씨 상인을 만난다. 오씨는 변씨가 망한 사정을 듣고는 더 큰 이익을 보기 위해 인삼을 강남으로 가지고 가서 팔 것을 권한다. 변씨는 그를 따라 금릉(金陵)으로 가서 인삼을 팔기 시작한다. 거기서 그는 광서(廣西)로 부임하기 직전 인삼을 사러 찾아온 지현(知縣)을 만나게 되는데, 그는 다름 아닌 오수재였다. 그는 연전에 과거에 합격했던 것이다.

오수재는 안남(安南) 왕의 아들이 7년째 중병을 앓고 있는데 필요한 인삼이 부족한 상태라며 안남으로 가서 팔 것을 권한다. 변씨와 오씨는 안남으로 가서 국왕에게 인삼을 팔고 은 10만 냥을 받아 그것을 비단과 주옥으로 바꾸어 배에 가득 싣고 북경으로 돌아와 팔자 수십만 냥을 얻는다. 귀국해서 관은과 의주 상인과 부자 들에게 빌린 돈을 이자를 쳐서 갚고 10만 냥이 남았다. 서울로 돌아와 그는 부유하게 살면서 다시는 장삿길에 나서지 않았다. 변씨가 대가 없는 적선, 곧 이타적 행위 때문에 경제적으로 몰락하고, 그 행위의 결과로 인해 다시 부호가 된다는 것은 무엇을 의미하는가? 변씨 행위의 이타성은, 신의라고 하든 보은이라고 하든 인간의 상호 신뢰성에 깊이 뿌리박은 것이다.

〈거여객점〉 이하 다섯 편의 한문 단편은 타인의 고통에 대한 공감에 근거한 자발적 시여, 그것은 무상성·윤리 등이 화폐, 곧 경제에 선행하는 가치를 이루고 있다는 것, 나아가 그것이 당위여야 한다는 주제를 갖는다. 이것은 사실상 〈옥갑야화〉 서두의 여섯 편과 동일한 것이다.

　　　　　　　　　　　　　　　허생의 섬, 연암의 아나키즘

〈거여객점〉 이하 다섯 편의 이야기는 조선 후기에 널리 유통되던 것이었다. 연암은 이런 이야기에 매우 민감했던 것이 분명하다. 〈옥갑야화〉의 서두 여섯 화가 비장들과 나눈 이야기를 채록한 것이고, 이어지는 〈허생〉 역시 들은 이야기를 가공한 것이라는 사실은 그가 당시 널리 유통되던 구비 서사물에 깊이 주목했음을 의미한다. 따라서 〈옥갑야화〉의 서두를 이루는 여섯 가지 이야기는 당시 널리 유통되고 있던 구비 서사물에서 길어 올린 것이다. 이것이 〈옥갑야화〉 서두의 여섯 화가 〈거여객점〉 등 다섯 편의 한문 단편과 동일한 주제를 갖는 이유일 것이다.

이제까지 〈허생〉 앞에 놓인 〈옥갑야화〉의 여섯 화를 살폈다. 여섯 가지 이야기가 갖는 동일한 배경은 경제 혹은 화폐다. 곧 은과 상평통보, 고리대 등과 같은, 화폐의 사용으로 인해 일어난 경제에서의 변화를 배경으로 삼고 있다. 다만 이 변화를 과도하게 평가해 연암이 살았던 18세기 후반을 본격적인 '화폐 경제'로 규정할 수는 없을 것이다. '백성의 생업은, 서울은 돈으로 이루어지고 팔도는 곡식으로 이루어진다.'[134]는 남공철(南公轍, 1760~1840)의 발언은, 화폐 경제는 주로 서울을 중심으로 한 좁은 지역의 상황일 뿐이고, 나머지 8도는 여전히 실물화폐 중심으로 돌아가고 있었다는 것을 의미한다. 따라서 은과 상평통보의 사용으로 인한 화폐 경제는 지극히 제한적일 수밖에 없다. 은과 상평통보의 유통이 가져온 효과 역시 조선 후기 사회에 대한 서술에 필수적으로 사용되는 '상품·화폐 경제의 발달'이 갖는 긍정성과는 달리 매우 부정적이었던 것으로 보인다. 곧 제한적 화폐라 하더라도 극단적이라고 할 정도의 불균등한 생산수단-토지 소유관계와 신분제 같은 경제 외적인 사회적 차별을 선행조건으로 하여 통용된 것이었기에 유통 이후 경제적 관계를 재구성했고, 그 결과 경제적 약자의 몰락이 촉진되었다. 한편 은과 상평통보의 유통으로 인해 과거에 비해 더 큰 부의 축적 가능성을 포착한 부류도 출현했다. 제1화에서 중국 상인의 은혜를 저버리는 역관 같은 인간형은 은과 상평통보의 통용 이후 본격적으로 나타났을 것이다. 곧 16세기 중반 이후 일본과 중국을 통해 유입된 은과 상평통보의 통용, 고리 대자본이 출현한 결과는 결코 긍정적이 않았던 것이다.

연암은 이런 변화를 예민하게 의식했던 것으로 보인다. 화폐로 인한 경제적 변화에 맞서 화폐에 선행하는 가치가 있다는 것, 또 한편 그것이 당위여야 한다고 생각했던 것이 분명하다. 보상을 기대하지 않고 생명이란 가치를 지키기 위해 자금을 망실한 조선인 역관을 돕는 중국인 상인, 돈을 벌 기회를 포기하고 공공에 헌신한 이추, 처음 보는 여성의 윤리적 실천을 위해 거금을 던진 홍순언, 옛 주인의 은혜에 보답하기 위해 재산을 반분한 임가, 부의 독점을 포기하고 재산을 흩어버리는 변승업은 모두 화폐에 선행하는 가치가 존재함을 말하고, 아울러 존재해야만 한다는 당위를 주장한다. 그 가치는 윤리일 수도 있고 신의일 수도 있고 생명일 수도 있다. 그것은 경제가 전면화한 사회가 아니라, 경제가 다른 가치에 종속되는 사회여야 함을 의미하는 것일 터이다. 곧 화폐에 선행하는 가치들의 존재와 당위를 말하고자 했던 것으로 보인다. 그렇다면 화폐에 선행하는 사회는 자신을 재구성하려는 화폐의 권력에 구체적으로 어떻게 대응할 것인가. 연암이 구상한 사회의 모습은 어떤 것이었던가. 이 점을 다음 장 '허생의 섬, 연암의 아나키즘'에서 본격적으로 검토해보자.

3장

〈허생〉 앞부분
— 허생의 섬, 연암의 아나키즘

⟨허생⟩의 시작

***

나도 윤영이란 이에게서 들은 이야기다.

윤영은 변승업의 부에 대해 말한 적이 있다. 변승업의 재화는 본디 연유한 곳이 있고, 나라에 으뜸이던 부가 변승업 대에 와서 조금 줄었다 한다. 그 집안의 부를 처음 일으킬 때 흡사 무슨 운명 같은 것이 있는 듯했다고 한다. 그것은 허생(許生)의 일을 보아도 이상하게 여길 만하다. 허생은 끝내 자신의 이름을 밝히지 않았기 때문에 세상에 그에 대해서 아는 사람은 없다고 한다.

윤영의 이야기는 다음과 같다.

余亦言:"有尹映者, 嘗道卞承業之富. 其貨財有自來, 富甲一國, 至承業時少衰. 方其初起時, 莫不有命存焉. 觀許生事, 可異也. 許生竟不言其名, 故世無得而知者云." 映之言曰.

변승업의 이야기가 나오자 연암 박지원은 그것을 실마리로 삼아 허생의 이야기를 꺼낸다. 일찍이 윤영이란 사람에게서 변승업이 부를 축적한 유래에 대해서 들었다는 것이다. 이하 그는 윤영에게 들은 이야기를 옮긴다고 하지만, 윤영이란 인물이 과연 생존했는지, 또 그가 과연 연암에게 허생의 이야기를 해주었는지는 의심스럽다. 〈옥갑야화〉의 서두가 연암이 여러 비장에게 들은 여러 이야기로 구성되었듯, 〈허생〉 역시 '허생고사'라 불리는 여러 버전의 이야기가 돌아다니고 있었기에 그것을 채록해 변형시켰다고 보는 것이 타당할 것이다. 또한 남에게 들은 이야기 혹은 남의 글의 인용이라고 출처를 굳이 밝히는 것은 연암이 종종 쓰는 수법이기도 하다. 손쉬운 예로《열하일기》〈호질〉에서 어떤 인물을 연상시킬 수도 있는 북곽 선생을 조롱하고서도 이 작품이 어느 가게의 현판에 쓰여 있던 것이라고 둘러대었던 일을 떠올리면 될 것이다.

　허생은 실존 인물이라는 설도 있다. 1830년 유본예(柳本藝)는《한경지략(漢京識略)》을 쓰면서 허생이 묵사동(墨寺洞)에 살던, 가난하지만 독서를 좋아한 인물이라고 했지만, 그 글 끝에 연암이 그를 위해 전(傳)을 지었다고 밝힌 것처럼,[1] 실제로는 연암이 허구로 창조한 〈허생〉이 도리어 묵사동의 허생을 실재한 것처럼 만들었을 것이다. 사실 근대에 와서 허생은 실재했던 인물로 창조되기도 하였다. 허유(許愈)가 남긴 〈와룡정공유사(臥龍亭公遺事)〉의 허호(許鎬)가 그 사람이다. 하지만 최근 치밀한 연구로 허유가 허생이라는 설은 근대에 와서 만들어진 것임이 밝혀졌다.[2]

　〈허생〉은 읽기에 따라 매우 불온한 내용을 담고 있다.《연암집》에는 물론이고 연암 주변 인물의 기록에도 전혀 보이지 않는 윤영이란 인물에게서 들었다고 한 것도 그 불온성을 감추기 위한 책략일 것이다. 윤영은 연암이 지어낸 인물일 것이다. 논의의 편의를 위해 〈허생〉 끝에

　　　　　　　　　　　　　허생의 섬, 연암의 아나키즘

덧붙어 있는 연암이 윤영을 만난 이야기를 미리 약간 언급해본다. 이에 의하면, 연암은 봉원사에서 글을 읽던 스무 살 때(1756) 신선술을 익히는 어떤 객에게서 허생 이야기와 염시도(廉時道)·배시황(裵是晃)·완흥군부인(完興君夫人) 등에 대한 이야기를 들었다고 하였다. 그리고 그 객은 자신을 윤영이라고 소개했다고 한다. 그 뒤 1773년 비류강(沸流江)에서 배를 타고 십이봉(十二峯) 아래에 이르러 작은 초암(草庵)에서 윤영을 만났는데, 윤영은 연암에게 자신이 부탁한 허생의 전(傳)을 지었느냐고 물었다 하였다. 연암이 윤영에게 '윤 노인' 하고 말을 시작하자, 그는 자신의 이름은 윤영이 아니고 신색(辛穡)이라 하면서 언짢아하였다. 신색이란 이름 역시 연암 당대의 문헌에는 찾을 수 없다. 결국 연암은 윤영을 신색으로 바꾸면서 한 번 더 이야기의 출처를 은폐하려 한 것으로 보인다. 그런가 하면 뒤에 다시 신일사의 어떤 사람이 윤영으로 추측된다고 말하고서는 그를 한번 찾아가 보고 싶었지만 그러지 못했다고 덧붙인다. 연암은 이야기의 출처를 계속 은폐하려 했던 것이다. 요컨대 윤영은 작품의 불온성을 감추기 위한 책략의 하나로 동원된 가공의 인물로 보인다.

연암이 윤영에게 들은 이야기에 의하면, 변승업의 부는 원래 그의 조부에게서 유래한 것이다. 변승업의 조부 역시 부자이기는 했지만, 엄청난 부호는 아니었고 허씨 성을 가진 선비, 곧 허생에게서 얻은 은 10만 냥을 근거로 거대한 부를 쌓았다고 한다. 연암은 다만 조부라고만 하고 그 이름을 밝히지 않았지만(몰랐을 가능성이 높다), 앞에서 말한 바와 같이 변승업의 조부는 변계영이란 인물이다. 변계영은 서반(西班)의 정3품 당상관의 품계인 절충장군이었다는 것만 알려져 있을 뿐 다른 사실은 전혀 알려진 바 없다. 또 품계만 있을 뿐 그가 어떤 실직을 지냈는지도 모르니, 더 추측하는 것은 곤란하다. 그의 아들, 곧 변승업의 아버지 변응성이 1574년에 태어났으니 변계영의 나이가 그보다 20세 정도 많다고 가정하면, 그는 1554년경에 태어났을 것이다. 곧 변계영은 임진왜란을 경험하면서 조선의 경제가 완전히 결딴났을 무렵에 노년을 보냈을 것이니, 그가 거부가 되기는 곤란하지 않았을까? 또 〈허생〉의 뒷부분에 변 부자, 군이 연결시키자면 변계영이 효종 대(1649~1659)의 인물로 나오는데, 나이로 보아 도저히 그럴 수는 없을 것이다. 물론 설정이 효종 대로 되어 있으면, 중계무역을 통해 돈을 벌었을 가능성은 있을 것이다. 하지만 변승업의 조부가 부자였다는 것은 상상의 결과물로 보아야 할 것이다.

어쨌든 〈허생〉은 변승업의 조부가 허생에게서 은 10만 냥을 받아 부자가 된 내력을 밝힌다. 다만 은 10만 냥의 내력을 밝히고자 연암이 〈허생〉을 쓴 것은 아니다. 더 깊은 다른 이야기를 하고자 변승업을 꼬투리로 삼아 허생의 이야기를 꺼낸 것으로 보아야 할 것이다.

지식인은 어떻게 먹고살아야 하는가

*****

　허생(許生)은 묵적골에 살고 있었다. 남산(南山) 아래로 곧장 가면 우물가에 오래된 살구나무 한 그루가 서 있다. 사립문은 살구나무를 향해 열려 있고, 두어 칸 초가는 비바람도 가리지 못할 형편이다. 하지만 허생은 글 읽기만 좋아했고, 그의 아내가 삯바느질을 하여 겨우 입에 풀칠을 하였다.

　하루는 아내가 배가 너무 고파 흐느끼며 말했다.

　"당신은 평생 과장(科場)에 발걸음도 하지 않으면서 글은 무엇 하러 읽으시오?"

　허생은 웃으며 답했다.

　"나는 아직 글을 충분히 읽지 않았다오."

　"장인바치 일이 있지 않나요?"

　"장인바치 일은 배운 적이 없으니, 어찌하겠소?"

　"그럼 장사라도 하셔야죠."

　"장사를 하자면 밑천이 있어야 할 텐데, 그게 없으니 어찌하겠소?"

아내는 발칵 화를 내며 싫은 소리를 퍼부었다.

"밤이야 낮이야 글을 읽으시더니 겨우 '어찌하겠소'란 말만 배웠나요? 장인바치도, 장사도 못한다면, 도둑질은 어찌 하지 않나요?"

허생은 읽던 책을 덮고 일어났다.

"애석하구나! 본디 10년 책을 읽자고 했더니, 이제 겨우 7년이로구나."

許生居墨積洞. 直抵南山下, 井上有古杏樹, 柴扉向樹而開, 草屋數間, 不蔽風雨. 然許生好讀書, 妻爲人縫刺以糊口. 一日, 妻甚饑, 泣曰: "子平生不赴擧, 讀書何爲?" 許生笑曰: "吾讀書未熟." 妻曰: "不有工乎?" 生曰: "工未素學, 奈何?" 妻曰: "不有商乎?" 生曰: "商無本錢, 奈何?" 其妻恚且罵曰: "晝夜讀書, 只學奈何. 不工不商, 何不盜賊?" 許生掩卷, 起曰,: "惜乎! 吾讀書本期十年, 今七年矣."

허생은 오직 독서만 하고 아내의 삯바느질로 겨우 호구하는 처지다. 남산 아래 묵적골이란 서울의 특정 지역에 사는 허생에게는 조선 후기 사족, 특히 경화세족이 분화한 결과 발생한 빈곤사족 또는 유식사족(遊食士族)의 문제가 반영되어 있다. 남산은 지금의 서울 남산 기슭을 말하는 것으로, 이곳에는 주로 실세한 남인(南人)들이 살았다고 한다. 물론 허생을 남인이라고 단정할 수는 없지만, 토지와 관직을 상실한 사족들이 남산 일대에 다수 거주했던 것은 사실이다.

조선의 사족은 17세기 중반 이후 관직에 진출할 수 있는 서울의 사족, 곧 경화세족과 영원히 관직에 오를 수 없는 지방사족으로 분화된다. 서울의 사족은 경기도와 충청도 일대에 토지와 향제(鄕第)를 가졌으므로 그 지역 사족도 경화세족의 범위 안에 속한다. 19세기가 되면 충청도 사족 역시 관계(官界)에서 탈락해 향반(鄕班)이 되는 경향이 뚜렷하지만, 연암이 《열하일기》를 쓴 18세기 후반까지 충청도 사족은 여전히 경화세족이었다. 경화세족이 사족 내부의 피비린내 나는 권력투쟁, 곧 당쟁의 결과로 나타난 것은 두말할 나위가 없다. 당쟁은 당파나 가문별로 경쟁자를 관계에서 배제하는 과정이었다. 앞서 지적한 바와 같이 기사환국으로 남인은 서인을 제거했고, 경신대출척과 갑술환국으로 서인은 영남 남인을 제거했다. 이어지는 신임사화(申壬士禍)와 이인좌의 난, 1755년의 나주 괘서사건 등은 노론과 소론이 서로를 배제하는 과정이었다. 이러한 배제는 정치계에서 일상적으로 이루어졌고, 그 결과 18세기 후반이면 서울과 경기도, 충청도 경화세족 내부에서도 영원히 관료가 될 수 없는, 결격사유를 갖춘 사족이 대거 등장하였다.

경화세족으로서 관료가 될 가능성을 상실한 경우라면, 생계를 위해 다른 직종, 곧 농업이나 수공업, 상업으로 옮겨가야 할 것이다. 가장 유력한 것은 농사다. '주경야독'이란 문자가 있듯, 만족스럽지는 않겠지만 사족이 농사를 짓는 것은 부끄러운 일이 아니었다. 직접 농사를 짓는 경우도 많았고, 경화세족 중 일부는 경기도와 충청도에 있는 향제로 돌아가 노비를 거느리고 농장을 경영하여 사족으로서의 품위를 잃지 않았다. 하지만 돌아갈 전장(田莊)이 없는 경우도 허다하였다. 허생과 아내의 대화를 유심히 보라. 허생의 아내는 수공업자나 장사꾼이 되라고 권하고 있을 뿐, 농사를 지으라고는 말하지 않는다. 곧 허생은 토지를 전혀 가지고 있지 않은 사족인 것이다.

18세기 이래 토지를 상실한 사족이 족출(簇出)했지만, 그들은 여전히 독서인으로 남았다. 수공업과 상업은 천시되는 직종이었기에 그것을 선택하는 순간 사족사회에서 이탈하고 사족의 지위를 상실하게 되었다. 토지를 상실한, 생계대책을 잃어버린 사족이 대거 등장한 것은 사족체제에 큰 부담이 되었다. 연암이 북경에 가기 1년 전인 1779년 8월 25일 정조는 충청도관찰사를 지낸 이명식(李命植)에게 충청도의 문제점을 묻는다. 이명식은 가장 큰 문제로 유식사족을 들었다. 충청도의 백성은 거개 '밭을 갈지도 않고 베를 짜지도 않는, 농사꾼도 아니고 장사꾼도 아닌 부류', 곧 사족으로서 생업이 없어 흉년을 만나면 굶주림과 추위에 염치를 완전히 팽개쳐 하지 못하는 짓이 없으므로, 이들에게 제산(制産)하는 방도를 마련해주는 것이 급선무라는 것이었다. 사족에게 제산하는 방도를 어떻게 마련해줄 것인가. 이명식은 조선은 문벌(門閥)을 숭상하므로 농·공·상의 이름을 얻게 되면 자손이 사족의 지위를 잃기 때문에 사족은 굶어 죽을지언정 농사꾼이나 공장, 장사꾼이 되지 않으려 한다고 말한다. 따라서 농·공·상에 종사해도 자손이 사족의 지위를 잃지 않게 하는 법을 만들자는 것이 이명식의 제안이다.[3] 하지만 법은 제정되지 않았다. 유식사족의 문제는 19세기 말까지 전혀 해결되지 않았다.

사족 남성은 육체노동을 극도로 기피했고, 관직으로 나가는 길이 봉쇄될 경우도 독서 외에 다른 것을 선택하지 않으려고 하였다. 이것은 중국과도 완전히 다른 것이었다. 담헌 홍대용과 관련된 자료를 들추어 본다. 홍대용이 1766년 북경에서 사귄 중국인 벗 반정균은 1768년 그에게 편지를 보내어 가난에 시달리는 김재행(金在行, 홍대용과 같이 북경에서 반정균·엄성·육비와 친구가 되었다)을 두고서, 선비는 생계를 해결하는 것을 급무로 삼아 벼슬을 하거나 아니면 공자의 제자 자공(子貢)이 상업에 종사했던 것을 본받아 상인이 되어야 하고, 시와 술에 빠지고 산천을 방랑하여, 그 결과 덕이 안회(顔回)에 미치지 못하면서 가난만 원헌(原憲)[4]과 같은 경우는 되지 말아야 할 것이라며 담헌의 의견을 구했다.

허생의 섬, 연암의 아나키즘

홍대용은 즉각 반발했다. 반정균이 김재행을 걱정하며 '선비는 생업을 급선무로 삼아야 한다'[5]고 했던 말은 문제가 있다면서, 해외의 고루한 자신도 "도를 도모하고 먹을 것을 도모하지 않는다(謀道不謀食)."는 성인의 가르침을 머리에 써 붙이고 있다고 말한다. 이어 '부유하게 해주어야 선해진다(旣富方穀)'는 것은 선왕(先王)이 '알게 할 수는 없는 백성(不可使知之)'을 대하던 방법이고, '대나무 소쿠리의 밥 한 그릇, 표주박에 담은 물, 헌 옷(簞瓢弊袍)'의 선비는 이런 생각을 가질 수가 없을 것이라 말한다. 담헌은 성현의 가르침과 어긋나지 않으면서 선비가 가난에서 벗어나는 방법이 있다고 믿느냐고 반문한다. 그는 유자의 소업은 학문 혹은 진리의 추구가 유일한 것이며, 그 외의 생계를 위한, 혹은 가난을 벗어나기 위한 어떤 경제적 활동도 허락될 수 없다고 주장한다.[6] 담헌은 과거를 저급한 행위로 보았기에 학문과 진리를 향한 지적 활동을 제외한 경제적 보상을 목적으로 하는 어떤 행위도 선비에게는 허락될 수 없었다. 담헌은 자신이 김재행처럼 심하게 가난하지는 않지만, 그렇다고 가난하지 않다고도 할 수 없다고 말했다. 즉 자신도 김재행만큼은 아니더라도 역시 가난한 사람이지만, 생계를 위한 경제적 활동에 종사하지 않고 있다는 것이었다.

실학자라고 알려진 사람들의 생각도 대개 같았다. 성호(星湖) 이익(李瀷)은 "가난은 선비에게는 당연한 것이다. 선비란 벼슬이 없는 자의 칭호이니, 어떻게 가난하지 않을 수 있겠는가?"[7]라고 말하고, 〈주자문자전(朱子文字錢)〉에서 "사민(四民) 중 오직 선비만이 가난을 상사로 여긴다. 농사꾼과 장인, 장사꾼은 노동을 하여 생계를 꾸려야 하는 법이니, 굶주리고 헐벗을 경우 그 책임은 그들 자신에게 있다. 선비의 경우는 오직 책에만 마음을 쓰므로 실오라기 하나, 곡식 한 낟도 자신이 생산하지 않는다. 만약 자기의 시대에 벼슬할 수 없으면 입성과 먹을 것이 나올 데가 없다."[8]라고 선비가 가난할 수밖에 없는 이유를 밝혔다. 그는 선비의 가난을 타개하기 위해 어떤 대책도 내놓지 않는다. 그는 이렇게 말한다.

학문을 하는 것은 모두 의리(義理)에 관계된 일이요, 살림살이를 하는 것은 이해에 관계되는 일이다. 이해는 사람들이 각기 스스로 얻으려고 하는 것이기에 권장할 필요가 없다. 학문을 하는 것은 비록 살림에 의지하는 것이지만, 만약 살림살이를 먼저 해야 할 일로 삼는다면 옳지 않은 것이다.[9]

성호는 학문은 살림에 의지하지만, 살림을 급선무로 여긴다면 필연적으로 이익을 추구하는 의도가 학문을 집어삼킬 것이라고 주장한다. 생계를 위한 노동을 할 수 없다는 것이다. 담헌의 집안은 노론으로서 조선 후기의 대표적인 경화벌열에 충청도 청주 일대에 거대한 전장(田莊)을 가지고 있었고, 성호의 경우 남인으로 그의 집안이 비록 1680년 경신대출척 이후 관계(官界)에서 물러나기는 했지만, 여전히 경기도 광주 일대에 전장을 가지고 있었다. 사족은 오직 독서를 할 뿐 생계를 위한 육체노동에 종사할 수 없다는 주장은 사실 일정한 경제적 기반 위에서 가능한 것이었다.

원칙은 가난을 감내해야 한다는 것이었지만, 그 원칙을 지키는 것은 쉽지 않았다. 빈곤사족 혹은 유식사족의 존재는 사족체제가 당면한 문제였지만, 정조와 이명식의 대화에서 보듯 딱히 해결책이라고 할 만한 것이 없었다. 이들 실세한 빈곤사족들의 생존은 가부장제에 기초하여 여성의 노동력을 쥐어짜는 데 근거하고 있었다. 노비가 있을 경우 그

허생의 섬, 연암의 아나키즘

노동의 대부분을 대신하지만, 노비가 없을 경우, 아울러 토지도 없을 경우 모든 노동(당연히 생계를 위한 노동을 포함한)은 여성의 몫이 되었다. 원래 사족체제는 남성과 여성의 역할을 다르게 규정했다. 사족가의 여성에게는 일상에서의 조리·세탁과 같은 가사노동과 제사, 접빈객(接賓客) 등 사족 특유의 문화에 따른 노동이 의무로 부과되어 있었다. 아울러 직조(織造) 역시 여성의 노동이었다.

여성을 설득하기 위한 여러 이야기가 만들어졌다. 주(周) 무왕을 도와 은(殷)을 멸한 태공망(太公望), 한(漢)의 주매신(朱買臣)의 아내가 미천할 때 혹은 독서만 하는 남편을 버렸다가 뒷날 남편이 출세하자 찾아갔으나, 엎어진 물그릇의 물은 다시 주워 담을 수 없다는 말로 거절당했다는 이야기도 널리 유포되었다.[10] 더 적극적인 이야기도 만들어졌다. 곧 여성이 남성을 대신하여 생계를 위한 일체의 노동을 떠맡는 것이 여성의 의무라는 이야기를 여성의 머릿속에 주입하기 위해, 독서만 하는 남편을 아내가 온갖 노동으로 먹여 살린 결과 남편이 과거에 합격해 같이 부귀영화를 누린다는 이야기가 만들어져 널리 유포되었다. 경상도 지역에서 아주 흔하게 찾아볼 수 있는 가사 〈복선화음가(福善禍淫歌)〉는 가난한 사족 집안에 시집간 젊은 여성이 온갖 노동으로 부를 일구고 마침내 남편이 과거에 합격하여 말년에 부귀영화를 누린다는 이야기다. 이것은 몰락한 사족가의 여성에게 아무리 가난하더라도 군말 없이 집안의 경제를 책임지라는 요구를 담은 것이었다.

빈곤하되 독서 외에 다른 소업을 가지지 못한 허생과 생계의 대책을 마련하라고 다그치는 아내의 형상은 당시 빈곤한 사족의 현실이기도 하면서 동시에 저 강태공과 주매신에게서 전승되는 이야기이기도 하다. 다만 연암은 현실과 전승을 차용하되, 전혀 다른 방법으로 형상화한다. 무엇보다 이어지는 이야기를 읽어보면 허생은 권력투쟁에서 패배한 결과나 개인의 무능력으로 인해 가난해진 사람도, 언젠가 과거에 합격해 출세를 꿈꾸며 현재의 빈곤을 감내하는 사람도 아니다. 허생의 무소유는 토지를 상실하거나 권력에서 배제된 결과가 아니라, 의도적으로 스스로 도달한 경지라는 것이다. 즉 그의 아무것도 소유하지 않음은 의도한 결과라는 것이다.

그렇다고 해서 노동하지 않는 허생이 아내의 노동에 기대어 사는 것이 옳은 일인가. 여성의 입장에서 허생은 용납될 수 없는 인물이다. 이것은 조선 사족사회가 여성을 남성의 종속적 존재로 보았기 때문이다. 연암 역시 남성 중심주의, 유교적 가부장제에서 한 걸음도 벗어나지 않았던 인물인 것이다. 여성주의적 시각을 떠난다면, 허생과 같은 지식인이 남의 노동에 기대어 살 수 있는 이유는 어디서 찾을 수 있는가. 〈허생〉 안에서 그 논리를 찾자면 충분히 가능하다. 허생은 뒷날 변산반도의 도적을 무인도로 데려가 농토를 마련해주고, 나가사키에서 번 은(銀) 1백만 냥 중 40만 냥을 가지고 국내를 두루 돌아다니면서 빈민을 구제한다. 다시 무일푼이 된 그는 변 부자의 도움을 받아 생계를 해결한다. 허생이 한 일을 고려하면 허생은 다른 사람의 도움 혹은 노동에 기대어 살 만한 자격이 충분히 있는 셈이다.

허생의 섬, 연암의 아나키즘

외물 – 화폐를 초월한 사람

***

허생은 삽짝을 나섰으나 아는 사람이라고는 없었다. 곧장 운종가(雲從街)로 가서 저자 사람들에게 물었다.

"서울에서 으뜸가는 부자가 누구요?"

변씨(卞氏)라고 말하는 사람이 있어, 그는 변씨의 집을 찾아갔다. 허생은 길게 읍을 하며 "내 집안이 가난한데 무언가 시험해보고자 하는 것이 있어 그대에게 만 금을 빌리려 하오."라고 했더니, 변씨는 "그러지요." 하고 그 자리에서 1만 금을 내주었다. 손님은 고맙다는 말 한마디 없이 떠났다.

변씨의 자제(子弟)와 빈객(賓客) 들이 허생을 보니 거지꼴이었다. 허리에 두른 실띠는 술이 빠져 있었고, 가죽신은 뒤축이 자빠졌으며, 짜부라진 갓, 검댕 묻은 도포에, 코에는 맑은 콧물이 흘러내리고 있었다.

손님이 나가자 모두 깜짝 놀라 말했다.

"어르신, 그 손을 잘 아시는지요?"

"모르는 사람이라네."

"오늘 하루아침에 평생 누군지 알지 못하던 사람에게 만 금을 그냥 던지듯 주시고서 성명도 묻지 않은 것은 어째서인지요?"

"이건 너희가 알 바가 아니다. 무릇 남에게 무언가를 바라는 사람은 반드시 자신의 의지를 떠벌리고 믿을 만하다는 것을 호사스런 언변으로 꾸민다. 하지만 낯에는 수치스럽고 비굴한 흔적이 역력하고, 말은 중언부언하는 법이지. 조금 전의 손은 입성이며 신발이 비록 낡았으나 말이 간명하고 눈길이 오만하였다. 도무지 부끄러운 기색이라고는 찾아볼 수 없었으니, 그는 외물(外物)에 기대어 만족하는 사람이 아닌 게지. 그가 시험하려고 하는 것이 작지 않을 터이고, 나 또한 손에게 시험해보고 싶은 것이 있느니라. 주지 않는다면 모르겠지만 만 금을 주었는데 성명을 무엇 때문에 묻는단 말이냐?"

出門而去, 無相識者. 直之雲從街, 問市中人曰: "漢陽中, 誰最富?" 有道卞氏者, 遂訪其家. 許生長揖曰: "吾家貧, 欲有所小試, 願從君借萬金." 卞氏曰: "諾." 立與萬金. 客竟不謝而去. 子弟賓客, 視許生丐者也. 絲絛穗拔, 革屨跟顚, 笠挫袍煤, 鼻流清涕. 客旣去, 皆大驚曰: "大人知客乎?" 曰: "不知也." "今, 一朝浪空擲萬金於生平所不知何人, 而不問其姓名, 何也?" 卞氏曰: "此非爾所知. 凡有求於人者, 必廣張志意, 先耀信義, 然顏色媿屈, 言辭重複. 彼客衣屨雖弊, 辭簡而視傲, 容無怍色, 不待物而自足者也. 彼其所試術不小, 吾亦有所試於客. 不與則已, 旣與之萬金, 問姓名何爲?"

허생은 집을 나서서 운종가로 간다. 운종가는 지금의 종로이고, 종로 일대는 국가에서 만든 시장, 곧 시전이 있었다. 대개 시전의 상인들을 '전시정(廛市井)'이라 불렀던 바, 그것은 부자와 동일한 말이었다. 허생은 시장 사람에게 한양에서 으뜸가는 부자를 물었고 변씨라는 답을

허생의 섬, 연암의 아나키즘

얻었다. 얼핏 보기에 변 부자는 종로의 상인으로 설정되어 있는 것으로 보이지만 작품만으로는 확정할 수 없다.

허생이 변씨를 만나 돈을 빌리는 과정은 보다시피 황당하다. 남루한 차림의 허생은 시험해볼 것이 있다면서 1만 금, 곧 은 1만 냥을 빌려달라고 청했고, 변씨는 이름도 묻지 않고 돈을 건넸다. 상식을 초월한 행동에 경악하는 자식과 빈객에게 변씨는 허생을 '외부의 어떤 것에도 기대지 않고 충족되어 있는 사람(不待物而自足者也)'이라고 평가한다. 원문의 '물(物)을 기다리지 않는다'는 자신 외부의 어떤 가치에도 의지하지 않고 스스로 충족되어 있는 사람이다. 이해를 돕기 위해 장유(張維)의 말을 참고한다. 장유는 《계곡만필(谿谷漫筆)》에서 "사람은 반드시 자신을 다스린 뒤에야 물(物)을 기다리지 않는다."[11]라고 말한다. 인간은 부와 권력에 기대어 자신의 존재를 증명한다. 역으로 말해 존재감을 입증하기 위해 자신 밖의 무엇에 의지하는 것이다. 장유는 이 점을 지적한 것으로 보인다. 자신을 다스리는 사람, 자신을 객관화하여 절제할 수 있는 사람은 외부의 부와 권력을 요구하지 않는다. 허생은 그런 사람이다. 스스로 충족되어 있는 자립적 인간이다. 이런 인간이기에 그는 화폐를 초월해 존재하는 것이다. 변 부자는 그가 화폐를 초월한 인간인 줄 알기에 서슴없이 돈을 빌려준다.

화폐가 유일한 가치인 근대인은 보증 혹은 대가 없이 돈을 빌려준다는 것은 상상할 수 없지만, 전근대에는 이와는 사뭇 다른 경제관념이 작동하고 있었던 것이다. 화폐가 인간의 모든 사회적 관계를 관통하면서 전일적인 지배력을 행사하는 것은 근대 이후다. 전근대인은 이와는 달리 화폐가 도리어 가치에 종속되어야 한다는 경제관념을 갖고 있었다. 연암은 바로 그런 관념을 말하고자 하는 것으로 보인다.

그 방증을 연암이 차용했으리라 생각되는 이른바 '허생고사'에서 찾아보자. 먼저 한문 단편 〈독역(讀易)〉[12]이다. 남산 아래 사는 선비 이모(李某)는 10년을 한정하고 《주역》을 읽기를 다짐했으나, 7년 만에 아내가 머리를 깎아 팔고 닷새를 연이어 굶은 것을 보고는 국부(國富) 홍동지를 찾아가 불쑥 긴히 쓸 곳이 있다며 3만 냥을 빌려달라고 한다. 홍동지는 그를 뚫어지게 보다가 아무 말 없이 빌려준다. 이모는 이 돈을 아내에게 주어 식리(殖利)하게 하고 계속 《주역》을 읽는다. 3년이 지나자 아내의 치산 결과는 수만 냥이 되었다. 그 돈을 모두 가지고 가자 홍동지는 3만 냥만 받고 나머지는 이모에게 돌려준다. 그는 그 돈을 가지고 강원도 산골에 들어가 사람을 모아 묵정밭을 일구어 풍족한 삶을 산다. 자신이 직접 나선 것이 아니라 아내에게 주어 치산하게 했다는 부분에서 작품의 가치가 확 떨어지지만, 독서하던 가난한 선비가 나라 안 최고 부자를 찾아가 돈을 빌리고 부자가 의심 없이 거금을 빌려준다는 이야기가 당시 널리 유포되어 있었음을 확인할 수 있을 것이다.

〈여생(呂生)〉[13]에서 남산 아래 사는 빈궁한 선비 여생 역시 기한을 견디지 못하여 당시 제일가는 부자인 다방골 김동지를 찾아가 1만 꿰미의 돈을 빌리기를 청하고 김동지는 그를 뚫어지게 바라보다가 쾌히 허락한다. 여생은 그 돈으로 헐할 때 사들이고 귀할 때 파는 방법으로 엄청난 돈을 번다. 〈허생별전(許生別傳)〉[14]의 영락한 허생 역시 《주역》만 읽으며 아내의 길쌈으로 살아가다가 아내가 어느 날 머리를 잘라 판 것을 보고 개성의 백 부자를 찾아가 1천 냥을 빌려달라고 한다. 백 부자 역시 허생의 인물을 알아보고 선선히 빌려준다. 허생은 평양의 명기 초운(楚雲)의 집에 가서 1천 냥을 다 쓰고 다시 두 차례에 걸쳐 백 부자를 찾아가 3천 냥씩 모두 6천 냥을 빌려 다시 초운에게 쓴다. 돈이 떨어진 그는 헤어질 때 기념으로 오동화로를 달라고 한다. 오동화로는 오금으로 만든 것으로 10만 냥의 값이 나가는 것이었다.

흥미로운 것은 '허생고사' 계열은 아니지만, 동일한 모티브의 이야기가 널리 유포되어 있었다는 것이다. 한문 단편 〈원주리(原州吏)〉[15]를 보자. 원주의 아전 신천희(申天希)는 서울 관아에 바칠 돈 10만 전의 일부는 쓰고 일부는 도둑맞아 5만 전이 비었다. 변통할 길이 없어 자살하려 하였는데, 어떤 사람이 보고서 5만 전으로 죽는다는 것은 안 될 말이라며 증서도 없이 5만 전을 빌려주었다. 신천희가 2년이 지난 뒤 그 사람을 불러 선물과 함께 5만 전을 주니, 그 사람은 선물만 받고 5만 전을 받지 않았다. 자신은 원래 돌려받지 않을 생각으로 주었고 그 돈으로 한 사람의 목숨을 건졌으니 다른 보상은 필요 없다는 것이었다.

돈을 빌려주고 돌려받지 않는다는 이야기는 전근대인에게 결코 드문 이야기가 아니었다. 오재순(吳載純, 1727~1792)의 글 〈박씨 역관의 일에 대한 기록(記朴譯事)〉의 주인공 박 역관은 일본어를 익혀 역관이 되고 일본과의 무역에서 돈을 번다. 어느 날 관은(官銀), 곧 호조에 바칠 세입은을 가지고 호조에 이르렀는데, 입구에서 울고 있는 여자를 보고 사연을 물어보았다. 여자는 자신의 남편이 호조에서 빌린 은 1천여 냥을 갚지 못해 자살했는데 호조의 추징이 자신에게 미쳐 장차 죽고 말 형편이라는 것이었다. 박 역관은 즉시 호조로 들어가 자신의 은으로 대납하고 여성의 남편을 빚쟁이 명단에서 삭제했다. 여자는 당연히 풀려났다.

박 역관은 원래 남에게 재물 베풀기를 좋아하고 약속을 무겁게 여기는 사람이었다(輕施重然諾). 그는 재산이 워낙 많았지만 남의 궁급(窮急)을 돕는 일에 몰두해 점차 빈곤해졌다. 하지만 사람들이 그의 의기를 칭송하는 것이 끊이지 않았다. 그는 군문(軍門)에게서 10만 냥의 은을 빌려 갚지 못하고 있었다. 대장 이완이 장부를 보다가 그것을 발견하고 왕에게 그 사실을 보고하고 목을 벨 것을 청해 허락을 받아냈다. 이완은 역관을 잡아다 꿇리고 열흘 안에 갚지 못하면 목을 벨 것이라고 을렀다. 역관은 그러겠노라는 문서에 서명을 하고 나왔다.

그는 평소 친하게 지내는 친구를 찾아가 같이 태연하게 술을 마셨고 자기가 목이 잘릴 것이니 이별을 하자고 하였다. 술자리가 끝날 무렵 그 친구는 "은이 어떻게 죽을 일인가?"라고 말하고 은을 쾌척했다. 역관은 목숨을 건질 수 있었다. 이완은 그에게 감동해 다시 왜역훈도(倭譯訓導)에 구임시킬 것을 왕에게 청했고, 몇 년 뒤 역관은 돈을 벌어 은 20만 냥을 친구에게 갚았다. 친구는 화를 내며 "너는 나를 이자나 노리는 놈으로 보느냐?" 하고 절반을 돌려보내고 절교하고 말았다. 남을 돕는 천성의 음덕으로 그의 자손이 번성하고 과거에 합격한 사람이 많았으며 군수와 현감을 지낸 사람도 몇 있었다.[16]

전반부에서 역관이 은 1천 냥을 대납하여 여성을 살린 이야기는 앞서 홍순언의 이야기와 그 성격이 같다. 대가 없이 은을 쾌척하는 후반부의 친구 이야기 역시 동일한 성격의 것이고, 〈옥갑야화〉 제1화의 중국 상인의 행동과도 같다. 재물 혹은 화폐를 태연히 버리면서 궁지에 빠진 사람을 돕거나 그들의 생명을 건져주는 행위가 오직 이야기 속에만 있는 비현실적인 것이라고 평가절하할 수는 없을 것이다. 그것은 경제가 인간의 삶 전체가 아니었던, 경제가 도리어 생명 혹은 윤리에 선행할 수 없고 종속되어야 한다는 전근대인의 삶과 생각을 반영하는 것이기 때문이다. 그런 행위는 실제로 존재하는 것이기도 하였다. 예컨대 김구(金九)의 《백범일지(白凡逸志)》에는 그런 사례가 실재한다. 백범이 일본인 쓰치다 조스케(土田讓亮)를 죽이고 옥에 갇히자 그를 탈옥시키기 위

허생의 섬, 연암의 아나키즘

해 강화도 사람 김주경(金周卿)은 가산을 소모했다. 강화 관아의 이속(吏屬)이었던 김주경은 비표(祕標)를 한 투전을 제작하여 판 뒤 투전판에 뛰어들어 수십만 냥을 벌었지만, 백범의 의거에 감복하여 그를 탈옥시키는 데 그 돈을 모두 쏟아 부었던 것이다.[17]

허생에 대한 '외부의 어떤 것에도 기대지 않고 충족되어 있는 사람'이라는 변 부자의 평가와 조건 없이 1만 냥을 선뜻 빌려주는 변 부자의 행위는 모두 화폐를 초월한 것이다. 요컨대 그것은 화폐에 선행하는 가치가 존재한다는 것 혹은 화폐나 경제가 그것에 종속되어야 한다는 전근대의 경제관념에서 나온 것이라고 볼 수 있다.

연암의 상업관

* * *

이에 허생은 1만 금을 얻어 다시 집으로 돌아가지 않았다. 안성(安城)이 경기와 호남 지방이 만나는 곳이요, 삼남(三南) 지방의 길목이라고 생각하고, 곧 안성에 머물렀다. 그는 대추·밤·감·배·석류·귤·유자 등의 과실을 모두 갑절의 값으로 사서 쌓아두었다.

허생이 과실을 도거리하자 온 나라가 잔치와 제사를 지낼 방도가 없게 되었다. 얼마 안 되어 허생에게서 갑절의 가격을 받았던 상인들은 도리어 열 배를 주고 과일을 살 수밖에 없었다. 허생은 한숨을 길게 쉬었다.

"만 금으로 좌지우지할 수 있으니, 나라의 규모를 알 만하구나."

허생은 칼·호미·베·명주·솜 등을 사서 제주도로 들어가 말총을 모두 거두어들였다.

"몇 해 지나면 온 나라 사람들이 머리를 싸지 못하겠지."

정말 얼마 안 가서 망건 값이 열 배나 뛰었다.

於是許生旣得萬金, 不復還家, 以爲安城畿湖之交, 三南之綰口, 遂止居焉. 棗·栗·柹·

허생의 섬, 연암의 아나키즘

梨·柑榴·橘·柚之屬, 皆以倍直居之. 許生榷菓, 而國中無以議祀. 居頃之, 諸賈之獲倍

直於許生者, 反輸十倍. 許生喟然嘆曰: "以萬金傾之, 知國淺深矣." 以刀·鎛·布·帛·綿

入濟州, 悉收馬鬣顧曰: "居數年, 國人不裹頭矣." 居頃之, 網巾價至十倍.

허생은 빌린 돈을 들고 안성으로 간다. 안성은 경기도의 가장 남쪽에
있다. 기호(畿湖), 곧 경기도와 호서의 교차점이고, 경상도와 전라도, 충
청도에서 서울로 들어가는 입구다. 또 서울에서 삼남으로 내려가려면
안성에서 길이 갈린다. 이런 이유로 안성은 조선시대 교통의 요지였고,
또 이런 이유로 안성에는 상업이 발달했다. 안성은 서울의 시장보다 커
서 물화가 모이기 때문에 군도의 소굴이 된다는 지적[18]으로 보아 안성
시장의 규모가 상당히 컸음을 짐작할 수 있을 것이다.

　허생은 안성에서 과일을 평상시의 두 배 가격을 주고 독점했고, 그
결과 열 배의 이익을 남긴다. 그는 이어 칼과 호미, 비단, 면화를 가지고
제주도로 가서 말총을 독점한다. 제주도는 원래 철이 생산되지 않고,
또 비단과 면화가 생산되지 않기 때문에 육지에서 구입해야 한다. 허생
이 말총을 독점한 탓에 망건 값은 열 배로 뛰었다. 허생이 말총을 팔아
막대한 이익을 남겼던 것은 물론이다.

　허생이 과일과 말총을 독점한 것은 어떤 의미가 있는가? 특정한 상
품을 독점하여 높은 이윤을 확보하는 행위, 곧 도고(都庫)는 18세기 중
엽 새로 등장한 상업 형태로서 물화의 구매와 판매를 독점함으로써 가
격을 임의로 조종하고 이익을 독차지하는 행위다.[19] 도고는 대체로 전
근대에서 근대로의 시간적 연속선 위에서 자본주의의 발아(發芽) 여부
와 관련하여 해석되었다. 곧 독점상업인 도고를 자본주의가 성립하는
과정의 하나로 보는가의 여부에 따라 그 성격을 달리 파악해왔다는 것

이다. 어떤 해석을 따른다 하더라도 도고, 나아가 조선 후기 상업은 자본주의의 발생과 연관되어 파악된다는 것이다. 하지만 전근대에서 근대로 이어지는 시간적 연속선에서 자본주의를 발견하고자 하는 문제의식 자체의 타당성 여부를 따질 필요가 있다. 인간의 역사는 필연적으로 자본주의로 변화하는 것도 아니고 변화할 필요도 없다. 근대로의 발전을 찾는 행위는 근대성 자체를 부인할 수 없는 절대적 가치로 인정하고, 나아가 자본주의적 근대와 그 내부에 포괄된 삶을 정당화하는 오류를 내포하기 때문이다. 따라서 조선 후기사에서 자본주의적 근대의 모색은 불필요한 행위다. 도고 역시 전근대에서 근대로 이어지는 연속선에서 자본주의의 출현을 둘러싼 논쟁으로서가 아니라, 조선 후기라는 그 시대 속에서 의미를 찾을 필요가 있을 것이다.

허생의 독점을 어떻게 인식할 것인가? 허생의 독점은 사족이 상업에 종사했다는 사실 위에 겹쳐 있다. 당연히 세 가지 문제가 제기된다. 첫째, 허생이 상행위를 한 것을 빈곤사족의 문제와 관련하여 사족이 상업에 종사해야 한다는 주장을 이끌어낼 수 있을 것인가. 둘째, 상업에서의 도고, 곧 독점은 허용 가능한 것인가. 셋째, 연암의 상업관은 어떤 것인가. 논의의 편의상 두 번째 문제부터 검토해보자.

도고란 독점은 단지 대규모 자본을 갖춘 상인들만의 전유물이 아니었다. 그것은 치부의 수단으로 당대인에게 깊이 각인된 것으로 보인다. 예컨대 한문 단편 〈감초(甘草)〉에서는 시집온 새색시가 시당숙에게 1천 냥을 빌려 감초를 매점매석해서 돈을 벌고 그 돈을 밑천으로 다시 치부하는 과정을,[20] 〈택사(澤瀉)〉에서는 궁핍한 여항인 이영철의 부인이 택사를 매점매석하여 수십 배의 이익을 얻는 과정을 그리고 있다.[21] 연암이 설정한 허생의 도고도 독점을 치부의 수단으로 여기는 사회 분위기

허생의 섬, 연암의 아나키즘

를 반영한 것일 터이다. 하지만 도고에 대한 당대의 인식은 매우 부정적인 것이었다. 상인들의 도고 때문에 시민이 실업하고 물가가 폭등한다는 지적,[22] 미곡까지 매점매석하여 곡가를 폭등케 한다는 지적,[23] 이로 인해 한 사람이 이익을 보고 만민이 피해를 본다는 지적[24]이 끊이지 않았던 것이다. 허생 역시 뒷날 짧은 시간 안에 부를 축적한 방법을 묻는 변 부자에게 "한 가지 물화가 몰래 감춰져 있는 동안 백 명의 장사꾼들의 물화가 말라붙게 된다오. 하지만 이것은 백성을 해치는 방법이라, 후세에 관리가 만약 나의 방법을 쓴다면 반드시 그 나라를 병들게 할 것이오."[25]라고 말한다. 도고는 곧 백성을 해치는 방법이고, 관리가 도고를 한다면 나라를 병들게 할 것이라는 게 허생의 견해다. 이를 근거로 연암이 도고에 대해 부정적이었음을 짐작할 수 있을 것이다.

그렇다면 허생이 과일과 말총의 매점으로 막대한 이윤을 남긴 행위에서 사족 역시 상업에 종사할 수 있다 혹은 종사해야만 한다는 논리를 끌어낼 수 있을 것인가. 흔히 허생의 매점매석과 허생이 뒷날 나가사키에 쌀을 팔고 1백만 냥의 은을 받아 돌아왔던 행위에서 '사족상인론(士族商人論)'을 끌어내려 하지만, 그 논리는 그렇게 단단하지 않다. 자료를 찬찬히 읽어보면, 허생의 과일과 말총의 매점은 단 1회로 그치고, 나가사키와의 무역 역시 그렇다. 과일과 말총의 매점으로 얻은 이익은 변산(邊山)의 군도를 무인도로 옮기는 데 모두 소진되고, 나가사키에서 얻은 은 1백만 냥 가운데 50만 냥은 바다에 던지고 40만 냥은 조선으로 돌아가 빈민을 구제하는 데 쓰인다. 나머지 10만 냥은 변 부자에게 갚는다. 그것으로 끝이다. 최후로 빌린 돈을 갚은 허생은 다시 원래의 궁핍한 독서지사(讀書之士)로 돌아갔을 뿐이다. 그는 벌어들인 막대한 돈으로 상인의 길을 걸었던 것도 아니고, 그 돈으로 자신의 삶을 안락하게 만

들었던 것도 아니다. 그는 다시 무소유의 상태로 돌아간 것이다. 곧 허생의 상업은 이윤을 추구하는 상인의 상업이 아니다. 그것은 이타적 목적을 달성하기 위한 1회적 수단이었을 뿐이다. 따라서 허생의 매점에서 '사족상인론'을 끌어낼 수는 없다.

사족은 상인이 될 수 없다는 것이 연암의 생각이라면 연암의 상업관, 상인관은 어떤 것인가. 연암은 상업에 대해 이렇게 말하고 있다.

> 상인은 사민(四民) 가운데 비록 천한 직업이지만 상인이 아니면 온갖 물건이 유통·운용될 수 없으니, 그러므로 상업을 폐지해서는 아니 된다. 또 부를 민간에 축적한 연후에야 나라의 재용이 풍족해진다.[26]

상인은 물화를 유통·운용하는 사회적 역할을 담당하기에 없을 수 없다. 상업 역시 폐지할 수 없다. 다만 상인은 사·농·공·상의 위계에서 가장 낮은 곳에 위치하는 천한 직업이다. 연암의 전형적인 사족 중심의 사민관(四民觀)이다. 상인은 천하지만 필요한 직업이다. 여기서 천하다는 것은 《맹자》의 상인관 내지 상업관에 근거한 것일 터이다. 맹자는 시장은 원래 가지고 있는 것을 가지고 있지 않은 것과 교환하는 장소였으나, '천한 사내(賤丈夫)' 곧 상인이 등장해 장소에 따른 가격 차를 파악하고 그것으로 이익을 독점하자 사람들이 그를 천하게 여겼고, 국가에서 상인에게 세금을 매기기 시작했다고 말한다.[27] 맹자는 상인이 존재하지 않았던, 직접적인 교환만 있던 사회를 이상화한 것일 터인데, 그 생각의 이면에는 상인이 거대한 부로 정치를 압박했던 전국시대의 상황이 놓여 있을 것이다. 어쨌든 기회를 엿보다 직접 생산자보다 더 큰 부를 축적하는 상인을 부정적으로(곧 천하게) 보는 것이 유가의 기본적

허생의 섬, 연암의 아나키즘

인 상인관이고, 연암은 이 상인관에서 조금도 벗어나지 않는다. 상업은 사회에 필수적인 것이지만, 그것을 맡는 상인은 천하다는 생각, 그것은 상인의 목적이 오직 이윤을 추구하는 것이기 때문일 터이다.

허생이 다시 변 부자를 찾아갔을 때 변 부자가 남루한 허생을 보고 돈 1만 냥을 모두 잃어버린 것이 아니냐고 묻자 허생은 "재물로 얼굴을 깨끗하게 꾸미는 것은 그대 무리의 일일 뿐이지. 만 금이 도를 어찌 살 찌운단 말인가?"라고 답한다. 이 발언은 상인에 대한 강한 경멸을 내포한다. 허생은 도(道), 곧 진리를 탐구하고 실천하려는 사람이다. 진리를 탐구하고 실천하는 행위와 화폐를 추구하는 행위 중 어느 쪽이 존중받고 어느 쪽이 경멸받아야 할 것인가. 곧 연암은 상업과 상인이 어쩔 수 없이 사회 내에서 존재해야 할 것이지만, 상업은 이윤을 목적으로 하는 행위이며, 상인은 그 행위를 실천하는 자이기에 천한 속성을 가질 수밖에 없다고 생각했던 것이다. 따라서 사족이 상인이 된다는 것은 연암의 사유 속에서는 결코 있을 수 없는 일이었다. 연암은 사족상인론을 결코 찬성하지 않았다. 또한 상인이 상업을 통해 화폐를 무한하게 축적하는 일을 긍정적으로 바라보지도 않았다.

연암의 상업관은 어떤 것이었던가. 먼저 연암이 《열하일기》와 한 사람의 손에서 나온 듯 내용이 동일하다고 평가했던 박제가의 《북학의》를 참고하자.

지금 전라도 전주의 상인이 있다고 하자. 상인이 처자식을 이끌고 생강과 빗을 사서 걸어서 의주로 가 물건을 판다면 본전의 몇 곱절 나가는 이익을 얻을 수 있다. 하지만 근력을 길거리에서 다 소비할뿐더러 가정을 이루고 사는 즐거움을 누릴 기회가 없다. 원산의 상인이 말에 미역과 명태를 싣고서 서울로 팔러 온다고 하자. 사흘 만에 팔고 돌아가면 이득이 조금 남고, 닷새 만에 돌아가면 본전이며, 열흘을 머물면 손해가 크다. 돌아가는 말에 물건을 싣고 가 남긴 이득이 크지 않고 그동안 말을 먹이느라 든 비용이 매우 많다.

따라서 영동에서는 꿀이 많이 나지만 소금이 없고, 관서 지방에서는 철이 생산되지만 감귤이 없으며, 함경도에서는 삼이 잘 되고 면포가 귀하다. 산골에서는 팥이 지천이고 바다에서는 젓갈을 물리게 먹는다. 영남의 옛 절에서는 명지(名紙)가 산출되고 청산(靑山) 보은(報恩)에는 대추나무 숲이 많다. 서울로 가는 길목이자 한강 입구인 강화도에서는 감이 많이 난다. <u>자기가 사는 지역에서 많이 나는 물건으로 다른 데서 산출되는 필요한 물건을 교환하여 풍족하게 살려는 백성이 많으나 힘이 미치지 못한다.</u>[28]

박제가는 상인의 이윤에 대해 먼저 언급한다. 상인의 이윤이 남지 않는 이유는 간명하다. 비용이 이윤을 초과하기 때문이다. 이윤을 초과하는 비용이 발생하는 이유는 화물의 운송 수단이 미비해서다. 결국 《북학의》의 주장은 화물의 운송 비용을 줄일 수 있는 도로와 수레를 도입하자는 것이고, 또 그 선례적 모본으로서 중국의 도로와 수레에 주목하자는 것이다. 그 중국의 모본은 도로와 수레에 제한되지 않을 것이고, 《북학의》가 소개하고 있는 여러 기기로 확장될 것이다. 박제가는 이런 기기와 제도를 일괄하되, 고전의 언어(《서경(書經)》의 〈대우모(大禹謨)〉)를 인용하여 '이용(利用)'이라 명명했다. '이용'을 통해 민중의 물질적 삶을 풍족하게 하는 '후생(厚生)'이 이루어진다.

중요한 사실은 여기서 박제가가 상업과 상인에게 초점을 맞추고 있지 않다는 것이다. 인용문의 밑줄 친 부분을 보자. 도로와 수레 같은 운송 수단이 부족해서 농민의 잉여 생산이 교환되지 않는다는 것을 힘주

허생의 섬, 연암의 아나키즘

어 말한다. 방점이 찍히는 곳은 운송 수단 등의 하드웨어를 개선해서 잉여의 교환을 원활하게 하자는 데 있다. 교환을 담당하는 상인과 상업의 이윤이 아니다. 물론 그가 상인의 이윤을 배려하지 않은 것은 아니지만, 그것을 주제로 삼지는 않았다는 것이다. 박제가는 《북학의》의 서문에서 "'이용'과 '후생'은 둘 중 하나라도 갖추어지지 않으면 위로 '정덕(正德)'을 해친다."라고 말했다. 곧 《북학의》 전체에 걸쳐서 그는 이용과 후생의 중요성을 강조하고 있지만, 그 자체가 목적은 아니다. 그것은 궁극적으로 정덕, 곧 도덕적 완성을 위한 단계인 것이다. 이것은 그가 이어서 인용하고 있는 "인구를 불리고 풍족하게 해주며 그다음에 백성에게 교화를 베풀어라."[29]라는 공자의 말에 근거를 둔 것일 터이다. 당연히 박제가의 경제관 역시 공자의 이 말에 근거한 유가의 경제관에서 벗어나지 않을 것이다.

연암은 1780년 6월 27일 책문 안 술집에서 술을 마시고 술집 주변의 포치(布置)가 완정(完整)한 것을 보고, "아! 이런 뒤에야 '이용'이라 이를 수 있겠다. 이용하고 난 뒤에야 후생할 수 있을 것이고, 후생한 뒤에야 정덕할 수 있을 것이다. 이용을 할 수 없으면서도 후생을 할 수 있는 경우는 드물 것이다. 생활이 이미 넉넉하지 않다면, 어떻게 그 덕을 바로잡을 수 있겠는가?"[30]라고 말한다. 연암의 주장 역시 박제가와 동일하게 이용과 후생에 있지만, 그 자체가 목적은 아니다. 그것은 공자가 이미 설파한 바와 같이 인간의 도덕적 완성이란 목적을 위한 수단으로 존재하는 것이다. 《북학의》는 이윤을 위한 상업이 아니라, 잉여 생산물의 유통을 위한 하드웨어의 개선과 제도적 개혁에 대한 제안이다. 이러한 박제가의 발언은 연암의 《열하일기》 〈일신수필(馹汛隨筆)〉에서 동일하게 반복된다. 연암은 조선의 각 지역 특산물이나 잉여 물화를 예거한 뒤, 이것들이 상호 교환되지 않는 것은 오직 수레가 다니지 못하기 때문이라고 주장했다. 〈일신수필〉의 마지막은 수레로 상징되는 기술의 중요성을 환기하는 것으로 끝난다. 물론 이런 지적은 꼭 박제가와 연암에게만 한정되는 것이 아니었다.[31]

연암의 상업관을 더욱 구체적으로 짐작할 수 있는 자료가 있다. 1791년 연암은 한성부 판관으로 재직 중이었는데 때마침 흉년이 들어 서울의 곡가가 올랐다. 사방의 곡물상들이 서울로 몰려들어 배의 이익을 얻으려 하였고, 부민(富民)들이 곡식을 매집(買集)하여 곡가가 조금 더 올랐다. 당시의 재상이 곡식 값을 강제로 내리고 나라에서 곡식을 매점하자는 의견을 제출하였다. 이에 유관 관서의 관료들에게서 의견을 수렴했다. 연암은 가격의 차이에 따라 물화와 상인이 이동하는 것은 자연스러운 일이므로 국가가 인위적으로 개입하는 일은 없어야 할 것이라는 논리로 반대했다. 곧 국가가 곡식을 매점하려고 하면 상인들이 도리어 흩어져버릴 것이고, 이로 인해 서민들이 곤궁해질 것이라는 주장이었다.

상인은 관청에서 조종해서는 아니 되니, 조종을 하면 가격이 정지되고, 가격이 정지되면 이익을 잃고, 이익을 잃으면 시장 기능을 조절하는 정사가 폐지되어서 농민과 공인도 모두 곤란을 겪고 백성이 생활을 영위할 바탕을 잃게 됩니다. 이 때문에 상인들이 값싼 물건을 옮겨 비싼 곳으로 가져가는 것은 실상 흔한 곳에서 모아서 모자라는 곳에 보태주는 이치니, 이를 비유하자면 흐르는 물 밑의 가벼운 모래가 살랑살랑 물결에 옮겨져 고르게 펼쳐져서 솟은 곳도 파인 곳도 없는 것과 마찬가지니, 자연스러운 형세입니다.[32]

허생의 섬, 연암의 아나키즘

가격의 등락과 차이에 따라 물화는 자연스럽게 유통될 것이다. 상인 역시 그 자연스러운 유통을 따를 뿐이다. 그러므로 연암은 국가의 개입을 극력 반대했던 것이다. 앞에서 말한 유사의 개입이라는 것은 곧 국가가 상업에 인위적으로 개입하는 것을 의미한다. 다만 연암의 상업에 대한 발언은 상업의 발달을 특별히 강조하는 데 초점이 맞추어져 있지 않다. 연암은 《북학의》의 서문에서 '이른바 사민(四民)이란 것도 명목한 겨우 남았고 이용·후생의 도구에 이르러서는 날이 갈수록 곤궁해지고 있을 뿐'이라고 하였다.[33] 곧 그는 유가의 전통적인 사민체계 내에서 상인이 맡고 있는 역할을 강조하고 국가가 상인의 활동을 제약하지 말 것을 주장했을 뿐, 특별히 상업을 적극 발달시킬 것을 주장하지는 않았던 것이다.

허생의 독점과 그가 부를 획득하는 과정, 또 〈허생〉 전체는 결코 상업의 발전을 지지하는 것이 아니다. 나아가 박지원은 물론 그 그룹의 일원이었던, 또 박지원이 서문을 써서 열렬히 찬동했던 박제가의 《북학의》가 잉여 생산물의 교환이라는 차원에서 이루어지는 상업의 발달이라면 몰라도, 상업 자체에 주목한 것이 아니었음은 두말할 필요가 없다. 또 당연히 그것이 자본주의적 근대로 나아가는 기획이 아니었음은 더욱 췌언을 요하지 않는다.

끝으로 하나 첨언한다. 허생이 독점한 과일과 망건에도 약간의 의도가 있는 것 같다. 물론 그것은 일상의 필수품 중 우선도가 낮은 것들이다. 쌀이나 옷감처럼 필수성이 높은 것은 아니다. 다만 허생, 아니 연암이 군이 과일과 망건을 선택한 데에는 다른 이유도 있는 것으로 보인다. 과일을 독점함으로써 사족들이 제사를 지낼 수 없었다는 것은 사족들의 취약처를 노렸다는 것으로 이해할 수 있다. 제사란 의례는 사족이 준수해야 하는 가장 보편적인 예다. 연암이 일괄하여 사족의 예를 부정했다거나 제례를 부정했다고는 말할 수 없을 것이다. 하지만 〈허생〉의 후반부에서 "사대부들이 모두 예법을 삼가 지키고 있으니, 누가 기꺼이 머리를 깎고 호복(胡服)을 입으려 들겠습니까?"라고 말하는 이완에게 "그래, 사대부란 게 대체 누구란 말이냐? 이(彝)·맥(貊)의 땅에서 나서 제 스스로 사대부라고 부르니 어찌 미련하지 않느냐? 옷은 아래위로 모조리 흰옷만 입으니 이것은 상복과 진배없고, 머리털을 한데 묶어 송곳처럼 만드니 이것은 남만(南蠻)의 방망이 상투인 것이니, 뭐가 예법이란 말이냐?"라고 맞받아친 것을 떠올린다면, 과일을 독점해서 일시적으로 제례를 지낼 수 없게 만든 것은 범상하게 보이지 않는다. 그것은 조선시대의 사족문화에 대한 비판을 내장하고 있는 것이다.

예(禮)의 과잉은 18세기 후반 연암 주변의 지식인들 사이에서 매우 논쟁적인 문제였다. 이 문제는 연암과 가까웠던 담헌과 김종후의 논쟁에서 가장 첨예하게 드러나게 된 것 같다. 담헌은 1768~1769년에 김종후와 《의례경전통해(儀禮經傳通解)》를 중심에 두고 치열한 논쟁을 벌인다. 김종후는 인간의 일상에서 일거수일투족은 예를 따라야 한다고 주장한 반면, 담헌은 예의 대체만 파악하면 그만일 뿐이고, 예보다 더욱 중요한 문제, 예컨대 율력(律曆)·산수(算數)·전곡(錢穀)·갑병(甲兵) 같은 문제들이 존재한다고 주장했다. 논쟁은 승부 없이 끝나지만, 인간 일상의 모든 행위가 예의 통제 아래 놓여야 한다는 김종후의 생각은 17세기 이후 예학의 발달을 반영하는 것이기도 하였다. 하지만 한편으로 그것은 예의 본질적 정신의 실천보다는 형식적인 예의 과잉을 의미하기도 하였다.

허생의 섬, 연암의 아나키즘

이와 함께 말총을 독점해서 상투를 틀 수 없게 만든 것 역시 상당한 의미를 갖는다. 허생은 조선 사람의 상투를 남만 오랑캐의 방망이 상투라고 평가절하하는데, 그것은 당시의 청과 관련하여 일정한 맥락을 갖는 것이다. 담헌은 1766년 북경에서 변발을 하고 만주식 복장을 한 한족 지식인들을 대면하여 자신이 쓰고 입은 선왕의 관과 의복에 큰 자부심을 느꼈다. 그는 가는 곳마다 한족에게 조선의 관과 의복을 강조했고, 엄성·반정균·육비와의 대화에서도 관과 의복 문제를 계속 제기하였다. 이것은 곧 조선이야말로 정통적인 유가 문명의 유일한 계승자라는 자부심의 표현이었고, 또 만주족이나 만주화된 한족을 멸시하는 근거였다. 곧 소중화주의(小中華主義)의 상징이었던 것이다.

담헌은 북경에서는 물론이고 돌아온 뒤에도 복색에서 중화주의를 고수한 듯 보인다. 하지만 김종후와의 논쟁 이후 사상적 변화를 겪고 연암 그룹과 접속하면서 복식 문제가 중요한 논제로 떠올랐던 것으로 보인다. 그 증거가 '갓'이다. 담헌은 〈의산문답〉에 와서 복식에 대한 상대주의적 입장을 취하는데, 이 사상적 전변은 연암 그룹과의 접촉을 통해서 이루어진 것 같고, 연암 그룹은 조선 복식을 소중화주의의 근거로 내세우는 데 대한 비판을 공유했던 것으로 보인다. 허생이 하필이면 망건을 독점한 행위에는 복식을 소중화주의의 근거로 내세운 데 대한 비판이 함축되어 있는 것이다. 이에 대해서는 뒤에 자세히 살필 기회가 있을 것이다.

무인도, 국가 밖의 해방 공간

* * *

허생은 늙은 뱃사공을 찾아가 물었다.

"나라 밖 바다에 혹 사람이 살 만한 섬이 있던가?"

"있더군요. 언젠가 바람에 떠밀려 서쪽으로 사흘 밤낮을 가서 한 빈 섬에 닿은 적이 있지요. 어림하건대 사문(沙門)·장기(長崎) 사이가 아닌가 하는데, 꽃과 나무는 절로 피고 자라고, 과일과 열매는 절로 익고 여물며, 고라니와 사슴이 떼를 지어 다니고, 물속의 고기는 사람을 보고도 놀라지 않던걸요."

허생은 뛸 듯이 기뻐했다.

"자네가 나를 그곳으로 데려다준다면 부귀를 같이 누릴 수 있을 것이야."

사공은 허생의 말을 따라 바람을 타고 동남쪽으로 갔다. 섬에 들어가 높은 곳에 올라 사방을 바라보자 긴 탄식이 절로 나왔다.

"땅이 천 리가 되지 않으니 어찌 할 수 있는 일이 있을 것인가? 하지만 땅은 기름지고 샘물은 맛이 다니, 단지 부잣집 늙은이는 될 수 있을 것 같

허생의 섬, 연암의 아나키즘

구나."

사공이 물었다.

"텅 빈 섬에 사람이 없는데, 누구와 같이 산단 말씀이시오?"

"덕이 있으면 사람이 찾아드는 법이지. 덕이 없을까 걱정이지, 사람이 없는 것이 무슨 걱정거리가 되겠나?"

許生問老篙師曰: "海外豈有空島可以居者乎?"篙師曰: "有之. 常漂風, 直西行三日夜, 泊一空島, 計在沙門長崎之間. 花木自開, 菓蓏自熟, 麋鹿成群, 游魚不驚."許生大喜曰: "爾能導我, 富貴共之."篙師從之. 遂御風東南, 入其島.

許生登高而望, 悵然曰: "地不滿千里, 惡能有爲? 土肥泉甘, 只可作富家翁."

篙師曰: "島空無人, 尙誰與居?"許生曰: "德者, 人所歸也. 尙恐不德, 何患無人?"

허생이 돈 버는 길로 나서게 된 계기는 아내가 제공했지만, 그는 자신이 번 돈으로 가정의 궁핍을 해결하지는 않았다. 그렇다면 왜 과일과 말총의 독점으로 열 배의 이익을 남겼던 것인가. 만약 허생이 상인이었다면 그는 다시 그 돈을 자본으로 삼아 더 큰 이익을 노리는 일을 했을 것이다. 토지를 사들이거나 혹 변승업처럼 대부업을 했을지도 모른다. 하지만 허생은 그 돈을 불리는 일을 하지 않았다. 다시 상인의 길을 걷지 않았던 것이다. 그의 행위는 이윤의 무한한 증식, 자본의 부단한 축적과는 전혀 상관이 없다. 따라서 거듭 말하지만, 허생 혹은 연암에게서 상업 혹은 상업자본을 떠올리는 것은 오류다.

허생은 뜬금없이 사람이 살지 않는 빈 섬을 찾는다. 늙은 뱃사공에게 물어본 결과 일찍이 바람에 밀려 사흘을 표류하다가 이르렀던 섬이 있다고 하였다. 그 섬은 사문과 장기 사이에 있었다. 장기는 지금의 일본

나가사키이지만, 사문은 미상의 지명이다. 사문을 마카오(Macao)로 보는 견해가 있지만 그 근거가 확실하지는 않다.[34] 여기에 또 다른 추정 하나를 제출한다. 사문은 지금의 푸젠성(福建省) 샤먼(廈門)이 아닌가 한다. '廈門'의 중국어 발음 'Xiàmén'이 '사문'과 통한다. 샤먼은 1544년 포르투갈인이 도래한 후 무역의 기지가 되었다.[35] 사문이 샤먼이건 마카오건 간에 나가사키와 사문 사이에 있는 그 섬은 조선에서 한참 떨어진 곳으로 사람이 살지 않는 무인도다. 이 무인도는 꽃과 나무가 저절로 자라고 과일이 저절로 익는 곳이며, 사슴이 떼를 이루고 있고 물고기는 사람을 보고도 놀라지 않는다. 인간을 전혀 경험하지 않은 곳이다. 허생은 왜 이런 섬을 찾았던가.

사공은 허생에게 빈 섬에서 누구와 함께 살려 하느냐고 묻는다. 허생은 "덕이 있는 사람에게는 사람들이 몰려들기 마련이니, 덕이 없는 것을 걱정할지언정 사람이 없는 것은 걱정하지 않는다."고 답한다. 사람을 모으는 것은 권력과 돈이 아닌 덕이다. 이 부분에서 연암은 《논어(論語)》의 한 부분을 떠올렸을 것이다. 〈자로(子路)〉에 이런 이야기가 실려 있다.

번지(樊遲)가 농사짓는 법을 배우려고 청하자, 공자는 이렇게 답했다.

"나는 늙은 농사꾼만 못하구나."

채마밭 가꾸는 것을 배우려 하자, 공자는 답했다.

"나는 늙은 채전장이만 못하구나."

번지가 나가자 공자가 말했다.

"소인이로구나, 번지는. 윗사람이 예(禮)를 좋아하면 감히 공경하지 않는 백성이 없고, 윗사람이 의(義)를 좋아하면 감히 복종하지 않는 백성이 없으며, 윗사람이 신(信)을 좋아하면 감히 정(情)을 쓰지 않는 백성이 없다고 하였다. 이와 같으면 사방의 백성이 그 자식을 강보에 싸서 업고 이를 것이다. 어찌 농사일을 쓴단 말인가?"[36]

백성을 유인하는 것은 예(禮)와 의(義)와 신(信)이다. 이것은 국가의 기초는 예·의·신이란 도덕적 가치이지, 물질적 가치가 아니라는 말이다. 한마디로 일정한 경제적 기초 위에서 가능한 것이기는 하지만, 경제가 도덕적 가치에 선행하는 것은 아니라는 말이다.

그렇다면 왜 사람이 살지 않는, 조선과 격리된 섬인가. 연암이 사람이 살지 않는 격리된 섬을 찾은 이유는 무엇인가. 사람을 전혀 경험하지 않은 섬은 조선시대 내내 사회 구성원들 사이에 널리 유포되어 있던 이상향이란 점에서 상당한 현실성을 갖는다. 곧 조선의 민중에게 섬은 국가권력 혹은 사족체제의 압제에서 탈출할 수 있는 해방의 공간으로 존재했던 것이다. 섬은 무엇보다 바다로 고립되어 있다. 이런 이유로 민중은 국가권력이 집행되지 않는 섬을 상상하였다. 해방의 공간으로서 사람이 살지 않는 무인도는 〈허생〉 외부에 존재했던 문화적 콘텍스트 위에서 상존하는 것이었고, 연암은 그것을 익히 알고 있었을 것이다. 연암은 그 콘텍스트에서 마카오와 나가사키 사이에 존재하는 섬을 상상해내었을 것이다. 이제 〈허생〉의 콘텍스트를 이루는 조선시대 전 시기에 걸쳐 사람들의 입에 오르내렸던 섬을 찾아가 보자.

삼봉도와 해랑도

1470년(성종 1) 12월 11일 성종은 영안도관찰사 이계손(李繼孫)에게 '세금을 피하고 나라를 배반한 자(逃賦背國)'들을 삼봉도(三峯島)[37]에 가서 조사할 것을 명한다.[38] 이것이 실제 삼봉도를 찾으려는 최초의 시도다. 하지만 삼봉도의 위치는 처음부터 모호했다. 삼봉도의 위치에 대한 정보는 이때부터 약 5개월 뒤인 1471년 5월 삼봉도에 표박(漂迫)하여 섬 주민과 만난 적이 있고, 또 1475년 5월 다시 삼봉도에 상륙하려 했지만 바람 때문에 7~8리 밖에서 포기했던 경성(鏡城)[39]의 김한경(金漢京)[40]에 의해 전해진다. 그에 의하면, 삼봉도는 맑은 날 경흥(慶興)에서 보이고, 회령에서 동쪽으로 배로 이레면 도착하고 북쪽으로 나흘 걸려 돌아올 수 있다고 하였다.[41] 삼봉도의 위치는 곧 '강원도 바다 가운데'다. 강원도라는 것은 확실하고 토지가 비옥하여 사람들이 많이 가서 살지만, 세종 때부터 찾아도 찾을 수가 없었다.[42]

삼봉도의 위치가 분명하지 않다는 것, 비옥하다는 것 그리고 가장 중요한 것은 이 섬이 '세금과 국가'를 의식적으로 피하는 자들이 가는 곳이라는 점이다. 세금은 국가권력이 강제하는 것이니, 삼봉도는 국가권력 밖에 있는 공간으로 인식되었던 것이다. 여기서 우리는 국가권력에서 이탈하고자 하는 사람들의 존재와 그들에 대한 지배계급의 태도를 알 수 있다.

성종은 1472년 봄 사람을 보내 찾기로 하고 섬의 위치를 아는 김한경을 같이 보내기로 한다.[43] 성종은 땅을 넓히고 백성의 수를 많이 늘리는 것이 왕정이 할 바(廣土衆民, 王政之所先也)라고 하는데, 그것은 국가권력의 지배자들이 수탈할 영역과 사람을 더 확보한다는 말이다. 성종은 박원종(朴元宗)을 삼봉도 경차관으로 임명해 보낸다.[44] 5월 28일 울진포(蔚珍浦)에서 출발한 박원종의 배는 29일 무릉도(武陵島) 15리 앞에서 이레 동안 표류하여 간성군 청간진(清簡津)에 닿고, 다른 세 척의 배는 29일 무릉도에 정박해 사흘 동안 머물렀으나 사람을 발견하지 못하고 6월 6

허생의 섬, 연암의 아나키즘

일 강릉에 도착한다.[45]

1차 수색에서 실패한 성종은 1472년 8월 12일, 다음 해(1473) 봄 김한 경을 지로사(指路使)로 삼아 다시 삼봉도를 찾을 것을 지시한다.[46] 실제 출발한 것은 1475년 5월이었다. 김한경 등 다섯 명은 다시 삼봉도 7~8 리 밖에 이르렀지만 섬 주민과 충돌할까 두려워 상륙하지 못했다고 하 였다. 이 정보를 듣고 성종은 영안도관찰사 이극균(李克均)에게 1476년 6월 22일 다시 조사를 명한다.[47]

같은 해 10월 22일 이극균은 영흥 사람 김자주(金自周)가 경흥 바닷 가에서 출발해 나흘 낮 사흘 밤을 가서 삼봉도 근처에 도착해 약 30명 의 주민을 보았다고 보고했고 아울러 섬의 형태를 그림으로 그려서 올 렸다.[48] 이것이 다시 삼봉도를 찾는 계기가 되었다. 섬의 존재는 의심 할 수가 없게 된 것이다. 삼봉도를 찾는 것이 무의미하므로 그만둘 것 을 요청하는 신하도 있었지만, '달아난 자들(逋逃)'의 소굴이 될 것이므 로 그만둘 수 없다고 성종은 답했다.[49] 섬의 주민은 '반심(叛心)'을 가지 고 있는 자이므로 무장하여 찾아가야 할 것이라고 하였다.[50]

복잡한 과정을 거쳐 3백~4백 명의 군사로 1478년 2~3월에 보내기로 결정하고[51] 심안인(沈安仁)을 삼봉도 초무사(三峯島招撫使)로 삼고, 섬의 주민을 데리고 올 추쇄경차관(推刷敬差官)으로 조위(曺偉)을 임명하고,[52] 주민들을 회유하는 유서(諭書)도 지었다.[53] 그런데 출발하기 직전 김흔 (金訢)이 삼봉도를 찾는 것이 무의미함을 지적했다. 삼봉도의 유무는 정 확하지 않은데 김한경의 말만 듣고 2백여 명의 사람을 보낸다는 것은 위험한 일이며, 그러므로 먼저 물길에 익숙한 사람 두세 명을 보내어 정확히 안 다음에 초무사를 보내는 것이 옳을 것이라고 하였다. 성종은 반대했다.

내가 들으니 영안북도(永安北道)의 백성으로서 도망해 흩어지는 자가 자못 많다고 하는데, 생각건대 반드시 이 섬에 몰래 들어가 한 구역을 스스로 만들었을 것이다. 만약 불러오지 못하면 스스로 돌아올 리 만무한 것이다.[54]

백성이 도망해서 섬으로 들어가 '한 구역을 스스로 만든다'는 것, 불러오지 않으면 스스로 돌아오지 않는다는 성종의 발언은, 국가체제를 벗어나고자 하는 백성의 존재와 그들이 스스로 체제 밖에서 삶의 공간을 만들고 있음을 강렬하게 의식한 것이다. 섬은 곧 체제 밖의 해방의 공간으로 인식되었던 것이다.

영사(領事) 노사신(盧思愼)과 지사(知事) 서거정(徐居正) 등도 김흔의 견해에 동의했지만 성종은 듣지 않았다. 심안인은 하직하고 출발했지만, 장마가 시작되고 풍수가 순조롭지 않다는 이유로 성종은 삼봉도에 가는 것을 중지하라고 명했다.[55] 삼봉도에 관한 기사는 1481년 1월에 다시 나온다. 영안도관찰사 이극돈(李克墩)이 삼봉도를 찾는 계책을 올렸다. 요지는 자원자 30명 정도를 뽑아 유서(諭書)를 가지고 삼봉도를 탐지하게 하되, 만약 삼봉도가 있고 그 주민을 무마할 수 있으면 무마해 불러들이고, 그것이 불가능하다면 군사를 보내 토벌하자는 것이었다. 아울러 삼봉도가 있다고 소문을 낸 김한경 등을 대중을 미혹한 죄로 극형에 처해 그 시신을 영안도 전체에 돌려 보이게 한다면, 삼봉도에 대한 기대를 갖는 사람이 없어질 것이라는 내용이었다.

이극돈의 계책 중 주목할 부분은 다음과 같은 곳이다.

동북쪽 바다는 풍랑이 험악하여 다른 바다와는 비교할 수가 없습니다. 또 삼봉도가 확실히 어디에 있는지도 모르면서 사람을 차출해 보내기란 어렵습

허생의 섬, 연암의 아나키즘

니다. 다만 본도(本道) 백성은 모두 거주지를 옮겨온 무리로서 가산의 철거를 어렵게 여기지 않습니다. 성품도 어리석어 속이는 말을 잘 믿습니다. 만약 이런 때에 이 섬을 수색하여 그들이 나라를 배반한 죄를 밝히지 않는다면, 어리석은 백성은 반드시 "나라에서 군사를 크게 일으켜 토벌하고자 했지만 끝내 그렇게 하지 못했으니, 훗날 내가 그곳에 가서 살더라도 나라에서 끝내 어떻게 할 수가 없을 것이다."라고 말할 터이니, 작은 일이 아닙니다. 만약 수재나 한재, 전쟁 같은 일이 있다면, 반드시 거기로 달아나 나라를 배반하는 사람이 있을 것입니다.[56]

이극돈의 발언은 만약 삼봉도로 달아난 사람을 수색해 그들을 처벌하지 않는다면, 이후 국가를 배신하고 달아날 사람이 발생할 것이라는 우려다. 성종은 동의하고 유서 한 통을 이극돈에게 보내고 자원한 사람에게 주어 보내라고 명한다.[57] 하지만 이후의 기사는 없다. 아마도 흐지부지되었을 것이다. 다만 1년 뒤 의금부에서 난신적자(亂臣賊子)에 연좌된 자 중 성년이 된 자를 노비로 삼을 것을 요청할 때 김한경의 딸 김귀진(金貴珍)을 함원참(咸原站) 노비로 삼을 것을 청하는 기사가 있는 것으로 보아, 김한경이 난신적자의 율로 처형되었던 것을 짐작할 수 있다.

삼봉도가 다시 문제가 된 것은 18세기 초반 영조 대에 와서다. 경흥부사(慶興府使) 황보(黃溥)는 경원(慶源) 사람 남귀석(南龜錫)에게서 삼봉도에 관한 정보를 듣는다. 두리산(頭里山) 봉대(烽臺)에 올라가면 밝은 날 그 섬을 겨우 볼 수 있는데, 그 모양이 누운 소와 같다고 하였다.[58] 황보는 신역을 1년간 면제해주는 조건으로 20여 명의 자원자를 뽑고 평저선을 만들어야 이 섬에 갈 수 있을 것이라고 관찰사에게 보고하였다. 관찰사의 허락이 떨어지자 황보는 배를 만들 수 있는 종에게 배를 만들게 하였다. 하지만 배를 만들던 중 무신란(戊申亂)이 일어나서 그만 두었다고 한다. 문제가 된 것은 황보가 나라에 완급(緩急)이 있으면 삼봉도로 배를 타고 가서 살고자 했다는 것이다. 여러 사람의 공초(供招) 중 눈에 띄는 것은, 132호의 민정(民丁)이 벌목하여 3백~4백 석을 실을 수 있는 너비 7파(把)의 큰 배를 20여 일 동안 만들다가 그만두었다는 내용이다.[59] 황보가 과연 그곳으로 가고자 했는가의 여부는 알 수 없다. 하지만 무신란에 가담했던 황진기(黃鎭紀)가 황보의 아들임을 생각한다면, 그에게 조선체제를 부정하는 의식이 있었을지도 모를 일이다. 황진기와 관련된 인물의 공초를 살펴보건대, 삼봉도는 '일반 민중이 열망하는 고통과 억압이 없는 이상향의 대명사 바로 그것을 의미하는 것'[60]이다.

삼봉도는 결국 발견되지 않았다. 동해에 있다는 이 섬은 존재하지 않을 가능성이 높다. 정석종 선생은 삼봉도가 동쪽으로 7주야를 가야 하고, 또 폭원이 거의 1천 리나 된다고 하는 것을 근거로 오늘날 일본의 북해도로 추정하지만,[61] 그것은 어디나 추정일 뿐이다. 삼봉도는 국가권력, 좀 더 구체적으로 사족체제의 압제와 수탈을 벗어나고자 했던 사람들이 만들어낸 상상력의 소산일 것이다. 중요한 것은 삼봉도란 실체도 희미한 섬을 두고 그것과 그 주민들을 자기 권력 속에 집어넣으려는 국가와 그에게서 이탈하고자 하는 사람들이 팽팽한 긴장을 이루고 있었다는 것이다.

삼봉도와 성격이 같은 섬으로 해랑도(海浪島)가 있다. 해랑도 역시 위치가 분명하지 않은 섬이다. 이 섬이 처음 문제가 된 것은 1492년의 일이다. 선전관(宣傳官) 신은윤(辛殷尹)의 발고로 그의 비부(婢夫) 송전생(宋田生)을 조사하는 과정에서 처음 해랑도의 존재가 알려진 것이다. 해랑

허생의 섬, 연암의 아나키즘

도는 평안도 선천(宣川) 서쪽에서 장록도(獐鹿島) 등의 섬을 지나 사나흘 만에 도착하는 곳이다. 중국말과 비슷한 말을 쓰는 다섯 가구 정도가 화전 농사를 짓고 고기잡이를 하며 살고 있는데, 최근 제주 주민 20여 구가 새로 옮겨가서 살고 있었다고 한다. 조정은 그들이 중국 사람일지도 모르니 중국에 자문을 보낸 뒤 쇄환하기로 결정했다.[62] 조정은 이들을 쇄환하지 않을 경우 차역(差役)을 피해 계속 섬으로 들어가는 백성이 있을 것이라고 우려했다.[63] 해랑도의 존재는 국가권력에서 이탈하는 사람을 끌어들일 수 있는 곳으로 인식되었던 것이다. 국가는 차역 곧 수탈의 대상이 되는 백성이 국가 밖으로 벗어나는 것을 강력히 금지하고 있었다. 국경 바깥으로 나가는 자는 교형(絞刑)에 처하게 되어 있었다.[64]

이 시기 해랑도의 위치는 중국 쪽에 있는 것으로 여겨졌다. 곧 "장연현(長淵縣)에서 배로 여드레 만에 도착하는, 요동에 있는 곳"이었다.[65] 그런데 1493년 우의정 허종(許琮)은 중국 지경에 있는 해랑도에 조선 백성이 왕래하면서 물소[水牛]를 잡아온다고 하였다.[66] 흥미로운 것은 1494년 해랑도에 들어간 자가 체포되었다는 것이다. 양인 장잉질동(張芿叱同) 등은 해랑도에 들어가 물소 포[水牛脯] 2,070첩(帖), 가죽[皮] 101장(張), 곡물[穀] 80석(碩)을 가져왔고, 수범 장잉질동은 교대시(絞待時)로 안율(按律)했으나 바다는 특별한 경계선이 없으므로 국경을 넘어간 것에 비할 수 없다는 이유로 감사(減死)하였다.[67] 같은 해에 김자송(金自松) 등이 해랑도에 몰래 들어가 물소를 잡아 가죽과 고기를 가져온 죄는 참부대시(斬不待時)에 해당되었으나 장잉질동의 전례를 따라 형벌을 감하여 주었다.

1492년에 해랑도 문제로 요동에 자문을 보냈지만 답이 없었다. 1495년 조정에서는 답이 없기 때문에 해랑도에 사는 조선 사람 일곱 가구를

직접 쇄환하려고 하였다.[68] 쇄환의 결과가 어떻게 되었는지는 알 수 없
다. 다시 2년 뒤인 1497년 10월 요동에서 표류 중이던 조선인 네 명을
돌려보냈다. 조정은 이들을 해랑도에 왕래하는 자로 여겼다.[69] 하지만
이들이 앞의 쇄환하려고 했던 일곱 가구인지는 알 수 없다. 왜냐하면
1498년 4월 다시 요동에 공문을 보내 해랑도의 조선인을 돌려보낼 것
을 요청했지만 회답이 없어 다시 공문을 보낼 것을 결정했기 때문이다.
조선 정부가 몇 가구 되지 않는 조선인의 쇄환을 계속 추진한 것은, 쇄
환하지 않을 경우 변방 백성이 들어가 점차 수가 불어날 것이고, 그럴
경우 쇄환이 어려울 것이라는 이유에서였다. 논란 끝에 무재(武才)가
있는 사람과 무사에게 공문을 주어 보내고, 해랑도가 만약 중국의 영토
라면 그 공문을 보여주고 조선 사람만 쇄환하자는 제안이 나와서 그대
로 따랐다.[70] 하지만 그것이 문제를 일으킬 것이라는 반대에 부닥쳐 천
추사(千秋使)가 북경에 가는 길에 요동에 먼저 조선 백성의 쇄환을 알리
고, 요동에서 답하지 않을 경우 정식으로 중국에 주청하자는 제안이 나
와서 그렇게 따랐다.[71] 하지만 다섯 달 뒤 해랑도의 조선인은 중국인과
결혼한 경우도 있을 것인데, 쇄환할 때 중국인까지 잡아오면 문제가 생
길 것이므로 정조사(正朝使)가 들어가는 길에 자문(咨文)을 요동도사(遼
東都司)에게 먼저 보내 반응이 없을 경우 정식으로 중국 조정에 주문을
하겠다고 말하는 것이 옳을 것이라는 의견이 나와서 그대로 따랐다.[72]

쇄환 임무를 맡아서 떠난 관압사(管押使) 이손(李蓀)은 1498년 12월
요동에 이르러 두 사람의 중국인에게서 얻은 정보를 보고했다. 첫째,
해랑도는 금주위(金州衛) 동남해 가운데 있고, 사방 1백 리가 된다. 부역
을 피해 달아난 사람들이 몰려들어 살고 있는 곳이다. 인가가 약 50호
다. 둘째, 금주위·개주위(蓋州衛)의 동남쪽 바다 안에 72개의 섬이 있는

허생의 섬, 연암의 아나키즘

데, 해랑도가 가장 커서 주위가 3백여 리다. 강도·살인 등의 중죄를 저지른 사람이 잠입하여 거의 1천여 호를 이루고 있다. 농사를 짓지 않고 짐승 가죽과 어육을 팔고 바닷가 주민을 약탈하는 것이 생업이다. 고려 사람도 자주 왕래하여 장사하며 살고 있다.[73]

금주위와 개주위는 지금의 진저우시와 가이저우시다. 두 도시는 발해만의 동북쪽에 마주 보고 있다. 따라서 해랑도는 발해만의 북쪽에 있던 섬으로 여겨진다. 하지만 섬에 대한 정보는 각각 다르다. 전자는 1백 리에 주민 50호, 후자는 3백 리에 주민 1천여 호다. 이것은 중국에서도 해랑도를 정확히 인지하지 못하고 있었다는 것을 의미한다. 어쨌든 조선 측에서는 약간의 과정을 거쳐 1500년 3월 중국 조정에 해랑도 주민의 쇄환을 알리고 중국 쪽의 허락을 받아냈다.[74] 다음 달 3일 도착한 명 황제(弘治帝)의 칙서에 의하면 중국에서도 해랑도의 정확한 위치를 모르고 있었다. 중국 쪽은 만약 섬을 찾아낸다면 중국 사람은 따로 중국으로 보내라고 요구하고 있다.[75]

해랑도의 주민을 쇄환한 것은 1500년 6월이었다. 초무사(招撫使) 전임(田霖)이 해랑도에 도착해 종사관 조원기(趙元紀)를 시켜 올린 보고에 의하면, 전임이 도착했을 때 해랑도 거주민은 다른 곳으로 옮겨가고 집 터만 19개가 있었고 농삿소 세 마리가 방목되어 있었다고 한다. 사람 자취를 찾아서 따라가자 네 명이 배를 타고 해랑도 동쪽 2리쯤 되는 수우도(水牛島)로 가서 정박하기에 체포해 나머지 사람들의 행방을 물었더니, '소장산도(小長山島)'로 갔고 자신들은 밭갈이 때문에 왔다고 하였다. 소장산도는 해랑도 서쪽 이틀 노정으로 물산이 많고 논을 만든다면 1천여 결(結)이 되는 곳이었다.[76] 전임은 장산도로 가서 중국인 78명과 조선인 34명을 잡아 용천(龍川)에 도착했다. 용천은 평안도의 맨 서쪽에 있다. 지금의 신의주 바로 아래다. 따라서 전임이 도착했던 해랑도가 발해만이나 요동반도(遼東半島) 동쪽 바다에 있던 것으로 추정할 수 있다. 하지만 전임과 관련된 어떤 기록도 그 위치를 정확히 밝히고 있지 않다.

1522년(중종 17) 전라도 흥덕(興德) 지방에 이주해 살던 제주의 포작인(鮑作人)을 제주로 소환하는 과정에서 이들이 압송인을 살해하려던 사건이 일어났을 때[77] 섬의 문제가 제기된다. 중종은 이들이 바다의 섬에 의지해 불어나게 된다면 뒤에 제어하기 어려울 것이라면서 지금 즉시 토벌해야 한다고 말한다. 이에 대해 남곤 등은 만약 군사를 크게 일으키면 중국의 여러 섬이나 해랑도로 달아날 것이기에 은밀하게 체포하는 것이 옳을 것이라고 답한다.[78]《중종실록》의 이 기사 번역본에는 해랑도의 위치를 만주 봉황현(鳳凰縣) 대고산(大孤山) 남쪽 바다 가운데에 있는 대록도(大鹿島)와 소록도(小鹿島)라고 밝히고 있다. 현재 대고산은 랴오둥반도 끝 단둥시(丹東市) 동쪽에 바싹 붙어 있는 산이고 그 앞바다에는 대록도와 소록도 두 섬이 있다. 전임이 용천으로 돌아왔다는 것으로 보아 이 섬을 말하는 것으로도 생각할 수 있다.

전임이 잡아온 사람들 중 중국인과 조선인이 결혼하여 낳은 자녀를 어느 쪽에 귀속시킬까 하는 문제가 제기되었으니[79] 해랑도는 국가를 이탈한 중국인과 조선인이 만나서 사는 공간이었던 것도 짐작이 된다. 또 중종과 남곤의 발언을 통해서도 알 수 있듯, 해랑도는 동시대 사람들에게는 국가의 압제에서 벗어날 수 있는 공간이었던 것이다. 여기서 우리가 따져보아야 할 것은 그런 일종의 이상적인 공간인 해랑도의 위치가 반드시 고정되어 있지 않다는 것이다.[80] 예컨대《실록》의 1605년 기록에 의하면, '황해도' 해랑도의 도적은 소추(小醜)로서 출몰하면서 도적

　　　　　　　　　　　　　허생의 섬, 연암의 아나키즘

질을 하고 바다를 마음대로 쏘다닌다고 한다. 곧 해랑도는 황해도에 있는 것이다. 이어지는 자료에 의하면 해랑도는 '서해의 동쪽 경계에 있어' 중국 망명자가 몰려드는 소굴이었다.[81] 이들은 조선의 조선(漕船)을 약탈할 우려가 있었다. 1607년 실제 조정에서는 지도를 보내주고 해랑도를 찾아 조사하게 했는데 그 위치는 지도와 동일하였다. 지도에 있는 해양도(海洋島)가 곧 해랑도에 해당하고, 단지 네다섯 채의 집만 있었다. 뱃사람들은 그 섬이 곧 전임이 수토(搜討)한 곳이라고 하였다. 땅이 넓지 않고 인가도 별로 없어 그곳이 해랑도일 수가 없다면서 그 옆에 조금 넓은 석성도(石城島)가 있는데, 지도에 '해랑도는 석성도에 속한다'고 하였다.[82] 이 시기 해랑도는 수적(水賊)의 소굴이었고, 바다에 출몰하면서 노략질을 하고 있었다.[83]

광해군 시대의 《실록》 자료에 의하면, 해랑도 대신 '해랑의 도적(海浪賊)'이란 어휘가 등장한다. 1612년 9월에는 비변사에서 경기감사의 장계에 의거해 '해랑의 절발(竊發)'이 없는 달이 없다고 보고했고,[84] 12월에는 병조에서 해랑적(海浪賊)이 연해에 출몰해 표략(剽略)이 무상하다고 보고하고 있다. 12월의 경우는 황해병사 유형(柳珩)이 그들을 섬멸했다고 한다.[85] 1614년에는 전라감사가 수적이 전라도에 나타났다고 보고했고,[86] 1618년에는 비변사에서 백령도가 서해의 깊은 바다에 있어서 해랑적도(海浪賊徒)가 출몰하는 첫길이라고 말했다.[87] 이후 1663년의 자료에 의하면 해서(海西) 연변에 출몰하면서 조선의 상선과 어선을 약탈하는, 머리를 깎고 호건을 쓰고 호인의 말을 구사하는 자들이 나오는데, 그들을 해랑적이라 불렀다고 한다.[88] 이런 자료들은 해랑의 적, 곧 해적들이 서해에 출몰하고 있음을 말하고 있다. 중요한 것은 초점이 해랑도가 아니라 해적이라는 것이다. 다만 그들의 활동무대가 서해라는 것은 곧 앞서 언급한 요동반도 부근의 해랑도와도 관련이 있을 수 있다는 것이다.

18세기에 들어와서도 해랑적은 요동반도 앞의 섬과 관련된다. 1709년 3월 북경에서 돌아온 동지사는 중국의 정세를 보고하면서 해랑적을 언급하는데, 금주위 바닷가 마을이 비어 있는 것은 촌락을 약탈하는 해적의 출몰 때문이라고 하였다.[89] 하지만 18세기가 되면 약간의 변화가 보인다. 1774년에 쓴 글에서 안정복(安鼎福, 1712~1794)은 해랑도가 중국의 동북쪽, 우리나라의 서북쪽, 요해(遼海) 남쪽에서 그리 멀지 않은 곳에 있다 하고, 이어 연산군 때 전임 등을 파견한 일과 1710년(숙종 36)의 해랑적이 들이닥친다는 민간의 유언비어에 사람들이 많이 피란을 간 일을 소개했다. 하지만 그는 전후 역적의 공초에 해랑도에 관련된 말이 있었지만, 그 진위를 알 수 없다고 했고, 또 우리나라 서해와 남해가 중국과 통하여 중간에 지도에 들어가지 않은 섬이 많이 있어 망명하거나 부역을 피하려는 자들이 도망하여 무리를 이루고 있는 것은 이상한 일이 아니라고 하고 있다.[90] 안정복의 말을 음미하면 원래의 해랑도는 앞서 말한 요동반도 부근 바다에 있는 것이지만, 점차 서해와 남해의 무인도로 확대되고 있음을 짐작할 수 있다. 또한 해랑도를 찾기 위해 계속해서 중관(中官, 내시)과 용력이 있고 유능한 무신을 행상으로 꾸며 배를 타고 서해와 남해를 두루 돌아다니면서 그런 섬이 있는가 조사하게 했지만, 그에 관한 문서가 남아 있지 않아 알 수가 없다는 것이다. 곧 해랑도는 점차 국가를 이탈한 사람들이 모여 사는, 위치를 확정할 수 없는 섬으로 인식되고 있는 것이다.

한편 앞에서 열거한 자료에서 해랑도의 '해랑'이 도적과 결합하기 시작한다는 것을 알 수 있는데, 이 부분에 대해 좀 더 상론해보자. 1712

년 1월 강화부의 죄수 정염(鄭濂)은 해랑적에 관한 정보를 제공한다. 그는 젊을 때부터 호지(胡地)를 출입했고 그들의 땅인 팔고산(八高山) 마을에서 3년을 산 적이 있다. 압록강 건너편에 이른바 이만평(利滿坪)이란 곳이 있는데 청과 조선에서 죄를 지어 도망한 자가 거의 7천~8천 명쯤 몰려 살며 사냥을 생업으로 삼고 있다. 근래의 이른바 '해랑적'은 모두 이 무리에서 나와서 도둑질을 하여 양식을 마련하는 자들이다.[91] 이 자료에 해랑의 도적들은 육지에 살면서 바다로 나와 도둑질을 하는 해적이다. 이익은 《성호사설》의 〈해랑도(海浪島)〉에서 해랑도가 중국 동북해 가운데 있다는 것, 전임 등이 가서 조선 사람을 쇄환했다는 사실을 간단히 쓴 뒤[92] 〈전임(田霖)〉에서는 "오늘에 해랑도의 도적이 서해에 30~40년을 출몰하여 조정의 깊은 우환거리가 되었는데도, 그 섬이 어디 있는지 알지 못하니, 옛날과 지금이 다른 것이 이와 같다."[93]라고 말하고 있다. 해랑도는 요동반도 근처의 섬으로 인지되고 다만 국가권력을 이탈하려는 자들이 가서 사는 곳으로 인지되더니, 점차 위치가 모호해지다가 드디어 해랑도를 근거로 하여 도적질을 하는 집단을 우려하는 쪽으로 초점이 옮겨가고 있는 것이다. 물론 도둑 집단에 대한 우려는 사족체제의 시각일 뿐이고 한편에서는 섬을 근거로 하는 반체제 집단의 존재를 민중을 구원할 주체로 보는 시각도 엄연히 있었다. 바다의 섬(海島)에 세상을 구원할 진인(眞人)이 있다는 해도진인설(海島眞人說)이 그것이다. 이에 대해서는 후술한다.

삼봉도와 해랑도는 국가의 지배, 달리 말해 궁극적으로 국가의 권력, 아니 폭력에 근거하는 온갖 지배에서 벗어난 공간이었다. 그러므로 국가는 그와 같은 섬으로의 탈주를 적극 막았다. 1543년(중종 38)에 만들어진 《대전후속록》은 1492년(성종 23)부터 1542년(중종 37) 사이에 있었던 왕의 명령 중 법으로 삼을 만한 것을 뽑아 엮은 책인데, 여기에 해랑도에 관한 법이 실려 있다.

해랑도에 왕래하는 사람은 연변(沿邊)의 관문과 요새를 넘어 외국으로 나가는 자를 논단하는 율에 의해 교형에 처한다.[94]

해랑도를 왕래하는 자는 교형에 처한다는 이 가혹한 처벌 규정은 1493년(성종 24) 1월 29일 성종의 명을 법률화한 것이다.[95] 국가권력의 촉수가 닿을 수 없는 해랑도와 같은 공간의 존재, 또 그곳으로 백성이 탈출하는 일에 사족체제가 대단히 예민하게 반응하고 있다는 것이다. 아니, 두려워했음을 의미할 것이다.

삼봉도와 해랑도 같은 공간은 섬이 아니라 해도 곳곳에 존재할 수 있었다. 압록강과 두만강을 넘으면 펼쳐져 있는 드넓은 평원지대, 명 체제 아래에서 여진족이 지배하는 만주 일대만 하더라도 국가권력이 쉽게 통제할 수 없던 공간이다. 가혹한 세금에 몰린 조선 사람들은 수시로 국경을 넘었고, 거기서 국가를 형성하지 않고 있던 여진족과 어울려 살 수 있었던 것이다. 국가권력 혹은 지배체제의 권력이 닿지 않는 곳은 국내에도 있었다. 군도가 산채를 짓고 살았던 변산반도도 그런 곳이었다.

이런 공간에 대한 인지 혹은 상상이 허생으로 하여금 섬이란 고립된 공간을 찾게 했을 것이다. 그 섬은 다른 곳과 사흘 거리에 있는 물리적으로 격리된 곳이고, 또 인간을 경험하지 않은 자연적 상태, 곧 원초적인 상태에 있다. 허생이 높은 곳에 올라 섬 전체를 조망한 결과 섬은 1천

허생의 섬, 연암의 아나키즘

리가 되지 않는다. 사방 1천 리가 되지 않는다는 것은 둘레가 1천 리가 되지 않는다는 뜻일 것이다. 이 섬을 원형으로 생각하고 둘레를 1천 리로 하면 섬의 직경은 약 320리다. 1리를 약 0.4킬로미터로 잡는다면 320×0.4=128. 곧 이 섬의 직경은 128킬로미터다. 물론 허생이 말한 1천 리란 것은 관습적 표현일 뿐이지만, 굳이 계산하자면 이렇다는 것이다.

땅이 1천 리가 되지 않았다는 것은 국가의 규모를 이룰 수 없는 면적이라는 뜻이다. '1천 리가 되지 않는 섬'이란 설정은 애당초 허생, 아니 연암이 국가의 건설을 의도적으로 피했다는 의미로 읽힌다. 섬의 면적이 작다는 것을 확인한 허생은 '惡能有爲?'라고 말한다. '有爲'는《서경》〈홍범(洪範)〉에 나오는 말이다. "재능이 있고 능력이 있는 사람이 실천할 수 있게 하면, 나라가 번창할 것이다."**96**가 그 출처다. 능력 있고 실천할 수 있는 사람이 다스리면 그 나라가 번창한다는 것, 곧 국가의 경영을 의미하는 말이다. 허생은 이 섬은 국가로 경영할 수 없다고 말한다. 하지만 섬이 작아서 국가가 될 수 없다는 의미는 아닐 터이다. 허생은 원래 국가를 만드는 것을 바라지 않았기 때문이다. 사회의 구성원이 불어나 자율적 통치가 불가능한 단계로 변화하여 조직과 권력을 갖추게 되면, 곧 국가의 형태를 갖게 되면 필연적으로 국가권력을 장악한 세력이 발생하고, 그로 인해 인간은 다시 억압되기 마련이다. 뒤에 허생이 하는 여러 행동, 예컨대 화폐와 문자-지식의 의도적 폐기, 섬의 고립화 등으로 보아, 그가 의도적으로 국가를 회피하고 있었던 것이 분명하다.

허생이 굳이 빈 섬을 택한 것은 기존 국가를 개혁하여 새로운 사회를 만들 수 없다고 판단했기 때문으로 보인다. 여기서 뒷날 허생이 이완을 만났을 때 조선의 특권층에게 특권을 포기하라고 하고, 이완은 불가능하다고 답한 장면을 떠올려보자. 국가권력을 장악하고 사회를 지배하고 있는 특권층을 두고는 어떤 개혁도 불가능하다. 연암은 자신이 살고 있는 사족체제로서의 국가를 근원적으로 외면하고 싶은 생각이 있었던 것이다. 여기서 연암이 기존 사족체제의 모순에서 뼈저리게 느꼈던 절망을 떠올릴 필요가 있다. 그는 〈회우록서(會友錄序)〉에서 권력투쟁으로 갈기갈기 찢어진 사족체제, 특히 국가의 권력을 장악하고 있는 경화세족의 분열에 대해 절망하였다. 아울러 연암이 권력을 장악한 특권층에 대한 비판을 담은 〈허생〉을 《열하일기》에 수록했다는 사실에도 주목할 필요가 있다. 연암이 체험한 중국과 북경은 그야말로 조선의 외부를 경험함으로써 조선을 객관적으로 볼 수 있는 유일한 기회가 아니었던가. 연암은 북경에서 번영하는 세계를 보았을 터이고, 돌아와 변하지 않을 조선 사족체제에 절망했을 것이다. 그 절망이 체제 외부로 탈출할 것을 꿈꾼 계기가 되었던 것은 아닌가.

조선과 격리된 섬에서 새로운 사회를 꿈꾸는 것은 찬찬히 음미해보면 반역의 느낌이 있다. 연암의 저작 어느 곳에서도 찾을 수 없는 생각을 《열하일기》에 들은 이야기라면서 슬쩍 끼워 넣은 것은 그 때문일 것이다. 다만 섬에서 새롭게 만들어지는 사회, 국가에 대한 상상력은 연암 당대에 널리 유포되어 있었을 것이다. 안정복은 자신이 만난 삼척 출신에게서 전해 들은 뱃사람의 말을 옮기고 있는데, 그에 의하면 동해를 표류하다가 우리나라의 한 지방 정도 크기의 섬을 발견해 배를 댈 뻔했다가 실패했다는 것이다. 안정복은 이어 1782년 도척면(都尺面)의 상한(常漢)이 강원도 양양(襄陽)에서 출발해 표류하다가 사방 1백~2백

허생의 섬, 연암의 아나키즘

리나 되는 섬에 닿았다는 이야기를 들었다며 그 섬과 동일한 섬이라고 판단했다. 이처럼 사람이 살지 않는 넓은 무인도의 존재는 18세기 사회에서 흔히 떠돌던 이야기였던 것이다.

더욱 흥미로운 것은 안정복이 인용하고 있는 안응창(安應昌)의 《잡록(雜錄)》이란 책에 실린 정보다. 《잡록》에 의하면 인조 대에 통제사 황익(黃翼)이 표류해온 배를 타고 온 사람을 심문한 결과, 그는 남방국(南方國) 사람으로서 그 나라는 일본 서남쪽 2천여 리 되는 곳에 있는데 특이한 것은 밀물과 썰물이 없다고 한다. 또 표류인은 그 나라는 원래 신라인이 건설한 것으로, 신라 멸망 이후 태자(아마도 마의태자)가 고려에 저항하려다가 포기하고 금강산으로 들어갔다가 땅이 좁아서 백성 20여만 호를 이끌고 바다로 나가서 어떤 섬을 발견해 남방국을 세워 25개 나라의 왕이 되었다고 한다. 안정복은 이 남방국 역시 위에서 말한 동해 바다의 그 섬과 동일한 것이 아닐까 하고 추정한다.[97]

해외의 섬에 있는, 조선과 모종의 관계가 있는 국가의 존재는 유토피아에 대한 염원과 연관될 것이다. 하지만 그것은 상상의 공간이기 때문에 현실이 아닌 문학에서 구체성을 발현할 수밖에 없다. 허생의 섬이 그렇거니와 우리는 이에 앞서 그 상상의 대표적인 예로서 《홍길동전》의 율도국을 들지 않을 수 없다. 서얼(庶孽) 차별에 분노한 홍길동은 군도를 이끌며 저항하다가 조정과 타협한다. 조정은 홍길동에게 병조판서를 제안하고 홍길동은 그 제안을 받아들인다. 하지만 조정의 신하들이 홍길동을 죽이려 하자 그는 조정을 떠나 저도(猪島)로 갔고, 거기서 군사를 길러 이웃의 율도국을 정벌하고 왕이 된다.

실제로 홍길동을 사족의 계보 속에 파악하는 이야기도 있었다. 18세기 후반의 지식인 황윤석(黃胤錫)이 전하는 이야기를 들어보자. 홍길동은 조선 초의 인물인 홍일동(洪逸童)의 얼제(孽弟)로서 빼어난 재능이 있는데도 서얼이란 이유로 청현직에 오를 수 없는 것을 비관해 종적을 감추고 말았는데, 뒷날 북경에서 돌아온 조선 사신들이 전하는 말에 의하면 홍길동이 해외에서 왕이 되었다는 것이다. 좀 더 상세히 말하자면, 조선 사신이 북경에서 어떤 나라의 사신이 가지고 온 표문을 보았더니, 그 표문에 왕의 성이 '홍'으로 표기되어 있었는데, 홍길동의 '홍'을 그렇게 바꾸어 쓴 것으로 여겼다는 것이다. 이야기는 이어진다. 어느 날 홍길동은 문득 홍일동을 찾아와 수연을 차려주고 며칠을 머물다가 떠날 때에 흐느끼며 "이제 다시는 찾아뵙지 못하겠습니다." 하고 떠났다고 한다. 그 광경을 본 사람들은 홍길동의 위의와 용모가 남의 아래에 있을 사람이 아니니 필시 해외에서 왕이 되었을 것으로 생각했다고 한다. 황윤석은 홍길동의 옛집은 장성의 소곡리(小谷里) 아래에 유지가 있다며 자신의 이야기에 신빙성을 부여한다.[98] 황윤석 당대에까지 홍길동은 홍일동의 얼제로 알려져 있었던 것이다.

과거 차별받는 서자 홍길동이 군도의 우두머리가 되어 부패한 관료와 싸운 것은 신분제의 모순에 저항한 것으로 평가되었다. 이 평가가 정당하지는 않은 것으로 여겨진다. 홍길동은 서자다. 사족의 서자가 겪는 사회적 불평등, 예컨대 관료로 진출하는 데 있어 차별을 받는다는 것 그리고 거기서 성립하는 불이익 등을 홍길동이 예민하게 의식하고 있었던 것은 분명하다. 이 소설이 성공한 소설이라면, 서자가 겪는 사회적 불평등에서 출발하여 노비와 농민, 여성 등 소수자의 불평등으로 그 문제의식이 확산되어야 마땅할 것이다. 하지만 홍길동은 자신이 왕이 되고 만다. 서자를 차별하는 제도를 바꾼 것이 아니라, 서자이기 때문에 도달할 수 없는 최고의 가부장적 지위인 왕의 자리에 스스로 올

허생의 섬, 연암의 아나키즘

라감으로써 그 차별의 문제를 개인적인 문제로 축소하고 마는 것이다. 《홍길동전》에서 홍길동이 왕이 된 것은, 사실 스스로 왕위에 오르고 싶었던 허균의 내밀한 욕망의 표현인지도 모른다. 이런 점에서 《홍길동전》과 허균에게 쉽게 찬동할 수 없다. 이에 반해 허생의 섬은 기존의 체제에서 어떻게 해볼 도리가 없는 사회를 대체할 수 있는 대안적 공간으로 인식되고 있다. 곧 기존 체제의 모순에 절망한, 하지만 그 체제 내에서 어떤 개혁도 불가능함을 절감한 지식인들이 꿈꿀 수 있는 공간이었던 것이다.

군도, 저항하는 사람들

***

이때 변산에 군도 수천 명이 있었다. 주(州)·군(郡)에서 군졸을 풀어 뒤를 밟아 잡으려 했으나 잡지 못했고, 군도 역시 감히 나와서 노략질을 할수 없어 한창 주리고 지쳐 있는 판이었다. 허생은 군도의 소굴로 들어가우두머리를 설득했다.

"천 명이 천 금을 빼앗아 나누면 한 사람이 얼마나 갖느냐?"

"한 사람당 한 냥이면 그만이지요."

"아내는 있느냐?"

"없소이다."

"밭은 있느냐?"

군도가 웃었다.

"밭이 있고 마누라가 있다면 무엇 하러 괴롭게 도둑질은 한단 말이오?"

"그래, 그렇다면 어찌하여 아내를 얻고 집을 짓고, 소를 사고 밭을 갈며살지 않는단 말이냐? 그럼 살아서는 도둑놈이란 이름은 없고 집에서 부부의 즐거움도 있을 터이지. 집을 나와 다닐 때도 쫓기거나 잡힐 걱정이

허생의 섬, 연암의 아나키즘

없고 입고 먹고 하는 즐거움을 길이 누릴 수 있을 것인데."

"그런 거야 어찌 원하는 게 아니겠습니까만, 돈이 없을 뿐이지요."

허생은 웃으며 말했다.

"너희는 도둑질을 한다면서 어찌 돈이 없는 것을 걱정한단 말이냐? 내가 너희에게 돈을 마련해줄 수 있으니, 내일 바다에 붉은 깃발이 날리는 배가 있으면 모두 돈을 실은 배다. 너희는 마음대로 가져가거라."

허생은 군도에게 약속을 하고 떠났다. 그가 떠난 뒤 도둑들은 허생을 미친놈이라고 비웃었다. 다음 날 도둑들이 바닷가에 갔더니 허생이 돈 30만 냥을 싣고 와 있었다. 모두 깜짝 놀라 늘어서서 절을 올렸다.

"장군님은 명령만 내리소서."

"힘닿는 대로 지고 가거라."

그 말에 도둑들이 다투어 돈을 졌으나 한 사람이 1백 금을 넘지 못했다.

"너희는 백 금을 들 힘도 없으니 어찌 도둑질인들 잘할 수 있겠느냐? 이제 너희는 비록 평민이 되고 싶어도 이름이 도둑 명부에 올라 있으니 갈 곳이 없을 것이다. 내가 여기서 기다릴 터이니, 너희는 각자 백 금을 가지고 가서 사람마다 아내 한 사람과 소 한 마리를 데리고 오너라."

"예."

도둑들은 답하고 모두 흩어져 갔다.

허생은 2천 명의 1년 치 양식을 마련하고 그들을 기다렸다. 군도는 한 사람도 처진 사람 없이 다시 찾아왔고, 그들을 모두 싣고 무인도로 들어갔다. 허생이 도둑들을 도거리하자 나라 안이 조용하였다.

是時, 邊山群盜數千, 州郡發卒逐捕, 不能得. 然群盜亦不敢出剽掠, 方饑困.

許生入賊中, 說其魁帥曰:"千人掠千金, 所分幾何?"曰:"人一兩耳."許生曰:"爾有

妻乎?" 群盜曰: "無!" 曰: "爾有田乎?" 群盜笑曰: "有田有妻, 何苦爲盜?" 許生曰: "審

若是也. 何不娶妻樹屋, 買牛耕田, 生無盜賊之名, 而居有妻室之樂, 行無逐捕之患, 而

長享衣食之饒乎?" 群盜曰: "豈不願如此, 但無錢耳." 許生笑曰: "爾爲盜, 何患無錢? 吾

能爲汝辦之. 明日, 視海上風旗紅者, 皆錢船也. 恣汝取去!"

　許生約群盜. 旣去, 群盜皆笑其狂. 及明日, 至海上, 許生載錢三十萬. 皆大驚羅拜曰:

"唯將軍令." 許生曰: "惟力負去." 於是群盜爭負錢, 人不過百金. 許生曰: "爾等力不足

以擧百金, 何能爲盜? 今爾等雖欲爲平民, 名在賊簿, 無可往矣. 吾在此俟汝各持百金而

去, 人一婦一牛來." 群盜曰: "諾." 皆散去.

　許生自具二千人一歲之食以待之. 及群盜至, 無後者, 遂俱載入其空島. 許生權盜而

國中無警矣.

군도의 발생

아내가 있고 경작할 땅이 있고 소와 농기구가 있다. 이것은 가부장제에 기초한 가족농(家族農)을 의미한다. 가족농의 농업노동은 이윤을 겨냥한 것이 아니라, 오로지 가족의 의식주를 충족시키기 위한 것이다. 곧 조선시대의 맥락에서 그것은 기본적 자급이 가능한 경작지를 소유하고 있는 소농(小農)이 될 것이다. 연암의 이상적인 사회란 가족의 노동력에 입각한 무수한 소농의 집합일 것이다. 이것은 가장 범상한 삶의 형태이지만, 이 범상한 삶이야말로 전근대 사회의 민중이 가장 소망했던 것이다. 이것은 이윤 혹은 화폐의 축적 위에 끊임없이 소비하는 것을 삶의 목적으로 삼는 근대 자본주의사회와는 매우 다른 것이다. 〈허생〉에서 화폐는 소농으로서 살 수 있는 도구적 존재, 토지와 농기구와 농삿소를 살 수단으로 필요할 뿐이다.

그렇다면 소농의 삶을 꿈꾸지만 그 삶에서 배제된 군도는 어떤 이유로 발생한 것인가. 군도, 곧 무리를 지은 도둑들은 이 시기에 와서야 비로소 발생한 것이 아니었다. 신라 원성왕(元聖王) 때 향가 〈영재우적가(永才遇賊歌)〉는 신라시대의 군도를 배경으로 한 것이니, 국가의 탄생 이후 군도는 늘 존재했던 것이다. 《고려사》에도 군도를 토벌한 자료가 흔히 전하거니와 조선시대에도 일일이 열거하기 어려울 정도로 군도의 발생 사례는 흔하디흔하다. 요컨대 군도는 전근대 어느 시기에건 발생하고 있었던 것이다. 또 같은 자료에 의하면 군도는 재인(才人)이나 화척(禾尺) 등이 주류를 이루었고 천민이나 장사치도 흔했다고 한다. 역시 같은 자료에 의하면 군도 40명이 사족의 집안을 털고 살인까지 했다고 하니, 상당한 수의 군도가 세종 대에 이미 존재했던 것이다.[99]

조선 전기 사회는 비교적 안정된 시기로 알려져 있지만, 그것은 조선 후기 사회를 중세의 해체기로 보는 근대 역사학의 일방적 시각에서 나온 견해일 뿐이다. 기실 사족체제가 성립하면서부터 민중의 저항은 상존했고, 그 저항의 가장 첨예한 형태가 군도로 나타났을 뿐이다. 예컨대 1426년(세종 8)의 자료에 의하면, 화적이 도성 안에 재물이 있는 집에 불을 질러 2천여 호가 불에 타고 사람이 다수 죽는 등 그 피해 규모가 엄청나게 컸다.[100] 이때 참여한 자들은 노비, 백성, 역자(驛子) 등이었다. 이들은 잡히면 거개 거열형(車裂刑)이나 참형(斬刑)에 처해졌다.

도둑 집단은 세력이 너무 강성하여 국가권력으로 쉽게 제압할 수 없는 경우도 허다하였다. 연산군 때의 홍길동, 명종 때의 임꺽정이 이끌었던 도둑 집단이 바로 그런 경우다. 홍길동은 충청도를 근거로 활동했는데, 홍길동의 작적(作賊) 이후 백성의 유망(流亡)이 심하여 회복되지 못하고 양전(量田)도 오랫동안 폐지되어 세금을 거두기 실로 어렵다는 이야기가 나올 정도였다.[101] 임꺽정의 경우 성을 쌓고 거기서 웅거하고

있어 군대를 동원하여 겨우 토벌할 정도로 강력한 세력이었다.[102]

군도는 기본적으로 경제 문제에서, 특히 분배의 문제에서 발생한 것이다. 사족체제의 경제는 원래 노비제(奴婢制)에 기초하고 있었다. 노비는 조선 전기 인구의 30~50퍼센트 정도로 추정된다.[103] 사족의 물적 토대의 절대다수는 노비의 노동력을 착취한 것이었고, 나머지가 지세(地稅)의 형태로 수취하는 양민의 노동력이었다. 고려 말의 사전개혁(私田改革)으로 성립한 과전법(科田法)은 잠시 민중에 대한 수탈의 정도를 약화시켰던 것으로 보인다. 하지만 직전법(職田法, 1466)과 관수관급제(官收官給制, 1470)를 거쳐 15세기 말부터 사족에 의한 토지의 사적 소유가 강화되기 시작했고, 이것은 민중의 저항을 초래했던 것으로 보인다. 곧 사족에 의한 토지의 집적은 필연적으로 경제적으로 가장 낮은 층위에 있는 사람들을 체제 바깥으로 몰아내었던 것이니, 그 사람들이 유민이 되거나 도둑이 되었다. 임꺽정 이래 임진왜란 시기까지 빈발한 민중 반란이 그 증거다. 이처럼 극도로 불평등한 사족체제의 분배 시스템이 군도를 발생시킨 근본 원인이었다. 곧 군도는 사족체제 자체의 모순적 성격에서 배태된 셈이다.

임병양란을 거치며 노비의 도망, 노비문서의 망실로 인해 노비 노동력 위에 성립한 경제가 흔들리자, 사족은 토지에 집중하기 시작했다. 즉 토지를 광점(廣占)하여 소작농을 두고 그들의 노동력을 착취하는 것이 노비를 관리하는 것, 곧 노비에게 의식주를 제공하고 노동력을 뽑아내는 것보다 훨씬 비용이 낮았던 것이다. 간단히 말해 소작농을 착취하는 것이 경제적으로 이익이었던 것이다. 연암이 〈한민명전의(限民名田議)〉에서 지적했듯, 지주들은 '관대한' 방법으로 농민의 토지를 빨아들였다. 흉년이 들어 식량이 바닥이 나면 농민은 토지문서를 들고 부호들을 찾았고, 부호들은 약간 후한 값(그러나 결코 제값이 아닌 값)으로 토지를 매입했으며, 그 토지에서 그대로 소작할 것을 허락했다. 조선 후기에는 몇 년꼴로 가뭄과 홍수가 반복되었다. 이것은 토지가 소수에게 집중될 기회를 제공했다. 조선 후기 문헌에 자주 등장하는 겸병가(兼併家)들이 바로 이런 거대한 토지 소유자들이다.

토지를 상실한 농민은 소작인이 되었다. 대개의 경우 병작반수제(並作半收制)를 채택하면 수확한 곡물의 절반을 지주에게 바치는 것이 관례였다. 하지만 그 나머지 절반도 소작농민의 것은 결코 아니었다. 호남의 경우, 지주가 내어야 할 토지세 10퍼센트도 농민의 몫이었다. 여기에 조세를 바치는 과정에서 발생하는 비용, 환곡(還穀)의 이자 등을 계산하면 결과적으로 생산의 대부분은 지주와 국가의 차지였다. 농민은 그 나머지에서 다음 해에 파종할 종자와 관혼상제의 비용, 연료와 소금, 부식 등에 드는 비용을 마련해야 하였다. 소작인의 입장에서는 거의 남는 것이 없었다. 만약 흉년이 든다면 토지를 떠나 유리걸식하는 것 외에 다른 방법이 없었다.

국가의 착취 또한 강력하였다. 첫째, 두 차례의 전쟁으로 토지대장이 없어져 조정이 수세의 대상이 되는 토지를 파악할 수 없었다는 것, 이로 인해 과거 전분6등(田分六等)·연분9등(年分九等)의 법을 적용할 경우 모두 54등급으로 나뉘는 수세의 등급을 풍흉을 따지지 않고 토지를 9등급으로 나누어 각 등급마다 정량의 곡식을 거두기 시작했다는 것이다(1635년의 영정법永定法). 이와 아울러 비총법(比摠法)이 숙종 때부터 시행되기 시작해 1760년(영조 36)에 추인되었다. 비총법은 국가가 미리 수세(收稅)의 총량을 정하고, 여러 가지 조건을 고려한 뒤 각 도에 거두어야 할 세액을 결정해 통보하여 징수하는 방법이었다. 중간에 조정하는 단계가 있기는 하지만 총량을 정하고 그것을 농민에게서 수탈한다는 점에서 비총법은 농민에게 더욱 가혹한 것이었다. 또한 비총법은 지방관과 지방의 토착 세력, 곧 아전과 같은 부류들에게 국가가 수세권(收稅權)을 넘겨준 것이나 마찬가지였다. 이들의 협조 없이는 수세가 불가능한 실정이었기에 이들이 탐학과 불법으로 농민을 착취하는 것을 알면서도 제지할 수 없었다. 조선 후기의 문헌에 나오는 군포(軍布)의 약탈적 수취로 인한 백성의 이산(離散) 역시 동일한 상황에서 발생한 것이었다. 또 하나 화폐의 통용이 수탈에 결정적으로 유리한 새로운 수단으로 등장했다. 이에 대해서는 후술한다.

  토지를 잃은 농민은 갈 곳이 없었다. 토지를 벗어난 농민들은 《실록》을 위시한 문헌에 '유개(流丐)'라고 표기되었듯 대체로 유랑 걸인이 되었다가 길에서 죽기 일쑤였다. 일부 약간의 용력이 있는 자들은 쉽게 군도가 되었다. 자료는 흉년에 발생한 유민은 항심을 잃고, 작게는 약탈을 하고 크게는 명화적이 된다고 증언하고 있다.[104] 유민에 대해서는 상당히 소상한 자료가 남아 있다. 여기서는 정조 연간의 자료 하나를 들어본다. 1790년(정조 14) 3월 5일 황해도관찰사 이시수(李時秀)는 황해도 각 고을의 유민은 모두 9,345명으로, 다시 돌아온 사람이 2,526명, 돌아오지 않은 사람들이 6,819명이라고 보고했다. 이 가운데 수안군(遂安郡)의 경우 유민이 1천6백 명이었다.[105] 거의 1만 명의 유민이 발생했고 7천 명에 가까운 사람들이 돌아오지 않고 있었던 것이다. 약 3개월 뒤 이시수는 여전히 돌아오지 않은 사람이 5,202명이라고 보고했다.[106] 이것은 수치가 정확히 밝혀져 있는 자료일 뿐이고, 이외에 허다한 자료는 유민이 일상적으로 흔히 발생하고 있었음을 입증하고 있다.

유민은 농민이다. 농민이 토지를 떠날 경우 다른 선택지가 없었다. 발달하지 못한 상업과 수공업은 이들을 수용할 여력이 없었다. 사족체제는 유민을 다시 안집(安集)시키고자 했지만 근본적으로 불가능하였다. 유개가 다시 고향으로 돌아간다 해도 토지와 종자, 양식이 없어 자영농민으로서의 삶이 불가능했기 때문이다. 이익은 《성호사설》의 〈유민을 다시 불러 모으는 방법(流民還集)〉[107]에서 이 문제에 대해 언급한다. 그는 집 앞에서 만난 유민에게 농사철에 왜 살던 곳으로 돌아가 농사를 지으려 하지 않고 타향에서 걸식을 하느냐고 묻는다. 유민 곧 거지들은 "어떻게 농사를 지을 방도가 있어얍지요. 종자도, 끼니거리도 없으니, 돌아가 봐야 무슨 뾰족한 수가 있겠습니까?"라고 답하며 이익을 세상 물정 모르는 사람으로 여긴다.

1721년(경종 1) 5월 11일 우의정 조태구(趙泰耇)는 기호 지방의 민폐에 대해 왕에게 보고한다. 자신이 경유한 마을은 모두 폐허가 되었고 평소 부유했던 마을은 쇠잔해졌기에 물어보니 모두 '죽었다'고 하거나 '도망가 흩어졌다'는 대답이 돌아왔다는 것이다. 조태구는 1713년 기근과 1718년 전염병 이후 백성이 죽어 거의 없어졌는데도 달아나거나 사망한 군민(軍民)의 군포를 일족에게서 거두거나[族徵] 같은 동리 주민에게서 거두므로[里徵] "강한 자는 흩어져 도둑이 되고 약한 자는 중이나 노비가 되어 양민의 종자가 거의 다 끊어지게 되었다."[108]고 말한다. 요컨대 한 사람이 열 명의 신역(身役)을 떠맡으니 그렇게 되지 않을 수가 없다는 것이다.[109] 조태구의 발언이 있고부터 한 달 보름 뒤 호조판서 민진원(閔鎭遠)은 "양역(良役)의 화가 물과 불보다 심하니, 백성이 모두 달아나 촌락이 이미 텅텅 비었습니다. 도적들이 치발(熾發)하는 이유가 모두 여기에 있습니다."[110]라고 말했다. 농민에게 부과된 양역 곧 군포가 농민을 토지에서 이탈시켜 도둑으로 만들고 있다는 것이다.

농민은 대개 소작농이었고, 자작농이라 해도 토지는 얼마 되지 않았다. 1750년(영조 26) 6월 6일 경기감사 유복명(柳復明)은 상소를 올려 족징(族徵), 황구첨정(黃口簽丁), 백골징포(白骨徵布) 등 군포의 폐단을 열거하고 백성과 토지와의 관계에 대해서 이렇게 말하고 있다.

> 하물며 땅 1결(結)을 갖고 있는 백성이 과연 몇이나 되겠습니까? 열 가구의 마을이 있으면 땅을 갖고 있는 경우는 두셋도 되지 않고, 반이 남의 땅을 갈아 먹고 사는 소작인이니, 그 소출을 다 모아도 상세(常稅)를 바치기에 부족합니다. 더욱이 거기에 또 전에 없던 별징(別徵)을 물린다면, 끝내는 양전(良田)을 분토(糞土)처럼 버리는 데 이를 것이고, 땅을 묵히고 버리는 것도 부족하여 마침내는 사람들이 흩어지고 말 것입니다. 인족(隣族)을 침징(侵徵)하는 폐단은 양역보다 심하니 나라의 유정지공(惟正之貢)도 또한 장차 축이 날 것입니다.[111]

말은 복잡하지만, 요컨대 자급자족할 수 있는 자작농은 거의 없고 대부분 소작농이며, 그 소작농에 대한 과중한 수탈이 결국 농민을 토지에서 이탈시킨다는 것이다. 영조는 여러 도(道)의 많은 강도가 관장(官長)에게 몰리고 과중한 신역 때문에 발생한 것이라고 지적하였으니, 그 이유를 정확하게 알았던 것이다. 왕을 비롯한 지배계급은 백성이 군도가 되는 이유를 알았다 하더라도 자신들의 지배를 포기할 수 없었던 것이니, 그 모순은 해결되지 않았다.[112]

요컨대 사족체제는 농민을 토지에서 축출했고, 축출된 농민은 군도의 주류를 이루었다. 모순이 해결되지 않는 한 군도는 사라지지 않을 것이었다. 사족체제는 상시적으로 군도를 토벌했지만, 대부분의 군도는 지리산이나 변산, 금강산 같은 접근하기 어려운 험준한 공간에 웅거하고 있었기에 쉽게 토벌되지도 않았다. 설령 일시 토벌된다 하더라도 그 빈 공간을 다른 군도 집단이 빠르게 채울 것이었다.

군도의 규모

군도의 활동은 조선 초기부터 《실록》을 위시한 관찬 자료에 어느 시기를 특정할 수 없을 정도로 지속적으로 폭넓게 나타난다. 다만 여기서 그 자료를 모두 다룰 수는 없을 것이다. 박지원의 시대와 가까운 자료를 검토해보자. 먼저 명화적의 규모를 살펴본다. 숙종에서 영조에 이르는 자료 중 숫자가 밝혀져 있거나 유추할 수 있는 경우만 들어본다.

(1) 1695년. 명화적 40~50명이 깃발을 세우고 포(砲)를 쏘면서 철원의 인가에 돌입했지만 부사 황진문(黃震文)은 겁을 내어 싸우지 못했다.[113]

(2) 1696년. 경주 북면(北面)의 겸사복 김성달(金成達) 등 15명의 집에 명화적이 돌입하여 남녀노소 30여 명을 칼로 난자했다.[114]

(3) 1706년. 노량진·흑석리·동작진 일대를 습격한 명화적은 30~40명이었다.[115]

(4) 1707년. 죽산부(竹山府)에 들이닥친 명화적의 무리가 든 횃불은 1백여 개였다.[116]

(5) 1727년. 김제·전주 등지에서 명화적 1백여 명이 촌락 하나를 포위하고 의복과 기명을 모두 약탈했다. 이 사건을 보고하는 홍치중(洪致中)은 "절도는 예전부터 있기는 했지만 1백여 명이 무리를 이루어 버젓이 약탈을 하는 것은 전에 듣지 못했던 바"라고 놀라움을 금치 못한다.[117]

(6) 1734년. 교하(交河)·파주 일대에서 활동했던 명화적은 50~60명이 결당한 것으로, 북을 치면 나아가고 꽹과리를 치면 물러나는 등 마치 군대와 같았다.[118]

(7) 1752년. 김포 노장면(蘆長面)에 총을 쏘고 깃발을 들고 들이닥친 명화적은 수백 명이었다.[119] 약탈한 재물은 수천 금이었고, 상해를 입어 죽게 된 사람도 몇이나 되었다.[120]

(8) 1765년. 정언 박필순(朴弼淳)은 금성(金城)의 명화적을 3백 명, 많게는 3백~4백 명이라고 말하고 있다.[121]

명화적의 규모는 15명(2)에서 수백 명(7), 3백~4백 명(8)에 이르고 있다. 3백~4백 명이면 거의 군대 규모와 같다. 이들은 (6)에서 보듯 북과 꽹과리의 신호에 따라 나아가고 물러나는 등 군대처럼 움직였다.

1711년 전라도 부안·운봉 등 대여섯 개 고을에 명화적이 출몰하고 있는데, 혹은 둔장(屯長)을 공격하기도 하고, 혹은 사형수를 빼앗아가기도 하고, 혹은 도령장(都領將)을 죽이기도 하고, 혹은 관속(官屬)과 체결하기도 한다는 것이다.[122] 1731년 양근(楊根) 읍내에 화적이 횡행하여 사대부 집안을 밤에 털었다. 관부가 지척인 곳에서도 조금도 거리낌이 없었다.[123] 예컨대 1705년에는 전라감영의 은화(銀貨) 1천 냥을 탈취하는 등[124] 군도에게 관고(官庫)는 특히 좋은 먹잇감이었다.[125] 1756년 성환점(成歡店) 화적사건에서 공화(公貨) '수천(數千)'이 강탈당한 것은 전에는 경험하지 못한 극도로 놀라운 일이었다.[126] 이것은 호서의 대동전(大同錢)과 선세전(船稅錢)·군포전(軍布錢)이었다.[127] 명화적은 잡혀도 옥문을 부수고 탈옥하기 일쑤였다.[128] 1720년 전옥(典獄)에 갇혀 있던 명화적 16명이 옥문을 깨고 탈출했는데, 지키던 이졸(吏卒)들이 뇌물을 받고 탈출을 방조한 것이었다.[129] 1730년에는 영흥에서 심문을 받고 있던 명화적 24명이 외당(外黨)과 체결하여 옥문을 부수고 탈출하였다.[130]

군도는 조정의 움직임을 예측하고 그에 따라 행동하고 있었다. 1711년 3월 28일 이유(李濡)의 차자(箚子)는 18세기 초반 군도의 활동에 대한 비교적 소상한 정보를 담고 있다. 이 자료를 참고해보자. 이유는, 삼남(三南)의 적당은 오랫동안 호남과 영남에 뿌리를 내리고 있어 그들의 존재에 대한 정보가 번곤(藩閫)과 토포사의 보고문서에 숱하게 올라 있다고 말한다. 곧 군도의 존재와 활동에 대해서는 모든 사람이 공지하는 바이고, 조정에서도 충분히 알고 있는 바라는 것이다. 이어 그는 1704년 민진원이 전라감사로 있을 때 군도 두목 최창성(崔昌成)을 순창에서 체포해 관문(官門)까지 왔으나, 같은 패거리가 중간에 튀어나와 토포군관과 군졸을 결박해서 달아났다고 한다. 이것은 군도가 관(官)의 움직임을 충분히 예상하고 있다는 사실을 입증한다. 다시 이유의 말에 의하면, 이름이 지워진 두 명의 도적과 세탁(世鐸)이란 이름만 남은 세 명은 영남의 적괴(賊魁)이고, 박복산(朴福山)·김덕우(金德宇)·최두망(崔斗望)은 영○(嶺○)[131]의 적괴인데, 이들은 연로(沿路)에 흩어져 있으면서 서울을 오가며, 또는 연해(沿海)에 근거지를 두고 서로 표리를 이루어 조보(朝報)과 관기(官奇)를 탐지해 종적을 감추는 자료로 삼고 있다는 것이다. 곧 이들 군도는 지금의 관보와 공문을 입수하여 조정의 내부 정보를 파악한 뒤 움직일 것인가 아니면 숨을 것인가를 결정하고 있었던 것이다. 실제 이들 가운데 가장 사나운 괴수는 끝내 잡히지 않았다.[132]

명화적은 10여 명에서부터 수백 명에 이르고 있었고, 이들은 나름의 정보망을 보유하고 있어 쉽게 잡히지 않았다. 이들은 사족체제의 모순에서 발생했기에 근절될 수 없었다. 다수가 체포되더라도 그것으로 끝나는 것이 아니라, 계속해서 그 빈 곳을 메우며 발생하고 있었던 것이다.

변산의 군도

변산의 군도 역시 이런 일반적인 명화적과 다를 바 없었다. 변산은 왕실에서 사용하는 금송(禁松)의 군락지가 있는 곳이었다. 수목이 울창하여 은신하기 좋고 바다로 돌출된 반도여서 군도의 근거지가 되기에 안성맞춤이었다. 다만 변산의 군도는 1727년 이인좌(李麟佐)의 난에 참여했기에 특별한 의미를 갖는다.[133] 정석종 교수의 연구에 의하면, "변산의 노비 도적이 군사를 양성한 것은 20여 년"이었고, "그들은 영조 3년 9월부터 공공연히 20여 년간 축적한 힘을 발산하고 있다. 12월에 들어서는 전주(全州) 장시에 괘서가 나붙었으며 동시에 여산(礪山) 등으로 주행하면서 산에 올라가 변산의 노비 도적이 곧 거사한다고 밤에 소리치는 등의 와언(訛言)이 날로 번지고, 따라서 도하(都下)의 인심이 흉흉해져서 피난하는 사람까지 생겨났다. …… 따라서 이들 변산의 노비 도적이 서울로 쳐들어온다는 소문으로 도하가 소란해지고 있었다."고 한다.[134]

정석종 교수는 이인좌 난의 동력은 상민·천민층이었으며, 특히 천민층이 주요한 동력이었음은 변산반도 노비 도적이 이 난에서 주동적 역할을 한 것에서도 드러난다고[135] 하였다. 다만 남인, 소론계의 양반층이 성급히 거사하여 청주성(淸州城)을 점령하고 지휘부를 독점하여 안성과 죽성으로 진격하였기 때문에 난에 참가하기로 한 영·호남의 극적(劇賊) 세력이 떨어져 나가게 되었으며, 이로써 난은 쉽게 실패로 돌아갔다는 것이다.[136]

허생의 섬, 연암의 아나키즘

어떤 과정을 통해서 이인좌 일파와 변산의 군도가 접촉하게 되었는지, 실제 난의 과정에서 변산 군도가 어떤 역할을 맡았는지는 분명하지 않지만, 그들이 난에 참가한 것만은 확실하다. 이것은 여러 자료에서도 확인된다. 이인좌의 난이 일어나기 직전인 1727년(영조 3) 10월 20일 사간원에서 부안(扶安)과 변산에 적도(賊徒)들이 웅거하고 있고, 대낮에 장막을 설치하고서 약탈을 자행하며, 변산의 큰 사찰의 중들을 불러 삼동에 바깥에서 살 수 없으니 절을 빌려달라고 하여 승려들이 절을 버리고 울며 달아났다고 보고한다.[137] 변산은 군도의 본거지가 되었던 것이고, 그들은 겨울 거처를 마련하기 위해 변산의 큰 사찰(아마도 내소사인 듯)을 차지한 것으로 보인다.

이틀 뒤 다시 영의정 이광좌가 변산과 월출산(月出山)에 군도가 몰려 있는데 관군이 진압할 수 없다고 보고했다. 이들은 호남의 유민들이었다.[138] 이 시기 변산의 군도로 인해 요언(妖言)이 퍼져 서울의 인심이 흉흉했고 피난하는 자들도 있었다.[139] 정석종 선생은 이인좌의 난 직전 변산반도의 도적이 서울로 쳐들어온다는 소문이 퍼졌는데, 그들은 노비 도적이라고 하였다.[140] 변산과 월출산의 군도는 노비나 유민 등이었을 것이다.

이인좌가 청주성을 함락시키고 반란을 일으킨 것은 1728년 3월 15일인데, 그다음 날인 16일 난에 참여했던 이징관(李徵觀)의 아노(兒奴) 귀금(貴金)을 체포해 문초했더니, 상전, 곧 직산(稷山)에 살고 있는 이징관이 무장을 하고 적당(賊黨)에 들어가고자 했다는 것, 적당은 변산의 정도령(鄭都令)과 갈원(葛院)의 권 진사 등이고, 장군(壯軍)을 모집하여 군복을 만들었다는 것, 박창급(朴昌伋)의 일족이 아주 많은데 모두 적당 속에 들어갔다는 것, 15일에 서울을 포위하려고 이른바 정 도령이 구만리(九萬里)의 권 생원의 집에 와서 상의했다는 것 그리고 둔갑을 하고 부적을 만들 수 있다는 것을 털어놓았다. 여기서 주목할 것은 변산의 적도는 이인좌의 난과 관계가 있으며 한편으로는 민중 해방의 메시아인 정 도령과 관련되어 있다는 것이다.[141]

황윤석은 무신난이 일어나기 직전 먼저 명화대적(明火大賊)이 곳곳에서 일어났다고 한다. 그런데 명화적은 숙종 말기부터 이미 그러했고, 호남의 태인(泰仁)·부안 등 여러 고을이 심하다는 것이다. 이인좌 난의 한 세력이었던 박필현(朴弼顯)이 양성한 경졸(勁卒) 3천 명이 바로 변산의 적도라는 것이다. 좀 더 구체적인 자료를 들면, 이인좌의 난 때 여주와 이천은 들이 넓고 골짜기가 많아 평소 명화적의 소굴이라고 알려져 있는데, 이들이 때를 타서 화웅하면 큰 근심거리가 될 것이라는 판단이 있었다.[142] 이인좌의 난 때 반란군에 있다가 훈련도감으로 찾아와 반란군의 내부 사정을 정확하게 알린 출신(出身, 무과에 합격했지만 발령은 받지 못한 사람) 김중만(金重萬)은, 역모에 동참하기로 일단 모인 반란군 3백 명은 각처의 명화적이라고 증언했다.[143]

이인좌의 난이 진압된 뒤 한동안 국내에 군도의 활동이 거의 없었다는 당시의 자료는 어떤 형태로든 군도가 반란에 참여했고, 또 진압될 때 한꺼번에 제거되었다는 것을 의미한다. 그리고 중요한 것은 무신난이 진압된 뒤 명화적이 다시 나타나지 않은 지가 당시까지 40여 년이 되었으니, 이것으로 이인좌 난에 변산반도의 도적이 서로 호응했던 것을 충분히 추리할 수 있다는 것이다.[144] 다음과 같은 자료도 방증이 될 것이다.

신(송인명—필자 주)이 전라좌수사 우하형(禹夏亨)의 말을 들으니, 지리산의

허생의 섬, 연암의 아나키즘

도적은 예로부터 있었으나 작년의 변란 이후에는 망명하는 부류가 거개 지리산에 들어가 지리산·덕유산 골짝 사이에 가득하다고 합니다. 접때 안음(安陰)의 옥수 30명을 빼앗아간 것도 반드시 이 무리의 소행이니, 녹림의 근심은 정말로 얕지 않습니다.[145]

지리산에는 원래 군도가 있었고 작년의 변란(이인좌의 난) 이후에는 난에 참여했다가 도망하는 부류가 역시 지리산으로 들어가 지리산은 물론 덕유산 경계까지 가득하다는 것이다. 구한말의 자료에 의하면, 군도는 조선 초부터 각각 지리산과 금강산을 중심으로 하는 두 파가 있었다고 했으니,[146] 위의 자료는 그를 입증하는 것이라 하겠다. 그리고 조심스럽지만, 반란 참가 세력이 금강산으로 망명한 것은 원래 반란에 참여했던 군도의 근거지를 선택한 것일 수도 있다. 이인좌의 난 이후 변산은 의적설화에서 흔히 등장하는 군도의 거점이었다. 한문 단편 〈박장각(朴長脚)〉의 주인공 박장각이 근거를 둔 곳 역시 부안의 변산이었다. 그는 이곳에 거점을 두고 전라·충청 두 도를 횡행했다. 그의 무리는 약 3백 명이었다.[147] 연암은 변산반도의 군도와 이인좌 난의 관계에 대해 충분히 알고 있었고, 그것을 〈허생〉에 반영한 것으로 생각된다.

분배의 방식, 약탈

군도는 약탈하는 도둑의 무리다. 부정적인 뉘앙스의 어휘인 약탈은 사실 사회적 분배의 한 방식이었다. 말하자면 지주와 국가가 수탈한 것을 탈취하여 다시 분배하고자 한 것이었다. 지주와 국가의 수탈이 제도적·합법적 형식을 띠고 있다면, 군도의 약탈은 불법적·폭력적 방법을 동원하고 있었다. 지주와 국가의 수탈이 폭력적 방법을 원천적으로 배제한 것은 아니다. 다만 그것을 제도와 법 속에 은폐하고 있고, 군도의 경우 노출되어 있다는 차이가 있을 뿐이다.

사족과 국가, 곧 사족체제의 제도적 약탈은 이데올로기에 입각한 장구하고도 체계적인 세뇌 과정을 거쳤기에 생산 민중의 피해 범위가 드넓고 지속적이었는데도 그 불의성(不義性)은 쉽게 드러나 보이지 않았다. 이에 반해 군도의 재분배는 체제가 용인하는 것이 아니었기에 애당초 불법적인 것이었고, 또한 물리적 폭력과 방화, 때로는 살인을 동반했기에 외견상 매우 잔혹하였다. 하지만 사족체제 아래에서 부의 극단적 비대칭성을 인지한 민중은 때로는 그것을 범죄가 아닌 영웅적 행위로 인식했다. 군도가 약탈의 대상으로 삼은 것은 당연히 사족과 지주, 부호 들이었다. 자신들을 토지에서 축출한 자를 다시 약탈하는 것은 정당성이 있었다. 홍길동과 임꺽정, 장길산(張吉山)에게 씌워진 의적의 이미지는 그렇게 형성된 것이었다.

군도 역시 자신의 약탈을 합리화, 정당화할 수 있었다. 물론 군도의 육성을 직접 들을 수는 없지만, 당시 널리 유포된 군도담(群盜談)을 통해 어느 정도 유추할 수는 있을 것이다. 한문 단편 〈월출도(月出島)〉는 군도가 기묘한 계책으로 수백만 냥의 재산을 축적한 영남의 부잣집을 터는 이야기인데, 군도의 대장은 주인에게 이렇게 말한다.

주인장, 국량이 작으시군요. 이제 우리가 필요한 것은 실어갈 수 있는 가벼운 재물에 불과할 것이오. 토지·가축·집채·양곡이야 그대로 남습니다. 그야 잃어버릴 재물도 불소하다 하겠지만, 수년 이내에 충분히 회복되겠지요. 심히 우려하실 것이 무어 있겠습니까? 또한 재물이란 천하의 공변된 것이오. 재물을 쌓아두는 사람이 있으면 반드시 쓰는 사람이 있고, 지키는 사람이 있으면 역시 가져가는 사람도 생기는 법이라. 주인 같은 분은 쌓아두는 사람이요 지키는 사람이라면, 나 같은 사람은 쓰는 사람이요 가져가는 사람이라 할 터이지요. 줄어들고 자라나는 이치와 차고 기우는 변화는 곧 조화의 상도(常道)라. 주인장 역시 이런 조화 중에 한낱 기생하는 셈이지요. 어찌 자라나기만 하고 줄어들지 않으며 차기만 하고 기울어지진 않겠소?[148]

군도 대장이 부자의 재물을 가져가는 논리는 무엇인가. '재물은 천하의 공번된 것'이기 때문이다. 원칙적으로 재물은 공유하는 것일 뿐이다. 그것은 결코 '사유'될 수 없다! 모든 것은 모두에게 속한다. 부자가 축적한 모든 재물은 부자 개인이 아닌 수많은 사람이 노동한 결과물이다. 그것은 특수한 제도에서 부자의 소유로 귀속된 것일 뿐이다. 재물이 공번된 것이라 해도 당신의 부분적 사유는 인정한다. 실어갈 수 있는 가벼운 것은 가져가더라도 당신의 재산은 여전히 남고, 몇 해만 지나면 다시 복구될 것이다. 군도 대장의 말은 군도의 약탈이 사실상 공정한 분배를 위한 정당한 행위라는 것을 선명하게 보여준다.

한문 단편 〈홍길동 이후〉에 등장하는 군도의 대장 심 진사는 안동의 거부 이 진사의 집을 털기로 하고, 그가 쉰에 낳은 어린 아들을 납치한 뒤 이 진사에게 재산을 요구한다.

충의대장군은 이생 좌하에게 글월을 보내노라.

무릇 땅이 재물을 낳음에 반드시 그 쓰임이 있고, 하늘이 사람을 냄에 각기 먹을 것을 타고난다고 하였소. 그대는 곡식을 만 섬이나 쌓아두고 단 한 명의 곤궁한 사람도 구제하지 않았으며, 전답 천 묘(畝)를 차지하였지만 백 년의 수한을 늘리지 못하고 마침내 한 알 한 알 피땀 어린 곡식의 알을 흙으로 돌

아가 썩게 한단 말이오. 그대의 아들이 앙화를 받음이 이치에 마땅하리라. 그
러므로 내가 신명의 뜻을 받아 납치해온 것이오. 그대는 인생이 유수 같음을
슬퍼하고 아들을 사랑하는 천륜에 마음이 쓰인다면 급히 더럽고 인색한 심
보를 고쳐야 하리로다. 그리고 보시의 덕을 보이고자 할진대 그대의 가진 바
재산을 반분해서 아무 강변에 쌓아두기 바라오. 그것을 운반해오는 즉시 아
기도령을 돌려보내겠소.[149]

군도 대장 심 진사는 '곡식을 만 섬이나 쌓아두고 단 한 명의 곤궁한
사람도 구제하지 않'는 부정의를 날카롭게 지적한다. 그 불의는 사랑하
는 아들을 잃는 앙화를 받는 충분한 이유가 된다.

약탈, 즉 강제적 분배가 가능한 근거는 약탈의 대상이 되는 재산이
원천적으로 불의한 것이라는 사실이었다. 한문 단편 〈신시(新市)〉의 주
인공 김의동(金義童)은 원래 신수근(愼守勤)의 종이었다. 달아나 역졸이
되어 사신단을 따라 북경에 갔다가 우연히 주운 사각(蛇角)을 팔아 번
돈으로 비단무역을 해서 치부한 뒤 유리 방랑하여 발붙일 곳이 없는 무
리(遭藪亡賴之徒)를 불러 모으고, 탐학 불의의 재물을 탈취하여 군도의
소굴을 만들었다.[150] 김의동은 무역을 통해 번 돈은 군도를 불러 모으는
자금으로 사용하고, '탐학 불의한 재물'을 빼앗는다. 즉 약탈은 불의한
재물을 분배하는 것, 새로운 정의의 실천이었던 셈이다.

군도는 폭력에 관한 원칙도 갖고 있었다. 박장각 역시 부하를 경계하
여 국고의 조세며 공납으로 들어가는 것이라든지 등짐·봇짐장수며 나
그네의 보따리는 절대로 손대지 못하게 하고, 오직 벼슬아치들의 뇌물
과 부상(富商)들이 모리해서 얻은 재물은 가차 없이 빼앗았다. 더러 시
골을 털었지만 가난한 농가나 점막(店幕) 따위는 피해를 주지 않고 오로

허생의 섬, 연암의 아나키즘

지 부잣집만 대상으로 삼았다. 완강하게 덤비지 않으면 몽둥이나 칼을 휘두르지 않고 위엄을 보이는 정도에서 그쳤으며, 탈취한 금전으로 종종 빈민을 구제했고 자신은 언제나 허름한 복장을 하고 다녔다.[151]

황윤석이 남긴 자료도 검토해보자. 황윤석은 앞서 인용한 1770년의 기록에서 자기 마을 사람이었던 김단(金檀)이란 군도의 대장에 대해 언급한다. 김단은 원래 이씨 집의 노비였다. 양반가의 자제들을 따라 서당에서 놀다가 글을 제법 익혔는데, 15~17세쯤 되어 종적을 감추고 군도의 대장이 된다. 김단은 실재했던 인물이다. 1730년 9월 25일의《승정원일기》에 따르면 김단이 1729년 2월 25일 그의 일당 네 명과 함께 체포되었고, 이후 서울로 압송되어 좌우 포도청에서 심문을 받았다. 그는 같은 해 8월 18일 신문을 받던 중 장독(杖毒)으로 사망하였다. 그는 완강히 부인했지만 무신란 때 고부(古阜) 평교(平橋)에 집결한 반란군에 가입한 것으로 의심을 받고 있었다.[152]

김단이 활동하고 있을 때 그가 살던 마을의 양반 노인이 팔량치를 넘다가 도둑에게 잡힌다. 군도의 대장은 노인을 보고 자신이 김단임을 밝힌다. 여러 대화 끝에 노인은 "네가 이러고 있다가 함부로 인명을 상하지 않겠느냐?" 하고 묻는다. 김단은 "무고한 사람을 살상하다가는 반드시 천벌을 받으리다. 소인은 부하들에게 엄명하여 다만 부자의 재산은 반분하고 탐관오리의 재물은 몰수케 합니다. 사람을 즐겨 죽일 리가 있습니까?"[153]라고 답한다. 김단 역시 약탈에 일정한 윤리적 기준을 세우고 있었던 것이다.

군도가 폭력의 행사에 일정한 제한을 두고 있었다는 것은 김단의 예에서도 확인이 되거니와 관찬 사료에도 적실한 예가 있다. 금산(錦山)의 좌수 이광성(李光星)은 아우 둘과 교생(校生) 우명침(禹明侵), 장관(將官)

김영일(金英逸) 등 50여 명을 조직해 여러 곳을 털었는데, 그는 사람을 죽이는 것은 무리를 모으는 도리가 아니라고 하면서 그 무리에게 사람을 해치지 말라고 당부했다. 그가 주로 턴 것은 관가의 무기고와 곳간이었다.[154] 이처럼 폭력을 함부로 행사하지 않는다는 것, 폭력의 행사에도 일정한 제한을 둔다는 것 그리고 약탈한 금전으로 빈민을 돕는 것은 군도 조직 역시 윤리성을 갖고 있다는 것을 의미한다.

군도가 염원한 사회

군도를 방치할 경우 대규모 반란으로 이어지고 체제를 붕괴시킨 사례는 사족들이 교양으로 읽었던 중국의 역사서에서 허다하게 찾아볼 수 있었다. 이인좌의 난에 군도가 참여한 것은 군도에 의한 체제의 붕괴가 조선에서도 가능하다는 것을 보여주었다. 군도 조직이 스스로 기록을 남길 리 만무하고, 또 그들의 내부 조직도 전혀 알려져 있지 않기 때문에 그들의 생각은 충분히 알 수 없지만, 전해지는 희귀한 자료를 통해 군도가 새로운 사회를 염원하고 있었다는 것을 짐작할 수 있다.

1629년 2월 사형을 당한 명화적 이충경(李忠景)·한성길(韓成吉)·계춘(戒春)·막동(莫同) 등은 원래 황해도 지방의 광한적(獷猂賊)으로 호란(胡亂)을 틈타 유민을 모아 군도를 이룬 뒤 강원도로 옮겨가 철원·평강 일대에 출몰하며 살략(殺掠)을 자행했다고 한다. 이들은 드물게도 문초 기록에서 자신들이 목적하는 바를 뚜렷하게 남겨놓는다. 그들은 산골짜기 깊은 곳에 담장을 치고, 최영(崔瑩) 장군과 남이(南怡) 장군의 화상을 그려놓고 제사를 지내고, 약조(約條)·관원·부서[局]를 만들고 서로 맹세하여 이충경을 우두머리로 삼아 대역(大逆)을 도모했다고 한다. 이들은 명화적 집단이지만 정식으로 내부의 법을 만들고 관원과 부서를 두었

허생의 섬, 연암의 아나키즘

으니, 일종의 국가조직을 갖추고 있었던 것이다.

이들의 반서(反書)는 지극히 흉악하여 차마 볼 수 없었다고 하니, 그 내용은 이씨 왕정이나 사족체제에 반하는 반역의 사상임이 분명했다.[155] 평민·천민으로 구성된 이 명화적 집단은 다른 조직이 내걸지 않았던 뚜렷한 목적을 갖고 있었다. 그들은 서울을 점령하고 15개 조의 사회 개혁안을 실행하려 했으니, 노비를 양인으로 할 것, 궁방 권세가의 농장을 몰수하고 이를 상급할 것, 원부세 이외의 각종 잡역을 금지할 것, 노비 노동에 대신하여 고공제(雇工制)를 도입할 것, 형벌제도를 완화할 것, 유학(幼學)·교생(校生)·무학(武學) 등 한유한 양반에게 군역을 부과할 것, 3정승·6판서도 양민·천민 중에서 골고루 담당하기로 할 것 등이다.[156] 이들은 내세운 강령에서 노비의 해방, 국가권력의 공정한 분배를 주장한다는 점에서 결과적으로 기존의 사족체제를 넘는 새로운 체제를 구상했다. 앞서 인용한 《인조실록》이 '지극히 흉악하여 차마 볼 수 없었다'고 한 것은 그 반체제성 때문으로 여겨진다. 이들이 내세운 강령은 이른바 실학이라는 사족 스스로가 제출한 개혁안보다 대담하고 진보적인 것이다. 다양한 층차가 있겠지만, 군도 중 일부는 각성된 의식으로 사족체제를 거부하고 새로운 사회를 꿈꾸기도 했던 것이다.

군도에 참여한 사족

허생은 군도를 찾아간다. 사족이 군도를 찾아가는 것이 있을 수 있는 일이었던가. 군도와 양반의 결합은 실제로 있었던 일이기도 하다. 이인좌의 난에서 비록 '적신(賊臣)'이라 표현되어 있기는 하지만, 그것은 분명 사족이 토적(土賊)과 서로 내응한 것으로 너무나도 충격적인 사건이었다.[157] 이인좌의 난 이후에도 같은 성격의 사례를 찾아볼 수 있다. 군도의 활동은 대담하기 짝이 없어 경기도 일대는 물론이고 1753년에는 서울 도성 안까지 출현했는데, 이것은 '전에 없던 일로 너무나도 놀라운 사건'이었다.[158] 이들은 낮에는 평민처럼 지내고 밤에 도둑질을 했으며, 삽혈동맹(歃血同盟)까지 하여 이보다 더 흉악할 수는 없다는 평가를 받았다.[159] 영조는 이 사건을 두고 《수호지》와 비슷한 것이어서 염려스럽다고 하였다.[160] 왕과 경화벌열이 사는 서울 도성 안에 명화적이 출몰한다는 것은 사족체제의 최상층부에 공포감을 조성하기에 충분했다. 이 자료에서 대단히 흥미로운 부분은, 체포된 몇 사람 중에 양반이 들어 있다는 이천보(李天輔)의 말이다. 사족이 군도에 참여하고 있었던 것이다.

사족과 군도의 결합은 당시 결코 드물지 않았던 것으로 보인다. 군도를 찾아가는 선비, 혹은 선비가 군도의 대장이 되는 서사물이 흔한 것은 그런 상황을 반영한 것일 터이다. 한문 단편 〈홍길동 이후〉와 〈선천 김 진사〉는 군도가 자신들을 지휘할 대장을 기묘한 계책으로 선택하는 이야기다. 〈성동격서(聲東擊西)〉는 영남의 어떤 진사가 지략이 있다는 말을 듣고 군도가 찾아와 자신들의 대장이 되어달라며 들어주지 않으면 죽이겠다고 협박한다. 결국 진사는 군도의 대장이 된다. 처음에는 수동적인 입장이던 진사가 뒤에 적극적으로 군도를 지휘해 의도한 바를 이루는 것을 보면, 진사의 형상에는 사족체제의 모순을 군도의 방식으로 해결하고자 하는 일부 사족의 욕망이 투사되어 있을 것이다.

유사한 작품군에서 〈허생〉과 가장 가까운 작품은 〈여생〉일 것이다. 전술한 바와 같이 김동지에게서 빌린 돈으로 장사를 하여 거금을 쌓은 여생이 대로변의 부잣집을 객주로 삼으려 하니, 수년 이래 도적의 출몰로 객주를 그만둔 지 오래라고 하였다. 이 말에 여생은 도둑들의 산채를 찾아간다. 거기서 그는 도둑들의 추대를 받아 두목이 된다. 여생은 자신의 돈을 가져오게 하여 도둑들에게 분배하고 무인도를 찾아가 농사를 짓는다. 몇 년 축적한 곡식을 흉년이 든 관북 지방과 서도 지방에 차례로 팔아 거금을 모은 뒤 다시 도둑들에게 분배하고 집으로 돌아가 양민이 되라고 하였다. 도둑들은 돈을 분배받고 흩어진다.

〈허생〉에서 허생이 군도를 찾아간다는 설정은 이상에서 다룬 예화와 결코 무관하지 않을 것이다. 연암은 위의 예화를 알고 있었을 것이다. 다만 〈허생〉이 단연 가장 높은 수준에 도달한 작품일 것이다. 허생이 군도를 찾아간 장면을 좀 더 분석해보도록 하자. 허생은 도둑들에게 '정말 그렇다면 아내를 얻고 집을 세우고, 소를 사서 농사지어 살면, 도둑놈이란 더러운 이름도 없을뿐더러 살림살이엔 부부(夫婦)의 낙(樂)이 있을 것이며, 아무리 나와서 쏘다닌다 하더라도 체포당할 걱정이 없고, 길이 잘 입고 먹으며 살 수 있지 않겠는가.'라고 말한다. 전술한 바와 같이 가족농-소농의 단순한 삶이 농민의 이상이었다. 사족체제는 이 단순한 삶을 보장해주지 못하고 농민을 토지에서 축출했다. 공자와 맹자, 정자와 주자의 거룩한 말씀, 한우충동(汗牛充棟)의 저작을 읽고 외운 자들-사족은 지배자의 욕망으로 인해 이 단순한 이상을 실현시킬 수 없었던 것이다. 허생의 말에 도둑들은 '밭이 있고 마누라가 있다면 무엇하러 도둑질을 하겠소?'라고 화답한다.

허생은 돈 30만 냥을 배로 실어와 도둑들에게 분배한다. 허생은 평민이 되고 싶어도 수배자의 명단에 올라 갈 곳이 없는 도둑들에게 각자 1백 냥을 가지고 가서 아내와 농삿소를 구해오라고 명한다. 섬은 그들을 위해 마련된 곳이었다. 도둑은 1천 명이었고, 그들은 약속한 날에 약속 장소에 도착했다. 이 분배는 앞서 〈여생〉에서도 본 바 있고, 〈선천

김 진사)에도 보인다. 선천의 김 진사는 군도의 계책에 빠져 그들의 대
장이 된 뒤 부호들에게서 빼앗은 재물을 절용하고 3년이 지나 계산해
보니 1천여 명 도둑 각자에게 돈 2만 푼, 베 20필이 돌아갈 정도가 되었
다. 김 진사는 도둑들에게 크게 회식을 시키고 이렇게 말한다.

> "너희가 지금은 젊기 때문에 능히 빼앗아와서 이처럼 풍족하지만 8~9년
> 을 지나 쇠하고 늙으면 그때도 할 수 있겠느냐?"
> "참으로 그렇습니다."
> "그렇다면 지금 노쇠하기 전에 각자 돈 2만 푼과 베 20필을 가지고 고향으
> 로 돌아가 살림을 시작해서 종신 편히 살 도리를 차리는 것이 어떻겠느냐?"
> "그래주신다면 다행이겠습니다."
> 김 진사는 각자에게 돈을 분배해주었다.[161]

도둑들은 돈 2만 푼과 베 20필을 가지고 고향으로 돌아가 소농의 삶
을 살 수 있게 되었고, 김 진사는 다시 집으로 돌아온다. 하지만 사족체
제는 여전히 지속된다. 근본적으로 달라진 것은 아무것도 없다. 농민들
은 다시 토지를 빼앗기고 축출될 것이다. 사족체제로의 복귀는 문제를
궁극적으로 해결할 수 없다.

허생은 여기서 한 걸음 더 나아간다. 그는 도둑을 모두 끌고 무인도
로 찾아간 것이다. '허생이 도둑을 도거리하자 나라 안이 조용하였다.'
이 부분의 원문은 '許生権盗而國中無警矣.'이다. 실제 역사적 사건은 변
산반도의 군도가 이인좌의 난에 참여했다가 토벌됨으로써 일시 사라
진 것이지만, 그것은 완벽한 해결책이 아니었다. 1730년(영조 6)에 지방
에는 명화적이 많이 있고 영남 지방에도 역시 있으며, 상주의 진영(鎭

허생의 섬, 연암의 아나키즘

쌀)에서 체포해 조사를 요구한 자만 해도 50여 명에 이른다는 것이다.[162] 영남 지방에는 옛날에는 화적이 없었으나 근래 생기기 시작했는데, 이 인좌의 난에 참여한 군도 중 체포되지 않은 자들이 원래 활동하던 곳을 떠나 다른 곳에서 날뛰는 것이라고 하였다.[163] 또 다른 자료에 의하면 무신년 이후 전라도와 경상도에는 화적이 없었다고 하지만, 1744년에 와서는 자못 있게 되었다고 한다.[164] 이인좌의 난이 지난 후에도 명화적이 완전히 사라진 것은 아니었다. 허생이 섬으로 군도를 이끌고 들어간 것은 토벌로는 해결되지 않는 문제를 해결하고자 한 것이었다.

섬, 민중의 유토피아

허생은 군도를 데리고 섬으로 들어간다. 군도와 섬을 연결하는 상상력은 어디서 나온 것인가. 앞서 삼봉도와 해랑도에 대해 거론하면서 섬은 국가권력의 지배에서 벗어난 공간으로 여겨졌던 것을 지적한 바 있다. 다만 삼봉도와 해랑도는 그 실체가 모호한 바다 가운데 공간이었다. 하지만 해방의 공간으로 존재하는 섬도 분명히 실재했다.

1655년(효종 6) 10월 윤선도(尹善道)는 시폐(時弊) 4조목을 상소로 올리면서 '해도(海島)에서 유민을 축출하는 일'에 대해 거론했다. 요지는 백성이 해도에 거주하는 것은 육지에는 사람이 많고 땅이 좁아서 살아갈 길이 없기 때문이라고 지적하고, 호남 일대의 섬에 거주하는 1만 호(戶), 수만 명의 인구를 축출하지 말 것을 요청했다.[165] 뭍에서 축출당한 농민이 섬으로 흘러들고, 이들을 섬에서 축출하고자 하는 국가권력은 늘 팽팽히 대립하고 있었다. 예컨대 1707년 8월 19일 호조판서 윤세기(尹世紀)는 가가도(可佳島), 곧 지금의 가거도(可居島, 小黑山島)가 외적이 침입하는 최초의 경로가 된다고 하여 거주민을 몰아내고 비워두었는데, 최근 유민이 몰려든다고 지적하면서 다시 몰아내지 말 것을 건의한다.[166] 곧 유민은 거주할 수 있는 빈 공간인 섬을 찾아 모여들고 있었고 국가권력은 그들을 축출하려는 의지를 갖고 있었던 것이다. 다만 어떤 관료들은 그들의 축출이 불가능하고, 또 해서는 안 되는 일임을 지적했다.

하지만 섬은 순수한 농민만이 아니라 체제에 순응하지 않는 자들이 스며드는 곳이기도 하였다. 1731년(영조 7) 1월 4일 호남어사 황정(黃晸)은 호남 연해(沿海) 섬은 군역을 피하려는 사나운 백성(悍民)이 몰려드는 숲으로, 역적에 연좌된 자식들이 섞여 사는 곳이라고 지적했다.[167] 이처럼 섬은 국가권력의 촉수를 벗어나려는 사람들, 혹은 국가권력을 거슬렀던 사람들의 집합처가 되고 있었다. 곧 섬은 탈주와 저항의 상징을 갖게 되었던 것이다. 여기서 군도와 섬이 결합할 가능성이 있었다.

원래 군도의 공간은 국가권력의 촉수가 닿을 수 없는 공간이다. 예컨대 한문 단편 〈홍길동 이후〉는 군도가 명문사족 출신의 심 진사를 계략으로 자기들 산채로 데려간다. 놀라서 어디냐고 묻는 심 진사에게 군도의 두령은 자신들의 산채가 홍길동 이후 1백여 년을 내려온 곳이라 말한다. 두령의 말에 의하면 이곳은 일종의 해방구이자 유토피아다.

여기는 지도에도 빠진 곳이며, 이곳의 소임도 관부(官府)의 관할 밖이옵니다. 저희는 동서남북 유랑하던 사람들로, 배불리 먹고 마음 놓고 살기 위해 구름처럼 모여들어 드디어 이렇게 일군을 이룬 것입니다. 불의의 재물을 빼앗고 빈곤하여 갈 데 없는 사람들을 받아들이는 것이 우리가 일상 하는 일이지요.[168]

허생의 섬, 연암의 아나키즘

관부의 관할 밖은 국가권력이 집행되지 않는 곳이다. 유랑하는 사람들, 토지에서 축출된 사람들의 해방구다. 그들은 불의의 재물을 강제로 분배한다.

이처럼 군도가 차지하고 있는 공간은 국가의 촉수가 닿지 않는 곳이며, 유랑하던 사람들이 배불리 먹고 마음대로 살 수 있는 곳이며, 불의의 재물을 빼앗아 공정하게 분배하는 이상적인 공간이다. 이런 성격의 공간으로서 섬은 안성맞춤인 곳이다. 섬은 바다로 인해 격리되어 있기에 체제의 권력이 쉽게 닿을 수 없기 때문이다. 앞서 인용한 이유(李濡)의 자료에는 섬을 근거지로 삼아 활동하는 군도의 사례가 보인다. 곧 1710년 장흥(長興)의 황제도(黃帝島) 앞바다의 수적(水賊)에 대한 통제사 정홍좌(鄭弘佐)의 보고에 의하면, 최근 여러 해도(海島)에서 무뢰배가 무리를 지어 도적질을 한다는 것이다. 이유는 자신이 지난가을 들은 정보에 의하면, 남중(南中)의 극적(劇賊)인 이른바 최 거사(崔居士)를 놓치자 종적을 감추고 섬을 오가며, 얼음이 얼면 사찰에 은신하여 있다가 육지에서 도적질을 하고, 바람이 따스해지면 배를 타고 섬으로 들어가 상선을 노략질한다는 것이다.[169] 곧 육지의 군도가 계절에 따라 섬으로 들어가서 수적이 된다는 것이다. 섬은 국가권력이 미치기 어렵고 한편으로 상선을 털 수 있기 때문이다. 실제로 군도를 제재로 한 한문 단편에서 섬은 종종 군도의 근거지가 된다. 한문 단편 〈여생〉의 주인공 여생이 군도의 산채를 찾아가 대장이 된 뒤 그들을 설득해 무인도에 들어가 농사를 짓고 곡식을 축적한다는 이야기는 섬이야말로 새로운 삶을 위한 공간으로 인식되고 있었음을 알려준다.

이처럼 국가권력이 닿을 수 없는 격리된 섬에 도둑들이 웅거한다는 생각은 당시 널리 유포되어 있었던 것 같다. 앞서 인용한 황윤석의《이

재난고》에는 김단 외에도 참고할 만한 흥미로운 이야기가 실려 있다. 명재상으로 유명한 정태화(鄭太和)가 젊은 날 과거 공부를 하기 위해 산사를 찾아갔다. 그곳에는 자신보다 앞서 와 있던 서생이 있었다. 서생은 정태화를 만나자 책을 덮고 사흘을 누워 무언가 궁리하다가 짐을 챙겨 절을 떠나려 하였다. 정태화가 "평소 교분은 없었지만 한 집에 며칠을 있었는데, 한마디 말도 하지 않고 떠나려 하오?"라고 하자, 서생은 한숨을 쉬면서 자신의 못난 생각에 자신이 반드시 재상이 되리라 생각했는데, 정태화를 보는 순간 그가 반드시 재상이 될 상이라서 이제 독서를 접고 멀리 나라 밖으로 떠나려 한다는 것이었다. 서생은 정태화가 언제 과거에 합격해서 언제 정승이 될 것인지 일러주고, 또 어느 해에 함경도관찰사가 되어 귀성(龜城)에 이를 것인데, 그때 만나자고 하고는 떠났다.

정태화는 그 서생이 예언한 대로 과거에 합격했고 또 함경도관찰사가 되었다. 귀성에 도착하자 건장한 병졸 하나가 안장 갖춘 말을 끌고 길가에서 기다리다가 정태화에게 편지 한 통을 건넸다. 바로 그 서생의 편지로, 정태화를 초청하는 글이었다. 정태화가 수하를 물리치고 깊은 산골짜기로 들어가 며칠 길을 달리자 바닷가가 나왔고, 해안에 배가 한 척 있었다. 배를 타고서 큰 바다를 가로질러 수만 리를 갔더니 큰 섬이 있었고, 섬에는 민가가 즐비하고 누관(樓觀)이 찬란했다. 거기서 그는 서생을 만났는데, 서생은 익선관에 강사포(絳紗袍)를 입고 있었다. 왕이 된 것이었다.

정태화의 놀란 물음에 서생은 '대장부가 세상에 나서 이름을 이루지 못하고 용렬하게 살 바에는 차라리 멀리 바다 밖에 나와서 따로 한 세계를 만드는 것이 답답한 가슴을 시원하게 하는 방법'이라고 답했다.

　　　　　　　　　　　　　　허생의 섬, 연암의 아나키즘

여기서도 섬은 조선이란 국가와는 독립된 하나의 새로운 세계를 이룬다. 그의 말을 직접 들어보자.

　　내가 이 섬에 들어온 이래 여러 나라의 궁하여 갈 곳 없는 사람들을 거두어 모았고 살아온 지 몇 해 만에 호구가 불어났지만, 땅에 사람이 없는지라 지금은 모두 개간하여 기름진 옥토가 되었지요. 섬은 비록 작지만 또한 혼자 왕 노릇 하기에는 충분합니다. 어찌 돌아갈 생각이 있겠습니까?[170]

　섬은 '여러 나라의 궁하여 갈 곳 없는 사람들(窮民無歸者)'을 거두어 모아 하나의 왕국을 이룬 것이었다. 다만 이 서생은 조선의 조보(朝報)를 사서 집 한 칸에 모으고 있었다. 자신이 비록 달아났지만 조선이 부모의 나라이기 때문에 소식을 알고자 한다는 것이었다.

　서생은 정태화가 왕사(王事)를 맡고 있는 몸이니 오래 머무를 수 없다면서 돌아갈 것을 권하고 선물을 챙겨주며 눈물을 뿌렸다. 정태화는 원래 편지를 받았던 곳으로 돌아와서 돌이켜 생각해보니 마치 꿈을 꾼 것 같았다. 그는 늘 사람들에게 그 이야기를 했다. 섬은 역시 사족체제 내에서 꿈을 이룰 수 없는 사람들의 이상적인 공간이었던 것이다.

　〈월출도〉 군도의 본거지도 섬에 있었던 것 같다. 군도 대장은 뒤에 주인에게 편지를 보낸다. 그 편지에 "귀하의 3백 바리 재물은 해도(海島)로 운송해서 1년의 쓰임을 충당케 하였으니 감사하오이다."[171] 〈성동격서〉에서 안동의 어떤 진사를 대장으로 모시려고 협박하러 온 도둑 역시 섬에서 온 자였다. 그는 이렇게 말한다. "나는 만 리 밖 바다의 섬에서 왔소. 우리네 동지가 수천 명인데 천성이 양순치 못하여 남의 지나친 이득을 빼앗고 남의 쌓인 재물을 실어온다오." 이 군도 역시 섬에 있

었던 것이다.[172]

섬에 군사력을 가지고 있는 군도의 존재는 종종 민중을 해방시킬 진인(眞人)으로 알려지기도 하였다. 조선 후기 모든 민란 기도나 민란에서 정진인(鄭眞人)을 해도(海島)에서 영입하고자 하는 계획이 있었음이 확인되는데, 그는 일반 민중이 갈망하는 고통 없고 평등한 사회를 실현시켜주는 해방자이자 민중의 우상이다. 그는 언제나 바다의 섬에서 민중을 봉건적 억압에서 해방시키기 위하여 오고 있다고 믿었으며, 따라서 그가 살고 있는 섬은 고통 없고 평등한 이상향인 것이다. 숙종 연간의 갑술환국 당시에도 서인 측에서는 해도의 정진인을 영입할 때에 그들의 노비를 동원한다고 하였으며, 1697년(숙종 23)의 이른바 극적(劇賊) 장길산과 맺고 거사를 꾀한 승려 세력도 정진인의 영입을 꾀하고 있었다. 1811~1812년 서북 지방의 농민전쟁 때 격문에도 정진인을 정시수로 묘사하고 있고, 그가 섬에서 오고 있는 것으로 되어 있다.[173]

1785년(정조 9) 홍복영(洪福榮)의 역모사건 때 고변자인 김이용(金履容)을 심문하자, 그는 문광겸(文光謙)에게서 '제주의 7백 개 섬에 진인(眞人)이 있다'는 말을 들었다고 하였다. 물론 이 문장이 지시하는 내용은 정확하지 않다. 다만 이것으로 '해도의 진인'이란 관념이 널리 유포되어 있었던 사정을 짐작할 수 있을 것이다. 강이천(姜彝天)의 비어옥사(飛語獄事)에도, 홍경래 난에도 해도 진인설은 빠지지 않았다. 섬은 하나의 유토피아적 공간이자 난세를 구원할 인물이 존재하는 해방의 아우라를 쓰고 있었던 것이다. 섬을 근거로 활동하는 군도의 존재가 민중을 해방할 정진인이란 형상을 만들어내었을 것이다.

삼봉도와 해랑도에 국가권력에서 해방되고자 하는 유토피아의 이미지가 짙게 배어 있었던 것을 상기한다면, 연암이 만든 허생의 섬은 당

시 널리 유포된 유토피아로서의 섬에서 차용한 것일 터이다. 특히 군도
가 웅거한, 국가권력이 집행되지 않는 섬이란 이미지는 확실히 당시의
군도담(群盜談)에서 취재한 것으로 보인다. 문제는 허생이 만든 '군도의
섬' 내부다. 이렇게 찾아낸 국가권력 바깥에 있는 섬은 도대체 어떤 내
용을 갖는 것일까?

나가사키와의 무역, 생명을 살리는 수단

* * *

이에 나무를 베어 집을 짓고, 대를 엮어 울타리를 만들었다. 땅심이 온전하여 무얼 심어도 크고 무성했다. 애써 밭을 갈고 김을 매지 않아도 한 줄기에 이삭이 아홉이나 달렸다. 3년 치의 저축을 남기고 나머지는 모두 배에 실어 나가사키로 가져가 팔았다. 나가사키는 일본에 속한, 호수가 31만에 이르는 고을이었는데, 당시 큰 기근이 들어 있었다. 마침내 그들을 구휼하고 은 1백만 냥을 얻었다.

於是伐樹爲屋, 編竹爲籬. 地氣旣全, 百種碩茂, 不畲不畬, 一莖九穗. 留三年之儲, 餘悉舟載往糶長崎島. 長崎者, 日本屬州, 戶三十一萬, 方大饑, 遂賑之, 獲銀百萬.

허생은 군도를 섬으로 데리고 갔다. 남녀 2천 명은 섬에서 집을 짓고 농사를 짓는다. 농토를 잃은 농민이 도둑이 되었다가 다시 땅으로 돌아왔으니, 당연히 농업 공동체를 이룬다. 연암은 이와는 다른 생업을 상상할 수 없었을 것이다.

허생의 섬, 연암의 아나키즘

섬의 땅은 누구의 소유인가. 허생이 발견했고 도둑들은 허생이 자금을 주어 데리고 온 사람이다. 이 섬에서도 땅의 소유를 둘러싸고 지주와 소작인이 발생할 수 있지 않을까? 그것은 또다시 유민을 낳고 도둑을 낳을 수 있지 않을까? 하지만 이곳은 무인도이므로 섬의 토지는 주인이 없다. 굳이 소유자를 따지자면 허생일 것이다. 하지만 뒤에서 보듯 허생은 이 섬을 떠난다. 소유를 포기한 것이다. 그러므로 섬의 토지는 소유자가 없다. 허생이 굳이 무인도를 찾아가도록 연암이 설정한 것은, 애당초 토지의 소유 자체를 부정하기 위한 것으로 생각된다. 이 점을 상론해보자.

연암은 〈한민명전의〉에서 지주의 토지 겸병으로 인해 발생하는 무토 농민의 문제를 해결하기 위해 명전(名田), 곧 한 개인의 이름으로 사유하는 토지의 상한선을 정하자고 제안하고 있다. 아무리 많은 토지를 보유하고 있더라도 시간이 흐르면 상속이나 매매로 인해 흩어질 것이고, 결국 개인은 일정한 한도 이하의 토지만 소유하게 될 것이다. 이 방법으로 농민은 시간이 흐르면 절로 일정한 토지를 보유할 것이다. 다만 이것으로 연암이 주장한 토지제가 오직 한전제에 국한된다고 단정해서는 안 될 것이다. 한전론은 이미 거대한 토지를 보유하고 있는 겸병가의 존재를 전제한 것이다. 곧 지주의 토지를 강제로 분배할 때 생기는 저항을 피하기 위한 방법으로 한전론을 제안했던 것이다. 그의 본래 아이디어는 정전제(井田制)에 있었다. 정전제를 시행할 수 없다면 한전제가 현실적으로 가능한 방법이란 것이다. 정전제는 주대(周代)의 토지제도다. 그것이 과연 실현되었는지는 알 수 없지만, 농민은 경작권을 소유한 토지를 경영해 자신의 몫으로 차지하고, 공동 경작한 토지의 산물을 세금으로 낸다. 이것이 정전제의 아이디어다. 정전제는 주대의 제도라는 점에서 가장 이상적인 제도로 조선 지식인들의 지지를 받았다.

섬에 들어온 농민은 모두 1백 냥의 균등한 재산에서 출발한다. 균등한 재산이란 전제는 곧 토지의 균등한 분배 내지는 공유를 포함한다고 할 수 있을 것이다. 정전제는 여전히 국가의 존재를 상정한다. 그런데 이 섬은 국가가 아니다. 국가 없는 사회만 존재하는 곳이다. 연암은 이 섬에서 국가가 존재하지 않는 공간에서의 토지 공유란 이상을 상상한 것은 아닐까?

인간을 경험한 적이 없는 섬은 풍요로운 곳이었다. 밭을 갈지도 매지도 않아도 하나의 줄기에 아홉 개의 이삭이 맺혔다.[174] 대체로 고대의 관념으로는 9년을 농사지으면 3년의 저축이 있는 법이고, 그렇기 때문에 요(堯)임금 때의 홍수에도 사람들은 굶주린 기색이 없었다고 한다. 아울러 백성에게 3년의 곡식 저축이 있을 경우 그 세상을 승평(昇平), 곧 태평한 시대로 부른다 하였다.[175] 허생의 섬은 1년에 3년의 저축을 남겼으니 어마어마하게 비옥한 곳이었던 것이다. 이로 인해 자연스럽게 엄청난 잉여 생산물이 축적되었다. 하지만 이 농업 공동체는 격리된 섬이다. 잉여 생산물을 어떻게 처리할 것인가. 이 잉여에 근거하여 계급이 분리되고 국가가 발생할 것인가. 다만 이 섬은 국가가 되기에는 너무 작다. 또 허생은 이 섬에서 국가의 형태를 배제하기로 하였다. 그렇다면 잉여를 어떻게 할 것인가. 허생은 기근으로 31만 호의 인구가 굶주리고 있는 나가사키로 곡식을 실어 나르고 은 1백만 냥을 거두었다.

하필이면 나가사키인가. 또 은 1백만 냥이라는 것은 현실성이 있는 수치인가. 전술한 바와 같이 에도 막부 성립 이래 나가사키는 유일한 무역항으로 번성하였다. 다만 그곳의 인구가 31만 호라는 것은 과장일 것이다. 연암이 이 수치를 어디서 얻었는지도 알 수 없다. 이 문제는 일단 접어두고서라도 연암은 중국과의 직교역으로 나가사키가 명나라 말기부터 고기(古器)·서화·서적·약품 등 중국의 문물과 상품을 빠르고 풍성하게 받아들이는 경제적으로 풍요한 곳임을 충분히 알고 있었다.[176] 또 이 사실은 18세기 조선의 지식인들은 대개 공유하고 있는 바였다. 1736년 4월 19일 북경에서 돌아온 동지사의 세 사신과 영조가 은의 부족에 대해 논의할 때 서장관 이택규(李宅奎)는 이렇게 말한다.

우리나라가 은을 만드는 도리는 오로지 왜관(倭館)의 피집(被執)에 있는데, 근래에 장기도(長磯島, 나가사키)에서 곧장 (중국과) 매매하므로 중국의 물화가 곧장 이 섬에 몰려들어 우리나라가 피집하고 싶어도 할 수가 없습니다. 그러므로 은을 마련할 길이 끊겨 팔포(八包)의 원수를 또한 채울 수가 없습니다. …… 연경의 정세태란 사람은 거부인데, 조선의 물화를 매매하는 일을 독점해왔습니다. 그런데 근래에 남쪽 지방의 물화가 곧장 장기도로 넘어가기에 정가가 앉아서 그 이익을 잃었다고 하였습니다.[177]

앞서 언급했듯 왜관의 중계무역이 중국과 나가사키와의 직교역으로 인해 끊어졌던 것은 아니지만, 조선에서는 중국-나가사키의 직교역을 원인으로 생각했던 것이다. 나가사키에 부가 쌓인다는 판단도 여기에 근거한 것이고, 허생이 나가사키에 쌀을 팔아 은 1백만 냥을 벌어들였다는 상상 또한 직교역론에 기초한 것일 터이다.

여러 번 언급한 바와 같이 〈허생〉에서 허생은 나가사키와의 단 한 차례의 무역을 끝으로 다시는 무역을 하지 않는다. 허생이, 아니 연암이 국제무역을 열렬히 지지한 사람이라면 나가사키에서 번 1백만 냥을 다시 무역에 쏟아야 할 것이 아니겠는가. 하지만 허생은 무역의 길, 상인의 길을 포기한다. 그가 궁극적으로 꿈꾼 것은 무인도에서 이루어지는 자경농민(自耕農民)의 삶, 곧 소농의 삶이다.

우리는 보통 통상의 확대야말로 필연적인 역사의 발전 과정이라는 사고를 이미 내면화하고 있다. 그 사고의 논리적 연장은 시장을 확장하려는 자본의 욕망에 닿는다. 그 욕망이 역사적 필연이라고 말할 수는 없을 것이다. 그렇다면 허생, 곧 연암에게 나가사키와의 무역이란 어떤 의미인가. 그것은 기근으로 인해 죽음에 직면한 나가사키 주민을 살리려는 이타적 행위였을 뿐이다. 그것이 이타적 동기를 갖고 있다면 그가 굳이 은 1백만 냥을 받아올 필요가 있었을 것인가. 그 1백만 냥은 아주 색다른 용도로 쓰인다. 이에 대해서는 후술한다.

허생의 섬, 연암의 아나키즘

*　*　*

허생은 탄식했다.

"이제 내가 조금이나마 시험해보았구나."

허생은 남자와 여자 2천 명을 모두 불러 이렇게 명했다.

"내 처음 너희가 이 섬에 들어와 먼저 부유하게 해주고, 그다음에 따로 문자를 만들고 의관(衣冠)도 새로 만들려 하였다. 하지만 땅은 작고 덕이 부족해 나는 이제 떠나련다. 아이가 태어나 숟가락을 잡을 때가 되면 오른손으로 쥐라고 가르치고, 하루라도 먼저 났거든 먼저 먹으라고 양보하거라."

허생은 다른 배를 모두 불태우며 말했다.

"아무도 가지 않으면 아무도 오지 않겠지."

은 50만 냥은 바다에 던져 넣었다.

"바다가 마르면 얻는 자가 있을 터이지. 백만 냥도 나라 안에 용납할 수가 없는데, 작은 섬이야 말해 무엇 하리?"

글을 아는 사람을 같이 배에 태우고 나오며 말했다.

"이 섬에서 화의 근원을 끊어버려야지."

許生歎曰: "今吾已小試矣." 於是悉召男女二千人, 令之曰: "吾始與汝等入此島, 先富
之, 然後別造文字, 刱製衣冠. 地小德薄, 吾今去矣. 兒生執匙, 敎以右手. 一日之長, 讓
之先食." 悉焚他船曰: "莫往則莫來." 投銀五十萬於海中曰: "海枯有得者. 百萬無所容
於國中, 況小島乎?" 有知書者載與俱出曰: "爲絶禍於此島."

기성체제와의 절연

허생은 나가사키에서 돈을 싣고 돌아온다. 섬의 주민 남녀 2천 명을
불러 모은다. 그리고 의미심장한 말을 한다. 나는 이 부분이야말로 연
암이 자신의 가장 내밀한 생각을 표현한 곳이라고 생각한다.

허생은 이들과 함께 섬에 들어와서 먼저 섬의 모든 주민을 부유하게
만들려고 했다고 말한다. 이 부분의 기원을 찾자면 《논어》의 〈자로〉에
닿는다. 《논어》에서는 이렇게 말하고 있다.

공자가 위(衛)에 갔을 때 염유(冉有)가 수레를 몰고 따라갔다.
공자가 말했다.
"백성이 많구나!"
염유가 물었다.
"백성이 이미 많다면 그 뒤에는 어떻게 해야 합니까?"
"그들을 부유하게 만들어야지."
"이미 부유해졌다면 그 뒤에는 무엇을 해야 할까요?"
"가르쳐야지."[178]

'먼저 부유하게 해주었다'는 말은 이 대화에 근거를 둔 것이다. 경제적으로 풍요로운 삶이 가장 우선이다. 공자는 그 경제적 풍요 위에서 백성을 가르쳐야 한다고 말한다. 허생은 바로 이 뒤에서부터 공자와 갈라진다.

허생이 '따로 문자를 만들고 의관도 새로 만들려 했다'는 것은 주목해야 할 부분이다. 우리는 연암의 사유가 어떤 극한까지 확장되었는지 확인할 수는 없지만, 그는 문자와 의관을 새로 만드는 국가의 건설, 나아가 문명의 창조까지 생각을 확장하고 있었던 것이 분명하다. 새로운 문자의 제작은 조선 사족체제가 한문 텍스트 위에 성립하고 있음을 생각한다면 더더욱 의미심장하다. 의관을 새로 만든다는 것 역시 엄청난 무게를 갖는 말이다. 명·청의 교체는 두발 양식과 의복, 관(冠)의 교체를 가져왔다. 앞에서 언급한 바와 같이 조선의 사족은 여기에 문명에서 야만으로의 교체라는 거대한 역사적 의미를 부여했으니, 허생이 새로운 의관을 만들겠다는 것은 과거와 완전히 절연된 새로운 문명을 만들겠다는 의지로 이해된다. 하지만 엉뚱하게도 허생은 그것이 불필요하다고 말한다. 여기에 〈허생〉의 빛나는 성취가 있다. 연암은 새로 문명을 만드는 것이 불필요하다는 것이 아니라 후자, 곧 한자와 한문 위에 구축된 문화 내지는 문명과 절연된 상태의 '사회'를 만들고자 하는 것이고, 연암이 살았던 시대적 맥락에서 보자면 그것은 사족체제의 조선과 절연한 새로운 사회를 의미한다. 구성원이 2천 명에 불과한 섬에서 이것이 가능한가. 2천 명의 거주민이라 할지라도 새로운 문자와 의관을 갖지 못할 이유는 없다. 하지만 허생은 '지소덕박(地小德薄)'을 이유로 떠난다. '지소(地小)'는 객관적으로 맞는 말일지 몰라도 '덕박(德薄)'은 구실로 보인다.

이 사회에는 기존의 문자 위에 구축된 문명이 존재할 수 없다. 연암은 두 가지만 지키라고 당부한다. 아이에게 오른손으로 먹을 것을 가르치는 것과 하루라도 먼저 태어났으면 양보할 것이 그것이다. 이것은 당연히 《예기(禮記)》〈내칙(內則)〉의 "자식이 밥을 먹을 수 있을 정도로 자라면 오른손으로 먹으라고 가르치라(子能食食, 教以右手)."는 부분을 끌어온 것이다. 거개의 사람이 오른손잡이이고 모든 도구와 기물(器物)이 오른손잡이를 기준으로 제작된 것이니, 오른손잡이로 키우는 것이 바람직하다는 생각에서 한 말일 터이다. 하루라도 먼저 태어난 사람이 먼저 먹을 것을 가르치라는 것은, 섬의 구성원은 특정한 권력의 대상이 아닌 모두 평등한 존재임을 전제한 것으로, 권력과 권위가 아닌 오직 출생의 순서에 따라 최소한의 양보를 하라는 의미로 읽힌다. 그 외의 모든 차별은 철폐된다. 섬의 구성원은 출생의 순서에 따른 최소한의 양보를 제외하면, 차별이 개재하지 않는 평등한 존재다. 섬은 평등한 공간이다!

의도된 고립

허생은 "아무도 가지 않으면 아무도 오지 않겠지."라고 말하고 모든 배를 불태운다. 섬과 다른 국가 혹은 사회와의 단절을 선언한 것이다. 이것은 의도된 고립이다. 앞서 삼봉도와 해랑도를 찾으려는 조정의 노력을 검토한 바 있다. 국가권력은 자기 권력의 자장을 벗어나는 공간을 인정하지 않는다. 인식된 공간이라면 반드시 권력의 자장 안으로 들어와야 한다. 곧 수취할 수 없는 세금과 부역(노동)의 존재를 인정할 수 없다는 것이다. 허생의 섬은 그 국가권력의 자장 밖에 존재한다. 허생이 왜 섬을 의도적으로 고립시켰는지 이해할 수 있을 것이다.

한편 재래의 〈허생〉에 대한 해석은, 연암이 국가 간의 상품 교환, 즉

무역을 추구했다고 하지만, 실제 〈허생〉에서 무역은 없다. 단지 다른 곳의 굶주림을 구제하기 위해, 인간의 생명을 살리기 위해 단 한 번 나가사키에 쌀을 실어 나른 이타적 행위가 있었을 뿐이다. 재래의 해석이 〈허생〉에서 굳이 무역을 끌어내었던 것은 우리가 무역이 인간의 자연스러운 행위가 된 근대 이후의 사회에 살고 있기 때문이다. 곧 근대 이후 국가 간 상품·노동·자본의 이동이 공기처럼 자연스러운 상태에 살기 때문에 '무역'이 부재하는 상황을 상상조차 하지 않는다. 국가와 국가가 연결되는 것, 상품과 상품이 거래되는 것을 개방 또는 소통이라고 말한다. 엄밀히 따져본다면 전 세계를 대상으로 하는 무역의 세계화야말로 인간에게 재앙이었다. 무역은 재화의 편재(偏在)를 전제한다. 곧 비대칭성을 전제하는 것이다.

자유무역은 제한 없는 상품의 이동을 말한다. 세계 자본주의 아래에서 상품의 무제한적 이동은 인간의 보편적 행복에 기여하기보다는 오히려 인간의 삶을 파멸로 이끈다. 농산물과 에너지의 대륙 간 이동은 자본과 이윤을 위한 것이지, 인간의 행복을 위한 것이 아니다. 농업은 나의 가족과 내가 사는 향리의 사람을 위한 것이 아니라 오직 상품으로 불특정한 누군가에게 팔리는, 이윤을 낳는 도구가 되었다. 자본주의 아래에서 무역은 지역에 뿌리박은, 인간과 대지가 호흡할 수 있는, 인간이 대지와 교감하는, 순환 가능한, 오염시키지 않는, 소농의 노동력으로 이루어지는 농업이 아니다. 농업은 이미 거대한 단작(單作)과 유전자 조작과 화학약품의 포로가 되었다. 무역의 전면화는 '푸드 마일리지'를 높인다. 수천 킬로미터 밖에 사는 사람들의 미각을 충족시키기 위해 동남아시아의 맹그로브 숲이 사라진다는 것, 대규모의 벌목으로 아마존의 열대우림이 파괴된다는 것, 자원 개발로 인한 이익이 고스란히 자본가의 수중으로 들어가고 지역 원주민이 살던 곳에서 축출되고 빈곤에 시달린다는 것을 어떻게 이해해야 할 것인가. 무역으로 인해 자연 속에 머물러야 할 물질들이 노출되어 환경을 오염시킨다는 것, 생물의 종 다양성이 파괴되고 대멸종이 진행되고 있다는 것은 또 어떻게 이해해야 할 것인가.

어떤 사람들은 말한다. 인간이 살아남을 수 있는 유일한 길은 무역 관계를 끊거나 최소한의 무역을 하는 것이고, 스스로 고립되고 단절되는 것이라고. 오늘날 자본주의 체제와 철저히 결별하지 않는 한 인간에게는 아무런 희망이 없다는 말이다. '고립'과 '단절'이 불안하게 들린다면 다른 말로 바꾸어 쓸 수 있다. 곧 '지역화'다. 지역에서 생산된 농산물과 에너지로 지역의 삶을 꾸려나가는 것이다. 허생의 섬은 단절된 곳이다. 지금으로 말하자면 그 섬은 지역화의 결과다.

지배권력 없는 섬, 권력의 적극적 부재화

허생은 섬에 남아서 주민의 지배자 곧 왕이 된다 한들 이상할 것이 없다. 앞서 검토한 황윤석의 《이재난고》에서 정태화가 만난 군도 두목의 경우 섬에 들어가 왕이 되었다. 그는 이렇게 말했다. "섬은 비록 작지만 또한 혼자 왕 노릇 하기에는 충분합니다. 어찌 돌아갈 생각이 있겠습니까?" 홍길동 역시 율도국의 왕이 되었다. 하지만 허생은 왕이 되지 않는다. 그는 섬을 떠난다. 권력을 갖고자 한 욕망을 포기한 것이 아니라, 원래 권력에 대한 욕망이 존재하지 않았던 것, 권력 자체가 존재하지 않아야 한다고 생각했던 것이다. 어떤 개인이 집중된 권력을 갖지 않아야 한다는 것은 〈허생〉의 일관된 주장이다. 앞서 변승업이 화폐로 구축된 경제권력을 스스로 포기한 것을 떠올려보자. 그는 재산을 흩어

허생의 섬, 연암의 아나키즘

버림으로써 스스로 권력을 포기한다. 이처럼 '권력의 적극적 부재화'는 〈허생〉의 중요한 주제다.

허생이 섬에 만든 사회에는 지배하는 권력이 존재하지 않는다. 그곳은 아나키한 공간이다. 이것은 어떤 현실을 근거로 하고 있는가. 연암의 말을 들어보자.

지금의 이른바 양반이란 옛날의 이른바 대부(大夫)와 사(士)요, 지금의 이른바 수령이란 옛날의 이른바 도신(盜臣)입니다.

만약 백이(伯夷)나 오릉중자(於陵仲子) 같은 이로 하여금 지금 장리(長吏, 고을 수령) 한 자리를 차지하게 한다면, 어찌 다만 더러운 진흙탕과 잿더미에 앉은 것같이 여길 뿐이겠습니까. 반드시 밖으로 뛰쳐나가 먹은 것을 토해내고 말 것입니다.

그런데도 오는 관문(關文)이나 가는 첩보(牒報)가 한 가지도 절실한 내용이 없으며, 백성의 근심이나 나라의 장래를 전혀 상관하지 않고 어물어물 넘기고 모호하게 처리할 따름입니다.[179]

지방 행정단위의 수령을 도신(盜臣)이라고 말한다. 인용문에 나타나 있듯 수령은 실제 행정에는 전혀 관심이 없다. 백성을 걱정하거나 나라의 장래는 생각하지 않는다. 조선 후기의 지방 수령은 행정이 아니라 착취가 주요 목적이었다. 지식인들은 그것을 지적했고, 왕을 비롯한 중앙의 관료들 역시 지방관의 부패를 충분히 인지하고 있었다. 그럼에도 지방관의 부패는 전혀 개선되지 않았다. 왜냐? 지방관은 대개 서울의 유력한 경화세족 출신이었기 때문이다. 특히 유력한 경화세족 중 과거에 합격하지 못한 사람들은 가문의 위세를 이용해서 음직으로 지방관이 되었으니, 사실상 지방 수령직은 경화세족 가문의 독점적 소유물이었던 것이다.

과거 합격자가 아닌 연암이 안의 현감과 면천 군수, 양양 부사를, 담헌이 태인 현감과 영천 군수를 지낼 수 있었던 것 역시 그들의 가문이 당대 최고의 노론 경화세족 가문이었기 때문이다. 이런 이유로 역시 남인 경화세족 가문 출신인 정약용이 《목민심서》에서 지방관의 문제에 대해 이루 말할 수 없을 정도로 치밀하게 밝히고 대책을 강구했지만 전혀 해결되지 않았다. 경화세족 체제가 붕괴되지 않는 한 해결될 가망이 없었던 것이다. 연암의 지방관에 대한 인식은 허생의 섬에 아예 통치자를 두지 않은 결과로 나타났을 것이다.

허생의 섬은 부부 1천 쌍이 최초의 인구다. 이 인구는 당연히 불어날 수 있다. 연암은 〈한민명전의〉에서 자신이 당시 군수로 재직하던 면천군의 인구를 1만 3,508명으로 밝히고 있다(남자 6,805명, 여자 6,703명). 허생의 섬은 뒷날 인구가 불어난다는 것을 가정해도 면천군보다 작을 것이다. 조선시대 군·현보다 작은 이 섬에서도 물론 권력이 발생할 수 있을 것이다. 하지만 허생은 화폐와 문자를 폐기함으로써 권력이 발생할 근거를 없앴다.

화폐의 폐기

허생은 나가사키에서 얻은 1백만 냥의 절반을 바닷속에 던져버린다. "바닷물이 마르면 얻는 자가 있을 터이지. 백만 냥도 나라 안에 용납할 수가 없는데, 작은 섬이야 말해 무엇 하리?" 그는 나머지 50만 냥 중에서 40만 냥은 국내로 돌아가 기민과 빈민을 구제하는 데 사용하고, 10만 냥은 변 부자에게 갚는다. 허생이 실제 사용한 돈이 50만 냥이라면 50만 냥을 더 받아와서 바닷속에 쓸어 넣은 이유는 무엇인가. 여기서 다시 변승업이 자신의 재산을 흩어 스스로 권력을 포기한 것을 떠올려볼 필요가 있다. 화폐의 집중을 막는 것은 분명 의도된 설정이다. 여기서 한 걸음 더 나아가 50만 냥의 돈을 더 받아와서 바닷속에 쓸어 넣는 것 역시 의도된 퍼포먼스다. 곧 집중된 화폐가 권력이 되고, 그것이 다시 인간을 지배하는 것에 대한 저항적 퍼포먼스로 해석할 수 있는 것이다.

우리는 화폐 없는 사회에서 화폐가 사용되는 사회로의 이행, 나아가 화폐를 매개로 상품을 교환하는, 상품·화폐 경제로의 변화를 역사적 진보로 이해한다. 그렇다면 허생이 화폐를 폐기한 것은 역사의 퇴보인가. 화폐 없는 사회 혹은 국가를 상상할 수 없는 근대인은 화폐를 폐기한, 화폐 없는 사회를 공상으로 여길 뿐이다. 하지만 화폐의 폐기는 당대의 수많은 사람이 적극 주장했던 문제이기도 하다. 곧 연암만의 유별난 주장이 아니라 당시 지식인들 사이에서 진지하게 제기되었던 문제이기도 한 것이다. 이 점을 거론해보자.

한반도에서 화폐는 극히 제한적으로 사용되었다. 996년(고려 성종 15) 철전(鐵錢)을 주조한 이래 고려와 조선 정부는 계속해서 금속화폐와 지폐를 발행했지만, 발행 초기를 제외하고는 유통되지 않았다. 화폐가 실제 경제에 기반하고 있지 않았기 때문이다. 곧 경제 내부의 필연적 요청에 의해서 화폐가 제작·유통된 것이 아니라 국가권력이 일방적으로 제작·유통하려 했기 때문에 실패했다. 또한 국가는 화폐를 제작·유통하는 이유로 교환의 편리성을 표방하고 있었지만, 한편으로는 경제 면에서 국가의 권력을 강화하려는 의도도 분명히 있었다. 예컨대 조선 후기 정부는 재정 위기를 벗어나기 위해 화폐를 발행하고자 했다. 그것은 상품·화폐 경제의 발달에 조응한 것이 아니었다. 역으로 화폐의 부재가 상품경제의 작동이나 발달을 저해하기 때문에 화폐를 발행했던 것이라고 볼 수 없다는 것이다. 예컨대 1603년(선조 36) 호조가 화폐의 제작·유통을 시도했던 것 역시 임진왜란 이후 재정이 부족한 상황을 타개하려는 의도에서 나온 것이다.[180] 화폐의 발행으로 재정 부족을 해결하려 했던 것은 상평통보가 법화가 된 이후에도 일관되게 추진된 정책이기도 하였다.

1678년(숙종 4)에 발행된 상평통보는 이후 조선조가 종언을 고할 때까지 법화로서 유통되었다. 무엇이 상평통보의 유통을 가능하게 했던 것인가. 간단하게 상업의 발달, 상품경제의 발달이 그 근거라고 말할 수 있을 것 같지는 않다. 예컨대 인조 초기부터 화폐의 발행이 추진되어 1626년 동전 한 문에 쌀 한 되의 값으로 소량의 동전을 시험 삼아 제작하여 유통시켰으나[181] 전국적으로 확대되지는 않았다. 다량의 동전을 제작할 능력이 없었기 때문이다. 동전 사용은 그 뒤로도 여러 차례 논의되고, 1634년에도 다시 추진되었으나 결국 유통되지 않았다. 극히 일부의 지방, 예컨대 1651년경 개성과 평안도의 몇몇 지역에서 동전이 통용되기는 했지만, 개성을 제외하고는 숙종 초까지 유통되지 않았다.

1634년부터 상평통보를 발행한 1678년까지는 불과 44년에 지나지 않는다. 조선 건국 이래 어떤 노력에도 유통되지 않았던 금속화폐가 44년 만에 가능해진 이유는 무엇인가. 상업의 발달을 꼽을 수도 있지만, 17세기 후반에 화폐의 유통이 가능할 정도로 상업이 발달했던 것은 아닐 터이다. 상평통보의 유통은 일본에서 대량 유입된 은과 관계가 있을 것이다. 무엇보다 조선은 전에 없던 정책을 취했다. 곧 상평통보 4백 문을 은 한 냥의 값으로 정해서 유통시켰던 것이다.[182] 물론 동전의 가치를 은에 고정시키려 했던 것은 이때가 처음이 아니다. 1655년(효종 6) 동

허생의 섬, 연암의 아나키즘

전의 발행이 논의될 때 김육(金堉)은 은 한 냥에 동전 6백 문의 가치로 고정시킬 것을 제안했다.[183] 하지만 유통하는 데는 실패했다. 전술한 바와 같이 1655년경이면 동래에서 은이 쏟아져 들어오기 시작한 시기다. 따라서 그 은에 화폐의 가치를 고정시키자는 주장이 나왔을 것이다. 당시 충분한 은이 축적되어 있었다고 보기는 어렵지만 은으로 동전의 값을 고정시키려 했던 발상은 은이 전에 비해 상대적으로 풍부해지고 있었음을 방증하는 것이다.

1655년에 불가능했던 동전의 유통이 1678년에 가능했던 것은 20년이 지나 은이 충분히 축적되었기 때문일 터이다. 동전의 유통이 이 시기 왜관의 중계무역을 통해 쏟아져 들어온 은과 관련이 있다는 것은 다음 자료로도 알 수 있다. 상평통보의 발행에 깊이 개입한 허적(許積)은 이렇게 말한다.

우리나라는 본디 통행하는 화폐가 없었습니다. 근년 이래로 은(銀)을 통화(通貨)로 삼아 땔나무와 채소의 값까지 모두 은을 사용하고 있습니다. 은은 우리나라에서 생산되는 것이 아니고, 또 사람마다 얻어 가질 수 있는 것도 아닙니다. 은이 나오는 길은 좁은데 은을 쓰는 길은 넓기 때문에 은을 위조하는 폐단이 오늘날 극도에 이르렀습니다. 돈은 천하가 다 쓰는 재화인데 유독 우리나라만 막혀 유통되지 않고 있어, 전부터 누차 사용하려 했지만 그렇게 하지를 못했습니다. 이제는 돈이 없으면 물화가 유통되지 않기 때문에 사람들이 모두 돈을 사용하기를 원하고 있고, 대신(大臣)과 여러 재신(宰臣)도 모두 돈이 편리하다고 하고 있습니다. 대개 돈을 통용할 만한 시기가 된 것입니다. 결단하여 시행하시는 것이 마땅할 듯합니다.[184]

은이 땔나무와 채소의 값을 치르는 데까지 사용되고 있다는 것은, 이 시기 막대한 은이 유입되었기 때문에 가능해진 것이다. 17세기 이후 은이 화폐로 유통되고 있었던 것에서 허적을 위시한 고위 관료는 화폐의 발행과 유통이 가능하다는 판단을 내렸을 것이다. 이렇게 하여 발행된 상평통보 역시 기존의 화폐인 은에 그 가치를 고정시켜 화폐의 신뢰성을 확보하고자 했다. 물론 은 태환의 약속은 지켜지지 않았고, 상평통보는 일단 유통된 뒤 강제와 화폐의 본래적 법칙과 질서에 따라 생명력을 갖게 되었다.

상평통보는 빠르게 통용되었다. 불과 4년 뒤에는 포목(布木)으로 매매되던 전답이 동전으로 매매되기 시작했다.[185] 상평통보를 사용하고 38년이 지난 1716년에는 이미 상평통보가 먼 지방까지 두루 사용되고 있고 한편으로는 돈이 민간에 은처럼 귀해졌으므로 새로 돈을 주조하자는 제안이 나오기까지 하였다.[186] 말 그대로 화폐의 유통이 전면적으로 이루어졌는지는 알 수 없지만, 38년이 지난 뒤 화폐의 유통 범위가 확연히 넓어졌던 것은 부인할 수 없는 사실일 것이다. 다만 따져보아야 할 점이 있다. '화폐의 유통'과 이와 연관된 '상품·화폐 경제의 발달'은 조선 후기 역사상(歷史像) 묘사에서 필수적인 주제다. 화폐와 상품 경제는 역사 진보에서 불가결한 요소다. 다만 그것은 역사 기술의 필요에 의해 만들어진 형상일 뿐이다. 상품·화폐 경제가 시작되었다면, 그것은 당연히 시간의 연속선 위에서 서술되어야 하겠지만, 좀 더 정직하게는 그 시대 인간의 구체적 삶과의 관계 속에서 역할과 기능이 해명되어야 할 것이기도 하다. 곧 '화폐의 통용' 자체를 무조건적으로 역사 발전의 결정적 징표로 보는 시각보다는 화폐가 그 사회 내에서 어떤 역할과 기능을 맡았으며, 동시대인의 삶에 어떤 구체적인 영향력을 행사했는지를 밝히는 것이 더 중요하다는 의미다.

상평통보는 사회 구성원의 경제적 균등성과 균질성 위에 출현한 것이 아니었다. 그것은 위계화된 사회, 곧 신분적 위계가 존재하고, 이것과 매우 높은 상관성을 갖는 경제적 불평등을 전제로 출현한 것이었다. 화폐는 재화의 분배에 개입하기 시작했고, 신분적 특권과 경제적 기득권을 보유한 자들의 분배량이 확대된 것은 당연한 결과였다. 곧 화폐는 교환의 편리성과 그로 인한 경제 규모의 확대라는 긍정적 기능이 분명히 있었지만, 그 긍정성은 악마성과 함께 출현했고, 이 악마성이야말로 농민의 경제적 몰락을 가속화했던 것이다. 이하 이 점을 상론해보자.

1695년 12월 10일《숙종실록》기사에서 사관(史官)은 화폐의 역기능을 적시한다. 첫째, 교환 수단으로서 화폐가 갖는 편리성으로 낭비가 심해지고 있다는 것, 둘째, 상업에 종사하는 사람이 늘어나 농민이 병들고 있다는 것, 셋째, 고리대금업의 발달로 인해 빈익빈 부익부의 현상이 심화되고 있다는 것이다. 이 가운데 가장 큰 문제는 세 번째 것이었다. 이 기사에 따르면 향리의 토호(土豪)가 춘궁기(春窮期)에 곡식을 돈으로 환산해 빌려주고 가을에 원리금을 받을 때는 곡식으로 받아 대여섯 배의 이익을 취하기 때문에 빈호(貧戶)가 파산한다는 것이다.[187] 돈은 재산 축적의 수단으로 사용되기 시작했고, 그로 인해 빈부의 격차가 벌어지기 시작했던 것이다.

1678년(숙종 4)부터 통용되기 시작한 상평통보는 유통의 편리함을 가져온 유용한 수단이었던 것은 물론이다. 하지만 금속화폐의 본격적 유통은 사족과 지주, 부자 들에게는 재산을 축적할 절호의 기회였고, 대다수 민중-농민에게는 빈곤의 나락으로 떨어지는 저주의 전환점이었다. 상평통보가 사용되고 17년 뒤인 1695년 우의정 최석정은 지나치게 높은 이자에 대해 이렇게 비판한다.

장리(長利)는 반드시 돈으로 빌려준다. 봄에 한 냥의 돈이면 봄 시세로 쌀이 2두(斗)다. 가을이 되어 (원금과 이자를 합하여) 한 냥 50푼을 갚아야 하는데, 가을 시세로 쌀이 7두 5승(升)으로 된다. 따라서 쌀로 따지면 결국 원액(元額)이 세 배나 넘게 불어난 것으로 된다.[188]

조선 초기부터 장리는 50퍼센트의 이자를 받는 것이 관행이었다.[189] 하지만 최석정의 지적에 의하면, 화폐가 끼어들면서 실제 이자는 250 퍼센트로 늘어났다. 유통의 편리를 위해 도입한 화폐가 본디부터 내장하고 있던 역기능을 드러내기 시작한 것이다.

최석정이 상소를 올린 1695년이면 상평통보가 사용되고 불과 18년을 지났을 뿐이다. 상평통보가 사용된 이후 개인의 사채 또는 국가의 아문(衙門)이 대출하는 공채도 급속하게 이자율을 올리기 시작했다. 갑절의 이자란 뜻의 '갑리(甲利)'가 숙종 때부터 사용된 것이 그 증거다. 1718년 우의정 이건명(李健命)은 갑리가 부민(富民)들이 부를 증식하는 가장 극단적인 방법이라고 지적했다. 즉 1년이 되지 않아 원금의 갑절이 되며, 곡식이 귀할 때 한 말[斗]이 한 냥(兩)인데, 가을이 되면 두 냥을 받아, 쌀로 환산하면 거의 대여섯 배에 이른다는 것이다. 이건명의 건의는 관청에서 대출하는 경우, 각 아문에서 10분의 1의 이자를, 민간의 경우 미곡은 10분의 5, 은과 돈과 포의 경우 10분의 2의 이자율을 적용하자는 것이었다.[190] 이건명의 지적은 앞서 1695년 최석정이 지적한 바와 내용상 동일하다. 다만 용어가 장리에서 갑리로 바뀌었을 뿐이다. 원래 《경국대전》에 사채의 이자를 지나치게 받으면 장 80에 처하게 되어 있었다. 그리고 그 주석에 아무리 연월이 지났더라도 이자는 본전의 갑절을 넘지 못하게 규정하였다. 하지만 이런 조항은 화폐가 사용되자 무용지물이 되고 말았다.

이건명의 건의처럼 갑리를 금지하고 연이자율을 전(錢)·포(布)의 경우 20퍼센트, 곡식의 경우 50퍼센트로 제한하고, 이자를 적용할 수 있는 연한도 3년 이내로 하자는 규정이 숙종 때 여러 차례 만들어졌지만,[191] 지켜지지 않았음은 물론이다. 이처럼 높은 이자율이 계속되자, 새로운 법이 제정되었다. 1746년(영조 22)에 편찬한 《속대전》의 호전(戶典) 〈징채조(徵債條)〉를 보자.

> 무릇 징채는 공채, 사채를 막론하고 10분의 2를 넘는 자는 장 80대를 치고 도(徒) 2년에 처한다[곡식으로 빚을 주고 돈으로 이자를 받는 자에 대해서는 부채자가 고발할 수 있도록 허락한다. 이를 범한 자는 장 1백 대를 치고, 유 3천 리(流三千里)에 처한다. 그 물건은 관청에서 몰수한다. 사사로이 갑리(甲利) 준 자는 장 1백 대를 쳐서 정배(定配)한다. 비록 10년이 지났다 하더라도 1년분 이자만 받아야 한다. 이것을 어기는 자는 장 1백 대를 친다].[192]

정약용에 의하면 이 《속대전》은 《경국대전》 형전의 규정을 고치지 않고 그대로 두고서 새로 만든 것이다. 형전은 여러 해가 된 빚은 갑절의 이자를 받는 것을 허락하고, 호전은 10분의 2만 받는다고 하였기에 사가에서는 형전을 따르려 하고, 관청의 판결은 호전의 규정을 많이 따른다고 한다.

《속대전》의 새 규정은 숙종 이후 화폐의 사용으로 인해 제정된 것이었다. 정약용은 《목민심서》에서 이렇게 말한다.

국초(國初)에는 전화(錢貨)를 사용하지 않았기에 빚의 폐단이 그리 심하지 않았다. 그러므로 그 법이 조금 관대해서 규정을 넘는 자도 처벌이 장형 80에 그쳤던 것이다. 숙종조 이후 전화가 크게 통용되자 사채(私債)의 폐단이 날로 달로 커졌다. 소민(小民)들의 살림이 결딴이 나는 것은 모두 사채 때문이다. 그러므로 법이 비로소 사나워져서 규정을 넘는 자에게 처벌이 도(徒) 3년에 이르게 된 것이다.[193]

갑리는 워낙 가혹한 것이었기에 《속대전》에 이르러 갑리를 준 자는 장 1백 대를 치고 귀양을 보내도록 규정했다. 하지만 정약용이 《목민심서》를 쓴 19세기 초반까지 갑리는 사라지지 않았다. 요컨대 상평통보가 사용되고부터 그것은 화폐의 악마적 속성을 발휘하기 시작했던 것이니, 정약용은 그것을 '서민이 못사는 이유가 모두 사채에서 온다'고 간명히 정리했다. 대부업의 유행으로 개인과 국가 모두가 대부업을 하기 시작했고, 파산하는 사람이 속출했던 것이다. 대개의 경우 대금업자는 돈을 벌고 채무자들은 재산을 잃었지만, 대금업이 부를 축적할 기회가 된다는 것을 알고 뛰어들었다가 파산하는 자도 적지 않았다.[194]

새로운 금속화폐는 농민에 대한 수탈을 강화하는 수단으로도 적극 활용되기 시작했다. 이 문제는 상평통보 발행 이전에는 볼 수 없던 현상이었다. 1718년(숙종 44) 윤8월 3일 정언(正言) 유복명은 20가지의 시폐(時弊)를 논하는 글을 올렸는데, 그 가운데 네 번째가 돈에 관한 것이었다.

대체로 전화(錢貨)가 통용되면서 풍속이 날이 갈수록 달라지고, 물가는 날이 갈수록 뛰어오르고 있습니다. 심지어 나물 캐는 할멈과 소금 굽는 아이도 모두 곡식을 버리고 돈을 요구합니다.

농민은 곡식이 있어도 교역을 할 수단이 없어 부득이 곡식 값을 헐하게 매겨 돈길을 엽니다. 한 필의 포(布)를 바꾸려면 몇 석(石)의 곡식을 소비하니, 돈 없는 농민이 어떻게 더욱 곤궁해지지 않을 수 있겠습니까?

부잣집에서는 돈을 산처럼 쌓아두고 가난한 농민에게 빌려주는데, 춘궁기에는 백 전(錢)의 빚을 내어야 겨우 쌀 한 말의 식량을 얻을 수 있지만, 가을이 되면 몇 말의 쌀로 겨우 백 전의 빚을 갚을 수 있습니다. 갑리(甲利)까지 따지면, 빌려준 것은 한 말인데 갚는 것은 예닐곱 말에 이릅니다.

만약 곡식으로 빌려주고 곡식으로 갚게 한다면, 이자는 갑절에 불과할 뿐입니다. 이런 이유로 중외(中外)의 백성은 모두 돈을 없애버릴 것을 원합니다. 지금 비록 이미 주조한 돈을 녹여버릴 수는 없다 하더라도 어떻게 까닭 없이 더 주조하여 무궁한 폐단을 더 보탤 수 있단 말입니까.[195]

돈이 유일한 유통수단이 되면서 돈을 구하기 위해 헐값에 미곡을 팔아야 하는 것은 농민에게 절대적으로 불리하다. 또한 앞에서 지적한 바와 같이 쌀값이 비싼 춘궁기에 일정한 돈을 빌려주고, 쌀값이 떨어진 가을 수확기에 그 돈에 해당하는 쌀로 돌려받기 때문에 실제로 한 말을 빌려주고 예닐곱 말을 갚는 결과가 된다는 것이다. 결국 화폐는 교역에 편리를 제공했지만, 화폐 보유자를 더욱 부유하게, 가난한 농민을 더욱 가난하게 만드는 결과를 초래했다. 그러므로 화폐를 폐기하는 것이 근본적인 해결책이라는 것이 유복명의 주장이다.

유복명이 언급한, 다량의 화폐를 보유한 부호들이 농민을 착취하는 방법은 국가기관을 통해서도 실현되었다. 예컨대 지방관들 중 일부는 쭉정이를 빈민들에게 나누어주거나 돈으로 빌려주고 가을에 알곡으로 받아 돈으로 만드는 방법으로 치부했다. 돈이 중간에 개재되면서 나타난 방법이었다.[196] 이 방법은 여러 형태로 변주되는데, 예컨대 이런 방법도 있었다. 봄에 예닐곱 푼에 불과한 쭉정이 벼 한 섬을 사들였다가, 가을에 백성에게서 환곡을 받을 때는 이 쭉정이 벼를 창고에 넣고 실제 받은 것처럼 문서에 올린다. 새로 받아들일 실곡(實穀)은 돈으로 대신 받는다. 백성은 바칠 돈이 없기 때문에(전황錢荒 때문에) 마소나 전장(田莊)을 팔아서 낸다. 이로 인해 가산이 탕진된다.[197]

상평통보 발행 이후 화폐의 유통은 확산되었지만, 화폐는 실제로 소수에게 집중되었다. 1742년 4월 23일 박문수는 전황(錢荒)을 해결하기 위해 청(淸)에서 돈을 수입할 것과 모든 그릇을 사기로 쓰고 유기(鍮器)를 거두어 돈을 주조할 것을 요청했는데,[198] 이 시기 전황이 일어난 이유는 공가(公家)에서 수장(收藏)하고 부민(富民)들이 축적해놓고 있어 유통되지 않았기 때문[199]이다.[200] 이로 인한 피해는 농민이 고스란히 떠맡아야 했다. 예컨대 목화가 흉작일 경우 군포를 돈으로 대신 바치게 하는데, 돈이 부족한 상황에서 농민은 곡물로 돈을 교환해야만 하였다. 돈을 구하기 위해 이중으로 손해를 보는 것이다.[201]

농민의 삶이 화폐의 유통으로 파괴된 것은 무수한 문헌이 입증한다. 1727년 홍주(洪州)의 유학(幼學) 이일장(李日章)은 화폐의 폐단을 논하고 과거처럼 미포(米布)의 사용을 청하는 장문의 상소를 올렸다.

대저 천지는 만물을 살리는 것을 자기 마음으로 삼고 있습니다. 살아 있는 물건 중에서 오곡(五穀)만큼 잘 번식하는 것은 없습니다. 오곡의 성질은, 봄에 논밭을 갈아 씨를 뿌리고, 여름에 김을 매고 거름을 주고, 아침저녁 괭이와 호미를 들고, 장마철이면 도롱이를 걸치고, 힘줄과 뼈로 품을 들여 한 해 내

허생의 섬, 연암의 아나키즘

내 부지런히 일을 하되, 가뭄과 장마, 메뚜기의 재해를 면하면, 그때야 한 마지기 땅에서 겨우 열 석의 곡식을 얻을 수 있는 법입니다.

하지만 저 돈이란 물건은 한 번 주조한 뒤에는 논밭을 갈고 김을 매고 거름을 주고 물을 대는 수고 한 번 없고, 불어나는 때도 줄어드는 때도 풍년일 때도 흉년일 때도 없습니다. 하늘은 그것이 자라나는 것을 도울 수 없고, 사람은 또한 그것의 힘을 쓸 수도 없습니다. 단지 그것은 사용하고 거두어두고 하는 것이 신출귀몰하듯 너무나 편리하기 때문에 부호(富戶)·거실(巨室)이 때를 타 이익을 노려 싼값에 사들여 많이 쌓아두었다가 매년 봄 가난한 백성에게 이자를 붙여 빌려줍니다. 겉으로는 10분의 5를 이자로 받는다 하지만, 곡식으로 계산해보면 봄의 한 석이 가을에는 일고여덟 석이나 됩니다. 설령 본전만 받는다 해도 또한 이미 배사(倍蓰, 곱절에서 다섯 곱절)가 넘습니다. 이것은 입지도 먹지도 못하는 동전이 천지의 화육생성(化育生成)하는 이로움과 승부를 겨루어 도리어 이긴 경우가 될 것입니다.

대저 이와 같기 때문에 하호(下戶)의 잔민(殘民)은 일 년 봄에서 여름까지 일해 거둔 곡식을 깡그리 한두 달 빌린 빚으로 실어다 주고, 가을 추수 때면 키와 비(추수 때 쓰는 도구)만 부질없이 끌어안고 길거리에서 울부짖다가 한 해가 다 가기 전에 다시 빚을 냅니다. 그러다 끝내 견뎌낼 수가 없으면 사방으로 흩어져 죽어 구렁과 골짝을 메우거나 혹은 도적이 되어 산과 늪에서 무리를 불러 모읍니다. 전날 백 호가 되던 촌락이 이제는 열 호도 남지 않았고, 전날 열 집의 마을이 이제는 한 집도 남아 있지 않습니다. 사람과 밥 짓는 연기가 아예 보이지 않고 저자는 빈터만 남았으니, 이 모든 것이 돈이 끼친 해독의 결과가 아닐 수 없습니다.[202]

1백 호의 촌락이 열 호도 남지 않게 되고, 열 집의 마을이 한 집도 남지 않게 된 것, 백성이 이산하여 죽거나 도적이 되는 것은 모두 화폐를 사용한 이후에 급격히 일어난 현상이다. 다만 이것은 총론일 뿐이다. 이일장은 화폐의 유통 이후 일어난 문제를 다시 다섯 가지로 요약한다. 첫째, 농민이 생업을 잃어버린 것, 둘째, 도적이 치성(熾盛)한 것, 셋째, 수령의 탐오(貪汚), 넷째, 인심이 혼탁해진 것, 다섯째, 풍속이 타락한 것 등이다. 첫째와 넷째, 다섯째는 쉽게 이해가 되지만 둘째와 셋째는 이해하기 어렵다. 이일장은 이렇게 이유를 댄다.

도적이 더욱 치성(熾盛)한다는 것은 무엇을 두고 한 말입니까?

옛사람은 "몇 섬의 무거운 곡식은 보통 사람이 들 수 없거니와 간사한 무리가 이익으로 노리는 바도 될 수 없다." 하였습니다. 대개 좁쌀과 쌀은 비록 먹고 입는 것으로 바꿀 수 있지만, 많은 양을 짊어지거나 옮길 수 없습니다. 그러므로 옛날부터 도둑들은 곡식을 새나 사슴이 고기를 보는 것처럼 보아서 그것을 빼앗거나 사람을 죽이는 변고는 드물게 있었습니다.

그러던 것이 한 번 돈이 통용된 뒤부터 가볍고 작고 감추기도 쉬운 데다가 또 쓰기도 편하기 때문에 무뢰배나 간활(奸猾)한 자들이 뭉쳐서 작당을 하고는 산과 늪에서 무리를 불러 모읍니다. 작은 무리의 경우 수십 명이 밤에 횃불을 들고 촌락을 약탈하고, 큰 무리의 경우 백 명, 천 명이 떼를 지어 대장을 세운 뒤 수령이라, 변장(邊將)이라 일컫고, 일산을 펼치고 총질을 해대며 대낮에 조금도 꺼리는 바 없이 횡행하면서 돈을 빼앗습니다. 만약 곡식처럼 운반하기 어려운 물건일 경우, 떠도는 거지들에게 나누어주면서 자칭 의적(義賊)이라고 합니다.

그 무리가 이처럼 불어나고 있는데, 아무도 금해서 막지 못하고 있습니다. 이런 상황이 멈추어지지 않는다면, 반드시 황건(黃巾)·녹림(綠林) 같은 도적으로 변할 것이니, 나라가 위태로워져 망하는 것도 얼마 남지 않았을 것입니다. 어찌 크게 두려워할 일이 아니겠습니까? 이것을 일러 도둑이 더욱 치성하고 있다는 것입니다.[203]

곡물은 도둑이 쉽게 옮길 수 없고, 옮기는 양도 제한이 있지만, 돈은 쉽게 옮길 수 있고 쓰기도 편리하다. 이것이 도둑이 증가하는 이유다. 물론 군도가 증가한 근본적인 원인은 전술한 바와 같이 농민이 토지에서 이탈되었기 때문이지만, 한편으로는 화폐의 편리성도 군도를 증가시키는 요인이었던 것이다. 덧붙이자면 수령의 탐오 역시 화폐의 편리성과 높은 축장성(蓄藏性)에서 기인한 것이다.[204]

다섯 가지 문제 중에서 이일장이 가장 큰 문제로 꼽은 것은 농민이 생업을 잃어버린 것, 곧 농민이 토지에서 축출된 것이었다.

농민이 생업을 잃었다는 것은 무엇을 두고 한 말입니까? 먼 지방의 전토가 넓지 않은 것은 아니지만, 거개 서울 사대부들의 농장이 많고, 간간이 궁가(宮家)들이 절수(折受)한 땅이 있습니다. 그래서 시골에 사는 소민(小民) 중 송곳을 꽂을 땅이라도 소유한 사람은 또한 드뭅니다.

이런 이유로 시골 백성이 입고 먹는 것은 모두 전작(佃作, 소작)에서 나오는데, 사세(私稅, 소작료)를 내고 공부(公賦, 나라에 바치는 세금)를 바치고 나면 먹을 수 있는 나머지는 5분의 1이 되지 못합니다. 이 때문에 농사를 짓는 소민은 한 해를 넘길 식량이 전혀 없게 되고 매번 춘궁기를 당하면 종자와 양식을 모두 사채에 기댈 수밖에 없습니다. 다만 예전에는 빚이 곡식 외의 것은 없었고, 불어난 이자도 3분의 1에 지나지 않았기 때문에 농사를 짓는 소민 역시 그나마 아주 곤궁한 처지에는 이르지 않았습니다.

하지만 돈으로 이자놀이를 하는 일이 시작되면서 열 배의 이익을 얻을 수 있었기 때문에 곡식으로 빚을 내는 길이 끊겼고, 돈으로 이익을 얻는 길은 무한히 넓어졌습니다. 부자는 더욱 부유하게 되고, 가난한 사람은 더욱 가난하게 되어, 마침내 떠돌이 거지로 죽어 구렁을 메우는 지경에 이르게 되었으니, 어찌 크게 불쌍히 여기지 않을 수 있겠습니까?[205]

이일장의 언급에서 눈여겨보아야 할 것은, 지방 농민이 소작농이라는 지적이다. 이일장은 충청도 홍주 사람이므로 그가 말하는 지방은 충청도 일대일 것이다. 그의 경험에 의하면, 충청도의 농민은 대부분 경화세족이나 궁가의 소작농으로 존재했다. 소작농은 화폐가 유통되기 전에 소작료와 전세를 부담하고 전체 수확물의 5분의 1 정도로 생활하고 모자라면 역시 사채에 의지해서 살 수밖에 없었다. 다만 그것은 곡물을 빌리고 곡물로 갚고 이자는 3분의 1을 넘지 않았다. 하지만 화폐가 통용된 이후에는 이자가 열 배로 폭증했다. 따라서 소작농은 이제 소작농의 지위조차 잃고 토지에서 축출당하고 있다는 것이 이일장의 결론이다.

이일장의 언급 외에도 우리는 다양한 문헌에서 화폐의 사용 이후 소작농이 토지에서 축출되고 빈곤해지는 현상을 확인할 수 있다. 조선 후기 경제를 화폐가 전면적으로 통용된 화폐 경제로 볼 수는 없을 것이다. 화폐는 전체 경제에서 부분적으로 통용되었을 것이다. 그런데도 화폐는 고리대를 통해 악마성을 드러내었다. 문제는 이일장 같은 지식인들이 문제를 제기했는데도 국가가 화폐의 악마성을 제어하지 않았다는 것이다. 재정 위기를 타개하는 방편으로 화폐를 발행했던 것이 그 적실한 증거다. 상평통보란 법화는 일정 부분 경제적 변화에 상응하는 모종의 필연성에 의해 통용되었을 수도 있지만, 더 강력한 결정소(決定素)는 재정 위기를 해결하고자 하는 정부의 의도였다. 예컨대 전술한 1603년(선조 36) 호조가 화폐의 제작·유통을 시도했던 것 역시 임진왜란 이후 재정 부족을 타개하려는 의도에서 나왔다. 전쟁이 끝난 직후이니 상공업의 발달이 화폐의 유통을 불러왔다고는 말할 수 없을 것이다.

조선 정부는 동화(銅貨)의 발행 비용과 액면가 사이의 차익을 노린 것이니, 재정 부족을 화폐의 발행으로 해결하려 한 것은 상평통보가 법화가 된 이후에도 일관되게 추진된 정책이었다. 1695년 10월 어영청(御營廳)의 요청으로 열 달 동안 화폐를 주조하는 일이 결정되자,《숙종실록》의 사관(史官)은 화폐의 문제를 날카롭게 지적했다. 첫째, 화폐의 휴대 편리성으로 인해 과도한 소비가 이루어진다는 것, 둘째, 축말(逐末)하는 풍습, 곧 장사로 이익을 노리는 풍조가 날로 크게 번져 농민이 병든다는 것, 셋째, 빈호(貧戶)가 몰락한다는 것이었다. 향리(鄕里)의 토호가 곡식이 비싼 봄에 돈을 빌려주고 가을에 원금과 이자를 곡식으로 받아서 대여섯 배의 이익을 남김으로 인해 빈호가 더욱 지탱할 수 없게 된다는 지적이다. 이 기사의 끝에서 사관은 이원익(李元翼)과 김육에게서 시작된 화폐 발행 논의가 김육의 손자 김석주(金錫胄)가 권력을 잡고 있을 때 실현되었는데, 이 시기 흉년으로 재정이 궁핍해지자 호조와 각 군문에서 날마다 주전(鑄錢)하여 재정을 늘리는 방법으로 삼았고, 그로 인해 민생이 궁핍해지는 것은 전혀 고려하지 않았다고 지적했다.[206] 이 점이 가장 중요하다. 재정의 부족을 타개하기 위해 호조와 각 군문에서 화폐를 주조했다는 것, 그 결과 민생이 궁핍해졌다는 것이다. 화폐 발행과 관련된 거의 모든 기사에서 재정 문제는 동일하게 거론된다. 몇몇 예를 들어본다.

1717년 영의정 김창집(金昌集)이 평안감사 김유(金楺)의 건의에 따라 관서 지방의 진휼자금으로 돈을 주조할 것을 요청.[207]

1719년 민진원이 제주의 흉년에 대한 대비자금을 마련하기 위해 3만~4만 냥의 돈을 주조하자고 요청.[208]

1724년 호조판서 김연(金演)이 경비의 고갈, 저축의 탕진을 이유로 주전(鑄錢)을 요청.[209]

1729년 우의정 이태좌(李台佐)가 서울과 지방의 창고가 비었다면서 돈을 더 주조해 곡식과 바꾸자고 요청. 흉년의 진휼미를 마련하기 위해서였다.[210]

1731년 12월 대사헌 이하원(李夏源)이 진휼의 목적으로 부족한 경비를 새 돈을 주조하여 보충하자고 요청.[211]

사료를 좀 더 치밀하게 검토하면 더 많은 사례를 찾을 수 있을 것이다. 요컨대 어느 국가기관이건 재정이 부족하면 곧바로 주전(鑄錢)을 대책으로 제출했다. 재해로 진휼의 비용이 필요한 경우에도,[212] 지방 행정 관청의 재정이 부족한 경우에도 주전이 대책이었다.[213] 이것은 발행된 화폐의 가액(價額)이 주전 비용보다 높았기 때문이다. 그 이익이 얼마인지는 정확하게 파악되지 않지만, 1772년 9월의 자료에 의하면, 약 20퍼센트의 이익이 주전을 하는 주체, 곧 국가에 떨어졌다.[214] 당연히 이것은 구리의 함량이 낮은 악화를 양산했고, 한편으로는 민간의 불법적인 주전, 곧 사주(私鑄)를 초래했다.

재정을 충당하기 위해 화폐를 다량 발행하는 것은 당연히 인플레이션을 가져왔다. 곡가가 뛰어오른 것은 주전 때문이라는 지적[215]은 늘 있었다. 1731년 사간 허옥(許沃)은 "돈을 주조하는 것은 물가를 폭등시키고 미곡의 값을 올릴 뿐이므로 흉년에는 더더욱 해서는 안 되는 일"[216]

허생의 섬, 연암의 아나키즘

이라고 비판했다. 그런데도 흉년에 국고가 바닥이 난 것을 이유로 돈을 주조해 곡물을 사들이는 대비책이 종종 실행되었다.[217] 하지만 돈의 발행이 농민을 고통에 몰아넣는 데 대한 대책은 거의 논의되지 않았다. 국가의 이익이 우선했기 때문이다.

이 문제를 가장 날카롭게 지적한 사람은 이서구(李書九)다. 그는 화폐의 발행은 원래 백성의 재산을 늘려주기 위한 것이지, 국용(國用) 곧 나라의 재정을 넉넉하게 하려는 목적을 갖지 않는다고 지적하고, 국용이 부족한 것을 해결하기 위해 작은 비용으로 허가(虛價)를 높여 잉여 이익을 노리는 것은 백성을 우매하게 여기고 그 이익을 독점하는 행위라고 지적했다.[218] 요컨대 돈의 발행은 국가의 이익을 위한 것임을 예리하게 지적했던 것이다.

은 50만 냥을 바닷물 속에 처넣는다는 발상은 연암의 부정적 화폐관을 반영한 것이다. 하지만 그것은 겉으로 드러낼 수 없는 내밀한 생각일 뿐이다. 현실에서 연암이 가졌던 화폐관을 잠시 살펴보자. 연암은 1792~1793년경 우의정 김이소에게 올리는 편지에서 자신의 화폐관을 말한다.[219] 조선은 외국과 선박으로 무역을 하지 않고 국내에서 수레를 사용하지 않기 때문에 생산된 부는 항상 일정한 수량이 관(官)이 아니면 백성에게 있다고 말한다. 곧 조선은 닫힌 경제체제다. 부가 외부로 유출되지 않는데도 국가기관과 개인이 모두 궁핍한 것은 무엇 때문인가. 이 문제의 본질은 화폐에 있다.

연암은, 조선은 실물인 포(包)와 종이 그리고 값비싼 은이 화폐로 통용되었다고 말한다. 흔한 포와 종이는 낮은 가격의, 은(銀)은 높은 가격의 물화에 대한 결제 수단이었다. 실물화폐는 비록 불편하지만 계속 생산할 수 있는 것이다. 따라서 문제가 있을 수 없다. 하지만 1678년(숙종 4) 상평통보가 발행되면서 상황이 급변했다. 처음에는 발행량이 많지 않았지만, 113년이 지난 연암의 시대에는 급증했다. 상평통보를 발행하는 곳도 호조, 진휼청, 오군영(훈련도감·총융청·수어청·어영청·금위영), 팔도, 강화부와 개성부, 통영 등 여러 곳이었고, 한 곳에서 서너 차례까지 발행하는 일도 있었다. 화폐를 발행한 기관의 문서를 보면, 여러 가지 이유로 없어진 것을 제외하고도, 관과 민간에 있는 상평통보는 처음 발행량의 열 배도 넘을 것이라고 연암은 말한다. 화폐 발행량이 늘면 인플레이션이 일어난다. 하지만 기묘하게도 발행량이 늘고 인플레이션이 발생했는데도 동전이 부족한 전황은 만성적으로 일어났다.

국가의 일관된 화폐정책도 없고 발행을 엄격하게 통제하지도 않았다. 시간이 흐를수록 상평통보는 발행 초기의 구리 함량을 채우지 못했다. 1752~1753년 사이에 금위영·어영청·총융청에서 군영의 경비를 조달하기 위해 주조한 44만 4천 냥의 상평통보는 납과 철을 섞은 가장 조악하고 얇은 것이었기에 손을 대면 쉽게 부서졌다. 1785년 호조에서 전황을 극복하기 위해 새로 주조한 상평통보 67만 냥 역시 원래의 상평통보보다 지름이 작았다. 이런 문제를 극복하기 위해 연암은 원래의 상평통보를 1785년 상평통보 2푼으로 교환할 것과 1752~1753년 주조한 상평통보는 통용을 중지시킬 것을 제안한다. 원래 상평통보가 가지고 있는 구리의 무게로 돌아가야 한다는 것이다.

두 번째 방법은 은을 화폐로 유통하고, 은의 국외 유출을 막는 것이다. 1792년 전황을 극복하기 위해 동지사 편에 은을 청의 동전과 바꾸어 와서 사용하자는 제안이 있었는데, 이것은 실제 역관이 제안한 것이었다. 역관의 의도는 은과 청전의 교환으로 대여섯 배의 이익을 얻는

허생의 섬, 연암의 아나키즘

데 있었다. 연암은 국가와 개인이 소유하고 있는 은괴는 부수어 화폐로 삼지 말고 호조에 바치게 한 뒤 다섯 냥, 열 냥의 은괴로 만들고 거기에 인을 찍어 10분의 1의 세를 거둔 뒤 원주인에게 돌려주자고 제안한다. 칭량화폐인 은을 사용하자는 것이다. 만약 역관의 제안을 받아들여 은을 청전과 교환할 경우 국내 사용을 금지하고 의주에 유치시켰다가 청으로 가는 사신단의 비용으로 사용하자고 제안한다. 정확하게 칭량된 은화의 사용은 은의 유출을 막고 물가의 조절에 기여할 것이다.

이상 연암의 논리를 따르면 연암은 화폐의 기능을 긍정한 것으로 보인다. 그런데 왜 〈허생〉에서는 은 1백만 냥의 절반을 바다에 던져버리는가? 표면적 이유는 가지고 조선으로 돌아가 보아야 1백만 냥을 용납할 만한 규모의 경제가 되지 않는다는 것이지만, 사실은 화폐의 부정적 성격에 깊이 주목한 것이 아닌가 한다. 금속화폐의 함량을 정확히 지키자는 그의 주장을 음미해보자. 화폐의 사용이 불가피하다면 그렇게 실물(구리)의 값에 상응하는 화폐를 사용하자는 주장으로 읽힌다. 다시 말해 자신이 살던 현실에서 화폐의 사용이 불가피하다면 실물의 가치에 가까운 화폐를 통용해야 한다는 주장인데, 그 이면에는 사용하지 않아도 된다면 굳이 사용할 필요가 없다는 생각이 있다. 그리고 이 생각이 〈허생〉에 반영된 것으로 보인다.

화폐를 사용하지 않는 것, 혹은 적극적으로 화폐를 폐기하자는 주장은 전혀 낯선 것이 아니다. 상평통보가 화폐의 본래적 악마성을 드러내는 것이 인지되고부터 일각에서 화폐의 폐기를 적극적으로 주장하기 시작했다. 찬반을 둘러싸고 다양한 주장이 제기되었다. 한쪽은 화폐를 영원히 폐지할 것을 주장하고, 한쪽은 화폐를 더 주조할 것을 주장했다.[220] 돈을 더 주조할 것을 요구하는 사람들조차 화폐의 폐단을 충분히 인식하고 있었다. 1716년 가주(加鑄)를 주장한 김창집은 돈을 더 주조해도 백성에게 이익이 없고 도리어 허다한 폐단을 만들어내며, 또 돈을 만드는 구리는 일본에서 수입하는 것이기에 동전 주조의 비용이 이익을 상회한다는 등의 주장이 제기되어 있음을 지적했다. 민진후는 돈의 폐단으로 인해 서울 사람들은 불편해하는 경우가 많고 지방에서도 도적이 치성하고 또 이른바 부민(富民)의 장리(長利)가 가난한 백성이 감내하지 못할 바가 되고 있다고 지적했다. 이런 지적에 대해 숙종은 "지금 민간에 도둑이 횡행하고 부자는 더욱 부자가 되고 가난한 자는 더욱 가난해지는 것은 모두 돈을 통용한 폐단에서 말미암는 것"이라고 정확하게 지적했다.[221] 그런데도 이미 궁벽한 시골이나 외딴 섬에까지 화폐가 통용되고 있는 현실을 고려할 때 화폐의 사용을 급작스럽게 중지할수 없다는 논리를 동원했다. 구리의 부족은 국내의 동광을 개발하면 해결될 것이라는 논리로 대응했다.[222]

권력은 가주론자(加鑄論者)들이 쥐고 있었지만, 한편에서 화폐의 폐단을 지적하고 화폐를 사용하지 말 것 혹은 화폐를 폐기하자는 주장도 계속 제기되었다. 1697년 9월 전주 유학(幼學) 이징(李澄) 등이 상소하여 화폐의 폐단을 역설하고 폐기를 주장했다.[223] 1708년에는 공주 유학 송기창(宋基昌)과 장흥(長興)의 유학 정재동(鄭再東)이 상소하여 화폐의 폐단을 지적했다.[224] 1710년에는 여주(驪州) 유학 이척(李偲)이 상소하여 돈이 백성을 병들게 한다는 것을 지적했다.[225] 이 중에서 화폐 사용의 역기능에 깊이 주목하고 화폐의 폐기를 주장하는 지식인들이 있었다. 이익이 가장 대표적인 인물이다. 그는 《성호사설》의 〈곡식과 포(布)가 많은 사람이 부자다(粟布多爲富室)〉에서 1488년(성종 19) 조선에 사신으로 왔던 명나라 사람 동월(董越)의 〈조선부(朝鮮賦)〉 한 구절을 인

허생의 섬, 연암의 아나키즘

용한다. "금과 은의 저축을 허락하지 않기에 곡식과 포(布)가 많은 사람을 부자로 친다. 물건을 사고팔고 바꾸고 할 때는 오직 곡식과 포를 가지고 한다. 이런 이유로 탐관(貪官)이 적다."[226] 화폐가 없기에 탐관이 적다는 것은 어떤 이유에서인가? 같은 글에서 성호는 "대개 곡식과 포는 가벼운 화폐와 사뭇 다르다. 백성을 쥐어짜는 자들도 많이 가질 수가 없다. 이런 이유로 탐관이 적었던 것이다."[227]라고 말한다. 앞서 조신의 《소문쇄록》에서 면포가 부의 척도라고 했는데, 조선 제일의 부호로 알려진 사람들 역시 재산이 얼마 되지 않았던 것을 상기한다면, 이익의 말을 쉽게 납득할 수 있을 것이다.

　이익도 화폐의 편리성은 충분히 인지하고 있었다. "곡식과 포는 은자나 돈보다 편리하지 않다. 게다가 은자는 귀하고 돈은 흔하기에 은자는 돈보다 편리하지 않다."[228] 상업에는 화폐가 제일가는 도구라는 것이다. 화폐의 유통은 상업을 자극한다. 성호는 화폐 유통 이후 농민이 장사로 얻을 수 있는 몇 갑절의 이익을 바라 농기구를 버리고 시장을 떠돌기에 농사를 망친다고 한다. 가격 차를 이용한 이윤의 획득은 농업 노동으로 얻을 수 있는 이익을 능가하기에 궁극적으로 농업이 기피 대상이 된다고 생각했던 것이다. 또한 화폐는 과잉 소비와 사치를 조장한다. 성호는 검소한 삶을 가치 있게 여기는 방법은 사치를 금하는 데 있다고 말한다. 화려한 옷과 장신구, 원근의 크고 작은 기호품을 구입하는 데 돈보다 편리한 것은 없다. "돈을 가진 자는 멀건 가깝건, 동쪽이건 서쪽이건 물건을 사들여 제 몸에다 한껏 쓰며, 오로지 사치스럽게 하지 못할까 두려워하고, 마침내는 파락호가 되고 마는 것이다."[229] 과잉 소비는 결국 돈으로 인해 일어난 것이기에 돈은 1백 가지가 해롭고, 한 가지의 이로움도 없다.[230]

하지만 성호가 화폐를 비판한 것은 궁극적으로 화폐의 존재가 백성을 궁핍하게 만든다고 생각했기 때문이다. 성호에 의하면 백성을 부유하게 만드는 방법은 세 가지가 있다. 첫째, 농사에 힘쓰게 하는 것, 둘째, 검소한 삶을 가치 있게 여기는 것, 셋째, 토색질을 금지하는 것이다.[231] 이 가운데 성호가 가장 강하게 비판한 것은 토색질이었고, 이것은 돈을 이용한 고리대금업을 지칭했다.

　　토색질을 금지하는 데는 토호를 억제하는 것이 으뜸이고, 토호의 못된 짓은 돈을 쌓아두고 이익을 노리는 것보다 더한 것이 없다.

　　농사를 지어서 얻는 이익은 갑절에 불과하다. 그것도 풍년이 들 때가 있는가 하면 흉년이 들 때도 있다. 상업은 이익이 많기는 하지만 본전을 까먹는 경우도 있다. 따라서 돈놀이로 애써 일하지 않고 앉아서 큰 이익을 보는 데에는 미치지 못한다. 이런 까닭에 시정의 샌님이 문을 닫고 돈놀이를 하여 졸지에 천금의 재산을 모은 부자가 되기도 한다.

　　재물은 하늘에서 떨어지는 것이 아니다. 이쪽이 이익을 보면 저쪽은 손해를 보기 마련이다. 그러니 백성이 어찌 가난해지지 않을 것인가. 봄에 돈을 꾸어도 곡식을 많이 살 수가 없다. 하지만 가을에 이자를 갚고자 하여 추수한 곡식을 팔자면 곡식 값은 헐하다. 이렇게 해서 빚을 다 갚지 못하면 원금과 이자가 어느 결에 점점 불어나서 마침내 집을 팔고 전답을 판다. 재산이 거덜나고 마는 것이다. 그러므로 백성이 파산하는 것은 십중팔구 돈놀이 때문이다. 이 역시 모두 돈의 해독이다.[232]

성호는 토색질을 금지하려면 먼저 토호를 억누르는 것이 으뜸이고, 토호의 못된 짓은 돈을 쌓아놓고 이익을 노리는 것, 곧 고리대금업보다

심한 것이 없다고 말한다. 왜냐? 화폐가 화폐, 곧 이자를 낳는다. 이자는 돈을 빌려 쓴 사람의 노동의 결과물이다. 결국 화폐는 타인의 노동을 흡수하고 때로는, 아니 자주 그 사람의 모든 것을 흡수해버린다. 화폐를 이용한 고리대금업으로 백성은 집과 농토를 잃고 파산한다. 파산한 백성의 80~90퍼센트는 고리대금업의 피해자다. 고리대금업자는 고급 관료와 부호 들이다.

귀족과 부호 들은 억만의 돈을 쌓아놓고 있다가 풍년이 들면 곡식을 사들여서 개인으로 비축해놓는다. 그러다 흉년이 들면 곡식을 내다 팔아 돈을 빨아들인다. 거기에 관청의 세금과 사채를 한꺼번에 돈으로 내라고 독촉하기 때문에 백성은 그해 수확을 깡그리 긁어내어 갚는다. 겨울을 나기도 전에 여덟 식구가 벌써 굶주리게 된다. 이것이 일 년 내내 부지런히 몸을 부려 얻은 재물이 백성에게 있지도 않고 나라에 있지도 않고, 남김없이 놀고먹는 무뢰한 자들에게 돌아가는 이유다.[233]

사족의 상층부와 부호 그리고 국가는 거대한 고리대금업자이거나 수탈자로서 백성을 착취한다. 골자는 그 고리가 화폐라는 것이다. 귀족 곧 고급 관직을 독점한 사족 가문과 부호의 고리대금업, 국가의 세금은 모두 화폐의 형태로 농민의 노동 결과를 수탈한다. 위에서 인용한 〈벼슬길은 넓고 돈은 많다(仕廣錢多)〉는 이 문제를 소상히 다룬 글이다. 이 글에서 성호는 백성이 빈궁한 원인을 '아전의 탐학'에서 찾고, 아전의 탐학을 재정의 부족에서 그리고 재정의 부족을 관원이 많은 데서, 관원이 많은 것을 '벼슬길이 너무 넓은 것'에서 그 원인을 찾는다. 벼슬에 오르는 자가 많아지면 재직 기간이 짧아진다. 따라서 재직하고 있을 때

퇴임 이후 쓸 재산과 자손에게 남겨줄 재산까지 한몫 챙기려 한다. 이 것이 궁극적으로 백성이 곤궁한 이유다.[234] 다만 탐학은 도둑질이고, 도 둑질은 발각될 수 있다. 그래서 부피는 작지만 값어치가 높은 그 무엇 이 필요하다. 돈이 그것이다.[235] 돈으로 축재한 벼슬아치들은 모두 부 자가 되고 백성은 가난해진다. 화폐는 곧 착취의 수단이다. 성호는 《성 호사설》의 〈은병(銀瓶)〉,[236] 〈고전(古錢)〉,[237] 〈백금(百金)〉,[238] 〈청묘전(靑苗 錢)〉[239] 등에서 화폐의 해악성을 역설하며 화폐를 폐지할 것을 주장한 다. 화폐 없는 세상이 성호에게는 유토피아의 시작이었던 셈이다.

허생이 50만 냥의 돈을 바다에 쓸어 넣은 것은 유별난 행동이 아니 다. 화폐는 단순히 유통을 위한 것이 아니라 국가의 재정 위기를 해결 하는 수단, 곧 재정 위기를 농민에게 떠넘기는 수단으로 제작·유통된 것이다. 그것은 국가가 농민을 수탈하는 중요한 방법이 되었고, 사족과 부호 들이 농민 착취를 더욱 유리하게 강화하는 수단이었던 것이다. 일 부 관료와 지식인이 화폐의 폐기를 주장한 것은 바로 이 때문이었다. 농업사회인 조선 사족체제가 화폐를 받아들임으로써 자신의 근거인 농 민의 삶을 붕괴시킬 수 있다는 불길한 가능성을 보고 화폐의 폐기를 주 장했던 것이니, 대단히 현실적인 맥락에서 제기된 주장이었던 것이다. 허생이 섬을 떠나면서 50만 냥의 돈을 바다에 쓸어 넣은 것 역시 이 와 같은 맥락에서 나온 행동이다. 그것은 공상적인 생각이 아니라 매우 현실적인 맥락에서 나온 행동인 것이다. 농민을 지배하고 수탈하는 새 로운 권력이 된 화폐를 폐기하지 않는 이상 농민의 삶은 결코 개선되지 않을 것이었다.

지배지식—이데올로기의 폐기

허생은 새로운 지배도구이자 권력인 화폐를 폐기한다. 이어 그는 또 다른 권력 수단을 폐기한다. 섬에 사는 남녀 2천 명은 원래 농민이다. 그 2천 명 중 글을 아는 사람이 있었다(有知書者). 허생은 "이 섬에서 화의 근원을 끊어버려야지(絶禍於此島)."라고 말하며 글을 아는 자를 배에 태워서 같이 섬에서 나온다. 허생 역시 이 섬에 머무르지 못한다. 문자-지식을 화의 근원이라고 판단한다면, 지식인인 자신도 화의 근원을 알고 있는 사람이다. 따라서 그는 이 섬에 머무를 수 없다. 자신이 내린 지식에 대한 정의에 입각해 그는 지식인인 자신을 섬에서 배제한다.

'글(書)'이란 조선시대의 맥락에서 한문이란 언어와 그 언어 위에 구축된 지식을 의미한다. '글'의 폐기를 일반적인 의미에서 지식을 소거하는 것이라고 볼 수는 없다. 한문 위에 구축된 지식, 한문학과 성리학은 사족체제를 지탱하는 근거였다. 한문으로 쓰인 텍스트를 읽고 이해함으로써 사족은 사족이 되었다. 그 텍스트는 유학의 텍스트며 성리학의 텍스트였다. 유학은 지배사족과 피지배민으로 인간을 위계화하고, 그 위계 구조를 전제로 한 이데올로기다. 허생이 말하는 문자란 그 문자 위에 구축된 사족체제의 이데올로기로서의 지식을 의미한다. 지배사족은 지식을 획득한 자, 피지배민인 민중은 지식이 없는 자다. 지식이 없는 자는 지식이 있는 자에 의해 지배되어야 한다. 맹자의 "마음을 수고롭게 하는 자는 남을 다스리고, 근력을 수고롭게 하는 자는 남에게 다스림을 받는다(勞心者治人; 勞力者治於人)."는 발언은 지식이 곧 권력임을 명언한 것이다. 그들의 지식은 피지배층의 주체를 구성하여 스스로 사족체제에 복종하게 만들었다. 노비와 상민이 사족에게 자신의 노동력과 생산물을 바쳐야 할 이유는 없다. 하지만 사족의 이데올로기, 곧 성리학은 기(氣)의 청(淸)·탁(濁)·수(粹)·박(駁)에 인간의 개별성이 결정된다고 강변하고, 이에 입각해 신분적 차별을 정당화했다.

한문이란 언어로 쓰인 지식은 철저히 이데올로기적이다. 누구나 이데올로기로서의 지식을 얻을 수는 없었다. 사족은 지식을 획득할 기회를 독점했고, 민중은 철저히 배제되었다. 지식 획득의 기회를 독점한 결과가 누적됨으로써 사족과 민중은 영원히 갈라지게 되었다. 설혹 우연히 예외적으로 지식을 획득한 상민이 있다 하더라도 이미 사족/비사족은 혈통으로 결정되었고, 사족사회의 인정을 얻어야 하기에 결코 사족이 될 수 없었다. 허생의 아나키한 공동체에 지식이 있는 사람의 존재는 결국 지식 소유의 비대칭성을 가져올 것이고, 그것은 궁극적으로 권력의 편재·집중으로 인해 지배계급과 피지배계급의 불평등한 사회적 관계가 재생될 가능성이 높다. 허생이 그 사람을 끌고 나온 것은 지배/피지배의 관계가 성립할 가능성을 영원히 제거한 것이다.

타자를 지배하기 위한 이데올로기로서의 지식이 없는 사회는 물론 가능하다. 섬은 문자도 책도 없다. 문자와 책이 없는 사회도 얼마든지 가능하다. 구전과 암송에 의한 지식도 얼마든지 가능한 것이다. 이데올로기로서의 지식이 아니라 공동체를 유지하기 위한 지식이 존재할 수 있고, 또 존재해야만 한다.

이익은 이렇게 말한다.

'백성이 불어나면 부유하게 해주어라'는 것이 성인의 가르침인데, 부유하게 해준다는 것은 재물을 직접 나누어준다는 것이 아니다. 백성이 스스로 재물을 쌓고 모으게 만들고 나라에서 탐학하게 굴면서 백성에게 해를 끼치지 않게 하는 것이다.

말하자면 하늘에 밝은 빛이 있으면 백성이 어둡게 지낼까 걱정할 것이 없다. 백성은 알아서 창을 내어 밝은 빛을 취할 것이다. 땅에 재물이 있다면 백성이 가난할까 걱정할 필요가 없다. 백성이 알아서 나무를 하고 풀을 베어 스스로 부유하게 될 것이다.

한(漢)나라 조정에서는 오직 복식(卜式)만이 이 방법을 깨쳐, 염소를 칠 때 "그 무리에 해를 끼치는 놈을 제거합니다." 하였고, 하늘이 가물자 "백성에게 해를 끼치는 신하를 삶아 죽여야 합니다." 하였다. 이렇게 한다면 백성이 어찌 부유하지 않을 수가 있겠는가?[240]

성호는 공자와 염유의 대화를 인용한다. 성호는 여기서 부유하게 만드는 방법을 파고들었다. 어떻게 부유하게 만들 것인가. 그들에게 재물을 나누어주랴? 아니다. 착취를 멈추어라, 착취자를 제거하라, 그러면 백성은 알아서 일하고 재산을 모을 것이다. 밝은 빛이 있으면 창문을 내어 그 빛을 집으로 끌어들이는 것처럼 백성은 알아서 농토를 갈고 길쌈을 하여 부유하게 된다. 백성은 스스로 농토를 갈고 길쌈을 하고 부유하게 될 수 있는 지식을 가지고 있다. 이익의 말을 더 참고하자.

사람은 각자 슬기로움과 힘이 있다. 밭을 갈아 밥을 먹고, 우물을 파서 물을 마시면서 자기 삶을 넉넉히 살아나갈 방도를 마련하는 것이다. 비록 2~3년 홍수가 나고 가뭄이 든다 하더라도 본디 먼 앞날을 생각하고 먹을 것을 쌓아놓았기 때문에 그것에 의지해 살아갈 방도가 있는 것이다. 어떻게 살던 곳을 떠나 골짜기에 뒹구는 시신이 되기까지야 하겠는가?[241]

인간은 슬기로움과 능력이 있다. 그것이 바로 삶을 가능하게 하는 원천이다. 따로 지식이 있는 것이 아니다.

> 내가 시골의 의식이 넉넉한 사람을 보았더니, 때를 잃지 않고 농사를 지었
> 고, 이득을 보기 위한 계획이 아주 치밀하여 흉년도 그를 해칠 수 없었다. 이
> 른바 "백성의 목숨은 부지런함에 매였고, 부지런하면 의식이 부족하지 않
> 다."는 경우였다. 이치가 이런데도 죽음을 면하지 못하는 것은 모두 학정(虐
> 政)에 시달린 나머지 살 수가 없기 때문이다.[242]

학정이 백성을 해치지 않는다면 그들은 스스로 갖고 있는 슬기로움
과 능력으로 자신의 삶을 가꿀 것이다.

사회에 지식이 없을 수 없다. 하지만 지식은 사족만 소유하는 것이
아니고, 학교를 통해서만 전수되는 것도 아니다. 종자를 뿌리고 김을
매고 거두는 것은 모두 지식이 아닌가. 산에서 먹을 나물과 먹지 못할
독초를 구별하는 것은 지식이 아닌가. 집을 짓고 연못을 파는 것은 또
한 지식이 아닌가. 농민이 있으면 지식은 저절로 그들 사이에 존재한
다. 그 지식은 지배하는 지식이 아니라 삶을 위한 지식이다. 곧 지배하
지 않는 지식이 백성 사이에 존재한다.

지식계급의 지식은 이것과는 다르다. 그들의 지식은 쌀 한 톨도 생산
하지 못한다. 문자로 정형화된 지식의 소유 혹은 그 소유의 많고 적음
으로 인간의 사회적 위상을 결정한다는 것은 사실상 사기다. 학교에는
지식이 존재하지 않는다. 국가와 자본의 이익을 위해 봉사할 국민과 노
동자를 만들어낼 뿐이다. 지식의 소유와 그 많고 적음으로 인간을 등급
화할 때 그것은 이미 지식이 아니다. 도구일 뿐이다. 섬은 권력의 근원
인 화폐와 이데올로기로서의 지식이 폐기된, 권력이 부재하는 사회다.

허생의 섬, 연암의 아나키즘

섬의 사회를 만든 허생조차 떠남으로써 그 섬은 아나키즘이 실현된 공간이 되었다.

섬의 주민들이 허생을 떠나지 못하게 만류하거나 지배자로 섬기려 하지 않았던 것은 이 섬이야말로 민중이 간절히 원해왔던 아나키즘이 실현된 공간이었기 때문이다. 이런 의미에서 섬은 지배 없는 사회를 바라는 강렬한 민중의 염원을 허생이 대리해서 만든 것이라 보아야 마땅하다. 곧 연암의 아나키즘이 실현된 허생의 섬은, 기실 민중의 염원이 구체화된 공간인 것이다.

민중의 자율적 공간

허생의 섬은 완전히 공상적인 공간인가, 아니면 실현 가능한 곳인가. 곧 국가권력이 침투하지 않은 공간이 존재할 수 있는 것인가. 전술한 군도의 집합처 변산이 그랬거니와 전근대는 근대와는 달리 국가권력이 집행되기 어려운 곳, 달리 말해 국가권력의 촉수가 침투할 수 없는 공간이 곳곳에 있었다. 박제가는 도로의 미비를 유통을 막는, 따라서 잉여 물자의 교환을 막는 부정적 조건으로 여겼지만, 한편으로는 국가권력 혹은 지배계급의 촉수가 닿지 않는 곳을 남겨두었던 것이다. 한국전쟁이 일어난 줄도 모르던 '동막골'이 조선시대에는 곳곳에 존재했다. 예컨대 성혼(成渾, 1535~1598)의 《우계집(牛溪集)》을 보자.

홍정선사(泓靖禪師)의 말이다.

"평안도 영원군(寧遠郡)에서 서북쪽으로 사흘 정도 가서 흑담(黑潭)의 장비탈(長飛脫)을 지나 아흔아홉 번 물을 건너면 옛 영원에 이르는데, 이곳에 본향산(本香山)이 있다. 본향산의 다른 이름은 괘산(掛山)인데, 향산(香山)의 조종

(祖宗)이 되는 산이므로 본향산이란 이름으로도 불린다. 거기에 석룡굴(石龍窟)이라는 절이 있다.

산 옆에는 촌락이 있고 곳곳의 산골짝에는 산촌 백성이 산다. 기장과 조, 메밀, 콩을 심는다. 오곡(五穀)도 난다. 밭갈이 소는 보통 소보다 갑절이나 크다. 바깥 사람들이 이 땅에 들어오면 사람들이 모두 환영하여 밥을 짓고 채소 반찬을 갖추어 대접하는데, 그 순박한 인심은 태곳적과 같다.

고을의 서리(胥吏)들은 너무 먼 곳이라 올 수가 없으니 밭을 갈고 땔나무를 하면서 자유롭게 살 뿐이다. 벼와 곡식이 아주 헐해서 목면 한 필이면 몇 석을 얻을 수 있다. 인간 세상의 일은 알지 못하여 꽃이 피고 잎이 떨어지는 것으로 세월이 가는 것을 알 뿐이다. 땅이 갈라지고 하늘이 꺼져도 제 알 바가 아니다."

촌락이 아주 많은데 혹은 한두 집이 있는 경우도 있고 혹은 서너 집이 있는 경우도 있다. 산전(山田)에 곡식을 쌓아놓고 겨울이 지나고 봄이 되도록 거두지 않았다. 바깥 사람이 오지 않아 산길은 열려 있지 않고 풀과 나무가 우겨져 있었다. 촌락 앞에 이르면 작은 길이 나 있어 왕래하는 곳은 오직 석룡굴의 길뿐이다.

옛사람이 돌 두 개를 골짜기 가운데 마주 보게 세워놓고 표시를 해두었는데, 수십 보를 가면 반드시 그 표시가 있다. 그 돌의 이름은 '동자석(童子石)'이라 한다. 홍정선사가 괘산 꼭대기에 올라갔더니 향산이 겨드랑이 아래에 있었는데, 마치 개밋둑과 같았다고 하였다.

자주(自註): 남쪽으로는 삼각산(三角山)이 바라보이고 장백산(長白山)이 곁에 있다. 동북쪽으로는 백두산이 보인다. ○갑오년(1594, 선조 27)[243]

이 자료가 임진왜란이 한창이던 1594년의 것임에 유의할 필요가 있

허생의 섬, 연암의 아나키즘

다. 곧 이 자료가 전하는 공간에는 전쟁이 전혀 침투하지 못하고 있는 것이다. 이런 공간은 주로 지리적 조건, 즉 험악한 지형으로 인해 접근이 어려운 곳이다. 이런 공간이 이곳에만 있었던 것은 아니다. 거주민에 대한 완벽한 파악과 통제는 근대국가에 와서 이루어졌고, 전근대에는 공간에 대한 지배가 철저할 수 없었던 것이니, 국가권력 밖에 존재하는 공간이 상대적으로 많았다고 말할 수 있다. 요컨대 도로와 교통의 부재가 그런 공간을 창출했다고 말할 수 있다.

이 자료에 등장하는 서리는 국가권력의 말단적 촉수다. 서리를 통해 인구가 파악되고 경작지의 면적과 수확량이 파악된다. 그것은 세금, 곧 생산물의 수탈과 신체 자체의 수탈, 곧 부역과 군역으로 이어진다. 지리적 장벽으로 인해 국가권력을 이용한 지배계급의 수탈이 불가능한 공간이 있었다는 것이다. 이 공간은 외부와 격리된, '인간 세상의 일'을 알지 못하는 공간이다. 경제적으로 풍요롭고 인심은 후하다. 즉 국가권력이 미치지 않는 상태의 자연적 인간이 경제적 풍요와 평등, 자유, 평화를 누릴 수 있다는 결정적 증거다.

국가권력의 부재 혹은 국가권력에서 멀어지는 것이 유토피아의 기본 성격이다. 국가는 당연히 자신의 권력으로 모든 공간을 지배하려고 한다. 조선에서 국가권력은 서리를 수단으로 침투하지만, 한편으로 더욱 확실하고 장구한 방법이 있다. 곧 사족체제에서 거주민을 지배하는 방법은 향촌에 사족을 광범하게 심는 것이다. 1626년《인조실록》의 자료를 보자.

대사헌 장유와 집의 강석기(姜碩期), 지평 김육이 아뢰었다.

"천하의 일은 시대에 따라 변통하고 옛일을 참작해 현재에 맞추어서, 위로는 옛 법을 따르는 의리를 저버리지 않고, 아래로는 시대에 적합하게 하는 사리에 어긋나지 않은 연후에야 인심이 순종하고 국가가 안정되는 것입니다.

옛날에는 교생(校生)이 모두 사족(士族)이어서 지금의 잡류와는 비할 바가 아니라는 성상의 하교는 참으로 그러합니다. 그러나 중년 이래로 그런 법이 점점 변해서 지방의 교생은 영남 지방을 제외하고는 모두 잡류로서 사족들이 같이 교생이 되는 것을 수치스럽게 여겨 시골에 살고 있으면서도 교적(校籍)에 들지 않습니다. 이미 등급이 정해지고 그러한 습속이 이루어졌으니 갑작스레 변경할 수는 없습니다. 이제 만일 뒤섞여 거론하여 분별하지 않는다면 울분과 고민이 있을 것은 당연한 일입니다.

우리나라의 사족과 노비의 제도는 참으로 천하에 없는 것입니다마는, 상하의 계통이 있고 존비(尊卑)가 정해져서 국가가 실로 이에 의지하여 유지되는 것입니다. 병란(兵亂)을 당해서도 사족은 모두가 명절(名節)을 지켜 나라를 배반하고 적에게 투항한 자가 전혀 없었으니, 임진난 때에 삼남(三南)의 의병이 모두 사족 출신이었습니다. 그러나 함경북도에는 본래 세족이 없었기 때문에 난을 선동하여 적에게 빌붙은 자가 있었는데, 이를테면 국경인(鞠慶仁)이란 자가 그곳 출신이었습니다. 이로 미루어보면 사족을 부식해야 하는 이유가 분명합니다. 만일 일체로 취급하는 법으로써 억지로 내몰아 졸오(卒伍)에 함께 편입시킨다면 지방의 사족은 모두가 서로 슬퍼하며 오랜 전통을 가진 가문이 하루아침에 서예(胥隸)로 강등되었다고 할 것입니다. 그리하여 원성이 무리 지어 일어나 날이 가면 갈수록 더욱 깊어질 것이니, 아, 이것이 어찌 작은 걱정거리입니까."[244]

과거에는 교생이 사족으로 채워졌으나 지금은 영남 지방을 제외하고는 모두 비사족으로 채워지고 있다는 것이다. 임진왜란 때 삼남의

허생의 섬, 연암의 아나키즘

의병을 일으킨 주축은 지방 사족이었다. 그러나 사족이 없던 함경도는 국경인과 같은 비사족이 조정에 저항하는 난을 일으키고 왜적에게 협력했다. 따라서 향촌사회에 사족을 심을 필요가 있다는 것이 주장의 골자다.

국경인은 임진왜란 때 지방 인심을 위무하고 군사를 모으는 임무를 띠고 함경도로 갔던 임해군(臨海君)과 순화군(順和君) 및 김귀영(金貴榮)·황정욱·황혁(黃赫, 황정욱의 아들)을 잡아 가토 기요마사(加藤淸正)에게 넘기고 조정에 반기를 들었던 자다. 임진왜란 중에 조선 사람이 난을 일으켜 왕자를 왜군에게 넘기고 국가에 저항한 사건은 임진왜란에 대한 우리의 상식을 무너뜨린다. 국경인이 야심이 있어 난을 일으킨 것이 아니라 전쟁 중에도 황혁 등이 백성을 착취하고 학대한 게 원인이었다.[245]

국경인이 난을 일으킨 곳은 함경도다. 함경도는 세종 대에 조선의 강역으로 들어왔기에 원래 사족들이 없던 곳이다. 적극적인 사민정책(徙民政策)으로 인구는 불어났지만, 사족들은 그 지방에서 살기 꺼려 했다. 왕의 장인으로 귀족 중의 귀족, 지배계급을 대표하는 장유가 국경인의 반란 이유를 함경도 일대에 세거하는 사족이 없었던 데서 찾은 것도 당연한 일이다. 곧 국가권력과 함께 동일한 공간에서 민을 일상적으로 지배하는 세력이 없기 때문에 국경인의 반란이 가능했다는 판단이다. 따라서 그는 사족이 없는 공간에 사족을 부식해야 한다고 주장한다.

장유 등이 한 발언은 임진왜란을 겪고서 얼마 지나지 않아 나온 것이다. 그의 발언을 음미해보면, 향촌의 사족은 당연히 사족체제를 강고하게 유지하는 기능을 맡는다. 하지만 사족이 없는 공간이 존재했던 것도 알 수 있다. 그런 공간은 사족체제 혹은 국가의 권력이 쉽게 집행되지 못하거나 저항하는 공간으로 변할 수 있었던 것이다.

본향산 아래의 마을과 같은 유토피아적 공간은 20세기 이전, 곧 근대 국가가 성립하기 전 곳곳에 존재했던 것으로 보인다. 예컨대 이규경(李圭景, 1788~1856)의 〈낙토가작토구변증설(樂土可作菟裘辨證說)〉[246]은 남사고(南師古)와 한세량(韓世良)의 《비기(祕記)》, 《정감록(鄭鑑錄)》 등 각종 비기류와 이중환(李重煥)의 《택리지(擇里志)》에서 선별한 60여 곳 남짓한 낙토(樂土)를 소개하고 있는데, 대개 전쟁을 피할 수 있고 은거할 수 있는 곳으로 험한 산과 강으로 인해 접근성이 매우 낮다는 공통 속성을 갖는다. 국가권력이 쉽게 도달할 수 없는 공간인 것이다.[247]

허생의 섬은 성혼의 기록에서 보았듯, 전근대인들에게 오직 상상 속에서만 존재한 것이 아니라 실재할 수도 있는 공간이었다. 이런 공간의 존재가 다시 새로운 공간에 대한 상상을 가능케 하고, 그런 상상의 연장선에서 허생의 섬이 창조되었던 것이 아니겠는가.

아나키즘의 원형, 노장사상

이제까지 연암이 상상한 아나키즘의 현실적 배경에 대해 살펴보았다. 연암이 구상한 아나키한 섬은 막연한 공상의 산물이 아니라 삼봉도와 해랑도 같은 조선시대를 관통하면서 문제가 되었던 이상향, 군도의 집단적 저항과 해방구인 산채 같은 공간 그리고 그곳에서의 공평한 분배, 화폐의 폐지 주장 등과 같은 지극히 구체적인 맥락에서 구성된 것이었다. 다만 이와 같은 현실적 맥락 외에도 텍스트의 역사 역시 연암의 사상에 큰 영향력을 행사했던 것으로 보인다. 곧 연암이 섬에서 조성한 아나키한 공간은 고전적 맥락을 갖고 있는 것이다. 그의 사상에서 노자의 영향을 부정하기 어렵다. 이 점에 대해서도 이미 오래전에 문영오 교수가 지적한 바 있지만,[248] 그것을 더 적극적으로 계승하여 평가하지는 않고 있다. 이제 다시 노자의 영향력을 일괄해서 검토해본다.

허생의 섬처럼 국가 아닌 작은 사회의 존재는 당연히 《노자》의 다음과 같은 구절을 떠올릴 수 있다.

나라의 영토를 작게 하고 백성의 수를 적게 하며(小國寡民), 사람의 능력을 열 배, 백 배 키워주는 도구가 있다고 해도 사용하지 않고, 백성이 죽음을 무겁게 여겨 멀리 이사하지 못하게 하고, 배와 수레가 있어도 탈 일이 없게 하고, 갑옷과 병장기가 있어도 쓸 일이 없게 하고, 백성이 다시 결승(結繩)을 사용하게 하고, 자신의 음식을 달게 여기고, 자신의 의복을 아름답게 여기고, 자신의 거처를 편안히 여기고, 자신의 풍속을 즐겁게 여기게 해야 할 것이다. 이웃 나라가 서로 보일 정도에 있어 닭과 개의 울음소리가 서로 들린다 하더라도 백성은 늙어 죽을 때까지 서로 오가지 않는다.[249]

'소국과민'은 과연 허생의 섬과 일치한다. 백성이 이사를 가지 않게 하는 것, 따라서 배와 수레가 있어도 탈 일이 없게 하는 것, 이웃 나라가 개와 닭의 울음소리가 들릴 정도로 가까이 있어도 왕래하지 않기에 무기를 쓸 일, 곧 전쟁을 할 일도 없다. 이것은 의도된 고립을 추구하는 허생의 섬이다. 현실적인 맥락을 제거하고 연암의 아나키즘의 사상적 근거를 찾는다면 《노자》의 위 인용문으로 회귀할 것이다.

다음 부분도 관계가 있다.

성인과 관계를 끊고 지식을 버리면 백성의 이익이 백 배나 되고, 인(仁)을 끊고 의(義)를 버리면 백성이 다시 효성과 자애로움을 회복할 것이며, 공교한 기술을 끊고 이로움을 버리면 도적이 없어질 것이다.[250]

성인과 지혜로운 자가 존재함으로써 자신이 도저히 미치지 못하는 도덕의 경지와 지혜로운 자가 제공하는 지혜의 그늘에 시달리게 된다. 도리어 그들과의 관계를 끊는 것이 백성의 순후함을 보존하여 더 큰 이익을 보게 할 것이다. 유가에서 말하는 인(仁)과 의(義)라는 규율에 얽매이지 않는 것이 도리어 인간의 순수한 도덕심을 발휘하게 할 것이다. 교묘한 기술과 이로움을 버리면 도둑이 탐내는 것이 없어질 것이다. 기성의 문자로 이루어진 모든 지식은 인간을 해방시키는 것이 아니라 도리어 화의 근원이 된다. 한문을 아는 사람을 섬에서 데리고 나오며 "화의 근원을 끊어버려야지."라고 했던 허생의 말은 《도덕경》에서 유래했을 것이다.

허생의 섬, 연암의 아나키즘

허생은 기존의 사족체제와 절연된 섬을 선택하여 화폐와 이데올로기를 폐기한다. 그는 배를 불태워 의도적으로 섬을 고립시킨다. 그리고 섬을 떠남으로써 스스로 지배자가 될 수 있는 기회를 포기한다. 섬은 오른손을 쓰는 습관과 연장자에 대한 양보만 남아 있을 뿐 과거의 모든 권력적 지배관계가 폐기된다. 섬은 토지의 공유 아래 농업만 존재하는 사회다. 허생의 섬에서 구현된 것은 연암의 아나키즘이다. 연암의 사고 저 깊은 곳에는 아나키즘을 실현하려는 꿈이 있었던 것이다. 기성의 사족체제에 어떤 문제가 있기에 연암은 허생의 섬에서 자신의 아나키즘을 실현하려 했던 것인가.

4장

〈허생〉 뒷부분

— 현실로 돌아오다

이타적 수단으로서의 화폐

* * *

허생은 나라 안을 두루 돌아다니며 가난하여 고할 데 없는 사람을 구제했다. 그러고도 은 10만 냥이 남았다.

"이 은은 변씨에게 갚아야지."

허생은 변씨를 찾아갔다.

"그대는 나를 기억하는가?"

깜짝 놀란 변씨가 "그대의 낯빛이 조금도 나아지지 않았으니, 만 금을 잃어버린 것이 아니오?" 하였다.

"재물로 얼굴을 깨끗하게 꾸미는 것은 그대 무리의 일일 뿐이지. 만 금이 도를 어찌 살찌운단 말이야?"

허생은 웃으며 은 10만 냥을 변씨에게 주었다.

"내가 하루아침의 굶주림을 견디지 못해 독서를 마치지 못하고 부끄럽게 당신에게 만 금을 빌렸소이다."

변씨는 크게 놀라 일어나 절하고 사양하면서 이자로 10분의 1만 받겠다고 하였다. 허생은 크게 노하였다.

"그대는 어찌 나를 장사치로 여기는가?"

허생은 소매를 뿌리치고 떠났다.

於是遍行國中, 賑施與貧無告者, 銀尙餘十萬. 曰: "此可以報卞氏." 往見卞氏曰: "君
記我乎?" 卞氏驚曰: "子之容色, 不少瘳, 得無敗萬金乎?" 許生笑曰: "以財粹面, 君輩
事耳. 萬金何肥於道哉?" 於是以銀十萬付卞氏曰: "吾不耐一朝之饑, 未竟讀書, 慙君萬
金." 卞氏大驚, 起拜辭謝, 願受什一之利. 許生大怒曰: "君何以賈竪視我?" 拂衣而去.

허생은 자신이 구성한 아나키한 공간, 섬을 두고 원래 살던 곳으로
돌아간다. 홍길동이 율도국에서 왕이 되어 머물렀던 것을 떠올리면 허
생의 이런 행동은 뜻밖이다. 하지만 허생은 자신이 제시한 원칙 때문에
돌아갈 수밖에 없다. 섬은 이데올로기로서의 지식을 갖고 있는 사람이
있어서는 안 되는 공간이므로 지식인인 허생 역시 그 공간에 머무를 수
없다. 허생은 원래의 공간, 곧 사족체제의 공간으로 회귀할 수밖에 없
다. 이때까지 연암 박지원은 사족체제란 공간에 대해서 언급한 바가 없
었다. 이 현실 공간의 성격이 어떤 것이기에 그는 아나키한 섬을 구성
할 수밖에 없었던 것인가. 사실 아나키한 섬은 사족체제의 현실 공간을
대척적 존재로 갖는다.

이타적 분배, 구휼

허생은 섬을 떠나 다시 조선으로 돌아온다. 그는 나라 안을 두루 다
니면서 가난하여 고할 데 없는 사람을 진휼(賑恤)한다. 1백만 냥 가운데
50만 냥은 바다에 버리고 50만 냥을 가지고 들어와서 40만 냥을 가난
하여 고할 데 없는 사람을 돕는 데 썼던 것이다. 역시 상업과 무역의 자

본으로 쓰지 않은 것이다. 여기서 주목해야 할 것은 '가난하여 고할 데 없는 사람'이란 말이다. 그것은 거슬러 올라가면 《맹자》〈양혜왕(梁惠王)〉하편에 닿는다. 맹자는 이렇게 말한다.

> 늙어서 처가 없는 사람을 '환(鰥)'이라고 하고, 늙어서 남편이 없는 사람을 '과(寡)'라고 하고, 늙어서 자식이 없는 사람을 '독(獨)'이라고 하고, 어려서 부모가 없는 사람을 '고(孤)'라고 한다. 이 네 부류의 사람은 천하의 궁한 백성으로 고할 데가 없는 사람들이다. 문왕(文王)이 정치를 하고 인덕(仁德)을 베풀 때 이 네 부류의 사람을 가장 먼저 배려했던 것이다.[1]

'가난하여 고할 데 없는 사람(貧無告者)'은 바로 여기에 근거를 둔 것이다.

주(周) 문왕은 왕이자 유가의 성인이었다. 문왕의 정치에서 가장 먼저 배려해야 할 사람은 친족관계가 파괴된 사람들이었다. 전근대 사회에서 인간은 가장 먼저 친족 집단의 일원으로 파악되고, 그 관계 내에서 삶이 유지될 수 있었다. 자본주의사회에서는 모든 것이 가격이 매겨진 상품이 되고, 그것을 구매할 화폐를 보유해야만 비로소 삶을 영위할 수 있지만, 전근대 사회는 인간과 인간의 관계 속에서 대가 없는 노동이 제공되었다. 그 인적 관계에서 가장 의지할 수 있는 것은 부모-자식의 관계와 부부 관계였다. 그 관계에서 한쪽이 탈락할 경우 생을 영위하는 것이 불가능한 지경에 빠지게 되었다. 따라서 유가의 정치적 이상은 친족 공동체에서 존재의 근거를 박탈당한 소외된 인간을 먼저 배려하는 것이 될 수밖에 없었다.

여러 번 언급한 바와 같이 국가와 지주의 수탈, 화폐의 사용으로 인해 농민들은 토지 밖으로 축출되고 있었다. 사족체제는 이미 가난하여 고할 데 없는 사람들을 구제할 능력을 잃고 있었다. 진휼정책이 있긴 했지만 기근으로 토지에서 내몰린 사람들을 근원적으로 구제할 수는 없었다. '가난하여 고할 데 없는 사람'은 사족체제의 지배 시스템이 온전히 작동하면서 내몰린 사람이다. 허생은 자신이 무역으로 번 돈을 사족체제가 할 수 없었던 빈민의 구제에 쏟아 붓는다. 허생에게 화폐는 상업을 위하여, 혹은 유통을 위하여, 혹은 재산의 축적을 위하여 존재하는 것이 아니다. 그것은 원래 불필요한 것이지만, 만약 필요하다면 고할 데 없는 빈민을 구제하는 데 사용됨으로써 가치를 지닌다.

무소유·무권력의 삶

드디어 10만 냥이 남았다. 허생은 변 부자를 찾아가서 10만 냥을 갚는다. 변 부자는 허생을 보고 놀라며 "그대의 낯빛이 조금도 나아지지 않았으니, 만 금을 잃어버린 것이 아니오?"라고 묻는다. 허생은 웃으며 "재물로 얼굴을 깨끗하게 꾸미는 것은 그대 무리의 일일 뿐이지."라고 답한다. 화폐를 추구하는 자들은 신체의 외관, 특히 얼굴을 꾸민다. 하지만 1만 냥이란 돈이 아무리 많다 한들 자신이 추구하는 도 곧 진리를 살찌우지는 못한다.

허생은 남은 돈 10만 냥을 변 부자에게 갚는다. "나는 하루아침의 굶주림을 견디지 못해 독서를 마치지 못하고 부끄럽게 당신에게 만 금을 빌렸소이다." 변 부자가 1만 냥만 받겠다고 하자 허생은 대노한다. "그대는 어찌 나를 장사치로 여기는가?" 허생은 상인을 경멸한다. 물론 연암이 상업 자체를 부정한 것은 아니다. 이미 언급했듯 그는 "상인은 사민(四民) 가운데 비록 천한 직업이지만 상인이 아니면 온갖 물건이 유통·운용될 수 없으니, 그러므로 상업을 폐지해서는 아니 된다. 또 부를 민간에 축적한 연후에야 나라의 재용이 풍족해진다."[2]라고 말한 바 있다. 연암은 유통을 담당하는 직역(職域)으로서 상인이 필요한 존재라고 했을 뿐, 상인에게 존경심을 갖지 않았고 다분히 천시했다. 사족은 사족의 고유한 일이 있으며 상인은 상인의 일을 해야 한다는 것이 연암의 생각이었다.

이제 허생은 본래의 자리, 곧 궁핍한 선비의 자리로 돌아왔다. 그는 원래 무능한 탓에 궁핍하게 살았던 것이 아니다. 스스로 궁핍한 삶을 선택했던 것이다. 허생은 군도를 섬으로 옮기고 거기서 홍길동처럼 권력을 잡으려 하지 않고 섬을 떠나왔다. 스스로 권력을 잡을 기회를 포기한 것이다. 1백만 냥의 절반을 바다에 쓸어 넣고, 나머지 절반 중 40만 냥을 국내의 가난하여 고할 데 없는 사람들을 구제하는 데 쓰고, 나머지 10만 냥을 변 부자에게 갚음으로써 다시 무소유가 된다. 권력과 부를 모두 포기하고 원래의 자리로 돌아간 것이다. 그가 남산골의 집을 떠난 것은 아내의 요구에 따라 자신의 생업을 해결하기 위한 것이 아니고, 오직 자신의 머릿속에 있던 아나키한 공동체를 실현하고 빈민을 구제하기 위해서였다. 연암이 생각한 지식인의 역할을 여기서 찾아볼 수 있을 것이다.

연암이 창조한 허생이란 인물상은 도대체 어떤 의미가 있는 것인가. 그의 '사(士)'에 대한 생각을 검토해보자. 그는 이렇게 말한다.

선비란 궁유(窮儒)의 별호(別號)가 아닙니다.
비유하자면 그림을 그리는 일이 흰 바탕에서 시작하는 것과 같으니, 천자부터 서인에 이르기까지 모두 다 선비가 아닐 수 없지요. 저들이 스스로 벼슬할 만하다고 자부하면서도 지치고 굶주린 선비라고 일컬어지는 것은 평생 과거 시험장에서 요행수를 노리다가 스스로 증오하고 스스로 업신여긴 때문이지요.

천자로서 선비가 아닌 자는 주전충(朱全忠) 한 사람뿐이지요. 이를테면 조자환(曹子桓, 위 문제 조비)은 동경(東京)의 수재(秀才)이며 환경도(桓敬道, 환현)는 강좌(江左)의 명사(名士)라 하겠지요.[3]

선비는 '궁한 유생'의 딴 이름이 아니라는 말은 몰락한 '사'의 광범한 존재를 의식해서 하는 말이다. 남산골 허생의 사회적 조건을 따질 때 검토한 바 있는 빈곤사족이 바로 그들이다. 곧 관직을 갖지도 못하고 그렇다고 해서 경작할 토지가 있는 것도 아닌, 오직 과장(科場)에 출입하면서 요행으로 합격하기만 바라다가 자포자기하고 자기 환멸에 빠진 사족의 존재로 인해 '사'는 궁유로 인식되었던 것이다. 연암은 그것은 '사'의 본질이 아니라고 말한다. 그렇다면 '사'의 사회적 역할은 무엇인가.

무릇 선비[士]는 아래로 농(農)·공(工)과 나란히 서지만, 위로는 왕공(王公)을 벗한다. 지위로 말하자면 농·공과 등차가 없지만, 덕으로 말하자면 왕공이 평소 섬기는 사람이다. 선비 한 사람이 글을 읽으면 그 혜택은 사해(四海)에 미치고 그 공은 만세에 드리워진다. 《주역》에 "나타난 용이 밭에 있으니 천하가 문명(文明)하다(見龍在田 天下文明)."고 했으니, 글 읽는 선비를 두고 한 말일 것이로다!

그러므로 천자는 '원래 선비[原士]'이다. 원래 선비라는 것은 그가 사람을 살리는 근본이 되기 때문이다. 그의 벼슬은 천자이지만 그의 몸은 선비다. 그

　　　　　　　　　허생의 섬, 연암의 아나키즘

러므로 벼슬에는 높고 낮음이 있지만, 몸이 바뀌는 것은 아니다. 지위에는 높고 낮음이 있지만, 선비란 본체는 옮겨가는 것이 아니다. 그러므로 벼슬이 선비에게 더해지는 것이지, 선비가 변화하여 어떤 벼슬과 지위가 되는 것이 아니다.[4]

'사'는 농사꾼과 수공업자와 같은 부류에 속하지만, 위로 왕공과 벗이 되는 존재다. 또 '사'는 왕공이 도리어 섬기며 존중하는 존재이기도 하다. 연암은 왜 '사'에 이렇게 큰 무게를 두는 것인가. "'사' 한 사람이 글을 읽으면 그 혜택이 사해에 미치고 그 공은 만세에 드리우기" 때문이다. 그것을 실증한 사람이 바로 허생이다.

요컨대 '사'는 독서하는 사람이고, 그의 독서는 이타적 결과를 향한다. 곧 독서하는 선비는 본질적으로 이타적 존재다. 연암은 자신의 말에 권위를 부여하기 위해 《주역》 건괘(乾卦) 문언전(文言傳)을 인용한다. "나타난 용이 밭에 있으니 천하가 문명하다." 용은 원래 하늘에 있어야 한다. 하지만 나타난 용은 밭에 있다. 건괘의 구오(九五)의 효사(爻辭) '비룡재천(飛龍在天)'이 제왕의 상이라면, 현룡재전은 '사'의 상이다. 주자의 《주역본의(周易本義)》는 이 부분에 대해 "비록 윗자리에 있지 않으나 천하가 그 교화를 입는다."[5] 하였다. 정이(程頤)는 '천하문명'에 대해 《역전(易傳)》에서 "용의 덕이 땅 위에 드러나면 천하가 그 문명의 교화를 입는다."[6]고 하였다. 요컨대 독서하는 선비는 비록 윗자리에 있지 않으나 그로 인해 사해는 이미 혜택을 입는다는 것이다. 허생이 과일과 말총의 도고로 번 돈으로 변산반도의 도적을 데리고 섬으로 들어가 아나키한 공동체를 만든 것이나, 나가사키의 흉년을 구제한 것이나, 다시 국내로 돌아와 은 40만 냥으로 빈민을 구제한 것은 모두 '사'의 사회적 존재 이유인 이타성을 발휘한 것일 뿐이다.

연암은 《과농소초(課農小抄)》의 〈제가총론(諸家總論)〉에서 '사의 학문'은 농·공·고(賈, 商)의 이치를 포괄하고 있고, 농·공·상은 반드시 '사'를 기다린 뒤에 이루어진 것이라고 말한다. 곧 농사의 이치를 밝히고, 물화를 유통시키고, 수공업자에게 은택을 끼치는 것은 모두 '사'의 임무라는 것이다.[7] '사'가 농·공·상을 통어하는 존재일 수 있기에 '사'는 제왕이 될 수 있다. 제왕도 본질적으로 '사'에서 출발한 존재다. 앞서 인용한 위 문제(魏文帝) 조비(曹丕)나 초(楚, 위진남북조)의 초대 황제 환현(桓玄) 역시 '사'였다. 허생이 섬을 찾아 거기서 문자를 따로 만들고 의관도 만들어 국가를 세우려 했던 것은 바로 연암의 독특한 사의식(士意識)에서 나온 것이다.

하지만 연암이 창조한 허생은 제왕이 '사'에서 출발했다는 생각을 넘어선다. 허생은 상업을 통해 자금을 모으고 군도를 모아 새로운 사회를 만들었지만 지배하는 군주가 되지 않는다. 이타성을 자신의 본질적 속성으로 삼는 '사'는 개인적 이익을 추구할 수 없다. 어떤 형태로든 개인의 이익을 추구하게 될 경우 이타성을 해치기 때문이다. 허생이 은 1백만 냥을 벌고 다시 빈궁한 독서인의 자리로 돌아온 것은, 자신의 생계를 위한 일조차 할 수 없는 것이 선비의 본질적 성격이기 때문이다. 따라서 연암은 〈예덕선생전(穢德先生傳)〉 서문에서 선비는 구복(口腹), 곧 먹고사는 일로 스스로에게 누를 끼친다면 온갖 행실이 모자라고 이지러진다고 말한다. '사'는 원천적으로 개인의 이익을 추구할 수 없는 존재로 규정되기 때문에 가문과 지체, 조상의 권위를 이용해서 영달하는 것은 정의롭지 않은 일이다. 그는 〈양반전〉 서문에서 "선비란 바로 천작이요, 선비의 마음이 곧 뜻이라네. 그 뜻은 어떠한가? 권세와 잇속을

허생의 섬, 연암의 아나키즘

멀리하여 영달해도 선비 본색 안 떠나고, 곤궁해도 선비 본색 잃지 않네. 이름 절개 닦지 않고, 가문(家門) 지체(地體) 기화 삼아, 조상의 덕만을 판다면, 장사치와 뭐가 다르랴?"[8]라고 말한다.

지식인의 의무와 사회의 책임

* * *

변씨는 몰래 허생의 뒤를 밟았다. 멀리서 보니 허생은 남산 아래로 향하더니 오막살이로 들어가는 것이었다. 어떤 할멈이 우물가에서 빨래를 하고 있었다. 변씨가 물었다.

"저 오막살이는 누구 집인가?"

"허 생원 댁입지요. 가난한 살림에 글만 읽다가 어느 날 아침 문을 나섰는데, 돌아오시지 않은 지 5년이지요. 부인 홀로 떠나신 날 제사를 올린답니다."

변씨는 비로소 객의 성이 '허'라는 것을 알고 탄식하며 집으로 돌아갔다.

다음 날 변씨는 은을 다 가지고 허생을 찾아가 주었다. 허생은 거절했다.

"내가 부자가 되려고 했다면 백만 냥을 버리고 10만 냥을 가져왔겠는가? 내가 이제부터는 그대에 의지하여 살아가고자 하니, 그대는 자주 들러 식구를 헤아려 양식을 보내주고 몸을 헤아려 옷감이나 보내주게. 한평생 이렇게만 하면 족할 것이니, 어찌 재물로 정신을 수고롭게 하겠나."

변씨는 백방으로 허생을 설득했지만 끝내 어쩔 도리가 없었다. 변씨는

허생의 섬, 연암의 아나키즘

이때부터 허생의 살림이 바닥이 날 때가 되면 곧 자신이 직접 가져다주었고, 허생은 흔연히 받았다. 혹 조금이라도 더 가져다주면 달가워하지 않고 "그대는 어찌 나에게 재앙을 가져다주려고 하나?" 하였다. 술을 가지고 가면 더욱 크게 기뻐하며 서로 주거니 받거니 하면서 꼭 취하고 말았다.

卞氏潛踵之, 望見, 客向南山下, 入小屋. 有老嫗, 井上澣. 卞氏問曰: "彼小屋, 誰家?" 嫗曰: "許生員宅. 貧而好讀書. 一朝出門不返者已五年. 獨有妻在, 祭其去日." 卞氏始知客乃姓許, 歎息而歸. 明日, 悉持其銀往遺之. 許生辭曰: "我欲富也, 棄百萬而取十萬乎? 吾從今得君而活矣. 君數視我, 計口送糧, 度身授布, 一生如此足矣. 孰肯以財勞神?" 卞氏說許生百端, 竟不可奈何. 卞氏自是度許生匱乏, 輒身自往遺之, 許生欣然受之. 或有加, 則不悅曰: "君奈何遺我災也?" 以酒往則益大喜, 相與酌至醉.

허생은 지식이 지배의 도구임을 명언하고 스스로 만든 아나키한 사회에서 자신을 배제하였다. 지식인으로 그가 갈 곳은 기존의 사족체제밖에 없다. 허생이 자신이 살던 남산골의 옛집으로 돌아간 것은 그 때문이다. 허생이 집을 떠난 지 5년이 되어 아내는 남편이 죽은 줄 알고 제사를 지내고 있었다. 남편과 아내의 해후에 대해서 연암은 아무 말이 없다. 안타깝지만 여기서도 여성은 배제된다!

변 부자는 허생의 뒤를 밟아 그가 사는 집을 확인하고, 빨래하는 노파에게 물어 그가 허생이고 가난한 서생이라는 것을 알게 된다. 집을 확인한 변 부자는 다음 날 허생이 주었던 은을 모두 가지고 가서 돌려주지만 허생은 받지 않는다. 자신이 10만 냥을 가지려는 마음이 있었다면 1백만 냥을 버리지 않았을 것이다. 앞서 언급했듯 그는 화폐 혹은 재물을 초월한 사람이다. 다만 허생은 변 부자에게서 먹을 것과 입을 것을 도움받기로 한다.

허생의 최소한의 생계는 사회에서 책임져야 할 부분이다. 그는 다른 사람의 생산에 기대어 사는 유한계급이 아니다. 그는 군도에게 자립과 자율이 가능한 사회를 만들어주었고 빈민을 구제하였다. 사회 속에 존재하는 갈등과 비용을 대신 떠맡았으며, 그 때문에 초래될 수도 있는 위험을 제거했다. 허생은 지식인, 곧 연암이 말한 '사'의 본분을 충분히 수행했다. 따라서 사회는 그를 경제적으로 지지할 이유가 충분하다. 변부자가 그에게 양식과 옷감을 공급하는 것은 지식인에 대한 사회적 지지로 보아야 할 것이다. 다만 허생은 그것을 최소한의 수준으로 제한한다. 그는 말한다. "어찌 재물로 정신을 수고롭게 하겠나."

재산을 획득하고자, 확대하고자, 유지하고자 하는 노력은 사람의 영혼을 지치게 한다. 자본주의 아래에서 자본을 확대·축적하기 위한 노력, 유지하기 위한 노력은 삶을 소모한다. 허생에게 필요한 것은 최소한의 음식과 의복이다. 그 외에 더 주는 것이 있으면 자신에게 재앙을 끼치는 것이라고 불쾌해한다. 생명을 유지할 수 있을 만큼만 요구하는 최소한의 경제가 허생의 경제다. 삶의 대부분은 독서와 사색으로 충족된다. 다만 정신의 긴장을 이완시키는 술만은 예외다! 허생의 섬에 사는 농민의 삶 역시 이것을 크게 벗어나지 않을 것이다. 자신이 직접 생산노동에 종사하지 않지만, 이제 허생은 타인의 생명을 구하고 삶을 풍요롭게 함으로써 타인의 도움을 받을 충분한 자격을 얻었다. 연암은 "나는 제비바위 골짝의 일개 한사(寒士)이니, 하루아침에 만 금을 얻어 부가옹(富家翁)이 되는 것이 어찌 본분이겠느냐?"[9]라고 말한 바 있으니, 허생의 형상에는 연암의 실제 모습이 그대로 투영되어 있는 것이다.

허생의 섬, 연암의 아나키즘

독점의 폐해

＊＊＊

몇 해가 지나갔고 정이 날마다 두터워졌다. 하루는 변씨가 조용히 물었다.

"다섯 해 만에 어떻게 백만 냥을 벌었지요?"

"이건 쉽게 알 수 있는 일이오. 조선은 배가 외국과 통하지 않고 수레가 나라 안에 다니지 않기 때문에 온갖 물화가 그 안에서 생산되어 그 안에서 소비되고 있소. 천 금은 작은 재물이라 한 종의 물화를 다 사들일 수 없지만, 열로 쪼개면 백 금이 열 개라, 열 가지 물건을 사들일 수 있다오. 물화가 가벼운 것이라면 쉽게 굴릴 수 있기 때문에 한 가지 물화가 손해를 본다 해도 나머지 아홉 가지 물화에서 이익을 볼 수 있는 법이라오. 이것이 보통 이익을 얻는 길이요, 작은 장사꾼의 방도라오. 하지만 만 금이라면 한 종의 물화를 깡그리 거두어 모을 수 있다오. 그러므로 수레에 실린 것이면 수레 채로, 배에 실린 것이면 배 채로, 고을에 있는 것이면 고을 전체의 것을 사들일 수 있다오. 만약 그물로 쓸어 담듯 모든 물화를 있는 수대로 사들이되, 뭍에서 나는 온갖 것 중 하나를, 물에서 나는 오만

어족 중 하나를, 의원의 온갖 약재 중 하나를 몰래 독점해버린다면, 한 가지 물화가 몰래 감춰져 있는 동안 백 명 장사꾼의 물화가 말라붙게 된다오. 하지만 이것은 백성을 해치는 방법이라, 후세에 관리가 만약 나의 방법을 쓴다면 반드시 그 나라를 병들게 할 것이오."

既數歲, 情好日篤. 嘗從容言: "五歲中, 何以致百萬?" 許生曰: "此易知耳. 朝鮮舟不通外國, 車不行域中, 故百物生于其中, 消于其中. 夫千金, 小財也, 未足以盡物. 然析而十之百金, 十亦足以致十物. 物輕則易轉, 故一貨雖絀, 九貨伸之. 此常利之道, 小人之賈也. 夫萬金足以盡物, 故在車專車, 在船專船, 在邑專邑. 如綱之有罟, 括物而數之. 陸之産萬, 潛停其一; 水之族萬, 潛停其一; 醫之材萬, 潛停其一. 一貨潛藏, 百賈涸. 此, 賊民之道也. 後世有司者, 如有用我道, 必病其國."

변 부자는 허생에게 5년 만에 거금을 벌 수 있었던 방법을 묻는다. 알다시피 그것은 독점이다. 전술한 바와 같이 연암의 시대에 독점 곧 도고는 돈을 벌기 위한 수단으로 널리 알려져 있었다. 다만 허생은 독점이 가능한 이유를 정확히 파악하고 그 규모만 달리했을 뿐이다. 그는 조선이 해외와 무역이 없는 자기 충족적 경제임을 인식하고, 독점으로 돈을 벌 수 있다는 것을 정확히 알았다. 자본이 1천 냥 정도의 작은 규모라면 1백 냥으로 열 종의 물품을 구입한다. 그 가운데 소수가 실패하고 나머지 물품에서 이익을 얻어 전체적으로 이익을 얻는다. 이것이 보통 상인의 방법이다. 하지만 1만 냥 정도라면 국내에서 생산되는 특정한 물종 하나를 완벽하게 독점하여 스스로 가격을 결정할 수 있다. 자기 충족적 경제와 그 경제의 규모를 통찰했기에 가능한 것이다.

다만 허생은 독점이 초래한 폐해를 정확히 알고 있다. 독점은 백성을

허생의 섬, 연암의 아나키즘

해치는 방법(賊民之道)이고, 후세에 유사(有司)가 자신이 쓴 독점의 방법을 사용한다면 반드시 나라를 병들게 할 것이라고 말한다. 유사는 곧 국가 관료다. 하지만 변씨의 예에서 보듯, 꼭 국가 관료로 한정할 필요는 없을 것이다. 연암은 당시 사회에서 제어되지 않는 권력의 집행자로서 국가 관료를 떠올렸을 뿐이다. 제어되지 않는 권력이 필수 재화 또는 공공재를 독점할 경우 그 폐해는 굳이 말할 필요가 없을 것이다. 식량, 주거, 의료, 교육은 독점의 대상이 되거나 상품화할 수 없는 것들이다. 그런데도 오늘날 자본주의는 이 모든 것을 일괄하여 맹렬히 상품화하고 있다.

인위적 노력의 한계

* * *

변씨는 물었다.

"예전에 그대는 어떻게 내가 그대에게 만 금을 내어줄 줄 알고 나를 찾아왔던 거요?"

"꼭 자네만 줄 수 있었던 것은 아닐 걸세. 만 금을 지닐 수 있는 자라면 누구라도 주지 않을 수 없었을 걸세. 나 스스로 나의 재주를 헤아려보건대 백만 금은 충분히 벌 수 있을 것 같았네. 하지만 운명은 하늘에 달린 것이니, 내가 어찌 그게 반드시 이루어진다는 것을 알 수 있었겠나. 그러기에 나를 쓸 수 있는 사람은 복이 있는 사람일 것이고, 반드시 부자를 더욱 부자로 만드는 것은 하늘이 명하는 바이니, 그가 어찌 주지 않을 수 있겠는가. 만 금을 얻어 그의 복에 의지하여 일을 했기 때문에 하는 족족 성공했던 것이요, 만약 내가 사사로이 무언가를 했다면 성공과 실패는 알 수 없었을 터이지."

卞氏曰: "初, 子何以知吾出萬金而來吾求也?" 許生曰: "不必君與我也. 能有萬金者,莫不與也. 吾自料吾才足以致百萬. 然命則在天, 吾何能知之? 故能用我者, 有福者也; 必富益富, 天所命也. 安得不與? 旣得萬金, 憑其福而行, 故動輒有成. 若吾私自與, 則 成敗亦未可知也."

변 부자는 허생에게 1만 냥을 빌려줄 것을 알고 찾아왔느냐고 묻는다. 허생은 꼭 당신만 줄 것이라고 생각하지는 않았다고 답한다. 다른 재산가도 허생에게 1만 냥을 빌려줄 수 있다. 하지만 어떤 사람이 빌려줄지는 알 수 없는 일이다. 또 허생은 스스로 1백만 냥을 벌어들일 능력이 있다고 믿었지만, 그 능력이 실현될 것인지 아닌지는 알 수 없었다. 그것은 자신과는 상관없는 다른 조건, 곧 '하늘'에 달린 것이다. 허생이 1백만 냥을 벌 수 있도록 1만 냥을 빌려주는 사람은 복이 있는 사람일 것이다. 그것은 하늘이 그 사람을 더욱 부유하게 만들어주려는 의도에서 나온 것이다. 그 사람에게 하늘이 복을 준 것이므로 허생 자신은 그 복에 의지하여 성공할 수 있었다. 만약 개인적 욕망을 충족시키기 위해 일했다면 성공은 보장할 수 없었을 것이다. 허생은 재화를 추구하는 인간의 능력은 제한적이라고 말한다. 통제할 수 없는 조건들이 존재한다는 것, 인간의 욕망은 그 조건들을 넘어설 수 없다는 것을 말한다.

북벌이라는 정치 이데올로기

***

변씨는 말했다.

"지금 사대부들은 남한산성(南漢山城)에서의 치욕을 씻고자 하는데, 이 때야말로 뜻있는 선비들이 팔뚝을 걷어붙이고 지혜를 떨칠 때인데, 그대 같이 재주를 가진 사람이 어찌하여 괴롭게 어둠에 묻힌 채 세상을 마치려 하시오?"

"예로부터 어둠에 묻힌 사람이 얼마나 많았겠나. 졸수재(拙修齋) 조성기(趙聖期)는 적국(敵國)에 사신으로 보낼 만한 인물이었지만 포의(布衣)로 늙어 죽었고, 반계거사(磻溪居士) 유형원(柳馨遠)은 군량쯤이야 충분히 이어 댈 만하였으나 바닷가 한구석을 이리저리 돌아다녔다네. 그러니 지금 나라의 정사를 맡아보는 자들을 알 만하지 않은가. 나는 장사를 잘하는 사람이라네. 내가 번 은은 구왕(九王)의 머리를 살 만했지만, 바다에 던져 버리고 온 것은 쓸 곳이 없었기 때문이네."

변씨는 길게 한숨을 내쉬며 돌아갔다.

허생의 섬, 연암의 아나키즘

卞氏曰: "方今士大夫欲雪南漢之恥, 此志士扼腕奮智之秋也. 以子之才, 何自苦沈冥以沒世耶?" 許生曰: "古來沈冥者何限? 趙聖期拙修齋可使敵國, 而老死布褐; 柳馨遠磻溪居士足繼軍食, 而逍遙海曲. 今之謀國政者, 可知已. 吾善賈者也. 其銀足以市九王之頭, 然投之海中而來者, 無所可用故耳." 卞氏喟然太息而去.

변 부자가 묻는다. 지금 사대부들은 남한산성의 치욕, 곧 인조가 청의 태종에게 항복한 치욕을 씻고 원수를 갚고자 하는데, 당신 같은 인재가 왜 초야에 묻혀 사는가? 변 부자는 허생이 조정에 등용되어 능력을 발휘하기를 바란다. 하지만 허생은 조성기(1638~1689)와 유형원(1622~1673) 같은 능력이 있는 사람도 버려졌음을 상기시키고, 자신이 나가사키와의 무역에서 벌어들인 은 역시 구왕, 곧 청 태종의 아홉 번째 동생인 도르곤(多爾袞)의 머리를 살 만한 것이었지만, 쓸 곳이 없어 버리고 왔다고 말한다. 허생은 북벌이 실제 불가능할 것이라고 말하는 셈이다. 변씨와 허생의 대화는 연암 당대 사족체제가 가지고 있는 모순의 핵심처다. 이 문제를 좀 더 정밀하게 읽어보자.

북벌

남한(南漢)은 곧 남한산성이다. 주지하다시피 병자호란 때 청의 공격에 저항하지 못하고 인조는 남한산성으로 피신하였다. 성에 갇혀 변변한 전투 한 번 치르지 못하고 인조는 굶주림 끝에 1637년 1월 30일 성을 나와 삼전도(三田渡)의 차가운 얼음 위에 무릎을 꿇고 청의 태종에게 '삼배구고두(三拜九叩頭)'의 예, 곧 세 번 절하고 아홉 번 머리를 조아리는 예를 올렸다. 문화적으로 저급하다고 여겼던, 조선 전기 내내 신복(臣服)하던 오랑캐 여진족에게 조선의 왕이 치욕적인 항복 의식을 치른 것은 이후 사족들의 트라우마가 되었다. 그 트라우마를 치유하기 위한 대책이 복수, 곧 북벌(北伐)이었다. 패배가 보복의 의지를 불러일으키는 것은 당연한 일이다. 하지만 조선의 복수, 북벌은 그 의미가 단순하지 않았다.

병자호란 직후 명이 농민 반란군 이자성(李自成)에게 멸망하고, 청이 대륙을 차지한 것은 조선의 사족들에게 더할 수 없이 충격적인 사건이 었다. 사족들은 이 사건을 문명의 중심이 야만의 이적(夷狄)에게 유린당한 것으로 판단했다. 더욱이 명이 임진왜란 때 '번방(藩邦)' 조선을 '재조(再造)'한 은혜를 잊을 수 없고 반드시 보은해야 한다는 생각에 사로잡혔다. 하지만 이적의 중원(中原) 유린은 여러 번 있었던 역사다. 송은 금(金, 女眞)에 국토의 절반을 빼앗기고 황제(휘종과 흠종)가 납치당하는 치욕을 겪었으며, 마침내 몽고에 의해 멸망하지 않았던가. 위진남북조(魏晉南北朝) 시대의 북조(北朝)는 이적들이 건설한 국가의 연속이었다. 역사는 중국이 이른바 한족(漢族)의 독점적 공간이 아니라 여러 종족이 번갈아 지배하는 공간이었음을 입증한다. 따라서 청의 대륙 지배는 이적이 중국을 지배한 최초의 사건이 아니라 흔한 역사적 경험의 재현일 뿐이었다.

'진지한 호들갑'쯤으로 이해될 수 있는 북벌론을 사족들이 신념화한 것은 또 다른 계기를 필요로 하였다. 곧 북벌은 주자학의 화이론을 그 이론적 근거로 삼고 있었던 것이다. 주자에 의하면, 이적은 인간이 아니었고, 인간과 금수의 중간에 속하는 존재였다.[10] 주자의 왜곡되고 경직된 이적관(夷狄觀)은 그가 살았던 시공간의 특수성에 기인한다. 주자가 살았던 남송(南宋)은 줄곧 이적인 금(金)에게 시달리고 있었다. 남송은 북송을 이은 왕조였다. 북송은 거란족의 요(遼)와 여진족의 금에 시

　　　　　　　　　　　　　　허생의 섬, 연암의 아나키즘

달렸고, 급기야 황제인 휘종(徽宗)과 흠종(欽宗)이 포로로 잡혀가는 '정강(靖康)의 변(變)'까지 경험하고 망했던 것이다. 흠종의 동생 강왕(康王) 조구(趙構)가 남경으로 달아나 세운 남송 역시 금의 압력을 벗어날 수 없었다. 이 역사적 경험이 주자로 하여금 왜곡되고 경직된 화이론을 만들게 한 근거였다.

화이관이 조선 사족들의 대뇌를 초기부터 지배한 것은 아니었다. 임병양란 이후 주자학에 대한 이해가 심화되면서 곧 주자학의 절대 진리화가 이루어졌고, 사족들은 주자의 화이관을 자연스럽게 내면화하였다. 주자가 경험한 남송과 금의 관계는 명과 청의 관계로 치환되었으니, 화이론도 똑같은 방식으로 작동할 수 있었다. 이런 조건들이 복합적으로 작용하여 북벌이란 구호로 집약될 수 있었던 것이다. 여기에 효종의 개인적 사정도 작용하였다. 북벌에는 청에 인질로 끌려갔던 데 대한 효종 개인의 복수심이 분명히 있었다. 하지만 더욱 중요한 것은 북벌은 소현세자의 죽음으로 인해 차자로 왕위를 계승한 데서 오는 정통성의 약점을 지우려는 방편이었다는 것이다. 또 더 넓은 차원에서는 전쟁을 불러온 사족체제의 무능함과 책임을 지우려는 것이었고, 궁극적으로는 민심의 이반(離反)을 무마하려는 계획의 일환이기도 하였다.

효종은 실제 군사력을 증강하는 일련의 정책을 추진했지만, 그것으로 청과의 전쟁이 가능하지는 않았다. 두 차례의 전쟁으로 조선의 경제가 파탄이 나 군사력의 강화를 결정적으로 방해했다. 더욱이 대륙의 상황은 조선의 생각과 전혀 다른 방향으로 전개되고 있었다. 청은 명처럼 환관에게 정치를 맡긴 부패한 왕조가 아니었다. 청은 강희제 때 삼번(三藩)을 평정하여 전 중국을 통일하였다. 이후 옹정·건륭제로 이어지는 18세기 내내 신강성(新疆省)까지 진출하는 등 중국 역사상 최대의 판도를 개척했다. 영토는 명의 세 배에 이르렀다. 담헌 홍대용과 연암 박지원이 입연했을 때 청은 절정기에 달한 제국의 위세를 누리고 있었던 것이다. 조선의 북벌은 다만 상상 속에서나 가능한 일이 되고 말았다. 조선은 사실상 청 체제에 의한 동아시아의 평화를 누리기 시작했다.

효종의 북벌은 이런 이유로 사실상 실현 불가능한 것이었다. 노론 계열로 전해지는 몇몇 전설(前說)로 북벌이 불가능했던 내밀한 사정을 짐작해보자. 황경원(黃景源, 1709~1787)은 김양행(金亮行)에게 보내는 편지에서 송시열에게 밀지(密旨)로 전했다는 효종의 북벌책을 이렇게 옮긴다.

> 누르하치는 과인(寡人)의 원수다. 과인이 즉위한 이래 군현자제위(郡縣子弟衛)를 설치하여 전술을 가르치고자 하였다. 누르하치 쪽에서 틈을 보이기를 기다려 불시에 군사를 동원해 곧장 관문 밖에 들이닥친다면, 중원의 호걸지사들 중에 소문을 듣고 그림자처럼 따르는 이가 없을 수 있겠는가. 만일 하늘이 10년의 수명을 더 허락하신다면, 과인의 대계(大計)를 이룰 수 있을 것이다. 경은 마땅히 밀모(密謀)의 뜻을 받들어 깊이 도모해야 할 것이다.[11]

이 자료에 의하면 청의 내분에 따른 기습과 중국 한족들의 호응이 효종 북벌책의 핵심이었던 것으로 보인다. 이 아이디어의 실현 가능성은 물론이고 아이디어 자체가 구체화된 적도 없는 것 같다. 황경원은 북벌을 주장하는 모신(謀臣)들의 계획도 효종과 달랐다고 한다. 민정중은 봉황산을 따라 요동으로 들어가야 한다고 주장하고, 이완은 타기도(鼉磯島, 산동성 앞바다의 섬)를 따라 산동(山東)으로 들어가야 한다고 주장했다는 것이다. 좀 더 구체적으로 말하자면, 누르하치가 심양에 배치한 갑

허생의 섬, 연암의 아나키즘

군은 1천 명을 넘지 않고 영원(永遠)은 40명을 넘지 않으므로 1만 명의 군사로 관외(關外)를 공격하면 요동과 광녕(廣寧)을 평정할 수 있다는 것이 민정중의 주장이었고, 10만 군사를 양성해 바다를 건너 등주(登州)를 습격한다면 성공할 것이라는 게 이완의 주장이었다. 당시 청의 군사력을 생각하건대, 이들의 판단이 객관적·현실적이었을 것 같지는 않다. 황경원이 북벌의 실패를 이들의 의견 대립에서 찾고 있다는 것은 주목할 부분이다. 곧 황경원은 효종이 절박하게 군사를 양성하는 데 힘썼지만, 이들의 의견 대립으로 인해 끝내 대계를 이룰 수 없었다고 말한다.[12] 이것으로 유추하건대, 효종과 그에 동조한 북벌론자들은 구체적인 북벌책에 대해 의견의 일치를 보지 못하고 있었던 것이다. 이것은 북벌이 강한 구호로만 존재하고 그 실천적 구체성을 결여하고 있었음을 의미할 것이다.

또 다른 자료 하나를 검토해보자. 1654년(효종 5) 청이 송화강 일대까지 진출한 러시아를 정벌하기 위해(흔히 '나선정벌羅禪征伐'로 일컬어진다) 한거원(韓巨源)을 사신으로 파견하여 조선의 조총군(鳥銃軍) 1백 명의 선발을 요구했을 때다. 청의 사신이 군사를 요청하기 위해 온다는 소문만 들었을 뿐 정확한 내막을 모르고 있던 민정중은 송준길(宋浚吉)에게 편지를 보내어 이 기회를 살려 청과 각립하자는 의견을 낸다. 민정중은 먼저 청의 세력이 날로 쇠퇴하고 있는 것이 분명하다고 지적한다. 그 증거로 수년 이래 달이 세 차례 묘성(昴星)을 범한 천문 현상과 청 내부의 권력투쟁, 명군(明軍)이 세 차례 산서(山西) 지방을 수복한 것을 꼽았다. 이어 '중국은 반드시 펼쳐지는 이치가 있고, 오랑캐는 백 년이 가는 운명이 없다'는 말을 인용하고 '오랑캐가 망하고 중국이 회복되는 운수'가 도래했다고 주장한다. 일방적 희망이지만, 여기에 근거해 그는 청의 사신이 온 것을, 청이 중국에서 철수하려는 계획의 일환으로 판단했다.

청이 중국에서 철수하고 명 체제가 복구된다면, 명은 반드시 조선이 청에 복종한 죄를 물을 것이다. 민정중은 이것이 매우 두려운 일이 될 것이라고 판단했다.[13] 대비책이 없을 수 없다. 그는 이렇게 제안한다.

> 오늘을 위한 계책은, 빨리 청병(請兵)하는 것을 꼬투리로 삼아 정예병을 널리 선발하고, 믿을 수 있는 장수를 보내어 요동의 옛 국경에 주둔하게 하고, 한편으로는 국내의 백성을 크게 동원하여 의주를 지키게 하여 성세(聲勢)를 펼쳐 보이는 것입니다.
>
> 아울러 급히 사신 한 사람을 보내어 천조(天朝, 明)에 표문을 올려 우리의 본심을 펼쳐 보이고, 군사를 동원할 시기를 요청한 뒤 전후로 협공해 참수하거나 사로잡으면, 오랑캐의 운명은 마땅히 우리의 손에 있을 것입니다.[14]

민정중은 당대 최고의 벌열이었다. 그는 뒷날 좌의정이, 그의 아들 민진장(閔鎭長)은 우의정이, 동생 민유중(閔維重)의 딸이 인현왕후가 되었으니, 그의 집안이야말로 당시 조정의 의사 결정 과정을 지배하는 실세였던 것이다. 당연히 북벌과도 관련이 없을 수 없었으니, 그의 생각을 통해 북벌을 추진한 세력의 정세 판단 능력을 측정할 수 있을 것이다. 인용문에서 확인할 수 있듯, 그는 청이 빨리 무너지기를 바라는 일방적 희망에 근거하여, 청의 사신이 어떤 목적으로 오는지에 대한 정확한 정보 없이, 한거원이 오는 것은 청이 중국에서 철수하려는 의도를 갖고 있다고 판단했고, 이 판단에 근거해 조선의 군사를 동원해 요동을 차지하고 의주를 지키게 할 것이며, 한편으로 명의 잔존 세력에게 사신을 보내자고 제안했다. 이 경우 청을 멸망시킬 수 있다는 것이다.

허생의 섬, 연암의 아나키즘

송준길에게 보낸 이 편지의 말미에 아주 짧은 편지가 덧붙여져 있는데, 내용은 한거원이 온 것은 '영고탑(寧古塔)의 반란을 일으킨 종족을 협공'하기 위한 것이었으므로 자신의 주장을 거두어들인다는 것이다. 청의 사신에 대한 민정중의 반응은 여러모로 흥미롭다. 무엇보다 오랑캐인 청이 곧 망할 것이라는 일방적 희망, 청과 대륙의 정세에 대한 객관적 정보의 수집과 그것에 의한 냉정한 판단의 결여, 명에 대한 의리, 명이 조선의 배신을 문책할 것이라는 예측과 그에 대한 공포 등이 그를 지배하고 있었던 것이다. 어쨌든 그는 한거원의 파견을 청이 쇠락하는 전조로 판단했고, 그 판단에 기반을 두고 명과 협력하여 청을 공격할 것을 주장했지만, 보다시피 그것은 전혀 현실적인 계책일 수 없었다.

민정중의 오판에서 북벌을 주장한 지배 세력의 정세 판단 능력이 낮은 수준이었음을 읽을 수 있을 것이다. 하지만 두 차례의 전쟁 이후 피폐한 경제로 북벌이 불가능하다는 인식 역시 폭넓게 형성되어 있었다. 효종은 뒷날 북벌의 아이콘이 되는 송시열과 미묘한 관계에 있었다. 그는 민생 파탄을 근거로 북벌을 비판하는 송시열을 도리어 북벌의 파트너로 중용하였다. 송시열은 효종의 북벌에 동의했지만, 그 불가능성을 예민하게 의식했던 사람이다. 그는 강경하게 복수를 말했지만, 언젠가 있을 복수 혹은 청과의 각립을 위해, 먼저 효종에게 유가(儒家)의 도덕률에 입각해 통치하는 왕이 되어줄 것을 요구했을 뿐이다. 북벌에 대한 구체적인 방략의 모색은 없었다. 그의 북벌론은 기약 없는 준비론일 뿐이었다.

하지만 일단 효종이 북벌을 추진했다는 사실 자체는 북벌을 부정할 수 없는 담론으로 만들었다. 서인-노론의 영수인 송시열이 효종의 북벌책의 파트너였다는 사실로 인해 뒷날 북벌은 노론의 전유물이 되었지만, 현종과 숙종을 거치는 동안 북벌은 모든 당파가 공유하는 바이기도 하였다. 예컨대 1674년 오삼계(吳三桂)의 난이 일어났다는 소식을 듣고 〈대의소(大義疏)〉를 올려 청에 대한 복수를 주장한 윤휴(尹鑴)는 그 이듬해인 1675년(숙종 원년) 출사(出仕)하는데, 1680년 경신대출척으로 실각할 때까지 그가 끊임없이 추진한 것은 바로 북벌의 실현과 관계된 정책이었다. 곧 병권을 총괄하는 도체찰부(都體察府)를 설치하고 병거(兵車)와 화차(火車)를 제작했던 것이다.

윤휴처럼 송시열과 대립한 남인 이현일(李玄逸, 1627~1704)은 자신의 저작과 왕에게 올린 문서 가운데서 복수설치(復讐雪恥)와 중화를 높이고 구융(寇戎, 淸)을 물리치는 것에 관계된 글을 선발해 《존주록(尊周錄)》이란 이름으로 책을 엮었다.[15] 이현일의 아들 이재(李栽, 1657~1730)는 〈북벌의(北伐議)〉에서 오삼계·정지사(鄭之舍)·손연령(孫延齡)처럼 큰 세력을 가진 반청복명(反淸復明)이 몰락한 뒤 허약한 조선의 입장에서 북벌을 추진하는 것은 헛된 명분으로 화를 입는 것이라는 비판[16]에 대해, 천하의 일은 그 일의 정당성을 보아야 할 뿐 세력의 대소, 강약을 따져서는 안 되는 법이라고 반박했다.[17] 그의 북벌론의 핵심은 준비론이었다. 정치적 과업의 완급을 따지고, 유능한 인재를 등용하고, 당파의 사적 이익을 폐기하고, 군사를 훈련시키고 군량을 쌓아 천하에 변고가 있을 때를 기다리다가 군사를 일으켜 청을 친다는 것, 그 결과 성공하면 천하에 할 말이 있는 것이고, 성공하지 못한다 하더라도 군신의 의리, 곧 명과 조선의 의리에 부끄럽지 않다는 것이었다.[18]

숙종 시절 남인과 서인의 격렬한 권력투쟁의 결과 남인이 제거되자 북벌은 서인의 정치 이데올로기가 되었다. 이어 서인이 노론과 소론으로 분리되면서 송시열의 적통을 자처하는 노론은 북벌을 정치 이데올

허생의 섬, 연암의 아나키즘

로기로 삼기 시작했다. 예컨대 송시열-권상하(權尙夏)를 이어 노론의 정통을 자부하던 한원진(韓元震, 1682~1751)의 주장에서 정치 이데올로기가 된 북벌론의 성격을 짐작할 수 있을 것이다. 한원진은 1726년에 쓴 글에서 일본과 청은 모두 나라의 원수지만 효종이 굳이 청에 복수하고자 했던 것은, 전자는 한 나라의 사적인 원수를 갚는 것이고 후자는 천하의 대의(大義)를 위한 것이었기 때문이라고 말한다.[19] 그가 1724년에 쓴 글에서는 효종의 북벌은 천하의 대의를 위한 것이었으나 당시 워낙 비밀리에 추진되어서 후인은 알 수가 없다고 한 다음, 북벌을 실현할 수 있는 자신만의 계획을 제시했다. 그 계획이란 의주에서 산해관(山海關)을 거쳐 북경에 이르는 광대한 평원에서 조선의 보병이 청의 기병과 싸워 이길 수 없으므로, 병사가 몸을 숨길 수 있는 병거(兵車)를 제작하여 북경으로 진격하여 청의 군대를 묶어두면, 그사이에 수군이 바다를 건너 북경을 함락시킬 수 있다는 것이었다.[20]

적어도 여기까지는 한원진의 생각도 남인 윤휴나 이현일, 이재와 다를 바 없다. 하지만 1732년에 쓴 글에서 북벌은 반대 당파를 비판하는 근거가 된다. 그는 소론 임영(林泳, 1649~1696)의 《창계집(滄溪集)》〈독서차록(讀書箚錄)〉 가운데 《맹자》〈양혜왕장구(梁惠王章句)〉의 해석을 문제 삼았다. 임영은 맹자가 왕을 참칭(僭稱)한 혜왕을 만난 것은 원칙상 있을 수 없는 일이지만, 한편으로는 성현이 시의(時義)를 따른 뜻에 부합하는 것이기도 하다고 지적하였다. 임영은 여기서 좀 더 나아가 조선의 시의는 문왕이 기(岐)를 다스릴 때를 준적(準的, 기준)으로 삼아, 집안에서부터 국가에 이르기까지 인덕(仁德)을 닦고 실천해서 천하에 왕정을 펼쳐야 한다고 주장했다. 만약 이런 일에 힘쓰지 않고 앉아서 대의만 말한다면 공언에 불과하다는 것이었다. 임영의 주장은 청을 섬길 수밖에 없는 현실을 인정하되, 정치의 개혁과 실천을 선행해야만 한다는 것으로, 북벌 공언을 은근히 비판하고 있었다.[21]

임영의 글은 청의 지배를 객관적 현실로 인정하면서 유가의 이상 정치의 구현에 힘쓰자는 제안이었다. 그의 주장 역시 화이론과 북벌을 근저에서 부정하는 것은 물론 아니었을 터이다. 하지만 한원진은 임영의 견해를 맹렬히 비난했다.

맹자의 시대에는 주(周)의 천명이 이미 떠나갔기에 당시 중국의 임금 가운데 왕정(王政)을 실천할 수 있는 사람이 있으면 모두 훌륭한 왕이 될 수 있었다. 이것이 맹자가 제(齊)와 양(梁)의 임금을 만나서 왕도(王道)를 권한 까닭이다. 하지만 이적(夷狄)의 경우 중화와 이적의 구분이 본래 자른 듯하고, 또 중국에서 왕을 참칭하는 경우와도 같지 않으니, 이적의 도를 중국에 적용할 수 없음은 본디 중국의 천명이 바뀌고 바뀌지 않는 것과는 아무런 관계가 없다. 그러므로 맹자는 이적을 토벌한 것을 맹수를 몰아내고 홍수를 다스린 것과 동일하게 여겼던 것이고, 또 진상(陳相)이 이적에 의해 변화된 것을 통렬히 배척하였던 것이다. 따라서 맹자가 비록 제와 양의 임금을 만나기는 했지만, 어찌 기꺼이 이적의 군장(君將)을 만나 왕도를 실천할 것을 권했겠는가?

태왕(太王)과 문왕이 이적을 섬긴 것은, 단지 피폐(皮幣)와 주옥(珠玉)을 뇌물로 주면서 침략하는 환난을 막으려 한 것일 뿐이니, 후세의 신하를 칭하고 공물을 바치던 것과 어찌 같을 수 있단 말인가. 또한 설사 훈육(獯鬻)과 곤이가 중화를 집어삼켜 멸망시키고 천자를 폐하고 스스로 천자가 되었다 하더라도 태왕과 문왕이 또 어찌 그를 섬기고 물리치지 않았을 것인가. 이런 논의들은 정말 관면(冠冕)을 부수고 찢는 짓이다. 경학을 자처하면서 도리어 그것을 당연한 것으로 여기고는 세상에 대놓고 외쳐 풍기를 오염시키고 있으니,

허생의 섬, 연암의 아나키즘

의리가 날로 어두워진다. 또한 우리 동방이 장차 이적에 빠져들려고 그런 것인가.[22]

한원진은《맹자》〈등문공장(滕文公章)〉을 인용한다. 맹자는 초나라 사람 진량(陳良)의 제자 진상(陳相)이 농가(農家) 허행(許行)에게서 배운 일을 두고 스승을 배반한 것이고, 또 이적에 의해 변화되었다고 비난한 바 있다. 한원진은 맹자의 발언인 "중화의 가르침으로 이적을 변화시켰다는 것은 들은 적이 있지만, 이적에 의해 변화되었다는 것은 듣지 못했다."[23]를 인용한다. 이에 의하면 중화와 이적은 불가역적 위계 관계다. 또한《맹자》의 "옛날 우(禹)가 홍수를 다스리자 천하가 평탄해졌고 주공(周公)이 이적을 토벌하고 맹수를 내쫓자 백성이 편안해졌다."[24]는 부분도 인용한다. 이적은 맹수 곧 짐승과 동일한 존재다.

임영의 주장은 화이론과 북벌론 내부에서도 수용 가능한 것이었다. 따라서 한원진의 비판은 논리에 대한 비판이라기보다는 반대 정파에 대한 비난에 가깝다. 그가 위의 인용에 이어서 소론을 공격하는 것이 그 증거다.

남구만(南九萬)의 문집에는 오랑캐(虜人, 淸)를 일컬으면 반드시 '청국(淸國)'이니 '황제(皇帝)'니 하였고 차마 '오랑캐(虜)'라고 배척해 말하지 못하였다.

임인년(1722) 강희(康熙)가 죽었을 때 조태억(趙泰億)의 무리는 노주(虜主)를 위해 성복(成服)하면서 공부(公府)의 돈과 재물을 가져다 쓰고는 그 장부에 '강희 황제 성복 때 사용한 것(康熙皇帝成服時用下)'이라고 썼다. 을사년에 대관(臺官)이 논계(論啓)했지만, 상께서 군상(君上)을 핍박한다 하여 그 일을 멈추게 하였다. 주자는 일찍이 오랑캐를 일컬어 '금국(金國)'이라 부른 적이 없었고, '금(金)'을 일컬을 때는 반드시 '금로(金虜)'라고 하였다. 또 황제란 칭호를 더한 적도 없었다.

우암(尤庵, 송시열)은 유시남(俞市南, 유계)에게 보내는 편지에서 '병필(秉筆)' 한 일을 논하여 "'청인(淸人)'이라 고쳐 쓴 곳은 더욱 타당하지 않습니다. 대행왕(大行王, 孝宗)께서는 반드시 '오랑캐(虜)'라고 일컬었지 '청(淸)'이라 일컬은 적이 없습니다. 그런데 지금 도리어 이와 같으니, 감히 하지 못하는 바가 있고, 차마 하지 못하는 바가 있습니다."라고 하였다.

대행은 곧 효묘(孝廟)다. 남구만 무리가 이것을 알지 못하는 것이 아닌데도 반드시 저와 같이 했던 것은, 대개 주자의 가르침과 성조(聖祖, 효종)의 일을 본받을 수 없다고 생각했기 때문이다. 소인이 거리끼는 것이 없음을 또한 여기서 볼 수 있다. 주자는 단지 〈주봉사행장(朱奉事行狀)〉에서 '충대금군전통문사(充大金軍前通問使)'라고 썼는데, 이것은 봉사의 관함(官銜)이었기 때문에 그렇게 쓴 것이지, 스스로 그렇게 일컬었던 것은 아니다.[25]

남구만과 조태억은 모두 소론이다. 이들이 청과 관계된 글에서 '오랑캐'라고 쓰지 못하고 '청', '황제'라고 썼다는 것이다. 송시열이 유계(俞棨)에게 보낸 편지에서 문제 삼은 것 역시 같은 맥락이다. '병필(秉筆)', 곧 붓을 잡는다는 것은 효종과 관련된 어떤 글을 유계가 쓰게 된 것을 지적하는 듯한데, 송시열은 그 글에서 유계가 '오랑캐'라 쓰지 않고 '청인'이라고 고쳐 쓴 것을 문제 삼았던 것이다.[26]

남구만과 조태억이 '청', '황제'라고 표기한 것, 혹은 유계가 '오랑캐'라고 쓰지 않고 '청인'이라고 쓴 것이 그들이 화이론을 근저에서 부정하거나 효종의 유지를 무시한 것이라는 비판은 과도하다는 지적을 피할 수 없을 것이다. 같은 당파인 유계에 대한 송시열의 언급이 매우 조

허생의 섬, 연암의 아나키즘

심스럽다는 것, 또 한원진의 비판이 유계에 닿지 않고 있다는 것이 그 증거다. 요컨대 한원진은 당파적 입장에서 반대파를 화이론과 북벌을 근거로 하여 비난하고 있는 것이다.

이처럼 숙종조의 격렬한 당쟁을 통과하면서 북벌은 지배 당파의 정치 이데올로기가 되었다. 청에 대한 증오심, 현실로 존재하는 청 제국을 오로지 오랑캐로 보는 경직된 생각, 조선을 명을 대신한 중화 문명의 계승자로 보는 왜곡된 소중화주의는 모두 그 이데올로기에서 파생된 담론이었던 것이다. 이 담론들은 전술한 한원진의 예에서 보듯, 영조조 이후 정치적 반대파를 비난하고 탄압하는 노론의 정치적 수단이 되었다.

문제는 이것으로 끝난 것이 아니었다. 북벌과 화이론은 비판이 불가능한 담론으로서 연암의 시대, 곧 연암이 입연할 당시인 18세기 후반까지도 지식인들의 사고를 제한하고 있었다는 것이다. 연암의 가장 가까운 동지인 홍대용은 화이론을 비판한 사상가로 알려져 있지만, 그 사상적 전변은 생애 말년에 일어난 것이고, 1765~1766년 북경 여행을 할 때까지, 아니 그 이후에도 한참 동안 그는 멸망한 명을 중화 문명의 중심으로 보고, 중국이 오랑캐 청에 의해 오염되었다는 생각을 버리지 않고 있었다. 아울러 조선이야말로 중국의 한족이 오랑캐의 복식을 따른 것과는 달리 선왕(先王)의 복식을 지키고 있다고 자부하였다. 그는 중국 여행 중 청의 조정에 벼슬하는 한족 관료와 과거에 응시한 한족 지식인들과의 대화를 통해 그들의 명조에 대한 충성심과 청조에 대한 비판 의식을 확인하고자 하였으니, 병자호란 뒤 130년이 경과했지만 서울의 지식인들은 여전히 북벌과 화이론, 소중화론에서 벗어나지 못하고 있었던 것이다. 또한 북벌과 화이론, 소중화론이 정치 이데올로기로만 작동했던 것은 아니다. 이 담론들은 주자학에 대한 비판적 논의를 억압했고, 그 결과 사족체제의 모순에 대한 개혁적·개량적 시각도 모두 질식시켰다. 이것이 연암이 《열하일기》를 쓸 때의 상황이었다. 이 상황에 근거하여 연암은 변 부자의 입을 빌려 북벌과 그것의 실현 불가능성에 대해 언급했던 것이다.

다시 작품으로 돌아가자. 먼저 변 부자에 대해 조금 더 언급해보자. 변 부자는 상인인데 왜 북벌을 운위하는가? 중국에 드나들 수 있는 역관은 중국에 관한 정보를 가장 많이 갖고 있는 집단이었다. 예컨대 만약 북벌이 실제 이루어진다면 역관은 그들의 경험과 지식에 근거해 정보를 제공해야만 할 것이다. 이런 차원에서 역관과 북벌은 관계가 없을 수 없다. 그들은 조정의 권력 집단과 결탁하지 않을 수 없었다. 예컨대 1882년 임오군란(壬午軍亂)이 일어나자 흥선대원군은 일시 권력을 잡고 역관들의 집을 불태워버린다. 권력을 쥐고 있을 당시 정치자금을 적극 제공하던 역관들이 자신이 실각하자 도움의 손길을 끊어버린 데 대한 보복이었다. 이처럼 역관들은 당대 집권층과 결탁하고 있었고, 그들의 정책을 지지하는 입장이었다. 변 부자 역시 역관이자 상인으로서 북벌에 필요한 자금을 마련하는 역할을 맡았을 것이라고 상상할 수 있다. 이 대목 바로 뒤에 나오는 것이지만, 변씨가 효종이 가장 신임하던 이완 대장과 아주 가까운 사이인 것도 그 때문일 것이다.

조성기와 유형원

변 부자가 당신 같은 유능한 인재가 초야에 묻혀 있을 수 없다고 하자, 허생은 자신만이 아니라 조성기와 유형원과 같은 인물도 결국 등용되지 못하고 버려졌다고 대꾸한다. 허생은 이 사례에서 "지금 나라의 정사를 맡아보는 자들을 알 만하지 않은가(今之謀國政者, 可知已).'라고 말한다. 현재 국가권력을 장악하고 있는 자들은 결코 북벌을 가능하게 할 능력을 가진 인재를 등용하지 않을 것이다. 앞서 인용한 이재의 〈북벌의〉에서 확인할 수 있듯, 앞으로 있을 북벌을 위해 '유능한 인재를 등용하고, 당파의 사적 이익을 폐기하자'는 원론적 제안에는 동의하지 않을 수 없었지만, 현실에서 벌어지는 권력투쟁의 소용돌이 속에서 당파를 초월해 유능한 인물을 등용하거나 당파의 사적 이익을 포기할 가능성은 전혀 없었다. 여러 번 지적한 바와 같이 사족 집단의 권력투쟁은 전쟁으로 인한 체제의 불안조차도 염두에 두지 않았다. 임진왜란과 병자호란이란 미증유의 전쟁 중에도 권력투쟁은 여전했다. 병자호란 이후 청과의 관계가 안정되자 정쟁은 더욱 격화했다. 당쟁의 절정기였던 숙종 대에 이르면 정국을 바꾸기 위해 음모를 꾸미는 것이 다반사가 되었다.

17세기 중반 이후부터 본격적으로 성립한 친족제도인 단계적(單系的) 부계친족제(父系親族制) 역시 당쟁의 격화에 일조하였다. 이 제도에 의한 거대한 가문의 출현은, 유력한 한 인물이 당쟁으로 실각할 경우 한 가문 전체의 관로(官路)가 봉쇄됨을 의미했다. 이미 언급했듯 17세기 중반 이후 당쟁은 지방의 사족, 특히 경상도의 사족을 중앙의 관계(官界)에서 완전히 배제하고(강원도와 전라도는 이전에 이미 배제되었다), 서울과 경기도, 충청도의 사족들 중 배제할 대상을 선별하는 과정이었다. 결국 연암이 살았던 18세기 말이면 관료로 출세할 수 있는 집단은 경화세족 중 소수 가문에 지나지 않았다. 북벌이란 '대의'를 중심으로 사족이 집합하고 알려지지 않은 인재를 관계(官界)로 불러들인다는 것은 그야말로 빈말에 지나지 않았던 것이다.

허생이 예시한 졸수재 조성기와 반계 유형원은 대단한 능력을 보여 주었는데도 등용될 수 없었다. 조성기의 집안은 당시 유수한 경화세족 가문이었다. 그의 큰형 조원기(趙遠期)는 영의정 이경석(李景奭)의 딸과, 둘째 형 조현기(趙顯期)는 병조판서 김좌명(金佐明)의 딸과 결혼했다. 그는 당대 최고의 학자였던 임영(林泳)·김창협(金昌協)·김창흡(金昌翕)과 종유했고 그들에게서 굉박하고 정심한 학문의 소유자로 인정을 받았다. 그는 벼슬하지 않은 포의(布衣)로《숙종실록》에 학문적 역량을 높이 평가하는 내용의 졸기가 실릴 정도였으니 학자로서 대단한 성취를 이루었던 것이다. 그는 명문가 출신이고 또 그와 종유한 김창협 형제는 노론의 본류였다. 그의 학식과 출신 성분으로 보아 그가 관직으로 진출하지 못할 이유는 없었다. 무엇이 문제였던가. 그의 생애에 관한 기록은 모두 그가 젊어서 무거운 병에 걸렸다고 말하고 있다. 그는 꼽추로 알려져 있다. 장애인은 근군(近君)하는 신하가 될 수 없었으니, 그로 인해 그의 능력은 알려졌으나 쓰일 수 없었던 것이다.

조성기는 임영에게 보내는 편지에서 자신의 학문에 대해 이렇게 말한다.

제가 저술하고자 하는 바는 음양조화(陰陽造花)·천지인물·이도성명(理道性命)의 심오한 내용과 우리 유자들이 학문하는 문로(門路)와 공정(功程) 그리고 이단백가(異端百家)의 사(邪)·정(正), 허(虛)·실(實), 동(同)·이(異)를 가려 따지는 것을 남김없이 포괄하는 것입니다.

예악(禮樂)·형정(刑政)과 나라를 다스리는 데 필요한 허다한 제도와 문물은, 또 위로는 당우(唐虞, 堯·舜) 삼대(三代)에서부터 아래로는 황명(皇明)에 이르기까지 수천 년간의 것들을 모두 무르녹도록 이해하고 널리 살펴보고서

손익(損益)을 절충했지요.

그 가운데 혹 삼대에서 유래한 법이라 하더라도 후세에 낱낱이 따르기 어려운 것이 있으면 변통했으니, 그 뜻을 따르고 그 묵은 자취를 생략한 것입니다. 또 혹 한(漢)·당(唐)·송(宋)에서 유래한 것으로 좁은 소견에 갇히고 자잘한 이익을 노린 것은 비록 비루하게 여길 만하지만, 그래도 죄다 폐기하기 어려운 것들은 고쳐서 펼치고 넓혀 키워 그 치우친 것을 버리고 빠진 것을 메웠으니, 삼대 이후 후인들이 빼먹은 것을 보충하여 한 제왕의 제도를 마련해 천하 만세에 무언가 도움이 되기를 바란 것이었지요.

제가 편지에서 논하고자 한 저술의 규모는 대략 이런 것이었고, 그 책의 전체적 체제와 주제는 천(天)·인(人)을 합일하고 고·금의 관통하는 그 한 가지 일을 우선으로 여깁니다.

사업과 제도로서 쉽게 드러나는 것부터 말하자면, 비록 경영·포치와 허다한 제작이 본디 사람의 창조에서 나온 것이라 하더라도, 그 범위와 방법은 실로 천지의 본모습과 조화의 올바른 이치에 근본을 둔 것입니다. 묘하게 운용하는 것을 때에 따라 적의하고 인정에 맞게 하는 데 힘써 반드시 이 말세에 시행될 수 있게 하면, 그 원칙과 적용은 삼대 선왕의 법도에 조금도 어긋나지 않을 것입니다.

법을 세우고 예의 질서를 만들고 원칙과 세목을 갖추는 것은 기명(器名)·도수(度數) 따위의 말단적인 것에 구속당하는 것처럼 보이겠지만, 그 근원을 끝까지 따지고 처음과 끝을 꿰뚫어 통제하고 운용하는 묘리는, 실로 한 이치의 유행을 벗어나지 않으니, 후세의 일을 논하는 자들로 하여금 반드시 이 이치에서 벗어나지 않게 해야 할 것입니다.

사람을 말하는 자 늘 하늘에 근본을 두는 법이고, 시무(時務)를 따지는 자 옛 도리를 반드시 시행할 수 있다고 여기지요. 하지만 옛날의 바른 도리를 높이 평가하는 자는 또 반드시 후세의 사의(事宜)를 꿰뚫어 알아야 할 것이니, 천하의 모든 공명(功名)을 이루고자 하는 영웅·준걸의 입을 막고 기운을 빼앗은 다음, 경생(經生)·학사(學士)가 세도(世道)와 생령(生靈)에게 큰 이익이 있음을 알게 해야 할 것입니다.

고금의 이치와 일의 만 가지 변화를 파악하고, 천지의 대용(大用)을 적절하게 도와서 이루는 것이 이처럼 광대·심원하고, 처음부터 우활하여 시행하기 어려운 폐단이 털끝만큼도 없으니, 후세의 어진 임금과 훌륭하게 보필하는 신하로서 태평한 세상을 이루는 정치를 원하는 사람이 여기서 의거할 준칙을 얻어 천하에 시행할 것을 바랄 수 있겠지요.

이처럼 일의 체모가 무겁고 크니 얼마나 넓게 공부해야 하고, 얼마나 그 규모를 크게 갖추어야 하며, 문리는 또 얼마나 치밀하게 살펴야 하겠습니까. 이것이 한때의 부실한 공부로 손이나 댈 수 있겠는지요. 더욱이 저는 병이 깊이 든 몸이라 붓을 쥐고 몇 줄의 편지도 서너 번 쉬고서야 겨우 끝을 맺습니다. 매일 예닐곱 장의 글을 보고서도 오히려 기운이 처져 버티기가 어려우니, 뜻을 굳게 갖고 생각을 깊이 하여 이런 책을 저술하는 공역을 일삼을 수가 있겠습니까?[27]

조성기의 문집《졸수재집(拙修齋集)》은 거의 편지로 채워져 있고 구체적 문제에 대한 저술이 남아 있지는 않지만, 그것은 단지 현재 남은 자료가 그렇다는 것일 뿐, 그의 학문은 실로 굉박했다는 것을 위의 인용문을 통해서 짐작할 수 있을 것이다. 역시 임영에게 보내는 편지에서는 이렇게 말한다.

오늘날 천시(天時)와 인사(人事)의 온갖 상황이 참으로 걱정스럽고, 국계(國

허생의 섬, 연암의 아나키즘

計)와 민력(民力)은 남김없이 고갈되어 있습니다. 나라의 재정이 고갈된 화액(禍厄)과 뭇 폐단이 불어나는 것은 날이 갈수록 심해지고 있습니다. 만약 몇 해만 늦춘다면 다시는 손을 쓸 수조차 없을 것입니다.

게다가 근래 조정의 논의는 더욱더 허물어지고 붕당(朋黨)을 짓는 풍조가 크게 일어나, 송시열·윤증(尹拯) 두 집안의 문생(門生)과 자제 들이 서로 허물을 들추어내고 공격하면서 반드시 혈전에서 이기고자 하고 있습니다. 그 결과 나랏일은 아주 잊어버리고, 국체(國體)가 날로 무너지고, 인재는 날로 상실되고, 풍속은 날로 망가지고, 근거 없는 논의는 날로 일어나고, 실사(實事)는 날로 손상되게 만들고 있습니다. 어느 쪽이 이기고 어느 쪽이 지는 것이 끝내 어떻게 될지 모르지만, 이런 상황으로 짐작하건대, 당당하고 거룩한 조정이 이 무리에게 파괴되고야 말 것입니다.

이와 같은 때에 만약 조금이나마 근심하고 사랑하는 마음이 있다면, 비록 평소 나라의 은혜를 입어 자신이 논사(論思)하는 자리에 있는 자가 아니라 하더라도 또한 가슴 가득한 한 말의 피를 쏟아, 만에 하나라도 있을 걱정거리를 토해내어야 할 것입니다. 먼저 나라의 대체(大體)와 백성을 위한 큰 계책을 말하고, 다음으로 당론의 시말과 사의(私意)의 근거를 말하여, 성상께서 오늘날 정령(政令)을 펼치는 일과 1년의 회계장부를 작성하고 보고하는 일 외에 이른바 장구하고 안정된 다스림과 위기를 해결하는 계책이 있다는 것과, 오늘날 조정 신료들이 다투는 시비 외에 공적인 시시비비와 대중지정(大中至正)한 논의가 있다는 것을 아시게 해야 할 것입니다.

정사를 다스릴 때에는 반드시 시기와 일의 성격에 따라 혹은 늦추어주기도 하고 혹은 긴장시키기도 하되, 또 반드시 본·말과 체(體)·요(要)의 소재처를 깊이 살펴야 할 것입니다. 민력(民力)을 기르는 문제라면, 반드시 수입을 헤아려 지출하고, 위의 것을 덜어 아래에 보태어주고, 세금을 줄여 백성을 살리는 데 요점이 있는 법이니, 오히려 한 사람이라도 제자리를 잃을까, 한 가지 일이라도 혹시 빠질까, 한 시각이라도 늦추어질까 걱정하여, 반드시 백성과 임금이 모두 넉넉해지는 것을 급무로 삼아야 할 것입니다.

유능한 인재를 구하려면 반드시 문지(門地)를 따지지도 말고, 색목에 구애되지도 말고, 천거하고 발탁하고 끌어오는 문로를 넓히고 열어야 할 것입니다. 오직 유능한가 재능이 있는가만 살피되, 힘써야 할 바는 그 사람이 그 직임에 맞는가, 그 일을 감당할 만한가에 있습니다. 작은 악(惡)으로 큰 선(善)을 폐기해서도 안 될 것이고, 여러 단점을 가지고 하나의 장점을 폐기해서도 안 될 것입니다. 먼저 그 대절(大節)을 취하고 또한 그 작은 행실을 찾아야 할 것입니다. 큰 인재에게는 반드시 높은 자리를, 작은 인재에게는 반드시 작은 임무를 맡겨야 할 것입니다. 털끝만 한 장점이라도 저 사람이 이 사람보다 낫다면, 헛된 명망으로 취사해서는 안 될 것이고, 만약 그 재능이 높아 추천할 만하다면, 자급(資級)이 보잘것없다 하여 아랫자리에 묵혀두어서는 안 될 것입니다.[28]

원칙론으로 넘쳐나지만, 조성기 학문의 지향점은 분명 정치적 갈등과 분쟁을 넘어서서 현실 문제의 해결을 지향하고 있었다.

조성기와 마찬가지로 유형원의 집안 역시 유수한 경화세족이었다. 유형원의 아버지 유흠(柳欽)은 여양부원군(驪陽府院君) 민유중과 사촌이었고, 어머니는 연원부원군(延原府院君) 이광정(李光庭)의 딸이었다. 그 역시 가문의 배경으로 출세할 수 있었지만, 아버지 유흠의 옥사(獄死)가 걸림돌이 되었던 것으로 보인다. 유흠은 1623년 7월 유몽인의 광해군 복위 계획에 가담했다는 무고로 체포되어 고문을 받던 중 28세의 나이로 옥중에서 사망했던 것이다. 유흠의 역모는 사실이 아니었기에 유형원이 벼슬길에 나아가는 데 원칙적으로 제한은 없었다. 하지만 유형원은 진사시에 합격한 것으로 더는 과거에 응시하지 않았고, 32세 때 부안군 우반동(愚磻洞)으로 낙향해《반계수록(磻溪隨錄)》을 저술한다.[29]

《반계수록》은 유형원 자신이 목도한 임병양란 이후 사회 모순을 근저에서 제거하여 사족체제를 안정시키려는 장대한 기획이었다. 하지만 이런 개혁책을 담은 저작들이 으레 그렇듯, 이 저작 역시 유형원의 당대에 출판되지 않았다. 그것은 오직 필사본의 형태로 지식인들에게 읽혔다. 사족체제가 노정하는 모순에 주목하는 지식인이라면《반계수록》에 주목하지 않을 수 없었다. 개혁 의지가 강한 사람들은《반계수록》의 개혁책을 실천할 것을 요구하였다. 1678년(숙종 4) 6월 20일 전 참봉 배상유(裵尙瑜)가 상소하여《반계수록》의 전제(田制)·병제(兵制)·학제(學制) 등 일곱 조목을 시행할 것을 요청하였다.[30] 하지만 묘당에서는 오활하다 하여 수용하지 않았다. 1694년(숙종 20) 경외(京外)의 유생 노사효(盧思孝) 등이 상소하여《반계수록》한 질을 올리고 나라의 경영에 참고할 것을 요청했다.[31]

1741년(영조 17) 2월 23일 전 승지 양득중(梁得中)은《주자어류(朱子語類)》강독이 급선무가 아니라 말하고《반계수록》을 후손 집에서 가져다가 왕이 읽고 간행할 것을 요청했다. 양득중은《반계수록》을 자신의 스승인 윤증의 집에서 보았다고 하였다. 윤증은 소론이다. 소론 계열에서도《반계수록》의 개혁책에 깊이 주목하고 있었던 것이다.[32] 1750년(영조 26) 6월 19일에는 좌참찬 권적(權樀)이 당시 정무를 대리하고 있던 사도세자에게 상서(上書)하여 양역(良役)의 대책에 대해 논하고,《반계수록》이 삼대 이후 으뜸가는 경국책(經國策)이라면서 간행을 요청했고, 세자는 영조에게 여쭈어보겠다고 답했다.[33]

영조조의 개혁적 관료로서 균역법(均役法)의 도입에 크게 기여한 홍계회(洪啟禧)는 《반계수록》의 개혁책이 실현 가능하다고 믿었던 사람이다. 예컨대 그는 1751년(영조 27) 6월 2일 균역사목(均役事目)에 대해 보고하는데, 그 가운데 지방 행정단위인 주(州)·현(縣)을 합치고 나누는 데 대해 《반계수록》을 참고할 것을 요청했던 것이다.[34]

임병양란 후 사족체제를 개혁하려는 의지를 가진 지식인들은 유형원의 《반계수록》에 대단히 긍정적이었다. 남인 이익은 이 책을 읽고 감동한 나머지 〈반계수록서(磻溪隨錄序)〉와 〈반계유선생유집서(磻溪柳先生遺集序)〉, 〈반계유선생전(磻溪柳先生傳)〉을 썼다.[35] 또한 《성호사설》에서 《반계수록》을 무수히 인용했음은 물론이다. 이익의 제자 안정복은 《순암집(順菴集)》에 〈반계연보발(磻溪年譜跋)〉[36]을, 이학규(李學逵)는 〈서반계집후(書磻溪集後)〉[37]를 썼다. 노론 유한준(俞漢雋)은 〈유형원전(柳馨遠傳)〉을 썼고,[38] 연암 역시 유형원에 대해서 늘 "유반계(柳磻溪)의 한평생 경륜은 대유(大儒)라 할 만하다."[39]라고 평가했다.

1769년(영조 45) 영조가 《반계수록》을 간행하라고 명한 것[40] 역시 이 책이 지식인들의 폭넓은 지지를 받았기 때문일 것이다. 이듬해인 1770년 《반계수록》은 경상도관찰사영에서 목판본으로 간행된다. 여기에는 간행을 맡은 당시 경상도관찰사 이미(李瀰)의 서문과 1737년에 오광운(吳光運)이 쓴 〈반계수록서〉[41]가 실려 있다. 그리고 책의 말미에 부록으로 홍계희의 〈유형원전〉, 오광운의 〈행장〉, 앞에 언급한 노사효와 양득중의 상소가 실려 있다.

《반계수록》은 18세기를 관통하면서 개혁담론의 원천이 되었으나 그의 개혁안은 전혀 실천되지 않았다. 1678년 배상유가 《반계수록》의 개혁책을 시행할 것을 요청했을 때 정부에서는 '오활하다고 하여' 받아

허생의 섬, 연암의 아나키즘

들이지 않았다. 곧《반계수록》은 실제 권력을 쥐고 있는 세력에게 실현 가능성이 없는 것으로 여겨졌던 것이다. 1747년 원경하(元景夏)는 영조에게 홍계희는《반계수록》이 실현 가능한 것이라고 믿고 있지만, 자신은 이 책의 내용이 현실을 모르는 선비의 주장으로 실현하기 어려운 것이라고 생각한다고 잘라 말했다. 실제 권력을 쥐고 있는 자들은《반계수록》의 개혁책이 실현될 것이라고 믿지 않았던 것이다.[42]

　조성기와 유형원은 너무 유능하기에, 또한 너무나 개혁적이기에, 또 그 개혁책이 너무나 근본적이고 구체적이기에 버려진 것이다. 허생의 "오늘날 국정을 도모하는 자들은 알 수 있을 것이다."라는 말의 의미는 바로 그런 것이다. 허생은 자신을 '유능한 상인'이라고 말한다. 상인으로서 자신의 능력으로는 구왕, 즉 도르곤의 머리를 살 수 있다고 말한다. 하필이면 도르곤을 든 것은 도르곤 역시 병자호란 때 청 태종을 따라 조선을 침공했고, 또 그가 태종의 다음 황제인 어린 순치제(順治帝)를 대신해 청의 권력을 잡은 섭정왕(攝政王)이었기 때문이다. 〈허생〉은 효종 시대를 배경으로 삼고 있고, 순치제는 1643~1661년 사이에 집권했다. 도르곤은 1650년 사망할 때까지 사실상 청 제국을 지배한 최고의 권력자였으니, 허생이 자신의 은으로 도르곤의 머리를 사올 수 있다는 것은 나름의 배경을 갖는다. 하지만 조성기와 유형원이 버려졌듯, 자신의 능력 역시 현실에서 실현될 수 없기에 돈을 바다에 버렸다고 말한다. 물론 그가 돈을 폐기한 것은 화폐 자체를 폐기한 것이지만, 변 부자에게 하는 말은 이렇다는 것이다.

이완과 효종, 송시열

＊＊＊

변씨는 본디 정승(政丞) 이완과 친했다. 이공(李公)은 당시 어영대장(御營大將)이었는데, 한번은 변씨와 이야기를 하다가 "지금 여항(閭巷)이나 여염에 혹 기이한 재주를 갖추어 큰일을 같이할 만한 사람이 있느냐?" 하고 물었다. 변씨가 허생에 대해 말을 꺼내니, 이공은 크게 놀랐다.

"기이한 재주로다. 정말 이런 사람이 있단 말인가. 그래, 그의 이름은 어찌 되는가?"

"소인이 그와 3년을 어울려 지냈지만 아직 그 이름을 모르고 있나이다."

"이 사람은 이인(異人)이니, 그대와 같이 찾아가 보세."

밤에 이공이 수행원들을 물리치고 단지 변씨와 같이 걸어서 허생의 집으로 갔다. 변씨는 이공을 문 밖에 서 있게 하고 혼자 먼저 들어가서 허생을 만나 이공이 찾아온 이유를 갖추어 말했다. 허생은 못 들은 체하며 말했다.

"자네가 차고 온 술병이나 빨리 풀어보게."

두 사람은 유쾌하게 술을 마셨다. 변씨는 이공이 오랫동안 한데에 서

허생의 섬, 연암의 아나키즘

있는 것이 민망해서 자주 이공을 언급했지만, 허생은 들은 체도 하지 않았다.

밤이 이슥해지자 허생이 말했다.

"손님을 불러볼 만한 때가 되었네."

이공이 들어왔으나 허생은 편안히 앉아 일어서지 않았다. 이공은 몸 둘 바를 몰라 하다가 국가에서 유능한 인재를 구한다는 뜻을 말했다. 허생이 손을 저었다.

"밤은 짧고 말은 기니, 듣기에 지루하구나. 너는 지금 무슨 벼슬을 하느냐?"

"대장입니다."

"그렇다면 너는 국가의 모신(謀臣)이로구나. 내가 와룡선생(臥龍先生)을 천거할 터이나, 너는 조정에 청하여 삼고초려(三顧草廬)하게 할 수 있느냐?"

卞氏本與李政丞浣善, 李公時爲御營大將, 嘗與言: "委巷閭閻之中, 亦有奇才可與共大事者乎?" 卞氏爲言許生, 李公大驚曰: "奇哉! 眞有是否? 其名云何?" 卞氏曰: "小人與居三年, 竟不識其名." 李公曰: "此, 異人. 與君俱往."

夜公屛騶徒, 獨與卞氏俱步至許生. 卞氏止公立門外, 獨先入, 見許生具道李公所以來者. 許生若不聞者曰: "輒解君所佩壺!" 相與歡飮. 卞氏閔公久露立數言之, 許生不應.

旣夜深, 許生曰: "可召客." 李公入, 許生安坐不起. 李公無所措躬, 乃叙述國家所以求賢之意. 許生揮手曰: "夜短語長, 聽之太遲. 汝今何官?" 曰: "大將." 許生曰: "然則汝乃國之信臣. 我當薦臥龍先生, 汝能請于朝三顧草廬乎?"

변씨가 이완에게 허생의 존재를 말하자, 이완은 허생이 북벌의 실현

을 도울 인재일 것이라며 만나게 해달라고 청한다. 먼저 이완에 대해 언급해본다.

이완이 어영대장이 된 것은 1649년 3월 20일의 일이다.[43] 한 해 전인 1648년 어영대장의 적임자를 고르는 과정에서 그의 이름이 나왔지만 상중이어서 임명될 수가 없었다.[44] 효종이 즉위하자 이완은 잠시 물러 났다가 1651년 8월 4일 다시 어영대장으로 복직한다.[45] 1653년 10월 20 일 이완은 훈련대장에 임명되었고 이후 16년 동안 훈련대장을 겸임한 다. 어영청과 훈련도감은 당시 중앙군의 핵심이었다. 훈련도감은 임진 왜란 때 왜적과의 전투를 위해 조직한 최대의 중앙 군영이었다. 어영청 은 원래 인조가 후금(後金, 淸)을 친정(親征)할 목적으로 조직한 군영으 로, 친정은 실행되지 않았지만 없애지 않고 효종 즉위 이후 북벌을 위 해 의도적으로 양성한, 훈련도감에 필적하는 군영이 되었다. 또 어영청 을 확대, 양성한 주체가 바로 이완이었다. 이완이 허생을 만나자고 한 것은 나름의 충분한 근거가 있었던 것이다.

변씨는 이완과 함께 허생을 찾아가서 이완이 찾아온 이유를 말했지 만 허생은 듣는 둥 마는 둥 하며 차고 온 술병이나 끌러서 술이나 마시 자며 의도적으로 이완을 무시한다. 밖에 이완을 세워두고 변씨와 허생 이 술을 마시는 장면은 당연히 《삼국지연의》에서 유비(劉備)가 제갈량 (諸葛亮)을 찾아간 장면을 패러디한 것이다. 허생이 이완을 부른 것은 밤이 깊어진 뒤다. 이완이 방으로 들어왔지만 허생은 앉은 채 일어나지 않는다. 이완은 안절부절 몸 둘 바를 모른다. 기가 눌린 이완은 자기가 찾아온 이유, 곧 국가가 유능한 인재를 찾는 뜻을 늘어놓았다.

허생은 이렇게 말한다. "밤은 짧고 말은 기니, 듣기에 지루하구나. 너 는 지금 무슨 벼슬을 하느냐?" 마지막 부분 "너는 지금 무슨 벼슬을 하느냐?(汝今何官)”에서 '여(汝)'라는 대명사는 윗사람이 아랫사람에게 혹은 아주 친밀한 친구 사이에만 쓸 수 있는 것이다. 허생과 이완은 이제까지 만난 적이 없으니 친구일 수 없음은 자명하다. 허생은 대놓고 이완을 아랫사람 취급하고 있는 것이다. 조정에서 인재를 찾는다는 이완의 말을 다 듣기도 전에 허생은 삼고초려의 고사를 언급한다. 유비는 삼고초려한 끝에 걸출한 인재 제갈량을 얻었다. 따라서 삼고초려의 주체는 다름 아닌 왕(효종)이다. 너의 벼슬이 어영대장이라면, 너를 믿고 있는 왕이 북벌을 원한다면, 그래서 그것을 실현하고자 한다면, 너는 왕이 내가 추천하는 인재를 찾아가 삼고초려하게 할 수 있느냐? 이완은 불가능하다고 말한다. 허생이 굳이 왕의 삼고초려 가능성을 타진한 것은 무엇 때문인가. 북벌이 정말 왕과 권력을 쥐고 있는 기득권층의 진정성 있는 의지인가를 묻는 것이다. 곧 북벌이란 정치적 언어의 진정성을 물었던 것이다. 불가능하다는 이완의 답은 북벌이 진정성을 결여하고 있는 정치 이데올로기에 불과하다는 것을 여지없이 드러낸다.

북벌은 효종 대의 일이고, 효종은 1659년에 사망했다. 연암이 북경에 간 것은 1780년이었다. 120년 뒤에 연암은 허생의 이름을 빌려 왜 북벌을 이렇게까지 혹독하게 비판하는 것인가? 이 문제를 따질 필요가 있다. 먼저 이완에 대한 허생의 야박한 평가를 검토해보자. 먼저 지적하고 싶은 것은 이완이 이렇게 보잘것없는 사람이 아니었다는 것이다. 이완은 북벌책의 기획과 실현의 최일선에 있었던 사람이고 또 유능한 무인이라는 평가를 받았다. 《현종실록》의 사관은 이완이 병조판서에 임명되었을 때 이렇게 평가했다.

이완을 병조판서로 삼았다. 이완은 엄격하고 각박하며 교만한 병통이 있기는 하지만, 관직에 있으면서 법을 지키고 청탁을 받지 않았으므로 누구도 무인이라고 감히 가볍게 볼 수 없었다. 쇠약하고 병들었다는 이유로 병권(兵權)을 사양하고 출사하지 않았는데, 이때에 상이 다시 쓰려고 하여 이 벼슬에 임명한 것이다.[46]

현종 시기는 주로 서인이 권력을 장악했지만,《현종실록》은 숙종 초 남인 정권이 편찬했다. 남인들조차 이완이 법을 지키고 청탁을 받지 않는 등 당시로서는 보기 드문 원칙주의자이자 청렴한 사람이었기에 높이 평가한 것이다. 다만 당파와 관련하여 북벌을 바라보는 남인의 시각에는 약간 주목해야 할 부분이 있다. 이완이 사망했을 때의 졸기(卒記)를 읽어보자. 졸기는 이완이 병으로 죽기 직전 아들 이인걸(李仁傑)에게 구술한 상소를 싣고 있다. 이 상소에서 이완은 당파를 의식하여, 당색에 구애받지 말고 인재를 등용할 것, 불필요한 군사가 많으니 정예병만 선발하고 나머지는 도태할 것, 각색 군병의 신역이 너무 잡다하고 많으므로 변통할 것 등을 골자로 하되 구체적인 대안까지 제시했다. 여기까지의 서술은 이완에 대한 긍정적인 평가다. 하지만 이 기사에 딸린 사평(史評)에 미묘한 부분이 있다. 사평은 이완이 대단한 인재이자 유능한 무인이었다고 말한 뒤 효종, 송시열과의 관계에 대해 언급했다.

효종이 일찍이 송시열과 함께 이런저런 계획을 세웠으면 하고 송시열을 시켜 자신의 뜻을 전하게 했더니, 이완은 '결단코 불가하다'고 답했다. 효종은 듣고 좋아하지 않았고, 이완 역시 자신의 의견을 바꾸지 않았다. 유능하지 않고서야 이렇게 할 수 있었겠는가?[47]

허생의 섬, 연암의 아나키즘

사관은 이완에 대해 줄곧 높이 평가하되, 특히 이완이 효종·송시열과 의견을 달리했던 것을 높이 평가한다. 이완은 왜 효종·송시열과 각립했던 것인가. 이완이 효종·송시열과 북벌에 대해 대립하는 견해를 갖고 있었던 것을 유난히 강조하려는 의도가 있는 것이다. 즉 북벌과 효종·송시열을 연결시키는 일반적인 시각을 비판하고 있는 것이다. 왜 이런 비판이 있어야만 했던가. 송시열이 이완에 대해 언급한 부분을 참고하자.

송시열은 이완의 묘비명(⟨우의정이공신도비명(右議政李公神道碑銘)⟩)을 쓴다. 묘비명을 쓴다는 것 자체가 이미 한 인물에 대한 평가를 독점한다는 의미가 있다. 송시열은 '청에 대한 저항'이란 주제로 이완의 형상을 만들어낸다. 곧 정묘호란 이후 용골대(龍骨大)·마부대(馬夫大)에게 맞서거나 병자호란 당시 청의 군대를 맞아 죽음을 각오하고 싸웠던 사건에 이어 1639년 청의 강요로 어쩔 수 없이 명과의 전투에는 참가했지만, 실제로는 청의 의도에 반하여 전혀 명군을 공격하지 않고 돌아온, 명에 대한 의리를 줄곧 지키는 이완의 형상을 그려냈던 것이다.

하지만 이것은 송시열이 의도한 이완의 형상 중 일부에 불과하다. 송시열이 그려낸 이완의 형상은 한편으로는 효종과, 한편으로는 송시열 자신과 관련된다. ⟨우의정이공신도비명⟩은 1658년(효종 9) 효종이 이완을 불렀던 장면을 다음과 같이 그려낸다.

상(효종)께서 공을 불러 강화도의 형세에 대해 논하자, 공은 이렇게 말했다.
"강화도는 사면이 옛날에는 수령처럼 되어 있어서 적의 배가 비록 이른다 하더라도 언덕 위로 올라올 수가 없었는데, 지금은 그렇지 않습니다. 모래땅이 더 메워져 딴딴하고 바싹 말라 있습니다. 사방 60여 리는 모두 적의 공격을 받는 땅이 되었습니다.

신은 훈국(訓局)·어영(御營)·총융(摠戎) 세 청(廳)이 각각 성(城) 하나를 쌓아, 유사시에 세 청이 각각 거느리고 있는 군사를 데리고 들어가 지키고, 또 요해처(要害處)에 돈대를 쌓아 본도(本島)의 군사와 백성으로 하여금 나누어 지키게 하되, 제도(諸道)의 주사(舟師)가 나루에 주둔하여 깃발을 이어지게 꽂아서 불과 북으로 서로 호응하게 한다면, 적이 감히 나아오지 못할 것이라고 생각합니다. 이것이 이른바 싸우지 않고 남을 굴복시키는 방법입니다. 그러나 지금 성을 쌓는 역사는 가볍게 시작할 수가 없습니다. 우선 여러 도구를 준비해 때를 기다려야 할 것입니다. 또 안흥(安興)은 실로 강화도의 문호가 되고, 자연(紫燕) 역시 울타리가 되니, 또한 마땅히 조치하는 방도가 있어야 할 것입니다.

대개 강화도는 오른쪽으로는 양서(兩西)와 접하고 있고 왼쪽으로는 삼남(三南)을 안고 있습니다. 신은 늘 보장(保障)이 되는 곳을 논할 때마다 반드시 강화도를 으뜸으로 꼽았습니다."

상이, "경의 말이 실로 나의 뜻과 합한다."라고 하였다.[48]

북벌을 추진했던 두 중심인물의 대화로는 좀 생뚱맞다. 공격할 만한 방책을 강구하는 것도 아니고, 강화도에 대한 수비책 역시 처음으로 의견을 교환한 것으로 보이기 때문이다. 더욱이 강화도의 축성 역시 때를 기다려야 한다는 것은, 늘 그렇듯 관료들이 어떤 일을 미룰 때 내뱉는 습관적 언어다.

〈우의정이공신도비명〉에서 송시열의 의도가 가장 강력하게 드러난 부분은 다음 서술일 것이다.

허생의 섬, 연암의 아나키즘

공이 북영(北營)에 있을 때의 일이다. 하루는 밤이 깊었는데, 상이 갑자기 하인을 보내어 공을 불렀다. 공은 후원(後苑)을 지나 와내(臥內)로 들어갔다. 상이 말했다.

"내가 병 때문에 오랫동안 공을 보지 못했기에 이제 특별히 부른 것이오. 만약 병자년 겨울처럼 급박한 변고가 일어난다면, 경은 마땅히 나를 강화도로 호종(扈從)해야 할 것이오. 만약 군대가 나루를 다 건너지 못하고 적병이 뒤에 있다면 어떻게 할 것이오?"

"신은 일찍이 스무 되쯤 들어가는 큰 자루를 만들어두었습니다. 수천 명의 사람이 각각 하나를 가지고 길을 갈 때면 허리에 두르고, 머무를 때면 흙을 파서 담습니다. 자루 셋을 한데 묶으면 성가퀴 하나가 됩니다. 지형에 따라 적당히 만들면 높은 곳은 거의 1장(丈)에 이르고 그 둘레는 충분히 스스로를 지킬 수 있을 것입니다. 그 흙을 파낸 곳은 또 깊은 구덩이가 될 것입니다. 이와 같이 한다면, 들판에서 군대를 머무르게 해도 적을 막을 수 있을 것입니다."

"이것은 기이한 방법이다."

이어 내수외양(內修外攘)의 방법에 대해 물으며 밤이 깊어지는 줄도 몰랐다. 또 이런 말씀도 하였다.

"경은 송시열과 조용히 만난 적이 있는가?"

"여러 차례 만났습니다."

"경 두 사람이 한마음이 되어 일을 도모하는 것이 나의 소망이다."

이 뒤로 공은 송시열과 더욱 깊은 교분을 맺었다.[49]

역시 문제는, 효종이 가장 신임하는 장수 이완을 개인적으로 불러 나누는 대화가 청을 공격하는 일에 관한 것이 아니라, 청이 공격했을 때 자신의 생명을 도모하는 방법을 물었다는 데 있다. 공격이 아니라 버티는 것, 수비하는 것에 초점이 맞추어져 있다. 실제 북벌책이란 공세적인 차원에서 이루어진 것이 아니라, 다분히 방어적·수세적 차원에서 이루어지고 있었을 것이다.

여기서 정작 주목해야 할 것은 따로 있다. 효종이 이완과 송시열 자신의 관계에 대해 물었다는 사실, 두 사람이 한마음이 되어 일을 도모하기를 바랐다는 부분이다. 효종이 한밤중에 이완을 갑자기 그리고 은밀하게 불러 나눈 대화를 송시열이 어떻게 알았을 것인가. 또 효종의 명으로 이완이 송시열과 깊은 교분을 맺게 되었다는 말은 아무도 객관적으로 입증할 수 없는 송시열의 주장일 뿐이다. 효종과 이완은 모두 사망했기에 사실의 존재 여부를 확인해줄 수 없다. 송시열이 효종과의 밀담을 이렇게 구성한 것은 북벌의 주체가 자신과 효종, 이완 셋이었다는 인식을 만들기 위해서였을 것이다. 곧 송시열과 서인-노론이 북벌을 독점하려는 의도가 작용했던 것이다. 노론이 북벌을 독점한다는 것은 다른 당파를 북벌에서 배제한다는 것, 곧 북벌은 당파의 권력투쟁에서 노론이 독점한 정치 이데올로기가 될 수 있다는 것을 의미한다. 전술한 한원진의 남구만과 조태억에 대한 격렬한 비난이 그 확실한 증거라고 할 수 있을 것이다.

북벌에 대한 비판은 〈허생〉에 국한된 것이 아니라 《열하일기》 전반에 걸쳐 이루어진다. 연암은 스스로 '해소(諧笑)'라고 말한 글쓰기를 통해 북벌의 근거였던 대명의리(大明義理)를 희화화(戲畫化)한다. 《열하일기》 〈관내정사〉의 한 부분을 보자. 북경으로 가는 길에 난하를 건너면 남쪽 고죽국(孤竹國) 옛터에 백이·숙제의 충절을 기리기 위해 지은 이제묘(夷齊廟)가 있다. 백이와 숙제는 고죽국 군주의 아들로서, 주(周) 무왕이 은

(殷)의 주왕(紂王)을 정벌하는 것을 말리다가 수양산에 숨어 주의 곡식을 먹지 않겠다며 고사리를 꺾어 먹다가 죽었다. 조선 사신단은 말린 고사리를 준비해왔다가 전 왕조, 곧 명조(明朝)에 대한 충절을 다짐하며 이제묘에서 그것을 먹었다. 고사리는 이제묘에서 백이·숙제와 연결되면서 충절의 상징이 된다.

연암은 이제묘를 지난 다음 날 고사리가 소화가 되지 않아 속이 몹시 불편했다고 말한다. 고사리를 넣은 닭찜이 너무 맛있어 급하게 먹은 데다 오후에 소나기를 만나 몸이 추운 탓에 고사리가 소화되지 않아 트림을 하면 고사리 냄새가 목을 찌르는 듯했다는 것이다. 속에 들어가 소화되지 않은 고사리는 무엇을 말함인가. 곧 도저히 이해할 수 없는, 명에 대한 충절이란 명분이다. 직설적으로 말해 이미 망한 지 한 세기 반이나 지난 명조에 대한 충절이 이해되지 않는다는 것이다.

연암이 고사리가 나는 철이 아닌데 어떻게 구해왔는지 묻자, 옆에 있던 사람이 이제묘에서는 고사리를 먹는 것이 관례이므로 건량관이 서울을 떠날 때 미리 준비해온다면서 10년 전에 마른 음식을 준비해오는 건량관이 고사리를 준비해오지 않아 서장관에게 매를 맞고 "백이·숙제야, 나와 무슨 원수를 졌느냐? 무슨 원수를 졌느냐?" 하고 울었다는 일화를 전했다. 그러면서 "소인(小人)의 어리석은 생각으로는 고사리는 생선이나 고기만 못하고, 또 들으니 백이·숙제는 고사리를 뜯어 먹다가 굶어 죽었다 하니, 고사리는 정말 사람을 죽이는 독물입니다."라고 말했다. 건량관이 백이·숙제가 원수라고 하는 대목과 옆 사람의 고사리가 사람을 죽이는 독물이라는 말은, 쓸데없는 명분이야말로 사람을 죽이는 것이라는 신랄한 야유다. 이 야유는 다른 이야기와 연결되면서 더욱 신랄해진다. 사신단의 마두(馬頭) 한 사람이 조장(棗庄)에서 풋대추를 따 먹고 설사로 고생하던 중 고사리독이 사람을 죽인다는 말을 듣고 "아이고, 백이·숙채(熟菜, 삶은 나물)가 사람 죽이네. 백이·숙채가 사람 죽이네."라고 몸부림을 치며 소리를 쳤고, 이에 모두 박장대소했다는 것이다. 곧 백이·숙제가 사람 죽인다는 것이다. 명조에 대한 충절의식, 거기서 유래하는 소중화주의, 북벌, 화이론 따위에 대한 신랄한 야유다.

고사리 이야기에 이어 연암은 17년 전의 경험을 떠올린다. 간단히 줄이면 이러하다. 1764년 3월 19일이 명의 마지막 황제 의종(毅宗)이 자살한 날이라 하여 시골 선생이 동네 사람과 아이 수십 명을 데리고 서울 서쪽에 있는 송씨의 셋방을 찾아가 송시열의 유상(遺像)에 절하고, 효종이 북벌 때 입자면서 송시열에게 내려준 초구(貂裘, 담비 가죽옷)를 꺼내어 쓰다듬었다. 어떤 이는 비분강개해서 눈물을 흘리기까지 하였다. 돌아올 때 성 아래에 이르러 주먹질을 하면서 서쪽을 향해 '되놈!'이라고 하였다. 선생은 간단히 술자리를 베풀었는데, 고사리나물도 있었다. 이때 주금령이 발동 중이었으므로 술 대신 꿀물을 동이에 가득 담았다. 동이 안에는 '대명(大明) 성화(成化) 연간에 만든 것'이라고 쓰여 있었다. 꿀물을 따르는 사람은 반드시 머리를 숙이고 동이 안의 '대명 성화'란 글자를 보았으니,《춘추(春秋)》의 의리를 잊지 않기 위해서였다.

시골 선생은 의종이 죽은 날 송시열의 후손 집을 찾아가 나름의 절차를 거치고, 명나라 때 만든 술잔에 쓰인 글씨를 보면서 명에 대한 의리를 되새긴다. 연암은 이 행위가 우습다는 것이다. 이어 여러 사람이 시를 읊었는데, 그 가운데 동자 하나가 "무왕도 만약 패해서 죽었다면, 천 년 뒤에는 주왕에게 역적이 되었으리. 여망(呂望, 姜太公)은 되레 백이를 부축해 보냈건만, 역적을 옹호한 사람이 되지 않았던가? 오늘날《춘추》의 의리로 따져본다면, 오랑캐가 볼 때는 오랑캐의 역적이 될 것이

허생의 섬, 연암의 아나키즘

네."⁵⁰라고 지었다. 무왕이 만약 패배했다면 훗날 역사는 그를 은(殷) 주왕(紂王)의 역적으로 기록했을 것이다. 정통과 비정통의 구분은 절대적인 것이 아니라 상대적인 것이다. 무왕이 주왕을 이겼기에 주(周)가 정통이 되었을 뿐이다. 이 논리를 명과 청의 관계에 적용한다면, 이제는 청이 정통이다. 만약 청을 오랑캐라 비난한다면, 그는 오랑캐의 역적일 뿐이다.

동자의 시는 선생의 행위가 내포한 모순을 날카롭게 찌른다. 선생은 머쓱하여 한참을 멍하니 있다가, "아이들은 일찍부터 《춘추》를 읽어야 하는 법이야. 춘추의 의리를 모르기 때문에 이런 괴담을 지껄이는 거지." 하고, 지금의 상황을 제재로 시를 읊어보라고 하였다. 다른 동자가 "고사리 캐어봐도 정말 배부를 수 없는 법, 백이도 끝내 굶주려 죽었다오. 꿀물은 달기가 술보다 더하니, 꿀물 마시고 죽는다면 원통할 일이리라."⁵¹라고 하였다. 백이·숙제가 고사리를 먹다가 죽은 일을 충절이 아니라 단순히 굶주려 죽은 일로 판단할 뿐이다. 선생은 눈살을 찌푸리며, "또 괴이한 이야기를 하는구나!" 하였다. 대명의리를 조롱하는 이 글은 매우 불온하다. 그 불온성이 마음에 걸렸는지 연암은 그 일이 있고 17년이 흘렀고, 그때의 노인들도 이제 세상을 떠났다며 옛날 생각에 잠을 설치고 말았다면서 이야기를 가볍게 능친다. 왜 그는 17년 전의 이야기를 갑자기 꺼냈을까?

연암은 17년 전인 1764년(영조 40) 3월 19일 마을의 부형들과 함께 송시열의 후손이 살고 있는 집을 찾아가 송시열의 초상에 절하고 초구를 꺼내어보았다. 굳이 이렇게 한 것은 그날 영조가 대보단(大報壇)을 찾아가 제사를 지냈기 때문이다. 대보단은 숙종 때 명의 신종과 의종을 제사 지내기 위해 지은 제단이다. 말하자면 대명의리의 상징적 공간이다.

3월 19일은 명의 의종이 자살한 날이었고, 1764년은 의종이 자살한 해(1644, 갑신년)로부터 세 번째 갑신년이 되는 해였기에 영조가 직접 신하를 거느리고 대보단에 가서 제사를 지냈던 것이다. 연암이 살던 동리의 부형들이 송시열 후손의 집을 찾아간 것 역시 영조의 거둥에 반응한 것이었다.

송시열의 초상에 절하고 초구를 꺼내본 것은, 초구가 북벌의 상징적인 물건이기 때문이었다. 앞서 언급한 바와 같이, 효종은 북벌의 파트너로 이완과 송시열을 선택했다는 인식이 널리 퍼져 있었다. 특히 송시열은 북벌의 정신적 지주였다. 연암에 의하면, 어느 날 송시열이 대궐에서 숙직을 하고 있을 때 세자(뒷날의 현종)가 무릎을 꿇고 효종의 편지를 전해주었다. 송시열이 달려가 입시하자, 효종은 좌우 사람을 물리치고 초구를 하사하며 "연계(燕薊, 북경 일대의 호북성湖北省)는 일찍 추워지니 이것으로 바람과 눈을 막을 수 있을게요."[52] 하였다. 1762년(영조 38) 송시열이 문묘(文廟)에 배향되자, 송시열의 후손은 송시열의 초상과 초구를 영조에게 올렸고, 영조는 직접 찬(贊)을 지어 내렸다. 요컨대 초구는 북벌과 대명의리의 상징이 된 것이다.

송시열 후손의 집을 방문한 연암은 눈물을 흘리며 초구를 어루만지면서 감격에 겨워한 부형들의 부탁을 거절하지 못하고 특별히 〈초구기(貂裘記)〉를 지었다. 이런 까닭에 〈초구기〉는 북벌을 추진했던 효종과 송시열에 대한 찬양으로 일관한다. 하지만《열하일기》〈관내정사〉의 기술은 〈초구기〉와는 완전히 딴판이다. 그런데 왜 그는 성격이 판이한 〈초구기〉를 이 맥락에 끌어들였을까? 대명의리로 충만한 이 글을 끌어들임으로써 자신이 효종과 송시열 그리고 대명의리를 비판한 것이 아님을 은근히 밝히고 있는 것이 아닐까. 하지만 그가 생각을 바꾼 것은

허생의 섬, 연암의 아나키즘

의심할 여지가 없다. 연암이 〈초구기〉를 썼을 때는 28세의 젊은이였다. 하지만 중국 땅 열하를 밟았을 때 그는 이미 44세의 장년이었다. 무엇이 북벌과 대명의리에 대한 생각을 바꾸게 했던 것인가.

이미 여러 번 언급했듯 청의 지배 이후, 특히 18세기 이후 조선이 청을 군사적으로 공격하는 것은 불가능한 일이었고, 또 사실 군사적 행동을 위한 준비라는 것도 없었다. 그 누구도 북벌이 가능한 일이라고 믿지 않았다. 그런데도 18세기 말 연암이 이미 과거가 된 효종 시대를 다시 끌어와서 북벌의 불가능성을 말해야 할 이유는 무엇이었던가. 북벌이 사족체제의 모순을 은폐하는 정치 이데올로기로서, 특히 노론이 다른 당파를 억압하는 구실을 맡고 있었기 때문이다. 연암은 노론 핵심 가문에 속한다. 그가 북벌과 대명의리를 비판하게 된 것은 담헌과의 친교가 계기가 되었던 것으로 보인다.

1766년 담헌이 북경에서 돌아와 자신의 북경행에 대해 이야기하고, 한편으로 엄성·반정균·육비와의 대화를 정리하여 가까운 벗들에게 보이자 북경행을 열망하는 사람들도 나타났다. 박제가와 이덕무 등 박지원의 주변에 있던 지식인들은 북경을 동경하게 되었고, 이내 유득공의 숙부인 유금이 1776년에, 박제가와 이덕무가 1778년에 북경으로 가서 담헌이 구축해놓은 인맥을 따라 중국 지식인들을 만나고, 그 우정의 관계를 확장한다. 북경 체험이 없는 사람은 연암 혼자였고, 이에 그는 1780년 북경 땅을 밟는다.

이와는 반대로 담헌을 비난하는 자들도 있었다. 김종후가 바로 그 그룹의 대표였다. 김종후의 집안 청풍 김씨(淸風金氏)는 정승을 무더기로 배출한 조선 후기의 대표적인 벌열가였다. 그의 동생 김종수는 정조 즉위에 결정적인 공을 세워 좌의정에 올랐던 인물이다. 김종후는 자신과

인척 관계인 담헌에게 편지를 보내어 담헌이 명조(明朝)를 깡그리 잊고 오랑캐의 조정에 벼슬하고자 과거에 응시한, 오랑캐와 진배없는 한족 지식인과 결교한 것이야말로 스스로 명조에 대한 충절심을 상실한 행위라고 비난했다. 담헌은 열심히 반박했지만 그 역시 여전히 북벌과 화이론과 소중화주의에 매몰되어 있었다. 그 전제를 비판하지 않는 한 김종후를 꺾을 수 없었다.

깊이 박힌 생각은 쉽게 바뀌지 않았다. 김종후와 처음 논쟁을 벌인 것은 1767년인데, 7년이 지난 1774년 담헌은 세손익위사(世孫翊衛司) 시직(侍直)이 된다. 담헌은 서연에 참여하는데, 거기서 북벌론과 관련하여 중요한 대목이 있다. 1774년 12월 15일 서연에서 조헌(趙憲)·이이(李珥)·성혼·이지함(李之菡) 등의 인물을 주제로 대화가 오갔다. 담헌은 "이런 분들의 성취가 이러했던 것은 모두 실심(實心)으로 실학(實學)을 했기 때문입니다. 실천하지 않고 공언(空言)에만 힘썼다면, 당시 그 사업을 이룬 것이 없었을 것이고, 후세에 드리울 이름이 없었을 것입니다. 이른바 학문이 아닐 것입니다."[53]라고 말한다. 실천이 없는 모든 것은 공언에 불과하다! 이에 당시 세손이던 정조는 이렇게 답한다.

정말 그러하오. 공자께서도 "공언은 일을 실천해서 깊고 절실하고 분명하게 드러내는 것만 못하다."[54] 하셨소. 하지만 공언도 없애버릴 수 없는 때가 있소. "10년 동안 실천했지만 이루는 것이 없다면 관문을 닫고 약조를 끊는 것은 가능할 것이다." 하였으니, 이런 빈말은 또한 후세에 대의를 밝힌 것이고 지금까지도 그 말을 의지하고 있소[55]

정조는 담헌의 실천론에 동의하지만 빈말도 없을 수 없다면서 '10년 운운' 하는 말이 빈말이지만 후세에 대의를 밝힌 것이고, 이 때문에 지금까지 유효한 것이라고 말한다. 이에 대해 담헌은 "그것은 빈말이 아닙니다."[56]라고 단호하게 말한다. 정조가 빈말이라고 인용한 '10년 운운'은 송시열의 말이다. 송시열은 1649년 효종이 즉위할 때 주자의 〈기유봉사(己酉封事)〉를 의방하여 이른바 〈기축봉사(己丑封事)〉를 올리는데, 거기에 문제의 구절이 있었다. 송시열은 5~6년 혹은 10~20년 동안 와신상담의 의지를 늦추지 말고 우리 힘의 강약을 살피고 청 형세의 성쇠를 관찰한다면, 무력으로 청의 죄를 묻고 중원을 쓸어서 신종 황제의 은혜에 보답은 못할지라도 '관문을 닫고 약속'을 끊어 명분을 바로잡고 이치를 밝힐 수 있을 것이라 말한 바 있었다.[57] 곧 힘을 기른다면 청과의 외교적 관계를 끊고 청에 대한 굴욕적 항복 조약을 무효화할 수 있을 것이라는 주장이었다. 이것이 바로 노론이 가지고 있는 대청인식의 기저이자 북벌론의 이론적 근거였다.

정조는 송시열이 주장하는 바의 대청인식을 실현 가능성이 없는 빈말로 여기고 있었다. 그것은 사실상 모든 사람이 암묵적으로 동의하는 바이기도 하였다. 다만 북벌이 노론의 당론인 이상 공개적으로 부정할 수 없을 뿐이었다. 한데 담헌은 정조에게 '빈말'이 아니라면서 정면에서 반박했다. 담헌이 노론의 당론을 의식하여 반박한 것으로 보이지는 않는다. 자신 역시 송시열의 주장이 실현 가능성이 없는 것에 불과하다고 생각했다면 굳이 정조 앞에서 반박할 필요가 없었을 것이다. 담헌은 송시열의 대청인식과 북벌론을 아직 부정하지 않고 있었던 것이다.

이것이 1774년의 상황이었다. 담헌은 1783년 사망하는데, 생애 말년에 쓴 것이 분명한 〈의산문답〉의 말미에서는 오랑캐도 없고 중화도 없다며 북벌론과 소중화주의의 근거가 되는 화이론 자체를 부정한다. 한편 담헌의 종고모부이자 스승인 김원행의 아들 김이안은 〈화이변〉에서 담헌이 화이론을 부정한 것에 대해 정면으로 비판한다. 요컨대 1774년부터 1783년 사망할 때까지 담헌은 화이론의 부정이란 사상적 변화를 겪었던 것이고, 그것이 외부에 알려져 약간의 논란이 있었던 것이다.

연암은 담헌과 이 시기 가장 가까운 벗으로 지냈는데, 북벌에 대한 비판적 토론이 있었을 것이고, 두 사람은 화이론을 공히 부정하게 되었던 것으로 생각된다. 담헌이 〈의산문답〉에서 북벌론의 근거인 화이론 자체를 비판했다면, 연암은 〈허생〉에서 과연 북벌, 곧 전쟁을 위한 구체적인 조건이 충족되어 있는지, 아니면 충족시킬 진정한 의도가 있는지를 묻고 있는 것이다. 정조가 송시열의 북벌에 대한 다짐을 공언이라 했듯, 사실상 북벌론은 공언에 불과했던 것이다.

이것으로 모든 문제가 끝났는가. 그렇지 않다. 노론 명가의 일원이었던 연암은 왜 이토록 북벌과 화이론, 대명의리를 비판했던가. 그것이 중국 대륙과의 정상적 관계 설정을 방해했기 때문이다. 원래 한반도는 대륙과 소통하는 열린 공간이었으니, 신라 이래 공·사 무역과 빈공과(賓貢科), 혹은 원(元)처럼 부마국(駙馬國)으로서의 지위를 이용해 왕이 북경에 상주하다시피 하였다. 충선왕은 티베트 라싸로 귀양을 가기도 했으니, 왕으로서는 불행한 일이었지만, 한편으로는 고려가 이전에 경험하지 못한 새로운 공간을 경험하는 기회이기도 하였다. 전술한 바와 같이 1354년 현재 중국 북경에는 2만 명이 넘는 고려 사람들이 상주하고 있었으니, 원 제국 아래에서 고려는 국제적인 감각을 가질 수 있었다. 대륙과 한반도 사이에는 사실상 국경선이 존재하지 않았던 것이다.

1392년 건국 이후 조선과 명의 관계는 크게 달라졌다. 고려처럼 왕과

허생의 섬, 연암의 아나키즘

관료와 기타 노동을 제공하는 수행원이 북경에 장기간 체류하는 일도 당연히 없었고 사무역 역시 종식되었다. 무역은 공무역에 한정되었다. 명 역시 사신 외에 조선인이 북경이나 기타의 도시에 장기간 머무르는 것을 허락하지 않았다. 예컨대 1433년(세종 15) 세종이 북경의 국학(國學)이나 요동의 향학(鄕學)에 조선 학생의 유학을 허락해줄 것을 요청했으나 영락제(永樂帝)가 불허했으니,[58] 명으로서는 과거 당(唐)·송(宋)·원(元)이 빈공과를 실시하여 세계의 중심임을 자부했던 전통을 스스로 끊어버린 것이었다. 이것은 한반도로서는 매우 이질적인 경험이었다. 하지만 세종은 의도적으로 사신을 자주 파견하여 대륙의 정보와 문화를 수입함으로써 그 단절을 극복하려 하였다. 또 일본의 각 번(蕃)과 여진족, 유구 등의 나라에서 끊임없이 사신을 보냈던 것이니, 적어도 15세기 말까지는 축소되기는 했지만, 그래도 여전히 한반도는 열린 공간이었다.

하지만 16세기로 접어들면서 여진과 일본의 사신이 찾아오지 않기 시작했고, 명과의 관계도 의례적인 것으로 고착되어갔다. 이로 인해 16세기부터 한국의 역사상 '예외적 쇄국기'가 도래하였다. 조선의 세계에 대한 감각은 중국과 일본, 특히 중국만으로 한정되었고, 세계의 변화를 쉽게 감지할 수 없었다.[59] 북경을 통해 17세기 초 마테오 리치가 제작한 세계지도와 《직방외기(職方外紀)》 같은 지리서, 안경·망원경·자명종 등 서양의 기기들이 전해졌지만, 리얼한 실체로서의 서양에 대해 진지하게 인식하지는 않았다. 서양에 대한 정보는 일부 경화세족이 개별적으로 독점하고 있었을 뿐이고, 실재하는 서양이 공식적인 담론의 장에서 심각하게 거론되거나 담토된 적은 없었다. 예컨대 담헌의 경우를 보자. 1776년 북경의 반정균은 담헌에게 《천학초함(天學初函)》의 일부를 구해

보내면서 쓴 편지에서 천주교 서적을 읽고 믿게 될 경우 서양인의 헤아릴 수 없는 의도를 실현시킬 것이라면서, 구체적인 사례로 필리핀이 겸병(兼倂)된 것을 지적했다.[60] 반정균은 드물게도 필리핀이 에스파냐의 식민지가 되고 가톨릭화한 것을 지적하고 있는 것인데, 이 정보에 대한 담헌의 반응은 알 수 없다. 반정균 같은 유형의 판단이 조선의 지식인에게는 전무하다는 것, 곧 서양이 경화세족 일부에게 알려지기는 했지만 실재하는 현실로서는 전혀 인식되지 않았다는 것은 심각한 문제가 아닐 수 없다.

요컨대 연속된 두 전쟁, 임진왜란과 병자호란의 결과는 북벌론을 가져왔고, 동시에 화이론이 중국 인식의 이론적 근거로 작동하기 시작했다. 멸망해 사라진 왕조인 명을 여전히 문명의 중심인 중화로, 청을 이적으로, 조선을 소중화(小中華)로 보는 도착적 사고가 반박할 수 없는 정론(正論)이 되었던 것이다. 도착적 사고는 현실에 눈감은 도착적 행위로 나타났다. 연암은 《열하일기》의 〈심세편〉에서 그 도착적 행위를 이렇게 비판했다. 첫째, 조선의 사신들은 자신의 문벌과 지위가 높다고 하여 중국의 명문세족을 업신여긴다. 물론 여기에는 그들이 오랑캐 청의 조정에 벼슬하거나 협력한다는 비난이 깃들어 있다. 둘째, 중국 관리들이 착용하고 있는 만주족의 관모와 의복은 그들 스스로도 부끄러워하는 것이다. 하지만 중국은 문화적 역량에서 여전히 거대한 중심이다. 그럼에도 조선 사람들은 한 줌 상투를 버리지 않고 있다고 뻐긴다. 셋째, 청의 조정에 벼슬하는 중국인 관료들에게 조선 사신이 예를 제대로 지키지 않고 무례하게 구는 것을 규정과 관례로 여기고 잘난 체하지만, 그것이야말로 조선이 도리어 경멸당할 근거가 될 수 있다. 넷째, 조선은 중국의 책을 읽고 중국의 문자를 빌려 수준 낮은 글을 쓰고 있으

허생의 섬, 연암의 아나키즘

면서도 중국에는 제대로 된 문장이 없다고 깔본다. 다섯째, 강희제 이후 중국인들은 청나라의 백성이 되었으니 당연히 청에 충성하고 법을 지켜야 할 것이다. 그런데 조선 사람은 중국 사람이 청의 치세를 긍정적으로 평가하는 말을 들으면 《춘추》를 제대로 읽은 사람이 없다고 개탄한다.

이처럼 중국 대륙을 이적화(夷狄化)한 공간으로 파악하는 도착적 사고와 행동은 정치적 수평선 아래에 있는, 원래 한반도가 주목했던 중국과의 인적·물적 교류, 문화의 수용을 불가능하게 만들고 있었던 것이다. 16세기 초부터 형성된 예외적 쇄국의 상태는 더할 수 없이 강화되고 있었다. 이것은 자연히 '문화폐색(文化閉塞)'의 상태를 초래하였다. 홍양호(洪良浩)는 문화폐색을 고민하는 신경준(申景濬)의 말을 이렇게 옮기고 있다.

공(신경준)은 항상 나에게 이렇게 말씀하셨다.

"우리는 바닷가 한 모퉁이에서 태어나 눈으로 중화의 거대함을 보지 못하고, 고인의 책을 읽어도 모두 종이 위에서 더듬어 보는 것일 뿐이네. 나와 그대가 만약 서쪽으로 가서 노닐게 된다면 평소 공부한 것과 맞는지 맞추어보세나."[61]

중국은 오직 책에서만 경험될 뿐이어서 중국의 현실을 보는 것이 간절한 희망이 되고 있었던 것이다.

연암의 비판 지점은 바로 여기다. 이적인 청의 지배에 의한 정치는 현실로 존재하지만, 그 정치의 수평선 아래에는 여전히 중국이 존재한다. 양자는 분리되어야 할 것이 아닌가. 한반도는 그 수평선 아래의 중국과 인적·물적 교류가 있었고, 또 그 문화를 수용해왔다. 이것이 한반도의 원래의 상태다. 연암과 그의 그룹은 이런 생각을 공유했던 것이고, 박제가는 그 생각을 《북학의》를 통해 명료하게 드러내었던 것이다. 요컨대 북벌을 비판한 연암의 생각은, 예외적 쇄국 상태를 강화하는 이론적 근거를 비판함으로써 원래 대륙과 호흡했던 한반도의 역사적 상태로 회귀하고자 하는 것이었다고 말할 수 있다.

허생의 섬, 연암의 아나키즘

북벌의 허구성

***

이공은 머리를 숙인 채 한참 있다가 말했다.

"어렵습니다. 그다음을 듣고자 합니다."

"나는 '제이의(第二義)'를 배운 적이 없다네."

이공이 굳이 묻자 허생이 답했다.

"명의 장수와 군졸 들은 조선이 옛날 은혜를 진 적이 있다고 생각하여 그 자손들이 탈출하여 우리나라로 왔는데, 이곳저곳 유랑하면서 외로이 홀로 지내는 이가 많다. 네가 조정에 청하여 종실(宗室)의 딸들을 그들에게 두루 시집을 보내고, 훈척(勳戚)과 권귀(權貴)의 집을 빼앗아 그들이 살게 해줄 수 있느냐?"

이공은 또 고개를 숙이고 한참 있다가 말했다.

"어렵습니다!"

公低頭良久曰: "難矣! 願得其次." 許生曰: "我未學第二義." 固問之, 許生曰: "明將士以朝鮮有舊恩, 其子孫多脫身東來, 流離惸鰥. 汝能請于朝, 出宗室女遍嫁之, 奪勳戚權貴家, 以處之乎?" 公低頭良久曰: "難矣!"

　　허생은 명이 망한 뒤 조선으로 망명하여 떠돌이가 되거나 홀아비로
외롭게 살고 있는 명의 장병들에게 종실의 딸을 시집보내 대우해줄 수
있느냐고 묻는다. 비슷한 이야기, 곧 명나라 망명객의 후손에게 청현
직을 주어 사족으로 대접하는 것이 북벌을 가능하게 하는 중요한 조건
의 하나라는 이야기는, 이동윤(李東允, 1727~1809)의《박소촌화(樸素村話)》
에 실려 있다.[62] 북벌을 외치면서도 명의 망명객을 홀대한 일에 대한 비
판적 인식이 연암이 〈허생〉을 쓸 당시 널리 퍼져 있었던 것이다. 그렇
다면 명 망명객의 이야기는 어느 정도 진실일 수 있는가. 허생과 이완
이 효종 때 인물로 설정되어 있는 것을 떠올린다면, 이 시기는 명이 망
하고 청이 북경을 점령한 때(1644)에서 불과 10~20년 뒤다. 실증적으로
남김없이 밝힐 수는 없지만 명에서 망명한 사람들이 적지 않았을 것이
다. 허생은, 아니 연암은 어떤 인물을 떠올렸을까?《열하일기》〈도강록
(渡江錄)〉에 적실한 예가 있다. 그것을 인용해 구체성을 부여해보자.

　　연암은 1780년 6월 27일 총수(蔥秀)를 떠나 금석산을 지날 때 상판사
(上判事) 조달동(趙達東)의 마두 득룡(得龍)에게서 명의 유민인 강세작(康
世爵)에 대한 이야기를 듣는다. 강세작의 조부 강임(康霖)은 임진왜란 때
양호(楊鎬)를 따라 참전했다가 전사한다. 아버지 강국태(康國泰)는 유정
(劉綎)의 군대에 있다가 청과의 전투에서 역시 전사한다. 강세작은 아버
지의 시신을 수습해 묻은 뒤 이때(1619) 참전한 조선의 강홍립(姜弘立)
군대에 투신한다. 강홍립이 전투도 하지 않고 청에 항복하자 청은 명군
을 찾아 죽이기 시작했지만, 강세작은 그들의 눈에 띄지 않아 살아남는
다. 강세작은 아버지의 원수를 갚으려고 여러 차례 청과의 전투에 참여

　　　　　　　　　　　　　　　　　　허생의 섬, 연암의 아나키즘

하지만 모두 패배하자, 치발(薙髮)·좌임(左袵)하는 오랑캐가 되는 것을 면하기 위해 조선으로 간다. 그는 압록강을 넘어 여러 곳을 전전하다가 회령(會寧)까지 가서 조선 여자에게 장가들어 아들 둘을 낳고 여든이 넘어서 죽는다.

여기까지가 연암이 전하는 강세작의 이야기다. 사실 강세작의 이야기는 조선 후기에 널리 알려져 있었다. 또 그와 접촉한 사람도 적지 않았고 박세당(朴世堂)과 남구만이 〈강세작전(康世爵傳)〉[63]을 쓰기도 하는 등 적지 않은 전기 자료가 남아 있다. 연암의 이야기에서 모호한 정보는 이런 전기 자료에서 충분히 찾아 메울 수 있을 것이다. 문제는 강세작에 대한 처우다. 1688년(숙종 14) 함경도관찰사의 요청으로 강세작의 자손을 속신(贖身)한다. 강세작이 경원부(慶源府)의 기생과 관계하여 자식을 낳았던 것이다.[64] 강세작의 추증, 자손 녹용(錄用) 요청 등은 대부분 받아들여졌다.[65] 1773년(영조 49) 의종이 자살한 날을 기념하는 의식을 거행하고, 병자호란 때 충신의 자손과 함께 명 유민의 자손을 불러보기도 하였다. 강세작의 자손 강집규(康執圭)는 특별히 가자(加資)를 받았다.[66] 이후 강세작의 자손은 영문(營門)에 녹용되는 등의 나름 대우를 받았다.

강세작의 후손을 녹용한 것은 나름대로 명의 유민을 대우한 것이겠지만, 이것은 허생이 이완에게 요구한 '종실의 딸들을 그들에게 두루 시집을 보내고, 훈척과 권귀의 집을 빼앗아 그들이 살게 해주는 것'과는 엄청난 괴리가 있다. 강세작은 명의 유민을 상징하는 기호였을 뿐이고, 실제 존중을 받거나 북벌과 관련된 적은 없었던 것이다. 오히려 명의 유민은 천시의 대상이었다.

이이명(李頤命, 1658~1722)에 의하면, 당시 대군이었던 효종이 귀국할 때 자원하여 따라온 한인(漢人) 몇 명은 본궁(本宮) 옆에 살았는데, 그 자손들은 어업을 생업으로 삼고 훈련도감에 소속되어 있었다고 한다.[67] 정조 시대에 오면 대궐 밖 '통계(統契)'란 지역에서 하나의 촌락을 이룬 이들을 '한인어부(漢人漁父)'라고 불렀다.[68] 성대중(成大中, 1732~1809)이 남긴 자료는 좀 더 구체적인데, 이 자료에 의하면, 1645년 효종이 귀국할 때 산동(山東) 출신의 왕봉강(王鳳崗)·왕문상(王文祥)·풍삼사(馮三仕)·유허롱(柳許弄)·왕미승(王美承), 대동(大同) 출신 유자성(劉自成)·배성삼(裴成三), 항주 출신 황공(黃功) 등 여덟 명의 한인이 같이 조선으로 들어왔다고 한다. 효종은 1649년 즉위할 때까지 이들에게 거처를 마련해준 뒤 벼슬을 주려 했지만, 이들은 명의 회복을 기대하며 돌아가려고 하였다. 효종도 강요하지는 않았고, 다만 관(官)에서 생활용품을 지급하게 하였다.[69]

효종의 죽음과 함께 북벌론이 실현성을 상실하면서 이들에 대한 처우도 완전히 소멸한 것으로 보인다. 이이명은 1704년 이여(李畬)에게 보내는 편지에서 황공의 아들이 생계의 대책도 없이 강원도 일대를 떠돌아다니고 있고, 이번에는 효종의 어찰을 가지고 자신을 찾아와 아버지 때의 일을 언급하기도 했다고 말한다. 이이명은 한인으로서 조선을 찾아와 사는 사람의 자손이 생계 대책이 없는 것이 극도로 가련하다면서, 이여에게 어떻게 해결할 방도가 없겠느냐고 묻는다.[70] 효종을 따라온 명나라 유민들의 자손들은 몰락하고 있었던 것이다.

효종을 따라온 여덟 명 가운데 명 말기의 명신(名臣) 왕집(王楫)의 아들인 왕봉강의 후손이 가장 번성했다. 숙종이 대보단을 세울 때 명나라 유민의 후예들을 영역장(領役將)으로 삼으라고 명하여 그의 손자가 수임(首任)이 되었다. 영조는 후손 왕한정(王漢禎)을 별군직(別軍職)으로 삼

허생의 섬, 연암의 아나키즘

았는데, 정조 때 와서 그를 기사장(騎士將)으로 삼으려 하자 병조에서는 난색을 표했다. 정조는 중국 명신의 후손이라면서 직위 낮은 기사장도 못 시키느냐고 하여 결국 임명은 시켰지만, 일반 관료들은 명나라 유민 의 후예를 별달리 우대할 생각이 없었던 것이다. 성대중 역시 삼국시대 나 고려와 달리 명나라 유민의 자손들이 군색한 생활을 하고 사류(士流) 에 끼지 못한다며 조선의 야박한 대우를 비판한다.[71] 이 사례를 보면 명 이 임진왜란 때 군대를 파견해서 왜적을 물리쳐주었기에 그 은혜를 잊 을 수 없다는 조선 사족의 공식 입장과 사정이 판연히 달랐음이 확인된 다. 성대중의 시대에 오면 이들의 후손은 서민이 되었다고 한다.

정조는 이렇게 지적한다.

중국에서 온 온갖 물건을 우리나라에서는 예외 없이 귀하게 여긴다. '당물 (唐物)'이라 일컬으면서 아무리 천한 것이라 해도 우리나라의 귀한 물건보다 낮게 여기는 것이다. 하지만 유독 족성(族姓)만은 그렇지 않다. 황조(皇朝, 明) 의 자손으로서 우리나라에 와 있는 사람들을 우리나라 사람들은 아주 천시 한다. 저들의 조상은 모두 중국에서 높은 벼슬을 한 사람들이니, 어찌 우리나 라 경상가(卿相家)의 자손에 미치지 못하겠는가. 하지만 우리 동방은 전적으 로 문벌만 따지니 또한 규모가 아주 작다 하겠다. 생각해보건대 실로 물건을 귀하게 여기면서 사람을 천하게 여기는 탄식이 있는 것이다.[72]

사족체제의 도저한 문벌주의는 명나라 유민까지 천시한다는 것이다. 북벌을 외치고 화이관을 절대 신념으로 삼았던 자들이 명나라 유민을 천시한다는 것은 자기모순이 아닐 수 없다.

효종을 따라온 명 유민을 박대했던 사족체제의 모순적 태도는 1667

년 표류 중국인의 송환 문제에서 선명하게 드러난다. 1667년 6월 복건성 일대의 상인으로서 일본으로 가는 도중 폭풍우를 만나 표류하던 임인관(林寅觀) 등 95명의 중국인이 제주에 상륙했다.[73] 이들은 전술한 바와 같이 청에 저항했던 정성공의 아들 정경(鄭經)[74]의 세력권에 있었던 것으로 보인다.[75] 이 시기 남명(南明) 정권은 이미 몰락했지만, 정경은 여전히 대만을 근거로 하여 청에 저항하고 있었으니, 임인관 등은 실로 남명의 반청 세력의 일부였던 것이다. 이들은 조선 정부에 명을 생각해 자신들에게 배를 주어 일본 혹은 중국으로 돌아가게 해달라고 요청했다. 조정에서는 이미 청에 통보하였으므로 어쩔 수 없다며, 완강하게 거부하는 임인관 등을 모두 북경으로 압송했다.[76]

이들의 압송을 두고 찬반의 의견이 갈라졌다. 권상하에 의하면, 이때 송환을 주장한 사람은 우의정 정치화(鄭致和)와 병조판서 김좌명이었고,[77] 권상하의 아버지인 권격(權格)과 성균관 유생[78] 등이 반대했지만, 결국 송환으로 결론이 났다고 한다.[79] 흥미로운 것은 김상헌(金尙憲)의 손자 김수흥(金壽興)이 중국인의 송환을 주장했다는 것이다.[80] 김상헌은 병자호란 당시 끝까지 주전론(主戰論)을 주장하고, 1639년 청이 명을 공격하려고 조선에 출병을 요구하자 극렬한 반대 상소를 올린 일로 결국 심양으로 압송된 인물이 아닌가. 김상헌은 효종 때 대명의리와 북벌의 상징적인 인물이었는데, 그의 손자가 청에 저항하던 정금 세력에 속한 중국인들을 청에 압송할 것을 주장하였으니, 납득할 수 없는 일이다.

이는 이들의 북벌과 대명의리가 실현이 불가능한 정치 이데올로기에 불과하다는 점을 선명하게 보여주는 것이다. 한원진은 중국인의 송환 여부가 논란이 되었을 때의 장면을 이렇게 전하고 있다.

허생의 섬, 연암의 아나키즘

선대감(先大監, 민유중)께서 어느 날 나에게 이런 말씀을 하셨네.

"오늘 여러 재상이 모인 곳에서 이원정(李元禎)이 갑자기 팔뚝을 뽐내며 '저들(淸)을 섬긴 지 이미 수십 년이 되었으니, 마땅히 성실과 신의로 대해야 한다.' 하자, 상공(相公, 정치화)이 '공의 말씀이 옳으이.' 하였고, 좌우에서 입을 다문 채 누구 하나 그 말이 잘못되었음을 말하는 사람이 없었네. 세도와 인심 이 이 지경에 이르렀으니, 정말 통탄스러운 일이네."[81]

한원진의 말에는 당론(黨論)의 구기(口氣)가 느껴진다. 이원정은 남인이고 정치화는 이 시기 남인과 서인 사이에서 중도 노선을 걷고 있었다. 민유중은 서인이었고 노·소론의 분리 이후에는 노론이었다. 한원진은 당연히 서인-노론이었다. 민유중은 청을 성실과 신의로 섬겨야 한다는 이원정과 그에 동조하는 정치화를 비난하지만, 그 역시 그들의 주장을 노골적으로 반박하지 못하고 묵시적으로 동의한다. 화이론에 입각한 대명의리와 북벌을 공언하지만, 청과 관련하여 그것을 표현할 기회가 왔을 때 오로지 현실을 추종할 수밖에 없는 것이 그들의 처지였다. 앞서 인용한 바 있는 김양행에게 보낸 편지에서 황경원은 29년 전 자신이 효종의 뜻을 받들어 북벌을 위해 자제위(子弟衛)를 설치하자고 건의했고 영조의 인정을 받았지만, 조정의 장상(將相)과 대신 들이 자신들의 처자식을 보호하지 못할까 두려워하여 극력 저지했으므로 끝내 성사되지 못하였다고 증언한다.[82] 권력층의 북벌에 대한 발언과 실제 행동은 전혀 일치하지 않았던 것이 현실이다. 역시 최고의 경화세족 가문 출신인 홍대용은 1766년 북경에 갔을 때 중국 지식인들이 까맣게 잊고 있는 명의 조선 출병을 떠올리면서, 지금도 조선은 그 은혜를 잊지 못하고 있다고 말한 바 있다.

허생의 물음은 이런 생각을 전제한 것이다. 그는 이렇게 묻는다. 조선이 명의 은혜를 잊지 못한다면 그에 상응하는 행위가 있어야 할 것이다. 예컨대 명에서 망명한 장수와 군졸은 특별히 우대해야 마땅하다. 예컨대 종실의 딸, 곧 왕가의 여자를 그들에게 시집보내어 그러한 의지를 입증할 수 있는가? 이완은 북벌을 책임지고 있는 중요한 사람이고, 왕에게 그것을 말할 수 있는 지위에 있었다. 허생은 또한 훈척과 권귀 가문의 집을 그들에게 내어줄 수 있느냐고 묻는다. 하지만 이완은 모두 불가능하다고 말한다.

훈척은 공신과 외척이고, 권귀는 권문귀족(權門貴族)이다. 이들은 모두 사족체제에서 권력의 정점에 있는 자들이다. 아울러 이들의 속성은 권력을 세습한다는 것이다. 이들은 어떻게 형성되었는가. 전술한 바와 같이 조선 후기는 정치권력을 두고 사족 간의 투쟁이 격렬했다. 그것은 이념적 갈등에서 유래한 것이 아니라 오직 권력을 두고 벌인 정쟁이었고, 그 결과는 언제나 특정한 정치 세력, 곧 당파이거나 가문을 배제하는 것으로 구체화되었다. 이로써 정치권력을 장악할 수 있는 당파와 세력은 소수로 집중되었다. 경화벌열이라는 소수의 가문 집단이 그것이다. 그들은 공신이 되고, 외척이 되고, 마침내 권력을 세습하는 귀족, 곧 권귀가 되었다.

한원진이 전한 자료에 나오는 인물들을 보자. 민유중은 서인의 핵심 인물이었고 숙종의 비 인현왕후의 아버지였다. 그의 형 민정중은 좌의정을 지냈다. 외척이자 벌열이었던 것이다. 정치화는 그의 직계만으로도 벌열 중의 벌열이었다. 그는 영의정 정광필의 5대손이었다. 고조 정복겸(鄭福謙)은 강화부사를, 증조 정유길(鄭惟吉)은 좌의정을, 조부 정창연(鄭昌衍)은 우의정·좌의정을, 부 정광성(鄭廣成)은 형조판서를, 형 정태화는 영의정을 지냈다. 정치화 자신은 우의정·좌의정에 올랐다. 그의 집안은 연암이 말하는 전형적인 권귀였다. 이들이 정치권력을 독점했다. 따라서 북벌을 결행하는 것은 이들의 의지에 달려 있었다. 과연 이들이 내건 북벌은 자신들의 기득권을 포기할 정도로 진정성 있는 담론이었던가. 허생, 아니 연암이 묻고 있는 것은 바로 그 진정성이다. 이완은 답한다. 불가능하다고. 다시 북벌의 허구성이 드러났다.

불가능한 연대

*　*　*

"이것도 어렵고 저것도 어렵다 하니, 무슨 일을 할 수 있겠느냐? 가장 쉬운 것이 있는데, 그건 네가 할 수 있느냐?"

"무언지 듣고자 하옵니다."

"대저 대의(大義)를 천하에 외치려 하면서 천하의 호걸을 먼저 결교(結交)하지 않은 경우는 없었지. 남의 나라를 치려고 하면서 간첩을 쓰지 않고 성공한 경우도 없었지. 지금 만주(滿洲)는 엉겁결에 천하를 차지했기에 스스로 중국과 친하지 않다고 생각할 거야. 그런데 우리 조선으로 말하자면 남보다 앞서서 항복했으니, 그들이 믿을 것이란 말이야. 만약 당(唐)과 원(元)의 옛일을 따라 자제를 보내어 학관(學館)에서 공부도 하고 벼슬도 하게 하며 장사꾼들이 드나드는 것을 금지하지 말아달라고 요청할 수 있다면, 저들은 반드시 우리의 친밀한 태도를 좋이 여겨 허락할 게야. 그러면 나라 안에서 자제들을 선발해 머리를 깎고 호복을 입혀서, 선비들은 빈공과에 응시하게 하고, 백성은 멀리 강남 지방으로 다니며 장사를 하게 해야 할 걸세. 그러면서 그들의 허실을 엿보고 호걸들과 결교한다면 천

　　　　　　　　　허생의 섬, 연암의 아나키즘

하를 도모할 수 있고, 우리나라의 치욕도 씻을 수 있겠지. 만약 주씨(朱氏)를 찾아도 찾아낼 수 없다면, 천하의 제후를 이끌고 적당한 사람을 하늘에 추천한다면, 나아가서는 대국의 스승이 될 수 있을 것이고, 물러나서는 백구(伯舅)의 나라가 될 것이야."

許生曰: "此亦難彼亦難, 何事可能? 有最易者, 汝能之乎?"李公曰: "願聞之."許生曰: "夫欲聲大義於天下而不先交結天下之豪傑者, 未之有也; 欲伐人之國而不先用諜, 未有能成者也. 今滿洲遽而主天下, 自以不親於中國, 而朝鮮率先他國而服, 彼所信也. 誠能請遣子弟入學遊宦, 如唐元故事, 商賈出入不禁, 彼必喜其見親而許之. 抄選國中之子弟, 薙髮胡服, 其君子往赴賓擧, 其小人遠商江南, 覘其虛實, 結其豪傑, 天下可圖而國恥可雪. 若求朱氏而不得率天下諸侯, 薦人於天, 進可爲大國師, 退不失伯舅之國矣."

청을 멸망하게 하는 것은 조선의 힘만으로는 부족하다. 따라서 중국의 한족과 연합하지 않을 수 없다. 한족과 연합할 수 있는 유일한 방법은 다음과 같다. 청은 천하를 갑자기 차지했기에 아직 중국인들과 친하지 않다. 이런 상황에서 조선이 먼저 솔선해서 복종하면 당연히 청은 조선을 믿을 것이다. 이렇게 청의 신임을 얻은 뒤 사족의 자제를 보내어 중국의 학교에서 공부하고 벼슬도 허락줄 것을 청에 요청한다. 그다음 세민(細民), 곧 일반 백성을 강남 지방으로 보내어 상업에 종사하게 한다. 그들은 민간에 스며들어 세밀한 정보, 곧 중국의 허실을 얻게 될 것이다. 그러면서 청 체제에 불만을 갖고 있는 호걸들과 결탁하여 반란을 꾀한다. 반란이 성공한다면 명조(明朝) 황실의 후예 주씨(朱氏)를 찾아 황제로 세운다. 만약 없으면 청의 전복에 공을 세운 사람 중 가합한 사람을 얻어 황제로 삼는다. 조선은 명의 스승이 될 것이고, 그것이 아니라면 적어도 백구(伯舅)의 나라는 될 것이다.

반청의식을 갖는 중국의 한족과 결탁한다는 발상은 결코 새로운 것이 아니다. 전술한 바와 같이 효종 역시 자신이 북벌을 감행할 경우 '중원의 호걸지사들 중에 소문을 듣고 그림자처럼 따르는 이'가 있을 것이라고 기대한 바 있으니, 북벌에서 한족의 호응은 필수 요소였던 것이다. 여기서 중국에 갈 경우 반청의식을 갖는 한족을 찾아야 한다는 생각이 싹텄다. 송시열을 이어 노론의 정통을 자부한 김창협은 화이론에 입각하여 청이 오랑캐이며 조선이 소중화라는 의식을 그대로 갖고 있었던 인물이다. 그는 1705년(숙종 31) 사은사겸동지부사(謝恩使兼冬至副使)로 북경으로 떠나는 황흠(黃欽)에게 주는 글에서 음양론에 입각해 현재 오랑캐 청이 중국을 다스리는 것은 음기가 극도로 왕성하기 때문이기는 하지만 양기가 완전히 소멸되지는 않았으니, 그것은 원대(元代)에 성리학으로 제왕과 선비를 계도한 허형(許衡)·오징(吳澄)·황택(黃澤)·조복(趙復)·김이상(金履祥)·허겸(許謙)의 경우에서 그 증거를 찾아볼 수 있다고 한다. 김창협은 이런 논리로 청을 볼 필요가 있다고 말한다.

지금 또 천하가 좌임(左衽, 오랑캐가 됨)한 지 오래되었다. 우리 동방은 궁벽하게 한 모퉁이에 있기는 하지만, 예전의 의관과 예악을 바꾸지 않고 엄연히 소중화로 자처하고 있다. 그러나 요순(堯舜)과 삼왕(三王)이 다스렸고 공자·맹자·정자·주자가 가르쳤던 중국의 땅과 백성을 모두 짐승 젖을 먹고 고기 누린내를 풍기는 무리로 여기고 다시는 찾아볼 문헌이 없는 곳으로 여긴다면 지나친 태도라 하겠다. 이처럼 큰 천하에 어찌 김이상과 허겸처럼 사도(斯道)를 자임하는 호걸이 없을 수 있겠는가.[83]

허생의 섬, 연암의 아나키즘

조선이 의관과 예악을 보존하고 있는 소중화이기는 하지만, 중국 역시 완전히 이적화(夷狄化)한 공간은 아니다. 김창협은 중국에서 수입된 근대의 서적을 읽은 경험으로 중국에도 과거 원대의 성리학자와 같은 사람이 있을 가능성을 상정하고, 그들을 찾아볼 것을 권한다. 청의 지배라는 정치적 수평선 아래 원래의 중화가 보존되어 있을 것이므로 그것을 찾아야 한다는 발상은 북학의 논리와 다르지 않다.

　허생의 생각 역시 멀리는 김창협의 사고의 연장이고, 가까이로는 담헌의 경험의 연장이다. 김창협은 그 가능성만 언급했지만, 실제 반청의식을 갖는 한족을 찾아야 한다는 생각을 실천에 옮긴 사람은 담헌이었다. 담헌은 1766년 북경에서 강남의 지식인인 엄성·반정균·육비와 국경을 초월하는 우정을 나누었다. 특히 그 가운데 엄성과 담헌은 정신적으로 깊은 유대감을 느꼈다. 담헌과 중국 지식인과의 우정에 연암은 예민하게 반응했다. 연암은 〈회우록서〉에서 당론으로 철저하게 분리된 조선의 사족사회를 비판한 뒤, 언어도 복색도 다른 중국인과 홍대용이 지기(知己)로서 형제의 의리를 맺었던 것을 선명하게 내세운다. 연암은 담헌과 엄·반·육의 관계에서 국제적 연대의 가능성을 떠올렸을 것이다. 그것이 허생의 강남 중국인과의 연대로 나타났을 것이다.

　연암이 말한 청의 학교, 예컨대 북경의 태학에 사족의 자제를 보내어 공부하게 하는 한편 청에 벼슬을 하게 하자는 발상 역시 담헌의 경험에 근거한 것으로 보인다. 담헌은 1766년 2월 24일 태학을 방문하여 몽고인 학생과 필담을 나누기도 하였다. 태학에는 강희제 때부터 유구에서 보낸 학생들이 머무는 공간이 따로 있었고(담헌이 입연했을 때는 유구 학생은 오지 않았다고 한다), 당시 학생 수백 명은 만주 사람과 몽고 사람이 반반이었다고 전한다. 과거에도 몽고인을 위한 정원이 따로 마련되어 있었으니, 담헌이 정세태와 함께 거상으로 소개한 황씨의 사위 박명이 몽고인으로 과거에 합격해 한림편수원을 지내기도 했던 것이다. 이런 사례로 볼 때 만약 조선이 의지만 있었다면 청과 교섭하여 북경에 유학생을 파견하고, 또 과거를 보아 청의 관료가 될 수도 있었을 것이다. 하지만 조선으로서는 그럴 의지가 전혀 없었다.

한편 상인을 보내는 계획은 가능성이 있었을까. 허생이 말한 청에 대한 저항 세력으로서 한족과의 연대는 쉽지 않겠지만, 그렇다고 해서 전혀 가능성이 없지는 않았다. 역관들의 경험을 생각해보면 가능할 수도 있었을 것이다. 그 가능성의 한 자락을 살펴보기로 하자. 앞서 검토한 《동야휘집》에 실린 〈섭남국삼상각리〉는 역관 변씨가 북경에서 만난 강남 상인 오씨(吳氏)와 오수재에게 베푼 호의가 계기가 되어 결국 강남은 물론 베트남까지 가게 된 이야기다. 역관 변씨는 상인이다. 역관-상인은 가장 자주 또 자연스럽게 북경을 왕래하였으니, 역관-상인을 활용하는 것이 가장 현실성 있는 계책이기도 하였다. 사족들이 스스로 역관-상인이 되어 북경을 왕래하고 인적 연결망을 구축하고 나아가 변발을 하고 호복을 입고 청에 환심을 사면 청 체제에 대한 도전이 가능할지도 모른다. 이것이야말로 북벌의 진정성을 보이는 일이 될 것이다. 하지만 그것이 가능할 것인가?

허생의 섬, 연암의 아나키즘

사족체제의 허위와 절망

* * *

이공은 멍한 표정으로 말했다.

"사대부들이 모두 예법을 삼가 지키고 있으니, 누가 기꺼이 머리를 깎고 호복을 입으려 들겠습니까?"

허생이 큰 소리로 꾸짖었다.

"그래, 사대부란 게 대체 누구란 말이냐? 이(彝)·맥(貊)의 땅에서 나서 저 스스로 사대부라고 부르니 어찌 미련하지 않느냐? 옷은 아래위로 모조리 흰옷만 입으니 이것은 상복과 진배없고, 머리털을 한데 묶어 송곳처럼 만드니 이것은 남만(南蠻)의 방망이 상투인 것이니, 뭐가 예법이란 말이냐? 번오기(樊於期)는 개인적인 원수를 갚기 위해 자기 목을 아끼지 않았고, 무령왕(武靈王)은 제 나라를 강국으로 만들기 위해 호복 입는 것을 부끄럽게 여기지 않았다. 그런데 지금 대명(大明)을 위해 복수하고자 하면서 도리어 머리터럭 하나를 아깝게 여기고, 이제 말을 달리고 칼날을 부닥치고 창으로 찌르고 돌을 날려야 하는 터에 그 넓은 소매를 버리지 않고 저 혼자 그걸 예법이라 지껄이느냐? 내가 처음 세 가지를 말했는데,

너는 할 수 있는 것이 하나도 없다고 하는구나. 스스로를 신임받는 신하라 지껄이는데, 신임받는 신하는 본디 이런 것이냐. 이런 자는 목을 베어버려야 마땅하다."

허생은 좌우를 두리번거리며 칼을 찾았다. 공은 화들짝 놀라 일어나서 뒷문으로 뛰쳐나가 달음박질로 돌아왔다. 다음 날 다시 찾았지만 이미 집을 비우고 떠난 뒤였다.

李公憮然曰: "士大夫皆謹守禮法, 誰肯薙髮胡服乎?"

許生大叱曰: "所謂士大夫, 是何等也? 産於彛貊之地, 自稱曰士大夫, 豈非駴乎! 衣袴純素, 是有喪之服; 會撮如錐, 是南蠻之椎結也. 何謂禮法? 樊於期欲報私怨而不惜其頭, 武靈王欲强其國而不恥胡服. 乃今欲爲大明復讎, 而猶惜其一髮; 乃今將馳馬擊釖刺鎗弓飛石, 而不變其廣袖. 自以爲禮法乎? 吾始三言, 汝無一可得而能者. 自謂信臣, 信臣固如是乎? 是可斬也."

左右顧索釖欲刺之, 公大驚而起, 躍出後牖疾走歸. 明日復往, 已空室而去矣.

이완은 사대부들이 변발을 하고 호복을 입는다는 것은 불가능하다고 답한다. 허생은 사족이 무엇인가 묻는다. 이로써 연암은 가장 민감한 주제에 접근한다.

조선은 청에 항복했지만, 단 하나 자존심을 세울 재료가 있었다. 명조가 망한 뒤 청은 한족들에게 변발과 호복을 강요했다. 한인들은 대부분 그것을 받아들였다. 북경으로 파견되는 조선 사신단은 한인들의 변발과 호복을 비웃으며, 조선이야말로 선왕의 법복을 유지하고 있는, 곧 문명을 지키고 있는 국가라고 자부했다. 1720년 숙종의 죽음을 알리는 고부사(告訃使)로 북경에 파견된 이이명은 신임사화 때 노론 사대신의

한 사람으로 죽임을 당한다. 노론 세력의 핵심인 것이다. 그는 북경 천주당을 방문하여 독일 신부 이그나티우스 쾨글러(Ignatius Kögler)와 포르투갈 신부 조제프 수아레스(Joseph Saurez) 등과 만나 서양 천문학과 천주교에 대해 토론하는 등 얼핏 보기에 개방적인 사고를 갖고 있는 인사로 보이지만, 복식 문제에 대해서는 완강한 소중화주의자였다. 그는 이렇게 말한다.

《주역》에 이르기를 "석과(碩果)는 먹지 않는다." 하였고, 그 전(傳)에 이르기를, "장차 다시 생겨날 이치가 있기 때문이다." 하였다. 이것은 영원히 사라지지 않을 이치다. 지금 천하는 두발을 죄다 깎고 단후(短後, 뒷자락을 접은 옷, 여기서는 호복이란 의미)를 입고 있다. 면복(冕服)·관모(冠帽)·단령(團領)·영자(纓子) 같은 것은 정말 쓸데없는 것이 되고 말았고, 다만 우리나라에서만 보존하고 있으니, 이것은 의관(衣冠)에 관한 한 한 줄기 맥락이 우리 동방에만 있는 것을 의미한다. 훗날 진인(眞人)이 중화를 높일 때 문헌의 증거가 바로 여기에 있지 않겠는가.[84]

조선만 유일하게 보존하고 있는 중화의 의복은, 언젠가 중국에서 청이 물러나고 한족 왕조가 들어설 때 정통 문화를 찾는 근거가 될 것이라는 자부심이다. 이처럼 조선의 의복이야말로 이적화한 중국에 대한 조선의 자부심을 상징하는 것이었다.

북경에 파견되는 조선 사신은 이런 의식을 노골적으로 드러내었다. 1725년(영조 1) 조문명은 사은사겸주청사(謝恩使兼奏請使)의 서장관으로 북경에 파견되었다. 그는 6월 1일 소흑산(小黑山)의 찰원(察院, 국영여관)에서 머무르면서 한인(漢人) 수재(秀才) 송미성(宋美成)을 만나 대화를 나눈다. 송미성은 선조가 명(明)에 벼슬한 사람이었다.

신이 물었습니다.

"우리의 의복 제도와 네가 입고 있는 의복을 견주어보면 어떤가?"

송미성은 "너희가 입고 있는 의복이 실로 우리 선조들이 입고 있던 것들이다. 어찌 좋지 않겠는가." 하고 자못 탄식하는 기미가 있었습니다.

신이 "너의 문필이 자못 사랑스럽다. 내가 마땅히 문제를 낼 것이니, 너는 지을 수 있겠느냐?" 하자, 송미성이 "좋다." 하였습니다.

신은 그의 뜻이 어떤지 보려고 일부러 "공자가 《춘추》를 짓다."는 논제를 내었더니, 송미성이 즉석에서 문장을 구성했는데, 그 문장이 자못 볼 만하였습니다. 하지만 끝내 화(華)·이(夷)와 내·외 글자를 꺼내어 논하지 않았습니다.

"문장은 정말 아름답게 여길 만하다. 하지만 공성(孔聖)이 《춘추》를 지은 것은 전적으로 상·하, 내·외의 분별을 하기 위해 지은 것이다. 이제 네가 지은 글은 그런 취지를 잃어버린 것이라 하겠다."

송미성은 이렇게 답했습니다.

"지금 천하에서 어찌 감히 이런 말을 쓸 수 있겠는가?"

그의 말도 또한 기이했습니다.[85]

조선 사신의 의복이 명대의 것임을 확인받으려 했던 조문명의 의도는 송미성의 대답에서 이루어졌다. 이어서 조문명은 《춘추》에 근거한 화이론을 제기했으니, 한인을 대하는 그의 사고와 행동은 일관되게 화이관과 소중화주의에 근거한 것이었다.

조선 사람이 조선의 의관을 이적화한 중국에 대한 조선의 자부심을 상징하는 것으로 본 것은 일방적인 생각이었다. 한족은 그런 문제의식에 공감하지 않았다. 아니, 그런 문제의식 자체를 갖지 않았다. 이른바 실학자로 존중받는 담헌조차 중국 여행 도중 중국 한족들에게 끊임없이 조선의 복식이 선왕의 복식, 문명의 복식이고 중국인들의 변발과 복식은 오랑캐의 문화임을 상기시켰다. 공감을 끌어낼 수 없었지만 극히 드물게 공감한다는 인상을 받으면 담헌은 그것을 반드시 기록하고 명조를 그리워하고 있는 것으로 해석했다. 담헌이 북경에 도착해 처음 대화를 나눈 지식인은 1월 1일 조참에서 만난 오상과 팽관인데, 담헌이 그들을 주목한 것 역시 두 사람이 조선 사신단의 의복에 깊은 관심을 보였기 때문이다. 담헌은 그 관심을 이렇게 오해했다. "생각건대 두 사람이 비록 오랑캐 조정에 몸을 굽히고 있지만, 기쁜 낯으로 우리 의관을 보는 것은 반드시 그럴 만한 이유가 있을 것이다."[86] 담헌의 일방적 희망이자 상상력일 뿐이었지만, 그에게 중국인의 조선 의관에 대한 관심은 청에 대한 은밀한 저항의식으로 읽혔던 것이다.

하지만 그의 생각은 반박에 부닥쳤고 되받아칠 수가 없었다. 담헌은 북경에서 돌아오는 길에 책문에서 만주 사람인 세관원 희원외(希員外)를 만나 대화를 나눈다. 희원외는 청이 명을 위해 이자성 군대를 멸망시키고 중국을 차지한 것은 요순의 선양과 다름이 없다면서 조선에서도 그것을 알고 있느냐고 묻는다. 담헌은 웃으며 "순 역시 동이(東夷) 사람이다. 하지만 요에서 순으로 바뀔 때 오늘처럼 복색을 바꾸었는지 모르겠다."라고 답한다. 이에 다시 희원외는 웃으며 "세상에는 옛날과 지금이 있고, 시의(時義)가 같지 아니하니, 의관이 어찌 정해진 제도가 있었단 말이오."라고 되받았다. 담헌은 대답할 말을 찾을 수가 없었다.[87] 담헌은 조선의 의관이 문명의 의관이라고 자부했지만, 그것은 담헌의 생각일 뿐이었고 중국 현지인들에게 조롱의 대상이 되었을 뿐이었다. 담헌의 중국 체험을 들은 이덕무는 이렇게 말한다. "담헌 홍대용이 연경을 유람할 때, 도포·혁대에 삿갓을 착용하고 가니, 사람들이 모두 손가락으로 가리키며 걸승(乞僧)이라 했다. 스스로 예의의 복장으로 여긴 것이 겨우 걸승이란 이름을 전파시켰으니, 어찌 한탄스럽지 않겠는가?"[88] 담헌이 선왕의 복식, 문명의 복색이라고 자랑한 갓과 도포를 중국인들은 모두 걸승의 복장이라고 놀렸다고 한다. 조롱거리가 된 것이다.

연암 역시 1780년 연행에서 같은 경험을 하였다. 《열하일기》의 한 대목이다.

의원 변관해(卞觀海)와 더불어 옥전현(玉田縣)의 한 점포에 들어갔더니, 수십 명이 둘러서서 다투어 우리의 도포를 보고 그 제도를 관찰하고는 아주 의아해하였다. 저희끼리 이렇게 속살거린다.

"저 중은 어디서 왔을까?"

혹자가 놀리는 말로 답을 한다.

"사위국(舍衛國) 급고원(給孤園)에서 왔겠지."

우리가 조선 사람인 줄 모르지 않지만, 도포와 갓을 보고 걸승과 비슷하다고 놀리는 것이다.[89]

연암 역시 조선인의 의복이 걸승의 옷이라는 중국인의 조소를 받았던 것이다.

연암은 고려 때 몽고에 항복한 뒤 왕은 물론 재상부터 하급 관료까지 모두 머리를 몽고식으로 깎았던 전례를 말하고, 청이 조선인에게 변발과 호복을 강요하지 않은 이유가 따로 있다고 말한다. 청은 한인(漢人)

허생의 섬, 연암의 아나키즘

에게는 보는 대로 변발을 강요했지만 조선에는 강요하지 않은 것은 나름의 이유가 있었다는 것이다. 병자호란 직후 청 태종이 조선의 항복을 받았을 때 주변에서 변발을 명하도록 권했지만 태종은 받아들이지 않았다. 조선인은 머리털을 제 목숨보다 사랑하는데, 만약 변발을 강요했다가 불복하는 마음을 키운다면 반드시 배반할 테니 '예의'로 구속시킬 필요가 있다는 것이다. 또한 조선인이 청의 습속을 따라 기사(騎射)에 편한 복색을 하게 된다면 청의 이익이 될 수 없다는 것이다. 연암은 변발과 호복을 하지 않은 것은 조선의 다행이겠지만, 그것이 조선을 문약하게 만들었으니 결과적으로 청에 큰 이익이었다고 결론을 내린다.[90]

담헌이 귀국한 뒤 1766년 유금이, 1778년 박제가·이덕무가, 1780년 연암이 북경에 다녀오면서 그동안 조선 사람들이 자랑으로 여긴 두발양식과 갓, 복색에 대한 자부심이 무너진 것으로 보인다. 이들은 상당히 오랫동안 이 문제를 담토했던 것으로 보인다.[91] 이덕무는 갓은 원래 우구(雨具)에서 비롯된 것이고,[92] 갓이야말로 개혁해야 할 것이라고 비판한다. 그는 갓의 폐단은 이루 다 말할 수 없을 정도라고 조목조목 지적하고, 말을 탄 여진인(女眞人)이 비를 만나 소매와 옷깃이 있는 유의(油衣)를 꺼내 입고 복건처럼 부드러운 모자를 순식간에 쓰는 것이 아주 쾌활하게 보였다고 말했다. 그는 불편한 갓보다 실용성이 뛰어난 여진인의 의복과 모자를 높이 평가했던 것이다. 이어서 그는 갓 하나의 값이 3백~4백 냥에 이르러 조선 사람이 갓을 목숨처럼 보호하는 것이 너무나도 구차하다고 지적하고, 나태한 풍속, 오만한 태도가 갓에서 생겨나니, 오래된 전통이라 하여 금하지 못할 이유가 없다며 갓의 제도를 개혁해야 한다고 주장했다.[93] 최종적으로 그는 법을 만들어 갓을 금할 것을 제안하고, 다만 소립(小笠)을 만들어 말 타는 사람, 보행자가 들판

을 지날 때 비를 피하거나 햇볕을 가리는 도구로 삼자고 제안한다.[94]

이덕무의 주장은 연암 그룹 내부에서 토론한 결과물일 것이다. 박제가는 《북학의》〈존주론(尊周論)〉에서 병자호란 직후 청이 조선에 여진족의 옷을 입히려 하자 구왕 곧 도르곤이 만약 조선 사람이 청의 요지인 요동과 심양에 자신들과 같은 옷을 입고 자유로이 출입한다면 천하가 평정되지 않은 상황에서 어떤 일이 벌어질지 모르므로 예전대로 해서 조선인을 자유롭지 않게 만드는 것이 나을 것이라고 말했다고 한다.[95] 또한 박제가는 조나라 무령왕이 오랑캐 의복을 입고 동쪽 지역의 호족을 대파했다는 이야기도 〈존주론〉에서 인용하고 있으니, 두발과 의복 문제는 연암 그룹 내에서 열띤 토론의 과정에서 공유하는 주장이었을 것이다. 이런 토론을 거쳐 마침내 연암과 그의 동료들은 화이론에 대해 비판적 입장을 취하게 된 것으로 보인다.

담헌은 〈의산문답〉에서 의복 문제를 간명하지만 근원적으로 성찰했다.

> 실옹(實翁, 실학자)이 말하였다. "하늘이 낳고 땅이 길러주니, 무릇 혈기가 있는 자는 다 같은 사람이며, 여럿 중에 뛰어나 한 나라를 맡아 다스리는 자는 모두 군왕이며, 문을 여러 겹 만들고 해자를 깊이 파서 강토를 조심하여 지키는 것은 다 같은 방국(邦國)이다. 장보(章甫)건 위모(委貌)건 문신(文身)이건 조제(雕題)건 간에 모두 다 같은 자기들의 습속인 것이다. 하늘에서 본다면 어찌 안과 밖의 구별이 있겠느냐?[96]

인간은 하늘과 땅이 길러내는 동등한 존재일 뿐이다. 모든 왕은 동등한 왕이며, 모든 국가는 동등한 국가다. 은나라 때의 예관(禮官)인 장보, 주나라의 관용 관(冠)인 위모가 굳이 문명일 수 없고, 몸에 문신을 새기는 풍습이나 이마에 단청을 새기는 조제가 이적의 야만이라 할 수는 없다. 양자 사이에는 중화와 이적이란 문명적 가치의 위계가 존재하지 않는다. 오직 다른 풍습일 뿐이다. 따라서 모든 나라 사람은 각기 자신의 나라 사람을 피붙이처럼 친하게 여기고 자신의 임금을 받들고 자신의 나라를 지키고 자신의 풍속을 편안히 여긴다. 그것은 중화나 이적이나 동일한 것이다.[97]

연암은 〈북학의서〉에서 "우리를 저들과 비교해본다면 진실로 한 치의 나은 점도 없다. 그럼에도 단지 머리를 깎지 않고 상투를 튼 것만 가지고 스스로 천하에 제일이라고 하면서 '지금의 중국은 옛날의 중국이 아니다.'라고 말한다. 그 산천은 비린내와 노린내 천지라며 나무라고, 그 인민은 개나 양이라고 욕하고, 그 언어는 오랑캐 말이라고 모함하면서, 중국 고유의 훌륭한 법과 아름다운 제도마저 배척해버리고 만다. 그렇다면 장차 어디에서 본받아 행하겠는가."라고 말한다.[98]

허생, 아니 연암은 묻는다. 북벌을 할 의지는 있는가. 북벌을 실행하기 위한 구체적인 계획과 실천이 있는가. 그 물음 앞에 이완은 답할 수 없었다. 아니, 집권 세력이 답할 수 없었을 것이다. 북벌과 화이론은 연암이 말한 소수의 훈척과 권귀 곧 경화벌열이 국가권력과 토지와 부를 독점하는 것을 정당화하는 논리에 지나지 않았다. 그 논리로 그들은 조선 사족체제가 오랑캐라고 비난하는 청보다 문화적·경제적으로 낙후된 것을 은폐했고, 체제의 어떤 제도적 변화의 가능성도 봉쇄했던 것이다. 연암은 북벌의 허구성을 여지없이 드러냈다. 청과의 전쟁은 구호일 뿐, 불가능하다는 것은 정조도 알고 모두 알았다. 하지만 북벌을 공식적으로 포기하면 화이론을 포기해야 할 것이다. 그것은 송시열이란 인물이 내뱉었던 대명의리가 무너지는 것이고, 나아가 노론의 정신적 지주가 무너지는 것이었다. 송시열의 붕괴는 정치권력을 장악하고 있는 소수의 집권 세력, 경화세족의 정당성을 붕괴시킬 것이었다.

북벌을 초점으로 한 이완과 허생의 만남과 대화는 연암이 사족체제의 허위성을 드러내기 위해 끌어들인 수단일 것이다. 북벌은 권력투쟁을 통해 국가권력을 독점한 세력, 곧 벌열이 사회 모순을 은폐하고 비판 세력을 침묵시킬 수 있는 정치 이데올로기가 되었다는 점에서 체제의 거대한 허위가 되었다. 그 허위는, 이완의 말에서 명시적으로 드러났듯 교정될 수 없는 것이었다. 허생이 흔적을 남기지 않고 사라졌던 것은 바로 그 때문이고, 연암이 허생의 섬에서 사족체제와 전혀 다른 아나키즘을 실현할 수밖에 없었던 것도 그 때문이다.

허생의 섬, 연암의 아나키즘

5장

〈후지〉 1
— 조계원을 통해 거듭 북벌을 비판하다

　　　　　　　　　　　　＊＊＊

　어떤 이는 허생을 명나라 유민이라고 하였다. 숭정(崇禎) 갑신년(1644)
이후 조선으로 와서 사는 명나라 사람이 많았으니, 허생도 혹 그런 사람일
수 있을 것이다. 그렇다면 그 허생의 성이 꼭 허씨일 수는 없을 것이다.

　세상에 이런 이야기가 전해지고 있다. 조 판서(趙判書) 계원(啓遠)이 경
상감사(慶尙監司)가 되어 고을을 순행하던 중 청송(靑松)에 이르렀을 때의
일이다. 길가에 중 둘이 서로 베고 누워 있었다. 앞에 선 마부가 소리를
질렀지만 피하지 않았고, 채찍으로 쳐도 일어나지 않았다. 여러 사람이
잡아끌었지만 꼼짝달싹하지 않았다. 조 감사가 가마를 멈추고 물었다.

　"어느 절의 중이냐?"

　두 중은 일어나 앉았지만 더욱 뻣뻣한 자세로 한참을 흘겨보더니 쏘아
붙였다.

　"너는 헛된 소리로 권세를 붙좇아 감사가 되더니 이렇게 구는 것이냐?"

　조 감사가 중들을 보니 한 중은 얼굴이 붉고 둥글고, 한 중은 검고 길었
으며, 말하는 품이 아주 예사롭지 않았다. 조 감사가 그제야 가마에서 내

려 그들과 말을 섞으니, 중은 "종자를 물리치고 나를 따라오너라."라고 하였다.

조 감사는 몇 리를 따라가자 숨이 차고 땀이 쏟아졌다. 조금 쉬어가자 했더니, 중이 꾸짖는 말을 했다.

"너는 평소 여러 사람과 있을 때 큰소리로 떠벌리며 두꺼운 갑옷을 입고 날카로운 창을 잡고 선봉에 서서 대명을 위해 복수설치를 하겠다더니, 이제 몇 리도 안 되어 한 발짝에 열 번을 헐떡이고 다섯 발짝에 세 번을 쉬는구나. 그러고도 요(遼)·계(薊)의 벌판을 달릴 수 있단 말이냐?"

어떤 바위 아래 이르자 중은 나무를 기둥 삼아 집을 짓고 땔나무를 쌓더니 그 위에 누웠다. 조 감사가 목이 말라 물을 찾으니, 중은 "이분은 귀하신 몸이니 또 배도 고프시겠지." 하고는 황정(黃精)으로 만든 떡을 꺼내고 솔잎가루를 개울물에 타서 주었다. 조 감사는 이마를 찡그린 채 마시지 못했다. 중이 다시 크게 꾸짖었다.

"요동 벌판은 물이 귀하니, 목이 마르면 말 오줌이라도 마셔야 하는 법이야!"

두 중은 서로 부둥켜안고 통곡을 했다.

"손 노야(孫老爺), 손 노야!'

이어 조 감사에게 물었다.

"오삼계가 운남(雲南)에서 군사를 일으켜 강소(江蘇)와 절강이 소란한 것을 너는 알고 있느냐?"

"아직 들은 바 없소이다."

두 중은 탄식했다.

"감사가 된 몸으로 천하에 이런 큰일이 있는 줄 듣지도 알지도 못하고, 다만 큰소리를 쳐서 벼슬을 얻었을 뿐이로구나."

　　　　　　　　　　　　　　허생의 섬, 연암의 아나키즘

"스님들은 어떤 분이십니까?"

"물을 필요도 없어. 세간에 응당 우리를 아는 사람이 있을 것이야. 너는 여기 앉아 우리를 조금 기다리려무나. 우리 선생님과 같이 와서 너와 이야기를 할 것이야."

두 중은 일어나 깊은 산으로 들어갔다. 조금 지나 해가 졌지만, 중들은 오랫동안 돌아오지 않았다. 조 감사는 중들을 기다렸다. 밤이 깊어지자 풀은 서걱거리고 바람이 울었다. 범이 싸우는 소리도 들렸다. 조 감사는 너무나 두려워 거의 까무러칠 지경이 되었다. 한참 뒤 여럿이 횃불을 들고 조 감사를 찾아왔다. 조 감사는 낭패를 보고 골짜기를 빠져나온 뒤 오랫동안 가슴이 답답하고 속에 한이 맺혀 있었다.

뒤에 조 판서는 우암 송 선생에게 물어보았다. 우암 선생의 답은 이러했다.

"그 사람들은 명나라 말기 총병관(摠兵官)인 것 같습니다."

"늘 나를 너니 네니 하고 깔본 것은 어인 일인가?"

"자신들이 우리나라 중이 아님을 스스로 밝힌 것이고, 땔나무를 쌓은 것은 와신상담(臥薪嘗膽)의 뜻이었겠지요."

"울 때 반드시 손 노야를 불렀으니, 무슨 의미인가?"

"아마도 태학사(太學士) 손승종(孫承宗)일 겁니다. 손승종은 산해관에서 군사를 거느린 적이 있는데, 두 중은 그의 휘하에 있던 사람일 겁니다."

或曰: "此, 皇明遺民也." 崇禎甲申後多來居者, 生或者其人, 則亦未必其姓許也. 世傳趙判書啓遠爲慶尙監司, 巡到靑松, 路左有二僧相枕而臥. 前騎至呵之不避, 鞭之不起, 衆捽曳之, 莫能動. 趙公至停轎問: "僧何居?" 二僧起坐, 益偃蹇. 睥睨良久曰: "汝以虛聲趨勢, 得方伯乃復爾耶?" 趙公視僧, 一赤面而圓, 一黑面而長, 語殊不凡. 乃下轎欲與語, 僧曰: "屛徒衛, 隨我來." 趙公行數里, 喘息汗流不止, 願小憩. 僧罵曰: "汝平居, 衆中常大言, 身被堅執銳當先鋒, 爲大明復讐雪恥. 今行數里, 一步十喘, 五步三憩, 尙能馳遼薊之野乎?"

至一巖下, 因樹爲屋, 積薪而寢處其上. 趙公渴求水, 僧曰: "此, 貴人. 又當饑也." 出黃精餠以饋之, 屑松葉, 和澗水以進. 趙公嚬蹙不能飮, 僧復大罵曰: "遼野水遠, 渴當飮馬溲." 兩僧相持痛哭曰: "孫老爺! 孫老爺!" 問趙公曰: "吳三桂起兵滇中, 江·浙騷然, 汝知之乎?" 曰: "未之聞也." 兩僧歎曰: "身爲方伯, 天下有如此大事而不聞不知, 徒大言得官耳." 趙公問: "僧是何人?" 曰: "不必問! 世間亦應有知我者. 汝且少坐待我. 我當與吾師俱來, 與汝有言." 兩僧俱起入深山. 少焉日沒, 僧久不返. 趙公待僧, 至夜深, 草動風鳴, 有虎鬪聲. 趙公大恐幾絶, 已而衆明燎炬, 尋監司而至. 趙公狼狽出谷中, 久之居常悒悒恨于中也.

後, 趙公問于尤庵宋先生, 先生曰: "此似是明末總兵官也." "常斥我以爾汝者何?" 先生曰: "自明其非東國緇徒也. 積薪者, 臥薪之義也." "哭必呼孫老爺何?" 先生曰: "似是太學士孫承宗也. 承宗嘗視師山海關, 兩僧似是孫之麾下士也."

이 부분은 〈옥갑야화〉 뒤에 붙은 것이다. 〈옥갑야화〉에는 두 편의 후지가 있는데, 이것은 그 첫 번째다.

이야기는 모두 세 부분으로 나뉜다. 첫째는 허생을 명나라 유민으로 추정하는 부분이다. 하지만 〈허생〉 전체에서 그를 명나라 유민으로 볼 만한 부분은 전혀 없다. 그를 유민이라고 슬쩍 흘리는 것은, 이 작품에 내장되어 있는 과격성을 은폐하기 위한 연암 박지원의 의도적 설계가 아닌가 한다.

어쨌든 허생이 명대 유민일 수도 있다고 말하고, 그렇다면 성이 허씨가 아닐 수도 있을 것이라면서 다시 한 번 이 이야기의 출처를 은폐한

허생의 섬, 연암의 아나키즘

다. 이어 연암은 정말 유민일 수 있는 사람, 곧 두 승려의 이야기를 꺼낸다. 이야기의 골자는 경상도관찰사 조계원이 정체를 알 수 없는 중 둘을 만나 곤욕을 치렀다는 것이다. 관찰사 조계원이 천민 신분인 중에게 모욕을 당했다는 것은 예삿일이 아니다. 문제는 이 두 중이 조계원을 모욕하는 화제의 핵심이 북벌에 있다는 것이다. 중은 조계원에게 "너는 헛된 소리를 치며 출세하여 감사의 자리를 얻은 자가 아니냐."라고 말한다. 헛된 소리로 출세했다는 것은 북벌과 관련된 말로 들린다. 조계원은 대단한 가문의 출신이라서 출세했지만, 한편으로는 병자호란이 그의 출세에 결정적 계기를 제공했다고 할 수 있다. 우선 조계원에 대해 간단히 살펴볼 필요가 있다.

조계원(1592~1670)은 양주(楊州) 조씨로 조존성(趙存性)의 아들이다. 조존성은 임진왜란 때 명에 사신으로 파견되어 명의 철병(撤兵)을 막는 등 공을 세웠고, 선치수령(善治守令)으로도 이름이 높았다. 조계원은 또 당대 최고의 명망가였던 신흠의 사위이자 이항복(李恒福)의 문인이다. 그의 다섯 아들인 조진석(趙晉錫)·조귀석(趙龜錫)·조희석(趙禧錫)·조사석·조가석(趙嘉錫)은 모두 과거에 합격하여 관료로 출세하였다. 특히 조사석은 우의정·좌의정에 오르는 등 정국의 중심에 있었던 인물이다.

대부분의 경화세족이 그렇지만 이들의 경제적 토대 역시 건전하지 못한 방법으로 마련되었던 것으로 보인다. 1665년(현종 6) 3월 22일《실록》은 조계원의 아들 조귀석의 졸기를 싣고 있는데, 그는 전라도관찰사로 있으면서 한없이 탐욕스러운 것이 그의 아비와 같았다고 평가한다. 탐욕 때문에 청망(淸望)에 오르지 못했고 늘 앙앙불락했는데, 병사하자 현종이 직첩을 돌려주었다는 것이다.[1] 아버지보다 일찍 죽은 아들 조귀석이 아버지처럼 탐욕스러웠다 했으니, 조계원 역시 부정한 방법으로 재산을 긁어모았던 것은 거의 확실하다고 하겠다.

조계원은 일흔 살이 되었을 때 노령을 이유로 스스로 벼슬을 그만두고 보령(保寧)으로 은퇴하였다. 이때 청론(淸論)을 주장한다는 명분으로 송시열과 송준길을 추종하는 이른바 산당(山黨)이 조계원을 공격했다. 보령에서 민전(民田)을 탈법적 수단으로 점유해 비방을 초래했다는 것이다.[2] 그는 당시 권력 있는 사족들이 흔히 하던 방식으로 농민의 땅을 빼앗았을 것이다. 어쨌건 일흔이 되어 스스로 관직에서 물러난 것은 좋은 평가를 받았지만, 조정에 있을 때는 깨끗한 지조가 없었고, 향리에서는 근신하지 않아서 비방을 받고 탄핵까지 당했다는 것이 그가 죽고 난 뒤의 총평이다.[3] 이것이 조계원만의 일은 아니다. 그것은 대개 경화세족의 일반적인 삶의 방식이었다. 앞서 허생은 이완에게 '훈척과 권귀의 집을 빼앗아 조선으로 망명한 명의 장수와 군졸 들이 살 수 있도록 나누어줄 수 있느냐?'고 물었는데, 조계원과 그 일문은 전형적인 훈척·권귀에 해당하는 특권층이다.

조계원의 집안이 이후 격렬하고 복잡한 당쟁 속에서 살아남아 유력한 경화세족의 지위를 잃지 않았던 것은 그의 집안이 노론의 본류와 손을 잡았기 때문이다. 앞서 밝혔듯 조계원은 산당의 공격을 받았으니 송시열과의 갈등도 없는 것이 아니었고, 심지어 "평생 송시열 무리에게 물어뜯기다 죽었다."는 평가[4]도 있었지만, 조계원의 아들 조가석은 1677년 상소하여 (남인 정권 아래에서) 송시열을 복권할 것을 요청하였다. 물론 관직을 삭탈당했지만 이 상소로 그는 1680년 경신대출척으로 남인이 축출당하고 서인 정권이 들어서자 출셋길을 달리게 되었다. 송시열은 그에 대한 보답으로 조가석·조사석 형제와 김만중과의 화해를 주선했고,[5] 조가석이 죽자 묘갈명을 써주기도 하였다.

허생의 섬, 연암의 아나키즘

이제까지 조계원의 집안이 전형적인 경화세족 혹은 경화벌열임을 밝혔다. 조계원보다 140여년 뒤에 태어나 18세기 말에 활동한 연암은 당시 벌열이었던 양주 조씨 집안의 조계원을 누구보다 잘 알았을 것이다. 그렇다면 조계원은 북벌에 대해 언급하는 맥락과 어떤 연관이 있어야 할 것이다. 조계원은 임진왜란이 일어난 해에 태어났고 또 45세(1636년, 인조 14)에 병자호란을 경험했다. 그는 33세 때(1624년, 인조 2) 이괄의 난이 일어나자 관학유생(館學儒生)을 대표하여 인조를 호종하며 적을 칠 것을 상소하였다.[6] 1637년에는 정태화·이경의(李景義)·목성선(睦性善)과 함께 유장(儒將)에 적합한 인재로 비변사의 추천을 받았으니,[7] 또 병무에도 유능하다고 평가를 받았던 것이다.

조계원은 1641년 3월 21일 시강원 보덕(輔德)에 임명되었다. 이 시기 소현세자는 심양에 인질로 잡혀가 있었으므로 그 역시 심양으로 갔다. 그해에 청이 금주(錦州)를 공격할 때 소현세자와 봉림대군 등을 데리고 갔는데, 이때도 빈객 최혜길(崔惠吉)과 보덕 조계원 등이 따라갔다.[8] 송시열이 쓴 비문에 의하면, 조계원은 금주 전투에 참여할 때 수행원에게 베자루와 가죽자루를 하나씩 준비하게 하였다고 한다. 전투가 시작되자 전자에는 모래를, 후자에는 물을 담아 나른 뒤, 모래주머니를 쌓고 물을 붓자 즉시 얼어 성이 되어 목숨을 보존할 수 있었다고 한다. 이후 조계원은 보덕으로서의 임기가 차서 소현세자에 앞서 귀국했다.[9]

조계원은 1644년 1월 수원부사에 임명되었다. 역시 송시열의 비명에 의하면, 그는 맨 먼저 군법으로 장교 한 사람의 목을 베어 융정(戎政)을 엄숙하게 하고, 장정을 뽑아 궐원을 보충하였다고 한다. 이런 일이야 으레 비문에 오르기 마련이지만, 앞의 주머니 일화와 관련지어본다면, 유장에 적합한 인물이라는 평가 역시 이런 일화와 관련이 있을 것이다.

조계원이 본격적인 출세의 길에 오른 것은 효종 대다. 그는 도승지부터 시작하여 안팎의 요직을 두루 거쳤다. 병조·공조의 참판, 형조판서와 전라도·경상도·경기도·함경도의 관찰사를 지냈다. 하지만 이 시기에 북벌과 관계된 일은 없었다. 군사(軍事)에 관한 약간의 흔적을 볼 수 있는 것은 1649년(인조 27) 강화유수 재직 때다. 병자호란 때 강화도가 전혀 도움이 되지 못했던 것을 상기시키며 인조가 강화도에 대한 방안을 묻자, 조계원은 지형이 바뀌어 강화도에 배를 쉽게 댈 수 있게 되었고(즉 방어상의 유리함을 상실했다는 뜻), 배를 건조해도 3년이 지나면 썩어 사용할 수 없어 수군을 배치할 수도 없다고 답하였다. 강화도의 군사도 대부분 허수이므로 목장을 폐기하여 경작지로 삼는다면 인구가 불어날 것이라고 제안하였다.[10] 이것은 1650년(효종 1)에 실현되었다.[11]

전라도관찰사로 재직 중에는 적상(赤裳)·금성(錦城)·입암(笠巖) 산성의 보수를 중지해달라고 상소로 요청했다. 적상산성은 험지이기는 하지만 성안에 우물이 없다. 필부들이 피난할 곳으로 적합할 뿐 전쟁 때 적병과 싸울 곳은 못 된다. 그곳에 비용을 들일 수는 없다. 금성산성과 입암산성도 물이 부족한 곳이어서 전투용 성이라고는 할 수 없다. 이 성을 보수하는 것은 백성을 피폐하게 하는 것일 뿐이다. 산성의 비축곡을 빌려온 고을과의 거리가 멀어 곡식을 빌리고 갚는 과정에 소모되는 비용이 원곡을 넘기 때문에 백성이 고통에 시달리고 있다. 산성의 보수를 중지하고 비축곡을 가까운 고을로 옮길 것을 제안한다. 물론 비국의 반대로 거부되었다.[12]

조계원은 병자호란을 겪었고, 또 시강원 보덕으로서 소현세자가 인질로 있는 심양에 체류했으니, 청에 대한 강한 적대감이 있었을 것이다. 하지만 조계원이 실제로 했던 일은 전쟁 준비보다는 전쟁을 할 수

허생의 섬, 연암의 아나키즘

없는 조건을 만드는 데 집중하고 있었던 것이다. 본문에서 중은 조계원에게 '헛된 소리로 권세를 붙좇아 감사가 된 자'라고 말한 바 있는데, 그 '헛된 소리'란 이 맥락에서 충분히 북벌로 해석될 수 있을 것이다. 중들을 따라가다가 조계원이 숨을 헐떡이자, 중들은 조계원을 다시 비난한다. 그 내용이 바로 북벌의 공언이다.

> "너는 평소 여러 사람과 있을 때 큰소리로 떠벌리며 두꺼운 갑옷을 입고 날카로운 창을 잡고 선봉에 서서 대명을 위해 복수설치를 하겠다더니, 이제 몇 리도 안 되어 한 발짝에 열 번을 헐떡이고 다섯 발짝에 세 번을 쉬는구나. 그러고도 요·계의 벌판을 달릴 수 있단 말이냐?"

조계원이 목이 말라 마실 물을 달라고 할 때 중은 다시 비난한다.

> "이분은 귀하신 몸이니 또 배도 고프시겠지."
> "요동 벌판은 물이 귀하니, 목이 마르면 말 오줌이라도 마셔야 하는 법이야!"

북벌이란 한갓 구호일 뿐 실제로는 의지도 없고 실행의 계획도 없다는 것이다. 중은 오삼계의 난이 일어난 줄 아느냐고 묻는다. 들은 바가 없다고 하자, 다시 한갓 허풍으로 벼슬을 얻었다고 꾸짖는다. 요컨대 경화벌열의 북벌이 중국의 정세에 어두운, 구호에 지나지 않는 이야기일 뿐이라는 지적이다.

다만 사실과 약간 다른 부분은 있다. 오삼계가 반란을 일으킨 것은 1673년이고, 조계원이 사망한 것은 1670년이다. 1670년에 죽은 조계원에게 1673년에 일어난 오삼계의 난을 물을 수는 없을 것이다. 게다가 조계원이 경상감사가 된 것은 1652년(효종 3) 8월 19일이고, 1653년(효종 4) 10월 15일 체직되어 서울로 돌아왔다. 따라서 경상도관찰사로 있을 때 오삼계의 반란을 들을 수는 더더욱 없는 것이다.

조계원은 1641년 심양에 가서 소현세자를 시종했고, 1654년(효종 5) 2월 사은사의 부사로 정사 구인후(具仁垕), 서장관 이제형(李齊衡)과 함께 북경에 갔다가 5월에 귀국했으니, 북경의 사정에 대해서도 그렇게 무지하지는 않았을 것이다. 또 중은 조선의 지배계급이 오삼계에 대해 모르고 있었다고 말하지만, 이 역시 사실과 다르다. 오삼계의 반란 소식은 1674년(현종 15) 3월 사은사 김수항(金壽恒)이 역관 김시징(金時徵)을 북경에서 서울로 먼저 보내 보고한 것이 최초다.[13] 김수항이 사은사에 제수된 것은 1673년(현종 14) 9월 15일이고 출발한 것은 10월 말로 짐작된다. 오삼계의 난은 1673년에 일어났으니, 결코 정보를 늦게 얻은 것이 아니다. 하지만 조선은 오삼계의 난을 단지 인지만 했을 뿐, 북벌과 관련한 어떤 대응도 하지 않았다. 효종과 조정의 집권 세력에게 북벌의 의지가 있었다면 오삼계의 난으로 청 체제가 위험할 때를 틈타야 하지 않겠는가. 하지만 그것은 꿈에도 없는 일이었다. 연암은 바로 그 점을 말하고자 한 것이다.

모욕을 당한 조계원은 뒷날 송시열에게 그들에 대해 물었다.[14] 송시열은 북벌 논리를 가장 완강하게 제기한 사람이다. 그러면 그들이 누구인지 알았을 것이다. 하지만 송시열은 모호한 대답을 했다. 그들은 손승종(1563~1638) 휘하의 장수였을 거라고 추정한다. 손승종은 명·청의 전쟁사에서 상당한 역할을 한 인물이다. 1621년 후금의 누르하치가 수도를 요양(遼陽)으로 옮기고 1622년 광녕(廣寧)을 빼앗자, 명은 손승종

허생의 섬, 연암의 아나키즘

을 병부상서에 임명한다. 손승종은 요동 일대 방어를 전담하는 계료독사(薊遼督師)를 자청하고, 임지에 이르자 원숭환(袁崇煥)의 요청을 받아들여 영원(寧遠) 등지에 성을 쌓아 지키게 한다. 4년 동안 그는 성보(城堡)를 수리하고, 10만 명의 군졸을 조련하고, 5천 경의 둔전을 일구고, 금주(錦州)·송산(松山)·대릉하(大陵河)·소릉하 등에 장수를 파견해 지키게 하고, 4백여 리의 땅을 개척한다. 하지만 환관 위충현(魏忠賢)의 음모에 걸려 북경으로 돌아오고 만다.

　1629년 후금이 북경 가까운 지방을 함락시키자 손승종은 다시 통주(通州) 방어에 나선다. 그다음 해 몇몇 지역을 수복하지만 이내 대릉하 등의 수비에 실패하자 조정에서 그를 문책했고, 그는 병을 핑계로 관직에서 물러난다. 집에서 지낸 지 7년이 되던 1638년(숭정 11) 청의 군대가 고양(高陽)을 공격하자 집안사람을 이끌고 저항하다가 성이 무너지자 자살한다.[15] 앞의 두 승려가 손승종 휘하의 장수라면 그들을 통해서 청에 대한 정보를 얻을 수 있다. 하지만 손승종 휘하의 장수일 것이라고 추측만 할 뿐 다른 정보는 전혀 없다. 조선으로서는 명의 유민이 얼마나 조선에 들어와 있는지, 그들을 어떻게 대우하고 활용할 것인지 아무런 대책이 없었던 것이다. 이 역시 북벌이 허구임을 암시한다.

6장

〈후지〉2
― 이야기 출처 은폐를 위한 또 다른 책략

＊＊＊

　나는 스무 살 때 봉원사에서 글을 읽었는데, 어떤 손님 한 분이 밥을 적게 먹고 밤새 잠을 자지 않으며 도인법(導引法)을 하였다. 그러다 정오가 되면 벽에 기대 앉아 잠시 눈을 붙이고 용호교(龍虎交)를 하고는 하였다. 그는 자못 늙었기에 나는 겉으로나 속으로나 그를 공경하였다. 노인은 때때로 나에게 허생의 고사와 염시도·배시황·완흥군부인의 이야기를 해주고는 하였는데, 흥미진진한 이야기가 밤과 낮을 이어가며 끊이지 않았고, 모두 기이하고 희한한 이야기들이라 들어볼 만하였다. 그때 그는 자신의 성명을 윤영이라 하였다. 이때는 병자년(1756년) 겨울이었다.

　그 뒤 계사년(1773년) 봄에 관서 지방으로 유람을 간 길에 비류강에서 배를 타고 십이봉 아래에 이르렀더니, 작은 암자가 하나 있었다. 윤영은 혼자 어떤 중과 이 암자에서 지내고 있었다. 그는 나를 보고 뛸 듯이 기뻐하였고, 서로 그간의 안부를 물었다. 열여덟 해가 지났지만 용모는 더 늙어 보이지 않았고, 걸음걸이는 마치 나는 것 같았다.

　나는 "허생 이야기에 모순되는 점이 한두 곳 있더군요." 하고 물었더니,

노인은 즉시 흡사 어제 겪은 일처럼 풀이해주었다. 그는 내게 "자네가 예전에 창려(昌黎)의 글을 읽었는데, 마땅히……"라 하더니, 또 "자네가 전에 허생을 위해 전(傳)을 쓴다고 했는데 글이 이제 다 되었겠지?"라고 하였다. 나는 아직 완성하지 못하였다고 사과하였다.

그와 대화를 하면서 그를 '윤 노인'이라고 불렀더니, 노인은 이런 말을 하였다.

"나는 성이 '신(辛)'일세. '윤'이 아니라네. 자네가 잘못 알고 있구먼."

깜짝 놀라 그의 이름을 물었다.

"내 이름은 색(嗇)이네."

"노인장, 어찌 성함이 윤영이 아닙니까? 이제 갑자기 무슨 일로 신색이라 바꿔 말씀하시는지요?"

노인은 크게 화를 내었다.

"자네가 오히려 잘못 알고 남더러 이름을 바꾸었다고 하는가?"

내가 다시 따지려 들었더니 노인은 더욱 노기를 띠었고 푸른 눈동자가 번득였다. 나는 그제야 노인이 기이한 지취(志趣)를 가진 사람임을 알게 되었다. 혹 폐족이거나 좌도, 이단으로 사람을 피해 자취를 감추려는 부류인지도 알 수 없는 일이었다.

내가 문을 닫고 떠날 때에 노인은 혀를 차며 말했다.

"불쌍하구나. 허생의 처는 끝내 다시 굶주렸을 것이야."

또 광주(廣州) 신일사에 노인 한 사람이 있어 호를 삿갓 이 생원이라 하였다. 나이는 아흔을 넘었지만 힘은 범을 손으로 움켜잡고 장기와 바둑을 잘 두었다. 왕왕 동방의 옛이야기를 했는데, 말에서 바람이 이는 듯하였다. 그 이름을 아는 이가 아무도 없었는데, 그 나이와 생김새를 물어보면 윤영과 아주 비슷하였다. 한번 찾아가 본다는 것이 끝내 그러지 못하고

허생의 섬, 연암의 아나키즘

말았다.

세상에는 본디 자신의 이름을 감추고 숨어 살며 완세불공(玩世不恭)하는 사람이 있다. 유독 허생에 대해서만 의심할 수 있을 것인가. 평계(平谿) 국화 아래서 술을 조금 마신 뒤 붓을 잡아 쓴다. 연암(燕巖)은 적는다.

余年二十時, 讀書奉元寺. 有一客能少食, 終夜不寢, 爲導引法. 至日中, 輒倚壁坐, 少合眼, 爲龍虎交. 年頗老, 故貌心敬之. 時爲余談許生事及廉時道·裵時晃·完興君夫人. 亹亹數萬言, 晝夜不絶, 詭奇怪譎, 皆可足聽. 其時自言姓名爲尹映. 此丙子冬也.

其後癸巳春, 西遊. 泛舟沸流江, 至十二峯下, 有小庵. 尹映獨與一僧居此庵. 見余躍然而喜, 相勞苦. 十八年之間, 貌不加老. 然當八十餘, 而行步如飛. 余問許生一二有矛盾事, 老人卽擧解說, 歷歷如昨日事. 曰："子前讀昌黎文, 當……" 又曰："子前欲爲許生立傳, 文當已就否?" 余謝未能. 語間, 余呼尹老人. 老人曰："我姓, 辛. 非尹也. 子誤認." 余愕然問其名, 曰："吾名, 嗇也." 余詰之曰："老人豈非姓名尹映耶? 今何改言辛嗇也?" 老人大怒曰："君自誤認, 乃謂人變姓名耶?" 余欲再詰, 則老人轉益怒, 靑瞳瑩瑩. 余始知老人乃異趣之士. 或廢族, 或左道異端, 避人晦迹之徒, 未可知也. 余闔戶去, 老人噴噴言："可哀! 許生妻竟當復飢也."

又廣州神一寺, 有一老人. 號篛笠李生員. 年九十餘, 力扼虎, 善奕棋, 往往談東方故事, 言論風生. 人無知名者, 問其年貌, 甚類尹映. 余欲一見, 而未果.

世固有藏名隱居, 玩世不恭者. 何獨於許生而疑之. 平谿菊花下小飮, 援筆書之. 燕巖識.

〈후지〉 2는 박영철본(朴榮喆本)에는 없고, 일재본(一齋本)·옥류산장본(玉溜山莊本)·녹천산장본(綠天山莊本)에만 있다. 연암 박지원은 왜 이 후지를 굳이 썼던가.

연암은 뒤에 덧붙인 글에서 자신이 들은 '허생고사'의 내력을 밝힌다. 그는 허생 이야기가 스무 살(1756)에 봉원사에서 글을 읽던 중 들은 것이라고 한다. 연암의 젊은 시절은 거의 알려진 바 없다. 그는 1752년 16세에 이천보의 딸과 결혼하고 처삼촌 이양천(李亮天)에게서《사기(史記)》를 배웠다. 대개의 경화세족 젊은이들처럼 그도 20대에 과거 공부를 했고 성균관시(成均館試)에도 응시했으나 낙방하였다. 서울 성곽 바로 바깥에 있는 봉원사에서 글을 읽은 것 역시 과거 공부였을 것이다.

봉원사에서 그에게 허생의 이야기를 해준 사람은 윤영이란 노인이었다. 연암은 그에게서 '허생고사'는 물론 염시도·배시황·완흥군부인 이야기 등을 듣는다. 염시도는 1680년 경신대출척 때 실각한 남인의 영수 허적의 겸인(傔人)으로, 허적의 정적이던 서인 김석주 집안에서 잃어버린 은(銀)을 찾아준 것을 시작으로 하여 그가 겪은 생의 곡절은 대단히 흥미로운 이야기였기에 여항간에 널리 전파되었고, 급기야《염승전(廉丞傳)》이란 소설로 만들어지기도 하였다.

청은 전술한 바와 같이 1654년과 1658년 두 차례에 걸쳐 흑룡강 부근까지 진출한 러시아군을 정벌하기 위해 조선에 조총병을 보내줄 것을 요구하였다. 조선은 두 번 모두 조총병을 파견하였고, 이들은 전투를 승리로 이끄는 데 큰 역할을 담당하였다. 1654년 파견된 조선군의 부장 배시황은 큰 공을 세우고 귀국했기에 그가 경험한 이야기가 민간에 널리 퍼지고《배시황전》이란 여러 필사본을 갖는 국문소설까지 나오게 된 것이다.[1]

연암이 윤영에게서 들었다는 염시도와 배시황 이야기는 조선 후기 널리 유행하던 이야기였다. 염시도 이야기만 하더라도 여러 문헌에 기록된 것을 보면 얼마나 널리 퍼졌는지 알 수 있을 것이다. 이야기를 하

허생의 섬, 연암의 아나키즘

고 듣는 것은 전근대인에게 매우 중요한 오락이었다. 조선 후기에는 사회의 현실을 풍부하게 반영한 구비적 서사물이 널리 유행했고, 그것들 중 대중의 흥미를 끈 것은 한문으로 기록되기도 하였다. 앞에서 언급했듯 수많은 '허생고사' 역시 그런 방식으로 유통되었고, 연암은 그것을 듣고 나름의 능력을 발휘해 〈옥갑야화〉의 〈허생〉을 창조한 것이다.

문제는 연암에게 '허생고사'를 이야기해준 윤영이란 인물이다. 연암에 의하면 그는 도가적 신체수련법인 도인법과 용호교를 하는 인물이다. 용호교는 도가에서 나온 말로, 짧게 잠자는 것을 이른다. 곧 사시(巳時)와 오시(午時)에 의식적으로 생각하는 것을 끊고 잠깐 잠에 들면 용과 범, 곧 수기(水氣)와 화기(火氣)가 저절로 교합하여 따로 수련할 시간이 필요 없다고 한다. 윤영은 세상을 떠나 도가적 수련을 하며 사는 이인(異人)으로 보일 뿐 그 이상의 정보는 없다. 연암은 18년 뒤인 1773년 성천부 비류강의 십이봉 부근 작은 암자에서 윤영을 다시 만났다고 말한다. 윤영은 여전히 젊은이와 다름없는 외모와 체력을 갖고 있었다. 연암은 다시 자신이 들었던 '허생고사'의 모순처에 대해 물었고, 윤영은 그 모순을 자상히 풀어주었다.

연암은 또 자신이 〈허생〉을 지을 것을 윤영에게 약속한 것처럼 말하고 있다. 달리 말하자면 그는 윤영의 부탁으로 허생의 전을 지으려 했던 것으로 보인다. 그런데 연암이 '윤 노인'이라 부르자 윤영은 자신의 이름은 '신색'이라고 말한다. 연암이 왜 이름을 바꾸냐고 묻자 윤영은 화를 내면서 연암이 잘못 알고서 왜 따지느냐고 되묻는다. 연암은 더 물을 수 없었고, 그가 이름을 바꾼 것이 폐족이거나 좌도, 이단으로서 세상의 눈을 피해 종적을 감추는 사람이기 때문일 것이라고 추측한다. 따라서 윤영(혹은 신색)은 원래 도가적 수련자이고, 한편으로는 세상을 피해 사는 이인이다. 거기에 광주 신일사의 약립 이 생원이란 노인 역시 윤영과 비슷한 인물로 추측되어 찾아가 만나고 싶지만 아직도 실행에 옮기지 못하고 있다고 말한다. 연암은 윤영에 이 생원을 겹침으로써 윤영이 워낙 세상을 피해 사는 이인이고, 다시 만날 수 있는 인물이 결코 아님을 강조한다. 또 연암은 다시 윤영을 만났다는 말을 하지 않는다. 1773년의 만남이 끝이었던 것이다.

〈옥갑야화〉의 〈허생〉은 검토한 바와 같이 사족체제를 부정하고 권력이 부재하는 농민의 아나키한 공동체를 꿈꾼다. 거기에 북벌론과 화이론을 신랄하게 비판한다. 충분히 불온한 것으로 읽힐 수 있다. 하지만 연암은 이 이야기가 정체를 알 수 없는 그리고 지금은 찾아낼 수 없는 인물인 윤영에게서 들은 것이라고 미룬다. 그러면서 윤영의 말을 한마디 덧붙인다. "불쌍하구나. 허생의 처는 끝내 다시 굶주렸을 것이야." 이 말로 인해 자신의 이야기가 윤영의 입에서 나왔음을 다시 강조하는 것이다.

연암은 정말 윤영 혹은 신색이란 인물을 만났던 것인가. 아니, 윤영이나 신색이란 인물이 실재하기는 했던가. 절대적 증거로 삼을 수는 없겠지만 연암 주변의 인물, 예컨대 박제가·이덕무·유득공 등의 저술에는 윤영이나 신색이나 모두 보이지 않는다. 만사를 꼼꼼하게 기록했던 이덕무에게도 기록이 전혀 남지 않은 것도 이상하다. 더욱이 1773년의 여행(윤3월 25일에 출발했다)은 연암 혼자 간 것이 아니라 이덕무, 유득공과 함께 갔다. 만약 연암이 윤영 같은 이인을 만난 것이 사실이라면 이덕무가 기록하지 않았을 리가 없다. 연암은 윤영을 만난 적이 없었던 것이고, 윤영과 신색에 대한 그의 이야기는 허생 이야기의 출처를 감추기 위한 허구일 가능성이 대단히 높다고 하겠다.

7장

〈차수평어〉
— 박제가의 〈허생〉 비평

*　*　*

차수는 말한다.

"이 작품은 대략 〈규염객전(虬髥客傳)〉을 〈화식전(貨殖傳)〉에 섞은 것이다. 다만 그 가운데에 중봉(重峯)의 《봉사(封事)》, 반계의 《수록(隨錄)》, 성호의 《사설(僿說)》 등에서 말할 수 없었던 것이 들어 있다. 문장은 더욱 소탕(疎宕)하고 비분(悲憤)하여 압록강 동쪽의 유수한 문자다. 박제가는 적는다."

次修曰: "大略以虬髥配貨殖, 而中有重峯封事·柳氏隨錄·李氏僿說, 所不能道者. 行文尤疏宕悲憤, 鴨水東有數文字. 朴齊家識.

차수(次修)는 박제가의 자다. 곧 이 평어는 박제가가 쓴 것이다. 박제가에 의하면, 〈옥갑야화〉의 〈허생〉은 〈규염객전〉을 《사기》의 〈화식열전(貨殖列傳)〉에 섞은 것이고, 조헌의 《동환봉사》, 유형원의 《반계수록》, 이익의 《성호사설》에서도 말하지 못한 바를 말했다는 것이다. '비분강개'

는 허생 같은 인물이 쓰이지 못한 사회에 대한 비분을 의미할 것이다.

《사기》의 〈화식열전〉은 《노자》가 말하는 고립된 작은 공동체의 소박한 경제를 비판한다. 인간은 감각적 쾌락을 추구하는 존재이며, 이로 인해 물질적 욕망은 금지할 수 없는 것이라고 말한다. 이어 사마천은 중국 각지의 산물을 간단히 개괄하고, 경제와 국력의 필연적 상관성을 태공망과 관중(管仲), 월왕(越王) 구천(句踐)의 예를 들어 입증한다. 태공망은 생산력을 증가시켜 제(齊)를 강국으로 성장시키고, 이어 관중 역시 중간에 쇠락한 생산력을 다시 복구하여 환공(桓公)을 패자로 만들었다고 말한다. 이어 월왕 구천이 계연(計然)의 계책을 써서 월을 부국으로 만들어 오(吳)를 패배시킨 사례를 들어, 경제력이 곧 국가의 힘이라는 것을 입증했다.

국가에 이어 사마천은 한(漢) 이전에 부자가 된 개인을 언급한다. 월왕 구천의 참모로서 오에 승리한 뒤 계연의 계책을 집안에 적용하기로 하고 상업에 종사하여 거만의 부를 쌓은 범여(范蠡)를 필두로 자공(子貢)·백규(白圭)·의돈(猗頓)·곽종(郭縱), 오지(烏氏) 사람 나(倮), 파촉(巴蜀)의 과부 청(淸) 등은 상업으로, 소금으로, 제철업으로, 목축과 견직물로, 광산 경영으로 거부가 된 개인들이다.

이상은 한(漢)의 성립 이전 중국의 경제와 부자들에 대한 서술이다. 사마천은 이어서 한의 성립 이후 각 지방의 물산과 경제적 상황에 대해 서술한다. 일종의 경제지리학이다. 이런 정보들을 기초로 하여 사마천은 인간의 모든 행위는 철저하게 경제적 동기를 갖는다고 설파하고, '부'가 곧 권력이 됨과 부를 이루는 구체적인 방법 그리고 자신의 시대에 철공업·제철업·상업·농경·목축·대금업 등으로 거부가 된 사람들을 소개한다. 결론적으로 사마천은 부를 획득하는 데는 특정한 직업이

허생의 섬, 연암의 아나키즘

있을 수 없고, 재화는 일정한 주인이 있을 수 없다고 한다. 능력 있는 자에게 부가 몰리고, 무능한 자는 부를 와해시킨다고 말한다. 〈화식열전〉은 인간은 경제적 동물이란 정의 위에서 합리적 방법을 통한 부의 축적을 지지한다.

박제가는 〈화식열전〉의 어떤 부분이 〈허생〉과 통한다고 생각했던 것인가. 허생이 도고로 막대한 돈을 벌어들인 것에서 〈화식열전〉의 치부한 자들을 떠올린 것이 아니겠는가. 특히 범여가 도(陶) 지방이 천하의 중심으로서 사방으로 제후의 나라와 통하고 물화가 교역되는 곳이라고 판단하고 그곳에서 물화를 사들여 쌓아두었다가 시기를 보아서 내다 팔았던 것¹과 〈허생〉이 삼남의 물화가 모이는 안성에서 과일을 매점한 것은 서로 상통하는 바 있다. 아울러 범여가 19년간 세 차례에 걸쳐 거대한 재산을 모으고 두 차례 가난한 벗이나 먼 형제들에게 분배한 것 역시 허생이 스스로 모은 돈을 모두 흩어버린 것과 유사하다 할 수 있을 것이다.

허생이 장사로 돈을 모은 것을 제외한다면 〈화식열전〉과 〈허생〉이 상통하는 바는 많지 않다. 무엇보다 사마천이 합리적 방법을 통한 부의 축적과 그것의 권력화를 긍정한 데 반해, 허생은 스스로 부와 권력을 포기하기 때문이다. 아울러 〈화식열전〉은 서두에서 노자의 '소국과민'과 최소한의 경제를 비판하지만, 허생은 적극적으로 그런 사회와 경제를 추구하기 때문이다.

〈규염객전〉은 당(唐)의 두광정(杜光庭)이 지은 전기소설(傳奇小說)이다. 규염은 규룡(虯龍)의 수염처럼 굽은 수염을 말한다. 장중건(張仲堅)이란 인물의 수염이 그렇게 생겨 규염객이란 별호가 붙었다. 장중건은 수나라 양제(煬帝) 때 인물로, 영웅호걸의 기상을 가져 천하를 경영할 뜻이 있었다. 그는 이정(李靖)을 만나 태원(太原)으로 함께 가서 이세민(李世民), 곧 뒷날의 당 태종(唐太宗)을 만난다. 이세민이 이인(異人)인 줄은 알았지만 다른 사람의 안목으로 확인할 필요가 있다 하여 장중건은 뒷날 도사(道士)와 함께 가서 이세민을 만난다. 도사는 장중건에게 "이 세상은 이미 그대의 세상이 아니니, 다른 곳에 가서 힘써보면 가능할 것"이라고 말한다. 이에 장중건은 이정에게 자기 재산을 모두 주면서 태원의 진천자(眞天子, 이세민)를 만나 창업에 협조할 것을 부탁한다. 그리고 10년 후에 동남 몇천 리 밖에 무슨 변화가 일어나면 자기가 성공한 것이니 동남쪽을 향해 축하해달라고 하고 떠난다. 정관(貞觀) 10년에 이정은 어떤 사람이 부여국(扶餘國)에 침입하여 국왕을 죽이고 자립해 나라가 이미 안정되었다는 보고를 듣는다. 이정은 규염객이 성공했음을 알고 동남쪽을 향해 절하고 축하한다.[2] 〈규염객전〉은 국가를 건설할 의지와 능력이 있으나 현실적으로 존재하는 나라 안에서는 불가능하기에 나라 밖으로 나가 새 국가를 건설한다는 메시지로 읽힌다. 이것은 기존의 사족체제를 개혁하기란 불가능하기에 전혀 알려지지 않은 해외의 섬에서 새 사회(국가가 아님)를 건설한다는 〈허생〉의 기본 구조와 동일하다. 박제가는 연암 박지원의 의도를 꿰뚫어보았던 것이다.

조헌의 《동환봉사》, 유형원의 《반계수록》, 이익의 《성호사설》은 대표적인 개혁담론이다. 《반계수록》은 이미 언급한 바 있고, 《성호사설》 역시 여러 번 인용한 바 있기에 여기서는 《동환봉사》에 대해서만 간단히 언급해둔다.

조헌은 1574년(선조 7)에 명 신종의 생일을 축하하기 위한 성절사행에 질정관(質正官)으로 파견되었다. 그는 명의 제도를 관찰하고 명의 문물제도를 따라 조선의 국정을 개혁하자는 취지에서 여덟 조목으로 이루어진 상소를 올린다. 이것이 《동환봉사》의 전편인 〈선상팔조소(先上八條疏)〉다. 하지만 선조는 상소를 받아들이지 않았다. "수천 리 밖이라 풍속이 같지 않은데, 만일 풍기(風氣)와 습속이 다름을 헤아리지 않고 그대로 강행하려 하면 한갓 사람들만 놀라게 할 뿐, 일은 맞지 않는 바가 있을 것"이라는 비답을 내렸고, 이에 조헌은 《동환봉사》의 후반부에 실려 있는 〈의상십육조소(擬上十六條疏)〉를 올리려다가 그만두고 말았다.[3]

- 선상팔조소(先上八條疏)

(1) 성묘의 배향(聖廟配享), (2) 내외의 서관(內外庶官), (3) 귀천의 의관(貴賤衣冠), (4) 식품과 연음(食品宴飮), (5) 사부의 읍양(士夫揖讓), (6) 사생의 접례(師生接禮), (7) 향려의 습속(鄕閭習俗), (8) 군사의 기율(軍師紀律)

- 의상십육조소(擬上十六條疏)

(1) 격천의 성의(格天之誠), (2) 추본의 효도(追本之孝), (3) 능침의 제도(陵寢之制), (4) 제사의 예절(祭祀之禮), (5) 경연의 규례(經筵之規), (6) 조회의 의식(視朝之儀), (7) 간언을 듣는 법(聽言之道), (8) 사람을 쓰는 법(取人之方), (9) 음식의 절도(飮食之節), (10) 희름을 알맞게(餼廩之稱), (11) 인구의 번식(生息之繁), (12) 사졸의 선발(士卒之選), (13) 조련의 부지런함(操鍊之勤), (14) 성대의 견고함(城臺之固), (15) 출척의 밝음(黜陟之明), (16) 명령의 엄함(命令之嚴)

조헌은 철저한 주자학자였고, 그의 개혁 역시 주자학의 정치원리를 더욱 철저하게 준수하려는 것, 좀 더 구체적으로 말해 치자(治者)의 도덕적 절제, 제도의 더욱 엄격한 집행 등이었음은 물론이다. 다만 그는 그 이상적 모델을 명에서 찾았다. 하지만 《동환봉사》가 명을 정확하게 관찰한 것도 아니다. 그는 당시의 황제 신종을 이상적 군주처럼 서술하고 있지만, 사실상 신종의 정치는 파탄에 이르고 있었다. 신종은 독재권력을 소유하고 있었지만 실제 정치는 하지 않고 권력의 집행을 사대부 출신의 조정 관료가 아닌 환관에게 위임했고, 환관의 부패로 인해명 체제는 종말로 치닫고 있었다.

조헌의 관찰은 정확한 것이 아니었지만, 그래도 명을 모델로 하여 조선의 내정을 개혁하자는 그의 주장은 분명 설득력이 있었다. 조선 사족체제는 건국 이후 거의 2세기를 경과하면서 온갖 모순을 노출하기 시작했기 때문이다. 다만 그의 개혁책은 18세기 후반에 구체적인 설득력을 갖추기 어려웠다. 그럼에도 〈허생〉에서 《동환봉사》를 떠올린 것은무엇 때문인가. 박제가의 조헌에 대한 언급을 참고해보자.

나는 어릴 적부터 고운(孤雲) 최치원(崔致遠)과 중봉 조헌의 사람됨을 사모하여 비록 사는 시대는 다르나 말을 끄는 마부가 되어 그분들을 모시고 싶다는 간절한 소망을 가지고 있었다. 당(唐)에 유학하여 진사가 된 최치원은 고국에 돌아온 뒤로 신라의 풍속을 혁신하여 중국의 수준으로 진보시킬 방도를 고민했다. 그러나 쇠락한 시대를 만난 까닭에 가야산에 은거하여 어떻게인생을 마쳤는지조차도 알 수가 없다.

조헌은 질정관의 자격으로 연경에 들어갔다가 돌아와서는 임금님께《동환봉사》를 올렸다. 이 상소문에는 중국의 문물을 보고서 조선의 처지가 어떤지를 깨닫고, 남의 좋은 점을 보고서 자신도 그와 같이 되려고 애쓰는, 적극적이고도 간절한 정성을 담았다. 중국의 문화를 받아들여 조선을 변화시키고자 애쓰는 정성 아닌 것이 없었다.

압록강 동쪽의 우리나라가 1천여 년을 지내 오면서 규모가 작고 외진 곳에

허생의 섬, 연암의 아나키즘

있는 이 나라를 한번 개혁하여 중국의 수준으로 높이 올려놓고자 노력한 사람은 오로지 이 두 분밖에 없었다.[4]

박제가가 최치원과 조헌의 《동환봉사》를 높이 평가한 것은 그들이 중국을 경험했다는 것, 즉 중국을 모델로 하여 신라와 조선을 개혁하자는 주장을 펼쳤기 때문일 것이다.

박제가만이 아니라 연암 역시 조헌에 대해 언급한 바 있다. 연암은 학문하는 태도를 실용(致用)과 비실용(不致用)으로 나누고, 전자의 예로 조헌을, 후자의 예로 장현광(張顯光)을 꼽고, 둘 다 겸비한 경우로 이이와 송시열을 들었다. 다만 그는 오직 '정심성의(正心誠意)'만 주장하는 장현광을 사뭇 낮게 평가한다. 조헌에 대해서는 "예컨대 조중봉의 《동환봉사》 같은 것은 오로지 사업을 마음으로 삼은 것이다. 그는 궐문에서 긴 상소를 올렸다가 도보로 유배를 가고, 난리를 만나 의병을 일으켜 절의(節義)에 죽으니, 그의 역량과 기개는 또한 크나큰 일을 주관할 만하여, 성패와 이해는 실로 따지지도 아니하고 오로지 자기 분수 안에서 할 수 있는 일을 힘을 다해 해나갔으니, 안중에는 오로지 한 개의 일(事)이라는 글자만 보였을 따름이다."[5]라고 하였다.

박제가는 〈허생〉이 개혁담론을 환기하고 있기 때문에 조헌의 《봉사》와 반계의 《수록》, 성호의 《사설》과 같은 것이라고 말한 것으로 보인다. 하지만 박제가는 또한 《봉사》와 《수록》, 《사설》이 말할 수 없었던 것을 포함하고 있다고 말한다. 《동환봉사》, 《반계수록》, 《성호사설》은 조선시대의 대표적인 국가·사회 개혁의 구체적 프로그램을 담고 있는 책이다. 하지만 이 개혁 프로그램들은 여전히 사족체제를 전제한다. 그 개혁이 성공하더라도 그것은 여전히 사족에 의한 체제라는 점에서 본질적인 변화는 없다. 하지만 기존의 사회·국가와 의도적으로 절연한다는 점에서, 또한 지배계급이 존재하지 않는다는 점에서, 사족의 이데올로 기를 담을 문자와 언어가 존재하지 않는다는 점에서 연암이 상상한 허 생의 섬은 더욱 근본적인 개혁이다. 박제가는 그것을 말하고 싶었을 것 이다.

허생의 섬, 연암의 아나키즘

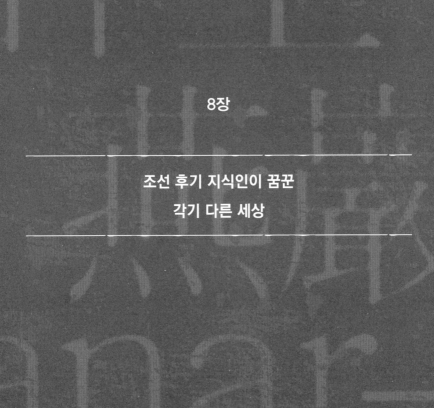

8장

조선 후기 지식인이 꿈꾼
각기 다른 세상

허생의 섬은 당시 사족들이 제출한 여러 개혁책 중 어떤 위상에 있는 것인가. 연암 박지원과 가장 가까웠던 담헌 홍대용, 당색은 다르지만 역시 같은 시대를 살면서 진지한 개혁담론을 제출했던 다산 정약용의 경우를 들어본다.

허생의 섬은 국가권력이 부재하는 아나키의 공동체이다. 이 공동체의 대척 지점에 국가권력이 강고하게 집행되는 사회가 있다. 연암은 그 사회를 강렬하게 의식하여 아나키의 공간을 만든 것이다. 누가 연암에게 국가권력이 강고하게 집행되는 사회를 의식하게 한 것일까? 그것은 혹 그와 가장 가까웠던 담헌이 아닐까? 연암은 1737년생이고 담헌은 1731년생이다. 여섯 살 차이의 이 두 사람은 가장 가까웠던 친구로 알려져 있다. 하지만 이들이 언제부터 친구였는지는 정확히 알 수 없다.

연암의 아들 박종채의 회고에 의하면 연암은 담헌과 가장 가까웠다 말하고 있고 또 그것이 그리 과장 없는 사실이기는 했지만, 두 사람 사이에 거리가 없었던 것은 아니다. 담헌의 문집 《담헌서》에는 연암에 관한 언급이 없다. 단 한 수의 한시만이 연암과의 관계를 나타내고 있다.[1]

박지원이 연암이란 호를 사용한 것은 1771년이니, 이 시는 그 이후에 쓴 것일 터이다. 이외에 주고받은 문자는 없다.《연암집》의 〈공작관문고(孔雀館文稿)〉에는 연암이 담헌에게 보낸 편지 네 통이 실려 있다.[2] 모두 1780년 이후에 쓴 것이다. 그런데 그 가운데 한 편지에는 엄성·반정균·육비 등 중국의 벗들에게 쏠린 담헌을 은근히 비판하고, 우리나라 안에서 그런 벗들을 찾아볼 것을 권하는 내용이 있다.[3] 연암은 만나지도 못하는 중국인 벗들에게 심정적으로 집착하는 담헌이 자못 불만이었던 것 같다. 연암과 담헌이 의외로 내부에 갈등이 있었던 것은 아닐까?

흔히 연암과 박제가·이덕무·유득공 그리고 담헌을 싸잡아 '북학파'라고 부르고 그들을 사상적 동지처럼 여기지만, 그게 그리 적실하지만은 않다는 것이다. 담헌과 연암도 1766년 이전에는 서로 알고 있었다는 증거가 없다.《연암집》에서 담헌과의 관계를 최초로 알 수 있는 자료는 〈회우록서〉뿐이다. 〈회우록서〉는 담헌이 1766년 2월 북경에 체류할 때 만난 엄성·반정균·육비와 나눈 필담을 정리한 책《건정동필담(乾淨衕筆談)》(아마도 이 책을《회우록》이라 불렀을 것이다)을 읽고 붙인 서문이다. 이 서문은 1766년 3월 담헌이 북경에서 서울로 돌아온 뒤에 쓰인 것으로 보인다. 연암의 나이 30세 때다. 그러니까 연암과 담헌의 관계 역시 1766년 이후에 시작되었다고 보는 것이 옳을 것이다.

담헌은 북경에 가기 전에는 이덕무와 박제가 등도 몰랐다. 담헌이 북경에서 돌아온 뒤 이덕무는《건정동필담》을 입수해 읽고 담헌과는 별도로 반정균에게《선귤당농소(蟬橘堂濃笑)》를 보내고 여러 가지를 물었다. 반정균이 다시 담헌에게 보낸 편지에서 이덕무에 대해 묻자, 담헌은 1769년에 보낸 회신에서 이덕무는 만난 적이 없는 모르는 사람이고

허생의 섬, 연암의 아나키즘

《선귤당농소》도 보지 못했지만, 부박하고 화려한 글들을 쓰는 것을 보아 반정균에게 도움이 될 게 없을 것 같다고 말한다. 흔히 담헌과 이덕무 등이 평소 매우 가까웠던 것으로 생각하지만, 이 시기까지 그는 이덕무의 존재조차 몰랐던 것이고, 비록 전해 들은 것이지만 이덕무의 문학적 경향에 대해서도 매우 비판적이었던 것이다. 물론 뒤에 담헌은 연암을 통해서 이덕무와 박제가를 알게 되지만, 당대 최고의 가문 출신이자 또 자신을 엄격하게 다스렸던 담헌이 서파(庶派)인 이덕무와 박제가를 대등한 존재로 여겼을 것 같지는 않다.

〈허생〉과 거리가 먼 듯 보이는 이런 말을 장황하게 하는 것은, 우리가 상식처럼 받아들이고 있는, 연암과 담헌을 주축으로 하는 통칭 북학파가 동일한 사상적 지평을 완벽하게 공유하지 않았다는 것을 말하고 싶어서다. 물론 그들 사이에는 일정하게 공유하는 부분이 있었을 것이다. 하지만 찬찬히 보면 결정적인 순간에 그들의 생각은 확연하게 어긋난다. 담헌의 영향으로 박제가는 1778년 북경에 다녀와서 《북학의》를 쓰고 거기서 상업과 무역을 열렬히 주장하지만, 담헌은 정작 상업과 무역에 냉담했다. 박제가는 《북학의》에서 유리창(流璃廠)의 수많은 상품과 골동품과 서화를 보고 어떤 사람이 "넉넉하기는 참 넉넉하다. 그러나 백성에게 아무런 이익을 가져다주지 못하니 그 물건을 전부 불에 태운다 한들 무슨 문제나 결손이 생기겠는가?"라고 말한 데 대해 청산과 백운은 먹거나 입을 물건은 아니지만 사람들이 사랑해 마지않는다면서 그 사람의 논리를 비판한다.[4] 박제가가 단지 어떤 사람이라고만 말한 사람은 누구인가. 나는 담헌일 것이라고 생각한다. 담헌은 유리창의 물화에 대해 이렇게 말한 바 있다.

유리창 거리의 양쪽에 있는 점포가 수천 개인지 수백 개인지 알 수가 없고, 파는 물건도 몇만의 돈이 들었는지 알 길이 없을 정도다. 하지만 백성의 양생(養生)·송사(送死)에 없어서는 안 될 물건은 하나도 없었다. 그것들은 단지 교묘한 재주를 부려 만든 음란하고 사치스러운, 사람의 본성을 해치는 도구일 뿐이다. 이런 기이한 물건이 점점 불어나고 선비들의 기풍이 날로 방탕해져 중국이 떨치지 못하게 된 것이다. 개탄스러운 일이다.[5]

박제가는 담헌을 특정하지는 않았지만, 그와 담헌 사이에 확연한 사상적 차이가 있음을 쉽게 알 수 있을 것이다. 요컨대 북학파란 명사로 묶이는 그룹은 당연히 내부에 사상적인 차이가 상당히 벌어져 있었던 것이다. 냉정히 말해 북학파란 명칭을 설정할 필요도 없을 것이다.

연암 역시 담헌과는 사뭇 다른 생각을 가지고 있었다. 담헌은 〈임하경륜(林下經綸)〉에서 자신의 국가관과 사회관을 드러내고 있는데, 그것은 국가권력이 백성을 완벽하게 파악하고 통제하는 것이다. 그는 〈임하경륜〉의 서두에서 조선을 9도(道)−9군(郡)−9현(縣)−9사(司)−9면(面) 등의 위계를 갖는 행정단위로 재조직한 뒤 여기에 군사 조직을 일치시킬 것을 제안한다. 이처럼 조선의 지방 행정단위를 철저히 재구성한 뒤 담헌은 백성을 국가권력에 강력하게 예속시켜야 한다고 주장하였다. 그것을 위해 백성의 신원부터 철저히 파악해야 한다. 예컨대 담헌의 다음 언술을 보자.

사람이 태어나 여덟 살이 되면 즉시 팔뚝에 그 이름을 검은 물감으로 새긴다면 호패를 사용하지 않아도 간사한 백성이 이름을 숨기고 달아날 수 없을 것이다.[6]

허생의 섬, 연암의 아나키즘

조선은 호패로 개인의 신원을 파악하고자 하였다. 하지만 호패는 얼마든지 위조가 가능하다. 호패 대신 개인의 신체에 정보를 문신으로 새겨 넣는다면 그 개인을 완벽하게 파악하고 통제할 수 있다. 백성의 신원을 완벽하게 파악하려는 의도는 체제에 예속시키기 위해서다. 따라서 백성에게는 거주 이전의 자유가 허락되지 않는다.

> 대개 백성은 각각 전리(田里)를 지켜야 하니, 죽거나 이사를 해도 향리를 벗어나는 일이 없다. 부득이한 경우가 있다면 관(官)에 보고하여 문서를 받은 뒤 본적에서 베어낸다. 살 곳에 도착하면 역시 관에 보고하고 호적에 이름을 올린 뒤 전지를 받는다. 고하지 않고 마음대로 이사하는 자는 형벌에 처하고 다시 원래 살던 곳으로 보낸다. 관에서 발급한 문서 없이 거주를 허락한 경우, 면임(面任)을 처벌한다.[7]

백성은 원칙적으로 거주 이전의 자유가 없다. 부득이한 경우에는 허락되지만, 그 역시 철저히 국가의 통제 아래 이루어진다. 국가의 허락이 있어야 농민은 거주를 이전할 수 있고, 또 농토를 분배받을 수 있다. 임의로 거주를 이전하는 자는 당연히 처벌을 받고, 면임 역시 처벌을 받는다.

백성이 거주를 옮길 자유를 국가가 근원적으로 제한하기에 여행의 자유 역시 제한한다.

> 무릇 도로에는 모두 정원(亭院)을 설치하여 길가는 여행자를 대접한다. 또한 장(長)을 두어 간사하고 포악한 짓을 기찰하게 한다. 어떤 일로 어디까지 가든지 각각 여행증명서가 있다. 증명서 없이 법을 어기면 통과하는 것을 허

락하지 않는다. 5리 간격으로 분기점에 각각 표지판(동쪽 길에서 아무 곳까지는 몇 리, 서쪽 길에서 아무 곳까지는 몇 리 따위다)을 세우되, 관로와 산길의 크거나 작거나 빼먹는 일이 없게 하여 길을 오갈 때 그것을 참고하게 해서 사람들이 길을 잃지 않게 한다.[8]

도로에 정원이라는 국영 여관을 두고 여행자를 묵게 한다. 여행자는 반드시 관에서 발행한 여행 허가 증명서를 지참해야 하며, 이것을 5리마다 설치된 검문소에 제출하고 검문을 받아야 한다. 당연히 정원과 검문소는 여행자의 편의를 위한 것만은 아니다. 국영 여관의 장과 검문소는 여행자 중 범죄자를 색출하는 임무를 맡고 있기 때문이다.

국가의 권력으로 통제된 사회에서 범죄자의 처벌 역시 매우 혹독하고 강력하다.

무릇 도둑을 다스릴 때 정상과 죄가 죽을 경우에 이르지 않았다면, 그의 이름을 왼뺨에 문신으로 새기고 풀어준다. 그래도 뉘우치지 않으면 다시 오른뺨에 문신을 새긴다. 세 번 뉘우치지 않으면 죽인다.[9]

절도의 경우 얼굴의 한쪽 뺨에 자자형을 가하고, 재범일 경우 나머지 뺨에 자자형을 가하며, 3범이면 사형에 처한다. 혹독한 처벌이다.

담헌에 따르면 백성은 오직 통치의 대상일 뿐이다. 앞서 〈의산문답〉에서 담헌은 실옹의 입을 빌려 "백성은 따라오게 할 뿐이고 알게 할 수는 없다(民可使由之, 不可使知之)."라는 《논어》의 말을 인용하고, 군자가 습속을 따라 가르침을 베풀고 지혜로운 자가 마땅함을 따라 말을 세운다고 했다.[10] 여전히 담헌은 사-민의 지배-피지배의 사회적 관계를 전제하고 있었고, 백성은 오직 통치의 대상일 뿐이었다.

피지배층을 관리하기 위해 신체에 문신을 새겨 신원을 영원히 고정시키고, 거주 이전의 자유를 박탈하고, 이동을 관리하는 것은 오로지 강력한 국가권력의 집행을 통해서만 가능하다. 그가 사·농·공·상 어느 직역에도 종사하지 않는 자를 국가에서 처벌할 것을 주장한 데서도 알 수 있듯, 권력을 강력하게 집행할 수 있는 국가를 상상했던 것이다. 곧 담헌의 개혁안이 구상한 사회는 국가권력이 백성에게 강력하게 집행되는, 고도로 통제되는 사회였던 것으로 보인다. 담헌이 8세 이상의 자제들을 모두 교육해서 그들의 재능과 능력에 따라 사·농·공·상의 직업을 맡겨야 한다고 주장한 것, 혹은 사·농·공·상의 직업을 갖지 않고 놀고먹는 자를 강력히 처벌해야 한다는 것, 재능과 학식이 있다면 농부나 상인의 자식이 조정에서 높은 벼슬을 해도 참람되지 않고, 재능과 학식이 없다면 공경의 자식이 여대(輿儓, 奴僕)가 되어도 한탄할 것이 없다[11]고 한 발언을 신분제를 부정한 것으로 액면 그대로 받아들인다 해도,[12] 그가 구상한 사회가 강력한 국가권력에 의해 통치된다는 것은 변함이 없다. 선왕(先王)의 도리와 육경(六經)의 요지가 통치원리로 남아 있고,[13] 이에 의거해 효제충신지도(孝悌忠信之道)의 유가적 윤리 덕목은 여전히 모든 구성원에게 교육의 이름으로 주입된다.[14]

그에 비해 허생의 섬은 지배 이데올로기가 없다. 그곳은 국가가 아니다. 다만 나이가 많은 사람에게 양보한다는 원칙이 있을 뿐, 일체의 상하관계는 폐기되었다. 국가권력이 일방적으로 관철되는 사회를 구상한 담헌과 연암은 이렇게 다르다. 〈허생〉의 아나키한 사회는 완전히 대척적인 지점에 있는 것이다. 좀 과감한 추측이겠지만 나는 〈허생〉의 아나키즘은 담헌의 국가론을 의식해서 쓰인 것이 아닌가 생각한다. 그런데

희한하게도 연암과 유사한 생각은 담헌이 아닌 다산에게서 찾아볼 수 있다. 이제 다산 쪽을 읽어보자.

다산의 방대한 저작 중에서 각별히 중요하게 다루어야 할 것은 〈전론(田論)〉(1~7)과 〈원정(原政)〉, 〈원목(原牧)〉, 〈탕론(湯論)〉이다. 이 가운데 가장 먼저 살필 것은 〈전론〉이다. 〈전론〉은 조선 후기 개혁담론의 초점이었던 토지제도에 관한 것이다. 다산은 생산물의 균등한 분배야말로 정치가 최종적으로 지향하는 바이며, 그것을 실현하기 위해 토지 소유제의 개혁이 필요하다고 주장했다. 다산 스스로 지적하고 있듯, 당시 토지 문제를 개혁하기 위한 정전제(井田制)와 한전제(限田制), 균전제(均田制) 등이 제출되어 있었다. 다산은 이 모든 제도가 실현 불가능한 것이라 지적한다. 물론 여기서 그 논리를 되풀이할 필요는 없을 것이다.

다산이 제안하는 것은 여전(閭田)이다. '여(閭)'는 산이나 계곡, 들판 등의 자연적 경계를 따라 대략 30가(家) 내외로 자연스럽게 형성된 마을이다. 따라서 담헌처럼 '9'라는 수치에 맞추어 억지로 구획할 필요가 없다. 여 내부에 있는 모든 토지, 곧 농지는 공동체의 소유다. 토지의 사적 소유는 인정되지 않는다. 토지의 사적 소유를 폐기한다는 상상력은 혁명적인 것으로 보이지만, 그 근거는 유가(儒家)의 내부에 마련되어 있었다. 토지제도의 개혁을 주장하는 사람들은 종종 《시경(詩經)》 소아(小雅) 〈북산(北山)〉의 "넓은 하늘 아래, 왕의 땅이 아닌 곳이 없다(普天之下, 莫非王土)"는 구절을 인용했다. 모든 땅은 왕의 소유다! 이때 왕은 개인으로서의 왕이 아니다. 왕은 하늘에게서 통치권을 위임받은 자다! 따라서 '왕토'란 특정한 개인의 땅이 아닌 공공의 것이다.

토지의 사적 소유가 폐기되면 그 토지를 어떻게 관리하고 경작할 것인가. 여의 주민은 여장(閭長)의 지시를 받아 노동한 뒤 노동시간을 기록한다. 추수가 이루어지면 먼저 공가(公家)에 보낼 세금과 여장의 봉급을 제한 뒤, 나머지 생산물을 여민(閭民)의 총노동시간으로 나누고 단위시간당 분배량을 정한다. 주민 개인은 자신의 노동시간에 단위시간당 분배량을 곱한 만큼의 곡물을 분배받는다. 결국 노동시간에 따라 생산물을 분배받기에 사람들은 더 많은 노동시간을 투입하려고 할 것이다. 파종하고 김매고 수확하는 노동에는 물론이고, 새로운 농토를 만드는 데도 시간이 자발적으로 투입될 것이다. 노동량이 늘어나면 곡물의 산출량이 늘어나고 농토도 늘어날 것이다. 결과적으로 주민은 풍요롭게 될 것이다. 이런 풍요 위에 인심은 넉넉해지고 윤리가 실천될 수 있다. 여의 토지가 부족한데 인구가 많을 수 있고, 인구는 적은데 토지가 많을 수 있다. 이 경우를 상정하고 다산은 이주를 자유롭게 허락해야 한다고 말한다. 사람들은 토지와 분배가 적은 여에서 많은 여로 자연스럽게 이동할 것이다.

　다산은 수많은 여가 독립적으로 존재하는 사회를 구상했고, 또 그것은 기본적으로 농업사회지만, 농업 이외의 직종도 물론 남아 있다. 수공업자와 상인이 그들이다. 이들에게는 토지가 분배되지 않는다. 이들은 자신이 제작한 수공업 제품과 곡식을 교환하거나, 상인은 그 교환 자체를 노동으로 삼아 그 노동과 곡물을 교환한다. 이들은 노동을 하고, 그 노동을 곡식과 교환한다는 점에서 기본적으로 모두 농업 공동체 속으로 수렴된다. 하지만 사족의 경우는 다르다. 사족은 지식인이다. 다산의 사족에 대한 인상은 신체적으로 유약한 자, 곧 육체노동이 불가능한 사람이다. 사족이라고 해서 유전적으로 신체가 유약할 리 없지만, 당시 사족들이 육체노동 자체를 거부했기에 결과적으로 신체가 유약해서 노동할 수 없는 존재로 인식되었을 것이다.

노동하지 않는, 아니 노동할 수 없는 사족의 존재는 여에서 당연히 문제가 된다. 여에서 노동하지 않는 사람은 생산물을 분배받을 수 없다는 원칙에 의하면 사족은 여에서 불필요한 존재가 된다. 여기서 그동안 사족이 가지고 있던 특권적 지위가 폐기된다! 다산은 매우 격한 어조로 사족이란 어떤 존재인지 묻는다. 사족은 "손발을 놀리면서 남의 토지를 빼앗아 차지하고 남의 힘으로 먹고사는" 존재다.[15] 사족이 살아가는 방식은 국가권력을 장악한 모든 지배층의 그것과 동일하다. 여에서 노동하지 않는 사족은 불필요한 존재다. 특권이 폐기되어 노동하지 않고는 곡식을 얻을 수 없음을 안다면, 그는 사족임을 포기하고 농사를 지을 것이다. 그 결과 여 전체의 노동량이 늘어나고, 지리(地利) 곧 토지의 생산성이 높아질 것이다. 사족이 없어지면 지배/피지배의 관계에서 오는 사회의 갈등과 모순이 사라질 것이다. 사족이 농민이 된다면 정치에 대한 비평을 늘어놓거나 여론을 오도하는 난민이 사라질 것이다. 곧 사족의 특권이 폐기되고 사족이 없어짐으로써 지배/피지배의 관계가 폐기되고 모든 구성원이 평등한 사회가 도래할 것이다.

사족 역시 여의 구성원으로서 농업 노동으로 전환하는 것이 원칙이지만, 그럼에도 농업 노동을 할 수 없는 자가 남을 것이다. 그럴 경우 그 사족은 다른 노동을 선택해야 한다. 그는 수공업자가 되든지 상인이 되어서 그에 맞는 노동을 해야 할 것이다. 사족으로서의 정체성을 잃기 싫다면 농업 노동을 하면서 밤에 독서를 해야 할 것이다. 아니면 부자의 자제를 가르칠 수도 있다. 이 지점, 곧 부자의 존재를 설정하고 있는 다산이 의심스럽다. 모든 여는 평등한 경제 공동체다. 따라서 특별한 부자가 존재할 수 있을 것인가. 만약 더 많은 노동력으로 많은 수확물을 분배받아 그것을 축적한다면 남보다 부유할 수 있지 않을까? 하

허생의 섬, 연암의 아나키즘

지만 가장 결정적인 것은 사족이 지식으로 공동체에 기여하는 것이다. 이때의 지식은 이데올로기로서의 지식이 아니다. 사족의 특권이 폐기되었기 때문에 사족의 이데올로기 구실을 하는 지식, 예컨대 성리학 같은 지식은 자연적으로 폐기된다. 사족이 마을 공동체에 기여할 수 있는 지식은 실리(實理)를 강구하는 지식이다. 구체적으로 말해 토지의 성질을 구분하거나 수리(水利)를 일으키는, 혹은 기계를 제작해 노동을 돕는 지식이다. 혹은 유용한 나무를 심고 가꾸거나 목축에 관계된 지식으로 결과적으로 생산량을 늘리는 종류의 지식이다. 이런 지식이야말로 개인의 단순한 노동보다 훨씬 값질 수 있다. 그것은 보통 노동보다 높이 평가되어 하루의 노동을 열흘의 노동으로 쳐줄 수 있을 것이다. 사족은 이렇게 하여 마을 공동체에서 유용한 존재가 될 수 있을 것이다.

　여전론에서 여는 사실상 재산을 공유하고 노동에 따라 분배를 받는 일종의 아나키한 사회다. 여에는 권력이 작동할 수 없다. 다만 여장은 주민에게 해야 할 노동을 지정할 수 있는 권력이 있다. 그렇다면 여장의 권력이 혹 주민을 지배할 수 있지 않을까? 여장은 어떤 방식으로 만들어지는가? 여가 토지를 공유하고 있으므로 당연히 여장도 사유하는 토지가 없다. 그는 여의 구성원일 뿐이다. 그렇다면 여장은 어떻게 정해지는가? 여전론에서는 이 문제에 대한 다산의 견해를 찾을 수 없지만, 권력의 문제를 다루고 있는 〈탕론〉을 통해 유추할 수는 있다.

　〈탕론〉의 사회구조는 가(家)에서 출발하여 인(隣)→이(里)→비(鄙)→현(縣)에 이르고, 그 위에 제후와 천자가 존재한다. 혈연 공동체인 가를 벗어난 인·이·비·현은 행정의 단위가 된다. 각각의 행정단위에서 장(長)은 모두 선출될 뿐이다. 나아가 제후와 천자 역시 하위 단위의 장이 선출할 뿐이다. 〈탕론〉의 '장'을 선출하는 방식으로 유추하건대, 여의 장 역시 선출되는 것으로 보는 것이 자연스럽다. 한편 〈탕론〉은 인·이·비·현의 장이 만족스럽게 역할을 수행하지 못할 경우 다시 장을 선출하고, 원래의 장은 구성원의 한 사람으로 복귀해야 한다고 말한다. 제후와 천자 역시 같은 논리로 교체될 수 있다. 여장 역시 이런 방식으로 선출되고 교체되리라고 추측할 수 있다. 선출된 여장은 지휘할 뿐 지배할 수 없다! 권력은 여의 주민들 사이에 산재하고 있을 뿐이다.

여전론에서 여는 자율적 사회다. 이 농촌 마을은 국가권력이 백성을 강력하게 지배하는 담헌의 사회와는 완전히 다르다. 여의 노동을 지휘하는 여장을 여의 주민이 선발한다면, 또 여장의 지휘로 여 내부의 모든 일이 이루어진다면 아전과 같은 국가권력의 말단적 촉수가 여에 침투할 가능성은 없다. 여는 독립된 자율적인 공간이 될 것이다. 이런 점에서 여는 허생의 섬과 크게 다르지 않다. 또 허생의 섬이 토지의 소유, 생산물의 분배 등에 대해서 별다른 언급이 없는 것과는 달리 여전론은 훨씬 더 구체적이다.

다만 허생의 섬이 국가의 그림자를 완전히 지워버렸다면, 여전론에는 여전히 국가의 그림자가 남아 있다. 다산은 토지와 인구의 과부족에 따른 백성의 자유로운 이동을 허락했다. 하지만 그것은 일시적이다. 일정한 시기가 지나 토지와 인구가 평균화되면 이동이 멈출 것이라 예상했다는 점에서 백성의 자유로운 이주는 일시적으로 허락된 것일 뿐이다. 다산은 백성의 자유로운 이동이 '난의 근본', 곧 사회의 불안정을 초래한다는 생각을 그대로 갖고 있었던 것이다.[16] 이 생각의 배후에는 국가의 짙은 그림자가 있다.

다산은 민(民)의 자유로운 이동을 보장하고 10년이 지난 시점에 호적을 작성해 가옥과 주거지를 등록한 뒤, 문서를 작성해 농민의 이주를 관리해야 한다고 말한다. 호적을 작성해 민의 정보를 파악하고 이후 이동을 관리하는 주체는 곧 국가다. 국가가 민에 대한 정보를 갖고자 하는 것은 국가의 권력에 포착되지 않는 존재에게서는 노동력과 생산물을 수탈할 수 없기 때문이다. 그것은 곧 국가를 지배하는 계급의 이익에 반하는 것이기 때문이기도 하다. 국가권력에 포착되지 않는 민의 존재 자체를 사회적 혼란과 동일시하는 것 역시 이 때문이다. 이런 점을 생각한다면 다산의 여는 여전히 국가권력의 지배 아래 있는 것이다. 여가 국가에 세금을 내는 것이 그 명백한 증거다.

다산에 의하면, 토지의 비옥도를 조사하고 여러 해 풍흉의 산출물을 조사해 그 평균치를 얻은 뒤 그것을 세금을 부과하는 기준으로 삼고, 흉년일 경우 부족한 세금을 빌려주었다가 풍년에 돌려받는다. 중요한 것은 수세(收稅)의 방법이 아니라 여전히 세금을 바칠 국가가 존재한다는 것이다. 그는 여(閭)→이(里)→방(坊)→읍(邑)의 위계적 관계에 있는 지방 행정조직을 군사적 조직으로 삼고, 그 단위의 장(長)들을 각각 차례로 초관(哨官, 閭)·파총(把摠, 里)·천총(千摠, 坊)·현령(縣令, 邑)이란 군사적 조직의 장으로 삼는다면 군역의 문제도 해결될 것이라고 주장한다. 역시 여·이·방·읍이란 행정조직이 여전히 존재하는 것이다. 이것은 다산의 여전론이 한편으로는 아나키한 여의 독립적·수평적 존재를 지향하지만, 역시 국가에 예속되어 있음을 드러내는 것이다.

강력한 국가권력이 통치하는 담헌의 사회에 비해 다산의 마을에서의 민은 훨씬 더 자유롭고 자율적이다. 하지만 여전론에서도 국가는 없어지지 않는다. 연암이 창조한 허생의 섬에서 국가는 폐기된다. 담헌이 체제 내의 백성을 강력하게 통제하고, 다산의 여가 완전히 자율적인 공동체지만 여전히 세금을 바칠 국가의 존재를 설정하고 있는 것으로 볼 때, 연암이 상상한 허생의 섬이야말로 국가의 존재를 설정하지 않는다는 점에서 가장 급진적이다. 연암의 사유 한 자락은 담헌과 다산을 넘는 곳을 지향하고 있었던 것이다.

국가가 폐기되었으므로 지배자도 존재하지 않는다. 섬을 농민의 공간으로 만든 주체인 허생조차 지배자가 되지 않고 섬을 떠난다. 허생은 섬을 오가는 수단인 배까지 고의로 침몰시킨다. 연장자에게 차례를 양보하는 것 외에 모든 지배-피지배의 관계도 폐기된다. 섬은 화폐가 없고 한문을 아는 지식인도 없다. 한문을 매개로 한 유교 이데올로기까지 폐기한 것이다. 허생의 섬이야말로 연암의 아나키즘이 완벽하게 실현된 공간이었던 것이다.

지금-이곳과 허생의 섬

앞서 언급한 바와 같이 연암 박지원은 우의정 김이소에게 보낸 편지에서 조악한 상평통보를 폐기하고 원래의 구리 양을 갖는 양화로 완벽하게 대체해 사용하는 동시에, 은을 고액의 화폐로 유통할 것을 제안했다. 이것은 화폐의 사용을 전제하여 화폐제도의 개혁을 주장한 것이다. 하지만 허생의 섬에서 연암은 화폐를 바다에 쓸어 넣어 폐기하는 퍼포먼스를 보인다. 연암은 〈한민명전의〉에서 토지의 개인 소유를 인정하되 그 소유의 상한선을 정하자는 한전론을 주장한다. 하지만 허생의 섬에서 토지는 공유다. 연암은 상업과 무역을 지지한 것으로 알려져 있지만, 허생은 선박을 의도적으로 폐기함으로써 무역의 수단을 없앤다. 허생, 아니 연암이 허생의 섬에서 꿈꾼 세상은 농민이 토지를 공유하여 자경하는 농업사회다. 이 분리된 두 사회의 존재를 어떻게 이해해야 할 것인가. 이 점을 약간 살펴보기로 하자.

임병양란 이후 사족체제는 붕괴하지 않고 연속하였다. 중국 대륙이나 일본과는 확연히 다른 양상이다. 두 전쟁을 기점으로 일본은 무로마치 막부 이후 긴 전국시대를 거쳐 드디어 도쿠가와 막부 시대가 열렸고, 이어 에도의 번영이 찾아왔다. 중국 대륙 역시 청이 들어섬으로써 명 체제의 모순을 일소하고 강희·옹정·건륭에 이르는 절정기를 누린다. 전쟁의 가장 큰 피해자였건만 조선은 사족체제가 연속되었으니, 이것은 조선 전기 2세기에 걸쳐 축적된 모순이 해소되지 않은 채로 존속한다는 것을 의미했다.

사족체제 내부의 모순을 조정하여 안정성을 확보하고 유교국가를 더욱 완벽하게 축조하기 위해 정치·경제·사회의 여러 방면에서 제도를 개혁해야 한다는 주장이 제기되기 시작했다. 유형원의 《반계수록》은 제도를 개혁함으로써 모순을 조정하여 사족체제를 안정시키려는 최초의 제안이다. 이후 흔히 실학이라 부르는 제도 개혁안이 족출하였으니, 그것은 '사족체제의 자기 조정 프로그램'으로 정의할 수 있을 것이다. 이러한 개혁론은 사족체제의 지속을 의도하는 방식으로 축조되어 있기에 이른바 실학이 기반하고 있는 내재적 근대와는 아무런 상관이 없다.[1]

연암의 토지 소유 상한제, 화폐개혁론, 북경에서 경험한 중국 기술과 제도의 응용,《과농소초》에 보이는 새로운 농법의 제안은 연암만의 것이 아니라 조선 후기에 광범위하게 제기된 사족체제의 자기 조정 프로그램의 일부다. 하지만 주지하다시피 이런 프로그램은 실현된 적이 없었다. 예컨대 가장 중요한 개혁 대상이었던 토지제도는 한전론·균전론·공전론 등 다양한 개혁책이 제출되었으나 기득권 지주 세력인 사족의 이익을 심각하게 제한하는 것이었기에 성공할 수 없었다. 사족체제의 자기 조정 프로그램으로서의 개혁론은 넓게는 사족 전체, 좁게는 정치권력을 독점하고 있던 경화세족의 이익을 침해하는 것이었기에 실현될 수 없었던 것이다.

허생의 섬, 연암의 아나키즘

연암은 자기 조정 프로그램이 실현될 수 없음을 깊이 인지했던 것으로 보인다. 허생의 섬이 이상의 공간이라면, 허생이 돌아온 남산 묵적골은 실재하는 공간이다. 곧 사족체제 내부다. 허생은 여기서 이완을 만난다. 북벌의 실현책을 묻는 이완에게 허생이 왕의 진정한 북벌 의지와 사족들, 특히 권력의 정점에 있는 특권 사족들이 기득권을 스스로 포기할 수 있는가를 묻고 이완이 불가능하다고 답한 대목은 단지 북벌의 실현 여부에 한정되는 것이 아니라 사족체제의 개혁 곧 자기 조정 프로그램의 실현이 불가능하다는 판단을 내포하는 것으로 보인다. 연암이 공상으로 보일 수도 있는, 사족의 이데올로기가 작동하지 않고 토지의 공유가 실현되는 공간인 허생의 섬을 창조해《열하일기》속에 들은 이야기에 불과하다면서 끼워 넣을 수밖에 없었던 이유는 사족체제 스스로가 제도적 개혁을 통해 자기 갱신을 할 수 없다는 판단을 전제한 것이 아닐까?

연암이 허생의 섬에서 구현한 아나키즘은 근거 없는 상상력의 결과물이 아니다. 그 섬은 실제로 국가권력이 쉽게 미칠 수 없는 섬과 험준한 지대의 오지에 존재했던 곳이고, 사족체제의 강박과 착취를 피해 민중이 찾아가고자 하던 곳이었다. 연암은 그 사실과 민중의 희망을 폭넓게 반영하여 허생의 섬에 구현했던 것으로 보인다. 물론 이 아나키한 공간이 민중의 힘으로 만들어지지 않았다는 것, 곧 민중 자신이 아닌 사족 지식인인 허생에 의해 만들어졌음을 문제로 지적할 수는 있을 것이다. 하지만 자신들을 찾아온 허생에게 군도가 땅이 있고 아내가 있다면 도둑질을 할 이유가 없다고 잘라 말한 것에서 보듯, 지배자 없는 섬에서의 삶을 적극 수용한 것에서 보듯, 원래 그 아나키한 자작소농(自作小農) 사회야말로 민중이 바라던 바였다. 민중이 바라지 않는 사회를 허생이 만들었을 리는 없다. 그 아나키한 소농사회는 민중의 투쟁으로 얻은 것이기도 한 것이다. 어떻게 보면 허생이야말로 민중에게 도구적 존재일 수도 있다.

전근대에서 근대로의 지향이 역사의 발전이라는 사고가 우리에게 깊이 내면화되어 있지만, 이제 그 사고를 되돌아볼 필요가 있다. 근대국가는 국가권력에서 탈주할 공간을 원천적으로 배제하며 공고하게 성립했다. 곧 영토라는 배타적 공간에 대한 균일한 지배와 근대 이후 폭발적으로 발달한 테크놀로지를 수단으로 국가는 인간을 감금·감시하고 통제한다. 인간은 호패와 호적 혹은 족보로 파악하던 과거와는 비교할 수 없을 정도로 철저하게 자유를 상실했다. 그 국가 내부의 인간에게는 화폐-소비만 유일한 가치로 남았다. 이것이 역사적 진보의 결과라면, 인간은 여전히 해방(解放) 이전의 존재다. 건너뛰어 묻는다. 허생의 섬은 가능한 것인가? 가능하다면 어떻게 가능한 것인가? 그곳은 찾아가야 하는 물리적 공간이 아니라, 우리가 스스로 이곳에서 만들어내어야 할 관계적 공간이 아닐까?

허생의 섬, 연암의 아나키즘

머리말

1 〈허생〉혹은〈허생전〉은 연암이 붙인 제목이 아니다. 〈허생전〉이란 명칭은 18세기 말에서 19세기 전반기를 살았던 김노겸(金魯謙, 1781~1853)의 기록에 보이니, 이미 연암 당대에 따로 그런 작품명이 붙어 있었던 것이다. 다만 〈허생전〉이라고 하면 연암이 애당초 따로 독립적인 〈허생전〉을 쓴 것처럼 여겨지기에 나는 이 작품을 단지 〈허생〉이라고 부를 것이다. 金魯謙, 〈囈述〉7, 《性菴集》권7. "大抵燕巖所著, 熱河日記最爲盛行, 膾炙人口, 而其中許生傳·虎叱·象房記, 人皆稱之, 未免弄作. 黃金臺記·出古北口記, 有作家體格. 然以文詼諧, 少謹嚴之意. 故世或以小品目之, 毁譽相半. 乃曰: '東坡以後有聖歎, 聖歎以後有燕巖. 聖歎, 東坡之孼子; 燕巖, 聖歎之後身. 其言亦絶倒.'" 박종채 저, 김윤조 역, 《譯註 過庭錄》, 太學社, 1997, 68면에서 재인용.

2 한철우 외, 고등학교《국어 Ⅱ》, 비상교육, 2014.

들어가는 말 〈허생〉은 무엇을 이야기하는가

1 《靑邱野談》과《東野彙輯》에 실린 '허생고사'는 앞으로 이 책에서 중요한 자료로 거론할 것이다.

2 임형택, 〈동아시아 국가간의 '이성적 대화'에 관한 성찰〉, 《한국학의 동아시아적 지평》, 창비, 2014. 특히 158~159면을 보라.

3 조동일, 《한국문학통사》(제3판) 3, 지식산업사, 1994, 509~510면.

4 배병삼, 〈박지원의 유토피아〉, 《정치사상연구》8, 한국정치사상학회, 2003. 11., 7면.

5 이하 북한 학계의 〈허생〉해석은 김영, 〈연암소설에 대한 남북한 문학사의 서술시각〉, 《열상고전연구》5, 1992면에 의한 것이다.

6 과학원 언어문학연구소 문학연구실 편.

7 사회과학원 문학연구소 편.

8 김일성종합대학 편.

9 李佑成, 《韓國의 歷史像》, 창작과비평사, 1982, 75면.

1장 연암의 연행과 《열하일기》 그리고 〈옥갑야화〉

1 유승주·이철성, 《조선후기 중국과의 무역사》, 景仁文化社, 2002, 260~286면에 실린 부록 〈표〉1·2·3은 《同文彙考》에 실린 사신단 파견에 대한 정보를 토대로 만들어진 것인데, 파견된 연도와 사신단의 성격 그리고 삼사 등의 이름을 기재하고 있다. 1645년부터 1876년까지의 자료다. 605회는 이 〈표〉에서 얻은 통계다.

2 〈進德齋夜話〉는 옥류산관본(玉溜山館本)에 실려 있다고 한다. 옥류산관본은 이가원(李家源) 선생이 소장했다는 《熱河日記》의 한 이본(異本)이다.

3 朴趾源, 〈避暑錄〉, 《熱河日記》, 《燕巖集》: 《韓國文集叢刊》252, 283면. "從使者入中國, 須有稱號. 譯官稱從事, 軍官稱裨將, 間遊如余者稱伴當."

4 金履安, 〈華夷辨〉(上·下), 《三山齋集》: 《韓國文集叢刊》238, 502~503면.

5 박종채 저, 김윤조 역, 《譯註 過庭錄》, 太學社, 1997, 28면.

2장 〈옥갑야화〉 서두의 6화—화폐에 선행하는 가치들

1 朴趾源, 〈賀金右相履素書〉, 《熱河日記》, 《燕巖集》: 《韓國文集叢刊》252, 30~31면.

2 曹伸, 《謏聞瑣錄》. "古云: '問國之富, 數馬以對.' 中國人例以銅錢金銀多少較貧富. 吾東方不産金銀, 本朝不行錢法, 只以綿布爲貨. 綿布三十五尺一疋, 五十疋爲一同. 居積者多不過千同. 近代宰相尹坡平, 商賈沈金孫, 積綿布無慮千餘同. 甲子·丙寅年間, 並罹奇禍."

3 李春植, 《中國史序說》, 敎保文庫, 1991, 371~372면. 쟉끄 제르네 著, 李東潤 譯, 《東洋史通論》, 法文社, 1985, 365~367면.

4 《燕山君日記》9년(1503) 5월 18일(3).

5 《中宗實錄》3년(1508) 11월 6일(1).

6 韓相權, 〈16世紀 對中國 私貿易의 展開—銀貿易을 중심으로〉, 金哲埈博士華甲紀念私學論叢刊行準備委員會 編, 《金哲埈博士華甲祈念私學論叢》, 知識産業社, 1983, 460~465면.

7 井上淸 지음, 서동만 옮김, 《일본의 역사》, 이론과실천, 1989, 129면. 1542년 윤5월 21일 사헌부는 일본이 은을 만든 것(造銀)은 채 10년이 되지 않는다고 말하고 있다. 《中宗實錄》37년(1542) 4월 27일(1).

8 은을 중국 상품과 교환했다는 뜻일 것이다. 魚叔權, 《稗官雜記》권1. "倭人, 舊不知用鉛造銀之法. 只持鉛鐵以來. 中廟末年, 有市人, 挾銀匠潛往倭奴泊船地方, 教以其法. 自此倭人之來, 多費銀兩, 京中銀價頓低, 一兩之價, 只惡布三四疋而已. 朝京之人, 挾持無忌. 商賈之徒, 賫往義州等處, 轉賣土人."

9 田代和生, 《近世日朝通交貿易史の研究》, 創文社, 1987, 269면.

허생의 섬, 연암의 아나키즘

10　아사오 나오히로(朝尾直弘) 외 엮음, 이계황·서각수·연민수·임성모 옮김,《새로 쓴 일본사》, 창비, 2003, 251면.

11　16세기 일본 은과 이 은을 이용한 조선의 명과의 무역에 대해서는 韓相權, 앞의 글, 470~484면에 자세하게 정리되어 있다.

12　《中宗實錄》33년(1538) 8월 19일(5). 이때 가져온 은과 철의 값을 합하면 면포(綿包) 480동, 곧 2만 4천 필에 해당한다.

13　《中宗實錄》34년(1539) 10월 24일(3).

14　《中宗實錄》35년(1540) 7월 25일(2).

15　韓相權, 앞의 글, 475면. 원래의 전거(典據)는《大典後續錄》, 권5, 刑典,〈禁制〉다. 사신단의 사무역(私貿易)을 강력히 금지하는 조항으로 이루어져 있고, 특히 은으로 이루어지는 무역을 더욱 강력히 처벌했다. 왜은(倭銀)으로 무역하는 경우는 사죄 이하 최고 등급으로 처벌했다. 이하의 조항을 보라. "赴京人, 先送金銀于義州, 寄置人家者, 許人捕告, 依强盜例, 給綿布五十匹, 元有職者加階(堂上則否), 鄕吏·驛吏免役, 賤人免賤, 徒流以下免放, 仍給犯人所持物色(從自願). 禁物則屬公. 知而不告者, 杖一百, 流三千里, 受寄者, 杖一百, 全家徙邊. 並勿揀赦前. ○一應公貿易布子, 書狀官同濟用監官員, 着押作馱, 給付通事, 到北京, 更加計數還給, 以杜換銀之弊. …… ○章服儀物入染彩具藥材弓角外, 不緊雜物公私貿易, 並一禁. 聖節使·冬至使行次外, 一應唐物勿貿易 …… ○赴京人賫銀鐵買賣所被捉者, 依禁物重者論. 非買賣所被捉者, 勿許往我地, 以論功議, 並杖一百, 全家徙邊, 勿揀赦前. 赴京人處銀鐵賣者, 寄者, 受寄者, 輪給者, 與犯人同罪, 使書狀官嚴加搜檢摘發啓聞. 其不嚴禁, 後現, 則罷黜. ○赴京行次及常時賫銀鐵往上國近境者, 自義州唐物賫來銀鐵貿去者, 大同察訪嚴加搜檢, 凡貿賣於夾江唐人者, 義州牧使判官當加嚴禁, 不用意禁斷, 後現, 則並罷黜. ○倭銀貿易者, 減死罪一等論. ○鄕通事及商賈人·倭人期會昏夜潛入絶島買賣者, 依潛賣禁物條論, 不檢擧官罷黜."

16　魚叔權, 앞의 책, 같은 곳. "其後倭奴舟載銀貨, 賣於上國寧波府. 又福建·浙江之人, 潛往日本, 換買銀子."

17　韓明基,〈17세기 초 銀의 유통과 그 영향〉,《규장각》15, 서울대학교 규장각 한국학연구원, 1992, 10면.

18　《宣祖實錄》31년(1598) 2월 10일(5).

19　1600년 3월 22일 선조는 명의 황제 신종에게 올리는 주문(奏文)에서 은혈(銀穴)이 많지 않아 명나라의 수군 3천 명에게 지급할 은자를 마련할 수 없다면서 명나라 측에서 은을 마련해줄 것을 요청하고 있다. 은광을 개발할 경우 중국이 은을 계속 요구할 것이 두려웠던 것이다.《宣祖實錄》33년(1600) 3월 22일(3).

20　申欽,《象村雜錄》. "物貨之通塞衰旺, 亦自有時. 我東方多銀鑛, 故麗未被中國需索, 民不堪命. 我朝初年敷奏得免上貢, 上貢旣免, 則不可用之爲國貨. 故列聖遵守, 逡閉採銀之路, 著之令甲. 至於舌官赴京, 如有私商渡江者, 則罪至於誅, 迨二百年. 至壬辰倭警, 中國以銀頒賜我國, 軍粮·軍賞亦皆用銀. 以此銀貨大行, 通質上國之禁廢而不擧. 市井買賣之徒, 不畜他貨, 惟用銀爲高下. 至于今日, 度支經費, 上國奏請, 詔使接待, 尤爲浩穰, 而銀價翔貴, 閭閻廢擧子母者, 仍以牟大利. 朝延上黑墨吏吏相賄, 舍此無由, 官爵除拜, 刑獄宥免, 但以是爲紹介. 甚至排金門入紫闥, 與晉之孔方相甲乙, 可見其世變之易流而難遏也."

21 韓明基, 〈16, 17세기 明淸交替와 한반도〉, 《明淸史硏究》 22, 明淸史學會, 2004, 46면. '17세기 초 조선에 왔던 明使들의 銀 수탈 일람표'에 의함.

22 韓明基, 앞의 글, 29~30면.

23 이에 대해서는 韓明基, 같은 글, 29~34면에 자세하게 정리되어 있다.

24 《光海君日記》(中草本) 2년(1610) 9월 9일(1).

25 《光海君日記》(中草本) 10년(1618) 6월 14일(5).

26 《仁祖實錄》 1년(1623) 7월 4일(5).

27 《仁祖實錄》 5년(1627) 12월 25일(4).

28 《仁祖實錄》 4년(1626) 3월 21일(6). "戶曹啓曰: '釜山倭營收稅, 若着實爲之, 則一年累千兩之銀, 可不勞而得.'"

29 《孝宗實錄》 3년(1652) 9월 22일(1).

30 《仁祖實錄》 25년(1647) 7월 15일.

31 《光海君日記》(正草本) 10년(1618) 6월 25일.

32 《孝宗實錄》 6년(1655) 12월 13일(1).

33 《孝宗實錄》 7년(1656) 3월 15일(2). "側聞太僕所儲銀子, 將至五萬兩. 其他訓局·騎省·常平等廳羨餘之數, 亦爲不貲云. 充棟溢宇, 積於無用之地, 太半爲蠹鼠之所壞, 姦胥之所竊, 而不於此時, 救生民燃眉之急, 必若丙子之日, 委去而癰盜, 然後方可謂不時之需乎?"

34 《顯宗實錄》 1년(1660) 9월 29일(1).

35 《顯宗實錄》 1년(1660) 11월 25일(1).

36 《顯宗改修實錄》 즉위년(1659) 12월 28일(2), 《顯宗改修實錄》 1년(1660) 1월 6일(2).

37 다시로 가즈이(田代和生) 지음, 정성일 옮김, 《왜관》, 논형, 2005, 47~48면.

38 《顯宗實錄》 11년(1670) 3월 3일(1). "倭國奢侈最甚, 自南京買來白絲, 盡歸於倭. 不但織錦, 如船纜, 皆用白絲, 雖累萬斤, 皆售之. 必是用處無窮矣."

39 《顯宗改修實錄》 11년(1670) 3월 3일(2). "白絲百斤, 貿以六十金, 而往市倭館, 則價至一百六十金."

40 아사오 나오히로, 앞의 책, 275면.

41 이것은 조선에서도 인지하고 있는 바였다. 1624년 통신사로 일본에 파견된 강홍중(姜弘

重)은 에도(江戶)에서 일본이 유구(琉球, 오키나와)·섬라(暹羅, 타이)·안남(安南, 베트남)·교지(交趾, 베트남 북부 하노이 지방)·남만(南蠻, 포르투갈로 추정됨)·여송(呂宋, 필리핀)·우란알(亏蘭歹)과 국교를 맺고 통상을 하고 있다는 것과 중국 절강 지방과 상선을 통해 무역을 하고 있다는 것 등을 듣는다. 姜弘重,《東槎錄》, 1624년 12월 18일(무술).

42 井上清, 앞의 책, 167면.

43 아사오 나오히로, 앞의 책, 276면.

44 같은 책, 277면.

45 尹炳男,〈近世日本의 國富觀과 幕府의 貿易政策〉,《일본역사연구》10, 일본사학회, 1999, 118면.

46 아사오 나오히로, 앞의 책, 279면. 일본은 임진왜란 이후 1610년과 1613년 명에 다시 수교하고 공무역(公貿易)을 시작할 것을 요청하였으나 명은 모두 거절하였다. 밀무역만 가능하였다. 명 정부의 금지에도 민간 선박은 연간 수십 척이나 내항했다. 막부는 이 민간 선박에 대해 1631년 생사독점정책(絲割符制)를 적용하고 1635년 중국 선박 기항지를 나가사키에 한정시켰다.

47 井上清, 앞의 책, 170면.

48 같은 책, 171면.

49 같은 책, 173면.

50 김동철,〈17~18세기 조일무역에서 '私貿易 斷絶論'과 '나가사키[長崎] 直交易論'에 대한 研究史 검토〉,《지역과 역사》31, 부경역사연구소, 2012, 328면.

51 田代和生, 앞의 책, 281면, (표Ⅱ-13) 白絲輸入高.

52 박소은,〈17·18세기 호조의 銀 수세 정책〉,《한국사연구》121, 2003, 한국사연구회, 157~158면.

53 김종원,《근세 동아시아관계사 연구》, 혜안, 1999, 257면.

54 《備邊司謄錄》英祖 34년(1758) 1월 5일. "中古則日本不與中國相通, 所用燕貨, 皆自我國萊府轉買入去, 故一年倭銀之出來者, 殆近三·四十萬兩. 本府收稅十分一, 而又三分其稅, 二納戶曹, 本府一, 故能支用矣. 自雍正年間, 中國直通倭國之長崎島, 故倭銀之出來我國者, 甚少."

55 김종원, 앞의 책, 257~258면.

56 李哲成,《朝鮮後期 對淸貿易史 研究》, 國學資料院, 2000, 44~45면. 이하 역관무역(譯官貿易)에 관한 서술은 이 책 44~60면의〈赴燕使行과 使行貿易〉과 강명관,《조선후기 여항문학 연구》, 창작과비평사, 1997, 77~89면의〈역관무역과 기술직 중인의 경제적 토대〉를 참고해 서술하였다.

57 《通文館志》권3, 事大,〈赴燕使行條〉.

58 이하에서 드는 경우는, 柳承宙, 〈朝鮮後期 對淸貿易의 展開過程〉,《白山學報》8, 白山學會, 1970, 351면에 의한 것이다.

59 《備邊司謄錄》肅宗 9년(1683) 10월12일. "行大司憲趙師錫所啓: '在前節使之行, 員役及商賈等 所齎銀貨, 多則二十萬餘兩或十五六萬兩, 少不下十萬餘兩, 故彼中冗費, 皆倚此取辦矣.'"

60 이철성,《조선후기 대청무역사 연구》, 국학자료원, 2000, 48면.

61 《承政院日記》英祖 3년(1727) 11월 11일(39/136).

62 《承政院日記》英祖 3년(1727) 11월 11일(42/136). "卽今勅使, 若一二番來, 則地部銀, 必將絶."

63 《承政院日記》英祖 3년(1727) 11월 11일(48/136).

64 《承政院日記》英祖 3년(1727) 11월 11일(50/136). "文命曰: '臣曾以書狀官赴京時, 以灣府商賈 之弊, 陳達於榻前, 渡江後一切嚴斷, 故入去銀數, 比前稍不濫矣. 在玉河時, 聞彼中商賈鄭世泰, 與象譯言, 汝國以至少之國, 銀貨歲入北京, 幾十數萬兩, 心甚怪之, 固已料其一有此擧, 今果然 矣云云.'"

65 《承政院日記》英祖 28년(1752) 4월 7일(10/10). "上曰, '今則萊銀亦絶種耶?' 樋曰, '萊銀之絶種, 已過卄餘年矣.'"

66 김동철, 앞의 글, 324면.

67 任守幹,《東槎日記》(乾) 7월 17일. "禁徒倭一人, 能解漢語. 問之則曾往長畸島住數年. 蘇·杭州 海程二千八百餘里, 商舶之往來通市者, 每年定以八十隻, 或加數出來者, 多至數十隻. 南貨之直 通日本者, 近來如此云耳."

68 김동철, 앞의 글, 331면.

69 尹炳男, 앞의 글, 119~120면.

70 尹炳男, 같은 글, 114면.

71 김동철, 앞의 글, 326~327면.

72 같은 글, 321면.

73 같은 글, 329면.

74 같은 글, 332면.

75 井上淸, 앞의 책, 181면.

76 김동철, 앞의 글, 331면.

77 김종원, 앞의 책, 269면.

78 국내의 광은(鑛銀) 개발에 대해서는 柳承宙,《朝鮮時代 鑛業史硏究》, 고려대출판부, 1994 에 자세하게 정리되어 있다.

허생의 섬, 연암의 아나키즘

79 《英祖實錄》3년(1727) 윤3월 3일(1). 동지사의 부사 정형익(鄭亨益)은 "近來礦銀之流入彼中, 太無限節. 所謂礦銀, 卽我國所採之銀也. 以我有用之貨, 貿彼無益之物, 盡歸消瀜, 以啓奢侈, 此甚可悶."라고 지적하고 있다.

80 《承政院日記》英祖(1735) 11년 12월 10일(22/22). "近來北京入去之銀, 不可勝數, 而萊銀則十分之一, 皆是我國礦銀也."

81 《英祖實錄》33년(1757) 11월 3일(1), 47년(1771) 4월 19일(1).

82 《英祖實錄》48년(1772) 4월 1일(2).

83 이 시기 사행무역(使行貿易)에서 사상(私商)의 활동에 대해서는 李哲成,《朝鮮後期 對淸貿易史 硏究》, 國學資料院, 2000, 49~60면에 자세하게 정리되어 있다.

84 사상의 무역에 제한을 가하는 과정은 매우 복잡하지만, 연갑수,〈영조대 對淸使行의 운영과 對淸關係에 대한 인식〉,《한국문화》51, 서울대학교 규장각 한국학연구원, 2010, 35면에 짧지만 요령 있게 정리되어 있다.

85 柳夢寅,《於于野談》(靑丘稗說本), 49話. "余上三入中原, 備知舌人之態. 其暴露馳驅於萬里, 非爲國事, 非爲功名, 所希只在通彼之貨, 長交易之利, 視刀錐如鼎呂之重."

86 申欽,〈赴京譯官說〉,《象村稿》:《韓國文集叢刊》a72, 193~194면. "我國事上國, 必待譯. 無譯, 則不可通也. 譯多市井沽販, 知利不知他. 而伊其爲人, 則乃伶俐敏慧, 解人意也者半其間. 祖宗朝綱紀堂堂, 居官者不敢踰方. 肆譯之橫者, 亦知遵三尺憲令, 逡服役於使臣, 猶皁隷, 喘息莫得以舒也. 自壬辰倭警, 因勞陞秩一二品者近數十, 上大夫者無算也. 因此驕恣日甚, 使臣少地望者, 則凌駕侮蔑, 視之若無. 少或拂其意望, 則還朝得以訾毁而中傷之, 冠履之倒置極矣. 譯多財, 雖有辜犯, 必免. 其有力者則足以噓吸霜露, 今之奉使者亦難矣. 己酉冬, 余以奏請使入朝, 見譯與中朝人相親密, 不啻兄弟. 大國小國, 承奉有體; 內藩外藩, 區域自別. 親則狎, 狎則玩, 玩則隙, 隙則失, 余於此深懼焉. 朝廷之揀使臣必愼, 處譯流有制. 窒旁蹊, 以遏其私, 止賞職, 使安其分, 乃可以無後虞." 이하 인용하는 신흠의 발언은 모두 이 자료에 근거한 것이다.

87 1354년 원이 반란군 장사성(張士誠)을 토벌할 때 고려에 군사를 요청하자 유탁과 염제신 등 40명의 장수가 2천 명을 거느리고 갔다. 그런데 실제 전투에 참여한 인원은 이들과 북경에 살고 있는 고려 사람 2만 3천 명이었다. 곧 북경에는 1354년 현재 2만 명이 넘는 고려인이 살고 있었던 것이다.《高麗史》世家 38, 恭愍王 1, 3년(1354) 丁亥. "印安, 還自元言: '太師脫脫, 領兵八百萬, 攻高郵城, 柳濯等赴征軍士及國人在燕京者, 摠二萬三千人, 以爲前鋒.'"

88 《英祖實錄》8년(1732) 5월 8일(2).

89 《英祖實錄》9년(1733) 10월 27일(2).

90 《肅宗實錄》35년(1709) 6월 10일(1).

91 《英祖實錄》12년(1736) 1월 10일(1).

92 《英祖實錄》2년(1726) 7월 28일(2).

93 《英祖實錄》19년(1743) 4월 14일(2).

94 《英祖實錄》2년(1762) 7월 28일(2). "商譯輩文繡屋壁, 漿酒藿肉, 公債逋欠, 一不還償, 巧於請囑, 惟事延拖, 而廟堂以其徵出之無策, 至設償債廳, 使負債者, 各出十分之一, 納諸本廳, 轉販殖利, 以爲準償之計云."

95 이추와 그의 가문에 대한 자세한 고찰은 장인진, 〈조선후기 譯官族譜의 고찰—《金山李氏世譜》를 중심으로〉, 《대동문화연구》 94, 대동문화연구원, 2016을 참고하라.

96 《英祖實錄》10년(1734) 4월 26일(1).

97 《通文館志》권7, 〈人物〉. "性疎財, 喜施與, 能與急人之困, 未嘗營産業爲子孫計."

98 《承政院日記》英祖 13년(1737) 12월 27일(31/31). "至於李樞, 凡係使行, 積效功勞, 今已年老, 死亡無日."

99 《承政院日記》英祖 22년(1746) 5월 11일(25/26). "我國專恃李樞, 而李樞已老矣, 今番手本之模糊如此, 爲之奈何?"

100 《承政院日記》英祖 24년(1748) 10월 28일(32/33). "而近來譯舌, 可謂寒心, 無如李樞輩矣."

101 《譯官上言謄錄》順治 18년(1661) 8월 21일조. "譯輩一生勤苦所欲只在於赴京."

102 《承政院日記》英祖 22년(1746) 12월 16일(31/31). "上曰: '李樞, 素以淸白稱之, 逐歲燕行, 而只杖馬簞往返云矣.' 喆輔曰: '小臣以書狀與樞同行, 而樞果淸白矣.' 儼曰: '譯官甚爲關係於交隣, 而卽今譯官, 無尺寸之利, 故不願爲譯官, 而譯學由是而亡矣. 古者趙東立·表憲之輩, 稱其善譯. 而韓守義若死, 前頭無可恃之人, 誠可悶矣.'"

103 《承政院日記》英祖 22년(1746) 6월 24일(14/21). "李延德以義禁府言啓曰: '齎咨官李樞拿來書吏所告內, 李樞本以年老之人, 積傷行役, 滿身浮脹, 泄痢長流, 而僅到京城, 未及就囚, 因病身故云, 置之, 何如?' 傳曰: '允.'"

104 홍순언과 조명외교(朝明外交)에 대해서는 金英淑, 〈譯官 洪純彦과 朝明外交〉, 《中國史研究》70, 中國史學會, 2011에 상세히 밝혀져 있다. 본문의 인용 부분도 이 논문에 의한 것이다.

105 허봉(許篈)은 이때 서상관으로 파견되는데, 그가 지은 《朝天記》에 홍순언의 활동이 잘 나와 있다.

106 《宣祖實錄》17년(1584) 11월 1일(2).

107 金英淑, 앞의 글, 216~219면.

108 柳成龍, 〈雜記〉, 《西厓集》: 《韓國文集叢刊》 a52, 324면. "嘉靖丁卯, 許閣老國來我國, 純彦爲隨行通事, 與閣老舍人愈深最熟." 유성룡의 이 자료는 임진왜란 때 조선 사신단이 유심과 석성에게서 큰 도움을 받았던 사실을 증언하고 있다.

109 홍순언 이야기의 다양한 문헌에 대해서는 정명기, 〈홍순언 이야기의 갈래와 그 의미〉, 《東方學志》40권 10호, 연세대학교 국학연구원, 1984를 보라. 홍순언 이야기가 소설로 전화

하는 과정과 그 의미에 대해서는 박일용, 〈홍순언 고사를 통해 본 일화의 소설화 양상과 그 의미〉, 《국문학연구》 5, 국문학연구회, 2001에서 충분히 고찰되었다.

110 李福休의 〈報恩緞〉과 朴致馥의 〈報恩錦〉이 그것이다. 金英淑, 〈'洪純彦이야기'의 樂府詩的 變容 양상과 의미〉, 《한민족어문학》 48, 한민족어문학회, 2006. 6을 보라.

111 《李長白傳》에 대해서는 李慶善, 〈李長白傳 研究〉, 《人文論叢》 3, 漢陽大學校 人文科學大學, 1982; 李愼誠, 〈李長佰傳 研究〉, 《부산교육대학 논문집》 21, 부산교육대학, 1985를 보라.

112 《承政院日記》英祖 11년(1735) 1월 3일(9/9). 서명균(徐命均)의 말이다. "皇明時, 洪舜彦[洪純 彦], 以宗系事入京, 其時所帶譯官, 有前日入京時, 給三百金於女人之自賣其身者. 其女人爲禮 部尙書之妻, 多備錦段, 名爲報恩段, 以待其譯官之重來, 適會此時, 宗系事, 專賴其譯官而順成. 至今傳爲美談."

113 黃梓, 〈聞見別錄〉, 《甲寅燕行別錄》 권2 . "如鄭世泰者, 燕市大賈也. 日歲所轉用, 不下累十萬 金. 亞國員譯日行包銀幾至十萬兩, 而都歸之鄭哥. 綾緞物種件件取入, 隨意買居, 年年相例. 我 國人所相知者, 獨此人耳. 此外又未知有幾人, 亦豈武低視此人者乎? 鄭之子姪, 有成進士名者, 門額揭李魁元二字矣."

114 李宜顯, 《庚子燕行雜識》(下).

115 金昌業, 《燕行日記》 제4권, 계사년(1713, 숙종 39) 1월 17일.

116 《承政院日記》肅宗 23년(1697) 10월 12일(18/19).

117 《承政院日記》英祖 2년(1726) 7월 24일(23/23). "世泰, 卽富商且信實, 雖托重貨, 必無虛疎之慮, 而此則不過紙幣, 必善藏置, 故屬托而來. 多至方物, 以此移用, 極爲便順."

118 《英祖實錄》 22년 12월 15일(4). "在汝國王, 誠盛德事, 吾屬自此無以聊生矣."; 《承政院日記》 英祖 22년(1746) 12월 15일(17/17). "蓋紋緞, 非北京所出, 自蘇·杭州織來者, 售於我國矣. 今 番禁令之後, 鄭世泰聞之, 愕然失圖, 卽遣人江南, 止其織紋, 謂我人曰: '在汝國王, 誠德盛事矣. 吾曹自此無以聊活, 將未免餓死矣.'"

119 다음 자료를 보라. 《承政院日記》英祖 26년(1750) 4월 13일(30/30). "上曰: '鄭世泰, 謂以我國 禁紋段, 故大失利, 其家産大不如前云, 然否?' 畳曰: '紋段積置, 以待西洋國使臣之出來矣. 而槪 聞失利則多云矣.'"

120 예무(例貿)는 관(官)에서 매년 정례에 의하여 필요한 물자를 구입하는 것.

121 왕실에서 특별히 중국에 물건을 주문하는 일.

122 《承政院日記》英祖 38년(1762) 4월 21일(9/10). "上曰: '彼中今亦有富商大賈否?' 宜老曰: '前 有鄭世泰者, 能主張物貨, 有悖子, 家産今蕩敗矣.'"

123 黃梓, 《庚午燕行錄》 권1, 1751년 2월 3일(신미). "鄭世泰, 北京大賈也. 我國使行數十萬銀貨盡 入其家, 勢以爲常矣. 世泰已故, 其子爲武進士者, 昨年身死, 今日發靷云. 而員譯輩, 或以護喪, 或以觀光, 盡數出去, 館中空矣." 이하 엄청나게 호사스런 장례식이 묘사된다. 황제는 이에

대해 거대한 재산에 맞춘 참람한 장례식이라고 비판했다.

124 洪大容, 〈京城記略〉, 《燕記》, 《湛軒書》: 《韓國文集叢刊》 a248, 281면. "舖商林哥有黃錫燈臺, 長數尺, 可油可燭. 幷爲螺釘, 製樣甚巧, 西洋器也."

125 변승업 가문과 변승업의 활동에 대해서는 김양수, 〈朝鮮後期의 譯官身分에 관한 硏究〉, 연세대학교 박사 학위논문, 1986, 77~123면에 자세히 정리되어 있다.

126 《承政院日記》 英祖 10년(1734) 5월 3일(1734). "蓋卜承業, 爲一國之富, 而其長子爾昌無子, 故生時, 以廷老爲養孫, 其名至載於承業表石中."

127 鄭載崙 著, 姜周鎭 譯, 《東平尉公私見聞錄》, 養英閣, 1985, 277면. "外棺着恭叫, 行於大行之喪. 而自餘, 則王子女之貴只用本色之槨, 所以存大防也. 今上, 丙子年間, 有某姓倭譯遭妻恭, 外槨如國喪之例. 宰相·臺諫聞而駭之. 而其人家積累十萬金, 能隨處通問, 故竟無糾正者. 識者爲國家憂歎." 이 자료는 '倭譯'이라고만 되어 있는데, 장현(張炫)은 한역(漢譯)이었고, 김근행(金謹行)은 왜역(倭譯)이었지만 워낙 근검절약하고 부(富)를 바깥으로 드러내지 않은 것으로 유명한 인물이었다. 이 자료의 왜역은 변승업이 분명하다. 김양수, 앞의 글, 87면.

128 李佑成·林熒澤 譯編, 《李朝漢文短篇集》(上), 一潮閣, 1984, 58~65면.

129 李佑成·林熒澤, 같은 책, 3~8면.

130 같은 책, 29~36면.

131 자신의 재산을 적선한 결과 보응을 받는다는 이야기는 널리 퍼져 있었다. 〈음덕(蔭德)〉, 같은 책, 140~147면. 안동 김씨 김번(金璠)은 문학과 덕행으로 서울서 이름난 사람이고 부인도 현숙한 사람이었다. 너무나 가난하여 자식이 굶어 죽기에 이르자 평양감사로 있는 친구를 찾아갔더니 친구는 7천 꿰미의 어음을 주었다. 집으로 돌아오는 길에 개성부의 공금을 빌려 소금장수로 나섰다가 실패해 죽으려 하는 남자와 그를 말리는 아내를 보고, 7천 꿰미를 선뜻 내어준다. 돌아와 부인에게 그 말을 하면서 도와주고 싶었지만 도와주지 못하고 그냥 왔다고 하자, 부인은 곤경에 처한 사람을 도와주지 않은 남편에게 실망했다며 자살하려 한다. 남편이 사실대로 말하자 아내는 믿었고, 이후 다시 가난한 삶을 살았다. 감사 친구는 그 소식을 듣고 왕에게 말했고, 왕은 김번을 평양서윤에 임명했다.

132 같은 책, 111~115면. 원래는 安錫儆의 〈霅橋別錄〉에 실린 것이다.

133 李源命, 《東野彙輯》: 《韓國文獻說話全集》 3, 民族文化社, 1981, 415~426면.

134 南公轍, 〈擬上宰相書〉, 《金陵集》: 《韓國文集叢刊》 a272, 172면. "竊嘗論之, 生民之業, 京師以錢, 八路以穀."

3장 〈허생〉 앞부분—허생의 섬, 연암의 아나키즘

1 柳本藝, 《漢京識略》, 서울특별시사편찬위원회, 1956, 293면. "墨寺洞. …… 又昔許生, 隱居

此洞. 家貧好讀書, 頗有事跡. 朴燕巖爲之立傳."

2 김진균,〈허생의 실재인물설의 전개와 '허생전'의 근대적 재인식〉,《大東文化硏究》62, 성
　균관대학교 대동문화연구원, 2008.

3 이상은《承政院日記》正祖 3년(1779) 8월 25일(20/21)에 의함.

4 공자의 제자. 가난하면서도 도를 즐긴 인물로 알려져 있다. 물론 안연처럼 높은 평가를 받
　았던 것은 아니다.

5 潘庭筠,〈庭筠再拜白湛軒先生足下〉,《燕杭詩牘》13면 뒤에서 14면 앞. "養虛頗貧, 儒者以治
　生産爲急務, 當勉其祿仕, 或效子貢之所爲, 幸勿落拓詩酒, 放曠山川, 德未臻於顏回, 貧已類於
　原憲也, 湛軒以爲何如?"

6 洪大容,〈與秋庫書〉,《燕記》,《湛軒書》:《韓國文集叢刊》a248, 115면.

7 李瀷,〈貧者士常〉,《星湖僿說》:《星湖全書》5, 驪江出版社, 1987, 397면. "貧者, 士之常. 士是
　無位之稱, 士何以不貧?"

8 李瀷,〈朱子文字錢〉, 같은 책, 491면. "四民之中, 惟士以貧爲常. 農及工賈, 用力爲生, 其飢凍
　罪在己. 士不過以心黃卷, 一縷一粒, 都非身出. 苟非得志於時, 衣食無其路也."

9 李瀷,〈爲學治生〉, 같은 책, 237면. "爲學者, 十分義理中物; 治生者, 利害上事. 利害者, 人各自
　得, 不待于獎勸. 爲學, 雖賴於治生, 而若以爲先務則不可."

10 전자는《野客叢書》·《韻府群玉》·《天中記》등에, 후자는《漢書》에 실려 있다. 모두 '覆水難
　收'의 고사다. 필자는 외조모에게서 같은 이야기를 들은 바 있다. 외조모는 경상북도 안동
　의 양반가에서 태어났다. 집안에서 들은 이야기를 필자에게 50여 년 전에 해주었다. 공부
　만 하는 남편을 두고 아내는 남의 집 논에서 뽑은 피를 말려 양식으로 삼고 한편으로 삯
　일을 하러 다녔다. 어느 날 남의 집에 일을 해주러 갔는데 비가 쏟아졌다. 마당에 널어놓
　은 피가 생각나 달려와 보니, 남편은 비가 오는 줄도 모르고 글을 읽고 있었다. 여기까지
　는 후한(後漢) 고봉(高鳳)이란 인물의 이야기 구조를 가져온 것으로 보인다. 고봉은 아내
　가 널어놓은 보리를 지켜보라는 말에도 글을 읽느라 빗물에 보리가 떠내려가는 것을 몰
　랐다고 한다. 외조모의 이야기는 보리가 피로 바뀌어 있을 뿐이다. 피가 빗물에 떠내려가
　는 것을 본 아내는 화가 나서 욕을 하며 헤어지자 하였고 남편은 3년만 더 기다려달라고
　하였다. 아내는 거절하고 떠났고 남편은 굶주리면서 글을 읽은 끝에 과거에 합격했고, 고
　을 원님으로 부임했다. 아내가 길가에서 보니 원님이 자기 남편이었다. 소리를 치고 앞으
　로 나아가 엎드려 과거 고생한 이야기를 하며 다시 합치자 했더니, 남편이 물그릇을 쏟으
　며 다시 주워 담으라고 하면서 거절했다. 남편이 떠나자 아내는 나무 위로 올라가 남편을
　불렀다. 남편이 멀어지자 더 높이 올라가 소리쳤다. 아내는 내려오지 못하고 매미가 되었
　다. 약간의 변개가 있지만 기본 구조는 태공망과 주매신의 '복수난수' 고봉의 보리 이야기
　와 동일하다.

11 張維,《谿谷漫筆》,《谿谷集》:《韓國文集叢刊》92, 590면. "人必自治而後, 可以不待物矣; 自立
　而後, 可以不附物矣; 有守而後, 可以不隨物矣."

12 李佑成·林熒澤 譯編,〈讀易〉,《李朝漢文短篇集》(上), 一潮閣, 1984, 92~93면.

13 같은 책, 100~106면.

14 같은 책, 94~99면.

15 같은 책, 160면.

16 吳載純,〈記朴譯事〉,《醇庵集》:《韓國文集叢刊》242, 540~541면.

17 도진순 주해,《백범일지》, 돌베개, 2002, 122~127면.

18 《英祖實錄》23년(1747) 12월 18일(3). "本郡場市, 大扵都下市肆, 物貨所聚, 群盜所集, 安城之 稱賊藪, 蓋以此也."

19 이태진 외,《서울상업사》, 태학사, 2000, 287~288면.

20 李佑成·林熒澤,〈甘草〉, 앞의 책, 37~39면.

21 같은 책, 40~42면.

22 《正祖實錄》4년(1780) 12월 9일(1). "京城市肆, 卽都民資生之源, 而所謂都賈要路, 罔利操縱, 潛賣之弊, 日增月滋. 市民失業, 物貨騰踊. 事雖微細, 爲害則大. 嚴飭法司, 另加禁斷."

23 《正祖實錄》5년(1781) 10월 18일(1). "至扵米穀, 亦事権利, 以致市直之騰踊."

24 《正祖實錄》5년(1781) 11월 1일(2). "此所謂利歸扵一人, 而害受乎萬民也."

25 朴趾源,〈玉匣夜話〉,《熱河日記》,《燕巖集》:《韓國文集叢刊》a252, 304면. "一貨潛藏, 百賈涸. 此, 賊民之道也. 後世有司者, 如有用我道, 必病其國."

26 박종채 저, 김윤조 역,《譯註 過庭錄》, 太學社, 1997, 101면. "商賈, 在四民之中, 雖爲賤業, 非 商賈, 百物莫可流通運用, 所以不可偏廢野. 且藏富漁民間, 然後國用豊足."

27 《孟子》〈公孫丑〉(下). "古之爲市者, 以其所有易其所無者, 有司者治之耳. 有賤丈夫焉. 必求龍 斷而登之. 以左右望而罔市利, 人皆以為賤, 故從而征之. 征商自此賤丈夫始矣."

28 박제가 저, 안대회 역,《북학의》, 돌베개, 2013, 53면.

29 《論語》〈子路〉. "子適衞, 冉有僕. 子曰: '庶矣哉!' 冉有曰: '旣庶矣, 又何加焉?' 曰: '富之!' 曰: '旣富矣, 又何加焉?' 曰: '教之!'"

30 朴趾源,〈渡江錄〉, 앞의 책, 151면. "嗟乎! 如此, 然後始可謂之利用矣. 利用, 然後可以厚生; 厚 生, 然後正其德矣. 不能利其用而能厚其生, 鮮矣. 生旣不足以自厚, 則亦惡能正其德乎?"

31 조선의 기술과 하드웨어가 낙후하다는 지적은 북학파에 한정되는 것이 아니라, 북경을 경 험한 사족들도 결코 낯설지 않게 지적하던 사항이다. 예컨대 윤순(尹淳, 1680~1741)은 1729 년에 쓴 글에서 청에 대한 증오심을 잊지는 않았지만, 한편으로는 중국의 선진적인 기술 과 하드웨어를 배워야 한다고 주장하였다. 尹淳,〈與金判書 東弼冬至正使〉,《白下集》:《韓國 文集叢刊》a192, 346~347면. "入燕都, 城池民物市肆之鉅麗繁華, 可見天下之大, 而回思我東,

若井底觀天, 迫隘不能容也. 然於瀋館, 憶孝廟淹恤, 寧遠撫袁軍門百戰遺蹟, 景山想紅閣灰燼, 已悲憤感慨, 直欲無生. 而至演禮, 跪叩於鴻臚糞壤之間, 祗恨其晚天地, 自辱其禮樂衣冠, 而胷中勃勃之氣, 幾乎髮上指耳. 留館時多少生受, 都不足言矣. 抑其細心留眼處, 在城塹雉醮之制, 燔甕用車之法, 如木綿之去核彈花, 磨舂之播糠下米, 凡百器用之利用省力, 皆東國所無, 而非東人膚淺心計可能及者, 一一取法以來, 亦經世之一助. 弟行時恨晚覺, 而不能各買一副來, 聊爲台誦之耳."

32 박종채 저, 김윤조 역, 앞의 책, 100~101면.

33 朴趾源, 〈北學議序〉, 《燕巖集》:《韓國文集叢刊》a252, 109면. "所謂四民, 僅存名目, 而至於利用厚生之具, 日趨困窮."

34 李佑成·林熒澤 譯編, 《李朝漢文短篇集》(下), 一潮閣, 1978, 293~315면에 〈옥갑야화〉가 번역되어 실려 있다. 301면의 각주 14에 사문을 "마카오 Macao. 포르투갈의 조차지로서 무역의 중심지였음"이라고 말하고 있다. 따로 문헌적 근거를 밝히지는 않았다. 최근의 《열하일기》 번역본에도 역시 마카오라고 했는데, 역시 그 근거는 밝히지 않았다. 박지원 저, 김혈조 옮김, 《열하일기》 3, 2009, 돌베개, 230면. 김수중, 《〈허생전〉의 무인공도 연구》, 《인문학연구》 52, 조선대학교 인문학연구원, 2016에서는 '마카오 연안에는 모래톱이 쌓여 있어 사주(沙洲)의 지협을 형성하고 있는 것'을 사문(沙門)이란 지명의 근거로 들었는데, 흥미로운 발상이기는 하지만, 사주가 있는 해안이 꼭 마카오에만 있는 것은 아닐 터이므로 역시 확실한 근거는 될 수 없을 것이다.

35 샤먼은 마카오보다 훨씬 위쪽에 있다. 곧 대만 섬의 건너편에 위치한다. 마카오는 이보다 훨씬 아래에 있는 홍콩 건너편의 도시다. 샤먼이건 마카오건 모두 중국 동남쪽 해안가로 일찍부터 서양(포르투갈)과 접촉한 도시임에는 틀림이 없다. 연암이 어디서 샤먼 혹은 마카오에 대한 정보를 취득했는지 현재로서는 알 길이 없다.

36 《論語》〈子路〉. "樊遲請學稼, 子曰: '吾不如老農請.' 學爲圃, 曰: '吾不如老圃.' 樊遲出, 子曰: '小人哉!. 樊須也. 上好禮, 則民莫敢不敬; 上好義, 則民莫敢不服; 上好信, 則民莫敢不用情. 夫如是, 則四方之民襁負其子而至矣. 焉用稼.'"

37 삼봉도에 대해서는 다음 두 논문을 참고하면 된다. Milan Hejtmanek, 〈미지로의 항해― 15세기 조선의 삼봉도로의 항해〉, 《대동문화연구》 56, 2006. 손승철, 〈조선전기 요도와 삼봉도의 실체에 관한 연구〉, 《한일관계사연구》 44, 한일관계사학회, 2013. 전자는 삼봉도를 국가권력에서 벗어나고자 하는 욕망이 만들어낸 상상의 공간으로 보았다. 삼봉도에 관한 가장 근리(近理)한 해석이다. 후자는 요도와 삼봉도의 탐색 과정 그리고 그 실체 문제를 검토하고, 두 섬을 울릉도 또는 독도로 인식하거나 비정하는 논의는 현실적으로 별 의미가 없다고 결론지었다. 실증적인 부분은 전자와 같지만, 논문의 의도는 확연히 다르다.

38 《成宗實錄》1년(1470) 12월 11일(4).

39 부령(富寧) 사람으로 된 자료도 있다.

40 《成宗實錄》7년(1476) 6월 22일(2).

41 《成宗實錄》4년(1473) 1월 9일(2).

42 《成宗實錄》3년(1472) 3월 6일(1).

43 《成宗實錄》3년(1472) 2월 3일(3).

44 《成宗實錄》3년(1472) 3월 20일(2·3), 4월 1일(1).

45 《成宗實錄》3년(1472) 6월 12일(5).

46 《成宗實錄》3년(1472) 8월 12일(3).

47 《成宗實錄》7년(1476) 6월 22일(2).

48 《成宗實錄》7년(1476) 10월 22일(3)·27일(2).

49 《成宗實錄》8년(1477) 3월 4일(3).

50 《成宗實錄》10년(1479) 7월 13일(1). "但居此島者, 已有叛心者也. 若遣人求之, 則不可不齎兵器以往."

51 《成宗實錄》10년(1479) 8월 30일(3).

52 《成宗實錄》10년(1479) 9월 5일(2).

53 《成宗實錄》10년(1479) 9월 12일(5).

54 《成宗實錄》11년(1480) 3월 11일(2). "予聞永安北道之民, 逃散者頗多, 意必潛投此島, 自作一區, 若不招來, 萬無自還之理."

55 《成宗實錄》11년(1480) 5월 30일(7).

56 《成宗實錄》12년(1481) 1월 9일(5). "東北之海, 風浪險惡, 非他海之比. 且不知三峯島, 的在何處, 差人入送爲難. 但本道人民, 皆是遷徙之徒, 撤擧家産, 不以爲難, 性又愚惑, 信聽訛語. 若不於此時, 搜得此島, 明其背國之罪, 則愚民必曰: '國家大擧欲討, 而終不得, 他日我雖往投, 國家終無乃我何.' 則非細故也. 倘有水旱之災, 兵戈之役, 則必有逃往背國之人."

57 《成宗實錄》12년(1481) 2월 24일(4).

58 정석종, 《조선후기의 정치와 사상》, 한길사, 1994, 76~77면.

59 같은 책, 84면.

60 같은 책, 92면.

61 같은 책, 92~93면.

62 《成宗實錄》23년(1492) 8월 4일(2).

63 같은 글. "本國人民逃避差役, 潛入絶島, 將爲久住之計. 若不刷還, 從而投入者, 將恐難禁."

64 《成宗實錄》24년(1493) 1월 12일(1).

65 《成宗實錄》23년(1492) 8월 10일(2).

66 《成宗實錄》24년(1493) 1월 12일(1).

67 《成宗實錄》25년(1494) 10월 17일(2).

68 《燕山君日記》1년(1495) 10월 19일(2).

69 《燕山君日記》3년(1497) 10월 18일(1).

70 《燕山君日記》4년(1498) 4월 21일(2).

71 《燕山君日記》4년(1498) 4월 22일(1).

72 《燕山君日記》4년(1498) 9월 6일(2).

73 《燕山君日記》4년(1498) 12월 11일(1).

74 《燕山君日記》6년(1500) 3월 18일(3).

75 《燕山君日記》6년(1500) 4월 3일(1).

76 《燕山君日記》6년(1500) 6월 28일(3).

77 《中宗實錄》17년(1522) 5월 28일(1).

78 《中宗實錄》17년(1522) 5월 28일(6). "若依海島, 至於滋蔓, 後難制之. 須及此時搜討, 以示王法可也."

79 《燕山君日記》6년(1500) 7월 7일(3).

80 해랑도의 존재와 위치는 여전히 모호하다. 1522년 9월 장도(獐島)의 장사치로 중국에 몰래 왕래한 사람을 조사하는 일이 있었는데, 중종은 그들에게 그들 중 해랑도에 왕래한 사람이 있다면 해랑도 주민은 농사만 지어 생활하는지, 조선 사람과 중국인이 얼마나 되는지, 해적과 서로 통하는지, 어렵(漁獵)과 장사로 경강(京江)에 왕래하는지, 토지의 비옥도가 어떠한지, 무기를 갖추고 방어를 하고 있는지를 물으라고 명했다. 그 답은 실려 있지 않다.《中宗實錄》17년(1522) 9월 28일(5). 1546년 기록에 의하면, "우리나라의 물가에 사는 사람들은 이익을 좇아 해랑도와 금주위 등지에 심상(尋常)하게 왕래한다."고 하였다.《明宗實錄》1년(1546) 12월 15일(2). 1603년의 자료에 의하면, 해랑도에 잡혀갔다가 돌아온 사람이 해랑도는 경기도의 덕물도(德物島)보다 조금 크다고 증언하였다.《宣祖實錄》36년(1603) 7월 1일(4).

81 《宣祖實錄》40년(1607) 3월 14일(2). "海浪島在西海東地界, 唐人亡命者淵藪云."

82 《宣祖實錄》40년(1607) 5월 2일(2).

83 《宣祖實錄》40년(1607) 7월 1일(3).

84 《光海君日記》(中草本) 4년(1612) 9월 12일(9). "備邊司以京畿監司狀啓海賊勦捕事, 啓曰: '海浪竊發之報, 殆無虛月.'"

85 《光海君日記》(中草本) 4년(1612) 12월 17일(5).

86 《光海君日記》(中草本) 6년(1614) 5월 28일(1).

87 《光海君日記》(中草本) 10년(1618) 10월 18일(6).

88 《顯宗實錄》4년(1663) 9월 27일(1). "賊船二隻, 出入海西沿邊, 刦掠我商船及漁船. 賊皆剃頭着胡巾, 言語亦類胡人, 乃海浪賊云."

89 《肅宗實錄》35년(1703) 3월 23일(1).

90 安鼎福, 〈答李仲命別紙 甲午(1771)〉, 《順菴集》: 《韓國文集叢刊》229, 535~536면. "問海浪島. 答: '海浪島在中國之東北我國之西北遼南不甚遠之地, 大抵三界之間也. 燕山君時, 聞島中我人多入居, 奏請中朝, 遣李坫·田霖·趙元紀等, 搜括遼東人六十四名·我國人四十八名. 霖等之歸, 命於開城府賜一等樂以慰之. 肅廟朝庚寅, 民間訛言海浪賊至, 人多避亂. 前後逆招, 或有海浪之說, 其眞僞雖不可知. 盖我國西南海通中國, 中間島嶼無數, 不入于圖籍者必多, 亡命避役者, 逃匿成聚, 是非異事也. 今海防疎濶, 海中利害, 全未有知, 謀國者亦當理會. 聞祖宗朝密遣中官及武臣之有勇力能解事者, 扮作商行, 乘船周流西南諸海, 以驗島嶼云. 雖無文籍之可見, 而此或可試之事也.'"

91 《肅宗實錄》38년(1712) 1월 4일 (2).

92 李瀷, 〈海浪島〉, 앞의 책, 41~42면.

93 李瀷, 〈田霖〉, 《星湖僿說》: 《星湖全書》6, 驪江出版社, 1987, 927면. "至於今日, 海浪賊出沒於西海三四十年間, 為朝廷深憂, 而不知島在何處, 古今之別如此."

94 《大典後續錄》, 권5, 刑典, 〈禁制〉. "海浪島往來人, 依鈇度沿邊·關塞而出外境者律論斷處絞."

95 《成宗實錄》24년(1493) 1월 12일(1). "傳旨刑曹: '律文越度沿邊關塞, 因而出外境者, 絞. 今後有往來海浪島者, 依右律施行事, 曉中外.'" 성종이 말하는 율문(律文)이 《대명률(大明律)》일 가능성이 높지만, 정작 《대명률》에는 실려 있지 않다. 앞으로의 고찰을 기다린다.

96 《書經》〈洪範〉. "人之有能有爲, 使羞其行, 而邦其昌."

97 安鼎福, '海中大島' 〈橡軒隨筆〉(下), 《順菴集》: 《韓國文集叢刊》a230, 60면.

98 黃胤錫, 《頤齋亂藁》3, 1770년 6월 20일(甲午), 韓國精神文化研究院, 1997, 291면. "余聞國初有洪吉童者, 逸童孼弟也. 負才氣自豪拘, 國典不許科宦淸顯, 忽逃去. 後有使价, 回自明朝傳言, 海外一國使臣, 以其王表文賚至北京. 王姓曰○(從○從水 此何字也). 人或疑其爲吉童變姓. 吉童忽以單騎來謁逸童, 爲供壽宴, 留數日, 將行泣曰: '自此不復來謁矣.' 乃去. 觀者謂其威儀容止, 已非居人下者. 必吉童在海外自王, 好事者爲之傳. 若鄭所遇書生, 豈亦吉童之流歟? 或言吉童舊家, 長城之小谷里底. 有遺趾云."

99 《世宗實錄》26년(1444) 10월 9일(1).

100 《世宗實錄》8년(1426) 3월 15일(6).

101 《中宗實錄》8년(1513) 8월 29일(1). "忠淸道, 洪吉同作賊之後, 流亡亦未復, 而量田久廢, 收稅實難."

102 黃胤錫, 앞의 책, 289면, 1770년 6월 19일(癸巳). "海西舊有林巨正者, 明宗朝大黨也. 築城盤據, 爲西路憂. 至發軍討之, 僅能剿減."

103 성종 때 인물인 성현(成俔)은 《용재총화(慵齋叢話)》에서 조선은 노비가 인구의 반을 차지한다고 하였다. 《慵齋叢話》권9. "我國人物, 奴婢居半, 故雖名州鉅邑, 而軍卒鮮少." 조선 전기 사노비의 수는 대체로 전체 인구의 40~50퍼센트를 차지했다고 한다. 金容晩, 《朝鮮時代 私奴婢研究》, 集文堂, 1997, 392면. 조선 중기에는 노비가 전체 인구의 30~50퍼센트를 차지한다고 한다. 이것은 사노비와 공노비를 모두 합친 것이다. 金容晩, 같은 책, 59면.

104 《承政院日記》英祖 17년(1741) 1월 14일(31/32). "流民如俄者所達, 蓋關東近峽, 每當凶歲, 失其恒心, 小則掠奪, 大則爲明火賊."

105 《正祖實錄》14년(1790) 3월 5일(1).

106 《正祖實錄》14년(1790) 6월 1일(3).

107 《星湖僿說》14권. "余一日出門, 見丐人若少若長四五人聚止者. 謂云: '方春耕稼之時, 爾何不歸于故里播作營農而, 尙行乞異方?' 其人熟視我, 乃曰: '農事當如何作? 無種無粮, 雖還, 何益?' 其意謂我爲迷罔不鮮事也."

108 《景宗實錄》1년(1721) 5월 11일(1). "强者散而爲盜, 弱者爲僧爲奴, 良民殆將絶種矣."

109 같은 글. "蓋以一人應十人之役, 其勢安得不如此也?"

110 《景宗實錄》1년(1721) 6월 5일(2). "良役之弊, 甚於水火, 民皆逃散, 村落已空. 盜賊之熾發, 皆由於此."

111 《英祖實錄》26년(1750) 6월 6일(3). "況民之有一結者, 果幾人哉? 十家之聚, 有田者無二三, 半是雇人之田, 則殫其所出, 固不足供常稅. 況復責之以無前之別徵, 則終必至於棄良田如糞土, 陳廢不足, 渙散乃已. 隣族侵徵之弊, 殆甚良役, 朝家惟正之貢, 亦將耗縮矣."

112 《英祖實錄》1년(1725) 5월 17일(1). "上行晝講, 講論語. 至哀矜勿喜之文, 敎曰: '今日適見秋曹覆奏, 諸道强盜, 其數夥然. 好生惡死, 人誰不欲, 而或困於官長, 或苦於身役, 有此不忍之擧, 究其本則可矜也.'"

113 《肅宗實錄》21년(1695) 10월 3일(1).

114 《承政院日記》肅宗 22년(1696) 11월 29일(8/12).

115 《承政院日記》肅宗 32년(1706) 9월 14일(10/23).

116 《承政院日記》肅宗 33년(1707) 12월 11일(11/11).

117 《承政院日記》英祖 3년(1727) 4월 15일(33/33).

118 《承政院日記》英祖 10년(1734) 11월 13일(21/22). "卽聞交·坡之間, 火賊熾發, 五六十名, 結黨

横行, 鼓進錚退, 有若行軍者然, 打傷人民, 燒燬村舍, 民不保存, 閭里蕩殘."

119 《承政院日記》英祖 28년(1752) 7월 30일(26/26). "李天輔曰: '臣於闉外, 聞金尙星言, 則金浦蘆長面, 明火賊數百人, 乘夜嘯聚, 放砲建旗, 或作勸馬聲, 劫掠村間云, 不勝驚駭矣.'"

120 《承政院日記》英祖 28년(1752) 8월 3일(14/22). "其所掠去者, 以價論之, 則至於數千金. 人物被傷, 方在死境者, 亦數人云."

121 《英祖實錄》41년(1765) 12월 27일(1). "向來金城明火賊之本官論報捕廳者, 多至三四百, 而本廳僅捕五六名, 未及究覈, 兩賊徑斃, 則餘皆旋放. 三百成黨, 其數不貲, 明火行賊, 在法難貸, 則任自宥釋. 全失治賊之道, 該捕將, 亦宜加重譴也."

122 《承政院日記》肅宗 37년(1711) 2월 20일(20/21). "扶安·雲峯等五六邑, 明火賊徒, 藏蹤祕跡, 出沒橫恣, 或擊屯將, 或奪死囚, 或殺都領將, 締結官屬, 合散無常."

123 《承政院日記》英祖 7년(1731) 9월 6일(21/30).

124 《承政院日記》肅宗 37년(1711) 3월 28일(15/15).

125 《承政院日記》肅宗 30년(1704) 3월 11일(11/20). "江原監司書目: '洪川縣明火賊, 突入官庫段, 未及打破, 守直軍全有尙, 逢刃致斃, 事甚驚慘事.'"

126 《承政院日記》英祖 32년(1756) 10월 7일(28/61). "且伏念歲饑民貧, 竊發之患, 處處皆有, 至於成歡店火賊而極矣. 數千公貨, 全數見奪, 則非尋常偸盜之比也."

127 《承政院日記》英祖 32년(1756) 11월 16일(13/13). "李天輔曰: '向來成歡火賊之變, 誠極驚駭, 所失湖西大同錢及船稅錢軍布錢, 自惠廳兵曹, 發關本道, 使之更爲徵納云, 此與見失於尋常穿窬之賊有異, 非色吏不善守直之罪, 旣不可責捧於色吏, 又不可疊徵於民間, 兩邑今年所失之數, 特爲蕩減, 何如?'"

128 《承政院日記》肅宗 25년(1699) 5월 25일(13/14). "引見時, 上曰: '連見諸道狀啓, 則明火賊, 打破獄門而逃躲者, 處處有之, 而刑鍮同情者, 一無正法之事, 極爲寒心矣.'"

129 《景宗實錄》즉위년(1720) 6월 30일(3).

130 《承政院日記》英祖 6년(1730) 9월 21일(17/31). "永興囚推明火賊徒二十四名, 與外儻締結, 撞獄逃躲."

131 'o'은 지워진 글자다. 아마도 '南'일 것이다.

132 《承政院日記》肅宗 37년(1711) 3월 28일(15/15).

133 《英祖實錄》5년(1729) 2월 25일(3). "兵曹判書趙文命上疏言: '扶安·邊山, 周圍廣闊, 兩營與各鎭, 皆爲數日程. 嘯聚之徒, 易爲依隱, 前春逆徒之憑藉邊山, 作爲騷屑者, 可驗也.'"

134 정석종, 앞의 책, 70~71면.

135 같은 책, 163면.

허생의 섬, 연암의 아나키즘

136 같은 책, 55면.

137 《英祖實錄》3년(1727) 10월 20일(1). "又陳所懷曰: '南中賊患熾盛, 近來扶安·邊山, 賊徒多竊據. 白晝設帳幕, 大行侵掠, 而邊山有大利, 賊徒招寺僧言曰: '三多不可外處, 汝等姑爲借寺' 僧徒畏怯, 莫敢誰何, 皆涕泣散去.'"

138 《英祖實錄》3년 10월 22일(2). "近聞湖南流民, 嘯聚爲黨, 一在邊山, 一在月出山. 官軍不能捕, 其勢鴟張, 誠非細憂."

139 《英祖實錄》3년 11월 21일(2). "史臣曰: '時, 稱以邊山盜賊, 妖言無所不至, 都下人心洶洶, 至有避亂出去者.'"

140 鄭奭鍾, 《朝鮮後期社會變動研究》, 一潮閣, 1983, 121면.

141 《英祖實錄》4년(1728) 3월 16일(8). "上典居稷山, 氈笠環刀, 欲入賊黨. 而賊是邊山鄭都令與葛院權進士等, 募壯軍製軍服, 朴昌佉一族甚多, 皆入賊中. 今十五日, 欲圍京城, 所謂鄭都令來九萬里權生員家相議, 而能爲遁甲符作矣."

142 《承政院日記》英祖 4년(1728) 3월 18일(28/30). "驪·利, 野少峽多, 素稱有明火賊窟穴云. 此輩乘時和應, 則其憂極大."

143 《英祖實錄》4년(1728) 3월 16일(6). "所聚者皆各處明火賊."

144 黃胤錫, 앞의 책, 같은 곳, 같은 날. "當宁戊申逆變將作, 先有明火大賊, 在在鋒起. 盖自明陵末年已然. 而湖南之泰仁·扶安諸邑爲甚, 或潛據深山, 或顯據大村, 或劫士夫, 或掠良女, 群行橫突, 命吏亦不禁. 或曰: '弼顯方謀不軌, 陰養勁卒三千, 卽此賊是也.' 逆獄作, 而諸賊次第誅斬, 則明火者亦不復現形, 今四十餘年矣. 以此證之, 其與戊申逆賊相應者, 可知."

145 《承政院日記》英祖 5년(1729) 윤7월 16일(24/24). "臣聞全羅左水使禹夏亨之言, 則智異山土賊, 自古有之, 而自昨年變亂之後, 亡命之流, 率多投入, 彌滿於智異·德裕等山谷間, 向者安陰獄囚三十名之奪去, 亦必是此輩所爲, 綠林之憂, 誠不淺淺矣."

146 강명관, 《조선의 뒷골목 풍경》, 푸른역사, 2003, 48~81면.

147 李佑成·林熒澤 譯編, 〈朴長脚〉, 《李朝漢文短篇集》(下), 一潮閣, 1982, 76면.

148 李佑成·林熒澤, 〈月出島〉, 같은 책, 5~6면.

149 같은 책, 41면.

150 같은 책, 12면. "嘯聚逋藪凶賴之徒, 掠奪貪饕不義之財, 仍成巢窟."

151 같은 책, 76면.

152 《承政院日記》英祖 6년(1730) 9월 25일(22/22).

153 李佑成·林熒澤, 앞의 책, 21면.

154 《顯宗實錄》12년(1671) 11월 12일(4). "光星以殺越人命, 殊非聚衆之道, 戒其徒黨, 切勿害人."

155 《仁祖實錄》7년(1629) 2월 27일(3).

156 정석종, 앞의 책, 121~122면.

157 《承政院日記》英祖 4년(1728) 3월 23일(43/48). "賊臣與土賊相應, 禍迫頃刻, 此前古史牒所未有也."

158 《承政院日記》英祖 29년(1753) 3월 3일(28/29). "城內火賊, 前所未有, 萬萬驚心, 捕將雖坐此罷, 而輦下夜巡之解弛不嚴, 推此可知." 《承政院日記》英祖 29년(1753) 3월 5일(28/29). "天輔曰: '近來賊患甚熾, 至於今番城中火賊, 前所未有之事, 其憂甚大.'"

159 《承政院日記》英祖 29년(1753) 4월 14일(21/22). "尙魯曰: '此輩則晝則有似平人, 夜則爲盜, 已爲極凶, 而至於歃血同盟, 尤極凶惡, 安知其不爲甚於此事耶?'"

160 《承政院日記》英祖 29년(1753) 3월 25일(21/21). "上曰: '頃者城內明火賊事, 類同水滸而甚可慮矣.' 天輔曰: '聞已捉得數人, 而兩班人亦入云矣.'"

161 李佑成·林熒澤, 앞의 책, 54~55면.

162 《承政院日記》英祖 6년(1730) 1월 17일(31/31). "近來外方多有明火賊, 嶺南亦有之, 自尙州鎭營捕治, 考覆狀聞者, 前後五十人. 其中當殺者三十餘人, 故秋間已爲啓聞, 追今五六朔, 刑曹尙不回啓, 致令當死者, 至今不死."

163 《承政院日記》英祖 6년(1730) 3월 18일(22/24). "致中曰: '頃見平安監司報狀, 則陽德境, 有賊徒放砲吹角, 白晝橫行, 至於譏察將校, 被其毆打, 幾至死境, 而自北道流入者云. 近來竊發之患, 到處皆然, 已多可憂, 而至於此賊, 則白晝吹角, 略無忌憚, 前頭之慮, 有不可言矣. 報狀中, 稱轉向谷山云, 故纔已發關於黃海兵使, 使之另加譏捕, 而非但兩西爲然. 嶺南及畿內, 此患特甚. 古則嶺南, 本無火賊, 近來風俗漸變, 以致如此. 而大抵再昨年賊黨之漏網者, 不得安其故土, 相聚爲盜而然也.'"

164 《承政院日記》英祖 20년(1744) 1월 23일(32/32). "寅明曰: '近因荐饑, 外方竊發甚盛, 兩南則戊申以後, 無火賊云矣, 今年亦頗有之云.'"

165 尹善道, 〈時弊四條疏〉(宣文大王六年乙未十月. 公在海南時), 《孤山遺稿》: 《韓國文集叢刊》a91, 322~323면.

166 《肅宗實錄》33년(1707) 8월 19일(1).

167 《英祖實錄》7년(1731) 1월 4일(1). "南沿多諸島, 悍民之避軍役者, 往焉, 爲一逋逃之藪. 逆孥之緣坐者, 又往往雜處, 防備踈而慮患深."

168 李佑成·林熒澤, 앞의 책, 33면.

169 《承政院日記》肅宗 37년(1711) 3월 28일(15/15).

170 黃胤錫, 앞의 책, 같은 곳, 같은 날. "自吾入此島, 收召諸國窮民無歸者, 生聚幾年, 戶口孳息, 土地舊無人, 今皆墾成膏沃. 島雖小, 亦足自王, 尙何思歸?"

171 李佑成·林熒澤, 앞의 책, 9면.

172 같은 책, 61면.

173 정석종, 앞의 책, 66~67면.

174 '一莖九穗'는 왕충(王充)의 《논형(論衡)》〈길험(吉驗)〉에 나오는 말이다. "是歲, 有禾景天備火中, 三本一莖九穗, 長於禾一二尺, 蓋嘉禾也."

175 《前漢書》권67, 〈楊胡朱梅云傳〉제37. "使孝武帝聽用其計, 升平可致[張晏曰: '民有三年之儲曰升平.']"《後漢書》권84, 〈楊震列傳〉제44. "震復上疏曰: '臣聞古者九年耕必有三年之儲, 故堯遭洪水, 人無菜色.'"

176 朴趾源, 〈銅蘭涉筆〉, 《熱河日記》, 《燕巖集》: 《韓國文集叢刊》a252, 323면. "日本通江南, 故明末古器·書畫·書籍·藥料輻輳于長崎島. 今兼葭堂主人木氏弘恭, 字世肅, 有書三萬卷. 多交中國名士云."

177 《承政院日記》英祖 12년(1736) 4월 19일(31/32). "我國生銀之道, 專在於倭館被執, 而近來自長磯島, 直爲賣買, 故中國物貨, 徑轉此島, 我國雖欲被執而不可得, 故銀路絶難, 八包元數, 亦不得充入, …… 燕京有鄭世泰者, 卽巨富, 專管鮮貨買賣之事矣, 近因南貨, 直走於磯島, 鄭哥, 坐失其利云矣."

178 《論語》〈子路〉. "子適衛冉有僕. 子曰: '庶矣哉!'冉有曰: '旣庶矣. 又何加焉?'曰: '富之.'曰: '旣富矣. 又何加焉?'曰: '教之.'"

179 朴趾源, 〈上巡使〉, 앞의 책, 79면. "古之所謂盜臣, 如使伯夷·於陵, 處今長吏之一席, 則奚但如坐塗炭, 必將出而哇之矣. 然而來關去牒, 無一實事, 民憂國計, 了不關涉, 囫圇喫着, 糊塗做去."

180 《宣祖實錄》36년(1603) 6월 24일(1). "目今國儲板蕩, 有司之臣, 無計支用, 爲此用錢之論."

181 《仁祖實錄》4년(1626) 윤6월 18일(2). 호조에서 경복궁 앞길에 음식점을 만들어 제작이 완료된 6백 관(貫)의 동전을 시험 삼아 사용할 것을 건의하고 있다.

182 《肅宗實錄》4년(1678) 1월 23일(1). "始以用錢定奪. 錢爲天下通行之貨, 而惟我國, 自祖宗朝, 累欲行之而不得者, 蓋以銅鐵非土産, 而且民俗與中國有異, 有窒礙難行之弊也. 至是, 大臣許積·權大運等, 請行之, 上問于群臣, 群臣入侍者皆言其便, 上從之. 命戶曹·常平廳·賑恤廳·御營廳·司僕寺·訓鍊都監, 鑄常平通寶, 定以錢四百文, 直銀一兩, 行于市."

183 《孝宗實錄》6년(1655) 12월 13일(1).

184 《承政院日記》肅宗 4년(1678) 1월 23일(11/11). "積曰: '我國本無通行之貨. 自近年以來, 以銀爲通貨, 至於柴柴之價, 亦皆用銀. 銀非我國之産, 而又非人人之所得有者也. 出銀之路狹, 而用銀之路廣, 故詐僞造銀之弊, 至今日而極矣. 錢乃天下通用之貨, 而獨我國有所窒碍, 自前屢欲行而不得行矣. 今則物貨不通, 故人情皆願行錢. 大臣諸宰, 亦皆以爲便. 蓋時可以行之故也, 斷而行之, 似爲宜當.'"

185 姜萬吉, 《朝鮮後期 商業資本의 發達》, 고려대출판부, 1973, 163면.

186 《肅宗實錄》42년(1716) 10월 27일(2).

187 《肅宗實錄》21년(1695) 12월 10일(5).

188 《增補文獻備考》159, 財用考 6, 錢貨. 李碩崙, 《韓國貨幣金融史硏究》, 博英社, 1984, 148면에서 재인용.

189 李碩崙, 앞의 책, 137면. 장리(長利)는 봄에 대여했다가 가을에 50퍼센트의 이자를 붙여 원금의 150퍼센트를 회수하는 것, 갑리(甲利)는 동일한 기간에 100퍼센트의 이자를 붙여 원금의 200퍼센트를 회수하는 것이다.

190 《肅宗實錄》44년(1718) 9월 15일(1). "健命又言: '近來富民生殖之道, 至於甲利而極矣. 生殖無有限節, 或有月捧其殖, 歲未周而至倍者, 至於穀貴之時, 一斗米折錢一兩, 至秋索二兩. 以米計之, 殆過五六倍, 小民安得不困耶? 自今定制, 官貨則勿論銀錢, 京外各衙門一從還上例, 什一生殖, 民間則米穀則用什五, 銀·錢·布用什二生殖. 如有違越者, 官吏則論以制書有違, 私家則施以杖一百之律, 而使報償者, 詣官自告, 則貧民庶可支保, 而法令均平矣.'"

191 李碩崙, 앞의 책, 153면.

192 《續大典》, 아세아문화사, 1983, 176면. "凡徵債, 勿論公私, 過什二者, 杖八十, 徒三年[以穀給債, 以錢捧利者, 許負債者發告. 犯者, 杖一百, 流三千里. 其貨屬公. 私與甲利者, 杖一百, 定配, 雖十年, 只徵一年利, 違越者杖一百]."

193 丁若鏞, 《牧民心書》刑典 6조, 제1조〈聽訟〉. "國初不用錢貨, 則債弊未甚, 故其法稍寬, 而踰之者, 罪止杖八十. 自肅宗朝以來, 錢貨大行, 私債之弊, 日加月增. 小民敗殘, 皆由私債. 故其法始猛, 而踰之者, 罪至徒二年."

194 尹愭,〈家禁〉,《無名子集》:《韓國文集叢刊》256, 274면.

195 《肅宗實錄》44년(1718) 윤8월 3일(1). "自夫錢貨之行, 風俗日渝, 物價日湧. 甚至菜媼鹽竪, 亦皆棄穀而索錢. 農民有穀, 交易莫通, 故不得已賤穀價而售錢路, 欲換一疋之布, 已費數石之穀, 無錢農民, 安得不重困乎? 富家積錢如山, 而假貸貧民, 窮春出百錢之債, 纔得斗米之糧, 至秋用數斗之米, 僅償百錢之債. 並其甲利而論之, 則所貸一斗, 所償至於六七斗. 若令貸之以穀, 償之以穀, 則息不過一倍而已. 中外民庶, 皆願其罷. 今雖不能銷已鑄之錢, 何可無端加鑄, 以益其無窮之弊乎?"

196 《英祖實錄》49년(1773) 10월 8일(1). 이 방법을 전환(錢還)이라고 한다.

197 《正祖實錄》13년(1789) 4월 1일(1).

198 《英祖實錄》18년(1742) 6월 4일(2). 물론 박문수의 제안은 받아들여지지 않았다.

199 《英祖實錄》18년(1742) 6월 16일(2). "閔應洙言: '今之錢貴由於公家收藏, 富民儲積, 使不得流行之致.'"

200 많은 돈은 국가기관에서 소유하고 있었다. 1729년 2월 현재 평안도에는 70여만 냥에 이르는 돈이 있었다. 《英祖實錄》5년(1729) 2월 20일(3).

201 《肅宗實錄》45년(1719) 10월 17일(3). 이이명(李頤命)의 지적이다.

202 《承政院日記》英祖 3년(1727) 윤3월 16일(25/25). "夫天地, 以生物爲心, 而生物之最善殖者, 無如五穀. 其爲物也, 春耕而播種, 夏耘而糞養, 晨昏而荷鎛鋤, 霖潦而服襏襫, 勞筋苦骨, 終歲勤動, 得免旱澇之災, 蝗螣之害然後, 一石之地, 僅收十石之穀. 而惟彼錢貨, 則一番鼓鑄之後, 無耕耘糞滋之勞, 無息耗豐歉之時, 天不能資其生. 人不能容其力. 只以用藏便易, 神出鬼施, 故富戶巨室, 則乘時邀利, 貿以廉價, 厚積多藏, 每至春間, 出息於貧民. 其名則什伍息利, 而以穀數計之, 則春之一石, 秋至七八石之多. 設令只徵本錢, 亦已過倍蓰之利. 則是不可衣食之銅錢, 與天地化育生成之利, 爭其權衡而反優者也. 夫如是, 故下戶殘民, 一年春夏所作之穀, 盡輸於一二朔所食之錢債, 秋來滌場, 空抱箕帚, 號泣道路, 未及卒歲, 又復出債. 終無以支堪, 散而之四, 塡於溝壑, 或爲盜賊, 嘯聚山澤. 前日百戶之村, 今無十家之存, 前日十家之閭, 今無一戶之遺, 人煙斷絶, 市里丘墟. 此莫非錢貨流毒之致也."

203 같은 글. "何謂盜賊之益熾? 古人有言曰: '數石之重, 中人不勝, 不爲奸邪所利. 蓋粟米則雖是衣食之所賴, 而荷擔轉運, 未容多移, 故自昔竊發之徒, 若禽鹿之視肉, 罕有寇掠殺越之變矣. 一自行錢之後, 以其輕微易藏, 便於售用, 故無賴奸猾之徒, 團結爲黨, 嘯聚山澤. 小者數十爲徒, 乘夜擧火, 劫掠村閭; 大者百千爲群, 至立渠帥, 或稱守令, 或稱邊將, 張蓋放砲, 白晝橫行, 了無顧忌, 奪掠錢貨. 若其穀粟難輸之物, 則分散流丐, 自稱義賊. 其徒寔繁, 莫之禁禦. 若此無已, 則必轉而爲黃巾·綠林之賊, 國家之危亡, 將無日矣. 豈不大可畏哉? 此所謂盜賊之益熾也.'"

204 같은 글. "何謂守令之貪饕? 在昔郡邑之所蓄貯需用者, 米布而已. 布帛雖曰輕貨, 而亦非潛藏易致之物, 故守令雖有不廉者, 而亦不敢顯然裒聚, 陸續駄載矣. 一自錢貨之出也, 多般鳩聚, 隨便裝載, 或營第宅, 或占藏獲, 罔有紀極, 而其所運用, 泯若無迹, 其爲漁奪, 爲如何哉? 此所謂守令之貪饕也."

205 같은 글. "何謂農民之失業, 退鄉田土, 不爲不廣, 而率多京洛士大夫之農庄, 間有諸宮家折受之地, 而鄉居小民, 能有置錐之地者, 蓋亦鮮矣. 是故, 鄉民之所以衣食者, 率皆佃作之所出, 而納私稅輸公賦之餘, 其所喫着者, 不能居五之一. 故小民之服田者, 全無卒歲之資, 每當窮春, 田種農糧, 皆藉於私債. 而昔者之債, 則不出穀粟之外, 而其所息利, 不過三分之一, 故小民之農作者, 猶不至於大困矣. 自夫息錢之出也, 便獲十倍之利, 故穀債路絶, 銅利無限. 富者益富, 貧者益貧, 以至於流丐顚壑之境, 寧不大可哀哉?"

206 《肅宗實錄》21년(1695) 12월 10일(5). "御營廳啓請限十朔鑄錢, 上允之. 一自行錢之後, 以其貿遷之便也, 人輕用之, 而不知節財之道, 則害一也. 逐末之俗日盛, 而農民病則害二也. 鄉曲土豪, 當靑苗穀貴之時, 以穀貿錢, 假貸貧戶, 及秋而取其子母息, 還以換穀, 富戶以此坐收五六倍之利, 而貧者益不能支, 則害三也. 蓋行錢之議, 始出於李元翼·金堉, 而卒行於埈之孫錫胄當局之日. 是時, 年凶財匱, 戶曹及各軍門, 日以鑄錢, 爲長財用之道, 而不念民生之因此益困, 人皆憂之."

207 《肅宗實錄》43년(1717) 11월 10일(2).

208 《肅宗實錄》45년(1719) 6월 7일(2).

209 《景宗實錄》4년(1724) 1월 11일(1).

210 《英祖實錄》5년(1729) 2월 20일(3).

211 《英祖實錄》7년(1731) 12월 19일(3).

212 《英祖實錄》7년(1731) 9월 20일(2).

213 《肅宗實錄》29년(1703) 1월 20일(2). 1703년 1월 20일 김우항(金宇杭)은 개성의 재정이 부족하다면서 돈을 주조하여 사용할 것을 요청하고 있다.

214 《英祖實錄》48년(1772) 9월 17일(4). 영조는 주전을 담당한 장지항(張志恒)에게 식리가 얼마인지를 묻는데, 10분의 2에 불과할 것이라고 답한다.

215 《英祖實錄》7년(1731) 10월 17일(2).

216 《英祖實錄》7년(1731) 10월 27일(3).

217 《英祖實錄》18년(1742) 1월 6일(3). 1742년에는 함흥과 원산에서 주전을 허락하고 만들어진 돈으로 쌀을 사들이면 미곡상(米穀商)들이 모여들어 구황(救荒)에 대비할 수 있을 것이라는 의견을 실행되었다.《英祖實錄》18년(1742) 1월 10일(2).

218 《正祖實錄》22년(1798) 5월 2일(1). "然必也物重幣輕, 壅滯不通而後作重幣以救之, 蓋亦所以阜民財也, 非爲裕國用也. 苟以國用之不瞻, 捐小費而崇虛價, 厚取贏餘, 則是殆近於愚其民而專其利. …… 今日之患, 不在於幣輕, 而在於用絀. 惟當節以制度, 量入爲出, 月計歲計, 以收其悠久積累之功, 豈可更作重幣, 以淸其源乎?"

219 朴趾源, 〈賀金右相履素書〉,《燕巖集》:《韓國文集叢刊》252, 30~31면.

220 《英祖實錄》5년(1729) 1월 5일(2). "今以爲不可鑄者, 皆謂銅非土産, 俗不習錢, 行之數十年, 民心日巧, 姦盜滋而賄賂肆, 富益富而貧益貧, 今者由貴而漸至於無, 因其勢而罷之可也. …… 今旣公私通用, 遍於窮荒絶島, 其可一朝遽罷, 大失億萬之財乎?"

221 《肅宗實錄》42년(1716) 12월 24일(1). "昌集曰: '市肆之間, 銀·錢幾乎相埒. 若以錢爲有弊, 以停罷不用則已. 若仍行用, 則必須加鑄, 可資用度. 大臣筍意, 儘爲生財之道, 而諸宰之議, 多以爲不便. 今雖加鑄, 無益於民, 而反生許多奸弊, 且我國本不産銅, 貿取之費不貲, 所得之利, 不能補其失, 決不可鑄云. 然若欲仍爲行用, 則勢宜加鑄矣.' 鎭厚曰: '旣行錢貨, 則固當連次加鑄. 而但錢幣漸滋, 京城之人, 多以爲不便. 至於外方, 則盜賊因此熾盛, 所謂富民長利, 尤是窮民所難堪者. 民情莫不願鑄, 其何可加鑄, 以致失望乎? 設令加鑄有利, 恐未及有神於荒政, 而加鑄時工匠料布, 其費不貲, 無寧以其料布, 直用於賑資爲得矣.' 上曰: '錢貨自古有弊. 卽今民間, 盜賊肆行, 而富益富貧益貧, 皆由於行錢之弊. 至於加鑄, 則殊涉重難, 廟堂益加熟講, 更爲稟定可也.'"

222 《肅宗實錄》42년(1716) 12월 17일(2). 호조판서 김동필(金東弼)은 함경도 정평(定平)의 은광과 안변(安邊)의 동광을 개발할 것을 요청했다.《英祖實錄》7년(1731) 10월 10일(1).

223 《肅宗實錄》23년(1697) 9월 21일(3).

224 《肅宗實錄》34년(1708) 11월 6일(2)·17일(3).

225 《肅宗實錄》36년(1710) 9월 27일(2).

226 李瀷, 〈粟布多爲富室〉,《星湖僿說》:《星湖全書》5, 驪江出版社, 1987, 360면. "不許儲金銀, 以

허생의 섬, 연암의 아나키즘

粟布多者為富室. 其貿遷交易一以此, 故貪官少也."

227 같은 글. "盖粟布異於輕貨, 掊克者無以多取, 所以貪官少也."

228 같은 글. "粟布不若銀錢之便. 銀貴而錢賤, 故銀又不若錢之尤便也."

229 李瀷, 〈錢鈔會子〉, 앞의 책, 129면. "有錢者, 必遠賈近取, 東貿西易, 竭心奉身, 惟懼不奢, 終至於破落."

230 같은 글, 같은 곳. "是知錢者百害而無一利也."

231 李瀷, 〈錢害〉, 같은 책, 386면. "民庶則富之. 富民之術, 非必上出財以益之也. 其要有三, 務農也, 尚儉也, 禁奪也."

232 같은 글, 같은 곳. "禁奪, 莫如防制豪橫; 豪橫之作奸, 亦莫如畜錢牟利. 農利不過於倍, 而有豐凶之不同, 商利雖多, 屢患折閱, 都不及斂散子母不勤力而坐致厚利, 故閭巷措大閉戶籌緡, 俄致千金. 財非天降, 此益則彼損, 民如何不貧? 春而貸錢, 得米不多, 而秋而償息, 賣穀費廣, 駸駸滋長, 賣宅輪田, 殫窮乃休. 故民力之破落, 八九是息錢為之也. 此皆錢之妨治也."

233 李瀷, 〈仕廣錢多〉, 같은 책, 589면. "貴門豪家, 藏鏹萬億. 歲豐則歛穀而私蓄; 歲儉則放散聚錢. 加之, 官調私債, 一齊督錢, 故民於是殫竭地出而應之. 未及多春, 八口已餒, 是終歲勤動之財, 不在民, 不在國, 盡歸於遊食無賴之室."

234 같은 글, 같은 곳. "究厥所由, 不過為虐吏所奪也. 吏虐由於財乏財, 乏由於人衆, 人衆由於仕路之太廣也. 策名者衆, 故其臨民之日淺而閒居之日長. 將以臨民之所得, 以為閒居裕用之資, 而慮及于子孫長世, 安得不爾."

235 같은 글, 같은 곳. "然虐者作盜也. 盜必忌人, 非輕貨換變, 不可以遮藏得密, 故必有造其物而濟其欲行, 錢是也."

236 같은 책, 117면.

237 같은 책, 111면.

238 같은 책, 305면.

239 《星湖僿說》:《星湖全書》6, 734면.

240 李瀷, 〈民貧〉,《星湖僿說》:《星湖全書》5, 590~591면. "'既庶而富之.' 聖人之訓也. 富之者, 非舉財而與之. 使民自蓄積而國不虐害也. 如天有明, 不憂民晦, 民能穿戶鑿牖, 自取照焉. 地有財, 不憂民貧, 民能伐木芟草, 自取富焉. 漢廷惟卜式得此義, 牧羊則曰: '去其敗羣.' 天旱則曰: '烹害民之臣.' 如是豈有不富哉!"

241 李瀷, 〈流民還集〉,《星湖僿說》5, 503면. "人各有智力. 耕而食, 鑿而飲, 謀生有餘矣. 雖有三二年水旱之災, 渠自有長慮厚蓄, 必將有以自賴, 何至於流離塡壑."

242 같은 글, 같은 책, 502면. "余見鄕里衣食足者, 農不失時, 計周于利, 凶年不能殺. 所謂民生在勤, 勤則不匱也. 其不免於死亡者, 皆困於虐政, 勢不能存也."

243 成渾,〈雜記〉,《牛溪集》:《韓國文集叢刊》43, 164면. "泓靖禪師言: '平安道寧遠郡西北行三日程, 過黑潭長飛脫, 九十九渡水至古寧遠, 有本香山. 又名掛山, 乃香山之祖宗山, 故名曰本香山. 有寺曰石龍窟. 山之旁有村落, 處處山谷, 山民居之. 種黍粟蕎麥菽, 亦有五穀. 牛之耕者大倍常牛. 外人入此地, 其民皆歡迎, 做飯具蔬菜, 淳庬如太古. 郡之胥吏絶遠不可到, 耕田採薪, 自事而已. 禾穀甚賤, 一匹木綿, 可得數石. 不知人間事, 花開葉落知春秋, 地拆天崩非所恤云云.' 村落甚多, 或有一二舍, 或有三四舍. 積穀於山田, 經多至春田不收. 外人不至, 山逕不開, 草樹蒙合. 至村落之前, 方有小路, 相往來者唯石龍窟之路. 古人以兩石相對立于谷中以誌之, 數十步必有一對, 名其石曰童子石. 泓靖禪師登掛山絶頂, 香山在腋下如螘垤云. 自註: '南望三角山, 長白山在旁, 東北望白頭山.' ○甲午."

244 《仁祖實錄》4년(1626) 11월 22일(2). "大司憲張維·執義姜碩期·持平金堉啓曰: '天下之事, 因時制變, 酌古準今, 上不失率由之義, 下不違時措之宜然後, 人心順而國勢安矣. 古之校生, 皆是士族, 非今日雜類之比, 誠如聖教. 但中年以來, 此法寢變, 外方校生, 嶺南之外, 皆是雜類, 簪纓之族, 羞與爲伍, 雖居鄕邑, 不入校籍. 流品已定, 習俗已成, 勢不可猝變, 今若混稱而無別, 則其怫鬱悶苦, 固其所也. 且我國士族·奴婢, 誠天下之所無. 然而上下有統, 尊卑有定, 國家之所以維持者, 寔賴於此. 雖當兵亂之際, 士族皆以名節自勵, 絶無叛國投賊者. 壬辰之亂, 三南義旅, 皆出於簪纓之緒, 而咸鏡北路, 素無世胄, 故倡亂附賊, 如鞠慶仁者, 乃出於其中. 由此觀之, 士族之當扶植, 亦已明矣. 若以一切之法, 勒而驅之, 倂入於卒伍, 則京外士族, 皆將慘戚相弔, 以爲百年樹立之門戶, 一朝降爲胥隷矣. 怨讟朋興, 愈往愈深, 嗚呼! 此豈細慮也?'"

245 《宣祖修正實錄》25년(1592) 7월 1일(16).

246 李圭景,《五洲衍文長箋散稿》, 明文堂, 1982, 58~68면.

247 〈樂土可作菟裘辨證說〉은 당연히 성혼이 소개한 본향산의 유토피아도 싣고 있다.

248 文永午,〈'許生傳'에서의 老莊哲學 考究〉,《道敎文化硏究》, 韓國道敎文化學會, 1991.

249 《道德經》제80장(獨立). "小國寡民, 使有什伯人之器而不用, 使民重死而不遠徙. 雖有舟輿, 無所乘之; 雖有甲兵, 無所陳之. 使民復結繩而用之, 甘其食, 美其服, 安其居, 樂其俗. 鄰國相望, 雞狗之聲相聞, 民至老死, 不相往來."

250 《道德經》제19장(還淳). "絶聖棄智, 民利百倍; 絶仁棄義, 民復孝慈; 絶巧棄利, 盜賊無有."

4장 〈허생〉 뒷부분―현실로 돌아오다

1 《孟子》〈梁惠王〉下. "老而無妻曰鰥, 老而無夫曰寡, 老而無子曰獨, 幼而無父曰孤. 此四者 天下之窮民而無告者. 文王發政施仁, 必先斯四者."

2 박종채 저, 김윤조 역,《譯註 過庭錄》, 太學社, 1997, 101면.

3 朴趾源,〈答蒼厓〉(六),《燕巖集》:《韓國文集叢刊》252, 96면. "士非窮儒之別號. 譬如繪事而後素, 則自天子達於庶人, 皆士也. 彼自名官, 疲餒士稱者, 平生乾沒於塲圍之間, 自憎自侮故耳.

天子而非士者, 惟朱全忠一人. 若曹子桓, 東京之秀才; 桓敬道, 江左之名士耳."

4 朴趾源, 〈原士〉, 앞의 책, 143면. "夫士下列農·工, 上友王公. 以位則無等也, 以德則雅事也. 一士讀書, 澤及四海, 功垂萬世. 易曰: '見龍在田, 天下文明.' 其謂讀書之士乎! 故天子者, 原士也. 原士者, 生人之本也. 其爵則天子也, 其身則士也. 故爵有高下, 身非變化也. 位有貴賤, 士非轉徙也. 故爵位加於士, 非士遷而爵位也."

5 같은 글, 같은 곳. "雖不在上位, 然天下已被其化."

6 같은 글, 같은 곳. "龍德見於地上, 則天下見其文明之化也."

7 朴趾源, 〈諸家總論〉, 《課農小抄》, 앞의 책, 349면. "然而士之學, 實兼包農工賈之理, 而三者之業, 必皆待士而後成. 夫所謂明農也通商而惠工也. 其所以明之通之惠之者, 非士而誰平!"

8 朴趾源, 〈自序〉(《易學大盜傳》에 대한 서문), 같은 책, 118면. "士廼天爵, 士心爲志. 其志如何? 弗謀勢利, 達不離士, 窮不失士. 不飭名節, 徒貨門地, 酤鬻世德, 商賈何異?"

9 박종채 저, 김윤조 역, 앞의 책, 328면. "吾乃燕巖一寒士, 一朝橫得萬金, 爲富家翁, 豈其本分耶?"

10 《朱子語類》 권4. "到得蠻獠, 便在人與禽獸之間, 所以終難改."

11 黃景源, 〈與金參議(亮行)書〉, 《江漢集》: 《韓國文集叢刊》 a224, 134면. "奴兒寡人之讎也. 自寡人踐位以來, 欲置郡縣子弟衛而敎之戰. 俟奴兒一朝之釁, 出其不意, 直抵關外, 則中原豪傑之士豈無聞風而景從者邪? 使皇天假之十年, 則寡人大計可成, 卿宜承密謀之意深圖之."

12 黃景源, 같은 글, 같은 곳. "故孝廟之所以汲汲治兵者有年矣. 惜乎, 大計未之成也!"

13 청이 빠른 시간 안에 망할 것이라는 희망적 예측은 지식인들 사이에서 어느 정도 공유하고 있었던 것으로 보인다. 물론 정확한 정보에 바탕을 둔 것은 아니었다. 이하곤(李夏坤, 1677~1724)은 1723년 서명균(徐命均)이 진하사의 부사로 북경에 파견될 때 기념으로 써준 글에서 청이 오래지 않아 멸망할 것이라고 예측한 뒤, 청이 망한다 하더라도 몽고가 중국을 차지하면 조선을 침범할 것이라고 우려했다. 만약 한족(漢族)이 대륙을 지배하게 되면 반드시 조선이 명을 배신한 죄를 물을 것이기 때문에 그 또한 두려운 일이라고 하였다. 대개 민정중과 같은 생각을 했던 것이다. 자세한 것은 李夏坤, 〈送徐平甫 命均 赴燕序〉, 《頭陀草》: 《韓國文集叢刊》 a191, 555~556면을 볼 것.

14 閔鼎重, 〈上同春 宋先生(淩吉○甲午)〉, 《老峯集》: 《韓國文集叢刊》 a129, 124면. "爲今日計, 速宜因其請兵之端, 廣選精銳之卒, 特遣信將, 鎭平遼東舊境, 大發國內之民, 守諸灣上, 以張聲勢. 急送一价, 奉表天朝, 以暴本心, 以請軍期, 前後挾擊, 斬首擒生, 則虜人之命, 當在吾手中矣."

15 權斗經(1654~1725), 〈尊周錄跋〉, 《蒼雪齋集》: 《韓國文集叢刊》 a169, 228면. "右尊周錄者, 葛庵李先生嘗取其平日著述言議有及於復讎雪恥尊中華攘寇戎者, 裒錄以成編者也. 不佞每敬讀之. 未嘗不慨然而歎也."

16 李栽, 〈北伐議〉, 《密菴集》: 《韓國文集叢刊》 a173, 240면. "其稍號有識慮者, 亦惟曰虜勢尙盛, 胡運未訖. 吳三桂·鄭之舍·孫延齡之屬, 北通川蜀, 東接荊·吳·南連兩廣, 地廣兵强, 有天下幾

牢, 終亦自底滅亡而後已. 今以區區海外之地, 輕爲北伐之計者, 率不免處士之大言, 不幸而近於
延廣之磨劍·侂冑之開邊, 豈可崇虛名而受實禍乎?"

17 같은 글, 같은 책, 240면. "大抵天下之事, 當觀其擧措得失, 不當先論其大小强弱."

18 같은 글, 같은 책, 241면. "苟能體祖宗必東之志, 審政治緩急之宜, 任賢使能, 絶偏黨反側之私,
訓兵積粟, 爲內修外攘之策, 俟天下有變, 相時量力而動, 則師直爲壯, 不在强弱, 幸而成功則庶
東方萬世, 永有辭於天下, 如其不成, 亦無愧臣人之義, 其不可與崇虛名而受實禍者, 比而同之也
明矣."

19 韓元震, 〈雜識, 外篇〉[下], 《南塘集》:《韓國文集叢刊》a202, 313면. "南夷·北虜, 皆國家讎也.
廟復讎之計, 在北而不在南, 以征南一國之私讎而征北天下之大義也."

20 韓元震, 〈雜識, 外篇〉[下], 《南塘集》:《韓國文集叢刊》a202, 311면.

21 林泳, 〈讀書箚錄, 孟子〉, 《滄溪集》:《韓國文集叢刊》a159, 492면. "然則今日之義, 惟當以文王
治歧爲準的, 修德行仁, 自家及國, 大得民心, 維新舊命, 則小國七年, 大國五年, 必爲政於天下
矣. 若不務此, 而坐談大義則空言而已. 若不法此, 而只求小康則亦苟而已, 皆非聖賢隨時之大用
也. 此又一義也."

22 같은 글, 같은 곳. "孟子之時, 周之天命已去. 當時中國之君, 有能行王政者, 皆可以王矣. 此孟
子所以見齊梁之君而勸行王道也. 至於夷狄, 則華夷之分自截, 又與中國之僭王不同. 其不可行
於中國, 本不係於中國天命之改不改也. 故孟子以兼夷狄, 并之於驅猛獸抑洪水, 而又痛斥陳相
之變於夷, 則孟子雖見齊梁之君, 亦豈肯見夷狄之君長而勸行王道乎? 太王文王之事狄, 亦只以
皮幣珠玉賂遺之, 以弭其侵凌之患, 豈稱臣奉貢, 如後世之爲哉! 且使獯鬻昆夷吞滅諸夏, 廢逐
天子而自帝之, 則大王·文王又豈事事之而不攘斥乎? 此等議論, 直是毁冠裂冕也, 而經學自名
者, 乃言之以爲當然, 爲流俗倡而漸染氣習. 義理日晦, 豈吾東將復淪於夷狄而然耶!"

23 《孟子》〈滕文公上〉. "吾聞用夏變夷者, 未聞變於夷者也."

24 같은 책, 같은 곳. "昔者, 禹抑洪水而天下平, 周公兼夷狄驅猛獸而百姓寧."

25 韓元震, 앞의 글, 같은 곳. "南九萬文集, 其稱虜人, 必曰淸國曰皇帝, 不忍斥言以虜. 壬寅康熙
之死, 趙奉億輩爲虜主成服, 取用公府錢財, 書其簿曰: '康熙皇帝成服時用下' 乙巳臺官論啓, 上
以語逼君上寢其事. 朱子未嘗稱虜爲金國, 其稱金則必曰金虜, 又未嘗加以皇帝之稱. 尤翁與兪
市南書, 論秉筆事曰: '改作淸人處尤未安, 大行王必稱虜, 未嘗稱淸, 今乃如此, 有所不敢, 亦有
所不忍.' 大行卽孝廟也. 九萬輩非不知此而必如彼者, 盖不以朱子之訓聖祖之事, 爲必可法也.
小人之無忌憚, 此亦可見矣. 朱子獨於朱奉使行狀, 言充大金軍前通問使, 此因奉使官銜而書之,
非自稱也."

26 宋時烈, 〈與兪武仲 己亥九月〉, 《宋子大全》:《韓國文集叢刊》a109, 154~155면. "竊聞諸意, 專
有畏忌之心, 少涉虜事, 必欲回互, 謀國者安得不然? 然如是則便非直筆. 且爲臣子利害, 曖昧其
君父之志業, 未知於義理何如? 諸公之意, 固如此, 秉筆者得不爲萬世之罪人耶? 幸兄精思以敎
也. 且有一事, 君命不可則不敢從, 今所蒙 別敎如此, 其敢不承耶? 改作淸人處, 尤未安. 大行王
必稱虜, 未嘗稱淸. 今乃如此, 有所不敢, 亦有所不忍, 未知如何? 並商敎幸甚, 只此."

27 趙聖期, 〈答林德涵書〉,《拙修齋集》,《韓國文集叢刊》: a147, 202면. "蓋僕之所欲論著, 自陰陽
    造化·天地人物·理道性命之蘊, 吾儒爲學門路功程以曁異端百氏邪正虛實同異之辨, 無不該括
    而無遺. 至於禮樂刑政之具, 治國許多制度文爲, 又必上自唐虞三代, 下訖皇明上下數千載間, 率
    皆融會博考, 折衷損益. 或法出於三代, 而有難一一盡遵於後世者則變而通之, 從其意而略其迹;
    或出於漢唐宋而局於小見傷於細利, 雖甚可鄙, 有難盡廢者則曲而暢之擴而大之, 救其偏而補
    其缺, 彌縫三代以後天人之遺闕, 以備一王之制, 冀有補於天下萬世. 此僕書所欲論之規模大略
    固如是, 而其爲一書之統體主意, 則尤必以合天人貫古今一事理爲先. 如就事爲制度上易見者而
    言之, 則雖其經營布置, 許多作設, 若固出於人爲之創造, 而範圍象法, 實有本於天地之體象, 造
    化之正理. 一作妙用 隨時適宜, 務合人情, 可以行於末路季世, 而宏綱巨用, 無小背於三代先王
    之法意. 建法序禮, 張紀設目, 若固繳繞牽制於器名度數之末, 而根極原委, 會貫本末, 裁制運用
    之妙, 實不外於一理之流行, 務必使後世之論事者, 必統於理. 言人者每根於天, 談時務者, 以古
    道爲必可行, 而尙古誼者, 又必貫通於世之事宜, 塞天下英雄俊傑一切以就功名者之口而奪之
    氣, 俾知經生學士之果有大利益於世道生靈. 而其經緯古今理事之萬變, 裁成輔相天地之大用,
    廣大若是, 深遠若是, 而初非有一毫迂闊難行之弊, 庶後世之賢君碩輔有志治平者, 得有所據依
    準則, 有以措之於天下. 此其事體之重大, 工夫之汗漫, 規模之博巨, 文理之密察, 爲如何哉? 而
    其可一時草草而下手乎? 況以病僕今日之沈綿, 把筆作數行書, 猶數三作報而後僅成. 逐日看
    六七張文字, 尙患氣餒難强者. 其敢望刻意湛思, 有事乎此等著書工課也哉!"

28 趙聖期, 〈答林德涵書〉(又), 같은 책, 259~260면. "夫今日天時人事之憂虞萬狀, 而國計民力之
    罄竭無遺. 三空之厄, 衆弊之滋, 日甚一日. 小綏數歲, 更無可着手處. 況重之以近來朝論益潰,
    黨比大行, 宋·尹兩家門生子弟互相詆摘攻擊, 必欲角一勝於血戰. 而置國事於相忘之域, 使國體
    日壞, 人才日傷, 風俗日敗, 浮議日盛, 實事日損. 一勝一負, 終無所底定, 勢將使堂堂聖朝, 見壞
    於此輩之手. 當此之時, 若有一分憂愛之心者, 雖非素受國恩, 身居論思之任者, 亦當瀝滿腔之斗
    血, 瀉杞憂之萬一, 先言國家之大體, 生民之大計, 次言黨論之始末, 私意之根柢, 冀聖上之一覽
    洞然於今日發政出令簿書期會之外知有所謂長治久安扶顚持危之策, 於今日朝紳所爭是非之外
    知有所謂公是公非大中至正之論. 其發於政事則必須隨時隨事或弛或張, 而又必深察其本末體
    要之所在. 如養民力則必在量入爲出, 損上益下, 蠲減救活, 猶恐一夫之失所, 一事之或疏, 一刻
    之暫緩, 必以民足而君足爲務. 如求賢才, 則必須不計界地, 不拘名目, 廣薦拔之門, 開汲引之路.
    惟賢惟才, 務在其人之必稱其職, 必堪其事. 不以小惡而廢大善, 不以衆短而棄一長. 先取其大
    節, 而亦求其細行. 大者必任之以高位, 小者必付之以細任. 苟其絲毫之長, 彼勝於此, 則不以白
    望而有所取舍, 苟其才能之高, 可堪進擢, 則不以資級之微而有所滯留."

29 유형원과《반계수록》에 대한 저작은 일일이 들기 어려울 정도다. 비교적 최근의 업적으로
    는 다음 저작들을 참고할 수 있다. 안재순,《조선후기 실학의 비조 유형원》, 성균관대학교
    출판부, 2009. 제임스 B. 팔레 지음, 김범 옮김,《유교적 경세론과 조선의 제도들》1·2, 산
    처럼, 2011. 김태영,《국가개혁안을 제시한 실학의 비조 유형원》, 실학박물관, 2011. 문석
    윤 외,《반계 유형원 연구》, 사람의무늬, 2013.

30 《肅宗實錄》4년(1678) 6월 20일(1).

31 《承政院日記》肅宗 20(1694) 3월 9일(7/7).

32 《英祖實錄》17년(1741) 2월 23일(3).

33 《英祖實錄》26년(1750) 6월 19일(3).

34 《英祖實錄》27년(1751) 6월 2일(1).

35 李瀷,〈磻溪柳先生遺集序〉,《星湖全集》:《韓國文集叢刊》199, 417~418면. 李瀷,〈磻溪隨錄序〉, 같은 책, 423면. 李瀷,〈磻溪先生傳〉:《星湖全集》:《韓國文集叢刊》200, 166~167면.

36 安鼎福,〈磻溪年譜跋〉,《順菴集》:《韓國文集叢刊》230, 174면.

37 李學逵,〈書磻溪集後〉,《洛下生集》:《韓國文集叢刊》290, 595~696면.

38 俞漢雋,〈柳馨遠傳〉,《自著》:《韓國文集叢刊》249, 260~266면.

39 박종채 저, 김윤조 역, 앞의 책, 26면.

40 《英祖實錄》45년(1769) 11월 11일(1).

41 오광운의 서문은 그의 문집《藥山漫稿》에도 실려 있다.〈磻溪隨錄序〉,《藥山漫稿》:《韓國文集叢刊》211, 48~50면.

42 《承政院日記》英祖 22년(1747) 3월 21일(21/21). "景夏曰: '馨遠所撰隨錄十餘卷, 皆是經世之務. 參贊官篤好此書, 嘗於庭對策問, 用其議論, 爲壯元矣. 參贊官則以其書爲可行, 而臣則以爲迂儒之論, 有難用矣. 然其人可貴, 故臣待罪銓曹時, 以其孫擬於初仕望矣.'"

43 《承政院日記》仁祖 27년(1649) 3월 20일(9/11). "御營大將, 李浣落點."

44 《仁祖實錄》26년(1648) 5월 3일(1).

45 《孝宗實錄》2년(1651) 8월 4일(3). "特赦李浣, 復拜御營大將."

46 《顯宗實錄》12년(1671) 3월 12일(2). "以李浣爲兵曹判書. 浣雖有嚴刻驕亢之病, 居官能執法, 不受請托, 無敢以武人而輕之. 嘗稱衰病, 辭避兵權不出, 至是上思復用, 授以是職."

47 《顯宗實錄》15년(1674) 6월 14일(1). "孝廟嘗與宋時烈謀欲云云, 使時烈論上旨, 浣對以決不可. 孝廟聞之不悅, 浣亦不改己見, 不賢而能如此乎?"

48 宋時烈,〈右議政李公神道碑銘〉,《宋子大全》:《韓國文集叢刊》a113, 388면. "上嘗夜召公, 論江都形勢. 公曰: '江都四面, 古則沮洳, 賊船雖至, 不能登岸. 今乃不然. 沙土塡塞, 便成強堤, 地方六十餘里, 無非受敵之地. 臣欲令訓局‧御營‧摠戎三廳各築一城, 又於要害處築墩臺, 使本島兵民分守, 而諸路舟師, 擺列津渡, 旗幟相望, 火鼓相應, 賊不敢進. 此所謂不戰而屈人者也. 然卽今城役, 不可輕擧, 姑令預備諸具以待之. 且安興實江都門戶, 紫燕亦是藩蔽, 亦宜有措置之方. 大槩江都右兩西, 左拱三南, 臣每論及保障, 必以江都爲第一也.' 上曰: '卿言實合予意.'"

49 宋時烈, 같은 글, 같은 곳. "公在北營. 一日, 夜深, 上忽遣隷僮召公. 公逡從後苑入於臥內. 上曰: '緣予疾病, 久不見卿, 故今特召耳. 設若事變急遽, 如丙子之冬, 則卿當扈予於江都. 若軍未盡渡, 而賊兵在後, 則將奈何?' 對曰: '臣嘗造大袋約盛二十斗者. 累千人持其一, 行則帶之於腰, 住則掘土盛貯, 連綁三袋, 作爲一堞. 隨地形排布, 則其高幾至一丈, 其周足以自衛. 其掘土處,

又作深坎. 如此則住兵原野, 可以禦賊.' 上曰: '此奇制也.' 仍問內修外攘之策, 不覺夜分. 乃言曰: '卿與宋時烈從容相接乎?' 對曰: '屢相見矣.' 曰: '卿二人一心共圖, 予所望也.' 自是以後, 公與時烈, 盍成密勿之契.'" 이 이야기는 《孝宗實錄》에는 다음과 같은 형태로 실려 있다. "상이 말했다. '우리나라 군졸은 갑옷이 없어 창졸간에 적을 만나면 돌과 화살을 피하기 어렵다. 만약 나무방패를 쓴다면 좋을 것이다.' 훈련대장 이완이 말했다. '나무방패는 가지고 다니기 아주 어렵습니다. 신의 생각으로는 군사마다 큰 포대를 가지고 다니다가 급할 때 흙을 담아 쳐들어오는 것을 막는다면, 나무방패 못지않을 것입니다.' '그렇다. 일찍이 이런 이야기를 들었다. 명의 장수 장춘(張椿)의 군사들이 모두 포대를 가지고 있다가 오랑캐 기병을 큰 들판에서 만났을 때 포대에 흙을 담아 보루를 쌓았더니, 오랑캐 군사들이 감히 핍박하지 못했다고 한다.'"《孝宗實錄》7년(1656) 10월 4일(1). "上御晝講, 講詩傳何人斯章. 講訖, 上曰: '我國軍卒, 身無鎧甲, 猝然遇敵, 難禦矢石. 若用木楯則善矣.' 訓鍊大將李浣曰: '木楯則運行甚難. 臣意以爲, 軍人各持一大布帒, 臨急盛土, 以防其衝突之勢, 則不下於木楯矣.' 上曰: '然. 曾聞明將張椿之兵, 皆持布帒, 遇胡騎於大野, 以帒盛土爲壘, 胡兵不敢逼云矣.'"

50 朴趾源, 〈關內程史〉, 《熱河日記》, 《燕巖集》: 《韓國文集叢刊》252, 194면. "武王若敗崩, 千載爲紂賊. 望乃扶夷去, 何不護逆. 今日春秋義, 胡看爲胡賊."

51 같은 글, 같은 책. "採薇不眞飽, 伯夷終餓死. 蜜水甘過酒, 飮此亡則冤."

52 朴趾源, 〈貂裘記〉, 앞의 책, 63면. "燕薊早寒, 可以禦風雪."

53 洪大容, 〈桂坊日記〉, 《湛軒書》: 《韓國文集叢刊》248, 48면. "此等人成就如此, 皆以其實心實學也. 苟不實踐而徒務空言, 則當時無所成其業, 後世無所垂其名, 非所謂學也."

54 원래의 출처는 동중서의 《春秋繁露》6권, 〈俞序第十七〉이다. 《春秋繁露》에는 "空言不如行事博深切明."으로 되어 있어 정조의 "空言不如行事之深切著明也."란 표현과는 끝부분이 다르다. 정조의 말은 원(元) 이존(李存)의 《俟菴集》16권, 〈贈張擧之宣城後序〉에 그대로 나온다. 정조가 어떤 책을 보았는지 알 수 없다.

55 洪大容, 앞의 글, 앞의 책, 49면. "誠然. 孔子亦云空言不如行事之深切著明也. 但空言亦有不可廢之時. 如云行之十年而無成, 則開關絶約可也, 此等空言, 亦以明大義於後世, 至今賴之."

56 같은 글, 같은 곳. "此則非空言也."

57 宋時烈, 〈己丑封事〉, 《宋子大全》: 《韓國文集叢刊》108, 201면. "伏願殿下, 堅定於心曰: '此虜者君父之大讎, 矢不忍共戴一天.' 蓄憾積怨, 忍痛含冤; 卑辭之中, 忿怒愈蘊; 金幣之中, 薪膽愈切; 樞機之密, 鬼神莫窺. 志氣之堅, 賁·育莫奪. 期以五年七年, 以至於十年二十年而不解, 視吾力之强弱, 觀彼勢之盛衰, 則縱未能提戈問罪, 掃淸中原, 以報我神宗皇帝罔極之恩, 猶或有閉關絶約, 正名明理, 以守吾義之便矣. 假使成敗利鈍, 不可逆睹, 然吾於君臣父子之間, 旣已無憾, 則其賢於屈辱而苟存, 不亦遠乎?'"

58 《世宗實錄》15년(1433) 12월 13일(1). "覽奏, 欲遣子弟, 詣北京國學或遼東鄕學讀書. 且見務善求道之心, 朕甚嘉之. 但念山川脩遠, 氣候不同, 子弟之來, 或不能久安客外, 或父子思憶之情, 兩不能已, 不若就本國中務學之便也." 유학생을 보내겠다는 조선의 요청에 대한 영락제의 답이다.

59 마테오 리치가 북경에 도착한 1601년 이후 조선 사신단은 한역서양서와 천주당 방문을 통해 서양을 온전히 인지할 가능성을 갖게 되었지만, 1636년 병자호란에서의 패배, 1644년 명의 멸망과 청의 대륙 지배로 인한 화이론의 대두는 세계의 변화, 서양의 존재에 대한 정확한 인식을 가로막았다.

60 潘庭筠, 〈湛軒大兄先生書〉, 《燕杭詩牘》 30면 뒤~31면 앞. "又委覓天學初函一書, 後得半部. 其中算指水法天文略數種, 稍可存. 至其言超性處, 語多不經. 至耶蘇事蹟, 又多荒誕, 而西人之遍遊諸國者, 無非欲傳耶蘇之學. 倘從其說, 必須盡棄所學, 而彼得以陰行其叵測之心, 如呂宋之被兼併, 日本之成仇讐, 皆傳聞所最確者. 是以我國雖有其人, 不過令其觀象算候而已, 至其邪說, 有屬禁焉. 人不敢習, 亦無人信之也. 東方, 君子沐浴於箕聖之化, 禮樂法度無不修明, 邪說無由而入. 足下欲覓其書, 亦不過資博聞供游藝而已."

61 洪良浩, 〈旅菴遺稿序〉, 《耳溪集》: 《韓國文集叢刊》 a241, 186면. "公常語余曰: '吾輩生於海隅, 目不見中華之大. 讀古人書, 皆紙上懸揣耳. 吾與子倘有奉使西遊者, 庶驗平日之所講乎?'"

62 임형택, 《한문서사의 영토》 2, 태학사, 2012, 129~133면.

63 朴世堂, 〈康世爵傳〉, 《西溪集》: 《韓國文集叢刊》 a134, 154~155면. 南九萬, 〈康世爵傳 戊辰〉, 《藥泉集》: 《韓國文集叢刊》 a132, 474~476면.

64 《肅宗實錄》 14년(1688) 3월 8일(2).

65 《肅宗實錄》 26년(1700) 9월 28일(1). 《英祖實錄》 7년(1731) 8월 10일(1).

66 《英祖實錄》 49년(1773) 3월 19일(1).

67 李頤命, 〈答李子三 丙申〉, 《疎齋集》: 《韓國文集叢刊》 a172, 468면. "孝廟東還日, 帶漢人願從者數人, 來居本宮之傍. 子孫多以漁獵爲業, 屬於訓局."

68 正祖, '政事' 〈日得錄〉, 《弘齋全書》: 《韓國文集叢刊》 a267, 333면. "昔孝廟自藩中回駕時, 漢人之從而東來者, 住接於關外近處, 自成一村. 閒居無事, 捕魚進供, 謂之漢人漁父, 今之左右統契, 卽其地也."

69 成大中, 《靑城雜記》 제3권 醒言.

70 李頤命 앞의 글, 같은 곳. "其中黃功之子, 流離東峽, 無以爲生. 今持其時御札數幅來見, 方輿談及其父時事矣. 其歸路, 當令歷拜, 進接之如何? 漢人而歸正於我, 而子孫無以爲生, 極可悲憐, 何以則可以濟拔乎? 亦望商量耳."

71 成大中, 앞의 책, 같은 곳.

72 正祖, '人物' 〈日得錄〉, 《弘齋全書》: 《韓國文集叢刊》 a267, 371면. "百物之來自中原者, 我東莫不貴視, 稱以唐物, 雖賤者, 能掩土産之貴者. 獨於族姓則不然, 皇朝人子孫之在我土者, 我人甚賤之. 彼祖先皆中國冠冕人也, 豈不及我國卿相家子孫耶? 大抵我東專視門閥, 亦甚小規模. 思之, 實有貴物而賤人之歎."

73 《顯宗實錄》 8년(1667) 6월 21일(2).

허생의 섬, 연암의 아나키즘

74 원문은 '鄭徑'인데 '鄭經'의 오자로 보인다. 정경(鄭經)은 정성공의 아들이고, 정극상(鄭克塽)의 아버지다.

75 《顯宗實錄》8년(1667) 10월 3일(3). 번왕이 정경에게 준 물화를 가지고 있었다.《肅宗實錄》8년(1682) 6월 19일(1)의 기사에 의하면 임인관 등은 정금(鄭錦), 곧 정경(鄭經) 휘하에 있는 사람이라고 한다.

76 《顯宗實錄》8년(1667) 10월 3일(2).

77 이들의 송환 여부에 대한 논란은《顯宗實錄》8년(1667) 7월 13일(1)·14일(4)·15일(2)의 기사를 볼 것.

78 성균관 유생과 기타 인물의 상소는《顯宗實錄》8년(1667) 7월 10일(2)·20일(4)·23일(3)·27일(6)의 기사를 볼 것.

79 權尙夏,〈答閔聖猷 鎭遠〉,《寒水齋集》:《韓國文集叢刊》a150, 147~148면.

80 《顯宗實錄》8년(1667) 8월 3일(2).

81 韓元震, 앞의 글, 같은 책, 148면. "先大監一日謂余曰: '今日諸宰會處, 元禎忽攘臂而言曰: '彼人事之已數十年. 當待以誠信.' 相公曰: '公言是矣' 左右默默無敢言其非. 世道人心, 一至於此, 良可痛惋.'"

82 黃景源, 앞의 글, 같은 곳. "朝廷將相大臣恐不能保其妻子, 相與出力而沮, 事竟不行, 於今二十有九年矣."

83 金昌協,〈贈黃敬之 欽 赴燕序〉,《農巖集》:《韓國文集叢刊》a162, 157면. "今天下復爲左袵久矣. 我東僻在一隅, 獨不改衣冠禮樂之舊, 邈儼然以小中華自居, 而視古赤縣神州堯·舜·三王之所治, 孔·孟·程·朱之所敎之地與民, 槩以爲湩酪腥羶之聚, 而無復有文獻之可徵則過矣. 天下之大, 豈顧無豪傑之士, 自任以斯道, 如向金·許數子者耶?"

84 李頤命,〈漫錄〉,《疎齋集》:《韓國文集叢刊》a172, 308~309면. "易云: '碩果不食.' 其傳曰: '將有復生之理也.' 此理誠無時可減. 目今天下盡剃頭髮服短後, 如冕服·冠帽·團領·纓子之屬, 固無可用, 而但爲我國而置之. 是衣冠一脉, 正在於吾東也. 他日眞人之變中華, 文獻之徵, 其在是乎."

85 趙文命,〈燕行日記〉,《鶴巖集》:《韓國文集叢刊》a192, 593~594면. "臣問曰: '吾之衣服制樣, 與你所服着何如?' 美成曰: '你們之所服着, 曾是吾先祖之所服着, 豈不好哉!' 頗有嗟歎之色. 臣曰: '見爾文筆甚可愛. 吾當出題, 你可做示否?' 美成曰: '諾.' 臣欲觀其意, 故以孔子作春秋論爲題, 則美成卽於席上搆成. 其文頗有可觀, 而第一篇之中, 終不提論華夷內外字. 臣曰: '文固可佳, 而但孔聖之所以作春秋, 專爲上下之分內外之別而作也. 今無此等語, 可謂失旨矣.' 美成微笑曰: '居今之天下, 安敢爲此語.' 云. 其言亦自奇矣."

86 洪大容,〈吳彭問答〉,《燕記》, 앞의 책, 243면. "念兩人雖屈身胡庭, 喜見我輩衣冠, 必有所由也."

87 洪大容,〈希員外〉,《燕記》, 앞의 책, 272면. "余笑曰: '舜亦東夷之人. 但未聞唐虞之際易服色如今日也.' 希笑曰: '世有古今, 時義不同. 衣冠何嘗有定制?' 余唯唯而歸."

88 李德懋, 〈論諸笠〉, 《盎葉記》(8), 《青莊館全書》: 《韓國文集叢刊》a259, 94면. "洪湛軒大容遊燕, 道袍革帶, 着笠而行, 人皆指點爲乞僧. 自稱禮義之服, 只博乞僧之名, 寧不慨嘆!"

89 朴趾源, 〈銅蘭涉筆〉, 《熱河日記》, 앞의 책, 323면. "與卜醫觀海, 入玉田一舖, 則數十人圍觀, 爭閱吾輩布袍, 詳察其製樣而大疑之. 私相謂曰: '這個化齋的那地來哩?' 或戲答云: '從舍衛國給孤園來哩.' 非不知我爲朝鮮人, 而見袍笠, 譏其類乞僧也."

90 같은 책, 335면. "淸之初起, 俘獲漢人, 必隨得隨剃. 而丁丑之盟, 獨不令東人開剃, 蓋亦有由. 世傳, 淸人多勸汗(淸太宗) 令剃我國, 汗默然不應. 密謂諸貝勒曰: '朝鮮素號禮義, 愛其髮甚於其頭. 今若强拂其情, 則軍還之後, 必相反覆. 不如因其俗, 以禮義拘之. 彼若反習吾俗, 便於騎射, 非吾之利也.' 遂止. 自我論之, 幸莫大矣, 由彼之計, 則特狃我以文弱矣."

91 朴趾源, 〈笠聯句〉, 같은 책, 91면. 이 연구(聯句)는 1770년 이덕무의 선귤당(蟬橘堂)에 이덕무·박지원·유득공 세 사람이 모여 지은 것이다. 갓에 대한 객관적 관찰의 시작인 셈이다.

92 李德懋, 〈笠爲雨具〉, 《盎葉記》(8), 《青莊館全書》: 《韓國文集叢刊》a259, 93면.

93 李德懋, 〈笠弊〉, 《盎葉記》(8), 같은 책, 93면.

94 李德懋, 〈笠堂改造〉, 《盎葉記》(8), 같은 책, 93면.

95 박제가 저, 안대회 역, 《북학의》, 돌베개, 2013, 271~272면.

96 洪大容, 〈醫山問答〉, 앞의 책, 99면. "實翁曰: '天之所生, 地之所養, 凡有血氣, 均是人也, 出類拔萃制治一方, 均是君王也, 重門深濠謹守封疆, 均是邦國也, 章甫委貌文身雕題, 均是習俗也. 自天視之豈有內外之分哉?'"

97 같은 글, 같은 곳. "是以各親其人, 各尊其君, 各守其國, 各安其俗, 華夷一也."

98 朴趾源, 〈北學議序〉, 앞의 책, 109면. "以我較彼固無寸長, 而獨以一撮之結, 自賢於天下曰: '今之中國, 非古之中國也.' 其山川則罪之以腥羶, 其人民則辱之以犬羊, 其言語則誣之以侏離, 并與其中國固有之良法美制而攘斥之, 則亦將何所倣而行之耶?'"

5장 〈후지〉 1—조계원을 통해 거듭 북벌을 비판하다

1 《顯宗實錄》 6년(1665) 3월 22일(4).

2 《顯宗實錄》 10년(1669) 1월 8일(3).

3 《顯宗實錄》 11년(1670) 2월 1일(4).

4 《肅宗實錄》 4년(1678) 윤3월 21일(1). "嘉錫之父啓遠, 一生爲時烈輩所齮齕而死." 이조판서 홍우원(洪宇遠)의 상소.

5 《肅宗實錄》 7년(1681) 2월 11일(3).

6 《仁祖實錄》2년(1624) 1월 28일(5).

7 《仁祖實錄》15년(1637) 6월 6일(1).

8 《仁祖實錄》19년(1641) 9월 7일(1).

9 《仁祖實錄》21년(1643) 12월 25일(2).

10 《仁祖實錄》27년(1649) 3월 11일(1).

11 《孝宗實錄》1년(1650) 8월 13일(1).

12 《孝宗實錄》7년(1656) 11월 26일(1).

13 《顯宗實錄》15년(1674) 3월 2일(6).

14 조계원은 1592년생이고, 송시열은 1607년생이다. 15년 차이다. 병자호란 때 조계원은 45
세이고 송시열은 30세다. 병자호란과 청에 대한 정보는 조계원이 도리어 더 많았을 것이
다. 지금 나와 있는 여러 종류의 《열하일기》 번역본은 조계원이 송시열을 공경하는 말투
로 묻고 있고, 송시열은 아랫사람을 대하는 말투로 번역하고 있는데, 송시열이 아무리 노
론의 영수지만, 15년 연장인 조계원을 아랫사람처럼 대하는 것은 있을 수 없는 일이다.

15 張撝之 等 主編, 《中國歷代人名大辭典》(上), 上海古籍出版社, 1999, 789면.

6장 〈후지〉 2―이야기 출처 은폐를 위한 또 다른 책략

1 완홍군부인 이야기는 내용을 짐작할 수 없다. 또 완홍군으로 봉해진 사람이 여럿이기에
어떤 완홍군을 지칭하는지도 알 수 없다.

7장 〈차수평어〉―박제가의 〈허생〉 비평

1 司馬遷, 〈貨殖列傳〉, 《史記》 권 129. "朱公以為陶天下之中, 諸侯四通貨物所交易也. 乃治産積
居與時逐, 而不責于人."

2 이상의 줄거리는 丁範鎭, 〈虬髥客傳攷〉, 《韓國文化研究院論叢》 3, 梨花女子大學校 韓國文化
研究院, 1962, 55~58면에 의한 것임.

3 이상익, 〈東還封事를 통해 본 重峯 趙憲의 개혁사상〉, 《東洋文化研究》 10, 영산대학교 동양
문화연구원, 2012, 139~140면.

4 박제가 저, 안대회 역, 〈북학의서〉, 《북학의》, 돌베개, 2013, 25~26면.

5 박종채 저, 김윤조 역, 《譯註 過庭錄》, 太學社, 1997, 234~235면.

1   洪大容,〈與申念齋賦贈朴燕巖趾源〉,《湛軒書》:《韓國文集叢刊》248, 76~77면.

2   朴趾源,〈答洪德保書〉1·2·3·4,《燕巖集》:《韓國文集叢刊》252, 76~11면.

3   朴趾源,〈答洪德保書則〉2, 같은 책, 77면. "念兄於友朋一事, 知有血性. 而至於九峯諸人, 天涯地角, 間關寄書, 可謂千古奇事. 然此生此世, 不可復逢, 則無異夢境. 實鮮眞趣. 庶幾一見於方域之中, 無相闊諱, 亦不難千里命駕. 未知吾兄亦未之有見耶? 抑斷此念於胷中否也."

4   박제가 저, 안대회 역,《북학의》, 돌베개, 2013, 177~178면.

5   洪大容,〈琉璃廠〉,《燕記》, 앞의 책, 294면. "盖此夾道諸舖, 不知其幾千百塵, 其貨物工費, 不知其幾巨萬財. 而求諸民生養生送死之不可闕者, 無一焉. 只是奇伎淫巧奢華喪志之具而已. 奇物滋多, 士風日蕩, 中國所以不振, 可嘅也已."

6   洪大容,〈林下經綸〉, 같은 책, 86면. "人生八歲, 卽涅其名於臂, 不用戶牌而奸民无所逃其名矣."

7   같은 글, 같은 책, 85~86면. "凡民各守田里, 死徙無出鄕. 若有不得已, 則告官受狀, 割其本籍. 至于所居, 亦卽告官. 入籍受田, 不告擅移者, 刑之而復其居. 無官狀而許其居者, 罰其面任."

8   같은 글, 같은 책, 86면. "凡道路皆設亭院, 以待行旅, 亦有其長以譏姦暴. 某幹某處, 各有行狀. 無驗違法, 不聽過去, 必有嵌人, 間以五里, 其於分歧, 各有指別(東路往某處幾里. 西路往某處幾里之類). 官途山徑, 小大不遺, 往來考驗, 俾人不迷."

9   같은 글, 같은 곳. "凡治盜, 情罪不至於死, 則黥其名於左頰而放之. 猶不悛則復黥於右, 三不悛而誅之."

10   洪大容,〈醫山問答〉, 앞의 책, 92면. "實翁曰: '善哉! 問. 民可使由之, 不可使知之. 君子從俗而設敎, 智者從宜而立言. 地靜天運, 人之常見也. 無害於民義, 無乖於授時. 因以制治, 不亦可乎?'"

11   洪大容,〈林下經綸〉, 앞의 책, 86면. "我國素重名分, 兩班之屬, 雖顚連窮餓, 拱手安坐, 不執未耜. 或有務實勤業, 躬廿卑賤者, 羣譏衆笑, 視若奴隸, 遊民多而生之者少矣. 財安得不窮而民安得不貧也? 當嚴立科條, 其不係四民而遊衣遊食者, 官有常刑, 爲世大戮. 有才有學, 則農賈之子坐於廊廟而不以爲僭; 無才無學, 則公卿之子歸於輿儓而不以爲恨. 上下戮力, 共修其職, 考其勤慢, 明施賞罰."

12   담헌이 과연 신분제를 완전히 부정했는가에 대해서는 토론의 여지가 있다. 그가 신분제의 모순된 현상에 대해서 대단히 비판적인 것은 사실이지만, 신분제의 완전한 부정에 이르렀던 것으로 생각되지는 않는다. 그의 사·농·공·상론, 곧 사민론은 다분히 위계적이고, 또 농부와 상인이 조정에 벼슬할 수 있다는 것은 유능한 농부와 상인이란 전제 아래 벼슬할 수 있다는 의미이지, 본디 모든 구성원이 대등하고 평등하다는 의미는 아닐 것이다. 담헌의 신분제에 대한 생각은 앞으로 더욱 섬세한 고찰을 요하는 문제다.

13   洪大容,〈林下經綸〉, 앞의 책, 86면. "治人者先治其身, 治身者先治其心. 此先王之大道而六經之要旨也."

14　洪大容, 〈林下經綸〉, 같은 책, 85면. "面中子弟八歲以上, 咸聚而教之. 申之以孝悌忠信之道, 習之以射御書數之藝."

15　丁若鏞, 〈田論〉(5), 《與猶堂全書》: 《韓國文集叢刊》 a281, 234면. "夫士也, 何人? 士者, 仕也. 古者, 仕者謂之士. 又其學先王之道, 將進而仕於朝者謂之士. 故學也, 祿在其中. 今之所謂士者, 不任不學道, 冒士之名, 而無所爲焉. 士何爲游手游足, 呑人之土食人力哉?"

16　丁若鏞, 〈田論〉(4), 같은 책, 234면. "曰民之以田爲域也, 猶羊之有苙也. 今使之熙熙然來, 穰穰然往, 若鳥獸之相逐也. 使民若鳥獸之相逐者, 亂之本也."

나가는 말　**지금－이곳과 허생의 섬**

1　이 점에 대해서는 강명관, 〈경화세족과 실학〉, 《한국실학연구》 32, 한국실학학회, 2016; 강명관, 〈실학과 과거의 해석〉, '한국의 학술 엘리트' 발표문, 성균관대학교 동아시아학술원, 2017년 10월 25일을 볼 것.

찾아보기

허생의 섬, 연암의 아나키즘

허생의 섬, 연암의 아나키즘

강명관 지음

1판 1쇄 발행일 2017년 12월 26일

발행인 | 김학원
편집주간 | 김민기 황서현
기획 | 문성환 박상경 임은선 최윤영 김보희 전두현 최인영 이보람 김진주 정민애 임재희 이효온
디자인 | 김태형 유주현 구현석 박인규 한예슬
마케팅 | 이한주 김창규 김한밀 윤민영 김규빈 송희진
저자·독자서비스 | 조다영 윤경희 이현주(humanist@humanistbooks.com)
스캔·출력 | 이희수 com.
조판 | 홍영사
용지 | 화인페이퍼
인쇄 | 청아문화사
제본 | 정민문화사

발행처 | (주)휴머니스트 출판그룹
출판등록 | 제313-2007-000007호(2007년 1월 5일)
주소 | (03991) 서울시 마포구 동교로23길 76(연남동)
전화 | 02-335-4422 팩스 | 02-334-3427
홈페이지 | www.humanistbooks.com

ⓒ 강명관, 2017

ISBN 979-11-6080-103-3 03810

• 이 도서의 국립중앙도서관 출판예정도서목록(CIP)은 서지정보유통지원시스템 홈페이지(http://
seoji.nl.go.kr)와 국가자료공동목록시스템(http://www.nl.go.kr/kolisnet)에서 이용하실 수 있습니
다.(CIP제어번호 CIP2017033678)

만든 사람들

편집주간 | 황서현
기획 | 전두현(jdh2001@humanistbooks.com) 박상경 이효온
편집 | 김선경 임미영
디자인 | 김태형 박인규

—